莫菲勒 —— 著

PURSUIT
OF TRUE LOVE

米露露求爱记 上

上海文艺出版社

{01}
我——米露露

我叫米露露,今年28岁,五官还算端正,一样不少的都长在了该长的位置上,如果说我不算漂亮但起码也对得起环境,基本不会造成什么污染。我个子不高162厘米,但通常会穿六厘米左右的高跟鞋,所以我的目测身高大概在168到170之间。

关于身高我跟我的父母抱怨过一阵儿,但他们告诉我"有志不在身高",让我把目光放远大些。好吧!抱怨是无用的,说再多我也不会再长高了,所以我只能练习把目光放远了。还好他们把我生得还算白净,古人云"一白遮百丑",自认为自己没有百丑,所以终于有个理由能把自己归在漂亮女人的行列里了。

我的人生中没什么男人缘,这件事我从上中学的时候就知道。那天我跟同桌男生聊天,他给我出了个题目:"你猜咱们班的女生里谁没被男生追过?"

"谁啊?"我好奇地问他。

他用手指了指我,那一刻我真的有点生气,我以为他出题目给我,我肯定是被刨除在答案之外的人,原来他是想告诉我这个。我很不屑地看了他一眼,我才不稀罕那些男生追我呢!

你们可能以为我是在吃酸葡萄,但是我拍着良心对上帝发誓我没有,如果你们能见到我们班的那些男生就会相信我说的绝对是真话。

我的同桌外号叫"板牙",顾名思义牙齿很大,特别是门前那两颗大到基本闭不上嘴、偶尔闭上嘴的时候牙齿能碰到下嘴唇。他当时正在努力地追着一个女生,那女生牙齿也很大,但是比"板牙"的小一点,所以我们都叫她"小板"。他们很相配,至少从牙科学的角度来说。也许我说话是损了点,但这是事实。我无法想象如果板牙追的人是我,那我宁可去死!

但是他说的这件事也对我产生了影响,所以我偶尔跟老妈报备一下让她做好心理准备,我有可能将来会是个嫁不出去的老姑娘。

老妈跟我说碌碌无为的女人是不会有吸引力的。那一刻我觉得老妈说得有理,所以从此我准备好好学习,让那些在谈恋爱的人都去见鬼吧!我可要把我的重心放在我的事业上。我从来不知道我在学习方面居然也是有天赋的,由于我把它当作了事业来看,所以在中学时期我就是个事业上成功的女人。但是从那以后我的眼光不能再放得更远了,因为我成了近视。

高考是我面临的人生第一次抉择,我毅然决然地选择了医学院。因为仅仅成为一个事业型的女人那是远远不够的,我一定要做一个有技术的事业型女人,我要成为救死扶伤的白衣天使,当然这些只是官方的说法,我报考医学院的真正原因,是因为我的小姨告诉我,在医院工作的女人比较好找男朋友。谁知道呢,反正目前我还没有证实这个说法——

那个不堪回首的高三岁月,说实话我到现在都很佩服那些既能谈恋爱又能考上大学的人。我想如果我在高中的时候谈恋爱,也许现在我还在复读吧。总之,在几乎揪掉了半头的头发,每天挂着如国宝一样的黑眼圈,顶着满脸着急上火的大包,我终于如愿地考入了医学院。

拿到录取通知书的那一刻,我哭了,我妈也哭了,我爸没哭他很坚强他忍住了。我觉得我的人生可能就要随着这张通知书而改变了,这是我忍辱负重得来的结果,我抱着通知书亲了又亲,仿佛看见很多帅哥在向我招手,我要一雪前耻,翻开我人生新的篇章,把我屈辱的高中史埋葬在我不堪回首的记忆中。

{02}
入学

新生入学的那一天我兴奋极了,我父母都来陪我送我上学,我觉得他们快把整个家都塞进我的背包里了,但是其实家离学校只有40分钟的车程。能住校是离开父母的第一标志,因为整整一星期我都要住在校园里,和我的新同学们生活在一起。

在新生代表发言的时候,我第一次见到了祁函,用什么词形容他好呢?惊为天人吧!非常贴切,毫不夸张。他是以临床系全系第三名的成绩考入学校的,传统意义上的高,传统意义上的帅,各种意义上的出众。当然读到这里的人会觉得我是惯例性的杜撰,但是真的不是,那种小说中的人物真的存在,当然小说里的男主角还要加上"有钱"这个条件,他是不是像小说里的男主角那样想买飞机买飞机、想买火箭买火箭我是真的不知道,但是我保证他在其他方面真的优秀,而且我这篇是写实小说,不夸张,你们懂的!

至少到我入学之前的那一刻我还没见过比他更优秀的。当然也可能是高中男生给我留下了太多的心理阴影。

我不想用词句去描写他的长相,那样会框定大家的想象,但是我只记得从他上台的那一刻我们那一排的女生都坐直了身体,两眼放光,那一刻我深深感觉到原来大家都是欲女啊!

我无意打击那些同系的其他方面优秀的男生,因为太多的优点集中在一个人身上,我想不注意他都难,但至少也证明我确实是个正常的女人。

祁函除了相貌、身高、体形、学习出众之外,他钢琴八级,会吹萨克斯,吉他弹得天下无敌至少我是这么认为的,最让人不能忍受的,他居然在高中时期体育方面也一直在市区级比赛获奖。我不知道他爸妈是怎么做到优生优育的,但是他们做到了,是的,他们的确做到了。

作为一个正常的女人,我跟其他一起入学的女生一样都希望祁函能成为自己的男朋友。但是这个想法在很多人看来简直就是做梦,但是我就是喜欢做梦你们能把我怎么样?有本事把我抓派出所去!

很多女生的梦很快就醒了,她们纷纷落网到其他男生的手里,去体会他们的大学恋爱生活去了。

各位观众,现在我要着重强调一句,标志着我人生重大转变的一个标志性人物出现了,他叫石磊。他的出现实现了我男人缘历史上零的突破!他是第一个肯追我的人!石磊是大学分子生物系的博士研究生,很响的名头吧?他说他对我是一见钟情,当然我对他的感觉是:我又想死了。你们说我刻薄也好,说我挑三拣四也好,说我认不清自己形势也好,我都承认,但是你们要让我跟他好那是办不到的。

因为人和人相处是有底线的,石磊有个我最不能接受的底线,就是身高只有一米五。真的一点都不多正好一米五,在此我得向身高不高的男生道歉,我真的不是对你们有偏见,但是从优生学角度考虑,一米五的确不在我的考虑范围,我也是为国家和社会着想。

石磊对于我的拒绝很生气,他觉得我毫无眼光,根本看不到他的远大前程,也许他是为了报复我,也许他是跟谁都无所谓,他很快跟我同宿舍的另一个女生好了。我没有告诉那个女生,他曾经追过我被我拒绝了,因为我觉得那不是什么光荣的事情。

{03} 风云人物

　　大学生活里总有那么一两个人被评定为风云人物，供大家拿来娱乐、瞻仰、吐槽以及广为传诵他们的各种八卦来打发空闲的无聊时光。你们肯定以为我要说的是祁函，其实不是，我要说的是我！

　　我能荣登这个宝座要感谢石磊。他和我同宿舍的女生好了之后，经常有事没事来我们宿舍坐坐，两个人坐在那儿总是黏黏糊糊的，弄得我在宿舍里坐也不是站也不是，所以我只好被迫去了自习室，缘分天定用来形容我下面的故事是很贴切的，那个自习室居然也是祁函固定常去的那个。

　　我去自习室其实是为了找个安静的地方看漫画，我大学的入学成绩是系里的一百多名，几次考试下来我很稳定地保持在一百多名。我想过了，如果我想在大学里争个前十名，可能就算揪掉我另一半头发也很难达到，所以我一定要稳稳地保持住我的一百多名。

　　这间自习室里几乎都是女生，大家很安静地看着书，写着笔记。也许只有我一个人是在看漫画，我不想破坏这种安静的气氛，但是搞笑漫画的意义就在于搞笑，忍住笑也是一件很难的事情，我几乎是坐在角落里，强忍着低着头抖着肩地笑。

"这是新的吗?"我听到了一个问题,但是我没去管他,因为我看得正入迷,哪有空回答问题。

"这是新的吧?好像没看过?"第二个问题又忽忽悠悠地飘过来,这声音有点熟悉,可是当时的情绪有点不耐烦,觉得自己从宿舍出来躲清静,跑到自习室看漫画居然旁边冒出个人来问了一堆问题。

我很郁闷地抬眼看是谁,如果这时候拿相机给我来个十六连拍的话,我保证十六张照片全都是一个表情和姿势,简单地说就是傻了。还问为什么傻?傻子都知道这个旁边问我话的人就是祁函。我整张脸大概僵持了十六秒,然后眼睛开始活动起来,那些正在学习的女生都有意无意地开始看我,那一刻我明白为什么那个自习室全是女生了。

我的脑子能活动了,我把漫画合了起来放在他的手里:"送你。"做了这么冲动的事情之后,我很想抽自己两嘴巴。不是因为心疼那个漫画,而是脑子里闪现出无数小说情节,那些小说里写的灰姑娘不都是对完美男主角不屑一顾才赢得了真爱吗?如果按小说里的描写,我现在根本不应该送他漫画而是应该指着他的鼻子说"滚开"才对!又演错戏码了,那一刻我真的后悔。

不过祁函没要我的漫画,他把漫画还给了我:"你还没看完呢,我自己买就行。"然后他就低头看书了。

短暂的交流是在二十个如狼似虎的女生的目光下完成的,如果那些目光是飞刀,我想我现在肯定是只刺猬。

如果此刻你问,祁函为什么会喜欢我,其实我也不知道,而且就算你去问他本人,他自己可能都不知道。但是事情就是发生了,你不服不行!

也许是因为从那之后我几乎每天都去那个自习室,而且几乎都能碰到他,要考试的时候我带正常的书,不考试的时候我带漫画书依然坐在那个位置抖着肩膀笑,他也只固定坐他的位置。后来慢慢的,他也会把漫画书带去看,看高兴了也会忍着小声地笑,时间久了我们会交换心得,然后开始交换漫画。出新书了都会通知对方,而且再借给他看的时候他也不会拒绝了,他会跟我说:"我会很快还你的。"

但是很快,别的女生就发现了我的位置是跟他交流最方便的位置,所以有次我去晚了的时候,我的固定位置没有了。那时候我看出祁函很失望,也就是从那天开始我们又添毛病了,互相为对方占座。他的座其实不用我占,大家都下意识地给他留着,我的座是经常被占,不过他会很和善地求人家让一下,基本上他跟女生开口,女生都不会拒绝他。

我在祁函面前做过一件很二的事情,几乎能在我的感情史中排到前三的位置。当然我的感情史过于简单,犯二的事可能一共也没有三件。那是学校的文艺会演,祁函在舞台上弹着吉他,自弹自唱了一首《情书》。那首很老的情歌,祁函却赋予了它新的生命,从台下的人已经坐不住冲到了舞台跟前就能看出来,当然带头冲过去的有我一个。在一堆女生们炽热的眼神中,祁函依然淡定地唱着歌。

"等待着别人给幸福的人,往往过得都不怎么幸福……"听到这句的时候,我忍不住哭了,我觉得他简直就是在为我唱歌,我从满含热泪到泣不成声,鼻涕眼泪满脸都是,一直到最后,我成功地将拥挤在周围、花痴一般的女生们的注意力全部吸引到我的身上。

旁边的女生问我到底怎么了?那一刻我觉得自己太丢脸了,我只能硬着头皮大喊:"谁一直踩着我的脚啊!"

可能是这件事情也给祁函留下了深刻的印象,因为之后他是这么跟我说的,他说他还没把女生唱哭过,而且还哭得像我那样。

我们就这样像小雨绵绵般的相处了半年多,只是心照不宣地一起上自习、一起看漫画、有时候在食堂碰见了会坐在一起吃饭。直到有一天,又到了上自习的时间,我在往自习室走的路上遇到了祁函,我们俩决定抄近路从小树林直接穿到自习室,也许那时候天太黑而且我的眼神也不太好,走着走着不知道是不是踩到了一块石头,一个趔趄险些摔倒。祁函不愧是高中时期的运动员,眼疾手快地一下抓住了我的胳膊用力一带,我借力转移了重心靠在了他的肩膀上,那是我们第一次有了身体上的接触。

　　迷离的小树林,蒙黑的夜晚,暧昧的气氛,互相对望的眼神,于是祁函控制不住地低头吻了我。我发誓真的是他先吻的我,因为就算我想吻他我也够不着。这一吻之后他完全陷入了不知所措的状态,请注意是他不是我。他一直在给我道歉,说他不小心冒犯我了,然后还承诺一定会对我负责的。好啊,负责吧,一定要负责到底哦!

{04}
出众是有原因的

从小树林的初吻之后我们相爱了,然后终于可以光明正大的以情侣身份出现在大家面前,那一刻这真的成了爆炸新闻,我也名正言顺成了风云人物。

很多年之后大学同学聚会的时候,还不时有人我问当初是怎么和祁函好上的。究竟是谁先追的谁?我都会光明正大、心胸坦荡地告诉他们,是祁函追的我。当然我说完这句话之后,基本就不会再有人继续问下面的事了,留下的也只是客套的微笑和后脑勺。

我很负责任地说,就算我们没有谁追谁,只是自然而然地好上了,绝对不是谣传中那样,说我把他迷奸了,非逼他对我负责才最终好上的。如果看书的人里真的有我的大学同学的话,我还是要再次强调:我没有迷奸他!

和祁函好上了之后我才觉得他原来真的是现实存在的人,不是从漫画和小说里走出来的人物,因为小说里的男性通常都描写得很霸气,游刃于百花丛中,最终走向了三千弱水只取一瓢的结果,以达到感人至深的教育目的:出来混,迟早是要还的!

祁函告诉我,我是他的第一个女朋友,他之前从来没交过女朋友。他说他的父母不允许他交女朋友,他所有的中学时间都被学习和各种文体活动占满了。这样说来我大概能理解他为什么如此多才多艺,能这么与众不同了。

即使是大学交女朋友他父母也是不同意的,他父母为他所做的人生规划是他一毕业就要去国外读书。因为他的舅舅好像在美国的医学界还算有点名气,所以他有可能还会去国外继续读医科。知道这个消息的时候我心里有点不痛快,闹半天我只是个意外啊。

不管是意外也好,缘分也罢,这个事情都发生了,我就把它当做一次人生的历练来看待,不然我的少女时代将会是多么的平淡,没准只能用怀春的尼姑来定义了。

大学的五年生活里,算是甜甜蜜蜜小有波折吧,我从来不担心祁函会招蜂引蝶,虽然他的各方面条件一直在干着这件事,但是他本身却是很排斥的,非常得严于律己。

即使是我们俩正式恋爱之后,那些认为我们其实只是在表演闹剧、不开眼的女生们还是会偷偷地给他发短信或者写情书。他都会当着我的面给我看一眼,然后把那些垃圾短信和纸张销毁,以至于到后来我都有些烦了,告诉他不用请示领导了,要学会有一定的自主权,放开手脚大胆去删吧!

由于他父母的明令禁止,所以这些示爱的短信和信件在他脑子里的第一个反应就是反对、不允许。于是乎对于那些赤裸裸的表白,他已经养成习惯性的拒绝,他根本也不会去想那些女生漂不漂亮、优不优秀。在他的印象里,我是唯一一个没有直接跟他表白的女生,所以我不在禁止的范围内,所以我们相爱了。

读到这儿的人可能会说,早知道我也不表白了,我也带本漫画坐他身边玩暧昧去。而我要说的是:哪有那么多早知道啊?我要什么事都早知道,没准我现在是国际巨星、世界首富、国家第一个女元首也说不定呢。而且如果我早知道他会出国读书,我可能开始就不会去谈这个恋爱!

{05}
将要面对的分离

刚考上医学院的时候,我对于医学院一定要读五年才能毕业颇为不满,想着我的高中同学都已经毕业了,而我还在学校里继续啃书本并且还要多交一年学费才能拿到毕业证,好像比他们亏了许多。但是到快毕业的时候,我深深体会到大学时光怎么会如此短暂呢?因为我隐隐约约意识到祁函就要离开我了。

其实从大四的时候,我就已经感觉到了这一点,所有的同学都开始忙着制作简历,开始联络有可能接收的单位。祁函也在制作,全英文的,发向国外的大学,那个他准备要去的地方。他通常不会当着我的面做这些事情,他怕把两人之间的气氛弄得不愉快。但是其实我什么都知道,我只是不说,我不想说!如果说了我可能会哭,那样我就把自己变成了一个黏黏糊糊的女人,跟我从初中以来就已经是事业型女人的本质不符。

我们第一次谈到这个问题大概是毕业前三个月。

"跟我一起去美国读书好不好?"

我抬头看着他,他提出的这个新概念我从来都没想过,此刻这个问题甩给了我,我没法直接给他肯定或者否定的答案,但是我准备考虑一下。

"我的申请下来了。"晴天霹雳,我知道他的日程表上已经排上了出发的时间,他只是想确定他是一个人走还是两个人一起走。

"其实,我已经自作主张地为你在申请学校了。"

"是吗?"我有些惊奇,他居然背着我干这种事,好像我必定要跟他走一样。

"那,有消息吗?"

他摇了摇头。

哼,意料之中,我就知道美国干不出让我意料之外的事。

回家之后,我真得认真考虑了,甚至提升到家庭会议上面。家庭会议上,我爸正看着报纸,我妈正织着毛衣,我则很认真地跟他们展开了讨论。

"你们觉得我去美国读书怎么样?"

"好啊。"我妈给了积极肯定的鼓励,我爸毫不关心依然在看他的报纸。

"那你去美国读什么啊?还读医科吗?找好学校了吗?"一连串的问题,我觉得我头像是被个大锤猛敲了三下。

我摇着头,我妈像泄了气的皮球靠在沙发上继续织毛衣了。

"你要是真知道你去美国干什么,我们就支持你,什么都不知道跑去干吗?学英语去啊?"老爸依然看着报纸,不过说的话却一字不落地传到我耳朵里。

学英语倒是个不错的理由,但我心里知道我不是为了学英语,我是为了祁函,为了我的初恋。我去那儿能干什么我自己也不知道。因为我不像祁函那么向往去国外学习,而且一切都是在有条不紊地进行着,并且顺利地得到了录取。

我突然意识到,如果我离开了这里,跟着祁函走了,可能从此米露露这个人就消失了,我的身份可能只是祁函的陪读,也许混好了是祁太太,可是如果混不好呢？他到美国了,我想他爸妈不会再限制他谈恋爱了吧,那么多金发碧眼的洋妞,说露哪儿就敢露哪儿的,我可弄不过。

真不是我没自信,我是不想把我出国的宝全押在他一个人身上。想到这里,我想我知道我该做什么样的决定了。让我没想到的是,当我告诉他我的决定时,祁函哭了。

还是那个暧昧的小树林,祁函哭着求我,让我再好好想想,认真想想,为什么不能跟他一起走,他真想不通。我当时快被吓死了,我四周观望着,还好四下没人,要不别人还以为我把他怎么样了呢。

最后我终于忍不住跟他说:"好啊,既然你这么舍不得,那你别走了。留下来吧,你这样的人在国内也会很受器重的。"那一刻他终于沉默了。他不会为了我留下来。我们都知道。但是我说出这句话的时候,他也彻底知道我不会跟他走了。

{06}
彼此的献身

下这个决心其实并不艰难,这其实也是我一直期盼的事情,因为毕业后我将步入23岁的高龄,而我的男朋友也即将离我远去。可我依然是个那什么女,现代文明已发展到今天这步,这简直不可想象。我绝对不能是那什么女了,因为很可能随着我年龄的增长还会被别人在这个名词之前加上一个"老"字,以作为某种变态女性的象征,想到这个,我的头都快炸了。

毕业前的一个月,所有的考试和论文答辩都结束了。大家都等待着毕业典礼,然后告别母校。

某个周末下午,我们俩都没回家,宿舍里没有人。有的人回家了,有的人出去玩了,总之是天时地利人和。我们俩坐在床上,他搂着我一起看一本漫画,我趁他看得很专注的时候,深深地吻了他。于是祁函得到了暗示,他知道我想让他做什么。

如果不是这件事情,我真的体会不到我们国家的性早期教育怎么会如此的落后。剧情是激情澎湃的开始,可是上演到中间出现了问题。可能是我太紧张,全身僵硬到快要抽筋了,也许他比我还紧张,他一碰到我某个部位准备进入的时候,我就会忍不住喊:"哎哟!

不行,不行,不行!疼,疼,疼!"于是他就会紧张地离开我,问我到底是哪儿疼。以我们的专业知识,我肯定那不是传说中的什么膜,因为我觉得他好像根本就没有进去,但是他究竟碰到我哪儿了,我也不知道。

整整半个小时,事情总是在边缘徘徊着,我们俩急得满头大汗。本来挺浪漫一件事结果变成了自己跟自己赌气,两个人说的话都变成了:"我就不信今天还干不成这事了?"

于是我们从抽屉里拿出了人体解剖学,翻到了女性盆腔部分开始研究,究竟是碰到哪儿了,让我大叫不止。从原本的情色大戏最后被我们俩演成了Discovery,要说我们俩这演技跨度也够大的。对照着科学书籍里的图表,也没找出我长了哪个多余的部分,所以他跟我说:"要不你忍耐一下,可能一下就好。"我咬着牙看着他坚定地点点头。

这次我是抱了誓死的决心的,祁函也是,他说:不成功便成仁。就在他准备进去的那一刻,他居然没忍住释放了。那一刻我知道,今天不会成功了。这让祁函很沮丧,他一直跟我说:"你说我不会有什么问题吧?我不会年轻轻的就早泄吧?"

"不会,"我很肯定地鼓励他,"我们之前四十分钟你都很坚强的,而且在研究解剖书的时候你都坚强着呢。到这个时候才泄,你哪会有问题啊,你简直是超人。"听了我的鼓励之后,他感觉好了很多,于是我们不在执著于这件事情上,手拉着手出去吃饭了。

之后我也想过再去尝试,但是苦于一直没有机会,而且该死的大姨妈前来拜访。祁函突然接到了美国的通知,说外籍学生要提前十天入学,于是他在很慌张的情况下,连毕业证都没来得及领,买了机票踏上了他的美国求学之旅。记忆里我们几乎都没正式告别,只是在某个下午约在路上见了一面,说以后只能靠 MSN 了。然后他就匆匆赶去大使馆办手续去了。

他走的那天我没去机场送他,你们肯定在说我真小心眼。是啊,我就小心眼,抓我去派出所啊!

我猜想他不会回来了,所以我不想让他对我的最后印象是哭哭啼啼的。他走那天我干了件歇斯底里的事情,我爬到了我们小区最高的塔楼顶层平台,望了一上午天。后来我爸妈发现我不在家而在旁边高楼顶端的时候被吓坏了,他们想我肯定是遇到了想不开的事情。其实我只是在想他大概十一点飞机起飞,也许我站在这里,飞机路过的时候他能看见我。

可是望了半天,别说飞机,连鸟都没看见一只。当我肚子很饿的时候,我朝天大喊了一句:"祁函,你给我记住,是老娘不要你的!"这种自我安慰的喊话,终于让我心里舒坦了许多,于是我下了楼,回家多吃了两碗米饭。

{07}
初踏社会

前面的叙述是对我幼稚初恋的简单描写,人生中的小历练,就好像正式婚宴前先上的一盘瓜子让大家先嗑着。因为从这一刻开始我的人生将掀开新的篇章。

年轻人最明显的标志就是不知天高地厚,不知道自己几斤几两。刚上大学的时候,自己把自己定义为天之骄子,同学们凑在一起最喜欢干的事就是扯淡,谁最能扯谁就是 NO.1。

从开始找工作那天起,我每天都能保持清醒状态,而且越来越清醒了,因为总是被人浇凉水,一瓢一瓢的,一点都不带省的。

轻敲开人事科的门,迈步进去,人事科的办事人员一抬眼看你就会立刻说:"博士生还是研究生?"

"本科生。"什么时候我觉得这个名头都难以启齿了呢?

"哦,博士生这边,研究生放那边,本科生的放门那边。"

我一看博士生研究生的简历从地面垒到桌子那么高,我再转身一看门口,好家伙!一人多高,我想放上去还真困难。那一刻我的心真的疼,很疼,这得浪费多少纸啊!

"老师,您这简历堆得太高了,不小心会碰倒,很危险。我帮你把它码放成两摞吧。"

"好啊,小孩还挺有眼力劲。"其实真不是,我真放不上去。

毕业前找工作那阵儿,我真的跑了无数家医院,我想看看靠自己的能力能不能找到工作,可是投出去的简历如石沉大海一般毫无音信。我的应聘条件也一降再降,可是在北京这种城市,和你竞争的可不是本市的人,而是全国的毕业生们。当我真正意识到情况危急的时候,我只能回家搬救兵了。

写到这儿你们不会去人肉搜索我吧?说我托关系走后门。不要啊,我很怕,但是现实就是这样,这算是社会给我上的第一课,让我认识到了我们真的是一个人口众多的国家。我一直相信我能当个好医生,只是需要个机会而已,我也知道门旁边堆放的那些成百上千的简历里,人和人不会有什么太大的区别,我不相信谁会比我,或者我会比谁强出多少倍,大家都是在找个机会。

而且到了现在,我工作的五年时间里,虽然我不是什么绝世神医、再世华佗之类的,但我也敢拍着良心说,我绝对是个负责任的医生。

最终我进了一家三级甲等医院,我真的感谢天,感谢地,感谢父母,感谢恩师们,感谢全国人民。感恩的心,感谢有你——很好!知道感恩了,证明我成长了。

我确定了工作之后跟祁函用 MSN 联系过一阵,每次问他在干吗,他回答都是学习,要不就是在帮导师做事。我脑子中仿佛出现了:祁函拎着大包小包一进导师的门,他的导师忽然转头说:"祁函来了,让那些骡子、马啊的都休了吧。"后来我才确定,他居然去读的是美国的哈菩萨还是哈金刚的什么学校。哼!美国破学校的名字我提都不爱提,他这个民族的叛徒!分隔的日子越久,他的回答变得越简单了,我再问他,他会回答:"累!"他问我的时候,我回答他:"更累!"废话,我当然更累,美国才多少人,中国多少人呢!

{08} 师姐罗惠

刚见到罗惠的时候,我根本不认识她,是她先认出我的。

"我认识你,你不就是那个叫祁函的女朋友吗。"对于这个名头我不是很满意,要说我也是在户籍所里有备案的人,正经的有名有姓,怎么在江湖上就变成了祁函的女朋友了呢。

"我叫米露露。"

"哦,我是你师姐,我叫罗惠,你们刚入学那年,我大四,我在这工作三年了。"

师姐这两个字,让我听得很开心,刚轮转的第一个科室就碰到了熟人,这真是上天对我的眷顾啊。

罗惠看着还算和善,除了皮肤有点黑,身材比较壮硕之外,五官倒是很清秀,只是脸上明显冒出的几粒红色痘痘十分抢眼,总是忍不住吸引你的目光去看那痘痘几眼。

"你男朋友呢?"我知道这个问题会很快出现,但是快得还是让我有些措手不及。

"嗯……出国了。"

"他把你甩了?"罗惠带着一脸的忿容,似乎要为我出头一样。

她说出这句话的时候,我又重新审视了这个女人,这女人简直长得奇丑无比,皮肤比张飞还黑,身材比张飞还壮,简直就是女张飞,说话怎么能这么二呢?你还敢再二点吗?

"没有,是我把他甩了。"我一脸无所谓的样子。

"啊?"罗惠觉得自己好像没听清我究竟说了什么,"为什么?"

"我这人生平最恨崇洋媚外,削尖了脑袋往国外钻的人我理都不爱理,那些汉奸走狗卖国贼我见一个杀一个,我要做有气节的中国人!所以我把他甩了!"我太佩服我自己了,我都说了些什么啊。

罗惠痴痴地看了我半天,然后拍着我的肩膀说:"好样的!"

我轮转的第一个科室是内分泌科,跟我一起来的人都说我很幸运,因为这个科室基本属于慢性病较多,突发急症的病人较少,他们说这样很好,我可以循序渐进地去体会我的角色,而不像他们每天都想拿头去撞墙。

罗惠对自己的业务很熟悉,从她说的每一句话中我都能感觉出来,其实她人也很好,她会从怎么做第一年住院医的经验谈起。而且她说话跟炒蹦豆一样,一说起来你基本插不上嘴。

"医院的宗旨是一切以病人为主,是'以病人为主',但不是'一切'。因为有些人并不了解你的工作,但是他想让你的行事都要按他的意见来,那是不可能的!你做的每个决定都是要担责任和风险的,也许你当时让他高兴了,可是他很可能转过天来就不高兴了,然后会对他说过的话、做过的事一概不承认。所以诊疗程序必须严格执行,不管他是骂街也好,满地打滚也好。但是这是对非急症患者而言的,因为他要是能有空骂街和满地打滚基本上一时半会不会挂掉。对于急症患者,所有的工作都是为了要保住他的命,所以能判断出患者会不会马上要挂,是一门很高深的学问,无数血的教训啊。"说到这儿罗惠作出很严肃的表情,"有拿不准的问题一定要请示你的上级大夫,记住是:一定!绝对不可以私自做决定,一旦你私自做了决定,那所有的问题你扛。OK?"

听着罗惠的口气,我觉得她不像一个医生,倒像个黑社会的大姐头。

"对常用的药品要非常了解,必须了解,要很深入地了解,要了解到底。"罗惠一直在跟我强调了解的话,弄得我倒很不了解。

"怎么叫深入了解?"

"对药品的颜色、性状、口感、剂量、生产日期、厂商资质、反应原理、反应条件、半衰期时间、中间产物以及中间产物可能的影响、作用的影响因素、副作用、副作用可能的时间长短……以及对后代和环境可能产生的影响。"

"等等等……有必要这样吗?这得需要记多少东西啊?不是有那医药手册吗?我按那上面记不行吗?"

罗惠撇着嘴看着我摇着头:"这也是有教训的。"

"切忌以貌取人,是十分必要的。咱们医院门诊量成百上千,病房周转率非常快,这些人里不乏藏龙卧虎之人,我刚当第一年住院医的时候,就碰到过。八十多岁老头,穿的破灰布裤子,拄着拐杖伸手都哆哆嗦嗦的。他来找主任,主任不在出去了,当时只有我在办公室里,他拿个药品说明问我注意事项,我当时想这点小事还不好解决吗?那老大爷越问越深,到最后问我第二步的催化酶,我这论文答辩都没回答这么多问题。愣回答了老头一个多小时,我真急得汗都下来了,我跟他说:'您问这么多没用,我跟您说您也不懂。'结果老人家用他哆嗦的手从上衣兜里掏出一个小红本,我一看:院士!紧接着我就遭到了蔑视,然后是同事们的鄙视,说我跟院士讨论问题居然说人家不懂,然后我就被冠上了莫须有的业务不精的罪名,从那一刻起我发誓要重新做人,老娘可以被问倒第一次,但绝不能被问倒第二次!"

罗惠自称老娘的时候,我觉得我可以跟她做朋友,而且还是很好的那种。

{09}
不眠之夜

"在医院里的人际关系,嗯……很微妙。"一连串的炒蹦豆之后,终于有让她思索的用词了。"嗯,这个词很准确。"罗惠做了自我肯定。

"关于对上级领导的态度,我不说我想你也应该知道,关于同事之间的相处,你慢慢体会吧,我要跟你说的是大方向。大方向就是:虽然医院这些人都标榜自己是高知分子,表面很清高的样子,其实大家都是俗人,所以在这个复杂的环境里要尽量避免出绯闻,因为闲话传得快着呢!你想象不到得快!可能是因为医院有交班制度吧,总之八卦也都会被交下去,而且越传越走样,比学校的时候还快。到时候你有可能很快红,你也有可能很快死。"

她怎么就觉得我是会出绯闻的那个呢?我听着罗惠的叙述,觉得她心里肯定给我下了某种定义。算了,谁让我当过风云人物呢!我们这种人到达的高度是一般人不能理解的,我不跟她一般见识。

"关于我们跟护士的关系,用什么词好呢?纠结吧!这个词比较合适,我们即合作又对立,我这是私下跟你说,这个观点你可千万别说出去。有些时候有些人,她们的经验比医生还丰富,所以如果你下错医嘱，哪怕是小小的错，都会被她们发现，然后她们就会在背后嘲笑你是傻子。所以你一定要对护士表现出应有的尊重，哪怕只是表面上的，这样你的工作会省事很多。很多年轻的新医生不知道这点，以为到了医院护士是让他们使唤的，呼来喝去，所以那些人就会是首先被教育的，被护士教育。"

季洁是科里的老护士，三十多岁，可是工作已经快二十年了，其实我觉得她很有深度，因为最近她总是批评我，不是说我化验单勾得不清楚，就是说我医嘱里小数点点得很模糊。我对她的批评教育表现出了相当的尊敬，这令她很满意，罗惠也拍着我的肩膀说："不错啊，聪明人，够上道！"

"你知道罗大夫的外号叫什么吗？"季洁转着笔饶有兴致地问了我个问题。

我看着她摇了摇头。

"不眠女神！"她说出这个封号的时候，脸上带着诡异的笑容，像是在说江湖上某种可怕的事情。

"什么意思？"

"就是你跟她值夜班永远别想睡觉。"说完季洁拍了拍我的肩膀接着叹了口气，"反正我们护士是无所谓啊，大小夜本来就不能睡觉。不过你……也挺好，可以培养自己调节生物钟的能力，加油啊！"

季洁的话一点都不像在安慰我，倒像是某种恐吓。是啊，跟带教的医生一起值夜班也是我要修行的事情之一，而且我即将迎来我人生的第一个夜班。现在我大概能知道罗惠脸上的包为什么总也下不去了，而且还一茬一茬的，总在换新的。

值班是从早上八点一直到第二天早上八点，处理完手上的工作之后就可以回家睡觉了，然后第三天接着来上班。

白天的工作进行得很顺利,我并没有什么异常的感觉。罗惠也一脸轻松的样子。不过吃晚饭的时候我突然发觉她的饭量增加了一倍,还一直跟我说让我也多吃点。大有如临大敌之势!

晚上的病房让我有种异常的兴奋感,因为大大小小的领导都走了,医生值班室里只有我和罗惠,护士站里两个护士小声聊着天,楼道里有几个患者来回走动听着广播,偶尔有几个护工出出进进,这一刻,我仿佛感觉坐上了这里的第二把交椅。

罗惠抱着厚厚的一摞病例走了进来,"哐"的一声都落在了我的面前。

"今天收了3个,明天要出院4个。你下面要干的事情,你滴明白?"是的,我很明白,我能干什么,帮她写这些文学创作呗。

罗惠去冲了一杯浓浓的咖啡,然后问我要不要,我摇了摇头:"不行,喝咖啡我睡不着觉,喝多了手还抖。"

她扑哧笑了出来:"嗯,很好,对夜晚充满了幻想,有幻想很好,希望我不会让你失望。"

罗惠一坐下来就开始不停地写医嘱,然后给医技科室打电话追着她没回来的检查结果。时间一分一秒地过去,已经晚上十一点多了,手头的工作似乎都完成得差不多了。

罗惠忽然站了起来,开始在办公室里来回踱步:"今天好奇怪啊,怎么这么平静呢? 怎么病房里的人也没有个咨询的?"罗惠显得很不安,边走边搓着手。我看着她的样子觉得她简直是神经过敏,平静点还不好啊。

钟表的指针缓慢接近了十二点,我基本已经处于迷离状态了,上眼皮和下眼皮打着架,一直坐在桌子旁做着点头运动。

"师姐,这都快十二点了,能睡觉了吗?"

"再等等,再等等。"罗惠被我的催促弄得异常不安。

我感觉她像是在故意等时间一样,指针慢慢指向了一点,我已经趴在办公桌上进入了浅睡眠状态。

罗惠一脸兴奋地推醒了我:"哎!进屋睡吧,你真是我的幸运星。跟你值班难道把我的命运都改变了?"然后忍不住哈哈乐了起来:"走,睡觉去。"

我已经不在乎她叫我什么星了,终于得到了可以躺下来的许可。我闭着眼睛跟着她走进了休息室。

我很快进入了梦乡,因为我好像还从来没在十二点之后睡过觉。开心地做着梦,梦见我正在敲着鼓,鼓声越来越急越来越响,我迷迷糊糊睁开眼,发现罗惠已经穿着白大衣走出门外了,她边走边喊:"米露露起来,有情况。"

一定是个梦,我这么跟自己说,然后继续睡了过去。

"米露露!!!"师姐响彻云霄的咆哮声。

我腾地坐了起来,那一刻我觉得我的心脏病快要犯了。心跳加快了无数倍,头晕眼花,可能起得太猛了,没准低血糖了也说不定。我意识到这不是梦,是真的有情况,我慌张地爬下床,抓起了白大衣,趿拉着鞋小跑着跟了出去,紧张到连白大衣的扣子都系错了。我走出休息室一看,一点二十,怎么才睡了二十分钟啊。

罗惠边走边念叨着:"值夜班永远不要抱踏实睡觉的希望,不然被叫起来会异常痛苦,脑子里要上个闹表,把护士的敲门声当成闹铃,听到后马上起来。"

我拿着个小本跟在她的屁股后面一直在记东西,说实话那时候我脑子还是睡眠状态,我根本不知道要记什么,只是尽量把她说的话都记下来。

之后我在翻看小本的时候发现自己居然写着：护士的敲门＝闹钟，特征：咚咚咚会逐渐加急，必须起来！

在楼道里站了几分钟，电梯门开了，急诊的护士推上来一张抢救床。护士边走边做着叙述：李秀英，73岁，糖尿病史，血压60－90，脉搏56－65，血糖急查高出上限大于22，尿酮体3个+……

"刚才已经打过电话了，收到哪床？今天急诊忙死了，病人多得都快躺到地上去了，"护士边推着病床边抱怨着，"15床！"

罗惠点着头，我则不停地做着笔记，觉得自己终于开始清醒了。

被送上来的大妈紧闭着双眼，好像进入了迷离状态，跟在后面的是两个四十多岁的中年男女，衣服穿得歪七扭八的，一脸的倦容和焦急的神情。

病人被安置好后，罗惠立刻进行相应检查，病人的家属则站在角落里看着我们，回答着罗惠的每一句问话。

此刻我觉得她就像一个正在下着命令的女皇，我则是准备去执行的小太监。

"尿，电解质，生化全项，心电图，血压监测，血气，静点胰岛素……"一切都在控制和掌握之中，我马不停蹄地站在护士站写着要用的东西。

"不用想着睡觉了，酮症酸中毒，要把酮体纠正为阴性，血糖在控制范围内。每小时检查一次，随时调药。我估计大概要到七点左右，还有把明天的化验单和检查开到12床，明天12床会出院，把她调到我管的床上去。"

我有点不太理解为什么这么麻烦，罗惠看着我："你值夜班把患者收到别人床上是不道德的行为！"

"哦，"我低着头继续写着第二天要用的东西，"你考虑得还真周到啊。"

"这是规矩!"罗惠补充着。

手头上还有零七八碎的工作没有干完,突然电话响了,护士接起了电话然后交到了罗惠手中。那一刻我看到罗惠的脸僵硬到无法形容的状态。她挂了电话面无表情地看着我:"又来一个。"

"酮症?"我觉得有点难以接受。

她看着我继续面无表情地点了点头,突然她拿起手里的病例夹猛K着自己的头,用力到我都替她感到疼了。然后仰天叫了一声:"走,跟老娘收病人去!"我被她突然黑社会上身的气息吓了一跳,可是护士站的护士就像什么事都没发生一样,继续干着她的活,看来她对眼前的一切早就见怪不怪了。

离开内分泌科的时候,也标志着我和罗惠真正成了好朋友。因为就算我们分开了,也会时常约在一起逛街、聊天,我发现我们其实是很像的人,都是女人、都学医、一个学校毕业、嘴一样损、脾气一样火爆,除了我们打死也不承认互相长得像之外,因为我们真的长得不像,而且也绝对不想像。我们都曾经干过一件犀利的事情,就是都把自己的男友给"甩"了。当然罗惠可能没有我甩得这么有民族自尊感,她的男友是江苏人,由于毕了业没能留在北京工作,所以随着时间的推移就慢慢变得杳无音信了。两个寂寞又没有男友的女人凑在一起简直一拍即合。

{10} 不一样的风云人物

我刚见到景奕的时候,对他印象很不好,慢慢的,对他的印象就更不好了,再后来我对他简直是深恶痛绝。当然这些是我的私人看法,也只是对他的个人问题的看法,不包括对他的工作。

我第一天刚进肝胆外科并没有见到他,因为听说他下夜班走了,总之并没有打过照面。第二天,我站在护士站写着医嘱,护士们都在忙着配药,忽然一只手搭在了我的肩膀上:"你是新轮转过来的?"一个年轻男人的声音。

我心里突然冒出一百个不痛快,这是谁啊,我跟你很熟吗?

抬眼一看,一个高大帅气的男医生正看着我笑,当然了作为一个正常的女人,此刻,我的怒气消了一半。我朝他笑了下:"是啊,昨天刚转过来。"

"那你要加油喽!有问题可以问我,我会好好照顾你的。"说完他顺手又捏了下我的手,转身的那一刻还不忘对我挑逗地笑了下。电压至少一万八,还好本姑娘闪得快,要不早被电死了。我不禁对他最后的笑打了个寒战,这笑也太自恋了吧。

景奕很招女人喜欢,我很快就感觉出来了。因为他一出现,护士们都跟打了肾上腺素一样,个个精神抖擞。女医生们看见他也都变得兴奋不已,不过我要说,我是症状最轻的那个,因为咱好歹也当过风云人物,是见过大场面的。

听说景奕在他们学校的时候也是风云人物,当过学生会主席,校篮球队队长。他的确很会打篮球,医院的篮球赛,他代表科室赢得了冠军,那些比赛简直就是他的个人秀,场内到处是他上蹿下跳的身影,还时不时地朝场外亢奋的女性眨下眼睛。

我从讨厌他到非常讨厌他是有原因的。我到了肝胆外科之后,我的工作时间就一再延长,因为我发现所有的外科男医生,他们的文化素质都很低,全都不爱写字,而且所有人都让我帮他们写,理由几乎全都是:我的字不好看。俗话说,每个成功男人的背后都有个女人,对于我来说,每个成功做手术男人的背后都有我!所有成功的手术过程基本上都差不多,如果手术中出现了什么不同的地方,手程他们会自己写,他们的最后人性也仅体现在此。

那一天我又奋笔疾书到快七点,收拾了桌子之后我准备离开了。那天是景奕值夜班。我刚下了楼,忽然想起忘拿了一本书,就放在休息室的床头。我急匆匆地跑回科里,医生值班室的门被锁上了,我使劲推了推,像是从里面锁上的,所以我只得敲门:"景大夫,在吗?我想拿点东西。"半天没人理我,所以我决定先去趟洗手间,等我从洗手间出来的时候,发现休息室的门开了,值班护士钱琳琳衣冠不整很慌张地从休息室跑了出来。那一刻我觉得情况异常微妙,说时迟那时快,我一个闪身躲进了开水间,只露着一只眼睛向休息室张望,很快景奕也从休息室出来,然后从容地走去了医生办公室。

天啊,惊天大八卦让我碰见了,我的心突突跳得厉害。不都说景奕在追护士韩芳吗,怎么又和钱琳琳双双扎进了休息室呢?此时,我突然觉得自己哪像是个医学院毕业的医生啊,简直就是个小报狗仔队,我对自己的表现有些不满。忽然大彻大悟了,人家爱跟谁关我什么事,男未婚女未嫁的,我是回来拿书的,不是来探绯闻的。

但是那一刻不知道为什么,我突然很想念祁函,作为一个清心寡欲的风云人物是件多么困难的事啊,像祁函那样的老实孩子不知道以后还能不能碰到了。

也许我真的可以搞个副业当小报记者,因为至少在医院之外我还看见过他三次牵着不同的妹妹,做着亲昵的动作。起初撞见他还有些闪躲,可是慢慢的,他看出我对他很厌烦,而且是永远不会有交集的那种,所以到后来他再见到我好像比我还大方。而且我做了对于他来说很有道德的事情,就是他的任何绯闻都止于我这里,并没有被第三个人知道,也许现在我在他眼里是个值得信任的人。而我对他究竟跟几个女人有关系也渐渐变得漠不关心了。

直到我跟罗惠逛街的时候,罗惠对我说:"我跟你说个秘密啊,外科的景奕现在在追我。"那一刻我嘴里咀嚼的东西都随着张着的嘴掉在了胸前。

"你怎么了? 中风了?"罗惠看着我奇怪的表情。

我没有说话,表情呆滞。

"给点意见吧,亲爱的,你觉得他怎么样? 很帅哦。"说完罗惠忍不住笑了出来。

我开始摇头,依然没有说话。

"摇头什么意思啊,哑巴了?"罗惠开始有些着急。

我依然摇头,我不知道要怎么说,从哪儿说起,而且我也不知道她和景奕到了什么程度。

"摇头是不同意了? 他不好? 你嫉妒?"

我的头摇得一阵紧似一阵,觉得自己的脑仁快摇出来了。

"你吃猪尾巴了你!"罗惠突然朝我大叫着,"说话啊。"

"你别招他,你弄不过他,真的!他是采花高手,你甚至都不算朵花。"

罗惠狠狠推了我一把,我慌忙解释道:"咱俩都不是。咱俩顶多也就是挺拔点儿的狗尾巴草。"

{11} 别碰我朋友

"当局者迷"这句话很多时候送给正在恋爱的人们是很合适的,现在用这句话形容罗惠最恰当不过了。

即使我冒着天下之大不韪,跟她绘声绘色描述了景奕的各种八卦,但是似乎并没有震撼到罗惠的心,她始终认为自己有降服景奕的能力,而且她坚信景奕对她是完全真心的,而自己则是最特殊的那个。

"你比他还大两岁呢。"我已经没有话可以劝她了。

"那怎么了!女大三抱金砖。"罗惠很不以为意。

"二,二,是二。"我大声强调着告诉她抱不了金砖。

"二怎么了?抱不了金的抱银的也行吧。"

我不能再多说下去了,因为再唱衰他们,好像自己真的是在嫉妒。

"反正我该说的都说了,你自己好自为之。"

罗惠真的好自为之了。因为她开始很少约我,我约她,她也因为突然变得忙碌起来而常常拒绝。见色忘义的家伙!

我真的是个善良的人,我对罗惠是出于江湖道义的责任,绝无半点嫉妒之意,因为我真的玩不起,我也不相信罗惠能玩得起。但是我还是很希望景奕对她是真心的,因为罗惠的岁数也的确不小了,而且她常常跟我说她想结婚。我曾经看见他们俩坐在星巴克里很甜蜜地聊着天,难道我是小人之心了?

但是很不幸,只隔了两天,我就看见景奕跟韩芳两个人偷偷地在配药间的角落里接吻。好吧,我承认我是故意去监视他的。景奕也看见了我,但是他无所谓,因为我差不多快知道他所有的女人了。

我必须做点什么,我的良心告诉了我。为了我的江湖道义,我把景奕约到了一个没人的露台。

只有我们两个人,气氛似乎陷入了一种暧昧的氛围之中,刚刚站定,他就忽然伸出手帮我把耳边的头发拢到了耳后:"头发掉下来了。"

我啪地推开了他的手:"别动手动脚的。"这么冲的火药味,让景奕忽然预感到我不是来找他玩暧昧的。

"罗惠是我朋友!"我开始先发难了。

这句话让景奕很吃惊:"你跟她是朋友?你们怎么是朋友?又不同届。"

"我在内分泌的时候跟她交的朋友。"

"那你现在是想干吗?兴师问罪?"

"你是不是在追她或者跟她在一起?"

"没有。"景奕斩钉截铁地回答。

靠,我此刻很想用一套组合拳打他的脸,然后再加上一个回旋踢。

"我们只是偶尔凑在一起讨论一下学术问题。"

此刻我的丹田之内忽忽悠悠冒出了一股气,我拿手指着景奕:"老娘今天跟你说清楚,你要是跟罗惠玩真的,你就把我今天的话全他妈当臭狗屎,让我怎么给你道歉都行;你要是想玩我朋友,你给老娘试试看。"

哦,我的天啊,我骂脏话了!我是什么时候掌握的这项技术呢,简直浑然天成无师自通。

景奕突然被我飙脏话的样子吓了一跳,因为可能我的样子很像要跟他玩命一样。

他犹豫了半天看着我说:"你凭什么?"

"就凭老娘知道你所有艳情史行不行?"

景奕看着我愣了许久:"简直不可理喻!"说完他很生气地走了。

他离开露台的时候我开始有点害怕,我觉得自己太冲动了,毕竟景奕比我早来一年,怎么说都算我的前辈。

罗惠打电话约了我。她一见到我只说了两句话就开始哭,哭得很伤心,她说景奕不接她电话了,而且后来景奕给她写了封EMAIL说只是跟她如同事般的感觉,希望她不要想多了。

看着罗惠的眼泪,我知道那件事情我做对了,我问心无愧。

"你没损失什么吧?"

罗惠摇了摇头:"可是我的身心都准备好了。"

"您倒是挺慷慨的。"我控制不住地想损她。

"那你说我们就当个床伴不行吗?"听到罗惠这句话的时候,我差点没栽过去。

"大姐,您看看您是当床伴的人吗?看封EMAIL都跟我这哭快一个小时了,你要真跟他怎么样了,那现在我是不是正遗体告别呢。"

"你不损人能死啊?"罗惠终于不哭了。

"别想邪的了,踏踏实实找个像样的男人嫁了吧。"

"那你给我找个男朋友!"罗惠忽然瞪着我,"你给我找,你给我找,你必须给我找。"

"我找,我找,我找。"我满口答应着,我上哪儿找去啊,我要找得到,我至于整天跟她泡一起吗。

{12}
相亲第一人

这件事过了不久景奕忽然被调到急诊外科去了,虽然可能他与后面的故事关系不大,但是我还是要说一句,他被调到炼狱里跟我无关,因为他放过了罗惠,所以我信守诺言放过了他。

急诊对于每个医生来说可能是印象里最恐怖的地方,因为你除了每天要面对要死要活而来的病人,还要面对的是很多因为同一个原因而要死要活的病人。作为急诊的医生,你除了要按诊疗程序为他们救治,最需要的一点就是耐心,无限多的耐心,因为你需要在最短的时间内无数次干着重复的事情,还要让病人感受到你对这件事情很有热情。把景奕调去急诊可能在他心里是一种莫大的惩罚,因为对于他一个自视颇高的外科大夫来说,他将好久都不能再上手术台了。

我知道景奕内心肯定认为是我散布了事实,才让他去接受了洗礼,但是其实正应了罗惠那句话,绯闻过多的人,你可能很快红也可能很快死。

下面这个人我不知道是不是应该记述在我的相亲日记里,因为他起初的确是被介绍给我用来相亲的,但是我没去相,我很慷慨地把他让给了罗惠。

我很希望最后能留在妇科工作,这是我从一开始进医院就打算好了的。所以当我轮转到妇科的时候,我真的是用尽了浑身解数,努力表现自己。我几乎每天第一个来,每天最晚一个走。而且我几乎将所有大夫手头的零碎工作都揽了下来,甚至有时候还干着清洁工的工作,比如第一时间把各大夫桌子上没清理的垃圾都为他们清理干净。我知道看到这儿有些人会说:姐姐,你演过了吧。怎么了?我这是按自己的目标努力。你们少管我!我就这么干!

邢淑兰是妇科的主治医师,由于我一进妇科就过于常人的勤快表现,很快得到了她的认可和欣赏。为了表达对我工作上的认真和努力的欣赏,她决定奖励我一个男人。邢淑兰的老公是理工大学计算机系的教授,每年手下毕业的研究生能装一筐,于是她跟在老公身后拿着筛子仔细筛选,挑出那种优良品种拿得出手的,介绍给医院的未婚女青年们。

邢大夫似乎对介绍别人相亲这件事十分上瘾,因为听说光医院内就有七个成功的案例了。哦……怪不得四十多了还是主治呢,人各有志嘛。

她为我介绍的这个男人是 IT 业的精英,编程界的翘楚,收入也是可圈可点。而且她向我介绍了他拥有一个最神奇的证书,我想了想她表达的意思大概就是说,如果你拿着这证书去美国大使馆,往大使桌子上这么一拍,大使一看立刻满脸堆笑地给你签个绿卡,然后再送你十万美金,让你带领美国人民发家致富奔小康去。她告诉我,光要想考这证书就得交好几万呢。那的确是我第一次听说有这么神奇的东西。不过现在我大概知道了,那好像就是传说中印度人手一张,中国一半 IT 人士都有的微软工程师资格证书。不是我的行业我不了解，我就不乱造次了，反正他是有那么个东西。

　　我大概只考虑了半个小时就决定把这个奖励让给罗惠。邢淑兰听了我为她推荐别人的时候很是失望，她不停地说："这个人真的不错，你不考虑考虑了？"我摇了摇头，跟她说我跟男朋友还没彻底分手，现在可能不能全心投入新恋情。其实我觉得罗惠真的比我更需要这个机会，因为她马上就要27了，而我此刻的心情可能真的还不能全情投入吧。

　　邢淑兰基本不认识罗惠，她只是印象里在医院打过照面，但这并不妨碍我把罗惠夸成了一朵花，同样符合邢淑兰为人民服务的初衷。所以这件事情很快达成了协议。

　　与罗惠相亲的这个男人，我几乎已经忘记他叫什么了。但是在我内心深处始终有这么一个人，一个小小的阴影。虽然罗惠后来一直跟我说不关我的事，是她自己的问题，但是我始终觉得我脱不了干系。我似乎导演着他们的相亲、相恋、每一次的吵架、每一次复合到后来的结婚以至到最后的离婚。

{13}
他们初识

相亲被安排在一个周六的早上。本来按我的正常作息我应该跟我的带教医生一起下夜班才对,而邢淑兰会有半天的妇科门诊,但是我被邢大夫强令要求等到中午,而且要我们四个人在场,确定他们相上亲之后才能离开。

我曾经试图建议邢大夫,让他们交换电话号码自己去约,可是刚露出此建议的端倪,就被邢大夫以不负责任的帽子压了下来。

"你想想,你让他们交换电话,他们就真的第一时间打吗?这万一有个谁忙着工作拖延了时间,这中间不定发生什么变化呢,所以咱们必须得监督着他们确实相到了,这才是一个负责任的介绍人。"邢淑兰慷慨激昂地发表着她对于一个介绍人应该具有的高素质的观点,我终于知道她真的把这事当成她的第二事业来做了。

看得出罗惠做了细心的打扮,她化了淡妆,平添了许多她平时没有的女人味,而且现在我看她确实是颇有几分姿色的女人。

罗惠比约定的时间早到了二十分钟,我看得出她很紧张又带着点小小的兴奋。邢大夫也很负责任的在门诊一结束就狂奔回病房,那时候我觉得她比罗惠还兴奋。

我的形象就不提了,蓬头垢面邋里邋遢地坐在角落里打盹,内心想着他们快点相,不管成不成我都能洗澡吃饭回家睡觉了。三个女人等待着此男人的出现。

2006年3月4日　星期六　天气晴突现小阴

姓名:郑立存;性别:男;年龄:29;身高:172-174(目测);体态:较瘦,目测体重120-125斤;皮肤较黑;五官:齐全,分布结构基本合理。对于外貌的直接感觉:不帅不丑。平静观察十分钟无眨眼、耸肩、吐舌等应激性条件反射。

穿着正常加比较正式,身上没有怪异的味道,特别是没有烟草的味道。只是有一点不能理解,他为什么一定要在休闲西服外面加上一件黑色过膝风衣呢?倒不是说这件黑色风衣影响了他的品位,只是让我突然想到了某个电视剧里的经典造型。

郑立存刚一走进医生办公室,就立刻开口道歉,因为他迟到了十分钟。

"对不起,家门口出了点交通小意外,堵了会儿车,抱歉啊。"我本来对此人的迟到颇有些微词,但是他先道歉堵了所有人的嘴。

看得出罗惠并不介意,而且她对郑立存的第一印象不错。这我就放心了,于是我又开始靠在暖气上闭目养神起来。

郑立存只扫视了一下屋子,就立刻知道今天是谁要跟他相亲,因为我的形象绝对不是一个女人为准备相亲而设计的。

他和邢淑兰寒暄了几句,问候了导师身体。然后邢大夫正式把罗惠介绍给了他,并强令他们立刻离开医院,去找地方吃午饭去。

罗惠气质优雅地跟邢大夫告别,在出门的时候忽然转头跟我说:"露露,我先走了,你好好休息吧。"

罗惠的告别把我从浅睡眠里拽了回来,我挣扎着睁开眼睛看着他们从嘴角挤出一点微笑来,并朝他们点了点头。

我想这时候郑立存才知道我不是一个当背景的路人甲,而是另一个介绍人吧。

"我觉得他们挺配的。"邢淑兰很激动,仿佛看到她的第八个成功案例正在向她招手。

"恩,挺配的,我也觉得挺配的。邢大夫,您真有眼光,您得攒点好货色给我留着啊,等我精神过了这个坎,您也给我安排几个让我见见啊。"

"好啊,我现在手头还有俩,你要不挑挑看?"

那一刻我想拿鞋底子抽自己的脸,真是自作孽不可活。

{14} 友情 PK 爱情

时间这个东西你注意它的时候发现它走得很慢,可是你不注意它的时候,它却真的如梭般穿过。

这一年我在医院的收获颇多,我深刻地总结着。我的努力让我成功地在各个科室留下了良好的印象,并获得了多个科室颇高的评价:小米不错,手脚挺勤快,也不招人讨厌。"不招人讨厌"这句话是多么朴实而又真诚的表扬!

在这一年里,我成功地交到了一个好朋友。我成功地给这个好朋友介绍了个男朋友。而我自己也成功地和我的前男友祁函不再有任何联系。我最成功的一件事就是:我乘风破浪、披荆斩棘地挤进了妇科,我不由地感叹我那些辛苦的经历:那些桌子真没白擦啊!

邢淑兰知道我定在了妇科很高兴,因为最近她手头又攒了一堆男人有待推销。她跟我说让我先挑,挑不上的再让我想办法帮她分发出去,如果手头没有合适的女生,让我回去问问亲戚朋友中有没有。我真的特别谢谢邢大夫如此看得起我,但是我不做传销因为那是违法的。

我一直以来想考证一个事情:是不是见色一定就要忘义呢,真的不能并存吗？女人是这样，男人也这样吗？还是男女都这样呢？自从罗惠有了男朋友，我基本上又成了孤家寡人。我打电话约她的时候，她总是很遗憾地告诉我，她约人了。看书的朋友肯定会说你这人怎么这么没眼力劲啊，人家谈恋爱你还老去打扰人家。但是我真的不知道他们刚相识两个月就迅速进入了甜蜜期，几乎到了每日必见的程度，想当初我跟祁函也是熬了半年多才迈出了那怯怯的一小步。也是，谁能跟我比啊，老什么女！这一年我跨入了我第二个本命年！

"亲爱的，明天周六咱俩见个面啊，好久没跟你聊天了。"罗惠的电话突然神奇地传了过来。

"啊？哟！臣惶恐，臣万分惶恐。"

"嘿，你这家伙，又来劲非得损我啊？"

我呵呵笑了起来："大周末你不陪你男朋友啊？"

"他周末加班，不知道要到几点呢，我也刚好没事。"

"原来我是超级替补啊？我还是继续惶恐去吧。"对于替身这个位置我有些不满。

"别闹了，去吧，我可以跟你说说我们家存存好多好玩的事。"

"你养狗了？"

罗惠静了一两秒："你这死丫头，嘴太坏。"

嘴损这件事我倒是一直知道，但是我没说什么特别的话啊。

我仔细想了想："对不起，误会了，我真以为你养狗了呢。我忘了你男朋友叫什么了，你这么存存的一叫，我真以为……"我的确不是有意把他男朋友说成狗的，由于说错了话只好满怀歉疚地说："那明天见吧，我请客。"

"这还差不多。"罗惠开心地挂了电话。

周六的天气很好，我和罗惠逛着商场里的每一个店铺，边走边聊天。罗惠最近的气色很好,而且我觉得她越来越漂亮了,看来"恋爱中的女人最美"的确是经过考证的。

罗惠一上午都在不停地跟我说着她的存存,而我一上午都在努力地把存存这个名字和一个人联系在一起。

快到中午的时候,罗惠的电话响了,她接起了电话,越听越开心,说到后来还忍不住乐出了声。

"存存说他努力干,结果今天的活干完了,他说一会儿过来找咱俩。"

"咱俩?"

"是啊,他知道我跟你逛街呢。"

存存这个人怎么这么没眼力劲啊,明知道两个闺蜜在逛街,还非要扎进女人圈来,真是的。老娘今天就不走,看你怎么对我。流氓思想上了身那就挥之不去了。

我很怀疑郑立存的真实身份是那个内裤外穿的家伙,他真的以我难以想象的速度赶到了我们正逛着的商场。从他眼睛能看到罗惠开始,就一直开心地笑着,罗惠看着他笑得更开心,两个人的嘴角不停地上扬着,我的嘴角则不禁下挫着。

"啊,上次见过一次,还没给你们正式介绍呢。这是我好朋友米露露。她定在我们医院妇科了。"我努力地将下挫的嘴角上扬了一下,然后又任由它们下挫下去。郑立存可能看出我的情绪不佳,所以他也只是朝我点头微笑说了声"你好"。

"你们还没吃饭呢吧。走吧,咱们吃饭去吧,我请客。"

"唉,说好我请的。"我赶忙说话了。

"我都在这儿了,哪有让女生请客的。"说完他看着罗惠笑了下,罗惠也回应他甜甜的笑。

好,你男朋友够上道,会说话让你有面子。我看着罗惠甜甜的笑容,努力把嘴角拉回到直线。

郑立存伸手拉着罗惠的手往前走,罗惠突然意识到我还在旁边,于是她慌忙又拉着我的手,于是一个男的,拉着两个女的场景在商场里赫然出现。郑立存拉着她往前走着,罗惠更努力地拽着我随行。我知道她想证明她不是有异性没人性的家伙,但是这种场景真的让我很痛苦,因为不停的有人在看我们。

大概前进了几十米的距离,我的自尊崩塌了,我还要在江湖上混呢,无数的眼光,这要是碰到个熟人看见此景象会作何之想。我很怕有些变态的人会把我们三个的状况描述成 P 字前面加上 3 这个数字。行,今天我认栽了,友情 PK 爱情完败! 咱们来日方长,后会有期了。想到这儿我跟他们俩说:"我不去了,我突然想起来有点事情,我先走了。"我想我的离开也让他们松了口气吧。

{15}
一点小波折

与罗惠的周末小聚之后,我发现我的内心开始有点小变化,也许相亲真能碰上几个不错的男人?我重新审视邢淑兰,邢大夫真是个世外高人,难怪能成功了七对,这个成绩在医院的媒婆界里无人能及。

只隔了两天时间,罗惠居然主动跑到妇科来找我。她一看见我就开心地笑。

"露露,找你好久了。"

我抬头看了她一眼:"有熟人要看病啊?找邢大夫也可以啊。"

"不是,好像我没事就不能找你似的。"

罗惠凑上来小声地跟我说着:"你觉得郑立存怎么样?"

我抬眼想了下:"凑合。"

"我们家存存可说你很好呢。"

一共也就见两分钟,居然能看出我人很好,真是太有眼光了,我就喜欢这么真诚的人。"我也觉得我这人挺好。"说完罗惠就推了我一把。

"好、好,你们家那存存也不错。"

"他说明天要请你跟邢大夫吃饭,说要好好谢谢你们。"

我抬头看着罗惠:"你们家郑立存人真不错,特男人。"

"吃好料,很有名的西餐厅哦!"

"哪儿找这么厚道的人去啊?你别抻着了,赶紧结了吧。"

罗惠被我的话逗得哈哈直笑:"我真是拿你没辙,哎。我先回科室了,明天等我电话。"说完就带着笑声消失在妇科。

这家西餐厅真得很高级,从一翻菜谱看着一盘拌白菜要一百多块就能看出它的高级来,不过餐厅管这个叫沙拉。

郑立存狠下血本,为我们点了它的招牌牛排。我们一边等着主菜一边聊着天,郑立存也一直跟他的邢师母聊着他师傅的近况。牛排端上来了,厚厚的一大块,果然是牛的排,我拿着刀叉仔细研究着眼前的这块肉,究竟我从哪儿下刀才合适呢?郑力存很小心也很迅速的把盘子里的肉切出了小小几块,然后端起盘子放到了罗惠面前:"你吃这个。"然后把罗惠面前的整块肉换了回去。

那一刻我被他的行为深深折服了,我特想站起来握着郑立存的手说:"大哥,你真行,你这事干的,比我在妇科抢清洁工的活还有创意。"

这件事又再次为罗惠脸上增了光,当然此种景象也在邢淑兰的功劳簿上描绘了出彩的一笔。我看着两个女人神采飞扬的面孔,突然在想,这不是强行植入广告吗?想不看都不行。不过广告的植入是成功的,因为那时候我特想跟邢大夫说:照这标准给我来俩!

吃完了谢恩宴之后,我回来一直在犹豫,我到底要不要相亲呢?没过几天罗惠又来找我了,表情很凝重,她说下班后让我陪她聊聊天。我看着她的样子猜测好像她的爱情出了问题,要不友情怎么会占了上风?

我们约在医院旁边的一个小咖啡店,刚一坐下,罗惠的眼泪就夺眶而出:"我不想跟郑立存好了,我想跟他分手。"

"啊?"我真的很吃惊。白天我还在犹豫要不要去相亲,现在她告诉我她要分手,难道是老天知道我在犹豫,以这种形式告诉我不要相亲吗?

"怎么了?他给你写EMAIL了?"罗惠继续流着眼泪摇了摇头。

"前天我值夜班,他来陪我上班。结果他还带来那么厚一本专业书,一开始我忙着干我的活,他就坐那儿看书。后来我手头的活都忙完了,他还在那儿看书,一直看到快两点。我问他'你跑这看书来了?'他居然回答我'嗯'。你说有他这样的人吗?"说完罗惠哭得更伤心了。

我托着腮帮子把罗惠说的话来回想了好几遍,越想越不明白,她这说什么呢?难道是我岁数大了理解能力差了?因为我真一头雾水,所以罗惠说完之后我没说任何话,我在等着她说下面的事情。

"你干吗啊?你怎么不说话?"罗惠哭着朝我喊。

"啊?我应该说话吗?这时候我就应该说话了?"

"露露,你帮我评评这理,他怎么能这样对我啊?明明说陪我来上夜班,结果他坐那儿看半宿书,理都不理我。到两点的时候我跟他说我要睡觉了,你回去吧,结果他就真的站起来回去了。"

我觉得我好像找到她的哭点在哪儿了。那时候我重新审视着罗惠,这明明奔三的女人,怎么一谈恋爱这心理年龄变15岁了?

"你说话啊!"罗惠急得直跺脚。

"你让我想想怎么说,"我努力思考着,"我大概明白了,你的意思就是说,你留他过夜他拒绝你了,你觉得特没脸,是这么个事吧?"

"露露!"罗惠真急了,"我都这样了,你还有心思跟我开玩笑呢?"

"大姐,你真别难为我了,我真听不出你为什么要分手。"

"他说他陪我上夜班,结果他半宿没说话,整个把我办公室当图书馆了!这还在谈恋爱阶段都没话,以后可怎么办啊?我让他走,他真跟没事人似的走了。所以我必须得跟他分手!反正后来他打电话我没理他,我直接跟他说你以后少理我,抱着你的书过去吧。结果他说我真是莫名其妙,现在我们俩谁都不理谁了。"

"他第二天要上班吗?"罗惠听了我的问题点了点头,"我觉得,你不是要分手,你是找一方法跑我这显摆来了。"罗惠终于不哭了,她皱着眉头看着我。

"第二天要上班还跑来陪你,你前头忙你的工作,他也不打搅你,多好,自己静静地看书,自理能力真强。"罗惠的情绪平静了,表情也舒缓了许多。

"那我让他走,他干吗真走啊?"

"废话,你让他走他不走啊?耍无赖啊?两点了,困了呗,上夜班多痛苦啊,估计他也想让你早点休息。下次你不想让人家走,你就直接跟他说别走,两个人说话还得连蒙带猜的,累不累啊。"

罗惠彻底冷静了:"那你的意思我不应该分手了?"

"分,必须分,谁让他看书的,敢在你面前看书!吃了豹子胆了!"罗惠哈哈乐了出来,"听你这么一说,好像真是我在无理取闹?"我没说话,我只是笑笑地看着她。

"那我现在该怎么办?"

"打电话呗,说你上夜班情绪不好,容易烦躁。"

"哦,"罗惠突然拉着我的手说,"露露,你真好,幸亏有你在。"然后雨过天晴大笑了起来。

我曾经反思过罗惠的感情问题，我发现罗惠在恋爱之中就完全变成了另外一个人，跟我彻底不同，简直是天壤之别，她一谈恋爱就变成了一个纯粹的小女人。她的这种事放我这儿根本都不会发生，因为我根本都不会叫男友来陪我值夜班。我既不喜欢黏着人，也不喜欢别人黏着我。我帮罗惠舒解情绪让她心胸开阔些是没错，但是我不应该教她去怎么做。既然她以小女人的形式宣了战，就应该用她小女人的形式结束战争。而且这是他们之间的相处，不应该加上我的做事风格，这样会误导郑立存对罗惠的认知。对于罗惠，她不可能变成我，我也不可能变成她，所以她后来会无数次的以无理取闹开始却以通情达理、心胸开阔的结束。这让郑立存产生了误会，认为无论他跟罗惠之间产生什么矛盾，都是罗惠在无理取闹，而且罗惠都会是先低头的那个。以至于他到后头都有些迷茫了，即使是他处理不当的事情，他也认为是罗惠做得不对，而罗惠也必须要先说对不起！

{16} 难忘的第一次

罗惠感情上的小插曲并没有影响我想尝试相亲的迫切愿望,反而让我更坚定了信心。于是我主动找了邢大夫,提出让她帮我找个合适的男人相一相。邢淑兰看了看我,一脸为难的样子。

"最近手头上好点的都发出去了,有俩吧,我觉得跟你也不太合适,你要不再等等,过两天看看有没有新的,我保证给你记着这事。"

我觉得邢大夫她是成心,平时追着我屁股后面哭着喊着让我相,这我一动真格的她又变成手头无人了,不就是嫌我没给你当下线吗。

过了两个月的光景,一天邢大夫十分激动地冲到我的面前:"找到了,找到了,我觉得这人挺适合你的。"看到邢大夫那种满心欢喜的激动表情,那一刻我觉得自己的内心竟是如此的丑陋,我怎么能怀疑邢大夫为祖国婚姻事业不求回报无私奉献的赤子之心呢?我真是以小人之心度君子之腹!

"我今天中午吃饭碰到骨科的闫护士长了,我们俩一聊就把你这终身大事给解决了。"邢大夫讲述着此男人的由来。

原来我的终身大事一顿中午饭工夫就能给解决啊?还是食堂的一顿饭。看来她和闫护士长对她们要介绍的人充满信心,同理,她们也对我充满信心。希望我能正常发挥,不要叫她们失望吧。

"这小伙子是以前闫护士长老邻居的儿子,后来他们搬家了。"

"哦,那您见过吗?"

"我上哪儿见去啊?"我问的问题的确有些奇怪,不过我也只是想更接近事实一步。

"今年32岁。"

"啊!"我的一个感叹句忍不住冒了出来,"大点吧,差8岁呢。"

"8岁哪叫大啊,再说了这男人就得过三十,那才叫成熟男人,三十以上办事情才靠谱,明白吗?"邢淑兰充分表现了一个媒婆应具有的各种素质,因为我已经被她的话深深打动了。

"父母一个大学老师,一个是中学老师,小伙子是公务员。"说到这儿邢淑兰忽然激动了起来,她抓着我的胳膊摇晃着,"米露露!多好的条件啊!我这儿好几年没碰到过这么好条件的了!"邢淑兰此刻的激动情绪让我觉得如果我放过了此男人我必将抱憾终身。

"那闫护士长见过吗?"

"她当然见过了,十六年前,说小伙子可帅了。后来他们搬家了,也就没见了,前一阵儿参加一个老熟人孩子的婚礼,碰到这小伙子他妈了,这不就又联系上了,说想让护士长在医院帮忙给找个对象。"

"16?这可又长出个16岁来。"我的语气带着些许犹豫。

"米露露,你说你这年纪轻轻的怎么这么磨叽啊?你就见他一下,说两句话也少不了块肉,你看看你这啰唆的。而且没准人家还看……"说到这儿邢大夫并没有往下继续,我猜她已经被我犹豫的态度弄得有些生气了。其实她说的没错,此刻好像是我在挑三拣四,其实没准人家根本看不上我呢。

"行吧,不成功便成仁。"我咬着牙发了狠。

2006年11月5日　星期日　天气晴有风

北京的晚秋多了几分凉意,不过今天阳光明媚,天很高很蓝,让人心情变得很愉快,希望今天的相亲不要把这种愉快的心情带走。

我们约在朝阳区一个叫做"旧约"的咖啡厅。说实话虽然我生在北京、长在北京,但是一出门我基本哪儿都不认识,我只知道从家到单位、从单位到家的路,不过你要向我问路,我保证能准确地告诉你它在天安门的东还是西,南还是北。

我很早就出来了,而且很顺利地找到了那间咖啡厅,整整提前了半个小时。咖啡厅很特别,一进去就完全陷入了一种怀旧的气氛中,充满了二三十年代老上海的气息,昏黄的灯光,泛黄的墙壁上贴满了那种香烟纸盒上的美女。咖啡厅的坐椅是老旧的皮质卡座,能让在这里约会的人们保留一份小小的私密。空气中弥漫着咖啡的香气和轻柔的靡靡之音,让人一进来就立刻放松了心情。选择在这里相亲至少在我心里又给他加了一分。

我找了个可以看见门口的座位坐了下来,点了一杯黑咖啡,然后静静等待着那个要来相亲的人。我在心里无数次地想象要来的人的样子,也许他是个大胖子,一个大暴牙,一个秃顶或者一个脏兮兮的猥琐男。我按着各种最坏的打算进行着想象,因为我不想被突发的事件弄得措手不及而失了脸面,丢了体统。结果都不是!

姓名:于成浩;性别:男;年龄:32;身高:176左右(目测);体重:132-135斤(目测);体态:匀称;五官:标致,轮廓清晰,直观感觉:偏帅气;穿着:休闲时尚。他身上散发着淡淡的洗洁精的味道,这很好,这比那些喷香水的男人让我觉得好受多了。缺点:发型样式老旧,完全与他时尚的穿着不符。发型像是五四青年运动时候的学生款式,标准的三七开,右七左三。中间的白色发缝清晰明显,又直又平,两侧的头发都老老实实地待在自己的界限内,没有一根越界到对侧。嗯,这条缝分得有年头了,我心里暗想着。

我无数次的按着最坏的打算设想着这个人,却从来没想过也许来的会是个不错的人。所以此刻我还是陷入到措手不及的状态之中。

"你好,请问你是米露露、米大夫吗?"十分有礼貌的语气。

我抬头看了一眼,然后很慌张地站了起来看着他:"对,对,对,对,对。"结巴?我怎么能结巴?!我怎么可以结巴?还在这个时候结巴!我努力平复着内心的情绪。对自己的表现懊恼极了。能让我稍感安慰的是,原来他也很紧张,他很不自然地去整理他靠右边占了七成的那部分头发。看着我笑了笑,坐了下来,然后又伸手整理了占三成的头发。

服务员走了过来,问他需要什么。

"拿铁,"说完他看了我一眼,"换杯新的吧?一样的,行不行?"

"好,好,好,好,好。"我发誓我真不是故意要说这么多好,我紧张,我紧张得要命,因为我没干过这事。服务员离开了,于成浩整理了下他七成的头发。

"我迟到了吧?"

"没,没,没有,是我来早了。"我尽量的深呼吸,情绪也变得稳定了许多。我开始仔细观察眼前的这个男人,不由得,内心升起了三大疑问。

第一:现在的男人都怎么了?这么好条件不结婚非得耗到三十多,这都是等我呢?

第二:现在的男人都怎么了?不说32吗,怎么长得跟23似的,这让我们女人还怎么混啊?这要等我老了,我得做多少次电波拉皮,打多少肉毒杆菌才能看着跟他差不多啊?

第三:现在的男人都怎么了?怎么比女人还注意形象啊,他老摆弄他头发干嘛啊?

我赶忙从胡思乱想中把精神收了回来:"我现在特紧张,我这是第一次相亲,其实我不是个结巴。"

于成浩整理了下他七成的头发看着我说:"没关系,其实我也挺紧张的。不过我相过两次亲,都觉不太适合。"然后是三成。

服务员将咖啡端了上来,于成浩拿了一杯递给了我。

"你们平时工作挺忙的吧?"开始常规化的寒暄,接着是那七成。

"哎,你别紧张了,我现在感觉好多了,不怎么紧张了。"我想帮他舒缓下压力。

"我没紧张啊,我很好的。"换到三成。

怎么这么怪呢?心里开始有了某种不祥的预感。

"你平时都喜欢做些什么啊?"于成浩亲切地问着问题。可是我的眼神慢慢控制不住地飘到了他的头发上,心里暗暗想着是不是该七成了?虽然我全身心地投入在他的头发上,可是我的耳朵还是听见了他的问话:"我喜欢吃饭,睡觉,倒个垃圾什么的。"眼睛目不转睛地盯着他的头发,他发现了我的眼神,突然让他变得不安起来:"我头发乱了?"

"没有。"我很肯定地回答,我的答案刚一出,他随即用手整理了那七成的头发,我的心情立刻 HIGH 到极点,果然不出所料是七成。我算了一下,大概十五分钟内他整理了二十次头发,平均每 45 秒一次。那一刻我想哭,我深深意识到,在我面前坐着的是个有强迫症的男人。而且此刻他正强迫着我的精神和我的眼睛,让我总是猜测他下一次会去整理哪一边的头发,内心不停冒出三、七、三、七、三、七的数字。我要疯了！这时候咖啡厅刚好来了新客人,一开门忽然带进了一阵秋风,几根七那边的调皮发丝被秋风带着忽然摇曳了起来,我眼睛紧紧地盯着它们,看着它们时而向七,时而向三,好紧张啊！于成浩看到了我的表情,于是他变得比我更紧张:"起来了？"

"嗯。"我回答着他,可是眼睛忍不住地盯着那几根头发。

"去哪儿了？"他同样紧张地问着我。

"还不知道,它们还在犹豫。"我努力监视着那几根头发的去向,随着秋风的离去,那几根摇曳的头发最终落回到七的队伍中。我于是大大松了口气:"没事了,回去了。"于成浩也松了口气。

我终于意识到他那条又宽又长又白又平滑的发缝得经过多少次的三、七、三、七才到了现在这个程度。看着这条发缝,不由得让我展开了无限的遐想。看着它,让我想起公路上的中间线,将汽车分成了对行的两列,如果压线就是违规；看着它,还让我想起了那些运动比赛的分界线,无限地放大放大再放大,努力的想要看清楚球是落在了线外还是线内；看着它,还让我想起了朝鲜战争,不过人家那条叫三八线,他这条叫三七线。

我真的觉得我疯了,我开始被一个强迫症的男人慢慢引入歧途之中。我突然觉得自己怎么这么倒霉,别人相亲都好好的,到我这里却……强迫症也分好多种,洁癖也是强迫症,怎么就不能给我来个洁癖的,非得给我来个爱分头发的！这一定是老天爷在耍我,难道是老天妒我？可我真没什么可妒的啊。看着眼前的帅气男人,心想:真可惜了的！可能是老天妒他吧。我决定要起身告辞了,因为如果再这么待下去,后果不堪设想。

离开的时候我很想给他些建议,因为我觉得他现在需要的不是一个女朋友,而是一个心理医生。因为如果他再这么分下去,他很可能永远都找不到女朋友,当然也排除有些人就爱看分头发的。

跟他告别的时候,我忍不住又盯着他的头发看,心里实在是想给他些意见,我努力鼓了无数次勇气,可是怎么都说不出口,最后我终于冒出了一句:"要不你试试四六?"

哎!叹了口气,转身离开了。

{17}
拒绝是门艺术

在回家的路上我一直想着一个问题,我要怎么跟那些翘首期盼等着我带回胜利消息的人们解释今天见到的这个人呢？如果我跟他们说"不成",他们一定会追问我为什么"不成",那我应该说什么？因为他酷爱分头发？我眼前仿佛都出现了邢淑兰听到后那种吃惊的表情,接着她会鄙夷我,然后她会重新对我下定义,说我是个"事妈",精神肯定也不太正常。

所以我发现了相亲的一个很大的弊端,就是如果你不想同意的时候,安抚好那些介绍人给她们一个认为合理的理由,让他们下次有机会还会想到你,那简直是门艺术！因为我曾经看过邢淑兰拍着桌子抱怨过谁谁谁,那女生嫌她介绍的人牙齿长得太稀,简单的说就是牙间距过宽。"她自己好啊？胖得跟猪似的！"这是邢淑兰给女生下的定义。

当时我的第一感觉就是：哦,我的天啊,得罪介绍人太可怕了！特别是像邢淑兰这种专业人士,因为她经验丰富,如果她看你们合适那你们就合适,任何人提出怪异的不认同那都是对自己的认知不足！而且我也有幸见到过她介绍的那位男士,的确是牙间距有些宽,如果他的两个门牙中间能再长一颗牙那看着就合适多了。但是这个都是无所谓的事情,因为他只需要找个牙医帮他矫正一下牙齿,我想不出半年就会很有成效的,看来那女生目光也是短浅。

可是对于强迫症,印象里似乎并没有什么医学书籍里写过准确的时间能必然治好,对于强迫症的治疗方法通常采用的是:用强迫的手段强迫他不去强迫自己。但是我真没这个信心,虽然心里还是会觉得错过于成浩的确是有些小遗憾。

带着一脑袋的问号回到家里,刚一进门连鞋子还没来得及脱,就听见老妈的声音:"回来了。怎么样啊?"

"嗯……还行!"

"哦,是吗,那看来是相上了。"老妈显得有些开心。自从中学时期受了老妈的感召转型做了事业型的女人之后,老妈对我的表现似乎一直很满意。她知道我大学的时候交过一个男朋友。不过她始终没见过,她没有要求见,我也没打算让他们见,因为总觉得如果到了见家长的层面,那最后必然是要给他们一个圆满的交代,可是我还不想交代什么,我也没信心能交代出什么来。

毕业的时候老妈知道我跟男朋友分手了,她甚至都没问我为什么分手,因为在她心里,学生恋情本来就是不可靠的事情。但是我发现她现在又开始有了新的要担心的事情,因为中学时候我跟她报备自己有可能会嫁不出去的那句话,似乎又忽忽悠悠地爬回她心中,从她一到周末就轰我出去就能看得出来。

"周末了,不出去玩玩?"

我总是摇着头:"累,想睡觉。"

"睡什么觉啊?年轻轻的,老窝在家里干什么?老这么待着嫁得出去吗?"说完被老妈推出了门外,那一刻我真的觉得自己欲哭无泪。

要说我们这些年轻人也真是不让家长省心,这身体不好着急,学习不好着急,考不上大学着急,考上了学校不好、专业不好也着急,大学毕不了业着急,毕业了找不到工作还着急,上学的时候担心你谈恋爱影响了学业,这毕业工作了又开始担心你没恋爱可谈影响了他孙子的产生。特别是当老妈听说我给罗惠介绍了个不错的男朋友的时候,说我这是快把她气死了:"你懂不懂什么叫过了这村就没这店了?这是体现你雷锋精神的时候吗?"

我能说什么啊?听着呗,反正亲妈都这样。

我没想好要怎么跟老妈解释见到的这个人,如果我跟老妈说,见的这个人总是频率特别快、间隔特别短地摸他的头发,所以我不能接受,我想老妈也会认为我是个精神病,于是我选择不说。

吃晚饭的时候,老妈跟老爸正开心地看着他们最爱的电视剧,一边看还一边乐。这时候我突然想到了一个试验,也许这个试验成功之后一切解释都将是多余的。所以我一边吃饭一边开始揪我的头发,频率尽量做到每45秒一次,在完成第六次即将开始第七次的时候,老妈和老爸的注意力已经完全不在电视剧上了。老妈拿眼睛盯着我和我的头发:"你今天这是带了假发套还是怎么了?这是哪儿不合适了?"老爸则放下筷子一脸愁容地摸了摸我的额头:"没事啊!"

我瞅准时机成功地向父母解释了相亲可能会失败的原因,并深刻地做了总结,如果我想要跟他有个结果,那至少得做两点改变:第一,将我的人生目标和终极目标必须定义在:发型保持不乱上;第二,让他去剃个秃子。但是这两点于他于我似乎都很难做到。所以……

父母那一关其实是好过的,因为他们选择相信你。但是邢大夫那儿可能就不那么容易了。我想了很多种方法,但是似乎都不那么完美,于是我选择了下下之策,我又约了于成浩一次,然后还叫上了邢大夫和闫护士长,四个人一起吃了一顿饭。吃饭的时候我尽量不说话,不想表现出不该有的热情,我只是努力多吃,因为这餐厅也真是不便宜。晚饭过后,于成浩要去付账,那是绝对不可能的。因为从我约他吃饭,我就打算这餐必须我请,我约他出来是出于邪恶心理不是为了表达感情的后续,我连说了二十多个不行,然后第一个冲到柜台前把账结了。

这一餐请得比较成功,因为在回来的路上,我听着闫护士长和邢大夫一直在讨论于成浩的头发。忽然闫护士长跟我说道:"哎,我说米大夫,其实你应该建议他去看看他的毛病,老这么爱捋头发也不是个事。"

"啊?我……我去说?"那一刻我对闫护士长的建议颇感吃惊,"其实我真没您跟他熟。"邢大夫拉了我袖子一下,摆摆了手,示意让我别说了,然后她凑近小声嘀咕着:"回头我再给你找个好的。"

这第一次相亲对我来说有些身心俱疲,因为这些天我一直在费脑子想着怎么解释拒绝的事情,还为能用上正确的方式拒绝这件事,花了三百多块请了一顿饭才达到了让人理解的目的。

我想过了,我要暂时休养一段时间,让我这种背运走一走,我怕如果再中攻击,可能会对这种形式彻底失去信心。

{18}
初识

2007年我势不可挡、势如破竹地跨进了25岁。这个数字我觉得对于女人来说颇有些微妙,因为25岁之前你都是靠在2那边的,25岁之后你已经是靠3这边了,从我开始敏感别人问我年龄,我就深深地体会到了。

25岁之前别人问我多大,我都会想也不想地准确告诉他们。例如:我已经22了。听见了吗?还得加上"已经"两字,生怕别人嫌弃我小。25岁之后别人问我,我都会想一想,然后看着人家说:"你猜。"

这些变化都来自于对30这个数字的恐惧,因为它标志着男女从这里开始分道扬镳。三十之后的女人,社会给她们的定位通常是:去,赶紧回家抱孩子去!三十之后的男人,社会对他们说:来吧,小伙子!你的好生活开始了!

所以此刻越接近它一步,我就越紧张。

从医除了节假日要上的班比平时还多之外,还有一件说出来极其痛苦的事情,就是总有无穷无尽的夜班,好像怎么也上不完似的。只有等你老到一定年龄而且医学技术到达某种高度的时候,才会有人通知你可能不用再上夜班了。即使那样,偶尔也会在半夜接到紧急电话,让你去医院处理一些有可能别人处理不了的情况。

所以我有很多同学弃医从其他的理由,是不想再继续这种看不到头的夜班。你们可能觉得这怎么可能,好好的学了五年甚至更长时间的医学,怎么会为了这种小事就不干了呢。但是你问他们原因,他们的确会说:我不想再上夜班了。当然可能他们还有其他的原因,不想说。但是那种在深夜里,只有你强迫自己清醒着苦撑大局做着决定人们的生死的决定,这对于一个人来说的确是个不小的压力。

我也不喜欢夜班,除了不能好好睡觉之外,还一个原因就是老饿,特别饿。可是内心又很纠结到底要不要加夜食?因为如果你睡着了你就不会饿了,可是一旦来了急诊,你就可能成为第一个饿死在工作岗位上的人。所以自从我当了住院医之后,我的体重就呈直线的向上攀升。马不得夜草不肥吗!

这个夜班,我又饿了。两眼发花,我看看表已经快两点了。我内心挣扎着,我是去买点吃的还是就此躺下呢?接着脑子冒出了要无后顾之忧地为人民服务这个崇高的想法,所以我决定去买个方便面吃。我跟护士打了招呼,告诉她如果有事往急诊打电话,我马上上来。护士则告诉我让我给她带三包饼干。

今天的急诊很平静,有几个陪伴的家属靠在大厅的椅子上睡着了。小卖部的人都已经进入到瞌睡的状态,我看了他一会儿还是把他叫醒了,因为我饿!买了红烧牛肉面和三包饼干,我迫不及待地冲进了外科急诊,因为我看见今天是我的老同学大胡值班。他正坐在办公桌旁看报纸,我突然冲了进来。他抬眼看了我一眼:"太客气了,太客气了,这么晚来看我还拿东西。"

"去,不是给你的,我自己的。"

"这么多你吃得了吗?让哥们帮你一把吧?"

"饼干是我们科护士的!"

"怪不得现在女的都力大如牛呢,这一顿夜宵吃三包饼干,再这么吃下去,这我们男的还打得过吗?"

"呵,惦记着揍女人呢?"

"没想过,我也就一包饼干的饭量。"

于是我扔给他一包饼干:"你的一包,别啰唆了!我来借你的宝地吃碗面,我真是没力气再回楼上吃了,跟你聊两句再走。"

"您请,您请。"

"我看你今天挺闲的嘛!"我开始倒水泡我的面。

"十二点之前真特忙,十二点之后,咔嚓,没人了,挺幸运。你们妇科没事啊?"

"嗯,没什么事,我告诉护士了,有事往这打电话,吃完面我就上去。"

"露露,我看要不这着吧,你看我这儿也没人,你也刚好要吃面,我现在躲外面抽口烟去,你帮我看会儿这屋子,你看中不中啊?有事你让护士叫我,我就在拐角那儿。"

"还没戒了呢?"

"又复吸了!"大胡一脸的无奈,"急诊夜班,没它真不行!"

"行,快去快回啊。"

方便面真是世界上最美味的东西,我一打开盖子香气立刻充满了屋子,口水忍不住都要流下来了。这时候我觉得自己好幸福啊,恨不得把面都倒进嘴里,就是太烫!

我一口面刚放进嘴里还没来得及往里吸,再抬眼的时候门口已经站了六七个人了,这几个人眼睛一直盯着我看,害得我只好把面又吐回到碗里。不好意思,恶心到大家了。

"你值班吗?"六七个人里有两个是120的战友。

"是,是,不,不,是,是。"又结巴,我实在不知道是说"是"合适还是说"不是"合适。

"接病人。"其中的一个战友一脸不耐烦的神情。

"楚杰,男,31,腹部刀扎伤……"

"等,等,等,我不是外科值班,别跟我交。我给你找去啊。"说完我就到门口叫了护士,让她三百里加急去到门外墙角叫胡大夫去。

我看了眼推进外科急诊室的患者,他意识还算清醒,五官端正稍显英俊,穿着考究,休闲西服白衬衫只是白色的衬衫已经被刀子划破,他的血水将衬衫染成了红色。男人皱着眉头像是强忍着疼痛,不停地想要拿手去摸他的肚子却又好像不敢碰到伤口,他右腿的正面也被划破了一条长长的口子,也正在慢慢的渗着血水。

大概三分钟的时间,护士慌慌张张的从门外跑进来:"胡大夫没在门口啊。"

"什么?"我的脑袋大了。

"快去厕所找去。"

"男厕所我怎么找啊?"

"你不会站门口喊一句,问胡大夫在吗?"我开始着急了。

120的战友更着急,他不仅着急,他还生气,不停地用手拍着桌子:"你们这是怎么回事啊,值班不好好值班,瞎跑什么啊?这都想不想干了,回头我得跟你们主任反映反映去。"

今天这战友是怎么了?平时我们跟120的关系很好的,大家见面都客客气气的,怎么今天他这么大火气啊。另一个战友一直在跟我摆手,示意让我别生气。我不生气,我猜他肯定是受了什么委屈。

忽然，躺在抢救床上的患者，伸手拉住了我的胳膊："大夫，你救救我啊！疼死我了，我还不想死啊。"

"救，救，救。"如此的形势已经把我推到了老虎背上，我再不采取点行动必然要被投诉，我至少也要采取表面上的行动，等到大胡赶回来。

"交吧，我记着。"我跟120的战友说着。于是他开始念他的接诊病历，我则开始解这男人的扣子。别误会，我是要看他的伤口。扣子还没解完，大胡子就慌慌张张跑回来了："我这蹲个大号，你都给我整个病人，你可真行。"

我这碗面吃亏了，一口没咽下去，先挨各路炮火轰我一个焦头烂额。我想隐退出去，正要转身离开的时候，发现那男人正死死拉着我的袖子，不肯放手。

"先生，先生，你松一下手。"可是那男人根本没看我，他眼睛一直盯着大胡子正在按着的、他受伤的肚子。能看出他十分的疼痛加恐惧，豆大的汗水顺着额头流了下来。

我看着这个躺在急救床上的人，真是被名牌武装到了牙齿，连他露出的内裤边边都能看出来穿的是名牌。身材也不错，看来经常健身，只是可惜腹肌的边缘上如今多了一个大洞。我知道你们肯定在说，你可真流氓，人家病人是来看病的，你自己这花痴病倒先犯了。可是他就躺在那儿，难道要我把眼睛闭起来吗？而且是他拉着我的袖子不放手，我现在可是他的精神支柱，我看两眼怎么了我？大胡检查完了，他终于把手松开了。

"他家里人知道了吗？"我转身看了眼120的战友，因为我看站在门口的这几个人实在不像是他的家人。

"是该我通知吗？"那吃了枪药的战友，暴怒了。吓死我了，我只是顺口问了一句罢了,算了,谁叫我多嘴呢。

他的另一个战友实在看不过去了,把我拉到了一边,小声跟我说:"您别介意啊,几个酒鬼闹事打起来了,这人给扎伤了,我们去了结果又踢了我这同事好几脚,他这心里正不痛快呢。"

"哦,没事,没事,咱们谁跟谁啊。"我表现着自己的大度。

"你说这帮人也够有病的,大半夜不睡觉,几个人为了争小姐打起来了。结果还弄个刀扎伤,这叫有钱烧的吧?"

"小姐?"我再次抬眼看着门口站着的两女的,嗯,的确像是传说中的小姐,穿着既艳丽又暴露,人人都化了个大烟熏,不过也的确像拿烟熏的,一身的烟气和酒气。你说人家这身材,这半夜也不睡觉,怎么人家这身材就这么好呢?肯定没吃夜宵,怪不得能当小姐呢。另外几个人穿着西服还挂着牌子,像是夜店或者KTV的保安。

"你们怎么把小姐也带这儿来了?"

"警察啊,警察去的时候那几个人还撒酒疯呢,乱死了,警察一着急就把他们都推120上来了,说带到医院,一会儿他们就过来录口供。警察先处理那几个酒鬼呢。"

再次看着躺在抢救床上的这个男人,这就是现在所谓的成功人士吗?那你太成功了,精神境界已经高到半夜不睡觉抢小姐被扎送进医院了,看来我们这些人离成功人士还是有很大的距离啊。

"他腿上还有伤。"我跟大胡说着话。

"看见了,我正琢磨怎么脱他的裤子呢。"

"脱什么啊?剪了!"我雷厉风行地说着话,似乎知道这帮人是为了抢小姐被扎伤之后,产生了一种极端不屑的情绪。

剪裤子这事,对于中国患者其实是件大事。因为有很多患者就算腿伤很厉害,伤口都跟裤子融合在一起了,可是当你们要撕他裤子的时候,他还是会挣扎地坐起来问:"大夫,咱能不撕裤子吗?"

害我吃不了面,心里忽忽悠悠产生了一种强烈的情绪,还没等大胡反应过来,我先上手把他裤子一下给撕开了,嘿,撕名牌的感觉真过瘾。他腿上的伤口很长,从大腿根一直划到了膝盖,但是能看出并不深,只能算是浅表伤。外科的同事已经从病房下来了:"血色素倒是不低,不排除血液浓缩,还是要剖腹探查,办一下入院吧。"

"楚杰,说一下你家里的联系方式,叫你的家人来给你办入院。"

他摇了摇头:"没有,他们不在。"

"那怎么办,要有人在手术书上签字,还要交住院押金。"

"我自己签好了。"他艰难地说着话,接着他环视了下四周。

忽然将目光锁定了我:"米大夫!麻烦您过来一下。"

嗯?被扎伤了还顾得上看我的胸牌,居然知道我姓米。所有人的目光都看着我,我只好勉强蹭了过去。

"什么事?"

"您低下头,我跟您说句话。"

"啊?跟我?"我拿手指了指自己。

他点了点头,我凑到他嘴边。

"麻烦您帮我拿下钱包。在我西服内兜里。"我不知道他是要干什么,但还是照着做了,从他的内兜里把钱包拿了出来,又是名牌的。他这是要干吗?临终遗言?让我帮他交党费?他这种人入得了党吗?

"我还有话说呢,您再靠近下。"

于是我又把耳朵靠了下去:"钱包里应该没有多少现金大概几百块吧,里面有张信用卡,白金的那张,密码是我生日,身份证也在钱包里,麻烦您帮我办下入院吧。"

你大爷!我心里当时赫然出现了这三个字。

{19} 辗转反侧

我攥着他的名牌钱包,站直了身体看着一屋子询问我的目光:"他让我帮他办入院。"

"妥了!"外科的值班医生听我说完这句话,拉着抢救床就走,"办完放我们科护士站就行了。"临出门还丢下了这句尾音。

两个120的战友交接过病人之后也都消失得无影无踪。警察在五分钟前赶到,招呼着门口那四五个人去隔壁的保安室问话。大胡又再次坐在了他的办公桌前拿起了报纸,拆开一包饼干边看边吃起来。嘿,这帮俗人,难道就没有一个人认为这事不该我干吗?我只是出来打酱油的啊!不对,我只是出来吃个面的。我这是招谁惹谁了。

"大胡,这事我办不合适吧?我也值班呢,我这还得赶快回去呢。"

"嗯?挺合适的啊,十几分钟就办完了,你们科不也没给你打电话吗。刚好他们外科在你们科对面,你顺道就给带上去了,没人比你更合适的了。"

"我跟他不认识!他叫什么我现在都快给忘了。"

"谁认识啊?但是人家患者就选择相信你,可能觉得你长得比我们善良吧。"

"哎,我说……"

"你别说了,有这工夫都办完了,人家是没把钱包交给我,交给我我早麻利地办了,你看你这啰唆劲的,女人办事就是磨叽。"

"哎,这是涉及钱的问题,一个生人的钱!他明天好了说我多划他钱怎么办啊?"

"人家患者选择相信咱们的思想品德,那咱们也应该同样相信人家患者的嘛!去,去,去,找两证人陪你,不就得了。"说到这大胡乐了起来,"你看你刚才撕人家那裤子带劲的,整个一个仇富,可是人家病人多厚道,愣把钱包都给你了。"

大胡说完这句话,我上去把他手里剩下的三分之一包饼干拿了过来。又抓起了桌子上的两包,转身离开了急诊外科:"方便面给你留下了,便宜你了!"

"你大爷,都泡糟了!"

我才不管呢,谁让你说我。

我找了两个刚刚下了前夜的急诊护士,让她们陪我做个证人。于是我开始翻查他的钱包,这种感觉很不爽,就像在偷窥别人的隐私。不过两个小护士似乎很兴奋,头一直扎在我旁边看到底能翻出什么来。

我翻开他的钱包拿出了一张名片,AT 国际广告有限公司,华东地区销售总监,楚杰。

"哇,还是销售总监呢!"其中一个护士发表出感叹来。

"你们懂什么啊?这年头总监就是以前的总经理改称呼了,就是一块砖砸八个那种。"

"哦,哦,哦。"两个护士终于明白了。

我继续翻看着钱包:"看见了啊,钱包里有763块人民币。"

"嗯,嗯。"两个护士继续向里张望着。

我很快找到了他说的那张白金卡和他的身份证:"我现在要在提款机上看下他卡里有多少钱,免得说我多划他的钱,需要证明下数字,但是我不能泄露患者的密码,那样不合适,所以你们俩得转身回避下。"

"对对,有道理,米大夫你想得还挺周到。"说完两个人都背转过身去。我迅速插了卡,按了他说的密码,一切都很顺利。

"好了,你们俩可以转过来了。"说完两个护士都转过身来看着屏幕。

"数数卡里有多少钱。"我小声嘀咕着。

我跟两个护士巴望着屏幕,开始数起来:"个,十,百,千,万……"七位数。我们三个面面相觑,我的汗顺着额头流了下来。

"好多钱啊!"一个护士小声叨叨着。

"别都跟没见过世面似的,人家这是准备买房子的钱。"忍不住胡乱地解释着,心中有种不安,好像被我们发现了赃款一样,"看好啊,一百零七万三千九百二十一块四毛六。"忍不住哆嗦着,一种使命感油然而生。你们别笑话我们啊,我们都是劳动人民的后代,周围也不趁个富二代什么的,所以我真是第一次见到一张卡里装了这么多的钱。

我赶忙把卡拿了出来,把以上所见的数字写在一张纸上,让两个护士签了字,然后迅速帮他办了入院手续,慌忙跑回病房去了。

我一回到科里,看着护士正撅着嘴趴在桌子上:"怎么样?没什么事吧?"

"有啊!出大事了。我快饿死了,这可怎么办啊?"

我赶忙把饼干扔给了她。

"怎么两包啊,还少一包呢。"

"少吃点吧你。"

护士看了我一眼:"你把卖东西的打了?怎么袖子上还有个血掌印啊?"

"倒霉催的,下去还帮人办了个入院。"

"我说怎么这么长时间呢,差点饿背过气去,碰到熟人了?"

"不是,不认识。"说完我一溜烟地跑进了休息室里,哐的将门反锁上,还搬了个椅子把门顶住。我换了件新的白大衣,然后开始在屋子里不安地踱步。这不是吃饱了撑的吗,拿人家钱包就不该乱看,现在像是发现了惊天大阴谋,让我极度不安。我在值班床上躺了下来,紧紧地抱着那个钱包,一会儿把它压在枕头底下,一会儿又拿出来抱在怀里,一会儿又把它压在枕头底下,一会儿又抱在怀里,几乎每五分钟摸它一次。

这个夜班是我从医以来最平静的一个夜班,从十点之后连个咨询的人也没有,可是这个夜班也是我从医以来上的最不平静的夜班,我整整一夜没有合眼。直到天大亮才昏昏沉沉睡了过去。直到有人拼命敲休息室的门:"米露露,起来交班了,都几点了还睡呢,这夜班上得真幸福!"我慌忙坐了起来,听着他们对我夜班的深刻总结,那一刻我特想哭。

{20}
对手

我下了夜班没有直接回家,我洗了个澡然后去超市转了一圈,因为怀里还揣着个烫手的山芋,我必须把它送回去。我估计他要到中午才能彻底清醒,所以我在等那个时间,我看了眼表已经十一点钟了。于是我飞奔回医院,直接奔到了外科病房。问清了他住在几床之后,直接冲了进去。我突然的开门进入把躺在床上的楚杰吓了一跳,他抖了一下,抬眼看着我,很快便认出我是谁,虽然我没穿白大衣。

"你好啊,米大夫。"清晰而虚弱的声音,他的面色不好,不过精神很好。他住的是外科的豪华单间,果然不出我的所料。我把门关上走了进来,我把买的水果放在了他的床头柜上。

"我们家里教育,看病人不能空手,所以我就拿你的钱给你买了点水果。"对于花他的钱给他买东西我不觉得有什么不妥,反正他也有钱。那一刻我看出他惊异中又带着想乐的表情,不过可能因为伤口牵连,他没乐出来。

"谢谢你啊。"他很有礼貌。

"不用客气,反正你也吃不了,一会儿护士来了你直接送给护士,这样她们能对你好点。"他的脸上又出现了同样的表情。

"您帮我直接送给护士不就完了吗?"

我摆了摆手:"可使不得,人家还以为咱俩有什么关系呢。"

说完我把他的钱包掏出来,还顺手掏出了那纸:"这是你的钱包,这是我证人的证词,你可看好了啊,签字。回头我出了这屋咱俩就两清了。"

他看了眼那张纸:"您办事还挺认真的,还把卡里的钱都查清楚了。"

"可不是嘛,你那里这么多钱,这年头人心隔肚皮,不小心谨慎点可不行。"

"那是我公司做业务的钱,刚好跟我信用卡绑在一起了,用着方便。"

"大哥!我求你了,你别跟我说你钱是哪来的了,我真不想知道,你要是个贪污犯、诈骗犯什么的,我现在就是同谋了,你饶了我吧。"

"对不起啊,我只是不想给你造成困扰。"

"行了,签字吧,签完了我就不困扰了。"

楚杰低头想了想,忽然抬头看着我说:"米大夫,你能再帮我一个忙吗?"

行,小子,来阴的是吧?不签字先使唤上我了。我心里开始厌烦起这个人来,忍不住皱着眉头盯着他。

"您能帮我去超市买点日用品吗?我可能还要在这儿住上几天。"

"我现在能帮你做的就是帮你去打个电话,叫你的家人来帮你做你需要的事情。"

"他们一时来不了,我父母去我妹妹家了。我妹妹在加拿大刚生孩子,他们可能要在那儿照顾一阵。"

"我可以帮你打电话叫他们早点回来。"

他抬眼看了下墙上的表:"可能现在还没到呢。"

嘿,你看这寸的,他爸妈前脚走,他后脚被扎抬进医院了!

"同事呢?"他摇了摇头,"今天全球CEO来中国视察,全天会议,可能要到晚上九点,然后还有晚宴,估计要十二点结束,他们就算过来也得明天了。"

"女朋友?"他继续摇头。

"老婆?"摇头。

"孩子?"他带着一种吃惊的目光看着我。你们肯定说,你傻啊,老婆都没有哪来的孩子啊,哼,这年头什么事不可能啊,不好说!

"你就帮我买点牙膏牙刷毛巾什么就行,不复杂。我现在特想刷牙。"

"你都这样了,你就凑合凑合不行吗?别活这么仔细了。"

他看着我继续摇他的头。

"干吗,非得是我啊!我也下夜班一宿没睡了,你找别人帮你买去呗。"我几乎带着哭腔了。

"我不想再把钱包委托给别人了,而且您看,您做事也仔细,我现在对您特放心,我第一眼看见您就觉得您是一好人,看着特面善。一看就特喜欢帮助人的那种,肯定是别人让您做一件事,您恨不得帮别人做十件。"

靠,这小子干什么的来着?哦,对,销售,还总监,果然一副销售的嘴脸。

"那你可能没看仔细,我没你看得那么善良。"

"不可能,心地不好能当医生吗?"

哎哟,我的妈啊,噎死我了!

"我看您外面那墙上不是贴着全心全意为患者服务吗?您就当再帮我一次。"

"那是他们外科贴的,我不是外科的。"

"那您是哪科啊?"

"妇科。"我看见楚杰的脸陷入到一种僵硬的状态,我心里很得意,总算把这口气倒上来了。

"那你们妇科就不为患者服务了?"

"为啊,我们科贴的是,全心全意为妇女服务。"

楚杰的脸上带着某种大彻大悟的微笑,然后他轻轻点着头,那表情一看就是摸清了对手的路数准备出招一样。我的心好不安啊!从后背冒上一股凉意。

"我现在感觉挺不好的,特别是手,你现在要让我签字我肯定是签不了,签出来也不像我本人,也负不了法律责任。不过我现在正活动着呢,我看您从超市回来,我这手可能恢复得就差不多了。"

那一刻我又想问候他的伯父了。行,小子有你的!咱们来日方长,我不跟肚子上有窟窿的人一般见识。我长长舒了一口气:"牙膏、牙刷、毛巾香皂是吧?"

"剃须膏,剃须刀,洗发水……"我满眼的怒火看着他。

"算了,就加个剃须膏和剃须刀就行了。"

"行,我再帮你一次,你最好,好好活动你的手。"我咬着牙看着他,转身正要离开。

"啊,裤子!再帮我买条裤子。"

"你……你……你说什么你。"我觉得已经被他气成结巴了。

"帮我买条裤子啊,运动裤就行,松紧口那种。"

"你这不是有病号服吗?"

"那我也不能老穿这个啊,我要出院怎么办啊,要出去走走怎么办? 再说了,是您把我裤子给撕了,撕得还倍带劲。我只是让您帮我买,我可没说让您赔啊。"

那一刻我的心真的在落泪,想不到我混迹江湖这么多年,居然碰到挤兑得我说不出话来的人,我就知道天下没有白撕的裤子!

{21}
背运

楚杰交代的东西很容易就买到了,只是在他的裤子问题上让我颇费了些周折,不过以我的聪明才智这可难不倒我。我买齐了东西再次奔回外科病房。一进门的时候,带着诚恳的全心全意为患者服务的神情,我想我的样子肯定感动了躺在病床上的这个人。因为从我一进门开始他就开始表示着感谢。

我把购物袋放了下来,然后掏出了那张证明纸:"别说没用的了,签字吧。"我一边看着他一边喘着粗气,表示我真的很累。

"真的谢谢您,等我好了,我一定再专程感谢您去。"

"不必了,你把你名字签成有法律效力的就行了,感谢就算了,萍水相逢的。"他给我的证明材料上签了字,我照他的信用卡对照了下签名,确定他没故意捣鬼,然后把所有东西都交给了他。

我并没有马上离开,我站在他旁边开始掏购物袋,把他要我买的东西一样一样码放整齐,最后掏出了两条运动裤,那一刻我看见楚杰的脸扭曲到了一起:"运动裤,你让我买的,我特意买了两条,你还能有个换洗的;我买的最大号,我觉得你能穿。"说完我把裤子放到了他的手里。

"你这是故意的吧?!"楚杰看着我。

"没有,我全心全意为你服务啊。这颜色我挺喜欢的。"

"米大夫,这是给我买的裤子吗?"

"是啊!"我很肯定地点着头。

"我不喜欢粉红色!"

"我喜欢啊!你委托的我嘛,所以我买我喜欢的。"说完我朝他笑了笑,"你交代的事我都完成了,咱们后会无期啊!"然后我转身开开心心地离开了外科,离开时看着他那张哑巴吃黄连的脸,我的感觉真是:太爽啦!

我怎么这么幼稚啊?!都一大把年纪了,还玩这种整人的把戏。不过谁让他先惹老娘的,而且我从一开始就对他没有任何好印象,我凭什么还要受他威胁做牛做马呢。这下总算扳回一程,心里也终于觉得舒坦了。

在这件事之后的两个星期,我被科里安排去了门诊,因为一个同事生孩子休产假了,所以我很幸运地顶了她半年的差,在这半年里我终于可以不用上夜班了。这简直是老天给我的最大恩赐。我要减肥!我要保养皮肤!我要腾出空来找个男人!我要……半年不用上夜班简直被自己想象成了半年在家休假一样。

愿望是美好的,现实是残酷的!我发现门诊的工作也不如想象中那么好干。每天早上你赶来上班,刚一出电梯就发现妇科的队伍已经快排到电梯口迎接你了,那一刻你的战斗力会经受巨大的考验。我一般都会仰天长啸,然后从兜里掏出了一管鸡血给自己打上一针,亢奋着精神抖擞着奔向战场。

我一坐下来就像进入了某种既定的程序之中,每个动作都是既定的连贯好的,询问病情、查体、开检查单据让她去检查。此时会穿插着进来第二个病人,然后再次重复上面的事情,等她们检查回来再进行数据分析和病情报告,给出相应的诊断,然后告诉她处理方法。当然这一切都要记录在门诊本上。不过这种好好运行的程序,有时候也会被偶尔出现的状况打破。

我在嘈杂的门诊声音里写着上一个病人的门诊手册,并开着她需要的药,隐约觉得身边站着个人在问我问题,但是我不确定所以我没抬头,我继续写着东西因为还差三行就要写完了。等我写完了抬起头的时候,发现一个四十多岁的女人一脸怒容地盯着我看。

"大夫,我都问你好几遍了,你怎么不理人啊?你这是什么态度啊。"嗯?看来我没听错,果然刚才有人在说话。

"这门诊这么乱,您那说话声跟蚊子似的,我哪听得见啊?"当然这句话说完之后也为我刚刚从事了一个月的门诊工作添上了有色彩的一笔,我被投诉了。投诉的理由:态度恶劣,对病人进行谩骂和侮辱性的语言攻击。主任找我促膝长谈了一次,因为我创了一个纪录:刚在门诊工作一个月的时间就被投诉的记录。说实话对于这个事情,我始终认为只能用倒霉来下定义,因为我觉得其他人的态度还没我的好呢,可是没一个被投诉的。也许我就是江湖上传说的:一直被模仿,从未被超越?反正就是时间地点人物都对,而我刚好踩在了那颗地雷上。

"主任,其实我没说什么侮辱性的言语。那屋子里乱糟糟的,我真是没听见她跟我说什么。而且我觉得这患者肯定是带着气来的,肯定是在别的科生气了,然后到我这儿来了个大爆发。"

"她跟别的科生没生气,我是不知道,反正人家就去门办投诉你了,还指名道姓的说得很清楚。"

我心有不甘地撅起了嘴。

"露露,我知道你肯定觉得委屈,但是门诊的工作就这样,就是乱就是多,人们的情绪就是不好,你得控制控制你自己,你别一张嘴就把病人比喻成某种动物。你要不说她像蚊子,你如果就说,对不起你没听见,那她到哪儿投诉你去啊?"说完主任端起杯子喝了口水,"咱们科是有投诉必处理,所以这个月扣你三百奖金,你也不要闹情绪,好好干。好啦,没事了,回去继续工作吧。"

从这一刻起我发誓那些什么:动如脱兔、生龙活虎、虎头虎脑、万马奔腾、雄鹰展翅等等。我都不再用了,因为用一次也太贵了!

{22}
大梁子

说实话把病人形容成蚊子,并非出于我的本意,我只是用了一种拟物的手法进行了恰当的描述。好了,你们别拿东西扔我了,我错了还不行吗?我不该一着急就满嘴跑火车,不过你们书都读这儿了,应该也知道我这人嘴就是欠,容我点工夫慢慢改嘛。

不过让我掏心窝子说,我这么无意的一秃噜嘴就损失了三百块,我的确有些不爽,其实是很不爽而且是非常的不爽!

中午休息的时候我一个人气鼓鼓的,从食堂吃饭回来,想到损失了三百块,我把中午饭从两荤一素变成了无荤三素,其中一素还是盛了半盘免费的咸菜。既然都这样了,就要严格克制自己,先从吃的上克制,看以后还敢不敢满嘴跑火车了,此刻只能当成人生的另一种修炼了。

我刚刚穿过大厅,忽然听见有人在叫我:"米大夫,稍等。"

有点熟悉的声音,但却始终想不起是谁。我环视着四周,忽然看见了一个我非常不愿意看见的人。心里的烦躁情绪一下子升到顶点,怎么又是他啊。这不就是那个大半夜不睡觉,跟人家抢小姐的成功人士吗?叫什么来着?我努力思索着:哦,对,楚杰。

我仔细打量着此刻站在面前的这个男人,呵,这伤好了,立刻又成人模狗样的啦!衣服依然考究,整个人都神清气爽的,只是比一个月前清瘦一点,不过反而让他的脸部轮廓更分明了,站直了身材也显得十分挺拔。咱们先抛开个人恩怨不说,单就这个人的样貌来说,还是颇有些气度的。只是可惜了!哎!

"你好了?"我皱着眉头看着他。

"恢复得还不错。"他客气的回答。

我低头看了眼他的裤子:"没穿我给你买的裤子啊?"

楚杰忍不住笑了一下:"一般场合可能穿不了。"

"哦,有事吗你?"我的态度越来越不好了,因为我心里控制不住的烦躁,总觉得今天特别倒霉,不仅被投诉,被扣钱,中午还碰到了他。

"我是特意来请您还有急诊外科的胡大夫,以及外科给我做手术的大夫、照顾我的护士,晚上一起吃顿饭,我想表示下我的谢意。"

"吃什么啊?"我抬眼看着他。

"御膳海鲜舫。"

"不便宜吧。"

我的这种对话形式让楚杰觉得很尴尬,他犹豫了下:"不是钱的问题,我只是想表达下我的谢意。"

"没必要,真的!这是我的工作,而且我更没必要去,因为你不是我的病人,我也没救到你什么,我只是帮你办了个入院,去超市买了点东西而已,而且可能买的你也不是很满意。"

"那我也还是很感谢您的,我跟其他大夫和护士都说好了。我特意去了妇科病房找了您,他们说您去门诊了,我这刚从门诊那下来,就在大厅碰到您了。"

我看着他这种正儿八经的面容，一股无名的邪火烧了起来："哎，你说你们这种生意场上打滚的人是不是特在意这种面子工程啊？你说你费这么多钱请客有必要吗？你当初找小姐的时候多给她点钱，让她死心塌地的跟了你，你至于被扎送进医院吗？"我突然冒出的这种色彩浓重的具有人身攻击的话语，让偶尔来往的患者都忍不住回头看我们两眼。说完我就后悔了，其实他怎么入院跟我有什么关系啊，他也是好心，想还个人情罢了。我这么刻薄地说他实在是有些过意不去，但是话都说出来了，收回去是不可能的，也怪他今天倒霉，赶上我心情不好，我被病人给爆发了，于是楚杰被我给爆发了。

楚杰的脸带着点点怒容，我则别过头去不看他，因为我心虚。

"米大夫，我想我们之间可能是些误会。您也不太了解我，您别这么武断的给我下结论行吗？"

"对，对，你说得对。我们之间是不太了解，关键是没什么必要了解，所以我有什么地方说得不对，你也不要介意啊，因为我怎么看你一点都不重要。就像你怎么看我，我也根本不在乎一样。这饭我真的不去吃了，晚上我还有事，先谢谢你了。我们就说到这儿吧。"说完我转身要离开，他忽然跨步挡住了我的去路。

"米大夫，您不去吃饭但我总觉得欠您个人情，我当时住院家人都不在，您帮我干的那些琐碎事，想想挺感激的，总觉得心里过意不去。我这人也不喜欢欠别人人情，总得想个方法让我把这人情还了吧。要不我送您个礼物，要不您说个方法。"

我想了想，看着他："你送我个锦旗吧，知道是什么东西吧？就是红布黄字边上带着好多穗穗能挂墙上那种，给我写个医德高尚、救死扶伤什么的。我比较注重精神层面的东西，就这个吧，行吗？"

他一脸疑惑地看着我，那种艰难的表情，让我觉得我真是个人才。他看了我大概两分钟,然后咬着牙说:"行!瞧好吧您!"

他说的这句话怎么又让我突然觉得有些凉意呢?管他呢,我还不信他这种人真能去干这事。

三天之后的一个上午,我正在给一个病人做着内诊,帽子口罩捂了个严实。忽然听见分诊护士在外面喊着:"米大夫,外面有人找你!"

我抬眼看了墙上的挂钟,上午十点,这是谁啊?真没眼力劲,正是忙的时候,外面患者站了一楼道,这个时候找我,真是会添乱。我猜测肯定是我那几个不争气的表弟表妹,不是误工就是旷工的来找我开假条。于是我朝外大喊着:"让他等着!"

大概过了二十分钟,我处理完手上的工作,从诊疗室里走了出来,看了眼护士问道:"谁找我啊?男的女的?"

"男的。"护士朝一边指了指。

我抬眼过去,怎么还是他啊?他这是跟我杠上了?楚杰站在楼道里,怀抱着双臂,正仔细地打量着我。我十分不情愿地走了过去。

"你找我啊?"

由于我戴着帽子口罩,楚杰似乎一时认不出我来,他皱着眉头仔细观察着我:"你是米大夫吗?"

"是啊。"说完,我把口罩摘了下来,有点生气地瞪着他,"又怎么了你?"

"我怕认错人,还是仔细点好!您让我办的事,我办好了。我到公司露了个脸就赶忙赶到您这了,就为给您送这个。"

说完他从拿着的袋子里抽出一块红色的绸子布,他捏着两头猛的一抖,一面硕大的锦旗随即展开。他双手捏着锦旗的两头,能从他的腰直垂到地上。起款:赠兰心蕙质米大夫;落款:刀扎伤患者楚某;

中间四个大字：妇科圣手。从他抖开锦旗的那一刻，楼道里就立刻安静了，所有的病人都停在当下的动作上，连分诊的护士都暂时停下了手里工作看着我们。

我不知道你们能不能理解，人在一种极度丢人现眼的状态中那种慌乱的心情，总之我现在就是这种状态。说我想往地缝里钻那都是轻的，我现在最想做的事情就是"穿越"要不就是"重生"。楚杰很认真地看着我，然后特别郑重地把锦旗交到了我的手里。那锦旗太大了，我一接过来，简直从我的胸口落到地上。

他忽然靠近我小声说道："您觉得这锦旗做得还满意吗？这跟您的精神层面挺符合的吧？"

我特想把这锦旗搓成一股绳子，然后勒住他的脖子，但是考虑到众目睽睽的情况，我只是小声说："我上次那么说你是我不对，但是你这么玩？过了吧！？"

楚杰看着我说："我这是配合您的风格，我就是想跟您说，人人都是有自尊的。"

"那你就豁着自己面子都不要了？"

"没事，我们做销售的心理素质都好。"

有时候这人倒霉吧，喝凉水都塞牙。交授锦旗的那一刻，院报的记者正在门诊拍摄排队问题，于是他很激动地抓拍下了这"感人"的一幕。楚杰表现得很大方，他发现有人在拍照的时候，还拿过了锦旗的另一角跟我拍了个合影。然后他很开心地看着我说："米大夫，这人情算是还完了，我这心里舒服多了！您的那句话，咱们后会无期啊。"说完他很开心得意地走了。

我跟他拉着锦旗的合影隔天就被登在了医院的报纸上，起初大家以为是好人好事，但是很快我就成了全院的笑柄，特别是外科那帮人,一看到我出现基本就处于笑喷的状态,整整一个星期。连罗惠都故意打电话来嘲笑了我半个小时。而且我从此还多了外号,起初别人叫我"米圣手",现在他们叫我"米圣"。

楚杰,你行!你真他娘的行!最好咱们后会无期,要不你可千万别落老娘手里,问题是他到哪儿落我手里去啊,我一个妇科大夫!啊!憋死我了!

{23} 长见识

自从罗惠有了男朋友,我很少主动约她见面,虽然在一个医院工作但是碰面似乎也要等到巧合或者某种意外才能实现。我们通常会在食堂偶然见面,然后坐在一起吃半个小时的午餐,不过就算坐一起基本也都是听她叨叨她们家郑立存的近况,我根本没有插话的资本,偶尔我会抱怨一下工作,也曾经想过要跟她抱怨那个叫楚杰的人,后来想想也没什么光荣的事迹可以宣传,所以还是忍了吧。

这天我接到了罗惠的电话,她约我下了班之后一起逛街,这让我颇有些意外。不过我还是欣然同意了,因为确实好久没有好好聊天了。

"我跟我们家存存打算要结婚了。"

一口饮料被吸进了我的气管里,于是我开始拼命咳嗽。

"呵,你这吞咽功能不行啊,我怎么一宣布个事情,你不是从嘴里往外掉东西就是给自己呛着啊。"

我一直朝她摆着手,可是依然说不上话,继续咳嗽着。

过了好一阵:"你下次要说什么人生转折的时候,别专等我吃东西或者喝水行不行啊。"我稳定了下情绪,看着她。

"你想好了？就是他了？"我认真地看着罗惠。

"没有!"她突然一脸无奈的神情。

"你到底是什么意思？"说到这儿我突然像悟到了什么，"你是不是有了？奉子成婚啊？"忍不住开始拿眼睛扫视她的肚子。

"我抽你了啊？"罗惠拿眼睛瞪着我，我慌忙捂了嘴说："那你这是要干吗？又说要结婚又说没想好。"

"我去过他们家了,还见了他妈。"

"哦，都见家长了？怎么样啊？"

"他们家在北京郊区的农村,特别偏远。"说完罗惠撇了下嘴。

我看了眼她的表情："这你就不对了,你这是嫌弃他了。"

"不是,不是,不是。"罗惠对我突然给她扣下来的大帽子显得很紧张。

"我有时候在想,这成长背景不一样会不会思想差异太大,影响我们将来的生活啊？反正我现在就觉得他有点大男子主义。"

"你的意思农民家庭出身的人都大男子主义？"

罗惠仔细想了想："反正,感觉他那种封建家族气息比较重。"

"比如呢？"

"比如我刚一去他们家,一坐下来他妈跟我说的第一句话就是：'你挣多少钱？'我大概说了咱们的收入,然后他妈就说：'那我们家立存可比你挣得多多了。'你说他妈说这话,我怎么听着这么别扭啊,好像我跟他结婚是图他钱似的。"

我皱着眉头看着她,说实话我真的不知道说什么,因为如果真是按她说的这样,的确会让人觉得不太痛快。

"他妈还给我提了三大要求：第一,说他们立存岁数大,见识比我广,让我以后都听他的；第二,说他们立存工作特别忙,让我以后把家务活都包下来;第三,说他们那儿都特别讲究,让我以后去他们家绝对不能空手去。"

"你空手去的?"

"没有啊,买了点水果。"

"那是嫌弃你的水果不好?"

"不知道啊?我就是不能理解他妈究竟是什么意思?"

"那你们家存存说什么啊?"

"他说他妈说得有道理,让我好好听,好好做。"

"看着不像嘛,挺绅士一人,怎么这么老式中国男人啊!"

"所以我说他就是在你们面前装的,骨子里其实特封建思想。"

"要我说你就是一开始没教育好他!"我带着些愤愤不平的情绪。

"这教育他是我的事吗?不都应该是他爸妈的事情吗?"

"他妈教育他是男尊女卑,你得让他知道这都解放了,新中国成立了,现在是男女平等。"

罗惠忽然乐了起来:"估计让他知道解放了还有一定难度,我在他们家的时候,快到中午他一个表舅来了。吃中午饭的时候,他爸、他表舅、他、他弟摆了一桌在正屋里吃饭,我、他妈、他表舅妈摆了一小桌子在外屋小厅吃饭。这阵势你见过吗?男女还不同桌呢。"

"嘿,真复古,北京周边还有这种地方呢?是不是文化村啊?你是骑驴进去的吗?"说完我跟罗惠都嘎嘎乐了起来。

"你真没见识!"

"嗯,这回真长见识了。"

{24}
貌的报恩

我其实挺佩服罗惠,我觉得她是个实干派,你看她这恋爱谈到一定程度,她就真敢结婚啊!虽然我也很想谈恋爱,而且我的年龄也的确不算小了,但是我还从来没把"结婚"这两个字装进过我的脑子里。

我很享受现在总是能把自己当成小孩子的状态,回家可以把东西到处乱扔,然后躺在床上问老妈饭什么时候能好。让老妈说急了的时候,还能跟她嚷嚷两句什么:你烦不烦啊?出去出去,不想听,不想听。试想一下如果是罗惠的婆婆,听到了上述的话,估计现在正把她拉在郑家祠堂前跪着呢吧?

我不敢想象结婚,除了这种不愿长大的心情之外,我还隐约感觉到有一种恐惧总是阻挠着那种敢于走进围城的勇气。我挺羡慕我的父母那辈,至少他们结婚那个年代真把离婚当成一种特丢脸的事看,现在的人们好像越来越不当一回事了。好像常常听人们叨叨:"能过,过,不能过,就离呗。"说得真豪气,一听就是爽快人,不过现在爽快人也太多了点吧?我也时常抱着学术研究的态度询问我的父母:"你们俩怎么过一辈子的?你怎么就能跟他过一辈子呢?您就没活动活动心眼离个婚什么的?"不过通常我咨询问题的时候,我妈都会跟我说:"又跑这儿犯混呢?"得,有独门秘籍还不传我,你们说这叫我怎么结婚啊?

我听见了,你们现在肯定有人在书前说我:想得可真多!男朋友都没有,都想到离婚了。你们谁要这么说我,我真敢到你们家吃饭去,少于十个菜还不行!你们就别老戳我肺管子了,正是楚杰的那句话:人人都是有自尊的。咦?怎么好端端的把他提出来了?

我一直想相信天长地久、一生一世这些豪言壮语。可是那些美丽的童话故事的结尾,通常都是说:从此他们就幸福地生活在一起了,然后全书完!那他们究竟是幸福地生活在一起一天?一个月?还是一年?也没人给个准信,闹心!

《猫的报恩》是宫崎骏企划的一部漫画电影作品,说实话挺感人的。说的是一只猫被一个小女孩救了,然后它幻化成人向小女孩报答救命之恩。你们也不用惊奇以为我要转换风格变玄幻了,没有,我还是我,一如既往的写实,只是下面的这个人总是无缘无故让我想起这个漫画和电影的名字。

2007年12月,又是一年的年底,"时间"这位全世界最彪悍的大哥,依然我行我素,毫不停留地迈着他豪迈的步伐,让我们这些做小弟的既不愿也不得不紧紧地跟随着他。

这天我下班回家,发现老爸以前老部队的战友袁叔叔和他的爱人张阿姨正坐在客厅里跟老爸老妈热络地聊着天。他们在我的记忆里很亲切,那时候我们一起住在大院,老式的筒子楼,两家只隔一道门。那时候我大概六七岁,张阿姨是随军的家属,她是河南人,有个小女儿和我岁数差不多。她刚来部队大院住的时候我很快就喜欢上了她,因为张阿姨也很喜欢小孩,有事没事总带着我们玩,还总给我们做好吃的,所以我特别喜欢跟她在一起。也就是在那时候,我学会了我的第一门外语,确切的说是外地语,一口标准的河南话。那时候我爸妈并没有纠正我,他们觉得小孩说方言特别有意思,不过我把学校的老师气坏了,因为我把邻座的同学多多少少都带成了河南腔。

后来部队调动去了外地,那时候老爸转业到了地方,袁叔叔和张阿姨则随着部队离开了北京。他们的到来真的让我特别开心,尤其是听见张阿姨用她那标准的河南话喊我露露的时候。

"袁叔叔,张阿姨,好久不见啊。"我显得有些激动。

"露露,你咋才回来呢?俺等你好久咧。"这亲切的话语再次把我带回到儿时,老师拍着桌子让我好好说话的那些童年记忆再次闪现在眼前。

"张阿姨,真想你啊,这么多年了您怎么一点都没变啊?"我确实很想念张阿姨,当然后半句纯属恭维。

"咋没变咧,俺老多嚷,你都长成大姑娘咧,还出息成个医生啦。"

"啥出息咧,就是个普通的劳动人民。"这句话一出来,我知道我又随着张阿姨掉进河南地界了。

"阿姨,您跟叔叔来北京旅游来了?"

"啥旅游呢?我那姑娘考大学也考北京来了,毕了业就留在这工作咧。刚工作一年就结婚咧,一结婚刚一年就生了个孩儿,这刚生,我这是给她带孩子来了。你袁叔叔在部队里是提不上去啦,我说既然提不上去那就退吧。这不现在我们俩都退了,也没啥事就都来北京转转,看看老战友,然后俺就给俺那姑娘看孩子去咧。"说到这张阿姨好奇地看着我,"你咋着啊?结婚了没啊?"

哎!张阿姨啊,咱这么多年不见了,前面都说得好好的,怎么这临了话都结尾了还给我来了这么个窝心脚啊!

我尴尬地摇了摇头。

"那有对象没啊？"

呃，还是连环脚。我只能继续摇头。

"那忒好咧！"说完阿姨猛地拍了下我的腿。

"我前天刚去了一个在北京的老乡家里,他有一个儿子跟你正合适,特配！"

"啊？真的啊,大姐。真跟我们家露露配啊？"老妈忽然激动地插进话来,反正老妈一听有男的跟我配,她就控制不住地激动。

"配！配着呢！我们这老乡两口子可能干咧,老早就来北京做生意来啦,开了一装饰公司,公司现在可大咧,人家也成大老板啦。这儿子8岁就跟着来的北京,也是大学毕业生,现在自己在外企打工呢,人家还不稀罕跟家里的公司干呢。跟露露一样大,要不就是大半岁。那天在他们家,我问他有朋友没？结果还真没有,还说让我碰到合适的给他说说呢。你看这事巧的。"说完张阿姨开心地乐了起来。

"说起来,我对他还有恩呢,那时候我跟他妈前后脚生孩子,结果生完了,他妈没奶,那孩子饿得嗷嗷哭啊,也不喝奶粉,是俺喂了他半年奶。我一人奶俩孩子也累着呢,这就跟我半个儿子一样,要不是我那女儿嫁了人了,我倒是挺想跟我这老乡做亲家呢。亏得我奶的这小儿,这小儿能长这结实咧？小伙子长得可精神啦,名字也好听,叫个狸猫儿。"

"啊？叫什么？"张阿姨的口音实在没让我听清他这好听的名字。

"狸猫。"

"哦,知道了,换太子那个吧？"

"啥换太子啊？"

"狸猫换太子啊,老典故,别说,他这名字还真挺有特色的。"

"啥啊？姓李的李,貌,样貌的貌。"

哦，我终于明白是哪两个字了，不过听张阿姨说出来感觉还是那个"狸猫"。

这个亲是必须去相的，因为事情已经被老妈知道了，我要是敢说个"不"字，我老妈就敢跟我断绝母女关系。我想了想，为了个素未谋面的男人失去老妈，不值！

其实我并不是怕这个事情，我只是觉得有点不靠谱，一个男的才25或者26岁，真的需要相亲、找对象、结婚吗？连我都有些不太情愿，他愣愿意，你们说这事靠谱吗？

老妈觉得这事特正常，她用不容置疑的态度跟我说："那怎了？你爸就26岁跟我结的婚，这不也一辈子了吗？"

"哦，我说呢，怪不得老爸老说后悔呢！"

"什么？他什么时候说的？这个老东西，我还没说我后悔呢，他还好意思说。不行，我得找他打架去。"

我成功的用一场战争转移了人民内部矛盾。老妈终于不再跟我碎碎念了，她已经转去念老爸了！

2007年12月24日　平安夜　星期一

约在平安夜多少让我觉得有些奇怪，因为这些外国传过来的节日似乎永远都是给情侣们准备的，难道李貌觉得我们会一见钟情，然后顺道过一个浪漫的平安夜？可是如果碰到个一见面就想立刻说"再见"的人呢？那不是更令人伤心吗？因为整个城市里都是手挽手逛街、亲密的小情侣，而你将带着这种沮丧的心情，跟跄回家，想起来都替自己难过。咦，怎么这么不看好自己呢？

我做了特别精心的打扮，为了这个特别的节日，我想让自己看起来像是去赴一个约会，而不是去相亲的。

一间简洁的美式咖啡店,约在晚上六点。我特意早出来一个小时,因为怕堵车,不过车还是堵得厉害,让我不免有些着急。我生来最讨厌的事情就是迟到,不论是自己还是别人,所以在快到还没到的时候,我先给李貌打了电话,他跟我说没关系,因为他也没到呢。这倒让我心里舒服了不少,至少不用抱着内疚的心情见他,万一我这一见就想说"再见",这一内疚不就说不出口了吗?

我到达咖啡店的时候已经六点十分了,咖啡店里的人很多,而且都是一对一对的,只有最角落挨着洗手间的一个座位空着,没有办法,我只好选择在那里坐下了。我给他打电话说我到了,他说他也很快就到。

大概到了六点半左右,李貌终于出现在了咖啡店。他刚一进入我心里就一直祈祷千万别是他,万万别是他。可是他一进咖啡店,就拿手机打了电话,于是角落里的我的电话响了起来,他则立刻顺着声音找到了我。我也知道了原来真的就是他。

李貌的样子是现如今的标准潮男,头发拿油抓得根根站在脑袋上,五官倒很端正,就是一脸的叛逆面容,因为总喜欢仰着下巴,斜眼看人。穿衣风格跟那位"办房事"喜欢带照相机的陈姓兄弟简直一模一样。跟他一比我就像是要准备上台领杰出人士奖的样子,还是终身成就奖的那种。

"嘿,你来得挺早啊。"说完他一屁股坐在了我的对面。我特想建议他把手表或手机换换,因为时间都走不准了。

"嗯,还行,太阳一落山,我刚好赶到。"

李貌看了我一眼,嘴角挤出一丝笑来。

我则用十分关切的语气问他:"你这黑灯瞎火地赶过来,也挺困难的吧?"

看来他听出我这句话略带挖苦之意了,李貌叛逆的嘴角再次斜斜地扬了一下,我现在感觉我们俩不是在相亲,而是两个堂口的扛把子,正在进行着谈判。

"对不起,大姐!我来晚了,您别生气啊!"

这句话真正把我惹怒了:"谁是你大姐啊?"

"哦,对不起,对不起。我这又说错话啦。"李貌为难地看着我,他叛逆的眉毛左右来回挑高好几次,像是在思考着什么。

"那我叫你什么合适啊?你说你叫个米露露,我叫你小米?问题你也不小啊,我叫你露露?我这么个大老爷们,我叫不出口!"

"叫我米大夫。"我有些不开心地白了他一眼。

"得嘞,米大夫,我郑重地跟你介绍一下我自己。"说完他坐直了身体。

"我呢,根本就没相过亲,再说您看我这样子,我用得着相亲吗?我就犯愁黏我的女的太多,甩都甩不掉呢。所以呢,我要是哪儿做得不对,坏了规矩什么的,您这行家,该批评就批评啊。没事,我都虚心接受。"

他的这段话说完,我只有一个感觉,应该给我妈申请个旁听席位让她来旁听来,我说什么来着,事实证明老妈明显与社会脱节了。

"哎,我也称不上什么行家,不过你放心,你哪儿做得不对,我肯定说,绝不给你留面子,我绝不能看你走上邪路。"

我这句话一说完,李貌突然哈哈大笑起来:"你这个人说话还挺逗的哈,挺好,你要这么说话我就觉得轻松多了。咱也就都别拘着了。说实话,我就没跟我同岁的女人约过会。我琢磨了,我要么就找特大的熟女感受一下母性的温暖,要么就必须比我小个四岁以上感受下活力,不过目前以我战绩找的都是小的。你说我真的把你按母性温暖那边交往吧,我怎么看你这条件也都不太够啊。"

"别按,千万别按,我给不了你多少温暖,别对我抱太大希望。"

"那我要把你归在小的里吧,我觉得你这打扮得改改,你这穿得也太像小学老师啦。现在女的都讲究要穿得辣,你知道什么叫辣吧?"

"知道,知道,就是把我现在穿着到膝盖的毛呢裙子'咔嚓'剪掉三十公分,能包住屁股就得;然后我再在前面大腿上剪个大叉儿;给我穿着的这毛衣前面剪个大V领,直接开到肚脐之上,露个沟啊槽啊什么的,有沟必火嘛。"

李貌乐得趴在桌子上捶着桌子:"姐们儿,你太逗了,总结挺到位啊!"

短短四十分钟,李貌已经把我当姐们儿看待了。

"哎,我跟你说啊,其实我跟你们医院挺熟的。前两天我一个哥们在网上认识个一夜情,据说就是你们医院一个大夫,听说还是个研究生呢。你可千万别问我她叫什么啊,我是绝对不会告诉你的。"

靠,我到底跟他说什么了? 他至于跟我这么掏心掏肺吗?

我用十分好奇的眼神打量着李貌,你们帮我分析分析,他天生就是好奇宝宝加八卦宝宝合体呢? 还是他故意这样想让我讨厌他?

说实话我不讨厌他,因为他引起了我的好奇心,并不是为了那个一夜情的神秘同事的真实身份,我心里是觉得李貌这"哥们"特逗。因为来相亲带着如此真性情的人,少! 至少大家都会稍微内敛一些,要不是这哥们这么放得开,我至少还能再装上一个、半个小时的,既然他整个一个浑不懔,那咱就招呼着,谁怕谁啊?

不过看来他没相过亲这句话倒是真的,而且还能深深地感觉到,他并不是为了找个女朋友而来的。那他到底干吗来的? 我觉得他这也就是碰到了我,但凡碰到个别的女的都不能赏他这么长时间的脸,上来就叫"大姐"的人能理吗?

内心的想法像趵突泉一样鼓鼓地往出冒个不停,脸上却是一副痴痴的表情死盯着李貌的脸。

"姐们儿,姐们儿,喂。"李貌在我眼前打了个响指,把我从自己的胡思乱想中拉了回来,眼神也终于有了聚焦再次看向了他。

"你这眼神不会是爱上我了吧?可别啊,我还没做好心理准备呢。我得先跟你声明,就算你对我再迷恋我也不会告诉你,你那一夜情的同事是谁?我这人很有原则的,嘴特严!"

我此刻也特想趴在桌子上,用手捶着桌子乐一阵。不过跟李貌相比,我比他"假",所以我用我的理智克制住了我的真性情。

"放心,我都迷恋你了,又怎么会为难你呢。我是个识大体的女人,不会给男人找麻烦故意挑战你的原则的。"

李貌猛的一拍桌子:"行,就冲你这么高觉悟,哥们我再跟你透露点消息。这女的戴一眼镜,身高一米六五左右。这就够意思啦,不能再跟你多说啦,你回医院打听去吧,准能知道是谁。这可破戒了,别再逼我了!底线,底线。"

我还特想问他,干吗非逼着我知道这女的是谁呢。不过这只是我内心真实的呼喊。可是对于人家李貌,此刻又坏规矩又碰底线输送来的情报,我怎么能忍心告诉他这对我来说毫无价值呢。因为我打心眼里就不想知道这事。所以我意识到,我必须制止他,我不想让他意志力一薄弱,说溜了嘴让我知道那些徒增烦恼的事情。我深深知道自己绝对不是一个久经考验的革命战士,我要真知道了这个人,我的意志力很难控制住我的嘴,于是我可能就变成了绯闻的播种机,绯闻的宣传队。

"其实我跟你们公司也挺熟的,前两天你们公司一哥们,跟我一朋友玩视讯猜猜脱,输得那叫一个惨啊,我朋友就脱了件棉大衣,他就省一内裤了。还被截了图。"

说完这个桥段,我突然觉得自己太可怕了,怎么能造出这种谣言呢!其实我根本不确定有人会玩这种游戏,我只是照搬了一个美剧里的搞笑情节而已。

"真的?!这是谁啊?太怂了,居然笨成这样,哈哈哈哈。"李貌又开始拍桌子了。

"这是谁?不行,你得告诉我。"

我向他摆了摆手:"我的底线,不要问啊。"

"不行,我必须得知道,你必须告诉我。"

"真别问,我有原则,我还是特有原则的那种。"

"嘿,米大夫你诚心吧?真要了命了,米大姐,你就告诉我吧。"

我突然怒目瞪着他:"谁是你大姐啊?我比你小好吧?"

"米妹妹,哥求你了,告诉我吧。"

我现在明白了,他不是为了让我讨厌他才当好奇宝宝和八卦宝宝复合体的。原来他真的就是,如假包换。

"这么着吧,你告诉我那人是谁,我立马告诉你那女的是谁,公平吧,米妹妹。"

"我要是不告诉你呢?"

"那你也别想知道你那女同事是谁?"

"谢谢,我刚好不想知道,你可别说。"

"不行,我得告诉你。你想憋死我啊?"李貌又嚷嚷了起来。

"千万别说,你告诉我了,我也不告诉你。"

李貌痛苦异常地笑了,他像是突然想起了什么,赶忙拿出手机看了下时间:"就顾着跟你闹了,圣诞PARTY都要错过了。"

"哦,你这还得赶场呢?"

"大姐,平安夜啊,谁在家里待着啊?就在斜对面的夜店,要不我怎么跟你约在这儿呢。"

我觉得他整句话说出来都特欠抽:"谁是你大姐?"

李貌突然捂住了嘴:"对不起,又说溜了,不过你也太敏感了,我这完全是尊称。"他忽然用那叛逆的斜眼看了我一眼,"你不是一会儿就回家了吧?"

"是啊。"

"啊?太凄凉!要不你跟我玩去吧,辣妹之夜!"他要不说后半句,我想我真能海扁他一顿。

"我辣吗?"

他咽了口唾沫,深吸了口气,努了半天劲还是没说出我想知道的答案。

"算了,别费劲了,我不辣我知道。我就不去了,省得你哥们说你看女人的水平降低了,笑话你。"

"别这么说嘛,我倒是觉得我今天这第一次相亲挺有意思的,至少不枯燥,我之前特愁,不知道要跟你说什么。咱们就算相不成亲,咱也可以做朋友,这叫买卖不成仁义在啊。"

我觉得李貌真的把我当自己人了,我突然对刚才编谎话骗他感觉很内疚。于是我很想跟他说明白,我怕他这种好奇宝宝会伤脑筋去想那个笨蛋到底是谁。

"李貌,我问你一个问题,你老实回答我,然后我就告诉你关于视讯的事,中不?"

"中,太中了,我肯定老实。"

"你既然不想相亲,也根本不缺女朋友,你干吗还非得来啊?难道这年头还有人逼你不成?"

"嗨!这不是为了张阿姨吗。那天她到我们家串门,问我有朋友没有?我是确实没固定的女朋友呢,就说没有,也就是客气客气说:您要有合适的给介绍一个。我想张阿姨刚从河南来,到哪儿找合适的女人给我介绍啊。结果没两天还真让她找到了,这不就是你吗!我这小时候吃过她两天奶,这是对我有恩,这恩我得报,我妈说没那两口奶,我估计活不了这么结实,没准长得跟小鸡仔似的。所以我就来见你了。"

哦,我终于明白了,他这是报恩来了,报他奶妈的哺育之恩。我很荣幸成全了他的这种知恩图报的想法。

"行了,我告诉你了,你告诉我吧。"李貌两眼放光地看着我。

"那是我骗你的,没这事,对不起啊。"

"嘿,你这人怎么这样啊?我都告诉你了。"

其实李貌是个好人,除了是个好玩心还很重的男人之外,其他的地方都挺好的,感觉还很仗义,所以我觉得骗他实在有些对不起他,但是这事真不能瞎编。

"对不起啊,真是我编的,不是不告诉你。我是不想让你再说我那个同事的事了,为了转移你的注意力。"

李貌忽然仰着下巴,用他叛逆的眼神瞄着我:"你这女人心眼儿还挺多的啊。"

"没有,也就机灵这么一回,让你赶上了。"

"算了,不跟你计较了,总之刚才聊得也挺高兴的,还是那句话,买卖不成仁义在。还有,你真不跟我去了?"

我看着他,摇了摇头。

"那行,下回有合适你的'之夜'我再联系你啊。我真要迟到了,我先走了,有事咱们电话联系。"说完李貌急匆匆地走掉了。

这个相亲同我之前想的一样,最后是我独自回的家。不过我的心情很好,因为跟他聊完天确实有种放松的心情,只是有件事是我没想到的,我们后来真的买卖不成仁义在了,成了异性朋友的典范。所以如果有人说,男女之间没有纯粹的友谊,那我得说:还真有,我们用事实证明。

{25}
喜迎奥运

2008对于整个北京乃至全中国都是非常特殊的一年,因为在这一年中国要给世界办个大事!

中国要办奥运会了,这事一说出来就特让人激动,有时候还会热血沸腾一下子。北京要把跑得最快、跳得最高、技巧最好、耐力最强,总之是与身体之最有关的那么一帮子人都招呼到北京来,让我们开开眼,长长见识。

一跨进这一年,整个城市似乎都进入了倒计时的紧张状态里,我们医院也被指定为奥运定点医院,常常要面对大大小小的各种检查。我也响应了号召,报名当了个医疗方面的奥运志愿者,反正不管是不是用得着我,我是时刻准备着为奥运服务的。这种荣誉感带动的热情,让我在工作中都变得更加努力了。所以最近我总是遭到主任的表扬,说我吃苦耐劳,是年轻人的好榜样,让我继续保持住。我请主任放心,我做事是有原则的:关键时刻绝不掉链子!主任对我这种朴实的誓言很欣赏,导致她一高兴把科室里应对检查的各种零碎工作全都交给了我。

这一年对于我们家也是颇为重要的一年,因为我一个表哥、一个表姐、一个堂哥和一个侄女都要结婚了。我特别不能理解这结婚怎么还能扎堆啊？更让我难过的是,我那远方亲戚的侄女,论辈分她是我的小辈,芳龄二十有三。她对我的刺激最大,连我的晚辈都要结婚了？恋爱谈得好好的,说结婚就结婚,一点都不带含糊的！我问他们为什么这么着急"进城"时,得到的答案基本都是一样的:"喜迎奥运呗。"

所以过了春节之后,从三月份到八月份之间我接到了 N 多的红色炸弹,这几个月里我光随份子就随成了负资产。我曾试着建议几个亲戚,要不咱挪到八月份之后办？

"迎奥运,迎奥运的,八月份之后不成了送奥运了吗。你别瞎操心了,记得到时候来就行了。"

人家办奥运会就够乱的了,你说你们这帮人一点都不体谅国家和政府,全在这添乱,想迎奥运,去报名参加个志愿者不是更实在吗？非得结婚！

除了他们还有三个大学同学、两个中学同学加入到结婚迎奥运的洪流里。我为了鼓励他们这种非同寻常的爱国热情,于是伸手跟老妈借了钱,心里则暗暗发狠着:行,你们就整我吧,等老娘结婚的时候都跟你们讨回来,双倍！

别人的婚礼我就不说了,只说我那个表哥的婚礼,因为实在是让我难忘。表哥薛凯,其实就比我大半岁。现如今的我 26 岁,表哥也马上 27 了,通常都是听男人们叨叨什么:先立业后成家,不过薛凯总是叨叨先成家后立业。不管他先干什么后干什么吧,总之从他抱定要结婚的思想之后,据说他的事业的确开始蒸蒸日上了,听说他最近刚换到了个大公司。那个比我还小两岁的表嫂则总是跟我说,是她带旺了薛凯,所以他才能如此顺风顺水。

表哥在婚礼方面做足了面子:浩浩荡荡加长车,鲜花气球大彩门,满满当当五十桌,差点让我进错门!我确实是差点走错,那天在那家饭店办婚礼的就有四对。

办婚礼的大厅里到处都是人,有服务员、有婚庆公司的人还有我们家帮忙的很多亲戚,每个人都分配了工作,我被分配的是把我们那辈的表哥、表姐、表弟、表妹们都招呼到一起。这工作太容易了,我只需要坐在我该坐的地方,看着门口就行了,到时候他们自然会来找我。

我坐在桌子旁嗑着瓜子,事情跟我预料的一样,很快我在的桌子就被前后赶来的兄弟姐妹们坐满了。此刻的大厅更乱了,各路神仙纷纷登场,熟人们见面分外亲热,互相攀谈着。我努力盯着大门口,看还有没有我辈的漏网之鱼,忽然旁边的小表妹拉了拉我的袖子。

"姐,你看那边那男的,长得挺帅的,看着还倍有气质,他怎么胸前还戴个红花啊,不会是伴郎吧?"

我顺着她指的方向看了过去:"哎哟,我的妈啊。"我的第一反应赶忙用手把脸挡了起来。

"真他奶奶的背,他怎么来了。"我小声嘀咕着。

"你认识他啊,姐?怎么认识的?你还能认识这么帅的人呢?"小表妹两眼放光地晃着我的袖子。

"去,去,去,一边去,小破孩子懂什么叫帅啊?"

"谁是小破孩子啊,我今年大一了好嘛。姐,你说你一个女医生怎么整天说话跟女流氓似的啊,我妈还说让我多跟你学学呢,就学这个啊?"

我继续拿手捂着脸:"你姐我这是人在江湖,身不由己。"

表妹好奇地看着我:"你拿手挡着脸干吗啊?碰到仇人了?"

"是啊,你真聪明。"

话音刚落,表妹猛地把我的手拽了下来:"女流氓还能有怕的人呢?"

那一刻我跟楚杰的目光刚好撞在了一起,我好想拿起手继续把脸挡上,可是我那颇为"懂事"的表妹就是按着我的手,不让我抬起来,嘴里还不停地叨叨着:"我倒要看看,谁能把我表姐给吓成这样?"表妹顺着我目光看了过去。

"你仇人就是那大帅哥啊?!"我没有回答表妹的问题,因为我在找地缝呢。

楚杰远远的看着我礼貌地笑了一下,我则十分尴尬地回敬了他礼貌的笑容。

"姐,他这是跟你笑呢?你怎么跟他结得仇啊,我也想跟他结仇,你告诉告诉我呗。"

"这男的三十多了,你没戏,别惦记了。"

"三十多怎么了,就认识认识,没准能有好感呢。"

我懒得再理表妹了,简直在这儿痴人说梦。看得出楚杰并不是伴郎,他被安排坐在了主桌旁边的位置。自从知道他在这里之后,医院里送锦旗的画面忽忽悠悠的再次浮现在我眼前,我总是控制不住地看那张桌子几眼,偶尔也会与那略带笑意的目光相对。他笑什么?有什么可笑的?他肯定是在嘲笑我呢!

无论是新人还是筹办婚礼的这些人们,他们通常抱着的目标是要让大家感觉到参加了一次盛大、隆重而又特别的婚礼。但是鄙人认为,无论婚庆公司的人怎么绞尽脑汁、费尽心思地搞噱头,婚礼的本质还是把认识的人叫来,交钱!吃饭!

这几个月我就一直在被认识的人叫来叫去,交很多的钱,吃不怎么样的饭！北京办婚礼有个不成文的规矩，就是婚礼不结束，是绝对不会给你饭吃的。只有当司仪喊到"礼成"的时候，服务员才会把那些早已做好的鸡鸭鱼肉端上来。

我曾经到外地参加过一个朋友的婚礼，我觉得他们那样挺好。婚礼开始宴席也开始，婚礼结束大家也都吃饱了，收拾好包纷纷回家了，省时不费力。

主席台上，司仪正慷慨激昂、口沫横飞地讲述着永恒之爱的事情。我心里的小鼓总是咚咚咚地敲个不停。楚杰已经不再看我了，他似乎已经沉浸在婚礼司仪所描述的新郎新娘那伟大的爱情里，新娘的情绪很激动，总是说着说着话就哽咽了起来。我表哥也十分配合地在这个时候仰望天花板，想让我们认为他在极力控制着他的男儿泪。

不了解的人可能都被他们此刻的情绪带入到他们催人泪下的感情世界里，不过我没有。我总是时不时地看下楚杰，那心情就像身后站了个人，会随时出来吓我，我正小心翼翼地提防着。表妹就得加个"更"字，她已经完全不把这里当成表哥的婚礼了，她正无休无止地朝她心目中的成熟帅哥放着电。

只是可惜我忘了提醒她，楚杰对她的电力说白了就是一块大橡胶。他哪是喜欢纯情学生妹的人啊，他喜欢的是那种整宿不睡觉、全年穿短裙的人。

感人的爱情故事终于被台上的三个人演完了。司仪的声音忽然提高了八度："下面我们有请新郎公司的领导，AT国际广告有限公司全国销售总监，楚杰先生，为这对幸福的新人证婚。"

"姐，姐，你仇人，你仇人，他是证婚人啊。哇噻，他是表哥的领导啊。还全国还总监。"表妹终于摸清楚了她的"老白马"的真实身份，激动得已经快晕过去了。

"切！什么全国总监，明明是华东地区的。"我十分不屑地小声嘀咕着。等等，他成我表哥领导了？闹了半天表哥说去了大公司，就是跳槽到他手下了。我这表嫂旺了他半天，就把薛凯给旺到楚杰手下去了？

楚杰在主席台上念了表哥他们的结婚证，并证明他们的婚姻合法、真实、有效。

简直是讽刺，自己都结不了婚，还好意思跑这儿来证明别人的婚姻。

"姐，真是越看越有味道，你看表哥站他边上感觉完全不一样啊，一下子就被比下去了，这楚杰看着可真有内涵。"

"切！"我忍不住地笑出声来，"姐实话告诉你，他什么都有，就是没内涵。"

表妹则用奇怪的眼神看着我："你们俩这是结了多大仇啊？"

"也没多大仇，就是有他没我，有我没他吧！"

"那还是没你吧，我想要他。"

我照着表妹后背大力地来了一拳："死孩子，为了个臭男人就把你表姐给扔了，皮又紧了吧。"

表妹被我突然袭来的一拳打得脸变了形："哎哟，有你这么欺负少年儿童的吗？"

"儿童个粑粑，什么儿童盯着个老男人两眼冒春光啊？"

"女流氓！"表妹斜了我一眼，搬着凳子向旁边靠了靠。

我则搬着凳子靠了上去："表妹，表姐真的是为你好，你这没踏入社会不知道，外表是欺骗心灵最直接的工具，你可千万别被这人的外表欺骗啊！"

"我看你的外表才是欺骗别人最好的工具呢。"说完表妹把椅子又向远处拉了拉,"咱们家人都让你给骗了,还以为你多文静,多有气质一女医生呢,什么啊,一句话不爱听就打人。哼!你……你这是让警察刚放出来的吧,你?"

我忽然靠在表妹肩膀上撒娇地说着:"好妹妹,姐姐错了,姐姐以后再也不打你了,别生姐姐气啊。"这句话刚说完,全桌的兄弟姐妹都把他们手里拿着的或者正在吃的瓜果皮屑朝我扔了过来。

"太恶心了,看不下去了,咱们家怎么出这么恶心一人啊。"说完我们一桌子人哈哈大笑起来。由于动静实在太大了,导致许多桌的人们都看向了我们。楚杰的目光也被这笑声吸引了,我也不知道为什么,他的目光一至,我立刻端坐了身体,好像这笑声完全与我无关一样。

我苦苦期盼着的大虾和酱肘子终于上来了,我那些真金白银的份子没有白随就体现在此刻。一桌子人都甩开腮帮子使劲吃,能吃回多少算多少。新郎新娘去换敬酒服了,此时的婚礼大厅里满是推杯换盏,盆盆碗碗碰撞的声音。这帮兄弟姐妹们在吃饭这个项目上各个都不是弱手,奥运会要真有这么个项目,我看这帮人都能代表中国参赛。我哪儿还顾得上看楚杰啊,筷子举晚了一会儿,盘子就空了,这吃饭跟打仗似的。

酒过三巡菜过五味,突然有了想去洗手间的感觉,于是起身走出婚礼大厅,向洗手间走去。

我发现,冥冥中罩我的那位大神,最喜欢的事就是整我。我刚走出婚礼大厅不久,刚好跟上完洗手间正往回走的楚杰撞了个正着。我想转身回去,可是过廊里一个人都没有,如果我真的回去了,那他不是就知道我其实很怕他吗? 所以我硬着头皮咬着牙,站在了那里。

心想着,该来的总会来的,躲也躲不过。

楚杰站在了我的面前:"米大夫,想不到我们又见面了。"

"是啊,我也没想到。"我勉强地挤出了微笑。

"看来北京这个城市太小了。"

他这话说得太有讽刺意味了,不知道为什么,像激起了我的某种斗志:"中国也不太大,面积也就是个世界第三。"

楚杰那种特有的狡黠的笑容再次爬上了他的脸:"你还是你啊,一点都没变。"

谁允许他不用敬语的,好歹我也救过他的命啊。没礼貌!

"你跟新郎新娘是亲戚啊?"

我看着他犹豫了几秒钟:"不是。"我觉得还是不要告诉他我跟薛凯的关系。表哥刚跳槽到新公司,对自己目前的工作特别满意,我可不想他因为我和公司高层结了大梁子而影响了他苦心经营的事业。

"哦?!"楚杰的语气仍在询问着我为什么会出现在这里。

"我陪朋友来的。"我随口打了个圆场。

话刚说完,忽然看见表哥和表嫂换好了衣服走到过廊里,要准备去大厅里敬酒了。薛凯看见我正跟楚杰热络地聊着天,控制不住地激动起来,拉着我那个小表嫂小跑着冲向了我,把他要去敬酒的事都给丢到一边去了。

"妹。你认识我们总监啊?"

我刚说的谎话还没二十秒就被我这突然出现的傻表哥给揭穿了。

我看着表哥,想用十分为难的语气表达我和楚杰之间的关系,可是这种当事人在场的情况,我是再能编也没用了:"是啊,认识!"

"太好了!没想到你居然认识我们总监。"表哥呵呵地乐了出来。

"楚先生,您怎么跟我妹认识的?"感觉表哥正在努力拍着楚杰的马屁。

"她是你妹吗?"

"是啊,她是我表妹,我们俩可好了,跟亲兄妹似的。"薛凯啊薛凯,你搞清楚状况了吗,就玩命着套磁。我可真服了,见过傻的没见过这么傻的!

"哦!! 原来是亲戚啊?"楚杰饶有兴致地看着我。

那种脊背发凉的感觉再次袭来。

"哥,你该去敬酒了。"我一直朝他使着眼色,示意让他快点离开。

"晚去会儿没关系的,我可不想喝醉,刚好能少喝点。"

"你们到底是怎么认识的啊? 看着好像很熟的样子嘛!"

"是啊,怎么认识的,说来听听啊。"我那第二傻的表嫂也开始插话了。

"我跟楚先生其实也不是很熟,就是见过几次面而已,而且已经好久没见面了。今天突然见到,我也真是没想到呢。"

"见过几次面?"表哥小声嘀咕着像是在琢磨我说的话,努力想着他想知道的答案。"哦,知道了。"表哥猛地一拍脑门,"相亲认识的吧?"

哪位好心的读书人士帮我找两板砖来,我好把这烦死人的"京城二傻"拍晕了! 说什么呢这是,气死我了。

表哥忽然转向了楚杰:"楚先生,其实您不了解我妹,她人真挺好的,特善良,就是不深接触很难看出来,她是典型的刀子嘴豆腐心。您应该多给她几次见面的机会,慢慢您就有体会了,相一两次真看不出来的。"

"是啊,楚先生。我老公这表妹,人特好! 虽然长得不是什么沉鱼落雁、闭月羞花的,好歹也算个小家碧玉了。您好好看看,其实我觉得你们俩还挺有夫妻相呢。要不您再给她次机会试试,多接触接触,联络联络感情,您肯定能发现我这表妹好在哪儿了!"

看得出楚杰在极力控制着情绪不让自己笑喷出来,所以他的脸上一直挂着那种被抑制得有些变形的笑容。他很认真地听着"京城二傻"的描述,还频频点着头表示着肯定。

而我的心里却只有一句话不停反复地出现着:砖呢?砖呢?砖呢?!砖呢?给我砖啊!

这个让我诚惶诚恐的婚礼总算是结束了,看着大厅里人们的散去,我那颗纠结的心也算是稍微平复了一点。

老妈从长辈级别的桌子上退了下来,一看到我就开始不停地讲着碰到的各种熟人的最新消息。我则挽着老妈的胳膊哼哼哈哈地应和着。

"你看见冯媛了吗?"老妈继续着她的话题。

"没有啊,她今天来了吗?"

"是啊,你们中学一个班的同学,怎么见面都不亲啊。"

冯媛父亲和我的父亲还有薛凯的父亲都曾经在一个部队待过,所以那个时候我们都住过部队大院。冯媛初中和高中和我是一个班的同学,我们的确不亲,从来就没亲过。从我认识她的时候,她就是个公主,这么多年不见,她快登基当女王了。冯媛是我们班的班花,追她的男生比我认识的男生还多,不过她始终心如止水。说白了她也不是能止多少水,她是心气贼拉高。

男生到了她那儿,能让她正眼看你,就算是她女王的恩赐了。我发现男人们有时候是挺奇怪的,专捡硬骨头啃,你越不爱理他吧,他们还偏爱彪着膀子上。于是冯媛的气势就越来越足,越来越不爱搭理人。

我那时候特羡慕她,长得好看吧,学习还特好。我也没看她揪头发,黑眼圈,长大包什么的,可是她考试成绩总能排在我前面。

"冯媛那丫头,比你大学还早毕业一年呢,要说也工作三四年了,怎么还是一副看谁都不顺眼的样子啊?"

"可能所有事情都太顺了吧,没经历过什么波折,不需要向人低头'谄媚'。"

老妈撇了撇嘴:"刚才还碰见她妈了呢。一个劲跟我抱怨说她们家姑娘什么都好,就是脾气臭,一句话不对就大发脾气,吓得她跟老冯都不敢说话,盼着她赶紧嫁出去。过了一会儿,冯媛还拉着她男朋友专门到我面前显摆来了。说了她男朋友一大堆头衔,我是一个都没记住,不过那小伙子看着倒挺周正,听说家庭环境也不错。不过看那样,也挺怕冯媛的,一直站她身后,一句话都不敢插嘴。"说到这儿老妈的情绪开始有些激动了:"最让我生气的是,临要走了,还跟我说:'阿姨,露露还没交男朋友呢?您得让她抓紧了,这女的再大可不好找了。我这马上就要结婚了。'你说这孩子可气不可气,谁用她操心了。"

我听到这话,心里的确有些生气,但是为了安抚好老妈,我也只好说:"哎哟,人家说的也没错啊,再说了,她一直就是这样嘛。你干吗为这事生气?"

"闺女,听老妈的,咱不挣馒头挣口气,你可得给老妈找个好女婿,一定得比冯媛那个强。"

"老妈,你可真看得起我。"真是个充满竞技的世界啊,这奥运会还没开呢,吃顿结婚宴竞技项目都参加俩了,刚才是比吃饭,现在又被安排去比男人。问题是我都没参赛资格,我拿什么比去啊?

跟老妈边走边聊,沿着走廊一直走到了电梯间,伸手按了电梯,不到十秒钟电梯门开了,我挽着老妈走进了电梯。刚一转身,发现楚杰站在我们身后,也紧跟着进了电梯,脸上依然是那种狡黠的笑容,也许是我眼花了,总之我就是看他不顺眼。他这是跟踪我们多久了?他跟在我们身后干吗?偷听呢?完蛋了,这婚宴吃亏了,花钱不说,把剩这点脸都给丢光了。

电梯到了一层,电梯门一开,楚杰按住了开门按钮,很礼貌地跟我老妈说:"阿姨,您先走。"老妈被这突然举动吓了一跳,她脑子里的观念是男女平等,这突然袭来的女尊让她颇为不适应,她还是慌张地出了电梯。楚杰转头看向了我:"米大夫,请!"我才不管那些,大踏步走了出去,继续挽着老妈的胳膊向大门走去。

"他不是你表哥的证婚人吗?他们公司的领导。你认识他啊?"老妈好奇地问着。

"是吗?不认识。"我在老妈耳边极小声地说着。

"我看这小伙子也挺不错的。"

"妈!"我可不想让她继续往下说了。

"也不知道结婚没有?"老妈才不管我什么态度呢。

"他孩子都会打酱油了!"我绝对不能让老妈再说关于楚杰的任何事情,我总觉得他就跟在我们身后,老妈这说话声是越来越大,大有控制不住的趋势。我这面子是已经丢光了,我可不能连里子也丢了啊。

"哦,那有点可惜了。"老妈遗憾地摇了摇头,忽然像想到了什么,"你不说不认识他吗?你怎么知道他有孩子啊?"

"薛凯说的,薛凯看见过他孩子打酱油,还帮他孩儿拎酱油瓶来着呢。"

"哦,露露你可得抓紧啊,你看看但凡碰到个像样点的男人,要么结婚了,要么都有孩子了,连你表哥这样的都能有主。"

"谁说不是啊！就没见过能比表哥傻的人,不过那表嫂也挺深不可测的。所以他们俩凑一对真是天作之合。"

到了一楼大厅,老妈说回家前要先去趟洗手间,我告诉她我在饭店外等她。我站在路边看着来往的出租车准备打车,顺便感受这暖融融的初夏的阳光。

忽然一辆黑色的陆虎,停在了我的面前,右侧的车窗被按了下来,我向里探望着。

"米大夫,用不用我送你们啊？"

得瑟什么啊？就显你有车啊？心里充满了酸酸的不屑。不过像我这么高素质的,高修养的女性,是不会把这种阴暗的心理表现在表面的。

"不用了,麻烦你了啊？"我朝楚杰笑了笑。

"哦,好,那我就不勉强了,我得赶紧接我孩子去,他现在正在超市打酱油呢,拎不动。后会有期啊!"说完他一脚油,绝尘而去。

我就知道他没这么好心,他哪是要送我啊,他就是特意挤兑我来了。而且他又成功了,我现在极端的不爽,我跟老妈的话他肯定都听到了。楚杰,你这个大变态,爱偷听的小人!

{26} 鸿门宴

薛凯的脸此刻扭曲得用"异形"来形容是最合适不过的了。他的脸之所以能做这么大跨度的变化,完全是因为他非要让我到他们家来跟他解释清楚到底是怎么和楚杰认识的。

所以我把和楚杰相识的过程对他做了仔细的陈述。我"实事求是"地描述了一个敢于付出、不求回报的医务工作者,怎么救助了一个沉浸在酒池肉林中、已经被金钱和美色腐化了的、不能自拔的孤独男人,但是得到的结果不是感激,却是非议和非难。

当然了,我把送锦旗那段隐瞒了。因为就算说了,以薛大傻的智商来说估计也不明白我们斗的是哪股劲,而且如果他明白了,那我必将又落一个笑柄在表哥手中。

薛凯使劲地捶着自己的头,拿手指了指我:"你就毁我吧你!毁我吧。"

我无奈地耸了下肩膀:"我哪知道你跳槽到那个人工作的公司了,结果他还是你们公司的高层领导。再说了,你结婚非得让他当你证婚人干吗啊?就算这些都没事,我跟他站在过道说话,你上赶着跑过来插什么话啊?弄清楚敌我关系了吗,就往上靠,还以为自己多聪明呢,还整个我们是相亲认识的!?"

说到这儿我忽然觉得来了气:"你看你跟我嫂子那天说那话,说起来我这气就不打一处来,一个劲儿跟那姓楚的说让他多跟我接触接触。你们俩那意思,我肯定是跟他相亲认识的?而且还百分之百是他看不上我,还低三下四的让他多给我次机会。我用得着他给我次机会吗?我今天就把话放这儿,那楚杰从头到脚我没一个看上的,我一看见他我这星期的饭都省了。"

"妹,让哥哥跟你说句实话,这事你做得不对,真的。"

我瞪大眼睛看着表哥:"你脑袋让驴踢了?我都这么真诚地对他了,我哪儿做得不对了?"

"人家是患者,你帮他是应该的,你怎么带着这么大的情绪呢?就冲哥对你的了解,你肯定没少拿话挤兑人家。"

"对,你是了解你妹,但是你了解那楚杰吗?就那人半夜三更不睡觉,为了争小姐被人扎了?!你想想你妹我,多愤世嫉俗一人啊。咱俩大学的时候出去逛街,你多看人家女生小腿两眼,我还把你归在臭流氓里了呢。我愣不顾自己的好恶,给他当了一天一夜的碎催,我容易吗我,我这心里得遭受多少次自我谴责啊。你要今天说你妹嘴损,我承认。但是就楚杰那人的嘴,比你妹得损个十倍。我对他有再造之恩,他却对我恩将仇报,送了我一个硕大的妇科圣手的锦旗,让我成了全院的笑柄,估计近十年都翻不了身了。"说到这儿赶忙捂住了嘴,这话一说激动了,差点说溜了嘴。

"什么锦旗?什么妇科圣手?说什么呢?你不就是妇科的吗?妇科圣手怎么了?你是不是还有什么事没说呢?"

"没有,都说了,跟你说了你也不知道。你也别问了,总之我们俩不是相亲认识的。"

薛凯对锦旗的事情其实并不关心,他此刻大概已经清楚我跟楚杰是怎么认识的了。他的小圆眼睛不停地转着,忽然满脸堆笑地坐了过来:"妹,你这人特死板,特保守,现在这年代你真该改改你旧观念了。人家一个大男人都三十多了,没老婆,没女朋友的,寂寞的夜晚找两小姐其实也是能理解的,你说是不是?"

"理解不了,反正我是理解不了,有那工夫我回家睡觉了。"

"那是你!"薛凯的声音忽然大了起来,"你知道楚杰在我们公司什么地位吗?最年轻的地区销售总监,但是却是公司少数的几个元老级的人物,公司刚进中国的时候他就在公司了,从销售业务员做起的。现在刚好是公司的变动时期,全国销售总监要换人,他和其他几个地区经理都是候选人,我们这些业务员都分析了,他的机会最大。他要真当了全国销售总监,那就是我的顶顶顶顶头上司了,差不多公司能排第三把交椅吧。你想我要是能抱对了这条大腿,那我还不是平步青云啊。"

我看着表哥实在想笑,他这人就是这样,做事总喜欢投机取巧:"你刚到公司多久啊?有半年吗?你们不是外企吗?外企也讲究抱大腿啊?那楚杰他跟你越了多少级啊?你这根大腿挑得也太粗了吧?怪不得婚礼直接给人家按了个全国的头衔,也是为了拍马屁吧?哥,你别老干这种假聪明真傻的事情,行不行啊?"

"去,你懂什么啊,就知道你们医院小圈子那点破事,像我们这种生意人,什么地方不得想周全啊?"表哥忽然又变成了谄媚的脸,"妹,哥跟你商量个事啊。"

"不行。"我看了眼他的表情,马上给了否定的答案。

"我说什么了,你就不行。"

"说什么都不行。打小你一摆出这个表情,就没好事。小时候不是让我帮你写作业就是让我帮你模仿舅舅的签名。你跟我商量的就没好事。"我果断否定了他的任何建议。

"哥请你吃饭。"

我奇怪地看了他一眼:"又请我吃煎饼啊?"

"嘿,你看你,我不就那么一次吗。"

"一次就够了,我算认识你了。让我给你开了差不多快半个月的假条,自己不上班跑出去到处面试。这也就是你们原来的小公司没打电话到医院问,真要问了,你妹可是要担责任的,这是帮着你诈骗,骗了你半个月的工资。那时候说请我吃饭,结果早上找我来拿假条就给带了套煎饼。你说你是人吗?"

"你看你这心眼小的,这么点小事还记得呢。这回是真请,请你吃大餐。"

薛凯说得越像真的,我越觉得心里没底:"没事献殷勤,非奸即盗。"

"妹,哥想过了,你说你哥到这公司也挺不容易的,也多亏了你给我开了两周的病假,我才有这么个机会。你就当好事做到底,你哥做东出面请客,把你跟楚杰都叫一起,你们呢,坐一起好好谈谈,把这梁子了解了。没准呢,还能化敌为友什么的,你哥也能踏踏实实的继续抱着这个粗腿啊,这样我工作起来就踏实多了。行不行啊,我的好妹妹?"

我看着薛凯一脸期盼的表情,自己控制不住地摇着头:"看来你脑袋真的是让驴踢了,估计还是头劲大的野驴?"

六月份的北京像是一下子跳进了骄阳似火的夏日,城市中奥运这股热风刮得越来越强烈。除了炎热的天气之外,更热的是人们的心情,每每一打开电视就是奥运歌曲、奥运宣传片,看得人热血沸腾的。如果不是从电视上观察,我还从来不知道原来我就是生活在这座城市中。

医院里除了展开迎奥运医疗技术、服务质量大比武,还贯彻实现了全院职工精通 CPR(心肺复苏)技术,上从院长下到医院图书管理员,都要做到技术动作合格、心理素质过硬。因为如果奥运会开了,会有成千上万的世界各地的游客涌入北京,保不齐谁有个病有个灾的,发生个意外。而我们要时刻保持一个医务工作者合格的素质,敢于冲上去,敢于给他复苏,我们要告诉世界,作为一个泱泱大国的首都,我们准备好了,你们都放马过来吧,我们什么都敢!

我作为科室里公认的七情六欲最少、精力明显过剩的年轻人,首当其冲的被妇科门派选举为大比武的代表。

行吧,既然大家这么看得起我,我也不能辜负各位德高望重的妇科界前辈的希望,就让我来代表大家杀出一片天来。

我在门诊工作的时候彻底改头换面,我对待每一个病人家属都像春天般温暖,对待每位患者都像夏日般的火热。弄得有些来复诊的老患者都不习惯了:"米大夫,你这是怎么了?中彩票了吧?这乐得眼睛都没了。"

CPR 这个技术按说是最普通的急救技术,是每个医生都应该掌握的基本技术,但是说句实话,我想除了急诊和一些真的突发的急救状况,一般情况是很少用到的,像我这种妇科选手更是应用得很少。但是这些都不是阻碍我的问题,既然妇科派选择了我,我自当尽心竭力为他们在医林中争得一席之地。

我以准确娴熟的技术动作、过硬的心理素质,零谬误地完成了 CPR 的整体救助过程,和其他三十九个科室取得了并列第一的好成绩。当然了,还有八九个科室取得了出现一个或者两个小失误的并列第二的理想成绩。

我不负众望的为科室赢得了大桶的洗衣液,第二名则是大袋的洗衣粉。大家都很感谢我,因为洗衣液比洗衣粉确实贵了不少。

在我如此百忙的状态下,薛大傻依然不忘继续骚扰我,整天跟我墨迹吃饭的事。我就不明白了,这人和人的素质怎么就差这么多呢,我这一心为了国家忙得不亦乐乎,表哥却始终陷入在他自己的小世界中,有这心思你琢磨琢磨你的工作行不行啊?整天看着那条"大腿"纠结,想抱又怕抱错。

对付薛凯这种人最好的办法就是臊着他,就算他再对我晓之以理,动之以情,摆明了各种利害关系,我对他的回答始终只有一个词"NO"。

薛凯被我气得咬牙切齿的:"也就看着你是我表妹,你要不是我妹,我真把你装麻袋里暴打一顿,简直是茅坑石头,又臭又硬的。"

"你表妹我,整天在医院跟人比武过招累得很,哪有工夫管你这些。再说了,你让我跟他吃饭,我吃得下去吗?还有,你也别在这儿一厢情愿的,你以为那姓楚的多待见你呢?你叫人家吃饭人家就得吃啊?"

没想到只过了没两天的工夫,再见到表哥,他一副垂头丧气的样子,看得我心情也变得不好了。实在忍不住开口问了他:"跟表嫂吵架了?"

薛凯摇了摇头。

"那你是怎么了?工作被欺负了?"

表哥又摇了摇头。

"妹,我发现你还挺了解楚杰的啊?"

"啊?"我对这种评价感到很奇怪,"我了解他什么了?"

"你说我请他吃饭他都不一定会去啊,没想到说的是真的。我跟他说想请他吃饭,顺便跟他学习业务方面的东西。"

"结果他说公司会有定期的培训,会对我们作系统的训练,还让我有事先跟我的上级经理沟通,不用特意请他吃饭什么的。"

"哥,你简直掉进死胡同里了。这么点事,还用我了解他吗,正常人不都这样吗?你一个刚进公司没多久的业务员,跳着好几级拍高层马屁,你跳得累不累啊?人家跟你也没什么交情,又互不欠人情的,吃你这饭干吗?我真怀疑你脑子里是不是装的都是水?"

"我这不是想着有你这点交情吗?"

"薛凯,我觉得你真是无敌了,佩服佩服!合着我之前跟你说的都白说了是吗?跟他有交情?我跟他还有孽情呢!"

薛凯突然眼前一亮,小声叨叨起来:"看来这外企公司的人际关系跟民营小企业果然不太一样,光说想学习请吃饭是肯定不行了。他是不欠我人情,但是他欠你人情啊,或者你欠他人情,总之你们俩有段孽情!回头我去试试,就说你请他吃饭,看他出不出来。他要真出来,没准这孽情有戏!"

薛凯简直把我当成透明人了!自己在这儿作着险恶的计划,还说出声来故意让我听见,我快被他气得蹿上房了:"有戏你大爷!"

我平复了下自己的情绪:"你去说吧,就算他真去,我也不去,到时候傻帽的还是你。反正你都傻半辈子了,没人在乎你是不是更傻。你就这么干吧。"

薛凯突然销声匿迹了,这让我变得有些忐忑不安起来,总觉得他是在酝酿一个惊天大阴谋。我假装关心的给他打电话,询问他最近几天在干什么?他跟我说他忙得脚后跟打后脑勺,饭都没法按顿吃。

如果真像他说的这样那倒是挺好的,他也终于开始干点正常智商的人该干的事了。

过了大概十天的光景,突然接到了表嫂的电话。一拿起电话听到的全是她的抱怨。

"你表哥最近可真忙,天天不着家,打电话不是说见客户就是开会呢。我问他是不是真那么忙啊?结果他跟我说,你以为这成功人士都好当呢?我是没见他多挣几个钱,这倒好,先给自己弄个成功人士的头衔。"

"在原来公司的时候你嫌他闲,这到了新公司你又嫌他忙了?我看忙点挺好,省得没事就想那没边的事。"

"露露,你周末有空吗?要不跟嫂子逛街去吧?你嫂子我现在也成孤独寂寞的女人了。"

什么叫"也成"啊?那另一个孤独寂寞的女人是指谁呢?

我发现了,跟表嫂逛街其实是把力气活,没有个强健的体魄这街也不是那么容易逛的。

表嫂一看到"打折"两个字,就立刻陷入歇斯底里的状态,大叫着"冲啊"然后以一夫当关万夫莫开的架势冲到了最前头。看着表嫂我则知道"购物狂"是用来形容什么样的人,三条连衣裙样式一模一样,三种不同的颜色,都买!可以分别在阴天、晴天或者不阴不晴的时候穿。两件衬衣,一个七分袖一个五分袖,都买!告诉我七分袖可以冷点的时候穿。两双几乎一模一样的鞋子,一双金属搭扣大,一双金属搭扣小,她解释为一双表现了她的野性,一双表现了她的柔情。

反正我是彻底明白了,当初表哥干吗哭着喊着要换工作呢。他不换个像样点的工作,哪招呼得住我这表嫂的阴晴圆缺,冷暖不定,和如此丰富的感情啊。

眼看逛到了日上三竿,我饿得前心贴后心,手里拎的东西越来越多,热得我满头冒汗,表嫂则神清气爽地拎着小挎包在前面走着。

"嫂子,这都中午了,咱吃点饭呗。我早上就没吃,再不吃我估计就要跟你说永别了。"

表嫂像是突然想到了什么:"哎呀,幸亏你说吃饭,我这一逛高兴了差点忘了,走走走,吃饭去,我请客,高级餐厅。"

她终于说了句人话,看着自己手里大大小小拎着的六七个袋子,忍不住看着表嫂:"嫂子,你除了请客能不能再拎两袋子啊,好歹也帮你表妹分担一下啊。"

"露露,你看我穿的这衣服,哪适合拎这么多袋子啊?我这鞋跟这么高,万一崴了脚可怎么办啊。你再坚持会儿,咱们这就吃饭去了,吃完饭你就有力气了。"

嫂子对于我这个被叫来拎包的人如此大方,实在让我没想到,这餐厅的确是很有名的餐厅,从装潢到服务、菜色到价格全都是一流的。一进这间餐厅,都让我觉得有些不好意思了,我就拎了那么几个购物袋,嫂子这样也太破费了吧。薛凯这老婆算是娶对了,秀外慧中的。哈哈哈哈,如今看着表嫂,心中满是溢美之词。

服务人员带着我们七拐八拐的,转到一处十分幽静的座位,刚一拐过来就看见薛凯满脸欣喜的朝我们招着手。

我十分奇怪地看着表嫂:"他怎么在这儿呢?"

"哦,刚睡醒吧,他说让我找你逛街,他要补觉,然后约在这餐厅见。"

我拎着袋子站在了原地,隐隐有种不安的情绪:"那,你要跟我表哥约好了,我就不当你们俩的电灯泡了。我不跟你们吃饭了,我去对面麦当劳买个汉堡就行了,拜拜啊。"

"哎,你这是干吗啊?"表嫂抓住了我的胳膊,"累一上午了,吃个饭是应该的,你表哥和表嫂难得叫你一起吃顿饭,怎么这么不给面子啊?"

表嫂连拉带拽的把我拉到位子上,表哥嬉皮笑脸地看着我:"妹,好几天不见,哈哈哈。"

坏了,这笑声充满了阴险和邪恶。

我斜着眼看着薛凯:"你这是吃什么不干净东西了?笑得这么邪恶?你妹我心脏不好,你别这样啊。"

薛凯忽然变得一本正经起来:"妹,你说哥平时对你怎么样?"

"不怎么样。"

"什么不怎么样?"话音刚落薛凯就用手指敲了我后脑勺一下,"我对你就够好了,除了你嫂子就是你。"

"哥,你千万别给我拔这么高的高度,我怕摔着。"

"哥跟你说一事,你听了可别激动啊。"

"不听,不听,不听,不听,我对面吃汉堡去了,你跟我嫂子说吧。"

"嘿,你这死丫头,跟你嫂子说管用我就跟你嫂子说了,你以为我多爱跟你这废话呢。"

"你哥我,这两天啊,真特忙。我发现这公司一大,活真是不好干,我恨不得把这人掰成两半使,要是你哥能早点升职就好了,估计就能坐办公室了。所以我最近想了想,这粗腿还是得抱,不抱真不好混。前一阵吧,这楚杰出差了,一下走了八天,结果呢我一下就把吃饭那事给搁下了。这不,前天他刚回来,所以你哥又再次把这事提上日程了。"

我腾的从椅子上站了起来:"薛凯,我以为你改过自新了呢,闹半天你是冥顽不灵啊。"

我想赶紧离开,表哥一把把我拉回到座位上:"嚷嚷什么啊,怕丢人少啊?"我向四周一看,果然有很多顾客看向了这边。

"我还没说完呢,你先听我说完啊。本来呢上次楚杰拒绝我一次,我是挺不好意思再去请他了。结果呢你说你们俩有那么段孽情,我就想说试一试,不知道他肯不肯赏光,结果你猜怎么着,我一说他还真答应了,你看这事闹的。"

我面如死灰地看着薛凯:"哥,你不是要告诉我,他一会儿也要来吧。"

"嘿,妹,怪不得你学习好呢,就是聪明啊。"

风紧,扯乎!脑子中闪现出这四个字,我再次挣扎着从位子上站了起来。这时表哥表嫂同时把我按在了桌子上。

"露露啊,你哥都请了他领导了,你就当帮帮他呗。"

"妹,你别激动,你听哥给你分析。据你哥观察,我觉得那楚杰没准对你还真有点意思,我跟他说,你请他吃饭要跟他道歉,结果他倒先不好意思了。说你不需要跟他道歉,但是他会来的,说跟你之间有些误会是想找机会解释一下。妹,这多好一机会啊,你哥费劲牵线把你和这么一个成功男人拉一个饭桌上来,你得抓住这机会,勾动他的心湖。他要真成了我妹夫,那我这不前途无量了,还不是我叫他干吗他就干吗啊。"

"薛凯,你睁眼看看你妹,你要眼神不好,你先配副眼镜什么的。你妹就一扔人堆里找不着的主,你让我干勾搭人的事?还是勾搭那种大半夜跟小姐泡在一起的男人?您觉得我能胜任吗?我可别辜负了您的期望!"

薛凯看了看我,小叹了口气:"我知道难度是大点,但我就是觉得楚杰可能对你有那么点意思。我一跟他提起你,他立刻就笑了,然后就答应了。保不齐他现在口味转了呢,就喜欢你这种嚼着硌牙、咽着辣嗓子的。"

"嗯,有意思,我对他也有意思,我们互相都有那么点想把对方杀了的意思,你就开恩允许你妹苟活下去吧,告辞了。"说完我再次站了起来。

"晚了,他已经来了。"表哥洋洋得意的环抱着双臂看着门口。

"对不起,我迟到了吧?"楚杰有礼貌地询问着。

"没有,没有,没有,我们到早了。"说完薛凯和表嫂集体起立向楚杰行注目礼,我则一屁股又坐回到原来的位子上。

我知道我走不了了!咱这人就这么一个优点,真碰到大场面绝不犯怵,既然都走到这一步了,落跑已经不是明智的选择,所以我很淡定,至少我装得很淡定的坐回到我该坐的地方。

"米大夫,我们又见面了。"

我咬着牙从嘴角挤出一丝笑来,看了楚杰一眼:"来了?坐啊,别客气,就跟自己家一样。"

楚杰看着我忍不住乐了,然后轻点着头,坐了下去。

看着他这熟悉的表情,心中不由想到:对,你不用点头,我还是我,一百年不变!

"总监,其实今天不是我要请您吃饭,是我表妹死乞白赖的非要让我叫您来。我跟她说好多次了,说您特忙真来不了,她说什么也不干,说您要不来就跟我玩命!"

我真他奶奶的想拿头撞墙。现在你们明白我为什么就是不答应薛凯这厮的要求,来跟这姓楚的吃饭了吧。

他要是再这么说下去,我看今天这顿饭吃完了,我在中国也别想再待下去了!所以我铆足了力气,在桌子下面狠狠地踢了薛凯的小腿一脚。虽赶不上跆拳道黑带的脚力,但是这一脚也足以叫表哥的脸顿时变形。表哥差点大叫出来,还好他忍住了。他转头拿眼睛瞪着我,我也毫不示弱的拿眼睛瞪着他。

"最近工作怎么样,是不是觉得上手了许多?习惯了吧?"楚杰一副领导关心下属的口吻询问着表哥。

薛大傻只好放弃了和我眼神的互相攻击,满脸堆笑地回答着楚杰。

"好多了,好多了,您上回说让我多跟我的上级经理沟通,我现在天天跟他沟通,受益良多啊。总监,您看您随便点拨的一句话,都让我感觉如获至宝一样,我真是太感谢您了。"

楚杰带着有些好奇的眼神看着薛凯又转头看了我一眼,然后他面部的笑肌又忍不住的向上扬起了。

此刻的我,后槽牙快让自己咬碎了。这也就是抗战胜利中国解放了,要放在抗日战争那会儿,薛凯真是一副标准的汉奸嘴脸。还好他跟我是表亲,他要真跟我一个姓,我怎么向党和人民交代啊?

服务员拿了两本大大的菜谱站在我们的桌子旁边:"先生,点菜吗?"服务员看了看楚杰,又看了看薛凯。

薛凯接过菜谱,递给了楚杰一份:"总监,您看看想吃什么,随便点,我妹请客,您别跟她客气啊。"

你们谁认识派出所的人啊,赶紧叫两人来把我表哥快点带走,要不然发生了流血事件我可不负责。

楚杰伸手拦了一下,示意让服务员把菜单给我:"我随意,吃什么都行,你们点吧。"

我毫不客气的把菜单拿了过来,带着怒气翻开了餐单,放眼一看,这口怒气立刻化成了倒吸的一口凉气。我特想抱着薛凯说:"哥,我错了,咱们对面麦当劳吧。"不过这些也只是我一厢情愿的想法,因为表哥已经很大气地点上菜了。

"来一龙虾刺身!"

一口鲜血直充入我的口腔。没办法了,我只好提起丹田之气狠狠地踢了薛凯一脚。想不到表哥这厮内力大长,居然面不改色。

"再来一螃蟹,就那大的。"

我又提了几道气力,更猛地踹了他。薛凯居然能做到把我当透明人一样,继续看着他的菜谱。

"鳜鱼来个一斤半左右的吧,太大就老了。"这回我抬起了双脚踹了过去。表哥这个家伙却还不知罢休,还在翻看着菜谱。

"我看差不多了。"楚杰发话了。

"是,是,我也觉得差不多了。其实真是我妹请您,我跟我老婆一会看电影去,我们俩不在这儿吃。你们之间要是有什么误会,正好有机会解释清楚了啊,我们就不在这儿碍事了。"说完薛凯朝我挤眉弄眼了一阵儿,我真他娘的想砍他。

表哥拉着表嫂站了起来:"晚了,晚了,电影要开始了。"说着两人站起来向外走去,刚走了一半的路。表嫂忽然转头跟我说:"露露,我落了袋子在你脚边呢,你帮我拿过来啊。"

我咬着牙拿着袋子走了过去,表嫂忽然凑近说:"露露,真不是你哥他不仗义,他跟我说你请客他跟你二一添作五,让我给你五百。结果刚才我不小心给花大发了,现在还剩一百二我都给你了啊,你帮你哥多美言几句。我们就不跟你一块吃了,妨碍你勾搭他,你努力点,使劲勾搭。加油!"说完嫂子拿过袋子一溜烟地跑走了。

我跟跄着回到座位,瘫倒在椅子上,楚杰看我一落座,立刻站起来换到我旁边坐了下来。

"你干什么你,坐回去!"我很警觉地看着他。

楚杰忽然转出腿来，一脸痛苦的表情揉着自己的小腿："我看你哥要是再多点俩菜，我今天就得坐轮椅回去了。我可不能坐那边了，太危险了！"

我低头看着楚杰裤子上被我踹的大脚印，我的心忍不住呼喊着：苍天啊，你非要这么玩我吗？你直接弄个雷劈死我干脆些吧！

如果说我从来不曾对楚杰有过愧疚的心理，那现在我的确是对他有些愧疚了，因为我几乎把我的毕生绝学都踹在他的小腿上了，而且我是按着把表哥踹残的标准用的力道，我想他的小腿至少得要淤血几日。

这人的心里要是一觉得对不起谁，气势自然就矮了半截。我垂头丧气地靠在座位的一个角落里，沉默不语，有几次道歉的话在我的牙缝间穿梭，但我就是张不开这嘴。

"米大夫，你这是怎么了？刚才还生龙活虎地使无影脚呢，这么会儿怎么蔫了？"说完他给我的茶杯里添满了水。

嘿，薛凯刚一走，这姓楚的就露出真面目啦，你不是成功人士加大领导吗？你怎么不装了你？心里忍不住暗暗咒骂着。

我坐直了身体看着他，皱着眉头，努了半天力就是说不出半句话来。楚杰看着我如此艰难的表情，不由得被我也带进艰难的困境中，他也皱着眉头看着我使劲的表情，好像他比我还要费劲一样。

"算了，你别自残了，你不用给我道歉，我原谅你了。"

他这句话让我像泄了气的皮球，又挤回座位的角落里。

"其实那天在医院楼道里，你跟我说的那几句话，真的让我挺生气的。"楚杰小声叨叨着，"我觉得你这人吧，有点太自我了，认定的事情别人说什么好像都不管用，有时候事情可能真的不是你认为的那样。"

我腾的再次坐直了身体:"你以为我要为那件事情跟你道歉啊?"

楚杰被我突然的动作吓了一跳:"啊!那还有什么事情需要道歉啊?而且我也只为那件事情生气啊。"

"我是为刚才不小心误伤你道歉,你这想哪儿去了?"

楚杰愣了一下,乐了出来:"哦,你说踢我那几脚啊?那没什么,有时候心灵上的伤害比肉体上的伤害更痛苦。"

嚯!看我这一身鸡皮疙瘩,我再看着刚端上来的菜,心想全浪费了。他说这话恶心得我能把昨天吃的都吐出来。

我看着楚杰的脸:"咱能好好说话吗?咱别这样互相伤害心灵了,我承认你是一高手还不行吗?"

楚杰摆出一副委屈的面容:"我也想好好说话,你也不给我好好说话的机会。我说什么你噎我什么,我也不舒服着呢。其实那天我被扎伤送进医院,是因为……"

我竖起了手掌示意他不要说了:"我理解,我真特理解。我表哥也教育我了,你这岁数的男人身边也没个固定女人,混迹在声乐场所都难免的,正常男人的需要嘛。"

楚杰的表情笑中带怒,他控制不住地轻摇着头,无奈地看着我:"你看你又来了,你能让我把话说完吗?"

我就不让你把话说完,我憋死你。心里的小恶魔站在我肩膀哈哈大笑着。说实话,我不想听这些无谓人的无谓解释,真是没必要,这么长时间编什么谎话都能编圆了。

你给了我一个新的解释,我是选择相信还是选择不相信呢?如果我选择相信了,我必将带着更加内疚的心理;如果我不相信,那听你解释这些不都是浪费时间吗?所以答案就是根本不需要解释。我知道有些人可能是完美主义者,容不得别人对他的半点误会,要是楚杰也是这种人,那我只能告诉他:楚先生,遗憾了啊!

"你也用你十分犀利的行为教育我了!"往日的一幕又闪现在我眼前,"您那锦旗送得也很伤害我的心灵。"

"我完全是按着你的要求去做的。我说请你吃饭,你不去,非让我送你一个锦旗,我就照做了。我是哪点又做得不对了?"

是啊,他的确没有做得不对的地方,那锦旗料子好,做工考究,红色和黄色都很正,上面都是夸我的话,人家到底哪儿做得不对了?此时我像一只斗败了的公鸡,耷拉着脑袋,躲回到角落里低着头。

楚杰看着我的样子并没有下狠手斩尽杀绝,他只是轻声地跟我说:"菜来了,吃饭吧。"

我又渐渐地坐直了身体,用很真诚的眼神看着楚杰:"也许我们之间是有些误会,但是我不想提了,你也别提了好吗?"

"啊?!"能看出来,楚杰看着我此刻突变的温柔样子,让他如坐针毡,"好……好,那就不提了吧。"

"嗯。"我开心地笑了,"那让我们回到原点?你说好吗?"

"啊?!好……好啊!"他小心翼翼地看着我。

"那天你在医院楼道找我,要说什么事来着?"我继续用真诚的眼神看着楚杰。

"请你吃饭?"楚杰更加小心翼翼地回答着。

"行嘞,我同意了,择日不如撞日,就今天吧!这顿你请了!"说完我开心地拿起筷子大吃起来,心里的小恶魔再次飞到肩膀上插着腰朝楚杰狂笑着。

我用余光看见楚杰做了个小动作,他用牙轻咬了下他的下嘴唇,估计心里正发狠呢。不管怎么说,这顿饭吃得,爽!表哥,你要是再多点俩菜就好了。

{27} 恶魔化身天使

楚杰早早地放了筷子,带着十分好奇的表情看着眼前还在狼吞虎咽的我。

"你别这么看着我,影响我食欲。"虽然我一直低着头努力地吃着,但是我已经感觉到了楚杰的目光,"我这是为你着想,你好容易请一次客,而且肯定是有这次没下次了,我不能浪费你的钱。"

"嗯,嗯,吃,够不够?不够再点点儿。说实话,我平时没见几个女的敢像你这么吃饭的,今天也算开了眼了。"

这话说得叫我这不痛快劲的,这不是明摆着嫌我吃得多吗。"您见那些女的,小腰一尺八还嫌粗呢,我哪儿比得了啊,我也就跟人家比比吃饭了。不过没事,我穿得也多,也不用露哪儿。"

"较劲是吧?看来是吃饱了。"我发现我一讽刺楚杰的女人问题,他就立刻不高兴起来。

"没有,没有,还差点呢。"我赶忙缓和下气氛,我觉得在他结账之前还是不要惹怒他为妙。

"薛凯,跟你差几岁啊?"

"半岁。"

"哦,怪不得你们俩这么好呢。"

"谁跟他好啊?我表兄妹里最麻烦的就是他了,没事老整幺蛾子,就没正常的时候。要不是他上蹿下跳的说要请客,我能坐在这儿吗?"我终于觉得吃饱了,放下了筷子。

"哦。闹半天不是你哭着喊着要请我啊?"

"你觉得我像是干这种事的人吗?"

"不像。这不没两下就把我绕进去变成我请客了嘛!"

我突然想到了什么:"那你可别跟薛凯说啊。咱们的事归咱们的事,让他知道了我没请你,他非吓死不可。他整天看着你这条大粗腿流口水,连做梦都想着怎么抱着你呢。"

我话音刚落,楚杰不由得打了一个机灵:"米大夫,形容词能合理应用吗?你这么说话,我真受不了!"

"哦,嗨,你明白我想说什么就行。"

"嗯,其实我就是想跟你说这件事,我也是想通过你转告你表哥一下,因为这些话如果我直接跟他说,我估计他没准会睡不着觉。你让他别这么费心了,意义不大。说白了,我们都是打工族,只是我的职位比他高一些罢了,他现在还是新员工,应该把精力多放在工作上,当然也并不是说外企就半点人情都没有,但是业绩是一切的前提,没有拿得出手的东西,光在我这儿下工夫,我也爱莫能助。而且公司规章制度十分健全,人人都得按章办事,毕竟现在我们还越着级别呢,隔着这么多级别,我对他好或者对他不好,其实都不是好事。当然了,这些都是一些个人理念,可能他在原来的公司就是这么运作的,但是我们公司光靠拉关系抱粗腿真的不行。既然公司能聘用他,我想他还是有适合这工作的地方的,也请你转告他让他好好发挥他的优点,做出点能让别人注意的业绩来,也许那时候我能帮他一两把。"

楚杰的这一席话,突然让我看到了他的另一面。表面上看起来像是说教的大道理,但是我却一点都不反感。既没有一棒子让你滚远,也跟你划清了合适的距离,还适当地表达出他不是不通情理之人。也许这才是他的真正成功所在,这些被人标榜的成功人士,一提到工作真的如同换了一个人一样,好像一切都在掌控之中,即得心应手,又不容置疑!

我痴痴地盯着楚杰的脸,陷入到自己的遐想空间里,也不知道过了多久,可能楚杰被我盯得有些不好意思了。

"米大夫,米大夫。"他小声叫着我。

"啊!"我被他的呼唤,叫回到现实世界当中。

"要是,你觉得吃得差不多了,咱们走吧,吃的时间也不短了。"

"嗯,好,走。"我们站起身向餐厅外走去。

"你住哪儿啊?我送你回家吧?"楚杰很客气地询问着。

"不用,不用,我这吃得有点撑,我还要逛逛再回家呢。"虽然这次吃过饭之后,感觉不像以前那么讨厌他了,但是不知道为什么始终想跟他保持距离。所以我是不会让他知道我家住哪儿的。

饭店的停车场离饭店有一段距离,所以我们只好尴尬的再同行这么一段。我忽然被迎面走过来的胖胖的中年妇女吸引走了目光,总觉得她有些怪异。她一侧的脸在不停地抽搐着,脚步也越来越凌乱,她在快与我交错的时候,突然仰面直直地躺了下去。她重重的身体砸在地上的时候,似乎感觉到地都在颤动。

楚杰和我都看见了这情景,发足奔向了她。我跪在了女人的面前,呼喊着她,轻轻拍着她的肩膀,没有反应。我开始检查她的体征,查看了她的口腔,并没有找到异物,触不到颈动脉,测不到鼻呼吸,我翻看了她的瞳孔。楚杰也蹲了下来,他显得慌张极了,不停地询问着:"她怎么了?怎么摔倒了?现在怎么办啊?我该干什么?"声音都有些颤抖了。

"叫120。"

"什么?"可能过于紧张,他完全没理解我在说什么。

"打电话叫120急救车。"我朝他大喊着。

他终于知道我在说什么了,慌忙拿出手机开始打电话。

我从来没想过,我真的会在大街上为人实施心肺复苏。可是此刻我正在条件反射性地做着这件事情,那些大比武的场景在脑中呼啸着闪了过去。然后我的脑子就是一片空白了,我没空想那么多事情,我只是按着我知道的流程做了我认为该做的事情。

真正的体外按压其实并不像偶像剧那样,初吻献给了人工呼吸,按醒之后互定终身。这真的是把力气活,你们想想,一颗小心脏睡了过去,如果你不叫醒它,它可能就这样永远地睡过去了。你要隔着肥肉、肌肉、胸肋骨,碰到那个睡过去的小东西,直到把它叫醒,不按断几根胸肋骨,是根本不可能的。我快把我吃奶劲儿都给用上了,我不同地重复着循环动作,嘴里喊着那些数字。人行道上围观的人越来越多。

楚杰一直蹲在边上,焦急地看着我:"怎么样?怎么样?"

骄阳似火的夏日,围着里三层外三层的人们,我的汗顺着额头流了下来,感觉浑身都湿透了。

"让他们散开,让空气流通进来。"我小声地叨叨着。

楚杰真的照我的话去做了。他疏散着围观的人群,一股过堂风穿过了人群吹了进来,躺在地上的胖女人突然嗓子里隐隐地闷哼了一声。这一微弱的声音,终于让我瘫坐到了地上,围观的人群里也出现了小小的欢呼声:"醒了,醒了,醒了。"窸窣的议论声在周围传递着。我坐在地上大口地喘着粗气,看了眼手表,用了十六分钟,我继续条件反射性开始记速女人脉搏。

呼啸的120疾驰而来,停在了路边,胖女人仍然有面部抽筋的症状。于是我把所见的症状和实施的救助,以及现在的脉搏向120的兄弟作了陈述。

"家属?"

"不是,路人。"

"同行?"

"嗯,妇科。"

"那她挺幸运的。"说完120的兄弟将她抬上了车。

"哎,你哪医院的?用不用给你们医院写封感谢信什么的?"

我朝他们摆了摆手,他们则朝我笑了笑,关上车门呼啸着开走了。

围观的群众渐渐散去了,我突然觉得脑子开始清醒,我隐隐约约觉得有些后怕,如果我没把她救过来可怎么办?那我是不是得费好多力气才能解释清楚她是怎么倒下的啊?越想,想得越多,想得自己都有些站立不稳了,于是我不管不顾的在街边的马路牙子上坐了下来。让我没想到的是,楚杰也不管不顾地坐到了街边的马路牙子上。

"你没事吧?米大夫。"

我摇了摇头,看着他:"有烟吗?来根。"

于是楚杰开始很慌张的到处翻烟,嘴里还不停地叨叨着:"哎,哪儿去了,应该有的。"他翻遍了全身也没找出半根烟来。

"对不起啊,米大夫,我本人不吸烟,但是我见客户一般都带着,今天换衣服了,身上真没装着,要不我给你买一包去吧。"

"不必了,我也不吸。"

楚杰找烟的动作被我这句话卡在了当下,他那种特有的表情又再次爬上了他的脸。

"哎,你这人……"我知道他不知道用什么形容词形容我好。其实我就是想借助他恢复一下我刚刚紧张的神经,还能这么轻松自如地整人,看来我的心理素质还是很好的嘛。而且我已经很善良了,至少我没让他买回来之后再告诉他,其实我不吸烟。于是我站了起来,拍了拍屁股上的土。

"哎哟,肚子又饿了。"小声地自言自语着。

楚杰也站了起来:"那怎么着,咱再回去吃一顿?"

"不用了,你走吧,我对面吃汉堡去。拜拜啊。"说完我很开心地走了。

楚杰没有马上离开,他目送着我过了马路,进了对面的麦当劳。我猜想现在我在他的眼里肯定不是个恶魔,没准我离那白衣天使又近了一步呢。

{28} 知心大姐

如果不是开奥运会,我真的不知道原来我们家的人脉是如此之广。突然之间,失散多年的远房亲戚和朋友如雨后春笋一般的,忽忽的都冒了出来。

我们家则成了临时的客栈,那些亲二代、亲三代们,不管不顾地拿着某种比赛的首场票就出现在我们家门口,简单地自我介绍之后就开始琢磨我们家的地板,看哪儿让他打地铺比较合适。

不管亲戚说远说近,朋友说疏说亲,他们算是来对人家了。老爸老妈是出了名的好客,只要你跟他们提的是能让他们想起来的人,他们都拿你当亲人看待,好吃好喝好招待。其实我也不讨厌这些突然而至的人们,因为我能跟着蹭吃蹭喝蹭招待,没事还能有个理由陪他们逛逛,熟悉熟悉北京的路,省得一出门就分不清东南西北。

老爸有个老战友可以弄到参观奥运村的入场券,所以老爸给我的任务就是让我"蹲坑","堵他",然后跟他要票票,好能带家里的小朋友们去感受下这炽热的奥运气氛。以至于到后来,叔叔见到我之后掉头就跑,边跑还边喊着:"没了,没了。"我则在后面穷追不舍:"再来俩,再来俩。"

老爸说了,既然人家是因为向往而来的,那咱们就应该尽力地招待好人家。嗯,应该,应该。

而且我发现,小朋友们都觉得能在奥运会举办期间参观奥运村,实在是件让人兴奋的事情,所以每每看见鸟巢的时候,他们都会开心地大叫着:"鸟巢,我来了!"然后奔了过去。我也会跟着后面开心地大叫着:"鸟巢,我又来了!"

奥运会快结束的时候,接到了罗惠的电话,一接电话就听见她略带得意的声音:"露露,我有两张参观奥运村的入场券,一个老病号送的,怎么样,厉害吧?咱们一起去吧。"

"啊?!"听到了罗惠的邀请之后,脑子中不由闪现出奥运村里全面的方位图,"怎么不叫你的存存去啊?"

"他好忙,没空去,而且我还有事想跟你说。"

我听出来了,参观是她约我的理由,其实她是有事要找我说。罗惠的确跟其他的参观者不一样,既不兴奋也不新奇。

"其实我们也想赶在奥运会之前结婚的。"罗惠看着熙熙攘攘的人群,跟我聊着天。

"为了迎奥运啊?"

"是啊。这都让你猜到了,就是时间有些赶。"

"没事,还有残奥会呢。"

罗惠抬头想了想:"倒是也成,不过可能还是有些紧。"

"找个喜庆的理由结婚还不容易啊!远的有世博会、亚运会,平时什么五一、十一、端午、重阳、八一、党的生日、金鸡奖、百花奖、华表奖什么的,想结随时都能结。"我一边低着头走着,一边跟罗惠逗着闷子。走了好长一段路才意识到,罗惠并没跟着我,我回头找她,发现她站在奥运村的路中间呜呜地哭上了。

我慌慌张张地跑过去:"呦,姑奶奶,你这又怎么了?是我说错什么了?"来往的游客不断看向我们,时不时的还有很多外国游客。我一问她,她倒哭得更伤心了,弄得一老外都凑过来问:"What's the matter?"

"您别站这中间哭行吗?注意点国际影响,咱们是骄傲的中国人,您这干吗呢?我要早知道你准备站这哭,我先练练我英文啊。"罗惠被我数落得一下子止住了哭声,她看了看周围的人,然后又忍不住咯咯笑起来。

我拉着她走到了一个角落里:"你叫我跟你到奥运村里丢人现眼来了?"

"没有,就是你刚才说到我伤心事了。"

"行了,别拐弯抹角了,郑立存他又怎么了?"

"你说想结随时都能结,可是我现在真是不知道自己是想结还是不想结。"

"废话一概省略,说重点!"我对于她的情商如此之低这事儿,实在有些恼怒。

"他跟他弟现在一起合租一个房子。"

"他弟没工作吗?"

"有的,在家炒股。"

"那就是没工作呗。"

"不是的,听说也挣钱,反正我看他弟那屋弄得挺排场,光电脑屏幕就好几个,那上面都是图。不过好像最近赔了,听说赔得还挺惨。"

"然后呢?"

"他赔的都是郑立存的钱!"说到这儿,罗惠的眼泪又控制不住地掉了下来。

"你这是心疼你老公的钱了?"

"不光是这个,是郑立存在经济方面的事情一句都不跟我说。那天本来约好吃饭,他急着要转账。我问他转账干吗,他说帮他弟填股市用。我说你弟炒赔了为什么你填。他跟我说,我管不着,钱是他挣的,而且这是他跟他弟之间的事情。"罗惠平复了下自己的情绪,皱着眉头看着我。

"露露,你说我该怎么办啊?我怎么觉得那么憋屈呢?"

这感情问题一跟金钱挂上钩似乎就变得棘手起来。理论上说来郑立存说的确实没错,钱是他挣的,而且那又是他亲弟弟,但是罗惠心里不舒服也确实有不舒服的道理。

"你们商量结婚之前,就没讨论过钱要怎么处理吗?"

"这谈钱多伤感情啊,我哪好意思说啊。"

"你怕伤感情不说,那现在再说出来就不伤感情了?"

"所以我这不是找你来了吗?让你给我出主意啊。"

"你这是拿我当'知心大姐'啦?"我低着头想了一阵,"我看这样,你们买房子吧。"

"啊?!"罗惠拿眼睛死死地盯着我。

"你也不能去住他们家那文化村啊?难道要跟你妈挤在一起不成?你哥不也住在你妈那儿呢吗?"

"他说先租房。"

"租什房啊?租房的钱拿去供月供了,刚好让他把存的钱拿去付首付,省得都给他弟糟蹋了。真套进去不知道几时能再出来了。你跟他说,现在楼市好,当投资也是值得的。"

"这能成吗?"

"成,怎么不成?就这么办!"我很坚定地看着罗惠。

{29} 创意之家

罗惠他们真的买房子了,而且还是地理位置很好的房子,虽然不是很大,但是两室一厅也足够他们居住了。听到这个消息的时候我心里多少有些成就感,看来他们还是觉得我说得有些道理。

也因为这件事情,让罗惠的心情重新变好了。见到我的时候又变成没心没肺的傻乐:"我们家存存还说要感谢你呢!我们刚买了房子,房价就涨了,他觉得买得挺值的。"

"这有什么可感谢的啊?你们买房子不也是为了自己住吗?但是你要夸我高瞻远瞩什么的,我倒是承认,你也不用买东西谢我了,直接给现钱就行。"

"滚蛋。"罗惠用干净利落的两个字夸奖了我。哼,你这个过河拆桥的家伙!

罗惠把新房的装修费用和买家具的费用都自己承担了下来,我猜测这花光了她所有的钱,因为到后来她还跟我借了两万块。不过每天看她脸上都洋溢着幸福的笑,还一直不停地跟我说她装修得多么有创意,也让我不得不为她开心。

有天罗惠突然出现在了妇科门诊,跟邢淑兰客套地寒暄着,我刚一走进来,邢大夫就大叫着:"露露,罗惠他们领证了。太好了,我又成功了一对!"

"是吗?!"我颇感惊奇,总觉得有些突然,"怎么没听你说啊?"

"嗯,本来说半个月之后的。结果他刚好要出差,这些天装修也弄得特别忙,一想拖来拖去又得下个月了,所以一翻皇历就今天去领了。我这不是给你们送喜糖来了。"

"啊?!你这么就嫁作人妇了?那从今天开始,咱俩就有质的区别啦。哇哈哈哈,已婚妇女!"

"你个嫁不出去的!"我的笑容还没展开就被罗惠的话给扼杀了。

她要走的时候,还不停的在我面前给她的新房做着广告,说让我一定得去看看,她装修得可好了。

嗯嗯,我会去看的,我真的挺好奇看她的新房子装修成什么样。而且我也想看看我那两万块究竟幻化成了何物。当我正式提出来要去参观罗惠的房子的时候,她突然显示出很为难的表情。

"那个……那个……郑立存他妈来了。"

"啊?来哪儿了?"

"来新房子了。"

"你不是前天才刚完工吗?"

"嗯,她昨天来的。"

"她住你新房呢?"

罗惠点了点头。

"她不怕甲醛中毒啊?"

"嗯,她妈什么都不怕。"

"郑立存知道了吗?"

"他在外地出差呢,还得有几天。不过我跟他说了,他说来就来呗。"

"那我是不是去参观就不方便了?"

罗惠看着我想了想:"没事,来吧。没什么不方便的。"

罗惠的新房在三环附近的一个小区里,她住在11楼,楼里很多家都传出来乒乒乓乓的凿墙声,到处都是电钻施工的声音,电梯也都被木板包得严严实实的。

"这么吵,你婆婆自己在家都能待得住啊?"

"嗯。"罗惠肯定地点着头。

"高人啊!不会在家打坐呢吧?"听完我的分析,罗惠咯咯地笑出声来。

一走进罗惠的新房,一股浓重的、刚装修过的味道扑面而来,还伴随着一股轻微的霉味。屋子的光线很好,门用的是胡桃木的颜色,我仅能看到这些。

"妈,我同事来了。"

一个老太太坐在客厅中央的地上,屁股下面坐着两块砖。老太太转过头看看我乐了下:"来了,别客气,坐啊。"

"您好啊,阿姨,嗯,我不客气,我坐。"

我坐?我坐哪儿啊我?一共就两块砖,还都在您屁股底下呢。

我原来猜测郑立存的母亲顶多六十来岁,怎么看着如此老态,满头花白的头发,很像七十多岁的样子。她一直低着头,手里像是在忙乎着什么。我凑近了一看,阿姨手里拿着两个晒干的玉米棒子正搓着玉米,下面铺了块花布,搓掉的玉米豆都落在花布里。偶尔有几颗顽皮的小玉米粒,跳到了花布之外,在客厅里撒得到处都是。我捡了几粒放回到花布中。

"阿姨,你这进城还带着农活啊?"

"啊,来了也没啥事,我儿子这买了房子,我刚好来看看。家里的活我就都给扛来了。"

我转头一看,嚯,卧室的地板上放着一大包待搓的玉米。客厅的角落里堆满了棉衣,有些已经被拆开了,棉花露在了外面。

"阿姨,这天还没冷呢,你带这么多棉衣干吗啊?"

"这冬天不是马上就来了吗!我想我在我儿子这房子住着也没啥事,再把这些棉衣给拆洗拆洗。"我说哪儿来的霉味呢,原来是这些棉衣啊,看来的确是需要拆洗了。

我看见另一间小卧室的地板上铺了整整一床被子,看来罗惠的婆婆晚上就睡在地板上。

"阿姨,这屋子连个家具都没有呢,你这睡地板上不难受啊。"

"哎,儿子的房子,住习惯了怎么都好。"

罗惠朝我努了努嘴,我则跟她走到阴面的小凉台里。

"你婆婆这唱的是哪出啊?"

"不知道。"

"你们家装修得真挺有创意的,猛一进屋还以为你婆婆是搞行为艺术的呢。"

"嘿,你这人怎么那么混啊!"罗惠说完这句话,我们俩都忍不住乐了起来。

"我看出来了,你婆婆这是给你下马威呢。三句话,三句都带我儿子的房子,怕你给忘了,首付是她儿子付的。"

"嗯。"罗惠低着头,情绪显得有些低落。

"算了,你可别跟你婆婆发生冲突,等郑立存回来吧,我觉得他妈得让他来说。"

"嗯。"罗惠看着我点了点头。

{30} 一杯水引发的离婚案

邢淑兰已经到处散播她做媒再次成功的喜讯。搞得整个妇科的人都跑过来对她表示了祝贺。我也带着敬仰之情对媒婆界德高望重的前辈表示了崇敬之意,也因为跟这样的前辈合作,我的媒婆界功劳簿上写入了成功的一笔。但是不知道为什么,总觉得心里有种不踏实的感觉。特别是最近跟罗惠聊天,问她近况怎么样,她总是先叹口气,然后看着我说,挺好的!真的挺好的吗?

我跟罗惠之间是没有秘密的,我连曾经跟祁函要靠解剖书来寻找男女之事的运作技巧这种丢人情节都毫无保留的供她娱乐了,可见我们之间作为闺蜜的亲密程度。但是最近我发现她跟我开始变得吞吞吐吐的。

"你婆婆走了吗?"

"啊?嗯……嗯。"

"嗯,是走了还是没走?"

"嗯……没走!"

"那郑立存也没说让他妈先回家啊?"

"嗯……没有,他在小屋给他妈买了张床。"

"啊？什么意思？要常住了？"

罗惠摇了摇头："不知道呢。"

"哎，你们才新婚啊！他妈都把你们新房变成苞谷场了。你不会把我借你两万块买了驴跟磨，准备在家磨面了吧？"我的这句调侃放在平时，也许罗惠早就咯咯乐出来了，但是这次她没有，她依然低着头小声嘀咕着："那要是他妈真要买驴，我也没办法。"

"你说什么呢？"

"没什么！"罗惠别过身去不再跟我说话了。

"到底是什么状况啊？急死我了，你能不能让我这介绍人踏实点啊，我这是责任人大回访。"

"我问他能不能让他妈回家先住两天，过一段再让他妈过来，我说新房刚装修好，想跟他过二人世界。他说我说出这种话就是不孝，哪有媳妇让婆婆走的道理。"

"他……他这人怎么这样啊？"我现在真的不知道怎么评价郑立存这个人了，怎么能是如此古板的大男子主义呢？这还是那个在西餐厅里，为罗惠切牛排的人吗？

"他说我要是再敢跟他说让他妈走，我们俩就不必再过下去了。"

"放他娘的屁！"我突然控制不住的朝罗惠大叫着。

"你看看，我就知道不能跟你说这个，我就知道一跟你说，你就得疯。"

"这两个是一档子事吗？你们刚装修好的房子，前脚工人走他妈后脚就搬进去了，把家里搓得到处都是玉米、棉花套的，你还不能反对。反对就是不孝，反对就不跟你过了？他这是吓唬谁呢？"

"是啊，我也知道啊，我也不好受，可是能怎么办？难道真不过了啊？"罗惠终于哭了出来。

"你看你那怂样,我怎么交你这么个朋友啊!"我没有继续逼迫罗惠,因为其实我也不知道要怎么办。

我之所以会如此生气,是因为我特别反感这种在婚姻里因为家务琐事一点不顺心就对别人说不过的人。他能说出来,证明他在感情世界里是主导,所以他才敢说。这种主导地位的每一次炫耀都会让对方更怯懦,而炫耀的那个人则会慢慢的在二人世界中凌驾于一切之上。我讨厌感情世界里的任何不平等和任何的委曲求全。

我知道我跟罗惠在看待感情方面是完全不同的两种人。因为她曾经跟我说过,如果换作是她,祁函让她跟他走的时候,她会毅然决然地跟着他去美国,不管干什么。罗惠说我对待感情缺乏真诚度,说白了就是冷血。我真的是这样吗?

大概过了一个星期的时间,记忆里是罗惠他们领证第二十二天。我刚下班一出科室门口,就发现罗惠躲在角落里等着我呢,我知道她又有事情了。我们俩去了常去的那间咖啡店,罗惠一脸凝重的表情,坐在那里半天都不说话。

"我们昨天又吵架了。"她缓缓地说着。

为什么是"又"呢?这个字让我不禁皱起了眉头。

"吵得很厉害吗?"

"嗯,吵完之后,他很平静地跟我说,咱们离婚吧!"

我发现我的后槽牙又开始控制不住较劲地咬合在一起,我长长舒了一口气:"因为什么?"

"因为,昨天我下夜班回家,他妈跟我说她渴了,我想渴了就做水喝吧。可能因为太困了就睡过去了,大概过了四十分钟,我突然惊醒了,想起他妈说要喝水。所以我就去做了壶水,开了以后就给他妈倒了一杯。"

罗惠说话就是这样，永远都说不到重点，她到底知不知道自己在说什么呢？

"我问你为什么吵架？"

"就是因为这个！"罗惠瞪着眼睛看着我。

"我也不知道他妈跟他说什么了？他一回来就跟我大发脾气，说我在变相虐待他妈。明知道他妈渴了，还故意再渴她一小时，然后再做壶开水给他妈，让他妈看着水也喝不了。"

我看着罗惠的眼睛，简直不能相信她说的话："你这是在逗我呢吧？不好笑啊！"

罗惠没有解释什么，她依然是那种凝重的表情。

"郑立存说如果我是够真诚的人，当时就应该下楼给他妈买一瓶水喝，而不是选择做开水。我一生气就跟他说，你妈不是活得好好的也没渴死吗？然后我们就吵起来了。然后他妈就在那小屋里哭上了，说是自己作孽，早就应该渴死，我们就不会吵架了。然后郑立存看见他妈哭了，就很郑重地跟我说，离婚！"

我听傻了，整个人像雕像一般定在了那张咖啡桌上，脑子里却还在判断着，罗惠是不是在跟我开玩笑呢。这种旧社会封建氏族里婆媳不合的老戏码，居然就这样在我身边上演了，看得我像是被踢了无数的窝心脚。而且现在我还亲力亲为的在里面扮演了一角色？那我这个角色应该是什么样的？应该是那种充满了新思想、新作风，敢于反封建、闹革命的愤青才对。所以是可忍孰不可忍，我要反抗！我要代表罗惠去反抗！我要直面那个郑立存，我要跟他谈谈！

{31} "门当户对"等于"幸福"？

"跟郑立存谈谈"的想法起初只是我自己的一个构想，并没有想过要如何实施。不过当我听说罗惠已经搬回自己家住，而且和郑立存一个星期不联系的时候，我还是决定要去做这件事情。我没告诉罗惠，如果告诉她，她肯定不会让我去的，所以我去找了邢淑兰要了郑立存的电话。

我约郑立存的时候，听着他非常不情愿的口气："我很忙的。"

"我用不了你多少时间。"我也一副坚决不让的态度。

他犹豫了一下，还是答应了。我们约在他公司对面的茶餐厅。我不知道他是不是真的如此之忙，反正从他正常的下班时间之后，算起来我在这里已经等了将近一个小时，我喝了两杯奶茶吃了一盘炒饭，但是我始终没有动摇过谈判的想法。我猜测郑立存想消耗掉我的耐心，让我自己知难而退。那你可太不了解我了，从小我就被人送外号：杠头。这么些年过去了，我觉得自己已经杠到一定水平了。我接到了郑立存的电话，他询问着："你还在吗？"

"当然。"我毫不犹豫地回答了他。我听到他在电话里轻叹了口气："那你再稍等一下吧。"在我点了第三杯奶茶的时候，郑立存出现了。略带疲倦的神情,他在我面前坐了下来,要了杯清水。

"我不是故意来晚的,我是真的很忙。"他开口解释着。

"无所谓,反正我今天没事。"

我是准备跟你死磕到底的,这句话是心里想的,我没有说出口。

"你跟罗惠到底是怎么个情况?"为了避免尴尬我先开口了。

郑立存无奈地笑了下:"就是现在这么个情况。"

"结婚一个月,有二十天都在讨论离婚是吗?"

"这些都是我没有预料到的事情。"

"那你能不能别动不动就拿离婚吓唬罗惠啊,你不觉得这种话说出来特别伤感情吗?"

"我没吓唬她,我说真的呢。"他停顿了几秒钟,叹了口气,"我烦了!"

"烦什么了?烦罗惠了?"

"不是,罗惠还是挺可爱的,不过那是在结婚之前。现在每天看她就是一副愁眉苦脸的样子,一回家就听到我妈在抱怨罗惠又做什么事情……我没想过结婚之后事情会变这么烦,我每天工作那么累,我没有精力再去管这些了。"

"那你希望的婚姻生活是什么?你妈见到罗惠就跟看见自己亲闺女似的?罗惠对你妈跟对自己妈一样?"

"那样当然是最好的,如果她们这样那我就没什么问题。"

"你的态度,怎么让我觉得你跟这段婚姻毫无关系,难道不是因为你,罗惠才跟你妈走到一屋子里的吗?我没有任何冒犯之意,但是你妈一直生活在比较偏远的农村,罗惠又是在城市长大的,她们之间思想意识会差得很远的。你指望她们靠自己觉悟变成一家人啊?你自己一点努力都懒得做?"

"我也努力了。"

"努力什么了？你的努力就是威胁要跟她离婚？批评罗惠不下楼给你妈买水喝？我就不明白了，她选择是做壶水给你妈解渴还是买瓶水给你妈解渴真的就那么重要吗?!"

郑立存笑着摇着头："这事儿她都跟你说了？其实那件事我的确有些小题大做，不过你想让我怎么办？难道让我去说我妈？你也知道我妈没什么文化，我如果说急了，我都不知道她能干出什么事，坐在地上哭都算是好的。说她哪有说罗惠省事啊。"

"你这是什么逻辑啊？你就没想过你这样对罗惠，她也很难过吗？她的承受力也是有限的。你就不怕她也烦了。"

"烦了就离呗，忍着下去也没什么意思。"

我无语了，我曾经一度认为郑立存是个知书达理，又很有绅士风度的男人，可是眼前的这个人简直然让我觉得是个不可理喻的混蛋。

"从我跟她谈恋爱开始，罗惠没事就喜欢无理取闹，我都不搭理她，过阵儿她自己就好了。她的心理承受能力好着呢，所以对于我妈，她忍耐一阵习惯就好了。"

是，罗惠的确是喜欢无理取闹，但郑立存可能并不知道，那么多次的无理取闹，都是罗惠找我哭诉后，却被我十分犀利地批评并给她分析事情，让她认识到是自己的错，再强令她回去找郑立存的呢！难道此刻郑立存对她的态度是我一手造成的吗？

"我看，谈得差不多了，如果没有别的事情，那我结账了。"说完郑立存扬手叫了服务员。

"不用了。"说完这句话，我拍了两百块钱在桌子上转身走了。我发现人在生气的时候就是会做不理智的事情，钱肯定是拍多了！但是我就是不想让他在这个时刻还要显示出那点所谓的风度来。

我回去之后做了一件事。这件事就是对罗惠没做任何事,没给她任何意见。我对她的询问和忐忑的犹豫保持了沉默。她的任何询问我都说好,同意! 直到那天早上,在她和郑立存结婚的第五十二天,她出现在我面前。

"我离婚了。"

我抬头看了她许久:"嗯,好。觉得需要离就离吧,再找个好的。"

"我还能找到吗? 我现在成离婚的女人了?"

"能,当然能,找个合适的,家里没那么多事的。"我尽力安慰着罗惠。

"我现在觉得老人的话一点都没错,就是得门当户对。露露,我就是你的前车之鉴,你可千万别步我的后尘。我怎么这么可悲,花了那么长时间谈恋爱,结了一个多月的婚就这么离了。"说完罗惠的眼泪落了下来,看着罗惠现在的样子我真的很难过,眼泪控制不住地滑落了,这难过的心情之外则是一种痛苦异常的自责。

罗惠带着她对婚姻的向往,在这条道路上先迈了一步,怎知这条路充满了荆棘,她只迈了一小步便被这满路的荆棘扎了个遍体鳞伤。我仿佛看见她匍匐在地上转头看着我大喊着:"一定要'门当户对'啊!"

"门当户对"这个老人们时常挂在嘴边的词,一跃进我脑海里就开始挥之不去。"门当户对"就是幸福婚姻的保证吗? 我苦苦思考了一阵,但是我还是觉得"门当户对"并不是幸福婚姻的保证,它是能让婚姻变得省事的保证。

因为当你结婚的时候你才会发现,婚姻真的不是自己的事情,而是两家人的事情。所谓的门不当户不对,真正说的是两家人的思想观念有着很大的差异,但即使是这样,两家人依然准备结合的时候,那这其中必然有个结合点,是这个结合点把两个思想差异巨大的家庭联系在一起。

罗惠他们的结合点,就是他们的爱情。爱情这个被古往今来的文人骚客们描写得恨不得已经比释迦牟尼、耶和华、真主阿拉还要伟大的事情,其实脆弱得如同纸片一般。而且想维持住它也是件很艰难的事,既费力又脆弱的东西,是很容易让那些心浮气躁的人退缩的。郑立存就是那个心浮气躁的人,当他意识到要维持住这段感情需要耗费那么多精力的时候,他开始烦了,他不想去耗费那个精力去维持那个随时有可能被撕碎的小纸片。而另一个烦了的人,是我!罗惠则被我的这种烦躁情绪所感染,也跟着我烦躁起来。所以最后落得个一拍两散,爱谁谁的结局。

而且在这之后很快我就后悔了,我知道郑立存他也后悔了。他开始每天给罗惠发短信,并不提复婚,只是嘘寒问暖一番,然后很亲切地问咱妈好吗?让妈多注意身体,我有空去看她。罗惠看见这些短信了,却从来不回他,我曾经试图想要询问她是什么意思:"要不你回他一条?"

罗惠坚定地摇了摇头:"其实在离婚前,我已经退缩过很多次了,可是郑立存非得要看着我跟他离了婚才算罢休。当时我们去办离婚的时候,户籍还没来得及改,依然写的是未婚。民政局说这样办不了,先让我去更改户籍,所以我就回我的户籍所去更改户籍了。然后郑立存就一直在民政局等我,我差不多跑了快一上午的时间。中间我曾经想过很多次,他会不会突然打电话来说,算了,让我们再冷静冷静想想。他没有,他一直坐在那儿等到我从派出所回来,然后顺利领了离婚证。他都下了这么大的决心了,我还有什么可留恋的?"

"也许他根本不认为你会真的跟他离婚吧,他没准还认为你躲掉了呢。不然我真的不明白他干吗天天给你发短信。"

"你看他的短信有说半个后悔的字样吗？他只提到了我妈。即使是这样了，就算我们当时都冲动了，都不理智地离了婚，可是他始终都不愿意承认。我现在想想觉得自己太累了，什么事情都必须我让步，他绝不作半点妥协。我一有异议，就离婚！这些天我一直在想，露露，其实你真的不用自责，真的不是你的问题，现在不是你烦了，事实是我烦了！"

也许幸福婚姻需要的不是"门当户对"，需要的是一种执著，是一种两个人的执著。当然，如果只有一个执著的话，那这个人就必须要有足够的耐心，强大的承受力，因为他承担了两人份的执著含量。罗惠曾经试图想要去承担这两人份的重量，但是她败下阵来，最终放弃了。看着她我现在开始担心起自己来，也许我连半人份的执著都没有！

{32}
第一次夜生活

我现在面对罗惠有一种很矛盾的心理,我既想常常与她见面,安慰她,让她快点振作起来,可是我的内心又很怕看见她。每每看见她那种难过的表情,我也会忍不住的跟着她难过,而我最常用的安慰的话语就是:"没关系,咱们再来过,会找个更好的男人的。"

说到这个的时候,罗惠的眼里会闪现出一丝希望的目光,可是这种目光对上我的时候,我会忍不住的迅速躲掉,因为我没有底气。出于朋友的道义,我坚信罗惠能再找到个好男人,但是除了这些道义之外,我能做的事情似乎微乎其微了。

我很真诚地找邢淑兰商量过这个事情,可是连她都皱着眉头瘪着嘴说:"现在不好弄了,要不你再劝劝他们,看能复合吗?"离过婚的女人想再找个好男人真的就这么难了吗?可是社会都发展到如此的程度了,离婚这个事情真的会如此得让人却步吗?我恨自己,恨自己太宅了,社交圈小得如此可怜,连认识的女人恨不得都全是已婚妇女了,就更别提男的了。

可能是因为罗惠的事情,我发现最近我不由自主地跟李貌走得很近,因为当我无意中跟他提起罗惠的事情的时候,只有他是拍着桌子说:"离过婚怎么了,真爱还怕离婚吗?我就不在乎。"

我两眼放光地看着他。

李貌被我盯得特别恍惚:"大姐,你不是要把她介绍给我吧?"

"你太看得起你自己了,我哪敢把正常女人介绍给你啊,害人的事我不干!"

李貌像是松了一口气:"我真不是嫌弃她什么啊,是我现在真娶不了谁呢。要我娶她那且得等了。"

我之所以两眼放光,是因为李貌的话让我相信了真的还有不在乎这件事的男人存在。

我曾经判断李貌是个仗义的人,果然没有判断错误。跟他相过亲后,我们成了难得的"异性"知己。他一直拍着胸脯说一定带我参加一个适合我的"之夜",可是这个许诺迟迟没有得到实现,我知道这事不是他想的那么容易,所以他开始撺掇我参加他们哥们姐们一票人的饭局。起初我不愿意去,不过李貌总是如同小孩子一样地磨矶人,实在扭不过,我会去出席一下。不过这哪是什么饭局啊,简直是扯淡大会!吃饭顶多一小时,扯淡恨不得用五小时,真是一帮扯淡的人。后来我又不愿意去了,因为甭管在座的从二十,到三十,甚至还有四十的,通通在喝茫的时候慷慨激昂地叫我"大姐"。这太让我难以接受,这会让邻桌的客人忍不住的不是在判断我的年龄,就是在判断我的地位。我曾经一生气拍着桌子嚷嚷着:"我比你们在座的男的都小好吗?"大家被我突然的咆哮吓得一愣,然后又继续推杯换盏的嘻嘻哈哈地说:"大姐,果然很有意思啊。"

这天又接到了李貌的电话:"露露妹妹,几日不见十分想念啊。"

"你还能再恶心点吗?"

李貌哈哈地狂笑一阵,突然止住了笑声:"我怎么这贱啊?被人损还能这么放浪地笑?"

"有话快说,有那什么快放啊,你大姐我这忙着呢。"

"周末有空吗?"

"干什么啊?"

"我在'迷'办了一个PARTY,来玩啊。"

"夜店啊?这回办的是'不辣之夜'吗?"

紧接着又是李貌的一阵狂笑:"你丫真太贫了。来吧,不是什么之夜,你哥我过生日。哥想让你来,都是哥的好朋友呢。"

我犹豫了几秒钟还是答应了他。夜店这个在我内心深处十分神秘的地方,我承认我一度向往过。因为总是听那些喜欢泡夜店的人把那儿描述成充满了魔力的世界,无论你带着什么烦恼进去,都会变成忘掉烦恼的出来。如果它真的如此神奇,那我真的是想去见识一下。我还顺道邀请了罗惠,不过她拒绝了我,因为参加的人她都不认识,还有就是她现在的心情是去哪儿都不会变好的。好吧,既然这样我不强人所难,但是我确实想过没准在这些什么都无所谓的人群里能碰到跟罗惠合适的呢。所以这时候我像是又有了某种使命。

夜店的名字不愧叫做"迷",它可真是把我弄迷了,我跟出租车司机在北京著名的夜店集中地转悠了半小时也没弄清楚这"迷"在哪儿。那些黄蓝红绿的灯牌几乎都长得一模一样,到底是哪个啊?我打电话询问着,可是电话的另一头几乎传来的都是噪音。

"您随便找一家进去玩儿不就得了吗?这不都一样嘛?"司机师傅都有些不耐烦了。

在经过我缜密分析和细致观察之后,凭借着我浅薄的英文知识,我终于找到了这家叫做"Mystery"的夜店。我觉得这帮人真是成心整我,不知道老娘是第一次来啊。我带着一股怨气找到了这里,刚一走进去我就失聪了!震耳欲聋的电子乐,从我心脏一直震到了我的脑仁。那些闪来闪去的灯光,逼得我没办法,只能时不时地拿手挡着眼睛。我这是来哪儿了?妖精洞?

努力在黑暗中寻找着熟悉的面孔,可是夜间作业也实在是有些困难。我忽然发现在远处的一个高台上,李貌在向我招着手。于是我通过了如同早市一般拥挤的人群走了过去。他们坐在一个半圆形的高台处,整个半圆是个硕大的皮沙发,这也许是这儿最好的位置了吧,可以俯瞰整个夜店里的全景。在这半圆里,我数了数,整整挤了二十六个人。

我刚一走上台,那些认识我的人就喊着:"呦,大姐来了,大姐来了。"弄得那些不认识我的小妹妹们都很不安,慌慌地站起来,跟我点头致意:"大姐,您好!"

"嗯,我好,都坐啊别紧张,正常发挥就行。"

李貌又乐得倒在了沙发上。

忽然人群里有人喊着:"大姐来晚了,先罚酒三杯。"于是一帮人也跟着起哄。

李貌慌忙站起来,喊着:"不行啊,别让我露露妹妹喝酒,让她喝我跟你们急。"

兄弟,你太仗义了,这朋友我真没白交,关键时刻果然不一般啊。我贴着那沙发仅存的二公分的边边,把我的臀部挂了上去。刚一坐定,李貌就越过人群凑了过来,他努力地挤坐在我旁边。

"露露妹妹,趁着哥现在还清醒,你听哥交代几件事啊。"我转头看着他,总觉不像是有好事。

"我呢,一会儿准备是往挂了喝的,跟我一起还有两人,我们都准备喝挂的,我记得你跟我说你会开车是吧?"说完李貌从兜里掏出把车钥匙来,"我要喝挂了,你叫保安把我们给抬车上去,然后把我们送我家去,离这儿不远。到了你再叫我们小区的保安给我们抬回去,我都跟他们说好了,然后你就把车开走,回头我再到你那儿拿。怎么样?哥们够意思吧,把车都借你了。就这么个事,我这就开始准备喝晕了啊。我露露妹妹最值得信任了,回头哥请你吃饭。"说完李貌又挤回到属于他的辣妹旁边腻糊去了。

这江湖上怎么这么险恶啊?到底还能不能有点真仗义的人了?

我一直想找个相面大师帮我看看面相,我总是怀疑自己的脸上写着碎催、小力本、使唤丫头的字样。要不为什么这么些送个醉鬼、办个入院、去超市帮忙买个东西的事情,大家都这么不约而同地信任了我?其实我还有许多其他方面也是很值得信任的。比如:……一时想不到,容我再想想。

我带着向往和好奇的第一次夜生活就这样被安排了某种特殊使命,之后我就孤独地挤在"妖精洞"的皮沙发上,抱着瓶冰红茶,看着眼前的大妖小妖们叫着笑着跳着。我一会儿拿手捂会儿眼睛,一会儿又拿手堵会儿耳朵,我在焦急而又平静地等待着,等待着那几个人喝躺下去,然后我好把他们装车带走。

我看了眼手表,已经快一点钟了,我发现我的上眼皮和下眼皮开始不自觉地打起架来,可是眼前的这帮人似乎并没有去意。而且他们已经喝到了第二重的状态,因为我发现大家都开始脱衣服。李貌有个哥们脱得剩个跨栏背心,露着他的肱二头、肱三头肌,不过还是满脸地冒汗。这并不算吸引我的眼球,吸引我眼球的是,眼前的妖艳如火的年轻妹妹,脱掉外罩之后穿着件黑色抹胸和牛仔热裤,开始站在人群中扭动她的小蛮腰。

看着这场面,我的困意又渐渐地退去,我死死盯着那女孩的肚脐,她的肚脐上挂着个闪亮的水晶坠子,那坠子随着她小腰的每一次扭动来回晃动着,看得我觉得自己肚脐都开始不舒服了,这挂着个东西能好受吗?我开始控制不住地瞎想,而那闪亮的小坠子晃动得越来越厉害,看得我也越来越浑身不自在。关键时刻还是李貌出手救了我。他走到女孩的身后,开始跟女孩贴身热舞起来,他用手轻揽着女孩的腰,刚好挡住了那挂着乱颤乱闪小坠子的肚脐,还好他出手相救,要不我还真怕从女孩的肚脐里喷出个蜘蛛丝来把我缠在沙发上。

在我看来,两妖之舞的确比一妖好看多了。李貌和年轻女孩越跳越HIGH,弄得一票人又起哄又吹口哨的。随着音乐的渐入高潮,李貌居然低头开始和女孩热吻起来,于是起哄的声音更大了。我真正地被他折服了!我现在特需要一桶爆米花和一个板凳,我坐他们脚下看现场去,省得我还得花钱去泰国呢。这段音乐的结束也随之宣告了他们热吻的结束,看来两人对自己的表现还颇为满意,两人一分开居然都开始为自己的行为鼓起掌来。

我后悔了,我觉得我肠子都悔青了,真不该来这个地方!我到哪儿喝不了冰红茶啊,非大半夜不睡觉跑这儿喝来。我特想抱着李貌说:"貌哥,你放我走吧,我还要去西天取经呢!"可是谁会理我啊,估计他们早就忘了我这个人的存在了。我居然这么想着想着的就在我的角落里睡了过去。

等我醒过来的时候发现,夜店里的客人几乎都走得差不多了,工作人员也开始清扫桌子了。我看了看周围,我是不知道刚才那一票人都是怎么就这么凭空消失的,不过的确按计划约定的样子,他们刚好不多不少的给我剩了三只。那两只已经完全睡死过去了,还有李貌这一只处在弥留之际,一会儿睁开眼乐一下一会儿又闭上眼睛。我看了眼手表,已经三点了,终于该我出场了。

我请为我们那桌服务的公关帮忙找了两个人,他们则连拉带拽地把那两只弄起来送了出去,看着李貌还有点意识,我拿脚踢了踢他。

"哎,起来了,回家了。"

李貌看着我乐了一下:"是露露吗?不是,露露哪能长这么好看啊。"

这厮就欠我把他扔这儿不管!清醒和喝醉的时候都这么欠抽。我揪着他的脖领子往起拽他,李貌居然还挺配合地站了起来。刚一站起来就差点又倒下去,我赶忙借了个肩膀让他靠上,拖着他向门外走去。

我忽然看见从二楼有个人也拖着个喝醉的人走了下来。那一刻我觉得原来世界上还有同病相怜的人,原来大半夜也有人跟我一样,没事闲地运醉鬼啊。不过这个人像是比我轻车熟路多了,他运的那个人比李貌胖许多,边走脚下还边拌蒜,好像嘴里还在不停地叨叨着。不过这些都没有影响眼前这个人的步伐,他没有说话只是把这个人往门外带。

李貌的嘴也在不停地叨叨着:"怎么样,露露,好玩吧!也就哥想着你,带你开眼,下次哥还带你来啊。"

"你真别想着我了,请你把我忘记吧!"我用尽了全身力气拖着他,嘴里不甘心地回敬他两句。

我再次抬眼看着前面人的背影,总觉得有些眼熟,可是又不能很快确定。因为李貌的身体越来越沉,看来他在渐渐失去意识,怎么能顺利地把他弄到车里去,已经占据了我此刻全部思想。而眼前的那个人比我幸运多了,他扛着的胖男人刚一出门,就有个司机模样的人跑过来把胖男人接走了。然后他们一起把胖男人送到了一辆 S 级的奔驰车里。看来胖男人还有意识,他坐进车里之后,还按下车窗跟那个扛他的男人说了两句话,那男人站在车窗口跟胖男人继续寒暄了两句,然后奔驰车加油开走了。

我也扛着李貌走到了车前,十二月份的北京,可是我却跟刚蒸完桑拿一样,浑身冒汗。公关赶忙帮我把车门开开,我像拽死狗一样把李貌推了进去放在副驾驶的位置上。再一看后座,那两只居然都已经打上呼噜了。

刚一把李貌放定,我脑子又闪现出刚才的背影,不会这么寸吧?一个名字突然在心中闪现出来。我转头去看刚才奔驰车停靠的位置,发现那儿已经没有人了。庸人自扰,庸人自扰!心里默念着。

我站在驾驶位前,看着那个方向盘犹豫着。夜店公关看着我的表情忍不住询问着:"姐,你行吗?"我看了他一眼:"行吧?"

如果我没记错的话,这是我开的第三部车。第一部是驾校的教练车,第二部是驾校的考试车,眼前的这部是第三部。你们肯定说,闹半天你没上过路啊。恭喜大家,你们都会抢答了!

隐隐约约地觉得身后有个黑影看着我,我突然转过头去,发现一辆黑色的陆虎停靠在跟我平行的街边上。黑色的车窗、黑色的车身显得十分神秘,那车就在那儿停靠着,既不开走也不熄火,看什么呢?心里不由地想着,这车也挺眼熟的。身旁的公关朝那辆车挥了挥手,陆虎大概又停了十秒钟的样子,然后猛的加油开走了。我扫视了一下车牌,那个人的名字又再次闪现出来。

我看着身旁的公关问到:"哎,你有名片吗?给我一个。"

"好啊。"公关很开心地掏出张名片递给了我,"姐,你以后有空要常来关照啊,没事也带朋友来玩,回头我给你打折。"

"还能打折呢?"

"能啊,您要老来当然能打折啊。"

"那李貌是不是常客啊?他老来吧?"

"是,李貌老来,我们现在都给他打八折。"

"那刚才开陆虎那个人,你们给他打几折啊?"

"哦,你说楚先生啊。他是我们顶级VIP,他老带客户来,他们都直接去二楼的包厢,我们给他打六五折。"

娘的,还真他奶奶的是他。我现在是没立场说任何人了,就放纵这么一次还让他碰见了。我这以后哪好意思说半夜不睡觉的都不是正经人啊。

"他这喝了酒怎么还开车走啊,这出事可怎么办啊。"

"楚先生很少喝酒的,要不他怎么喜欢来我们这儿呢。我们有专门陪酒保驾护航的公关,要真被逼急了,我们人还能帮他换个酒什么的,反正他那些客户都醉醺醺的,也不知道。他一星期恨不得来三趟,真次次喝,那不早死了。"

我笑着朝公关点了点头。

"姐,你放心,我们这儿服务到位,你提什么要求我们都会尽力满足的,您要做个业务带个客户的,来我们这儿肯定叫你满意。"

我哼哼哈哈的跟公关告了别,然后钻进了汽车的驾驶位里。

首先我判断这是一部自动挡的车!关于其他的,我还需要时间继续判断。车里很快便充满了那三只妖怪的酒气和此起彼伏的鼾声。我看着李貌和他的两个哥们,所能做的事情也只是在心里默默的、把能想到的骂人的话挨着顺序骂一遍而已。可是又能怎么样呢,我还是得想办法把他们捣鼓回家啊。

在经过二十分钟的突击自学之后,我终于成功地把车挪开了它原来停靠的位置。第一次在真正的道路上开车,让我觉得特别紧张、特别刺激。凌晨三点多路上的车很少,这真是给了我自由发挥的空间,我踩足了油门以时速40的速度在马路上飞驰着!真是太带劲了,我在驾校可从来没开过这么快。

开了没多远,刚一拐弯就看见个警察叔叔拿着个电光棒在远处晃啊晃的,示意让我靠边。我哆哆嗦嗦地把车停在路边上,我刚一按下车窗,就看见警察叔叔的眉头一皱,他拿着个黑乎乎的仪器伸到我面前:"吹!"

"吹什么?"我带着十分谦卑的语气,询问着。

"吹它。"警察指了指手里的仪器。

我恍然大悟,赶忙朝仪器吹了一口,仪器数字上显示:000。警察叔叔的眉头皱得更深了,他使劲晃了晃手里的仪器,然后再次拿在我面前:"再吹次。"于是我又朝着仪器吹了口气。仪器依然显示:000。

"嗯?坏了?"警察叔叔小声地嘀咕着。

"没坏,我没喝酒。您千万别怀疑科学。"

"那怎么一开窗户这么大酒气啊。"

我朝车里指了指:"这不有三喝醉的吗?我这是让他们熏的。"

警察看了我一眼:"你是代驾啊?"

"啊,对。"我肯定地朝他点点头。

"这半夜三更的,你一女的给三男的代驾,你胆儿也够大啊?那你开车小心点吧,有事打110啊。"我的眼泪都快被警察叔叔说出来了,想不到在这样一个倒霉催的夜晚还碰到了带给我温暖的人。我看着副驾驶上依然呼呼大睡的李貌,心里不由地感慨着,哎,世界就是这样,在李貌搂着辣妹狂欢的夜晚,却还有很多很多像警察叔叔这样的在辛勤工作着;而我这个被他称为红颜知己的"哥们"被骗来当代驾的时候,却从一个素不相识的警察叔叔那里得到了关心,让我觉得异常温暖。

其实把一辆车开走真的不难,你要能明确知道要把这辆车开到哪儿去,那才是最难最难的啊!我越来越不知道我要把车开哪儿去了,简单地说,我迷路了。我开着这辆车在我认为有可能对的那条路上行驶着,可是事实证明都不对。而且越走我越不认识,我也不知道自己开了多久,汗水顺着额头开始缓缓地流下来。我真得急了,这到底是哪儿啊?我使劲地晃着李貌:"哥,你醒醒啊!"我几乎带着哭腔。李貌却依然呼呼的大睡着,丝毫没有要醒的意思。

我哭了,在心里默默地流泪。此刻的感觉是叫天天不应,叫地地不灵。

"李貌,姐求你了,你醒醒吧,真到美国了!"我一边开着车一边呼喊着。没有用,三个人的鼾声一个都不少,依然此起彼伏。

开着开着,我看见了另一位警察叔叔正在指挥着道路上行驶的那些超级大货车往路边停靠。我如同看见了救星一样,把车停下。下了车,朝他飞奔过去。警察被我如此激动的样子吓了一跳:"怎么了?怎么了?姑娘,没事,别急,慢慢说。"

我尽力平抚着自己的情绪,用颤抖的语调问道:"这是哪儿啊?"

"北五环。"

听到"北五环"这三字,我的眼泪真地流了下来,我控制不住地喊道:"我要去东三环。"其实现在想想真的是太丢人了。一个在北京城里生活了二十多年的人,就愣这么把自己在北京城里给弄丢了,还二了吧唧的好意思站在五环上找警察哭?我想可能因为当时的心里实在是憋得慌,所以看到救世主才控制不住自己的情绪吧。警察叔叔很有耐心地给我画了张草图,告诉我要从哪个出口出,还嘱咐我如果不确定再找个人问问。我也想问啊,可是这大半夜我能去问谁啊。

当东方出现了一丝鱼肚白的时候,我终于成功地找到了李貌的家。我知道这是他自己单住的一个酒店管理制的公寓房,所以他的家里是不会有人的。于是我真的按他说的,去找了保安,保安正坐在位子上打瞌睡。我跟他提了李貌,保安睡眼惺忪地说:"今天怎么这么晚?平时一般都三点多回来,这都早上六点多了,才回来啊,再不回来我这都要换岗了。"我赔着笑,拜托他把车里的人给弄回去。

保安又叫了两个人,他们一拉动李貌,李貌似乎从睡梦中被唤醒了。他眯着眼看着我:"到了?露露,你把车开走吧,我回头找你拿去。这半夜也不好打车。"

我把车钥匙塞到了他怀里:"不用了,我坐地铁回去。"

"地铁,这点儿有地铁吗?"李貌晕晕乎乎地叨叨着。我看着保安把他和他两个哥们带进了大楼,于是终于松了口气,转身离开了。

周六的白天,我一直在补觉。我这次夜生活过得,比连上俩夜班还累。大概晚上九点钟的时候,我听到了手机不停地响着,我一看是李貌的电话。我刚一接起来,就听见他在电话那边大声咆哮着:"我油呢?"

"什么油?"我被他问得有些迷糊。

"汽油!车里的汽油!怎么都没了?"

"用了呗。"

"用哪儿去了?"

"五环上。"

"跑五环干吗去了?"

"送你们呗。"

"唉呦喂,我就真服了,送我们你绕五环干吗啊?过瘾呢?"

"你以为我想绕呢?也没人告诉我那是五环啊。"

"大姐,绕五环一圈最多用半箱油!"

"那……那……那可能就是绕了两圈呗,我也不知道,你别问我了。"自己越说越没底气。

"你真是我亲姐,我真就服你一人,真的!"李貌在那边的情绪越来越急躁,"你也不跟我说。我昨天去之前刚把油加满的,这一出门也没注意看。你这给我撂路上了知道吗?我这还有个聚会呢,肯定得迟到了,我上哪儿找加油站去啊。见过笨的就没见过你这么笨的!行了,挂了吧。"说完李貌就把电话挂断了。

我的心里特别委屈,我这整整忙活了一宿,结果到头来连句感谢的话都没有,反倒是劈头盖脸的先被他骂了一顿。之后我一直没理他,他偶尔转发个笑话什么的,我也当作没看见一样。

隔了一个多星期的样子,我又接到李貌的电话:"周末PARTY,急招司机一名。来啊,哥带你玩去。"

我用特别郑重、又带着激情和满腔怒火的声音说了三个字:"我爱你!"然后我就把电话挂了,可是心里却飘出了两个字:绝交!

{33}
太认真和太不认真

李貌居然跑到医院门口堵我来了,我刚一下班走出医院大门就见他满脸堆笑地迎了上来。

"呀,米大夫下班了,辛苦辛苦啊!"

我白了他一眼:"你干吗来了?"

"我能不来吗?你都跟我撂那么狠的话真把我给吓着了,都敢说爱我了,我一琢磨你肯定是真生气了,我是怕咱们这交情就这么掰了,所以我打算请你吃饭,就当我向你赔罪。"

"不吃,减肥!"我斩钉截铁地回答了他。

"别减了,再减也好看不到哪儿去。"

"你大爷,你是来道歉的吗?"

"错了,错了,咱不说了行了吗?走吧,请你吃好吃的。"说完李貌连拉带拽地拖着我向医院对面的饭店走去。

李貌这人就是这样,你要不答应他吧,他就像小孩子碰到了想买的东西一样死命地磨叽你,非让你同意他的要求不可。此刻正是下班的时候,进进出出的都是同事,这要让医院的同事看见我跟他在大街上拉拉扯扯的样子,成何体统了。没办法,我只好顺着他的意思随他走进了饭店。五点多钟,饭店里的人并不多,我们找了个角落坐了下来。反正我是没跟他客气,大鱼大肉的乱点一通。

我这肆无忌惮地点着菜,李貌倒越看越高兴了:"还敢这么跟我造,那我就踏实了,看来咱这情分还在呢,一时半会掰不了。"说完李貌举起杯子:"我郑重地向你道歉啊,请露露妹妹原谅我吧,虽然我并不知道我错在哪儿了。"然后他一仰脖把满满的一杯啤酒都灌进肚子里了。而我此刻的表情只能说特别像麻将牌里的八万。

"露露,我跟你说啊,我们这票人一出去就都疯了,喝醉了就什么都不顾了,我要是喝多了干了什么事,你可千万别介意啊,那都不是我干的。我没干什么过分的事吧?"李貌异常紧张地盯着我,等待着我的回答。

"你接吻来着。"

"跟你?!!不会吧?哎哟,我的妈啊,我都干什么了?你别吓唬我行吗,我真能做这么过分的事啊?我的天啊!"李貌彻底慌了,他不停地拿手挠着头,然后又用手捂着脸。

看着他现在的样子,我的嘴也终于不再是八万了。

"不是跟我,看把你吓的。要真是跟我,你觉得你现在还能这么健康地坐在这里跟我说话吗?"我的这句话一说完,李貌如同卸下了千斤重担,他长舒了一口气:"你吓死我了!我要是真跟你打了舌战,估计现在你正拿刀逼着我娶你呢吧?好险!好险啊!"

他说完这句话,我们两个人对视了五秒钟。

"好恶心啊!"我们几乎异口同声地说了出来!"脑子里都有图像了,太恶心了!"李貌大声地抱怨着,我则笑得喘不过气来。

"那天跟你热舞加热吻的女孩的确挺辣的,是你女朋友吗?"

"哪个女孩?不记得了,我连跟人接过吻这事都忘了,一点印象都没有,这喝多了干什么都有可能。"

"啊?! 不认识,你就跟人家那样啊? 这有点过吧?"

李貌忍不住笑了:"谁跟认识的人那样啊? 跟熟人 HIGH 得起来吗?"

我听着李貌的话开始控制不住地摇头。

"摇头干什么啊?"

"不能理解,太难理解了。原来真的有你们这种这么随便的人啊?"

"你这话我就不爱听,什么叫随便啊? 我实话告诉你吧,就像你还有你那刚离婚的姐们儿,你们为什么总觉得自己不幸啊、伤心啊、倒霉啊,知道是为什么吗? 就是因为你们活得太认真了,对什么事都认真。当然有些事是得认真比如你们的工作。可有些事真是稀里糊涂就过去了。哪像你们啊,但凡见个条件差不多的男人都琢磨着变着法儿地嫁给他;好容易嫁了吧,又对那些家长里短的破事认真,所以就是一认真结了,再一认真离了! 没必要,纯属没事跟自己较劲,像我这样多好,没烦恼。"

李貌的话居然让我找不出理由反驳,像他这种一大把年纪了还童心未泯的大男孩居然把我噎得一时语塞了。

"那你这样什么时候是个头啊?"我好奇地问他,"就你这样,想跟谁打啵就跟谁打啵,想跟谁上床就跟谁上床,这种生活什么时候结束啊? 总得有个头吧?"

"随性吧,碰到那种让我只想跟她一个打啵、只想跟她一个人上床的时候就结束了。"

"你把你自己当小说男主角了? 放浪不羁,有待征服?"

"这是态度! 一种生活的态度。你可以尝试转变一下,别那么认真,也许你会变得轻松多了。"

那一分钟我动摇了,我犹豫地看着李貌,他这是在拉我入伙吗?可是脑子里突然又闪现出他们那些人群魔乱舞、醉生梦死的样子,于是我又开始控制不住地摇头。

"也许你说得有道理,但是我做不成你那样,我已经习惯认真了,而且我也坚信你的这种生活必将结束在一次认真上。"

"咒我是不是?"李貌又开始挑着眉毛看人了,"不过话又说回来了,我其实需要你这种特别认真的朋友,我身边的朋友基本上都是像我一样的。女人就不说了,恨不得第二天都忘干净了。男人也是酒肉朋友居多,我估计真有事他们也顶不上一个半个的。要不然我死拽着你不放呢。你挺好,刚好介于男人和女人中间,我既能跟你说男人的想法,又能跟你大聊我跟女人的那些事,跟你没忌讳,所以我不能没你,我很确信你是那种关键时刻能顶上去的人。"

"行了,别说漂亮话了,你的意思就是我还有利用价值,所以暂时不能断交呗。"

"这好话一到你嘴里怎么就变这么难听,刚才我差点都被自己说感动了,这让你一总结,全毁了。"

"你要真把我当朋友看,能折腾我一晚上第二天还把我骂一顿吗?我一晚上为了找条对的路好把你们弄回去,就差掷骰子和扔鞋了。"(注:古代流传下来的一种古老而科学的方法,在岔路口把鞋扔上天一落下来,鞋尖朝哪儿就走哪条路。)

"是,我认识到了,所以我这不赶紧找你道歉来了吗。"

我扁了扁嘴:"那行吧,这事就算了,我也不跟你计较了。"

"唉!"李貌叹了口气,"露露,你说咱俩是相亲认识的,可是怎么就这么不来电呢。其实我真觉得你人不错,我有时候觉得你像我妹,有时候像我姐,甚至有时候觉得你像我哥或者像我弟,我怎么就是没办法觉得你像我女人呢?这样吧,等哥八九十岁的时候,那时候哥也老了,也没能力了,你要是还嫁不出去,哥就娶了你,不为别的啊,就为就个伴一块死。"

你们大家评评理,这人得混成什么样,才能说出这样的话来啊?我真是让他气成肝颤了。

我突然一扬手:"服务员来一下。"饭店的服务员很快走到了桌旁。

"照着桌上这样的,再给我来一套。"服务员有些吃惊地瞪大眼睛看着我,"别看我了,快去下单子做吧。"

"咱不活了?这是干吗啊?往死了吃啊?自杀式吃饭袭击啊?"李貌的眼睛瞪得比服务员的还大。

我没理他,我拿出了手机给家里打了电话:"妈,别做晚饭了啊,我这带菜回去,好多呢,够吃两天的,都新做的。你跟我爸在家等着就行了。"服务员听了我的电话迅速地转身下单去了。

李貌眼睛盯着我半天,我挂了电话看了他一眼:"谢谢对我全家的盛情款待。"他迟疑了一分钟然后缓缓朝我竖了个大拇指,可是他的脸却变成了八万。

{34}

遭遇

我拎着大包小包的吃的,刚一进门就发现薛凯坐在我们家客厅陪我老爸下棋呢。

"你不回家陪你媳妇到我们家干吗来了?"一看见薛凯我就不想给他好脸,整天想着蹭吃蹭喝占便宜。

"我早来了,等你半天了。我媳妇跟她姐们儿出去逛了,我自己在家没饭吃,所以我就想起二姨了,想着来蹭顿饭吃。没想到我这么幸运,听见你打电话说带好吃的回来,我们仨等你半天了,二姨夫这棋都赢我好几盘了。"

"妈,咱搬家吧,干吗跟他住这么近啊,你看他溜达着就能来,真讨厌。"

老妈不说话,只是笑,薛凯也没空跟我斗嘴,早就忙乎着摆桌子了,嘴里一个劲叨叨:"饿死了,饿死了。"

我是不饿,我刚吃撑,我坐在客厅里吃着苹果看着电视;老妈、老爸和薛凯三个人围坐在饭桌旁吃着我带回来的大鱼大肉。

"妹,下周一,我们公司要体检。"

"体呗。"

"是去你们医院体检。"

"去呗。"

"你给我找个人好好检检呗。"

我就知道他得整幺蛾子:"怎么叫好好检检啊?人家都检一样的,就你搞特殊啊?"

"啊,咱医院有人啊,当然得特殊啦,跟他们一样那我哪儿有面子啊?"

"你能不能把你这占便宜没够的思想改改啊!"

"我这新单位工作特忙特累,我现在觉得我这身体越来越不好了,你嫂子也说让我找你好好检检。你给我找几个人把我这心肝脾肺肾都看看,要都没啥事就踏实了,我也好专心工作。"

"你长得倒全乎,不过你少说了一样,你那脑子不看看啊?我看脑子看好了,其他地儿就都好了。"

"二姨,你管管我妹,嘴太坏,这样嫁得出去吗?"

说时迟那时快,我一个跨步从客厅跨到饭桌旁,一把夺过薛凯手中的碗筷:"别吃了,回家喝西北风去。"

"哎,你怎么这样啊,那肉就差一厘米就进嘴了,你倒是让我放进去再拿走啊。"

我妈被我和薛凯小孩似的打闹逗得哈哈直笑:"露露,你就帮帮小凯啊,好歹他是你哥,难得求你一次。"

"妈,你弄错了,他是难得不求我。好事从来想不起我,一用到我了,这带着烟就奔来了。"

"我这一年就体检一次,这点要求不过分吧?"

"你以为我是院长啊?医院自己托人也得有人情的,各科归各科啊,去哪都得搭上面子,将来有机会得还人家的。"

"还呗,反正是一个医院的迟早是要还的。谁用不着谁啊?"

"嘿,你……"

"好了,好了,露露你帮帮薛凯,就这么定了。"老爸发话了。老爸的意见我是从来不反驳的,因为他从不轻易说话,可能是因为他当过兵的缘故,他说的话和做的决定是绝对不允许反抗的,既然他敲了定音锤,那我也只好沉默了。薛凯万分得意地朝我挤了下眼睛,然后继续吃他的大肉去了。

星期一,一大早我就看见薛凯站在妇科门诊的楼道里等我,手里还拎着套煎饼。看见了吧,这就是他求人办事送的最大礼。

"你来了,我都站十分钟了。我先去把公司安排的那小套体检查了,然后我再来找你,你再带我查查别的啊。"说完他把煎饼交到我手里,"早上要抽血,我都没吃饭呢,这煎饼先放你儿,等我抽完血回来吃啊。你可别给我吃了,不然我会饿晕的。"

老爸!就是因为你一句话,现在我连套煎饼都落不着了!

十点多钟的时候薛凯又回到妇科门诊找我来了。这个点儿正是病人多的时候,我十分不好意思的跟同事告了个假,带着薛凯的煎饼跟他碰了头。

"你到底哪儿不好,说个确切的,我不可能陪着你把全身都查了。"

薛凯想了想:"最近这天冷,我有时候老咳嗽,有时候还觉得闷闷的,你带我照个肺的片子吧。"

"你们不是有胸透吗?"

"那能作准吗?往那一站告诉你没事,就下来了。"

"那都一样啊!拍片跟在屏幕前拿眼睛看都一样的!"

"你是我妹吗?你哥这都不舒服了,你怎么跟别的大夫似的尽糊弄我啊。"

"谁糊弄你啊？你这人说话真招人烦，我不想管你啦。"

"别，别，别！我说错了，你医德高尚，救死扶伤，带你哥看看呗。"

我撅着嘴带着薛凯走到了一楼的放射科，放射科门口的人群也是熙熙攘攘的，好多是薛凯公司的人在透视室体检。薛凯则一副洋洋得意的样子跟着我去了CT室，那样子似乎他比别人多享受了无比至高的待遇一样。

推开了放射科厚重的大门，向里探头探脑地寻找着熟人。突然一个长发飘逸的女孩的身影飘进了我的视线。

"林逸。"我小声地呼喊着。

女孩转过头来看着我："露露。"

太好了！果然是她，有熟人在我就放心了。林逸起身走了出来，开心地朝我笑着。林逸比我晚来医院一年，因为曾经到妇科求我给她开过药，所以结下了一帮一的友谊。林逸的样子很甜美，一脸的书卷气，文质彬彬的，说话也轻声细语看着特别像好人家的姑娘。当然了，我也特别像好人家的姑娘，不过我们俩要站一起，她比我更像好人家的姑娘。

"有事吗？"

"是啊，我表哥最近老咳嗽，有时候还胸闷，想拍个胸片啊。"

"好啊，没问题。"

林逸为薛凯安排一下，薛凯则进到等候的屋子里等待去了。

林逸小心翼翼地看了眼周围，然后拉着我靠墙站着，她用特别小的声音跟我说："露露，你挺幸运的，我明天就不在这儿了。你得有两年见不到我了，回头你得发展个别的熟人帮你拍片子啊。"说完林逸开心地笑着。

"你辞职啦?"

"不是啊,我被保研了。"

一股酸水直冲入我的胸腔,她被保送读在职研究生了!这一直是我心里的小小梦想,既不用放弃工作又可以继续深造,而且这必须是受到领导多大的器重才能被送去的啊。我们科也有名额,我也向领导透露过这个想法,不过比我资历老、能力强的也不乏其人,所以我知道这个机会一时半会儿是轮不到我的。说实话,我真的羡慕她,特别羡慕,比我资历还浅,居然得到这个机会,看来医技科室的确比临床科室好混啊。

"你真好,看来你们领导挺喜欢你的啊。哎,那我两年见不到你了,下次我来你们科就得求别人啦。林逸,真羡慕你!"我跟她站在角落里正嚼着我的酸葡萄,隐隐约约觉得余光里有个人影像飞一样的朝我冲了过来,我甚至来不及转身看是谁。

"你个臭不要脸的贱货!"一记狠狠的耳光猛地甩在了我脸上。我的耳朵顿时开始耳鸣了,整个脸都开始发烫,我甚至觉得嘴角都快裂开了,我拿手擦拭了一下,并没有血。我此刻的脑子里第一直觉就是疼,其他的什么都没想到。几秒钟的时间,第二记耳光也随即挥了过来:"我他妈打死你。王八蛋!"同样的位置又挨了一记更重的耳光。

天啊,这是怎么了?什么个情况?谁出来给我解释一下啊?

{35} 蔑视来袭

整个一楼大厅都被这突发的恐怖暴力事件吓傻了,此刻每个人眼中的景象就是一个高个儿壮硕的女人在揍一个矮个儿的壮硕女人。

所有的人都停了下来驻足观看究竟发生了什么事情。我捂着发烫的脸颊,恐惧地退到了墙角。脑子里控制不住地闪现出无数怪异的想法:我早上吃早饭给钱了啊?难道给少了?因为眼前这个女人很像医院门口卖给我鸡蛋灌饼的女人。虽然她刚卖给我灌饼就被城管给抓了,但是那真的不是我报的案啊!

可是我仔细又看了看,不是那个女人啊,但是打我的女人我真的不认识。那她究竟是谁啊,我实在想不起来最近跟谁有过矛盾,而且我自觉我最近对待患者的态度好得不能再好了,连主任都表扬我,说我脱胎换骨重新做人了。

我用余光看见薛凯拍完片子从 CT 室里走了出来。他刚一出来就发现大厅的气氛不对,他的那些同事所有的目光都在注视着同一个方向,他顺着大家的目光看过来,刚好看到我正被武力恐吓着。我想叫表哥来帮帮我,可是我话还没说出口,高壮女人的第二套组合拳法又再次袭击而来。

女人一只手抓着我的脖领子,另一只手抓着我的头发。她的力气果然很大,跟她的体形很成正比,我已经被她顶在墙角上了。

你这样做是没有用的!咱们不是一个重量级别的选手,世界拳坛是不会为你记录成绩的!我的心在向她呐喊着,可是嘴上说不出半句话,因为她根本不给我说话的机会。

她抓着我的头发带动着我的头向墙上撞去,嘴里还不停地骂着:"狐狸精,骚货,不要脸!"一下。

"我不活了,我要杀了你!"两下。

我拿余光扫视着薛凯,我希望我的余光不是扫视而是一把机枪能扫射,我真想把他打成筛子。因为他完全陷入一种痴呆的状态,他傻了,他在判断着眼前究竟是什么事情。

"勾引我老公,我跟你拼了!"三下。在我的头与墙撞击到第三次的时候,我的小宇宙爆发了,我不能再容忍自己被这么虐待下去了。于是我用尽了我所有内力大喊了一声:"妈啊,救命啊!"然后我就哭了!我怎么又哭了?其实我不是个爱哭的女人,可是最近老哭;在五环迷路事件之后只隔了三个多星期,我又再次在大庭广众之下哭了。

在壮硕的女人还想拿我的头与墙做第四次碰撞的时候,她的手被一个人死死地抓住。那个人使劲地拦着她,把她从我身边拖开了,那壮硕女人的表情也十分伤心,她同样满脸的泪水,比我哭得还厉害。我的娘啊,你哭什么啊?是因为没撞成第四次觉得失败了是吧?

我缓缓地抬眼看着拉开她的那个人,怎么能是他呢?对,他也是来体检的。楚杰拖着壮硕女人的行为,让一旁犯傻的薛凯突然从痴呆中苏醒,他慌忙过来一把抱住了女人的腰,女人仍然不放弃,还一直伸着腿想要踢我。薛凯拼命地往后拖她,嘴里还不停地劝她:"大姐,大姐,有话好说、有话好说。武力是解决不了问题的,她勾引您丈夫是不对,回头我好好教育她。"

楚杰在薛凯把壮硕女人接手之后,就立刻把自己抽离出来,他并没有过来安慰我,却退到了很远的地方,看着我,满脸的疑惑和迟疑。所以我知道他不是为了英雄救美,我猜他只是不想看着我就这么被打死吧,而且我也确实不算是什么"美"。

我已经管不了那么多了。我的脸疼、头疼、头皮疼、牙疼,最关键的是,我眼花、眩晕,我觉得我几乎看见了所有能飞的东西:一群大雁从我眼前飞过,一会排成人字形,一会排成一字形;我看见神舟系列飞船又上了天了好几艘;我仿佛还看见了在未来的黑丝试飞成功了。

总之我眼前的世界都是飞着的,我扶着墙,在大厅的等候椅上坐下,天旋地转的世界,我觉得自己随时都有可能倒下去。这时候,放射科的赵主任匆匆地跑了出来,他一脸的紧张状态。他跑过来蹲在我跟前:"你怎么样,米大夫,没事吧?"

女人看见赵主任出来之后,变得更疯狂了,她的脚又开始要准备踢我了。薛凯玩了命地抱着她,生怕她冲过来把我打个半残。

赵主任站起身来朝女人大喊着:"行了,别闹了,丢不丢人啊!你不是就想看着我死吗?"

女人被赵主任吼得不再做踢腿动作,但是她的哭声并没有停止。

赵主任再次凑了过来:"现在感觉好点吗?"

我说不出话来,因为我开始恶心,我摇了摇手:"头痛,想吐。"我努力从嘴角挤出几个字。我心里意识到我可能脑震荡了。赵主任被我叙述的症状吓得慌了。

"这可怎么办啊,米大夫,要不我扶你去观察室躺一下吧。不会是脑震荡了吧?"我朝他点了点头,赵主任搀扶着我站了起来。我控制不住地靠着他,如此的动作在外人看来的确是有些亲密,但是我们不是故意的,因为我不能爬着过去吧?

他一扶着我站起来,女人又控制不住地开始骂街了:"对,你带着你的狐狸精滚吧。我告诉你,我就不离婚,你也别做梦了,你以为这小妖精真喜欢你啊,她是在利用你。我要去告你们,我要去卫生局、卫生部告你们。"

我被扶着站起来,转身的一刹那,无意中再次扫视到了楚杰的脸。他的脸上没有了刚才的迟疑和疑惑,代替的是满脸的鄙视和不屑,一副由内心发出的轻蔑神情,叫人看了特别不爽,就如同我当初看他一般的目光。

{36}
这是误会

赵主任扶着我走进了急诊留观室,他跟急诊的同事打了声招呼,给我找了个最角落的观察床躺了下来。天花板依然在时不时地旋转,我的头也依然在阵阵的跳痛。

我刚一躺下,赵主任就开始拼命道歉:"对不起啊,米大夫,你看这事!总之是对不起。"

说实话就算我脑袋不撞墙我也不太明白他这说什么呢,他如此诚恳地道歉,难道那个高壮女人和他有关系?我开始试着捋清思路,还没开始细想,就看薛凯一脸不高兴嘴里还叨叨着什么似的走了进来:"那女人终于不闹腾了,不过我看她快哭背过气去了。也没人管管她,哭得好大声啊,劲真大,我这胳膊都快脱臼了。"赵主任一听到薛凯的话,只跟我说了句让我好好躺着,自己慌慌张张地跑出去了。

难道赵主任是那女人的丈夫?其实如此推断是最合理的,但是那女人穿着谈吐行为举止的确不像是一个科主任的妻子。如果只是按外形气质来说,硬把她和赵主任拉一家子去在我看来的确是有些勉强。

"露露啊,你这叫干的什么事啊?"薛凯的抱怨声突然打断了我思路。

我白了他一眼没说话,因为我一想说话就觉得想吐。

"这事让二姨二姨夫知道了,不得打死你啊,我说你挺大一姑娘怎么不找男朋友呢,你怎么干上小三这趟买卖了?是小三吧?不会是小四小五吧?"

"闭嘴!"我努力的从嘴角挤出两个字来。

"你不爱听我也得说你!咱们都是受正统教育出来的,不兴外国那套邪的,什么真爱无敌之类的,你看这有妇之夫是好勾搭的吗?一不小心连命都搭上了。你悬崖勒马啊,露露!"

"薛凯,你丫闭嘴!我他妈压根就不认识她。"说完我抓起观察床下的鞋朝他扔了过去。

"你扔鞋我也得说你,还能由着你的性子乱来吗?你不认识她,问题人家认识你啊,那大厅恨不得一万多人呢,她怎么不打我就打你啊?"

"薛凯,我求你了,你快滚吧,别跟苍蝇似的在这儿叨叨了。"

"还是心虚不是,不爱听就让我走。你要真没做亏心事,她都把你打成这样了,你怎么不想着报警啊?"

我激动地挣扎要坐起来,觉得薛凯总算机灵一回。

"对,报警,快报警,我怎么能被白打呢!快报警,我现在去验伤,我让她血债血偿。"我像是被突然点醒了,弄得薛凯半信半疑地掏出手机来:"我可真报了啊?我报了啊?"

"快报啊,一会儿她跑了。"

"不要报!"赵主任冲过来一把夺过了手机。

薛凯和我都被他如此闪电般的动作吓到了。

"米大夫,你别报警,算我求求你。这事咱们私了行吗?"

"私了？怎么私了？我跟谁私了？我跟你私了？"我好奇地看着赵主任。

"啊！就是跟我私了，刚才打你那个是我妻子。我带您看病，赔你医药费，你别报警，看在咱们是一个医院同事的情分上。"

站在边上的薛凯开始好奇地打量起赵主任来，估计他现在心里正想着，原来表妹就是跟他有一腿啊。

"赵主任，就算您妻子也不能随便打人啊！这亏着有人救我，要不我现在还能不能活着都另说了。"

"这是误会，米大夫，一个误会。"赵主任极力想解释，可是感觉他又有所顾忌，所以永远说的都是表面上的话。

这时候高壮女人低着头贴着墙走了进来，和刚才一脸杀气的模样完全判若两人。不过我一看见她的身影，还是十分忌惮的向后缩了缩。

"你快点过来，给米大夫道歉。"赵主任朝女人吼着。

女人小心翼翼地向我走来。

"你别过来，你就站那儿，大姐你千万别过来。"我极力阻止着那个高壮女人的靠近。

"对不起啊，大妹子，我真是让那小狐狸精给气着了。你说你跟她一起站楼道里聊天，我问放射科门口登记那人，谁是林逸，他给我往那边一指，我第一眼就看见你了，觉着你就像，然后就把你给打了。对不起啊，大妹子，你别报警抓我啊，我不是要打你啊。我是要打那姓林的狐狸精啊。"说完女人的眼泪一对一对地掉了下来。

"你说什么呢？我说就让你道歉，谁让你说这些没用的。"赵主任暴怒了。

"你干得出来还怕人说啊！你别以为我不会用手机，我就连字都不认识,我也看见你跟那狐狸精发的信息啦,啥激情的夜晚,什么就算暂时的离别也想着你的怀抱想着你的吻。你以为我是傻子呢?"

"你闭嘴,你闭嘴!"赵主任实在不知道要怎么办,气哼哼地夺门出去了,把他的妻子留在了我的床边。

我跟薛凯面面相觑,眼下更不知道如何是好。

"大姐,我们医院医务工作者都是实名制的,您看我这有胸牌,这上头有名字,你看清楚再打啊。你也不能人家指哪儿你打哪儿啊?"

赵主任的妻子哭得更伤心了:"大妹子,我真是气昏头了。我怎么知道我嫁了陈世美啊,原来我们家都是一个村的,他考的大专,我考的技校。我本来挺好的在我们县城当个技术员,他分配回县城我们结的婚。后来他又不乐意了,说要考研究生,他考上了就从县城里出来了。到这大城市他就开始嫌弃我,跟那姓林的小妖精勾搭上了。我们结婚都快二十年了,他突然跟我说离婚,说没有共同语言,我知道哪是没共同语言的事啊,昨天我偷偷地弄他的手机,果然让我发现了,我现在是杀了那妖精的心都有啊。你说二十多岁的一小姑娘能跟他一四十多岁的大老爷们吗,他就是个二百五,让人当猴耍呢!"

赵主任的妻子站在我的床边跟我哭诉着,她就好像是一台被按了开关的复读机,不停重复着自己怎么结的婚又即将被抛弃的事情。此刻的她再配上她一对对豆大的泪水,就好像祥林嫂一样的悲情人物,我突然觉得她很可怜。我特别想安慰她,甚至连我被打的事情都抛到脑后去了,我隐隐约约地觉得连赵主任都有些可怜,因为我似乎感觉到他如同是别人手里的一张牌,而且刚刚被打出去了,已经不会再起什么作用了。

  我没法判断林逸对赵主任是不是真心的,但至少她通知我她被报送读研究生的时候,我分析她的领导十分喜欢她这个条件是完全符合了。可是当时,她还告诉了我一件事,说她下个月要跟她的男朋友领证了,真是双喜临门。

{37}
做不成的狠角色

我火了,我大火了,还是一夜之间爆火的那种,我一不小心再次成了医院的风云人物。干吗啊这是,我的心理承受能力也是有限的,干吗老这么考验我的承受力啊?

我当了放射科赵主任的"小三"而被主任老婆暴打的光辉事迹传遍了全院的每个角落。于是我一在医院出现,就引来了各种 fans 的争相膜拜,经常听见耳边有窸窣的议论声:"就她吧?对,好像就是她。"

对,就是我!就是我被打了怎么样?你们有种也过来打我啊!心里拼命地呐喊着,却行事十分低调的在医院里匆匆穿过。好在,医院中几个重要的部门在此刻站对了立场,在精神上支持了我。

第一个,放射科。他们科的人其实人人都知道究竟是怎么回事,但是此事与科主任有关,于是所有人都选择了三缄其口。

第二个,妇科。我们科的人询问了是怎么回事之后,也都选择了相信我,因为她们坚信放射科主任不会这么不开眼地看上我这个没有女人味、嘴又坏的刻薄女人。

第三个,院领导。赵主任的老婆虽然没去卫生局、卫生部告状,但是她还是跑院领导那告状去了。于是,院领导把当事人叫到了一起谈判,除了林逸没来,因为她已经去继续深造了。党委书记安慰了我,说我的确是受了委屈,但是鉴于影响巨大,希望我选择息事宁人的态度,将此事大事化小,小事化无。

赵主任带着他的老婆隔三差五的就来给我道歉一次,还给我买了好多补品,再加上院领导出面,弄得我也只好把这口黄连硬咽进肚子里了。苦啊!太苦了!

当然,还有一个人行为上也选择了友情支持,那就是罗惠。不过当她听说了是怎么回事之后,开始忍不住大笑,最后笑得差点没背过气去。她笑到最后我都有点想跟她断交了。

"我被打成脑震荡有那么好笑吗?"

"对不起啊,露露,我就是在想,这人得倒霉成什么样,才能到你这境界啊。跟你一比,我怎么觉得我都不算什么了,啊哈哈哈哈。"说完她就又笑背过气去了。

我曾经试探性地询问了科主任,问她能不能给我算个工伤。科主任很真诚地反问我说:"你说呢?"

科主任的反问让我没了底气。

"你要是上班时间让病人打了吧,没准查个原因还能算个工伤。你说你上班带你们家亲戚看病去了,我怎么才能给你安个工伤啊?"

对,薛凯!就是因为有了薛凯这个倒霉亲戚,我才落得如此下场。薛凯见到我自知有些对不起我,所以他很给面子的没笑背过气去。不过我还是能看出来他在努力压制着想笑的冲动。

"妹,你知道吗,现在你在我们公司也火了,我们这两天没事老议论你。他们都拿你的下场教育女同事,都说就算当小三也一定别被正房发现。"

"我什么下场啊？我那是被冤枉的！你就不能帮我解释解释啊！"我一想到他们公司的人都在误会我，就控制不住的有些着急。

"我没解释，我解释不清楚。我跟着他们一块说你呢，反正他们也不知道咱俩是亲戚，而且楚老板也选择沉默。"

看书的朋友们，你们谁缺表哥吗？白送，真的！还搭一表嫂！老有趣了，带回去陪你们玩，肯定生活变得丰富多彩！

"妹，你说这真是人不可貌相啊。那天我看你求那熟人，挺秀气的女孩子，怎么能去当小三呢？也不能全怪人家赵主任的老婆，真把你们俩放一起，要是我也觉得你更像坏女人。"

咦？！这是谁家的表哥跑出来了？快点牵回去关起来，不然可能会出意外哦！

我不觉得这件事情要用好与坏来评价，这是一个赌局，整个赌局只有一个最大赢家，那就是林逸。她成功看出了科主任家庭里的隐患和内心的需求；她成功地让科主任喜欢了她；成功地让科主任冒天下之大不韪送她去读了研究生；而且我听说她还成功地和她男朋友领了证，虽然她男朋友也知道了此事，但还是选择原谅了她婚前的"小淘气"；而且她最幸运的是在恰当的时候，冒出个倒霉蛋替她挨了打。

我知道社会上一定会有这种狠角色，估计把她放在古代不是武则天也是慈禧式样的女人。

我其实很想像她一样，但我知道我做不成她。首先我没有她的外在条件，其次我没有她的心理素质，再次我没有她游刃于男性之间的那种高超技巧。还有最重要的一点，我们科主任是个女的，而且我敢肯定还将很长时间都是个女的，没准会长此以往下去。所以就算我怀有一颗伟大的抱负之心，也完全没有发挥的空间。

{38}
貌之真爱来临

突然接到了强子的电话,让我颇有些意外,他是李貌的哥们,我们也只不过吃个饭、扯个淡的交情,他怎么想起给我打电话了?

"最近见傻貌了吗?"

"没有啊。"

"他没跟你玩去啊?"

"他为什么要跟我玩?我们俩也没什么可玩的。"

"丫最近玩消失了,这一个多月都没消息了,也不接电话,就接了我一次还没两秒钟就挂了,说忙。也不知道现在还在不在地球上。"

"是吗?"强子说的这个消息倒是让我有点意外。

"那可能他觉得地球危险了吧。"我又开始跟他扯淡了。

"姐,你真逗,行了不说了,还以为李貌对你能好点呢,结果丫也不理你啊?看来咱们都一样啊。"说完强子就把电话挂了。

嘿,他这句话纯属较劲,可是却无端端地激起了我的斗志。

我的确最近没联系李貌,而且我很庆幸他也没联系我;我被打之后,很怕跟相熟的人来往,因为我可能会控制不住地讲述自己的悲惨经历,希望能得到社会的广泛关注和同情,但是往往发现结果都一样,大家看我现在活蹦乱跳的样子,似乎我讲述的悲惨遭遇就是个笑话,除了起到了让他们捧腹的效果,其他成效一概没有。

所以我控制着自己不去联系李貌,我怕自己也变成他的笑柄,那我可能在他的圈子里又火了。

我犹豫了一下,但是想到李貌消失了一个多月的事情,的确是有些不太正常,特别是强子那句斗气的话,也让我实在想试试我是不是如同李貌那些酒肉朋友一般,所以我还是掏出了手机给他打了电话。

手机响了三声,李貌接了起来。

"露露妹妹,太阳从西边出来了,怎么想起给我打电话了。"

"嗯,想你了。"

"是吗?我也想你。"我们俩停顿了两秒钟。

"太恶心了。"几乎又是异口同声。

"强子说你回你们星球了。"

"别理丫的,太烦人,老叫我出去。"

他这句话说得让我觉得有些奇怪,他也有烦人叫他出去的时候?

"你怎么了?"我好奇地问他。

"啊?嗯,嗯。"他没正面回答我。

"干吗呢?说你们星球的话呢。"

"露露,那个就是那个……我恋爱了。"李貌的话语里带着点兴奋。

"我被打了。"我也带着兴奋地说。

"我说真的呢,我真恋爱了。"

"我也说真的,我真被打了。"

"你被谁打了?"

"你跟谁恋爱了?"

"一个女孩,特别可爱。真的,我特爱她。"

"一个女人,特别壮硕。真的,我特怕她。"

我们俩都自顾自地说着自己的事情,完全没有对对方的事情上心。

"你真的被人打了啊?严不严重啊?不是开玩笑吧?"李貌先向我抛出了橄榄枝。

"嗯,还行,轻微脑震荡,加两个大嘴巴。"

"啊?这么厉害?是不是你又没管好你的嘴,说谁了?"

"要是因为我的嘴,你觉得我能活到现在吗?说话也不经过大脑。"

李貌听出了我带着怒气,"谁敢打我露露妹妹啊?走,哥带你出头去,还反了他了。"

"不用了,事都平了,我都忍了。"

"你真叫我去,我也不去,咱是守法的公民,咱不干违法的事。不过哥可以告诉你派出所在哪儿,绝不会让你迷路,妥妥当当的找对地方。"

"你仗义着呢,我心里跟明镜似的。你那恋爱对象怎么样啊?辣吗?"

"你别戴有色眼镜看人啊,我女朋友特别纯情,我铁了心了,就是她,不换了。"

"是你们星球的吗?跟你一块儿来的地球啊?"

"露露,你别这样,我没开玩笑,我说真的呢。我现在天天都在咒骂自己,被你说中了,我没想过我这么快就沦陷了。"李貌的语气里似乎也带着点怒气,我突然意识到,他也许真的恋爱了。"我知道你会这样看我,所以我一直纠结要不要给你电话,我怕你会嘲笑我,结果你还真嘲笑我。我其实特别想让你看看她,但是我怕你跟她说出我什么不好来。因为你是我朋友里最正常的一个了。别人我一个都不想让她见。"

我被李貌戴了顶很高的帽子,让我加上了某种使命感,我开始对我刚才的调侃态度感到有些内疚:"对不起啊,哥!你让我对你的思想跨度作这么大调整,我一时没适应过来,而且我也没见过你认真的样子,我这是第一次见,我要刚才说了什么让你不爱听的话,你别介意啊。"

"你究竟为什么被打?"

"误伤。"我简单地概括了事情。

"露露,看来我们有必要见面了,这一个多月来我们都发生了很多事情,咱们见面吃个饭吧,我带上我的女朋友,你讲讲你为什么被打。你也帮我看看她,我想听你的意见。你知道吗,我这些天甚至想到结婚了。多可怕的事情啊?可是我一想到能永远跟她一起,就忍不住地笑,所以你一定要帮我拿拿主意啊。"

我见到李貌女朋友的时候,真的有些吃惊。一双眼睛透着无尽的纯净,仿佛一下能看到心里一样。这女孩真的很漂亮,与李貌带过的所有女人都不一样,静静地坐在那里带着一种安静的美,大大的眼睛、高高的鼻子、白白的皮肤,长发披肩既干净又飘逸。对,李貌被这种女孩征服,那就靠谱了,我也感觉到他最终必定是要拜倒在这种女孩的石榴裙下。

我一走进餐馆,女孩就很有礼貌地站起来,是李貌强拉着她才又再次坐下。

"这是我好哥们,米露露,米大夫,我们俩特好,你别把她当女的啊,我们之间没性别。"女孩抿着嘴浅笑了下。

然后她依然很礼貌地跟我打招呼:"露露姐好。"

"你好。"我也很礼貌地朝她点点头。我想过了,我兄弟难得认真一次,我绝不能丢了他的脸。

"这是我女朋友,茹雨馨。"李貌继续做着介绍。

名字很好听,跟人一样,很有诗意,又仿佛有不食人间烟火的飘逸之感。女孩含笑的面容宛如春天的桃花,看了觉得暖暖的,甚至还带了一丝甜意。我忍不住的死盯着女孩的脸看,弄得她都有些不好意思了。她说她要去洗手间,然后起身离开了餐桌。

女孩刚一离开,李貌激动得不能自已:"怎么样?怎么样?露露,你觉得她怎么样?"

"我现在特别好奇,你到哪儿认识的这种女孩啊?你怎么能认识这种女孩呢?"

"缘分,不可不信缘!我去图书城想买我喜欢的乐队新出的CD,你猜怎么着,长成她这样的人,居然也喜欢摇滚乐,她刚好也要去买那个CD。我们一出手拿了同一张,然后互相看了一眼,我的天啊,我都快被电死了。"说完李貌陶醉在自己的回忆中。

"那我对她隐瞒你的放浪行径,是不是不合适啊?我都有罪恶感了。"我心里有些不踏实。

"我怎么放浪了?你千万别跟她胡说。"李貌紧张地坐直了身体,坚决的面容,不带任何玩笑之意。

好认真啊,认真得都吓到我了,认真到连我的玩笑话都听不出来了?

"她是做什么工作的?看着年龄可不大。"

"学生,大四,就要毕业了。学表演的。"

"学……学……学生?!"这个我真没想到,一个跟我同岁的男人在大街上跟一个学生一见钟情了？还打算要跟她结婚？这种事情我猜也只有李貌能干得出来。

"怎么了？你这么激动干什么？反正我现在心里都是她。"

"那她家里是干什么的啊？"

"不知道，我才不管她家里是干什么的呢，干什么的我都爱她，反正我就是她了。就算你现在说我们不合适，也没用，我心里都是她，装不下别人了。"

"你说这种话，我哪儿还敢再说你们不合适啊？李貌，我真羡慕你，心态真年轻，看着你又让我想起了我的大学时代，什么都不想，就想着爱。"

李貌眨巴了两下眼睛看着我："这是好话吗？没在哪儿藏着要骂我的话吧？"

我笑着摇了摇头："没有，踏实受用吧，夸你的。"

茹雨馨从洗手间回来，看着我们俩嘻嘻哈哈地说笑着，好奇地问："怎么了？这么开心？"

"李貌跟我这夸你呢，把我都听傻了。"我向她做着解释。

茹雨馨甜蜜地靠在李貌的肩膀上，李貌则顺势亲了亲她的额头。说实话我的鸡皮疙瘩又起来了，但是为了让李貌的女朋友觉得我是个正常的人，我强忍着要调侃他的心情，用微笑接纳了他们的甜腻。

我心里很羡慕李貌，不仅是因为他能找到自己的爱，还因为他居然还隐藏了一颗追寻纯净之爱的心，而且不受任何客观条件的束缚，如此大胆地面对了自己的爱情。

我早就猜到了，像李貌这种人一旦恋爱了，他的朋友就都要靠边站，他可能比真正的宅男还要宅。这样挺好，他终于不再风花雪月了。我很欣慰，虽然我知道他可能一时半会儿结不了婚，但也总比他从前的夜夜笙歌强吧。

  我选择不去打扰他,让他好好体会他的那份纯净之爱。因为像他现在心里的那种爱稍纵即逝,等你发现的时候,那种不带杂念的感情可能早已经离你远去了。

  两个月之后,我接到了李貌的电话:"露露。"他轻唤着我的名字。

  "啊?怎么想起给我打电话了?不会是通知我你要结婚了吧。"

  死一样的沉静。

  "怎么了?李貌,不舒服吗?"有种不祥的预感。

  "你明天有空吗?"

  "明天是周四啊,我要上班的。"

  "你能请假吗?陪我去个地方吧?"

  我犹豫着,我知道李貌有事,我也知道可能是严重的事,但是像他这样的幼稚男,那事是不是真的严重到需要我请假陪他,我还很怀疑。

  "能跟我透露一下要去干什么吗?"

  "雨馨,要跟我分手。"他缓缓地说着,"她说我们不合适。"

  "你小子是不是做了什么对不起她的事了?"我的语气中忍不住地夹带着些许怒气。

  "我不知道算不算对不起她?"他的语气里带着点点的委屈和颤音。

  "肯定是你做什么了,你是不是背着她搞别的女人了?李貌啊李貌,你什么时候能长大啊?"

  "她想演一个偶像剧,如果可以赞助60万,她就能有个女D角的角色。我答应她会帮她想办法,我去找我爸要钱了,我爸不同意,结果她没拿到那个角色。现在我真的挺内疚的。后来她对我的态度就不太好了,上星期她跟我说不合适想分开,我想可能是因为我没尽到一个男朋友应尽的责任。现在我们快两星期不见了,她也不接我电话。我听说她明天有个广告面试,我想去见见她,可是我怕我做出什么冲动的事情来,所以你能陪陪我吗?"

"好,我陪你。"

{39} 被教育的幼稚男

听了李貌简短叙述的理由,我毫不犹豫地答应了他。挂了电话之后,我心里隐隐约约的有些难受,我甚至有了一点点后悔。在他义无反顾地沦陷进他的"真爱"之中时,我没有提醒他社会其实有多么的现实,他所追求的那种无条件无顾忌的爱,可能在现实的社会中已经不存在了。

我看着他幸福的笑脸,有过一丝期许,希望他是个老天的宠儿,能受老天眷顾,赐给他一份难得的真感情,我希望他能帮我实现这个愿望,因为我实在是想通过他证明其实只为了爱,也是可以得到幸福的,因为我自己真的做不到了。所以我做不成如李貌般那么纯粹,我希望他能做到。不过看他的境遇,让我感觉到自己的这点希望就要落空了。

"露露,如果我一会儿情绪太激动了,你一定要想办法让我冷静。"李貌一边开着车一边嘱咐着我。

"嗯。"我平静地回答着他,眼睛死死盯着他控制着方向盘的手,因为我发现他的手一离开方向盘就开始控制不住的微微抖动。我知道他此刻是在极力压抑着情绪里的愤慨和冲动。车速虽然不快,可是却让我万分紧张。"女人是小事,命才是大事",不知脑子中为什么突然冒出这句话来。

他把车停在了一个豪华的写字楼前,停靠进了一个角落的停车位里,那个停车位刚好能看见写字楼的大门口,他熄了火开始做起深呼吸。

"我们下去吗?"

"不,我们在这儿等。"

"不去找她吗?"

"不要影响她面试,她面试完了会从这儿出来的。"

"是她跟你说今天要面试的吗?"

"嗯,我昨天想约她见面,她说见不了,说今天是厂商、广告公司和她的三方面试。"

"那要是她骗你呢?如果今天没来呢?"

"她不会骗我的!"李貌突然向我暴怒地吼叫起来。

我赶忙伸手向他示意,表示我说错话了。然后我很安静地坐在车里跟他一样盯着门口。我看了眼手表,已经接近十一点了,我开始有点害怕茹雨馨真的在这儿,因为我不确定我能控制住李貌的情绪。

"对不起啊,露露,我太激动了。"李貌的眼睛盯着大门口,嘴里小声地叨叨着。

"没关系,不过你真的需要克制。"其实我还想说很多让他看开的话,我想让他做最坏的打算,比如面试不是今天,比如面试不是这里,再比如根本就没有面试,她只是不想见他。当然还有更坏的,更坏的……也许就是眼前的景象了吧。

茹雨馨挎着个发福的中年男人,从写字楼里有说有笑地走了出来,满脸的幸福,她时不时靠在中年男人的肩膀上,而中年男人也如李貌一般亲吻着她的额头,然后他们相视而笑。这场景实在太狗血了,我脑子里曾幻想过这个场景,但是我一直告诉自己这是电视剧里才有的情景,现在证明原来电视剧真的是源自生活,事情总是演变不出人们的猜想,而且我越怕什么就越来什么。

李貌的脸变了色,他开门从车上下去。我紧张极了,用比他还快的速度跑下去。他的脸完全是一种铁青色,他一下车就狠狠地将车门摔上,那力道仿佛使汽车都晃动起来。李貌的手攥成了一个拳头,他开始缓缓地向茹雨馨移动。我冲了上去拼命拉着李貌的胳膊:"兄弟,兄弟,冷静啊,冷静啊!"然后我使劲地向反方向给他施加力量。

很快,茹雨馨和中年男人就看见了我们满脸怒气地朝他们走去。那中年男人一看就是个经验老到的老江湖,刚刚的笑容换成了一脸的傲慢神情。他在茹雨馨耳边说了两句话,然后就离开她,走进不远处一辆豪华的宝马七系轿车里去了,而且那辆轿车还配备了专职司机早就在那里等候他们了。我一看这阵势,就算打架也不是个啊,人家是两男一女,我们这才是一男一女。而且我也刚从拳坛败下阵来,一时半会儿根本就没有跟人切磋武功的想法。

李貌的胳膊上挂着个我,他几乎是把我拖到茹雨馨面前的。茹雨馨的表情很平静,丝毫没有内疚之意。

"你还是来了。"茹雨馨露出了她甜甜的微笑。

"露露姐姐,你好。"然后她依然很有礼貌地跟我打招呼。她如此这般的有礼貌弄得我都有些措手不及了。

"你……你好。"我依然在李貌的胳膊上使着千斤坠。

"你面试成功了吗?"李貌的声音显得很平静。

"是啊,这是之前谈好的事情,今天只是谈方案,广告公司是要听我的意见为我量身打造的。就是他们公司的产品。"茹雨馨朝宝马车的方向笑了笑。

"为什么这么对我?"李貌一脸疑惑地看着茹雨馨。

能换个台词吗?李貌!我心里忍不住想笑,如果你见她是为了问这个问题,那我都能回答你,刚看到的场景和她说的话不是一切谜底都揭开了吗?何必问这么愚蠢的问题呢。

"李貌,别这么幼稚了。"茹雨馨长叹了口气。

靠,太犀利,果然一句切中要害啊。

"你真的觉得我大学一毕业就会跟你结婚吗?"

爽,这句话问得真到位。等等,我究竟是哪边的。罪过,罪过。

"是我做错什么了吗?"

茹雨馨一边笑着一边无奈地摇着头。

"这里面哪有什么对错啊?你没错,你很好,而且对我很好,不过我也没错,我自己这么认为。我只是在做我想做的事情,我还这么年轻,刚踏入社会,我有很多很多的梦想还没实现呢,我不可能一毕业就去结婚生孩子的,我要为了我的梦想努力。现在这样对我来说真的是个机会,你不知道我那些同学有多羡慕我呢!"

"我们可以先不结婚,不生孩子啊。"李貌停顿了几秒钟,"你是不是因为我没帮你拿到那个角色?"

"那个角色我拿到了,是B角。他帮我拿到的。"茹雨馨再次看向了宝马。

李貌的脸上一副错愕的神情,于是他慌了:"我条件很好的,我们家条件也很好的,你跟我在一起,我绝不会让你受半点苦的。"他终于意识到要说"条件"这两个字了。

可是茹雨馨此刻看李貌的表情就好像在看一个疯子。她不理解李貌提出的任何一个问题,说出的任何一句话,她的脸上只有无奈的笑。

"你走吧。"我忍不住插话了。李貌转头怒目瞪着我。

"你的老板在等你!"我没有理会李貌,我看着茹雨馨叫她离开,而那辆宝马车也在恰当的时候按了催促的喇叭。

"露露姐,你懂我吧?"茹雨馨像看救星一样地看着我。催促的喇叭又再次响起。

"你好好劝劝他啊。"说完茹雨馨转身疾步地向宝马车走去。

{40} 难理解的女人?

李貌还想要追随着茹雨馨,因为他的脸上始终是不解的神情,我则把我千斤坠的功夫用到了极致。我想,要不是李貌的胳膊上挂着个一百来斤的我,估计他现在早就冲到宝马车前面去了。

"行了,李貌,差不多了,再这么下去就太没意思了。"我极力劝解着他。李貌终于不再做冲不出牢笼的困兽了。我也终于不用彪着他的胳膊使劲了。

他站在那里看着那辆车从我们眼前开走,"你 TMD 为什么让她走?"李貌开始朝我歇斯底里地咆哮了,我知道我会是个出气筒,不过我还是为他突然的爆发吓了一跳。

"其实你今天来,就只问她一个问题就好,你就问她还能不能跟你在一起,如果她说不能,你真的不用问其他的了。"

"我就是想知道为什么!"

"为什么都摆在你眼前了,还用问吗?"

"就是因为听你的,我就认真了这么一次,结果就是这个下场。这就是认真的下场,看见了吗?"李貌的质询让我无言以对,他的问题不在于他的认真,而在于他选错了认真的对象,他之所以不能理解,是因为他的思想里依然是原来那个以自我为中心的人,他没想过茹雨馨需要的是什么。所以他用自己的感情去要求别人,但是别人做不到他那样,所以他不能理解了。

"你们女人是不是都这样?在你们眼里男人是不是都是拿来利用的对象啊?"

"打击面太大了啊!你不能因为受挫一次就一棒子打死所有的女人。"

"她说你懂她,你懂她吗?"

我低头沉静了片刻:"我能理解她。"

李貌的脸上带着一副不屑的神情:"所以我说你们都是一样的。要是你,你也会这么做吧?"

"李貌,不同年龄,不同环境,不同教育,不同职业的人想法是不一样的。茹雨馨她还年轻着呢,她的想法还在飘呢,你非拿根绳把她拽下来,你觉得她能高兴吗?她现在把想出名、想发展她的演艺事业看得比什么都重要。她选的路并不那么好走,可能她心里并不喜欢那个男人,可是她为了她的梦想还得装得很喜欢。我比她幸运多了,我目标没定那么高,所以我不用非逼着自己跟不喜欢的人在一起。没准那男人很快就不喜欢她了,而且就算她演了B角也不一定会红,这是她拿自己博出来的机会,这代价真挺大的。你就别对她耿耿于怀了,放过她也放过你自己。"

"对,为了她的事业,放弃了我跟别人跑了,你还在这儿替她解释?"

"你别跟自己较劲了行吗?你是不是觉得让人甩了特别不甘心啊?你没输给任何男人,你输给她的梦想了,而且任何男人都斗不过这件事,包括刚跟她一起坐车走的那个。还有,你要是再无端指责我,我真跟你丫急啊。"我不会跟他急,但是我觉得他太磨叽,似乎掉进了一个循环里永远出不来。

"露露,我觉得特别憋得慌,心就像被掏空了一样,全身都没劲,这种感觉你有过吗?"

他说这话的时候我脑子里闪过了祁函的影子,和他走的那天我站在塔楼上望天的心情。

"嗯,有过,很短暂。"

李貌似乎并没有打算离开。他朝着写字楼门口上钉着门牌号的一块铜牌子走了过去,他看着那铜牌子沉默了一会,然后他开始拿头去撞它。我站在他旁边看着他,并没有出手阻止,我知道他在发泄他的情绪。保安探头探脑地张望着,他在犹豫要不要出来制止李貌。我祈祷保安不要过来,不然他将变成这块铜牌子。

在李貌拿头撞了铜牌子第六次的时候,我出手按着了他的头:"差不多了啊,再撞这牌子就该坏了,还得赔人家。"

李貌忧伤地看着我:"我还难受!我想哭。"

我转头看了看四下:"哭吧,我替你把风!"

李貌突然一把抱住我大哭起来。他要抱着我哭这事把我弄得有点措手不及,说实话我没太做好心理准备,因为站在大街上这姿势也太暧昧了。不过我知道,我也不过就是个暂时的精神依靠,如同人在站立不稳的时候需要扶一下柱子靠一下墙。

李貌号哭了五分钟,然后他突然停止了哭泣,我感觉到他抬头看着前面说了句:"你有事吗?没事别瞎看了,没见过人哭啊?"他这是在跟谁说话呢。

我突然转过身来想看看谁站在身后,OMG,真的有必要这样吗?身后的那个人就是我在北京城里的克星,那个我干点什么倒霉事都能让他逮个正着的男人。从此时起我决定了,以后就算我上个厕所,都要先开门问问清扫人员:楚杰在吗?

此刻楚杰的表情简直复杂极了,他就站在我身后不到一米的地方紧紧地盯着我,然后又时不时地抬眼看一下李貌。突然忍不住轻蔑地笑出来,并伴着他不时摇动的头。

"米大夫,您还挺博爱的,上次是在医院让别人老婆追着打,现在又跟个小男生在大街上抱着哭。您也真算是人不可貌相了。"说完他继续摇他的头,脸上依然挂着那种难以琢磨的笑,用极其微小的声音自语着:"现在的女人都怎么了?"

卡,卡,卡,导演你给我出来一下,编剧呢?人呢?这是什么情况?这段是该他出场吗?没搞错吧?

{41}
武力冲突

楚杰并没有在门口多作停留,他只是丢下了他对女性这个物种抱怨的话,然后就往停车场他那辆黑色陆虎走去。

我觉得楚杰跟平时不太一样,像他这种长年在江湖上摸爬滚打的人怎么也跟李貌似的,留下了不负责任愤青似的评论,甩头就走了呢?

"你认识他啊,露露?"李貌不哭了,他在怒目盯着楚杰的背影。

"嗯,认识,结过个梁子。"这句话音刚落,李貌像是找到了新的发泄口,疾步向楚杰追了过去。

"不过后来算是化解了。"其实我后半句是这个,不过李貌没等我说完就已经冲出去了。等我意识到有可能要发生一场暴力流血事件之后,我也跟着冲了出去。李貌这是谁家孩子啊,真不让人省心,他不打人或者不被打今天这坎过不去是怎么的?

李貌冲上去一把钳住了楚杰的胳膊,嘴里还骂骂咧咧的:"你丫别走,谁 TMD 允许你说我露露妹妹的。"

楚杰被这突然的袭击,弄得十分疑惑。他看了眼李貌,又看着李貌死死钳着他小臂的手。

我拼命发足追了上来,刚一站定就看到楚杰带着更轻蔑的面容询问我:"米大夫,这是怎么回事?"

我跟你说啊,这是这么回事:这男人刚失恋,刚好你倒霉出现,丢了句他不爱听的话,所以丫想拿你出气发泄一下,你乖乖站好让他打一顿就没事了。事实虽然是如此,但是我能这么说吗?而且战事一触即发,我的首要责任是要请双方保持克制。

"不是,这事吧,比较复杂,基本上属于一个误会。"说完我使劲拉着李貌,"李貌,松手,别犯病了,快松手。"

"不行,你得给露露道歉!你不道歉今天别想走。"李貌这摞着狠话,怒目瞪着楚杰。

楚杰又乐了!你丫真别乐了,你都快被打了,你还乐,你一乐特招人烦。我心里忍不住地冒着这些想法。

"米大夫,你这小男朋友还挺护着你的!看来您这情商挺高,把这男人驾驭得不错。"

"你说什么呢,你?我看你丫欠揍。"说完李貌真的挥拳了。他用他那只空闲的右手攥紧了拳头朝楚杰的脸部砸了过去,但是拳头只挥到一半就被楚杰用他空闲的左手钳住了手腕。李貌想要把手抽回来,不过看来楚杰还是有把子力气的,把李貌的手钳得死死的,远远一看就像两个在玩拉大锯扯大锯的男人。

"嘿,你丫松手。"李貌依然努力扯着他的手。楚杰脸上的笑消失得无影无踪,他的眉头微微地皱在一起,眼睛一直盯着李貌,余光扫视着我。

而我此刻一直在对他们互相钳制的胳膊使劲,想要试图分开他们:"松手,松手啊,和气生财,和气生财。"

楚杰的脸严肃极了,我看出他变得很不高兴,他用带着怒气的口吻对李貌说:"你心里有什么不痛快,你可以拿头撞墙,你别想拿我当出气筒。"

嘿,别说,丫是挺犀利的,一眼就看出李貌是因为心里不痛快想拿他当出气筒啊。但是,他已经撞过墙了,没好使,所以现在才选择了你啊。

说完,楚杰那被李貌钳住的手腕努力一翻,刚好让李貌抓他的手别了劲,李貌只好松开了那只手。楚杰也顺势松开了他抓着李貌的手,然后轻轻一推他,两人总算分开了。李貌好像还有些不甘心,还想做势继续去抓他,于是我手疾眼快的给李貌的上身施加了紧箍咒。

"别闹了,别闹了啊,饿了,该吃饭了。"我用双臂死死地箍着李貌,避免他再冲上去。

楚杰看着李貌,语气里透着坚定:"大街上打架这种事,我十五年前就不干了,所以你最好保持克制,我这人胆子特别小,你要是再伸手抓我,我就报警。听明白了吗?"说完他转身走了,在他开车门要上车的那一刻,他依然不忘向我投来那种不屑的目光,只不过这次的目光里还带着愤怒。然后我就听见他重重地关了车门,然后猛踩油门将车开走了。

李貌没发泄成,倒让他觉得更憋气了。于是我顺理成章的再次成为了出气筒。

"松手!"李貌大叫着。我赶紧松开了箍着他的手:"你这是干吗啊?我这替你出头,你倒好,圈着我干吗啊,你应该抱着他去,然后我就能揍他了。"

"别了,我就请了一天假,我没打着还得蹲派出所的富余。"

"你看你那怂样!要不你怎么在医院被人打呢。"

"嘿,骂人不揭短啊,咱是文明人,从来都是说服教育。武力征服得了人的身体,征服不了人心啊,李貌。"

"你就是怂人一个,别他妈废话了。"

"妹,你干吗呢?没事吧?"薛凯的声音传了过来。

我侧头一看,薛凯站在旁边正好奇地打量着李貌。

"没事啊,你怎么在这儿呢。"

"哦,吓我一跳,我看你这跟人在大街上吵架,我以为你又招着谁了呢,怕你挨打啊。这就是我们公司楼下啊。楚老板今天放我们假了,说没事都可以走了。"

我抬眼看了眼这写字楼,终于知道为什么会在这儿碰见楚杰了。

"你们老板今天还挺好,大赦天下啊?"

"什么啊,他今天是让气着了。我们刚才开会差不多快被所有部门挤兑了,一笔生意出了点问题,大家都被连累,最后都说是我们销售部门没做好工作。憋屈死我了。楚老板一生气,开完会就说,没事就都走吧,然后他自己就先走了。他是谁啊?"说完薛凯拿手指了指李貌。

"他是我一个哥们!李貌。"

"哦,哥们你好。"说完薛凯握住了李貌的手,"我是露露的亲表哥!我叫薛凯。我是 AT 广告公司的销售代表。"说完薛凯就要掏名片。

"行了,行了。别掏你那破名片了。你看他像要做广告的人吗?"

"这可保不齐,他不做没准他亲戚朋友做呢。"

"他这种顶多做个寻人启事,跟你们关系不大。我不跟你说了,我们要吃饭去,饿一天了。"说完我拉着李貌走了。

"等等,带我一个!我也饿一天了。"薛凯大叫着追了上来。

{42} 本末倒置?

有便宜不占王八蛋,估计这是薛凯人生中行事的第一准则,所以绝对不能低估他在这方面的能力和厚脸皮,一听有饭吃就算他吃撑了估计也会跟来,看还能往里再塞点什么。

李貌一直不说话,满脸的颓废面容,佯装忧郁王子,看了叫人实在心烦。有几次我恨不得抽他两嘴巴,让他别一副要死不活的样子,堂堂一个大男人还没我行事雷厉风行呢。不过可能罗惠曾经给我的评价是对的,我是个冷血女人。

薛凯在我耳边小声嘀咕着:"你这哥们他怎么了?我真想把他脸挡起来,都让我想起我去世的奶奶了。"

"失恋了,让人给踢了。"

"嗨!我当什么事呢。人生在世谁不被踢几次啊,不被踢哪儿找得到合适的啊。你原来被那个祁函踢的时候,我也没看你这样啊,就没看你忧郁过,一见我还能把我骂得跟三孙子似的呢,你那恋爱谈了快五年吧。"

李貌一直的沉默终于被薛凯的八卦嘴给打破了。

"露露,你还有这么段悲惨经历呢?怎么没听你说过啊?五年啊？那我连五个月都没有,你早跟我说这事啊,你要早说我就不这么难受了。原来你才是最惨的那个。"李貌终于找到了个垫底的,让他觉得舒服了点。

我则转头怒目瞪着薛凯:"你丫要再胡说八道,我把你骂成四孙子!"

我们三个人来到一家很有名的川菜馆,已经快下午三点了,餐馆里几乎没什么人了。我们三个一坐下来,服务员拿上了厚厚的菜谱。我翻看着菜谱那些色彩鲜艳的照片,觉得哪个都想吃。

"我跟雨馨以前也老来这个餐馆吃饭,她就特别喜欢吃这家的菜。"

"那怎么着?咱换地儿?"

"不用了,不是这家,是她们学校附近的那家连锁。"

"来一麻辣毛血旺。"我才不管他呢,我已经开始点菜了。

"她以前最爱吃这个。"李貌的眼睛开始泛着泪光,隐约觉得眼泪在他眼睛里打转。

真他妈闹心!这菜要真端上来了,他还不得一边吃一边哭啊。

"不要了,把毛血旺换水煮鱼吧。"

"水煮鱼也是她的最爱。"李貌的声音里带着颤音。

"那香辣蟹?"

"这个我们也常点。"一滴眼泪顺着他的眼角流了下来。

靠,我猛的将菜谱合上!看着服务员:"给我们上三盘土豆丝,一盘醋熘两盘尖椒,再来三碗饭。没了,就这些。"

"这行吗?"我看着李貌,他忧郁地向我点点头。

吃饭的时候薛凯一直抱怨:"早知道,就混盘土豆丝我就不来了,公司茶餐厅来份套餐也比这强,好歹还有个荤的呢。"

"活该,谁让你非得跟来呢。"

"哥,等哥们心情好点的时候,再请你吃别的啊。"李貌在那叨叨着。

"你可千万别跟他许愿,他能天天追着你问你什么时候请他。"我赶忙警告着李貌。

"哎,你们到底为什么被别的部门挤兑啊,干吗说你们销售没做好工作,不会是你的事吧?"我一边吃着我的土豆丝一边询问着薛凯。

"我哪够级别啊?我要真够那级别让我去担责任,那你哥我就成事了。"虽然薛凯抱怨着我点的菜,但是他依然半口不落地往嘴里塞着。

"一个老客户,是楚老板的熟人,就认楚杰。楚杰当业务员的时候,他公司规模还小呢,那时候就是楚杰拉来的客户。现在那人生意越来越大了,广告一直交给我们公司做,这上半年的电视和平面广告都设计好了,当时他点名要一个二线小明星,是楚老板亲自去跟经纪公司联系的,什么都说好了,谁知突然打电话又说要换人,他这一说要换人,我们这儿设计啊策划啊全得改。快七年的老客户了,又不敢得罪,那边经纪公司也怒了,又不敢告厂商,怕以后不找他们的艺人拍广告了,只好说要告我们。本来还想着是不是那些设计只要改个人就行了,结果今天那老板带着他那新相好的来了。好家伙,别看那小妖精岁数小,听说大学没毕业还在上大四呢,来了给我们的计划提了一堆毛病,说了一堆要改的地方,什么这不适合她那不适合她。后来一看,差不多所有的计划全得重做,哎,你说现在这小妖精怎么傍上个大款就跟自己要升仙似的呢。不过也别说这个,人家老板真大方,说了要改就改,不差钱。后来我看我们楚老板那脸气得快成紫茄子了。人家老板走后,我听说各部门全都给气得够呛,都去问楚杰,这不是你的老客户吗,怎么这样啊,你最好打听打听他最近还换不换女人了,要不还是白干。"

薛凯一口气把事都说完了,然后继续吃他的土豆丝,听得我是满脸冒汗啊,越听我越觉得他嘴里的小妖精是茹雨馨。我不时地看李貌一眼,怕他听出端倪来,再来个伤心落泪哇哇大哭什么的。

李貌忧郁的脸庞已经不再忧郁了,他放下了筷子,眼睛放空地盯着前方。突然他抬头看着我说:"她是妖精吗?"

"啊?"我被他突降的问题,问得不知所措。

"原来在别人眼里她是个妖精?可是我一直把她当仙女。看来从头到尾都是我蠢啊!我对妖精认真我还想要什么结果?"李貌喃喃地自语着。

"你这哥们他没事吧?"薛凯被李貌接近痴呆的表情吓了一跳。

那时候我也终于明白了楚杰为什么那么生气,为什么会看见我跟个貌似小男人的男人抱在一起那么不屑。还有他为什么忍不住要对女性抱怨一下了。

几个世纪了,都是女人在抱怨男人的放浪不羁、玩世不恭、招蜂引蝶、玩弄女人的感情,现在终于轮到男人抱怨女人了?

{43} 人生无处不超市

　　李貌很快就恢复了,这是让我没想到的。看他当时要死不活的样子,我以为他起码要重伤个半年。可是不到半个月他就恢复得如同当初一样,甚至恢复得比当初还大发。基本上我要是晚上九点之后打他电话,他几乎全在夜店,不是听见震耳欲聋的音乐,就是女孩们微醺和挑逗的笑声。

　　出于一个朋友的道义,我很担心他,我怕他被酒精麻醉到中了毒,身体抗不住如此消耗到精尽人亡了。不过我觉得他现在对我的话特别不在意。

　　"我现在想明白了,这才是我的生活。我不能自己待着,太难受;我也不能认真,太受伤! 不认真的男人 VS 不认真的女人 = 快乐。有任何一方变认真了就是悲哀;我现在就是这么想的。"李貌如此回答我的劝解。

　　"那你就用认真 VS 认真不就完了吗?"

　　"人心叵测啊,表面装得都好着呢,谁知道真的还是假的。我是没那脑子,我也不费那劲了。"

　　"要不你跟我混吧,你那社交圈都太闹腾,把你都带沟里去了。"

"拉倒吧,你那社交圈倒消停,要不你怎么现在都找不到男朋友呢!我现在挺好,起码身边不缺女人啊。"

无言以对!也是,自己也没好哪儿去,还好意思说别人。我也只好丢下最后一句关心的话:"那你多注意身体啊!"让他好自为之了。

其实我这人的社交圈是很广泛的,除了平时跟同事们聊天拉家常,也经常跟院子里的大爷大妈们聊聊超市的打折商品,看看大爷们的棋局,在旁边乱支两招,当然最后都被轰走了。我还喜欢跟院子里的小朋友玩,不过以前我一出来,小朋友都高兴地喊着"露露姐姐来了",现在我一出来小朋友们都争先恐后地喊:"露露阿姨来了。"是啊,早前管我叫姐的小朋友,现在恨不得都上中学了,悲哀啊!

我还有一个更庞大的社交圈,那就是我的米氏和王氏两大家族的人们。与我年龄相仿的这票人,多多少少得有二十多人,不论辈分高低,我说话还是举足轻重的。我一出现,他们人人都给我三分薄面。我细想过了,没找我开过假条的数得出那么几个,什么开个小药、感个小冒的,他们也首先想到的是我。可见我的地位不一般吧!

在我的家族里,我有一个死忠的FANS,她叫米新月,是我二大伯的小女儿,她对我简直崇拜到了极点,我也不知道这是为什么。反正就是他爸妈说话不好使,我一说她麻利地办去,所以她要是犯个拧什么的,她爸妈第一个想到的就是我,一准给我打电话让我收拾她去。

她说她崇拜我,这我真难以理解。我曾让她看清楚,我是米露露不是居里夫人。她说她不崇拜居里夫人,但是就崇拜我。嘿,这林子大了什么鸟都有,还能碰上个不开眼的堂妹整天惦记着能跟我一样呢。

她高考的时候死命要考医学院,我夸过她,说她比我有爱心,就为了能当救死扶伤的白衣天使。而我当时猥琐的小想法实际是为了靠白衣天使的外表找个不错的男人,而且我也得到我应有的报应,一直找不到个男人。她说她不是为那些,她是为了能跟我一样。像我?像我很好吗?嘴坏又刻薄没男人爱啊,一说出去就是个硬伤,没男人缘的女人还能称之为女人吗?她说她不觉得,她觉得我行事很有想法,想好的事情就会去做,做事特别果断,从不拖泥带水,没那么多矫揉造作的思想。虽然说话是直,但是从来都是出于善意,有时候人们就是需要善意的直话骂醒他们。

是吗?我都达到这么高的境界了?我自己怎么不觉得呢?不过一直被她夸倒是挺受用的,行吧,那我就承认了吧!

她跟我说没男人爱,没关系!她会陪在我身边不离不弃,等我老了,她照顾我,为我养老送终!我靠,你丫真就比我小五岁,谁先终还真说不定呢。这死丫头!

不过后来她没考上医学院,她考到了广播学院学类似后期制作的一种专业。那阵儿我一见她,她就泪流满面的跟我说她考试的时候哪儿没发挥好、基本功不扎实之类的,非要复读一年。是我及时地喝止了她,让她把自己当作一颗小恒星在无尽的黑色天空永远闪着自己微弱的光,我一抬眼就能看见她在那儿。但是其实我当时是这么说的:"你姐我做梦都想去电视台里头参观一下,你考了这专业万一将来你真去了电视台工作,不就替你姐把这梦圆了吗?"于是乎,米新月为了圆我的梦,毅然决然地去了广播学院。而且更神奇的是,她今年毕业,真的让她找进了电视台,当了个幕后的小编辑。虽然听说是比芝麻还小的那么个岗位,不过也让她兴奋很久。而且她单位的待遇真比我好个百八十倍吧。所以二大妈和大伯特别感谢我,小月则一心想着混熟了带我去参观一下,好让我圆梦。

这天我们俩约在一起去逛超市,这是我最喜欢的娱乐项目。我站在货架前看着那些诱人的饼干,还是夹着不同的心的,一直犹豫着。小月不说话就静静地站在旁边等着我,因为她知道她堂姐就这么点爱好了。

从我的余光里,我看见了个熟人。我看见罗惠跟一个高个的、戴眼镜的男人手牵着手从过道里走了出去。难道是我看错了？罗惠交了新男朋友了？那她怎么不跟我说啊？这也太不够意思了！我心里有点难过？但是觉得特别不甘心,我很想去确认一下,到底刚才跟男人牵手走过去的是不是罗惠。我把抱着的所有饼干放到了小月怀里,帮你姐抱着啊,我碰到个熟人,我去看看是不是她。

"哦,好！那饼干你要哪种啊？"

我看着小月怀里的饼干,犹豫着:"你先抱会儿,我五分钟就回来,你帮我看看哪个热量低点。马上,马上啊。"我一边说着一边追了出去。

我很确信那就是罗惠！黯然神伤啊,我们这么好的关系,她找了男朋友都不跟我说,难道是因为我对她的第一次婚姻没起好作用？那个高个男人架着一副眼镜,五官很端正,一脸文质彬彬的样子,一看就是个读书人,而且还特别眼熟,好像在哪儿见过似的,但是一时说不上来。我想叫她,但是想了一下还是觉得太唐突有些尴尬,所以我带着失落的心情回到了超市里。我的心情挺不好的,因为自从罗惠离婚以后,我几乎一想起她就觉得会吐血。我曾经做梦梦见被小鬼抓走了,要给我上刑,说我间接破坏了别人的婚姻。我把我的社交圈全都通知了遍,让他们帮我的朋友找个男朋友,不过也都石沉大海了。

我回来的时候发现小月真的还站在那儿,眼睛盯着那些饼干看,她的身边还站着个男人,像是在跟她说着什么。

"李貌?! 你怎么在逛超市啊。"

小月抬头看着我像是看到救星一样,朝我奔了过来。忽然站到我身后去了,小声嘀咕着:"姐,你可回来了,碰到个神经病烦死人了。"

"我来买饼干啊?最近你都不给我打电话了啊。"李貌站在饼干架子前看那些饼干。我想了想,的确有十多天没问候过他了。

"姐,你们认识啊?"

"是啊,认识。"

"刚才我站在那儿帮你看饼干,他一个劲儿说我抱太多了,会掉的,让我放回去,要不他帮我抱。我跟他说不用了,他跟我说你这小姑娘挺有意思,怎么这么拧啊,还非要从我怀里把饼干拿走几包,急死我了。"

李貌在边上听着她的小嘀咕,忍不住乐了:"你抱着十几包饼干,掉了摔碎多不好啊,你还那么认真地读那些成分,小姑娘真逗。我是为你好。"

我抱过小月手里的饼干,然后靠近李貌用几乎快贴住的范围用极其微小的声音跟他说:"这是我妹,你小子不是要搭讪她吧?千万别动什么歪脑筋啊。"

李貌也很低声地跟我说:"一分钟前有过想法,现在一看见你,知道是你妹,任何想法都没有了。不是一个流派我不碰,她肯定跟你都是认真流的,我怕。"

"孺子可教啊。不过我看你这两天可有点瘦啊,注意身体啊。"我继续跟他小声地接着头。

李貌哈哈笑出来:"我就知道你丫嘴里没好话,别担心了,你兄弟身体结实着呢。"

我的心里有些黑暗,特别是对李貌这方面,我一方面想让他按我说的那样重新学会认真;但是另一方面,这个让他重新学会认真的人,绝对不能是我的熟人!绝对不能!

{44}
不愿透露的恋爱

我强忍着给罗惠打电话询问关于她新男友具体情况的想法,我就要赌这口气,我倒要看看她什么时候才告诉我关于她和她新男朋友的事情。我甚至在医院里碰到她也只字不提,只旁敲侧击地告诉她超市在打折,我周六去买了一堆东西。罗惠不以为意,哼哼哈哈地应付着我,我再一次被她憋成内伤了。

中午我跟同事一起去食堂吃饭,刚一走进门口,就被迎面走过来的男人吓得踉跄着跌了出去,我噔噔噔倒退了三步,呜呼呀,这不就是罗惠男朋友?跟她在超市里手牵着手走出去的那位吗?我的眼睛一直盯着他,估计他已经意识到了,我隐约觉得他的脸都被我盯红了,我的目光一直追随着他跟出了食堂。

"干吗呢?盯着人家男同事看?"同事好奇地问我。

"你认识他吗?"我拿手指了指。

"大概知道,不太熟。心内科新来的研究生嘛,好像姓杨。你这是干什么啊?有兴趣啊?"

"没有,没有,没有。"我慌忙摆着手,"像我以前的高中同学。"然后又随便编了借口。

罗惠这个家伙居然跟本院的同事好了,我说怎么觉得那个男的眼熟呢。

我忍,我强忍,我忍住不去质问罗惠究竟是不是和杨姓男子好上了,可是我的那颗小心脏每天就跟让小猫抓一样的难受。直到一个星期后,接到了她的电话,她约我下班后见面,说有事情跟我说,终于可以让我知道了吗?

"那个……那个……露露。"

"你跟那杨硕士好了?什么时候好的?好多久了?为什么不告诉我?"我没空听她啰里啰嗦哼哼唧唧的语助词,一股脑把我想问的问题全问出来了。

罗惠被我质问得有些惊慌失措,一下冲上来捂住了我的嘴,她环视着四下:"你小点声,全国人民都听见了。"

我一把推开她的手:"怎么了?见不得人啊?我早就知道你们俩好上了,上个周末我在超市就看见你们俩手牵着手走出去的。我给过你好多次机会让你告诉我,你就是不说,你气死我了。你知不知道我关心你的终身大事比关心我自己的还多呢,我要是看见你嫁出去了,比我自己嫁出去都高兴,你也太不够朋友了,半个字都不告诉我。"

罗惠双手合十的一直向我赔不是:"我们之前一直在暧昧阶段,也就是近两个月的事情。"

"两个月?!"我的声音又提高了一百八十度。罗惠再次捂住了我的嘴:"小点儿声,我们现在还是地下情呢。"

我再次推开了她的手:"为什么地下情?又不是明星。干吗?他结婚了?"

"没有,你别胡说八道了。我还不想让人知道我跟他好了呢?"

"为什么?"

"不踏实呗,总觉得自己没资格跟人好似的。他今年刚毕业,还比我小三岁呢,还是研究生,人也长得体体面面的。等着给他介绍的人多的是,怎么能让人知道他跟我这个离过婚的女人好了呢。"

"离婚怎么了?离婚就不能跟没结过婚的男人恋爱了?就不配找好男人了?再说你那哪叫离婚啊?就结了一个月的婚。你怎么无端端自己先把自己的威风给灭了?"

"我那不叫离婚叫什么啊?我有离婚证,你有吗?我哪儿有什么威风啊?我现在对感情的事特别小心翼翼,我觉得他能跟我好就是对我的恩赐了。反正你得管好你的嘴,千万别让医院的同事知道,要是真让他们知道了,估计我们离分手就不远了。"

"你怎么对自己那么没信心啊?"

"我们这种配对,你指望别人看好我们吗?估计很多人都在说我耽误人家小伙子,挺好一人浪费在我手里了。"

"他知道你离过婚吗?"

"嗯,知道的。"罗惠点着头。

"那就行了,你又没骗他。你们俩都愿意,我看挺好的,而且你比他还大三岁,这回你终于能抱金砖了。"

罗惠苦笑着摇了摇头,说着说着她的手机响了,是条短信,她低头看了一眼,然后顺手就删掉了。

"谁的短信啊?"

"郑立存的。"

"还给你发短信呢?"

"嗯,是啊。"

"说什么?"

"祝我愚人节快乐!"

"靠,我就真他妈服了。马上清明了,是不是也得祝你快乐啊?这人到底想干吗啊?你不回他吗?"

罗惠摇了摇头:"三八妇女节他也发来着。反正是个日历上标注的节日他都发。"

"315消费者权益日,他发没发啊?这人脑子里到底装了多少水啊?你一直没回他吗?"

"没有。"罗惠摇了摇头,"只是我妈有点希望我跟他复婚。她一直觉得郑立存那人不错,当时都是因为我们太冲动了。而且看我现在也一直找不到个合适的。"

听得我又义愤填膺的来了气,我很想大叫着:"不复,不复,不复。"可是我这种想法只袭击了一秒就瞬间消失了。罗惠如此小心翼翼地经营她的感情,我绝不能再把我的个人英雄主义乱加进去影响她的生活了。

"那你没打算告诉郑立存你有男朋友了吗?"

"这怎么说啊?才好了两个月,以后还不知道要面对什么呢。说实话我对我自己一点信心都没有,如果将来真的要结婚了,我想我会告诉他的。"

{45}

委以重任

我被罗惠正式介绍认识了杨志成杨硕士,她跟杨硕士说,如果想地下情必须要我批准,他们才能展开地下行动。

我带着万分敬仰之意握着他的手说:"一定要对罗惠好哦,不然我会杀了你的哦。"他似乎对我这种威胁并不在意,只是笑笑对我说:"放心吧。"

期间罗惠离开的时候,我曾以我私人的角度询问了他几个问题:"打算地下到什么时候?"

"不知道啊,我不知道为什么要地下?她说不能让人知道,那就只好依着她了。"

"罗惠挺可爱的吧?"

"是啊。"说到这个杨志成有些开心的表情,"她笑点特别低,觉得她整天都特别开心。就算是感情受挫,可也让你感觉她的心全都是亮的,计较的事情也少。"

看着杨志成的表情,我知道他是认真的,觉得心里的一块石头渐渐落了下去。"那你们俩加油,要觉得合适就别拖着了,早点结婚早省事,让我们这些关心你们的人也早点踏实啊。"

"我最近也在考虑呢。只是我想要不要告诉我父母罗惠以前有过婚姻的事情,或者背着他们先去结了再说。"

我真的为他的这句话感动了,看来皇天不负苦心人,罗惠真的找到了爱她的人。被这句话感动的还有罗惠,她回来的时候刚好听到了杨志成的这句话。她一直抿着嘴怕自己的眼泪掉下来,看着她此刻的表情,我觉得我的眼泪都要掉下来了。罗惠轻柔地坐在了杨志成的身边,杨志成伸手揽着她的肩膀,两人相视而笑。

"你爸妈是干什么的啊?有没有从事农业方面的劳作?"对不起各位,我不是故意要破坏眼前的甜蜜气氛,我也不是对农民有什么偏见,我只是有前车之鉴,想问清楚好在心里做个准备,不能再让罗惠像上次一样因为家庭背景差异而放弃婚姻了。罗惠拿眼睛瞪着我,我装作没看见,你瞪我我也得问。

"哦,我爸算是个政府部门的小职员,我妈是国营工厂的会计。"

"哦,那挺好的,那他们应该算是比较开明的人吧。"我想他跟罗惠都知道我话里的意思。

"我觉得他们平时在教育问题上挺开明的,我有信心让他们接受我们。"他说完这句话的时候,罗惠真的哭了。好吧,的确很让人感动,我批准你哭吧,但别出声行吗!

这次见面让我变得很开心,也许因为这次见面我不会再做噩梦被小鬼抓走了。我回家的时候发现小月在家里等着我呢,一看见我就开心地笑:"姐,你回来了。"

"是啊,干吗啊,这么高兴?"我开心地问她。

"我高兴?我看你才高兴呢!"小月蹦蹦跳跳地来到我面前,"我同事去国外给我带的药膏,说专治青春痘的。这说明书上的外文好多都不认识,我不敢乱用,你帮我翻译翻译。"说着小月在我面前抖出一张全英文的说明书来。我看着那张纸硬咽了口唾沫:"我不能乱翻,我得查。"

"查呗,你查我看着,我就喜欢看你看书,特像文艺女青年,我不着急,你给我翻译出来就行。"

吃饱了饭,我们俩一起坐在书桌旁看那张说明书,我拿出了我的医学大辞典先把架势摆上。小月双手托着下巴,眨巴着眼睛一直盯着我。

"姐,我觉得你这眼角好像要往出冒皱纹了。"

呃,我一边翻着字典一边觉得自己中了暗器。我没回答她,依然查找着那些不认识的单词。

"姐,你这耳朵上头好像有两根白头发,我帮你拔了吧。"嚯,这暗器还是带毒的。

"姐,你看你这脖子。"

我哚的将字典合了起来:"说吧,你来干吗来的?"

小月被我吓了一跳,突然又转成一副嬉皮笑脸的样子:"姐,你真聪明!什么事都瞒不过你。要说你岁数真不小了,27 了吧,比我大五岁嘛,我 22,你不就 27 了。"

"是吗?我有 27 吗?"我很质疑她说的数字。

"有啊,周岁 27 虚岁 28,我记得真真的。"

"把数字这段略过,你到底要说什么?"

"我给你介绍个对象吧?"

呃!我现在已经沦落到要让小月给我介绍对象了?

"去,去,去,小破孩子,你能介绍出什么来啊。你那眼光能作准吗?再说了你谈过恋爱吗?自己都没谈过还给别人介绍呢。"

"哎,什么小破孩子啊?我都工作了,再说了,没谈过恋爱,那不是你告诉我的吗:除非是碰到自己喜欢的,千万别为了谈恋爱而谈恋爱。我大学一直没碰到喜欢的,所以我才没谈恋爱的啊。"

"别闹腾了,我给你翻译好了,你就快点回家啊。"

小月一把拿过我手里的说明书,嗖的就扔到垃圾筒里去了:"谁为了让你给我翻译这个,你看我脸上有痘吗?我就是给你介绍对象来了。"

"嘿,你这死丫头,忽悠你姐是吧。"

"姐,你岁数真不小了,你也不能整天老这么瞎晃悠啊,你以为在大街上能撞到好男人呢?也不是,你都不逛街。你以为在超市能见到好男人呢?我跟你说,我给你介绍这人真特好,我们那剪辑组的组长,年轻有为啊。"

"嗨,就是个小组长呗,我以为是你们电视台台长呢。你看你那激动样。"

"米露露,你虚心点。"小月叉腰瞪着我。

我照着小月的肚子来了一拳:"休要直呼本尊的姓名,没大没小。"小月也很配合地倒在床上,我们没事老这么玩,真开心!开心了还没五秒钟,她一骨碌儿从床上爬起来,面目表情异常严肃。

"姐,我没瞎逗,我说的都是真的,这男人各方面都挺好的,来电视台不到三年当上组长,挺不容易的呢。特别有才,所有的剪辑软件都会使,听说他自己还能做呢。行事也特别低调,对谁都客客气气特别绅士,跟他乘电梯我就没见过他在女人前面上过电梯。原来一直在国外工作的,好多国外的电影和电视都是他剪的,后来说为了照顾父母回国来了。30岁,跟你岁数也合适。说实话,我见他第一眼我就喜欢他了,所以我必须把他介绍给你。"

"什么玩意?你喜欢的塞给你姐干吗啊?"

"你不结婚我不得急死啊？虽然我能为你养老送终，但是我也不想看着你孤独终老啊，多凄惨啊。"

"咱能不提养老送终那事吗？"

"而且我知道他不会喜欢我，我太年轻，人生阅历也不够，没有魅力吸引他啊，他管我们这样的都叫小朋友。以前他也没找女朋友，因为特别忙，不过这些天他开始相亲了，他说生活稳定了还是需要个家了。多可怕啊，他开始相亲了，要让别人相走了，我可怎么办啊。姐，你必须出手去把他给我弄回来，我不能看着他落入别人的手里。"小月拉着我胳膊一直央求着我。

我伸出手来摸了摸她的额头："你没事吧？你自己整不了，你倒派个强悍的选手出场啊，你把我扔出去是为了找一个心理安慰吗？原来我跟你一样，都不招人待见。我可没那魅力。"

"你有，你有，你有，你就是有。"小月一直晃着我的胳膊，"你必须去，你必须去，除了你之外，他我谁都不想给，你拼了命也得把他给我弄回来。"

{46}
我很满意他

小月一直倒在我的床上打滚。她说了,我要是不同意,她就这么一直闹腾下去,直到我同意为止。

"好,好,好,我去,我去。"我真是不能看她再这么闹腾了,"但是我可不拼命啊,为这事拼命不值,我还得留着这条命救死扶伤呢。"小月开心得又蹦又跳的。她忽然凑到我面前:"姐,你去见他的时候化化妆吧,这样他看上你的机会可能大点。"

"你看我现在去韩国整容来得及吗?要不我去见他的时候把脸挡起来?这机会不就更大了吗?"

"哎哟,姐,我说错了还不行吗?你干吗这么损我啊,你就本色演出,本色演出!你最棒了,一定能把他拿下。"

"小月,咱搞清楚一件事?我是去相亲,不是等着君王选秀,要是我看不上他呢?我能 say no 吗?你不会跟我玩命吧?"

小月又眨巴着她的大眼睛看着我:"不会的,你肯定能看上他的。"

"那可不一定,你姐我是见过大场面的。"

"你又来了!是,我原来那姓祁的姐夫是不错,可是你也不能就活在记忆里这么自我陶醉下去啊,那姓祁的没准现在都仨孩子了呢。你还为他守着什么啊? 他不回来了!"

"你快回家吧,别跟我再待一块了,越待越说不出人话了,把我都说成王宝钏了。我没那么高觉悟! 我是一直没碰到合适的。"

"这合适的不就在眼前,机不可失,时不再来,明白吗?"

"明白了,你这就是把你姐给送出去了,只能他看不上我,不许我看不上他。就算他要真看不上我,我也跪地下求他,非让他把我娶了,是这么个意思吧?"

"嗯。"小月坚定地点着头。

"这包办婚姻也没你这样的啊,你是欠人钱了还是怎么着啊? 非得还人家个女人?"

小月捂着肚子咯咯笑倒在了床上:"对,对,姐,你就这样,他一准喜欢你,多有意思一女人啊。"

小月这安排纯属把她喜欢的男人和她喜欢的女人硬按在一起,反正这两人都是她喜欢的,而这个男人和这个女人之间互相喜不喜欢她就顾不了那么多了。

不过那天我还是化妆出席了。因为我心虚,我口是心非,我假洒脱真在意。我不要当王宝钏,王宝钏好歹还有个盼头,十八年后薛平贵还回来了呢,我能盼谁去啊。我不想让小月整天惦记着为我送终的事,那感觉就跟有个人盼着我早点死,早死早超生一样。

2009 年 4 月 12 号　星期日　天气晴偶有时阴

又是那间 S 开头的咖啡店,在电视台的附近,地点是小月安排的。她说反正我也没事,让我出来多走走。好吧,这也有助于我多认识北京的路,也算是一件有意义的事情。

下午三点钟,咖啡店里人不多不少的。偶有两三张空桌椅,我挑了靠近角落的椅子坐了下来,毕竟相亲这种事情还是低调点进行比较好。我看了眼手表,离具体约定时间还有十分钟,我努力做着深呼吸。心里的小鼓又开始不自觉地敲了起来。我刚一坐定眼睛就不时地扫向着门口,忽然隔了两个桌子的一个男人起立向我走了过来。他用很轻柔的声音低头询问着:"你好,请问你是米大夫吗?"

"对……对……是。"我慌忙又站了起来,舌头又开始忍不住抽筋了。

"您刚才一进门我就觉得你可能就是,所以我来问一下。"

好吧,我承认,我刚进来的时候也看了他一眼,而且他的确算是个亮眼的男人。干干净净的,五官端正,一脸沉稳之气,衣着也穿得十分得体。还有最让我中意的一点,就是他梳的是寸头,这样很好,他绝对不可能在我面前玩命分头发了。这头型显得他很精干,头发也用啫喱打理过,但是并不是那种矫揉造作的打理,一种利落的感觉。而且他还是我印象里唯一早到了,在这里等我的人。咳,小月啊!你姐我这可就要准备拼命了啊!居然带着喜悦之情地想到了这个。

"你好,我是 Tom 刘。"男人伸出他友善的手。

他的自我介绍让我刚才如大海般澎湃的心情顿时消停了一半,撂英文是吧?显你在国外工作啊,还 Tom。

我看着他笑了笑:"你好,我是 Jerry 米。"然后我很真诚地跟他握了手。

Tom 刘先生愣了三秒钟忽然哈哈大笑起来:"哦,对不起,我太紧张了,脑子里总是想起我在外面试时候的画面,一下就把英文名字说出来了。我叫刘峥。"

"米露露。"我们分别重新介绍了自己的中文名之后坐了下来。

刘峥的脸上一直挂着微笑:"小月跟我介绍您的时候,说她堂姐人特聪明特善良,挑男人的眼光特别高,一般男的都看不上眼,把我说得挺紧张的,都不太知道怎么说话了。"

"那您现在见到我踏实了吧,发现她语序搞错了。不是一般男的都看不上眼,是一般男的都不让我拿眼看。"刘峥又愣了三秒,然后又突然大笑起来,隐约觉得他还在忍不住地轻摇着头。

摇头?!摇头是什么意思?!米露露啊米露露,不说要拼命了吗?怎么这么管不住自己的嘴啊,就显你能说啊,淑女一小时能死啊!我内心不停地自责着,对自己的表现懊恼不已。

接下来的时间我们居然天南海北地聊起来,我发现我们还是有很多共同语言的。他跟我说了很多电视台的趣事,包括他在国外电视台的趣事;我跟他聊我在医院里工作的事情,当然都是捡我那些光辉事迹说,什么被打被骂被挤兑的事情半字不提。我成功的将自己设计成为思想进步、健康向上的新女性。

"你在国外工作挺好的,为什么又回国内工作了?这儿没你国外条件好吧?"

刘峥被我突然的问题问得一愣,他看着我犹豫了十秒钟:"其实我在国外生得也不是那么开心,毕竟我不是出生在国外,我只是在国外上完大学又继续工作的,总觉得跟他们不能融合。而且我父母岁数也大了,他们不愿意去国外生活,所以我就决定回来照顾他们了。我现在的工作也挺好的,我很满意。"

哎呀,他还是孝子啊,还有如此的爱国之情。嗯,心里不由为他的打分又高了一个级别。

刘峥低头看了眼手表,"快六点了,想不到不知不觉聊了三个小时,其实我本来应该请你吃饭的,但是现在快五一了,我手头活压得特别多。我七点要值班,现在我必须走了,没想着聊高兴了把时间都忘了。实在抱歉,要不我下次请你吃饭吧。"

"没关系,没关系。我也没想到时间过这么快,那我也走了。你不用着急,电视台不就在旁边没多远吗?十分钟就走到了吧。"

"嗯,是啊,要不我们一起走吧。"刘峥试探地询问着。

"好啊。"不由得心里有些开心,怎么会有不想分开的感觉?

我们俩沿街边走着,十分钟的路程怎么感觉十秒钟就走完了呢?哎,必须得说再见了,隐隐觉得有些不舍,不会是最后一次见面吧,心里忍不住的瞎想着。

他站在门口转身看着我:"米大夫,今天跟你聊得很开心,回头我们再联系,我请你吃饭。"

"嗯,好啊。"努力摆出一个可爱的面容,希望给他留个好印象。

"那我要去上班了。"

"好。"我继续如淑女般地点着头,带着微笑。

刘峥转身向电视台的大门走去,他走了没两步,忽然又转头回来看着我:"你想不想进去参观一下?我带你进去参观一下吧。"

"真的?"声音控制不住地提高了720分贝!都把刘峥给吓着了。然后我就开始控制不住地傻乐,我也不想这么一副没见识的样子,但是你们懂"控制不住"这四个字是什么意思吧?懂就行了,不解释。

刘峥带着我办了个临时通行证,我则跟随着他进入了我梦想已久的电视台,此刻的我如同好奇宝宝一样,什么东西都想抓一把,什么都想看看。不过偶尔,我也会引来别人的好奇目光,特别是与刘峥认识的人们,他们通常与刘峥点头问好之后目光就会追随着我。刘峥带着我到了他们剪辑部门,小月还在加班,她一看见我就兴奋地跑了出来。

"姐,你来了,你怎么进来的?"

"刘峥带我进来的。"

"Tom哥啊?"小月突然看向刘峥,"谢谢你啊,组长,我姐这辈子的梦想就是进电视台来参观,刚跟你见一面你就帮她实现梦想了。"

"啊?"刘峥被小月说得有些不好意思,"我只是觉得……算了。"

他看着我说:"让小月带你到处看看吧,我真的要去上班了。今天真是不好意思,聊这么久我真的应该请你吃饭。是我安排不周,下次等我不上班的时候吧,好吗?再见啊,我们再联络。"说完他就朝工作间走去,进入工作间的一刹那他又转过身说:"小月,带你姐好好转转啊。"

"放心吧。"说完小月拿胳膊拐了拐我,"姐,怎么样?他人不错吧?你妹我眼光没问题吧。"

我觉得自己的脸突然红了,越来越热,然后看着她默认地点点头。

"啊哈哈哈哈。"小月自顾自地大笑着,就好像中了头等彩票一样,"太好了,太好了,刘峥要做我姐夫了。"

"说什么呢?我是觉得他不错,那得人家觉得我也凑合才能行啊。一厢情愿有什么用啊。"

"我觉得他肯定觉得你也不错,要不怎么能带你进来参观呢?估计都不想跟你分开了,而且还一个劲儿说下次下次的。哈哈哈哈,我太开心了。你们成了,姐,你们去'满宴新'办婚宴吧,我觉得那儿的菜特好吃。巴厘岛、马尔代夫度蜜月,我喜欢那儿,多浪漫啊。"小月又开始一头热地发神经了。

回到家之后我也开始发神经了,我自己躺在床上,抱着那手机左看右看,总期待着他能给我发条短信,告诉我下次什么时候能见面。而我好多次想给他发短信,可是又碍于女性的那点矜持,编辑好了又删了。我一会儿在床上躺着,一会儿又跑椅子上坐着,拿着手机晃啊晃的,信号少于三格就有点紧张地站到窗户那儿去。本尊都已经这把年纪了,怎么还如此毛躁不安啊。这究竟是因为我久旱逢甘露啊,还是因为我是真的喜欢他呢?不管那么多了,总之这人真的是我见过最正常的一个,的确值得再见面。

{47} 准备恋爱

老妈时不时的来我门口踅摸我一下,估计她觉得我今天很不正常。在探望我第五次的时候,她忍不住开口询问我了:"怎么了这是?难道小月介绍的人不错?看你这跟闹猫的似的,上蹿下跳的,就不能在一个地方老实待会儿啊?"

"妈!有你这么说亲闺女的吗?我要闹猫,你不成老母猫了?"

"嘿,你这死孩子。"老妈冲进来照着我后背来了一掌,然后忽然一脸关心的样子,"今天这个人,到底怎么样?跟老妈说说啊。你以前回来好不好都说两句的。现在你不说,我都不敢问了,怕又受刺激。"

"妈……"我刚要说话,忽然手机响了。我低头一看是刘峥的短信:这么晚了还给你发短信有些不好意思,我刚下班,希望没打扰到你,今天见面真的很开心,期待下次与你的见面。不如就下个周末吧,好吗?晚安,好梦。

"妈……"我激动地晃着老妈的胳膊,"成了,成了,哈哈哈。"

"成什么了?成精了?"

"他也觉得我不错,我这亲,相得有戏啊,我有可能嫁出去了。哈哈哈哈。"老妈也被我通报的喜讯逗得开心地笑起来。

不管这个词会不会引起歧义,但是我觉得形容我还是很合适的,我在感情这方面的确是"久旱逢甘露",而且我也的确是一块干涸的土地,沙化程度十分严重,急需爱情的滋润,好让我起死回生。我要恋爱了,而且我已经准备好要恋爱了。

刘峥这个人真的很不错,绅士,行事大气,偶尔还会冒出一两句小幽默,让你开心地笑一下。第二次见面让我们互相觉得对方有了更多吸引人的特质,就像两个多年未见的老朋友一样,总是有说不完的话题,而且说的任何话题都觉得那么新鲜有意思。难道我真恋爱了?

"你真叫 Jerry 啊?不是为了故意要把咱俩说成猫和老鼠吧?"

我忍不住笑起来,你们听他说话多幽默啊,太有意思了。

"我没英文名字,你一说 Tom 我就想起那只耗子了。"刘峥让我逗得也哈哈地大笑。

"你叫露露,英文名字就叫 Lulu 就行了。"

你们大家听听,他多有文采啊!这男人真可爱,这么快就给我起了个英文名字。行了,我知道你们又开始骂街了,肯定在说这 TM 有什么好笑的,我承认我现在是变得有点二,你们难道就没有恋爱来临的时候智商下降的状态吗?

我们最近的约会越来越多,见面的次数也越来越频繁,可是即使这样也觉得总是见不够说不完。不过虽然我们是以相亲的理由见的面,以男女朋友的形式约的会,不过见面之后始终都是像老朋友一样开心地聊天,没有人在语言或行动上越界半步。如此这般的来来回回相处了两个月,我的心里真有点着急了,他这样到底算不算是我的男朋友啊?我这还一堆人等着通知呢。

这天我们又相约看电影,电影散场之后一起坐地铁回家。可能是今天电影散场比较早的缘故,等候地铁的人特别多。地铁一靠站,人们如潮水般地涌入又涌出,在走进地铁车厢的那一秒钟,刘峥可能是怕我被人群挤散,他伸手牵住我的手。那一秒钟,我的小心脏突然颤动得厉害。各位观众,他和我牵手了!这是一个标志性的时刻!在我的第一次恋爱结束之后,虽然我也接触过其他男人,比如我解开过楚杰的衬衫、撕开过他的裤子,我还很大方地抱着李貌并把肩膀借给他哭泣过,不过这些行为都是无性别行为,一个是出于医务工作者的专业,另一个则完全是朋友的道义。但是此刻不同了,作为一个女人,我被这个男人拉手了,这事可闹大了啊!

　　一走进地铁车厢,刘峥就立刻松开了我的手,然后我们俩相视而笑,表情里都带着点尴尬。我猜测我现在去做心电图,肯定是窦性心动过速。今天他坚持要送我回家,虽然我一直跟他说不用了,因为他第二天还要上早班,不过他还是坚持着。

　　走出地铁站,天已经完全黑了。我们沿着街道用极慢的速度行进着,走到人少的地方,忽然心照不宣地牵起手来,而且是我们俩同时伸出的手,那种心里久违的甜蜜感充满了整个心田,脸上忍不住挂上甜蜜的笑。我看了刘峥一眼,他的脸上也同样挂着开心的笑容。明天是不是就可以通知所有亲戚和罗惠了?心乱的小鹿又跳出了旷野之外。

　　我们俩走到我家小区的门口停住了脚步:"到了。"我转过身来看着他,依然手牵着手面对着面。"我跟我父母住一起。"哎!我的言外之意是让他别奢望我把他邀请到家中跟他发生点什么事了。啊!我的天啊,好淫荡好淫荡,自己不堪的想法怎么乱加到别人身上了。

　　"露露。"刘峥炙热的眼神看了我很久,像是欲言又止。我好奇地盯着他,不知道他要跟我说什么。他忽然拥抱了我,虽然我觉得这个拥抱有点突然,但是我没有反抗,我静静地靠在他的胸前感受着他的心跳,慢慢的,我也将自己的手揽住了他的腰。

"露露,其实我还有好多话想跟你说呢,不过今天太晚了,我下次再跟你说吧。"

"嗯,好啊,我们有的是时间说。"我靠在他的胸前小声地回答着他。

"对,我们有的是时间。"说完他在我的额头轻轻吻了一下,然后看着我说,"那我走了,我们后天见啊。"我笑着朝他点点头。

你们看现在这个状况我是不是可以通知亲戚和罗惠了。我开心地哼着歌蹦回了家中,一进门就神神叨叨地喊:"老妈,我爱你。"然后继续哼着歌走回了房间。老妈快步跟了进来:"这是怎么了?捡金条了?这么高兴!"

"差不多吧。"然后捂着脸嘿嘿地乐起来,脑子里又闪现出刘峥吻我额头的情景。

"嗐!太没出息了啊。这是跟人家怎么了?乐成这样。"老妈看着我的表情,自己也一直忍不住乐着。

我抬眼想了想:"没怎么。就算是终于确立关系了。"

"真的?那你可得赶紧带家里来,让老妈看看。"说完老妈长舒了一口气,"太不容易了。"然后带着笑容走出了房间。

第二天一早我就忍不住打电话呼唤了罗惠,让她务必下班后要与我见面,因为我有重大事情要宣布。

坐在那里焦急地等待着罗惠,脸上不时挂着甜蜜的笑,因为心里总在回顾这两个月来和刘峥的点点滴滴。陷入到自己的空间之后甚至连罗惠坐在我面前一时都没发现。罗惠坐在我面前也不说话,像是一下也陷入到她自己的空间里去了。我抬眼发现她的时候，自己也吓了一跳。

"嗨，你来了，怎么也不说话，吓我一跳。"

"嗯，我在这儿坐半天了，看你发呆懒得叫醒你。"

罗惠的声音很低沉，面容特别憔悴，整个人懒懒的，甚至眼皮眨得都吃力。

"你怎么了？不舒服了？"

罗惠勉强抬了下眼皮："没有啊，最近有点累。"

"累就要多注意休息啊，你也要多为杨硕士身体考虑嘛。"说完我看着她坏坏地笑着。

罗惠勉强从嘴角挤出一丝笑来，然后又继续挂上她那副憔悴的面容了。她今天情绪很不对，要是平时她早就大笑着打我了，今天怎么这么没精神啊？

"你到底怎么了？要不咱们回医院去看看吧？"

"我没事，你找我什么事啊？"

"我有男朋友了。"说出了这句话，我开心地捂着嘴乐起来。

这句话也终于让她从沉闷中缓过一点神来："真的？快跟我说说。"

于是我滔滔不绝地说起了我跟刘峥这两个月来的点点滴滴，我向罗惠极力渲染着刘峥的许多优点，可是我看得出在她高兴的表情下还隐藏着疲惫的痛苦。

"你到底怎么了？"我停止了我的诉说，觉得自己的语气一下子严肃起来。

罗惠死死地咬着她的嘴唇："杨志成试探性的跟他家里说了我们的事情，结果他父母好像非常激动，不同意。"

"他怎么说的?"

"他问他爸,说找女朋友比自己大行不行。他爸说最好不要。他又问,那离过婚的行吗?他爸突然暴怒了,让他别做什么傻事。他爸说自己是个小职员一直没什么本事,窝囊半辈子了,好容易儿子是个医学硕士算是给他脸上添光的事情,结果找个离婚的,简直是在抽他的脸。他爸还警告他说,如果现在有这方面的事情,让他最好马上放弃,不要抱什么幻想。"

"那杨志成是什么意思?"

"他没什么意思,他现在也很痛苦。我们俩都不知道怎么办了。他现在在做一个导管手术,一会儿来找我,我们俩想去找个庙拜拜。"

"啊?只能靠神帮助了?"我真的很吃惊,他们已经到了如此无能为力的程度了?正说着话,杨志成走了进来,他显得比罗惠更憔悴,原来意气风发的小伙子,现在觉得他的双颊都要凹进去了。他带着个棒球帽,跟他书生的面容很不搭配。

"怎么突然戴帽子啊?"

"嗯。"杨志成简短地回答了我。

"他斑秃了。"罗惠小声嘀咕着。

罗惠刚说完,杨志成将帽子摘了下来。天啊,杨硕士原来浓密的头发现在掉得一块一块的,好像一个个麦田怪圈,再高超的理发师也剪不出这个发型来。我的脸僵住了,我再也没兴趣讲述我的恋爱经历了。原来高高壮壮、体体面面的一个人,怎么在短短两个月里变得如此憔悴不堪了,据说他那头浓密的头发是在一周之内掉成了现在的样子。

{48} 人生全都在超市！！

"露露，我们能先走吗？我们真想去找个庙拜拜。"

"嗯，走吧，快走吧。"我看着罗惠点着头。

杨志成带上帽子，拉着罗惠走了。我看着他们的背影心里觉得特别难受，罗惠在追寻幸福的这条路上怎么走得这么艰辛啊。而且我现在对他们的事情真是无能为力，我想不出任何办法，能想到的只能是他们所求的神仙神通广大一些，能够显灵帮帮他们，让他们有情人终成眷属。

我喜欢逛超市，我喜欢在琳琅满目的商品中找到自己最喜欢的那个，那一刻有种寻找幸福获得幸福的感觉。你们肯定说这就是大妈行为，我就大妈了，怎么的？反正咱现在是有男朋友的人了，什么都不怕了。

"Tom 哥，你什么时候去我们家一趟啊，我妈着急想见你呢。"

刘峥对我这么叫他总是显得很开心："好啊，我们把两边都安排安排，也让我爸妈见见你。"

"Tom 哥，你手头有没有男人啊？条件跟你差不多的。"

"你干什么。"刘峥瞪着眼睛看着我。

"备用啊。"

"嘿,你这臭丫头,刚还说见父母呢,这么会儿就找男人备用了?"刘峥带着一脸怒容。

我看着他的脸乐起来:"你看你那脸臭的。不是给我备用啊,给我一个好朋友备用。她的感情可能会出问题,我有点担心她。"

"什么叫可能会出问题啊?分手了?"

"没有。"我摇了摇头,"也许会分手,也许会结婚,一切都不知道。我怕如果真分手了她太难过,所以想找个人备用。"

"你这个朋友也太极端了吧,不结婚就分手啊?"

"是啊,关键问题不是他们啊,是他们家里。我这个好朋友她……她有过段短暂的婚姻,所以现在男方的家里不同意。"

刘峥被我的话说得一愣,他沉默了半分钟:"你这样好吗?人家还在一起,你就惦记给人家找下家了。"

"那我能做什么?我觉得自己对她什么都做不了,这是我想到唯一能做的事情了。"

他继续犹豫着:"那我帮你留意吧。"

我很开心地挎着他的胳膊靠在他的肩膀上:"Tom 哥,你真好。"

"行了,就会耍嘴皮子。今天买什么啊?"

我抬头想了想:"薯片吧。听说好像出了种新口味。"

"你说你挺大的人了,怎么就喜欢这些小孩吃的东西啊。出新口味了还整天惦记着。一边大吃薯片一边嚷嚷减肥,真是拿你们女人没辙。"

"你们女人?怎么是个复数词啊?那其他女人是谁啊?快点,老实交代。"我拿手戳着刘峥的腰,"就我那些女同事啊。"刘峥呵呵笑着躲着我的手,我们边走边闹的朝放薯片的货物架走去。

我们刚一拐过货架,就听见一个十分稚嫩而又洪亮的声音大喊着:"爹地。"刘峥突然被一个三四岁的小男孩冲过来猛地抱住了腿。我还在戳着刘峥的手瞬间卡在了半空中,而刘峥的脸立刻陷入到无比僵硬的状态里。

爹地的意思是爸爸吧?如果我没记错的话,我心里开始往外冒想法了。我低头看着小男孩。小男孩长得可爱极了,剪了个西瓜太郎的头发,头发又顺又亮,两个大眼睛忽闪忽闪的,睫毛特别长,小脸蛋粉扑扑的,满嘴挂着的都是薯片的渣子,两只小手里也抓满了薯片,不过现在抓着薯片的手紧紧地抱着刘峥的腿,小男孩笑嘻嘻地抬眼看着刘峥,此刻的刘峥也十分错愕地低头看着小男孩。

其实我很想告诉西瓜太郎:"小朋友,你认错人了。"但是我说不出来,小男孩长得跟刘峥特别像,简直就是一个缩小版。

我不知道各位读书的朋友有没有这种跟男朋友逛着逛着街,突然冲出个小孩抱着你男朋友腿叫爸爸的经历。你们要是谁有这种经历告诉告诉我,我现在应该怎么办?

"爹地。"小男孩再次喊出声来,然后开心地笑起来。

刘峥蹲了下去,然后把小男孩抱了起来:"小宝,怎么在这儿啊?小宝什么时候从加州回来的啊?爹地怎么不知道啊?"

完了,他们父子相认了!认错人的想法也随之破灭了。

"跟妈咪回来的。"说完小男孩朝旁边指了指。

在不远处还站着个女人,一直笑盈盈地看着我们。那女人推着个手扶车,里面装满了各种食物。女人很漂亮也很有气质,穿着十分考究,脸上的笑容充满了自信,隐约还感觉出她对我的一点傲慢。然后她说了长长的一串英文,大概意思是说:他们昨天晚上到的,现在头好晕还在倒时差,小宝要吃薯片,所以他们就来了,完了还抱怨了一句,说这儿的口味好少啊。哼,别以为老娘英语没你说得流利我就听不懂,我懂,我都听懂了!

刚刚刘峥的脸上还带着的满脸父爱,在看到女人之后,那种满脸的柔情立刻消失不见了。他瞪着女人,轻吼道:"说中文。"

"我住我原来的房子呢,不好意思啊,回来没通知你。这位是?"女人改说了中文,微笑着看着我。

靠,北京话说得比我还本土呢,装什么装你!心里的怒火无边地烧了起来。

"这是我女朋友,米露露。这……这是我前妻,尹彤。"刘峥为我们作着简单的介绍。

"Hi, call me Susan。"尹彤伸出了她的手。

我轻轻地握了下,心想"假洋鬼子"。我刚跟刘峥的前妻握完手,小宝忽然把他手里攥着的薯片一下全都扔到了我的脸上,一个薯片渣还掉进了我眼睛里。然后小宝在刘峥的怀里咯咯笑出声来,还开心地踢蹬着他的腿。

"小宝,没礼貌!快跟阿姨道歉。"刘峥吼着他怀里的西瓜太郎。

"没事,没事。"我一边揉着眼睛,一边阻止着刘峥的吼叫,还好我平时不化妆,要不现在非给自己揉成熊猫不可。

尹彤也呵呵笑出声来,走过来从刘峥怀里接过了小宝:"儿子还那么小,你吼他干吗?"她抱着小宝站在了刘峥的身边,此刻放眼过去是多和睦又般配的一家人啊。

"爹地,晚上陪小宝吃饭,好久没跟我吃饭了。"小宝又开始在尹彤的怀里折腾上了。刘峥被小宝的要求弄得很尴尬,我看得出来他既想答应又怕忽视了我。

"对啊,你上次来 LA 看我们是半年前吧,真是好久没一起吃饭了。晚上你就陪小宝吃饭吧？米小姐也一起来吧。"

"我？我就不去了，你们去吧。那个，我还有事，我先走了。"说完我就转身离开了超市。

"露露。"刘峥想要追我，可是西瓜太郎像个小懒猴一样，又搂着了刘峥的脖子死活不撒手。结果刘峥只能在原地又抱过了他，等他回过神的时候，我已经匆匆地走掉了。

{49}
绝对不行？

　　我没哭,我是笑着离开的,我还是一路笑着回的家。这事情实在太离奇,即使是坐在自己家中,我还在怀疑这是不是电视台的整人节目,如果我这样或者那样了就会最后奖励一台大电视之类的。那我表现得对吗？可是到哪儿去找那么真实的临时演员呢？

　　我这么掉头走掉,你们肯定觉得我太没风度或者一下子输掉了气场,但是我特别想知道我不走掉,我究竟是在争什么？因为整件事情对于我来说感觉就像个骗局,他结过婚还有个快四岁的孩子,那他为什么不告诉我！我开始生气了,而且我越来越生气。我开始想整个事情的经手人,我突然想到小月,她知道吗？我曾冲动地想打电话骂她一顿,但是我想了下,我觉得她肯定不知道,如果她知道她不可能不告诉我,欺骗我对她有什么好处？如果她知道刘峥结过婚还有个孩子,估计她都不会介绍给我。

　　那我对他结过婚这件事介意吗？想到这件事的时候,我脑子里闪过刘峥这个人的影子,和他这些天点点滴滴的表现。接着我又想到了罗惠。如果只是这件事情,好吧,我不介意。结过婚也一样有追求幸福的权利,也一样可以是个好男人或者好女人。那对于他有小孩这件事我介意吗?这是脑子中闪出的第二个问题。我想了很久。如果说我不介意,那是假的!我介意,我连当亲妈的想法还没有呢,更别提给别的孩子当后妈了。而且那西瓜太郎一看就是个鬼灵精,我要当他后妈必然被他整啊。

啊!我大叫着扑倒在床上。我该怎么办呢?一整天我都闷闷不乐的,饭量顿减了一半,我时不时拿起手机看一眼,我希望他能打个电话或者发个短信来跟我说说到底是怎么回事,可是我又很怕他打电话或者发短信。我讨厌自己要面对这么棘手的问题。

老妈看出了我沉闷的表情和怪异的举动。

"你怎么了?怎么吃这么少,又减肥呢?"

"嗯。"

"你什么时候带那个刘峥回来让老妈看看啊?"我抬起头看了老妈一眼又低下头去,"过一段吧,这段太忙了。"说完我就站起来回房间了。还没十秒钟,老妈就急匆匆地追进房间来:"你跟他怎么了?"老妈果然是亲妈,自己闺女有点什么不正常,她一眼就能看出来。

"没怎么啊。"

"少骗我,肯定怎么了?"

"哎哟,老妈你好烦啊,出去出去啊。"说完就拿枕头把自己的头盖了起来。

老妈走过来,一把把我枕头扔了出去:"我生你这么个孩子还好烦呢,我叫你出去过吗?到底怎么回事?"老妈一步不让的架势。

我腾地坐起来看着她:"刘峥,他结过婚,还有个四岁的孩子。没了,就这么点事。行了吧。"说完我又躺下拿起另一个枕头把头包了起来。

老妈站在原地对我刚说的话,足足分析了有五分钟。"你说真的呢?"想了五分钟就问出这么个问题来,我没理她,根本不值得我回答。老妈又再次走上来把我包着脑袋的另一个枕头也扔了出去。得,现在是一个枕头都没有了,我只能盘腿坐在床上,看着老妈肯定地点点头。

"嘿,这算怎么回事啊?不行,我得打电话问小月去。"说完老妈就朝客厅走去,我一个箭步飞身过去拉着了老妈:"你别问她,她不知道。"

"她是介绍人,她能不知道啊?"

"她肯定不知道,小月快拿我当神拜了,她哪会为个男人骗我啊?结过婚有孩子,她不可能介绍给我。你别去问她,你要问她,她肯定一生气就去质问刘峥,那对她对刘峥都不好,他们单位会很快知道他隐瞒结婚有孩子的事情的。"

"你替人想得倒周到。你想那么开,干吗自己不吃饭啊?我告诉你,不行不行啊。"老妈正说着话,忽然电话响了起来,我觉得可能会是刘峥,于是我抓起手机冲进洗手间,把门反锁上。我靠在洗手间的窗口,低头看着来电显示,果然是他。老妈还在外面敲着门:"跟他说,不行了,这事不行了。真不像话,这么大事骗人,这人靠得住吗?丫头,你别犯傻啊,咱没那本事给人当后妈。"然后老妈终于不再敲门,走开了。

手机一直在响,我犹豫了许久还是决定接起来,可是手机刚一接通,我们俩居然谁都没说话,静静沉默着。

"露露,对不起。我不该向你隐瞒这个事。"

"你陪小宝吃完饭了?"

"嗯,吃完了,我送他们回去了。"

"你老婆挺漂亮的!"不知道为什么突然换了一种朋友寒暄似的

口气。

"她是我前妻!"

"你儿子都四岁了?看着挺可爱的。"

"嗯。"

突然觉得两个人说的话越来越生疏了。

"很晚了,你早点休息吧。"我刚要准备挂电话。

"露露,我知道这件事情我做得不对。其实我也不是来求你什么,你有什么决定都是你的自由,不过我还是想把事情说清楚。我们再约个时间见个面吧。"

依然是那个咖啡店,不过这次的气氛完全变得不一样了。这两天我有些神经衰弱,因为只要一睁眼就看见老妈站在我面前不停地叨叨:"断了,快点断啊,趁着还没投入太多,不要见面不要接他电话了。咱还不至于非得找结过婚带孩子的。"就连老爸知道这件事情之后,也皱着眉头说:"不行!"果断而干净利落的两个字。想着父母的这些态度,我再见刘峥的时候真是一脸的愁容。

"对不起,不管怎么说我还是得先道歉。"

"这都不重要了,你约我来不就是想告诉我究竟是怎么回事的吗?"

"其实我是半年前才算正式把婚离彻底的。我在国内工作的前两年半,一直在跟尹彤争夺孩子的抚养权。"刘峥停顿了片刻,如同在搜索他隐藏的记忆,"我们当初是一起去美国留学的,不在一个学校但是在一个州。毕业之后我们都找了不错的工作,然后就立刻结婚了。那时候才23岁。早期的时候美国经济还不错,我们的生活开销特别大,尹彤极爱奢华的生活,要开跑车住洋房。她的收入也很好,不过后来她怀孕了,有大概一年没怎么工作。后来她回到工作岗位上,别人对她也不像以前那么重视了。所以那一阵儿我们所有的开销都在我一个人的身上,我接了无数的额外工作,经常要出差或者整日整夜的加班。直到有一天,我回家发现她跟她的上司躺在我们卧室的床上。"说到这儿像是触动了刘峥伤心事,他长舒了一口气。

"我那时候劝自己,都是我不好,忙着工作忽略了她,但是她不是这么说的。她说是因为我太窝囊,如果我能挣更多的钱,她就不用陪她的上司睡觉获取更好的发展。她说她也想当全职太太,是因为我窝囊的原因才让她必须这么做,她也是为了让全家过得更好。她的这个理由让我一点自责都没有了,她让我觉得她根本看不起我,完全不想再维持这个家了。我非常生气,一气之下就辞职回国了。我父母知道之后告诉我不要回去,就在中国工作挺好,但是他们命令我必须把小宝要回来,因为他是我们刘家的骨肉,所以我就开始了跟她漫长的争夺孩子抚养权的官司。我在美国委托了律师,我差不多半年或者四个月要去一次,看看官司的进展如何。我那时候刚到电视台工作,我不想让人知道我身上还背着这么麻烦的事情,而且老婆跟别人上床也不是什么光荣事情,所以大多数同事都不知道这件事情,别人问我婚姻状况的时候,我都是选择笑笑就搪塞过去。可能只有一两个领导知道。所以你也不要责怪小月,她并不知道我结过婚。去年官司才有了结果,到头来我还是输了。因为小宝有自己的意识了,法官问他喜欢中国还是美国,他告诉法官'美国'。是啊,他根本都没来过中国,他怎么会说中国呢。我的父母挺伤心的,既然小宝要不回来了,他们就催促我快点结婚能快点再生个孩子。"

听到这儿我才明白,原来他是为了传宗接代才开始相亲的啊。

"你前妻她回来是?"我忍不住问了个问题。

刘峥忽然自嘲地笑起来:"这才是最可笑的事情,打了两年多官司,花了那么多律师费,结果她说她要回国发展了。小宝喜欢美国,结果还是回中国了。"

"啊? 为什么?"

"因为她失业了。她说了小宝不能上那种可怜的、贫穷的公立学校,如果那样还不如回中国上学。"

刘峥的故事说完了,我的表情也稍微缓和了一些。

"这就是我的事情。我从一开始就想告诉你,可是我们第一次见面聊得很开心,如果在那么开心的时候我突然加入这么个故事,会把整个气氛破坏的,而且我对你感觉也挺好的,我不想因为我说了这件事情就失去第二次见面的机会。后来我一直想说,可是我跟你接触时间越长就越说不出来,你行事那么保守!"

保守? 我保守吗? 自己对他的评价感觉很纳闷。

"我们几乎在一起两个月,我才敢拉你的手,还是因为怕地铁挤丢了。你这样让我很害怕,我总感觉一说出来,我们就完蛋了。所以我想等我们感情特别深厚的时候,我再告诉你。结果没想到……就是现在这样了。"

我抬眼看着他,我在犹豫:如果他说的话是真的,那对于一个男人来说他又加分了,但是对于我来说事情好像更复杂了,因为他的老婆和孩子将要和我们生活在一个城市。

"我说的是实话,你不原谅我,我也没办法。但是把事情说清楚了,我心里也算坦然了。"

"你……让我考虑考虑吧。"然后我缓缓地站起来,"我先回家了。"

"我送你!"刘峥也站了起来。

"不用! 不用!"说完我疾步走出了咖啡店,把刘峥留在了原地。

{50}
终于做了决定!

"不行!"小月大叫着站了起来,"我去找他去。"于是她撸胳膊挽袖子的一副要找人打架的阵势。

我一把把她拽了回来:"别折腾了,我告诉你不是让你为我打架。你千万不要去你的单位胡说,你听见没有。"我带着威胁的口吻看着小月。

"姐,他是个大骗子,你怎么现在还向着他啊。真是知人知面不知心啊,平时看着又和善又诚恳的人,怎么还怀揣着个惊天大阴谋啊?"

"什么惊天大阴谋啊?他没阴谋,他只是不想让人议论他失败的婚姻。"小月对我的解释根本就听不进去。她很难过地抱着我说:"姐,是我不好,我没事先调查清楚就给你乱介绍,你骂我吧。不过姐,你这亲也没白相,你用鲜活而生动的事实教育了我,男人没一个好东西!"

"你这是干吗啊,不必这么愤世嫉俗吧?你才认识几个男的啊。"

"我这是替你骂的。你这刚失恋,我这么骂觉不觉得我在替你出气?是不是觉得心里舒坦多了?姐,你不用撑着,想哭就哭,我不会笑话你的。"

"谁说我失恋了？我还在考虑呢。"

"你不打算失恋啊？"小月显得有些激动，"难道你还想跟他好不成？那可不行啊，我不同意。"

"什么时候轮到你说不同意了？"小月的这个态度让我很好奇，原来哭着喊着不允许刘峥落入别人手里，非让我拼了这命也要把这男的给弄来，如今算是给她弄来了吧，她这又跳着脚的不同意了。

"骗人的男人不能相信，而且……而且你不能找结过婚的。"

"你这又是什么观点啊？刘峥他除了结过婚、有小孩之外，其他的方面我看跟我还挺合适的。"

"姐，你还年轻着呢，你干吗这么着急啊，你肯定能找到比我们组长更好的。你放心，我帮你留意着呢，一有了合适的我第一个通知你。而且我发誓陪着你。"

"你给我住嘴！不许给我提那个养老送终啊。"

估计小月正要说送终的事呢，还好被我及时喝止了。

"那我发誓，只要你不嫁出去，我绝不找男朋友这总行吧？"

"那我要是决定继续跟他交往呢？"

"不行！"小月像弹簧一样从椅子上弹起来，"你不能找这种心里有太多牵挂的男人，你得找那种看见你心里只有你，只想娶你的那种。"

"你这是最近又看了哪部言情小说呢？非套我身上用？这一个人心里想装多少人你说了算啊？哎，你一说这话我就觉得我又老了。也许我五年前也像你这么想过吧，不过我都不记得了。现今这个社会，如今我这个年纪，到哪儿去找那种'我只想娶你'的男人啊？"我叹着气跟小月抱怨着。

"丫头,我觉得你这态度不对啊,你别看小月年轻,我看她比你想得都清楚。"那位一直站在门口、把着门缝偷听了许久的米家媳妇王雪琴女士,听到我消极的态度终于忍不住冲了进来。

"如今他那老婆和他儿子都回来了,这事可就不一样了。"老妈显得很紧张。

"你也见过他老婆,怎么样,那人看着厚道吗?是不是那种母仪天下的感觉?"

噗,我忍不住笑出来:"老妈,你这说什么呢。你是我亲妈,你都没母仪天下呢,她母得了吗?"

"我这没跟你开玩笑,就是有一种女人,一看就特别大气,离了婚了,对所有事情都特坦然平常面对的那种。"

我抬眼想了想那天见到的尹彤,摇了摇头:"没有,我觉得她看我的眼神好像特看不起我似的,就像……就像我在破坏她的家庭。鄙视中又带着点傲慢吧,但是我想过了,可能是我心理作用。"

"这女人现在有别的男人了吗?"

"这我哪儿知道啊?应该没有吧,要是有,我想刘峥会跟我说的。他只说她在美国失业了。"

"这事就更麻烦了,没依没靠的又来找前任老公了呗。这不是明摆着的事吗,你就别在这犯傻了,还在这犹豫个屁啊!"

"可是她背叛过刘峥!"

"那又怎么样?人家孩子都四岁了,再说了,你知道的都是刘峥告诉你的,事实究竟是怎么样谁知道?"

"那要是刘峥不想跟她在一起呢?"

"那你也不许跟他好!"老妈的声音提高了一百八十度。

"就算他不要那个女人了,那还有个孩子呢,他闹了那么久的离婚,不就是为了要那个孩子吗?他也说了,他父母命令他必须把孩子要回来,他连相亲再婚都是为了能快点再要个孩子,你觉得他会为了你不认他儿子吗?"

老妈的吼叫让我没了底气,想着小宝的脸,觉得实在太可爱了,我都恨不得放家里一个,整天玩玩。谁舍得不要那么可爱的孩子啊。

"我又没说不让他认孩子,那小孩挺可爱的,您要见到了您也喜欢。"我用极小的声音嘀咕着。

"哎哟,一脑袋糨糊,一脑袋糨糊。"看来老妈是真急了,她一直生气地拿手戳着我的头。

"那孩子是判给他老婆的,那是他老婆最后的王牌了。他老婆要是整天打着孩子的名义要见他,他能不管那孩子说不去吗?他要真去了,你痛快得了吗?去一次两次行,这现在都在北京了,这不是说见就能见了吗?你跟他才好了多久啊?从你上次跟我说你们算是确认关系了,到现在也就一个月,一共加起来也就认识三个月,你干吗非选这条路走啊。老妈都这把岁数了,你就干点让我省心的事吧,哎,烦死我了。"说完老妈气哼哼地摔门出去了。

留下小月一直盯着我不停地在那点头,嘴里还一直叨叨着:"说得真好,看得真透彻,姜还是老的辣。"

气得我拿手戳着小月的头:"一脑袋糨糊,一脑袋糨糊。"

我没有立场去争什么,因为我的内心深处觉得老妈说得有道理,我只是有点不甘心好容易碰到个正常的相亲对象而且还互相看对了眼,正准备全身心恋爱的时候,居然发生这种事情。我觉得这事儿甚至都已经打击到了我的自信心,是不是因为刘峥结过婚他才会看上我的啊?

从刘峥跟我解释事情原因之后,我们不再打电话了,可能彼此都怕听到对方的声音,我们选择偶尔发简短的短信。

"你怎么样?这两天还好吗?"我低头看着刘峥发来的短信。

"挺好,上班吃饭睡觉。"我简短地回了他。

"你……你考虑得怎么样了?"棘手的问题来了,让我无法回答。

"小宝怎么样?"我不想回答他的问题,因为我还没考虑好,只能选择岔开话题。

"小宝挺好的,大了懂事了,我今天带他去找了新的幼儿园。今天是园长面试,老师们都挺喜欢他的。"刘峥一说起他儿子,似乎发过来的信息字数就变得越来越多。

"你跟你前妻一起去的?"这条短信一发出去我就后悔了,怎么会问这么没营养的问题啊?我捶着头,心里暗骂着自己:一脑袋糨糊,一脑袋糨糊。

这条短信他隔了许久才回我:"是。"

好难过,这就是我心里的第一感觉。这种难过只能自己默默地吞下,不可能为此事抱怨,或者责怪别人的不是。因为他没有什么不是,你要是抱怨了,只能显得你心胸狭窄了。老妈的话又再次流入我的脑中,我也越来越觉得"德高望重"的她老人家说得有理。

又隔了几天,刘峥再次发来了短信:"这几天一直没你的消息,不知道你怎么样。"

"如往常一样。你怎么样?"再次简短回答。

"小宝病了,这些天我特别着急,全家都在照顾他,我也一直没怎么休息,所以没联系你。"

天啊!他不联系我的原因是这么得伟大,我还能说什么?

"你不用想着咱们的事情了,你专心照顾小宝吧。"

这样的回答可能是我心里做了某种决定,我不知道他能不能感受出来,但是从这条短信之后,我决定不再回他任何短信了。也许可能还需要见个面了结,但是我希望我的沉默能让他知道我的决定。

{51}
难得的机会

我失恋了！我是这么认为的，虽然我还没跟刘峥面对面的做个了结，但是我们渐渐的不再有任何联系。说自己无所谓，大不了重新再来过，这都是最虚伪的骗人的话，这些话只能安慰别人，但是安慰不了我自己。虽然只是短暂的三个月的相处，但是我还是把我这尘封许久的感情拿出来投了进去，结果却再次屈服在"造化弄人"这四个字面前。

造化啊！你别弄我了！你去弄弄别人吧！

此时我的饭量已经恢复了，不仅恢复还大增，可是情绪并没有因为饭量的增加而变得好转起来。这事太可怕了！

而且我开始惧怕去超市，我总是觉得那个地方是不是被下了某种诅咒，总是让我遇到各种奇怪的人，碰到各种隐藏的事件。

就这么恍恍惚惚的过了半个月，心里的这块石头总让我觉得出不上气，我很想找人诉说，想了半天觉得这个人只能是罗惠。虽然我知道她现在已经被她自己的事情弄得焦头烂额，而且她的事情依然毫无进展，这从杨硕士的头发就能判断出来，因为我在医院看见杨硕士的时候，他的斑秃好像更厉害了。最近一次见到他是前天，他干脆给自己剃了个光头。剃了光头的杨硕士再也无法让我把他跟一个读书人的形象联系在一起。

可是我还是想跟她说！我想没准我跟罗惠说说,让她知道了我的悲惨经历,也许她的心情能好过点呢？同病相怜嘛。

我给罗惠打了电话,她的声音依然低沉,我们俩算是低沉到一起了,我听得出她的情绪很不好,不过她还是答应和我见面,估计她也听出了我的情绪欠佳。

下了班,我早早的到我们常去聊天的那间咖啡店等她,时间一分一秒地过去,我看了眼手表已经快六点了。平时我们是五点下班,这都过一个小时了,她怎么还不来啊？有急诊？我拿出手机拨打了她的电话,响了许久她没有接。我又等了半个小时,可是还不见罗惠的踪影。在手表指针快接近七点钟的时候,我真的着急了,我起身回到了医院,我想去看看罗惠到底在干吗？

医院有个小侧门,平时都是医院的员工走这里上下班,很方便,一出来就是地铁汽车站,快七点时该上夜班的和该下班的人都走得差不多了,这条小路很安静。我低着头快步往回走,猛的和对面来的人撞了正着。我抬头一看,罗惠正满脸愁容地向门外走。天已经全黑,我看不见她的表情,我只能看见她皱着眉头。

"你怎么才出来啊？这都快七点了。"

"对不起啊,露露,我现在心情很不好。要不我们明天再聊吧？"罗惠的声音异常颤抖,颤抖到让人觉得她随时会决堤大哭出来。

"你怎么了？"我被她的这种声音弄得很慌张。

"我……我跟杨志成分手了！"这句话说完,我隐约看见了罗惠的眼角流下了眼泪。

"什么时候的事情？"

"刚才。"罗惠的眼泪不停地往下流,我能感觉到她刚刚也一直在哭。

"为什么?"

"他快下班的时候还在上一个导管手术,他说让我等他,说有话跟我说。结果他要跟我说的话就是分手,我们刚刚在十楼的露台说的。"说到这儿罗惠抽搐了一下,"露露,我现在都不想活了,我觉得自己怎么也看不到希望,刚才我恨不得从十楼就这么跳下去了。"

"到底是为什么啊?就因为结不了婚?"

罗惠哭着点着头:"他说他身心俱疲,每天看着我都异常痛苦,整晚睡不着觉,总觉得这种恋爱到头来还是没结果,自己也快被折磨成神经病了。他说甚至有时候工作的时候还在想这个事情。而且现在他家里知道有我这么个人存在,所以无论他怎么努力,他家里就是不同意,他爸的高血压也犯了住院了,他妈哭着让他跟我分手。他说他觉得自己累得都快站不起来了。刚刚他跟我说,咱们算了吧,别挣扎了。"

我无语,我只能选择无语,难道我要去骂杨志成吗?我猜测他现在的心情也好不到哪儿去。

罗惠说完了,转身又向医院走去,我没说话,在她屁股后面默默地跟着。

她忽然转头跟我说:"你别跟着我了,我想自己静静,我现在这样也回不了家,让我妈看见更伤心。我不想说话了,露露,你回家吧,让我自己待会儿好吗?"

我朝她猛点着头,然后站在了原地。罗惠急匆匆地往住院楼的角落走去。不过我没有回家,我依然选择跟着罗惠,因为我脑子飘过她说想从十楼跳下去的那句话,所以我保持最远距离地跟着她,不被她发现。我不想让她在情绪激动的时候做出什么傻事来。

罗惠像是在盲目地寻找，寻找一个不被人发现的角落，最后她选择靠在天井附近的一个大垃圾桶的后面当她的藏身之处。那垃圾桶是个硕大的长方形金属垃圾桶，摆放得跟墙有一条小缝隙，她努力地挤到缝隙里，靠着墙角坐了下来。我则躲在拐角处一直盯着她，靠着那个墙角给自己作掩护。

罗惠沉默了半分钟，突然撕心裂肺的哭声划破了夜空，罗惠终于毫无顾忌地大哭出来。我知道她想把心中的闷气全都哭走，哭到后来你能听出她嗓子都有点嘶哑了。我贴着墙角看着她，自己的眼泪也控制不住掉出来。

罗惠的声音顺着天井环绕着，感觉能传遍整个病房楼的空间。偶尔有几个窗户探出头，像在寻找这声音的来源，但是我想谁都不会发现这声音是来自那个垃圾桶后面的缝隙里。于是那些探出头的窗户只好选择把窗关上。

罗惠的哭声渐渐弱了下来，她已经上气不接下气了。我在想我是不是该出去安慰她一下，我看着她，犹豫着。忽然看着远处匆匆地走过一个人影，看着高挑的身型和光亮的头顶我知道那是杨志成。于是我又把自己藏得更好了。

杨志成到处寻找着，最后终于让他发现了躲在垃圾桶后面的罗惠。罗惠已经哭累了，她把头埋在膝盖里喘着气。

"你怎么坐在这儿啊？快起来。"说完杨志成伸手去拉罗惠。

"你别碰我，别碰我。"罗惠拍打着杨硕士拉她的手。

"你起来吧，有什么话我们起来说。"说完杨志成猛的把罗惠拉了起来。

"我不想分手！我不想分手！我不想分手！"罗惠依然拍打着杨

志成拉她的手,"我知道我离过婚,是我不好,是我的不对,那我也不想分手。你跟你爸说,我会对你好的,我也会对你爸你妈好的,我会对他们特别特别好,能不能不让我们分手啊？就算……就算结不了婚,我也不想分手!"

杨志成看着罗惠满脸泪痕的样子,突然紧紧地将她抱在怀里,他的声音也变得异常颤抖:"嗯,我们不分手,刚才是我冲动了,就算结不了婚我们也这么一直恋爱下去,不分手。"

此刻的情景让我觉得我可以离开这个墙角了,我知道罗惠不会从十楼跳下去了。看着紧紧相拥的那两个人,我不知道是喜悦还是担心,自己只能做个默默的看客,感动中带着无奈地离开!

回家的路上我一直在想罗惠的话:"我离过婚,是我不好。"离婚是她的错吗？怎么就不能再给她一次得到幸福的机会呢？非要这么折磨他们。然后我就不自觉地想到了刘峥,离婚是他的错吗？那我为什么不能再给他一次机会呢？我的内心又开始犹豫了。

到家的时候已经九点钟了,我一声不响地走进了房间,我拿着手机看着那个号码思考着,我到底要不要拨这个电话。脑子里闪现出罗惠和杨志成拥抱的感人画面,所以我鼓起了勇气,拨打了刘峥的手机。

电话响了许久,"喂,"刘峥既陌生又熟悉的声音,"露露,怎么给我打电话了？"

我沉默着,我不知道该说什么,我费了半天劲终于开口了:"周末有空吗？一起去看电影啊？"

紧接着电话里传来了一个女人遥远而又清晰的声音:"Darling,谁的电话？你快看你儿子去,洗澡又不老实了,弄了一屋子的水。"然后这声音就被刘峥用手按住了。很快,他换了个安静的空间。

"露露。"一阵沉默,我长叹了口气。心想着,真不是老娘不努力啊!造化啊,你就弄我吧!

"嗯,我在听。"

"我……我跟尹彤准备复合了。"沉默……

"嗯。"除了这个字还能说什么?

"前些天她喝醉了跑到我家来,跪在地上求我原谅她。她说都是她的错,她还拿了医生的诊断证明书,说她那阵儿得了抑郁症,所以才会干出那么不堪的事还理直气壮的把责任推到别人身上。她说看在小宝的面上想跟我重新开始,让我再给她一次机会。当时我的父母也在家里,他们看着尹彤难过的样子都劝我算了,毕竟她是小宝的亲生妈。"刘峥停顿了几秒钟,"露露……我……对不起你!"

"这有什么可对不起的?挺好的,那你们好好过吧,别再接一堆活儿累自己了。就这样吧,那我挂了。"说完我将电话挂了。

机会只有一次,错过了将不再来,在我选择给这个男人机会的时候,他选择了给另一个女人一次机会。行吧,不要拉倒,我还不稀罕你呢!心里想着这句话,可是一滴眼泪从眼角滑落了,不知道是为罗惠还是为自己。

{52}
意外

这回我是真正的失恋了,我很确信这件事情,因为我一努力,把刘峥的电话都给删了。你们又该说了,没必要!我就删,管我呢!不过罗惠最近的心情变得好了许多,可能是心里面不那么苛求某件事情,活得就坦然了吧。我很欣喜地发现杨硕士的头皮上也长了一层青色的小绒毛,嗯,看来这头发长回来有戏啊!我拭目以待!

罗惠心情好了,居然让她回忆起我曾愁眉苦脸的找她诉说衷肠的事情,然后开始追问起我的恋爱情况。嘿,你好点了就开始往我伤口上撒盐是吧?我懒得去跟她讲述我的思想是怎么变化的,那过程太复杂而且中间还有她的戏,我也不想告诉她我曾躲在角落里看她坐在垃圾桶的边上大哭。所以我将整件事情概括为:跟他性格不合,导致双方感觉不太合适。

罗惠关切地问我:"怎么不合?"

"就那么不合呗。"我用这六个字做了结案陈词。

接着就是罗惠对我的一大通教育,说我好高骛远,不切实际,自我感觉良好等等等。嗐,我就散伙了个男人,她这是把对我多年的积怨都发泄了是怎么着啊?

其实我不想告诉她,我这段恋爱矛盾的真正起因是因为刘峥结过婚,因为这似乎是罗惠的一块心病,我怕说出来会让她再次难过自卑。既然起因不提那后来的发展也自然不用提了。

一段旧的恋情过去了,想让我没心没肺似的跟二傻子一样乐,难度很大!

女人要恢复心情其实还有一个很好的办法,那就是买东西!我大多数的时候心情都很好,能让我心情变坏的事情数得出就那么几件。既然没人可以分享我分手的原因,那么我也只好采取那个屡试不爽、经久不衰的方法,花钱!谁怕谁啊。

我一激动,拿着我这些年攒下的钱,冲到了汽车交易市场买了辆车。怎么样?咱手笔大吧!我挺喜欢我这辆车的,翠绿的外观大大眼睛,长得十分可爱样子也很Q,它不仅样子Q,它连名字都叫QQ。我拿着银行卡冲到了汽车交易中心的柜台处,往桌子上一拍:"老板,给我来辆0.8排量的。"

老板十分惊慌地看着我说:"没有!没货!就1.1的,要就拿走。"

"0.8的不还便宜点的吗?没货是你们的事,那你给我这1.1的便宜点吧?"

"便宜不了,全国统一价,你要不去别的地方转转。"

你说说这老板杠头一个!真不会做生意,你要给我便宜点,我还能给你宣传宣传呢,怎么一点也不考虑回头客啊。

"算了,算了,就它吧。"

老板拿着我的储蓄卡,刷走了我的钱,把车钥匙交到我手里的那一刻,我是真的爽啊!觉得这些天那块堵在胸口的大石头终于落了下去。不过等我到提款机去看我那张小卡上的数字的时候,我怎么觉得我那块大石头又忽忽悠悠地升起来了。算了,不买都买了,国货当自强嘛!就当我支持民族工业了。我不仅支持了民族工业,我还支持了北京的拥堵,我很荣幸地加入到了需要治理的范围内,重在参与!重在参与!

拥有自己的一辆车,一直以来算是我的一个小小梦想,除了有梦之外,还因为地铁站离我们小区确实是有一段距离,大概每天要步行十五分钟,而且这条路是一条拐进小区的小路,路两边种着高大的树木,只有几个小小的路灯,还时常坏掉。最近我们科室在搞评审活动,而我又再次受到主任钦点去整理科室的各种材料,回家的时间越来越晚,于是我发现无论我多晚回家,老妈始终站在大路的路口等着我。哎,可怜天下父母心啊!

"老妈,你不用等我,我认识家,我没事的!"

"这黑灯瞎火的,我不放心。万一碰到个坏人呢,你一个大姑娘家,太让人担心了。"

"老妈,那坏人他也有眼睛的啊,您看您这姑娘的长相老安全了!你真的不用这么担心。"

"这天这么黑,他看得见什么啊?能判断出是个女的就不安全。不行,我可不放心!"

老妈这话听着怎么这么别扭呢!

所以基于以上原因,这也成了我决定买这辆车的初衷,这下老妈您总该放心了吧?结果老妈说,自从我买了车之后都快让她神经衰弱了。她依然每天到那个大路口等我,看着有车开过来,但凡开得稍微不是直线的,她都觉得那车是我开的。

"你看看你买这车,我更担心了,你问问老板能退吗?"

说实话买这车之后,我也觉得我心理上增加了许多负担,我的行程几乎可以概括为披星戴月了。早上基本六点就出门,晚上不过八点半不敢往回走,这工时自我延长了四个多啊。主任!我这样觉悟的哪儿找去啊?

基本上我开车行进的速度保持在 40 迈,快了我就紧张,而且我喜欢死守一条车道不放。晚上回家的时候,我想我经常引起各位司机大大的众怒,因为他们总是拿大灯晃我,他越晃我开得越慢,最后只能靠路边停下来让他们先过去。所以有一天你们要在北京城里看到个时速 40 的绿色 QQ 在道路上行进,那就是我,肯定没错!你们千万别晃我,我怕!

这天整理资料的工作似乎比平时完得早,我站在窗口看着路上的车,纠结着到底要不要回家,指针指向七点半了,要不我试试,早走一小时?!我内心努力地做着自我鼓励。行,实验一把,也不能永远这样啊,这开车不都是练出来的吗?

我下定了决心,今天我要早回家了!可是我刚一把车开出来我就后悔了,这车啊真不是一般得多啊。我紧握着方向盘,手心都出汗了,路上的司机大大们可是谁都不含糊,一点同情心都没有,他们依然拿大灯晃我,晃得我眼睛又花了。我开始循序渐进地向路边靠去。我正向路边靠近,突然从路边横向冲出个自行车来,把我吓得猛的往反方向打把,可是车头前又刚好有个中年妇女模样的阿姨正在过马路,说时迟那是快,我紧急刹车,刹车片那恼人的叫声划破了整个街道。可是那个阿姨还是在我车头前面倒了下去。

看着她倒下去,我觉得我也快要倒下去了,我开始哆嗦,手不停地抖着,路边的行人开始纷纷停下忙碌的脚步看着眼前的这一幕。我哆嗦地把车门打开,走了下去。一个看着五十多岁的女士坐在我的车头前,她的一只胳膊被路面蹭破了皮,往外渗着血,她想站起来,似乎努了努力没能站起来。

"阿姨！你……你……你没事吧？"

"你怎么开车的？我能没事吗？"

我赶忙过去想要搀扶她起来。可是我刚一扶她，她就喊起来："我的腿，我的腿。"我低头看了看，我的车头的确是碰到了她的腿。

"阿姨，我……我……我送您去医院吧，这离我们医院就十分钟。"说完我叫了个路人帮了我一把，把这位女士扶上了车。

阿姨的脸上挂满了汗水，估计她的腿很疼，我的脸上也挂满了汗水，我全身上下都疼。我坐在车里开始忍不住不停地叨叨："阿姨，我是新手，对不起啊！我真不该买这车，回头我把它卖了去，要不我把它送您如果您不嫌弃的话。我真不是故意的，他们老拿大灯晃我。刚才有个自行车您看见了吗？其实这事怪他。"

坐在旁边的女士终于忍不住了："你别叨叨了，好好开你的车吧，我怎么看你这车开得这么悬呢。"我扫视着阿姨此刻的表情，也不知道她满脸的汗水因为她的疼痛，还是因为我正在驾驶的这辆车，总之是比我撞倒她的时候还痛苦了！

{53}

这是我亲妈!

恐惧也是一种动力,我现在很有切身的感受。因为我在带着受伤的阿姨回医院的路上,车驾驶得如行云流水一般,我期间共变了八次线,人生中时速第一次上了60,此刻就以我的驾驶技巧而论,F1也不过如此了吧。

"阿姨,你别担心,其实我发挥好了我谁都撞不着。我会救您的,我是一个负责任的人。"

"你撞得我,你再不管我,那我肯定能找个人管你!"阿姨的话里明显还带着怒气。她生气是应该的,一个人在斑马线上走得好好的,冲出我这么个愣头青就把她给撞了,这放谁那儿都说不过去。此刻我的心里也坦然了,既然都已经撞了人,那我就应该把这些后续责任都担负起来,这样才对得起我这颗一直自责的心。

风风火火地将车停在急诊的门口,我跟阿姨打了声招呼,让她在车里稍等,我就如飞一样地冲进了急诊,借了辆轮椅。顺道还看了眼急诊外科是谁值班,哈,是大胡! 天助我也!

我把轮椅推到车边,扶着阿姨努力地坐上轮椅,推着她再次风风火火地跑进急诊。大胡正在为一个病人处理伤口,我则站在门口朝他挤眉弄眼。他看见了我怪异的表情,放下了手里的镊子走了出来。

"你这干吗呢?弄这怪表情。"

"快,快,快帮我看看,帮我看看。"说完我朝轮椅上指了指,"看看腿还有胳膊上的擦伤。"我刚说完话,在里头等待大胡处理伤口的病人抱怨了:"大夫,我先来的,怎么弄一半不弄了啊?"

"你等一会儿,一分钟,这边是内伤说撅过去就撅过去了。"

"啊?不会吧?"轮椅上的阿姨紧张地抬着头看着大胡。

"没有,没有,没有。他这是安抚政策,安抚政策。"我赶忙低头安慰着她。

大胡皱着眉头满脸烦躁的情绪,估计是嫌我在他手头正忙的时候又来骚扰他。这我都理解,而且我也确实不好意思,我这厚着脸皮加塞走后门的,确实有可能给他惹来麻烦,要是碰到好说话的患者还行,真碰到脾气不好的,随时都可能被投诉。

"这是我妈!"我赶忙加了这句话。我这句话一出口,轮椅上的阿姨惊奇地抬眼看着我,估计在分析我说的这个妈是不是指她。"不小心被车撞了,你帮我看看,我觉得腿有可能骨折了。"

这科室间的一帮一也是有技巧的,你要是告诉他带来的是个不相干的人,对方一准对你不上心,因为帮助这种不相干的人,你肯定也买不了他多少好,不会对他的帮助印象深刻的。而且我更不想让他知道我带轮椅上的人来看病的真正原因,我可不想让人知道我开车出门把人给撞残了,跑回医院看病来了。这估计人家就更不爱搭理我了,凭什么担责任来帮我弥补错误啊!

不过我一亮出此阿姨是我"亲妈"的身份,倒是让大胡的表情缓和许多:"哦,原来是阿姨啊。"说完他撩起了阿姨的裤管看了一眼,轮椅上的阿姨的小腿肿得很高,他拿手按了一下,阿姨立刻疼得叫了出来。

"嗯,像是骨折。去拍个CT吧。"

"放射科谁值班啊?"我赶紧询问。

"今天好像是老张,你认识吗?"

"见过,没说过话。"

"那我给你开个申请单吧,你去试试能蹭就蹭,不能蹭就交费去。行吗?"

"行,就这样吧。我妈右胳膊上有挺大一块擦伤。"

"嗯,我看了,那个不碍事,你先去拍片子。我这手头还有个需要处理的,估计得缝两针,你拍完了我这儿也差不多了,我再帮阿姨处理胳膊好吧?"

"行,那麻烦你啦,大胡。"

"哎,你看你,咱们谁跟谁啊,你妈不就是我妈嘛。"说完大胡朝屋子喊了护士:"小郭,出来帮米大夫开个检查单子。"然后大胡就继续去处理他的病人去了。

阿姨突然抬头看着我:"你是这儿的医生啊?"

"是啊。"我朝她笑了笑。

"哦,我还以为你带我找你男朋友或者爱人来了呢。"

"他是我大学同学,同系不同班,关系不错。"

小郭笑盈盈地走出来:"呀,米大夫真是好久不见,自从你去了门诊好久没见你来聊天了。不用上夜班舒服吧?"

"还行,还行。"我客套地寒暄着。

"阿姨这是让车撞了?真够倒霉的啊。姓名?"前面还是开场白后面怎么丢出这么个棘手问题啊,我这"亲妈"她叫什么啊?这可坏了菜了。

我犹豫着半天说不出来,忽然拿手捅了坐在轮椅上的阿姨一下,阿姨像是个机器人猛的被我按开了按钮:"祝雪梅。"

不错啊,机灵啊!心中暗自窃喜。

"年龄?"

"60。"这次很好,都不用我去按按钮了,省心。

"呀,阿姨,您都60了?看着不像啊,保养得真好,看着就跟50似的。"小郭说出这句话的时候,我才仔细观察起眼前的祝阿姨来。

祝阿姨的确保养得很好,体态匀称,皮肤也很白皙,虽然有些浅浅的皱纹,但是一点都挡不住她的风度,头发也大多是黑发,不知道染成黑色还是自然生成,只可惜由于车祸事件被梳理得很好的头发凌乱地散落开了。阿姨年轻的时候肯定是个大美人!现在看其实也是个大美人,只不过是上了年纪的大美人。

此刻祝阿姨的情绪稳定,也许是因为我当机立断地认了"妈",话语间感觉她对我信任多了,也不像刚才那样有满腔的怒火要朝我发泄了。而且她对身体的疼痛像是进入了耐受状态,居然开始关心起我的闲杂事宜了。

"姑娘,你姓什么啊?"

"米,阿姨,刚才小郭不叫我米大夫嘛?"

"哦,你是哪科的大夫啊?"

"妇科。"

"哦,我看你人缘还挺好的,跟人都挺熟的。"

"嗨,瞎混呗,主要是脸皮厚。"我说完这句话,祝阿姨居然笑了出来,"小米,你这姑娘还真挺有意思的。"

"阿姨,小米不好听,黄澄澄的一大锅。我叫米露露,您可以叫我露露。"

噗,祝阿姨又忍不住乐了:"唉,这姑娘说话真逗,什么一大锅,自己瞎联想。"

笑点真低,我说什么了我?

我推着祝雪梅来到放射科,我一推门,看见老张正聚精会神地看着电脑。哼,别装了,外面都没病人看什么电脑,肯定看电影呢。啊哈哈哈,同行们,不好意思啊,又暴露了一个你们的秘密。罪过,罪过。

"张大夫。"我轻声地呼唤着。他像是正看到了关键情节,脸上挂着笑,眼睛依然留恋在屏幕上,过了二十秒才开心地抬起头来,笑笑地看着我。有戏啊,看来这CT能蹭上,他心情不错。

"米大夫,稀客稀客啊。有事吗?"

"那个,我妈被车撞了腿,想求您给拍个片子行吗?"

"行啊,来吧。"嘿,看咱赶这时候,他肯定看的是喜剧片,要不这么痛快呢。

我把祝阿姨推了进来,张大夫一看见我这"亲妈"就跟她唠上了。

"呀,阿姨,怎么让车撞了呢?这是谁责任啊?"

祝雪梅抬头看了我一眼:"还不知道呢,反正我是绿灯过马路还走在斑马线上呢。"

"啊,您走斑马线上他都敢撞你啊?人呢?抓着了吗?肯定是跑了吧?要不怎么你闺女陪你来呢?"

祝雪梅又看了我一眼:"嗯,抓着了,没跑。"

"嗯,抓着了就行,你可得跟他多要点钱,您这是无责任啊,少说也得来个三万五万的。"

"嗯嗯,是是,您说得有理。"

天老爷,我知错了!我不该贪小便宜蹭检查来,您看我现在交费去还来得及吗?我有单子,撑死两百,我跑这转一圈套个近乎,他一动嘴,我三五万没了!

我拿着祝雪梅的片子看了又看,哎,她的腓骨骨裂,说白了还是骨折了。头痛啊!接着我要干吗呢?清理伤口、打石膏、叫她的家人、送她回家……脑子里罗列着要继续干的事情。突然手机响了,我看来电显示,天啊,是老妈,我光顾着忙乎这个了,居然忘了给她打电话,她肯定急死了。我慌慌张张的把电话接起来。

"妈。"

"哎。"祝雪梅倒第一个先答应了,她抬头看着我,以为我在叫她,然后才发现我是在跟电话讲话。我赶紧捂住话筒:"我真妈的电话,不是叫您呢。"

"哦。"祝雪梅又转过头去。

当我再次呼唤我真妈的时候,我还没出声,老妈的吼声已经快把医院的房顶掀了。

"你怎么回事啊?这几点了?到底在哪儿呢?就你开那个破车,我连电话都不敢给你打,怕电话一响影响你开车,你在哪儿倒是告诉我一声啊。这都十点了,急死我了。"

我赶忙给老妈赔不是,还违心地撒了谎,说是医院忙,忙晕了,忘了打电话了。让她原谅我一次,顺便还告诉她今晚不回去了。因为我不知道这事情要处理到什么时候,如果祝阿姨的家人把她接走或者我送她回去之后,我琢磨不如就干脆住到医院值班室去,省得让老妈担心了。我一挂了电话就听见祝阿姨叹了口气:"哎,现在的孩子真不让家长省心。"

"阿姨,我现在带您去清理伤口,然后再带您去骨科打石膏,您看看要不通知下您的家里人来接您,咱们也商量下赔偿事宜啊?"

祝雪梅忽然皱着眉头看着我:"你这是干吗啊?要抛弃我不管了?听着像是要拍给我钱,把我扔这儿了。"

"您看您说的,我哪能抛弃您不管啊。你都知道我叫什么也知道我单位了,而且我这单位同事都以为您是我亲妈呢,您觉得我抛得了您吗?我只是觉得,还是有个您的家人在场比较合适啊。"

"你这傻丫头,我都被撞这样了,我要是能叫人来我能不叫吗?还用你帮我叫啊?"

听她这么一说,我好像确实挺傻的。

"您家没人啊?"难道是孤寡老人,可是看着她意气风发,神采飞扬的气质不像孤寡啊,而且也看不出老来。

"是啊,我女儿在加拿大呢。儿子出差了,刚走三天,还得一星期才回来。"

"那您老伴呢?"

"他还在加拿大呢,我们俩替我女儿看孩子呢。我实在是担心我儿子才回来的,本来说回来住一阵儿照顾他一段,再过几个月我还得回加拿大接着替女儿看孩子呢。现在这腿坏了也不知道去得了去不了了。"我推着祝阿姨慢慢的往急诊走。

"你儿子还小呢吧?"

"不小了,我儿子是老大,我那姑娘是老二啊,我儿子三十多了。"

"三十多了你还担心啊?"

"三十多了才叫人担心呢。每天忙得不着家,恨不得半夜两三点还在外面应酬呢。我要不看着他,他连顿整饭都顾不上吃。我还担心他喝酒,他有一次都喝胃出血了。我还担心他酒后驾车,担心他疲劳驾驶,他岁数越大,我越担心,真怕他把自己身体给熬垮了!"祝雪梅一说起她儿子像是打开了话匣子,怎么都关不上了,其实我并没有用心在听,因为我正苦苦思索着她治疗完了我把她运哪儿去呢?

{54}
让人落泪的糖醋排骨

大胡正在认真地为祝雪梅清理着擦伤,胳膊上的伤的确不重,只是表皮的擦伤,虽然面积大了点,但是应该很快就能好。此时没有了病人的抱怨,大胡的心情也好多了。

"哎,露露。不是我说啊,你跟你妈长得一点都不像,你妈可比你长得好看多了,你要长得跟阿姨似的,估计你那时候在学校就更火了。"

废话,能像吗?像就麻烦了!

"她像她爸。"祝雪琴适时地插了话,然后转头看着我很得意地笑了下,那意思像是对自己机灵的表现很满意。

也是,阿姨的反应是够快的,看来这人人都有说谎的天赋!

清理完伤口,我带她去骨科给小腿打石膏,然后还在骨科给祝阿姨买了根拐杖,看了眼手表已经快十二点了。

"阿姨,您家里要是没人,那有亲戚能来吗?"

祝雪梅摇了摇头:"没有,亲戚都在外地呢。一时来不了。"

"你的伤都处理完了,药也拿完了,那我先送您回家吧。"

祝雪梅看着我点了点头。祝阿姨的家离医院并不远,不堵车的时候,我时速40大概二十分钟就到了。

小区很安静,规划得也很合理,都是六层的板式结构。

"您家住几楼啊?"

"二楼。"

"哦,那我背您上去吧。"我一听二楼赶忙说了这句话,她要说六楼我肯定就改扶她了,二楼咱还能承受得起。哎,我对我妈都没这么"孝顺"过。

"不用,不用,没那么严重。这不是有拐吗,我练习练习,估计这拐杖得用一阵呢。"

"阿姨,您甭跟我客气,我背您,没事的。"说完我就去拉祝雪梅。

"我不是跟你客气,我怕你把我摔了。我就一条好腿了,别再给摔坏了,那就真站不起来了。"

得,这一片"孝心"浪费了。

我扶着祝雪梅慢慢走回了家。祝阿姨的家挺大的,一套三室两厅的房子收拾得特别窗明几净,家具都擦得一尘不染,就是空荡荡的显得很冷清。

"阿姨,您家房子还挺大的。"

"大也不怎么好,原来一家四口住一起,这姑娘结婚了跟着女婿移民了,就剩我们三个住了,我跟老伴再一去加拿大就剩儿子自己住了。想着我都觉得他可怜。"

"嗨,你儿子一结婚不就变两人了吗?再生一孩子就三人了,还怕缺人吗?缺人生人就行了。"

阿姨家听了我的话呵呵乐了:"是啊,他赶紧结婚我也早点踏实。他现在这些事哪应该是我担心的,都应该让他老婆担心去。"

阿姨家的墙上挂着一张四口人的全家福,是那种很老的老照片。

照片里祝阿姨显得特别年轻,果然没有猜错,阿姨年轻的时候的确能沉鱼落雁了;照片里的男士一脸的沉稳气,戴着副厚厚的圆片眼睛,让你觉得文化气息十分浓烈。

照片里的小女孩看着八九岁的样子,脖子上还挂着红领巾,长得跟父亲十分相像,男孩也就十二三岁的模样,这男孩怎么看着这么眼熟呢?好像在哪儿见过,心里忍不住思索着,像……像……像祝阿姨!对,跟祝阿姨长得很像。

祝阿姨看我盯着墙上的照片看,忍不住解说着:"那是二十年前照的了,搬了几次家一直都留着,我挺喜欢这全家福的,我觉得这张里我照得挺好看的。"说完阿姨还不好意思地乐出声来,"那时候我儿子刚上初一,怎么样,长得帅吧?"

"帅,帅,帅,小帅哥。肯定招小女生喜欢。"我发誓我现在一定得把祝阿姨拍顺气了,她现在就是指着煤球跟我说"白的",我都会满脸堆笑的跟她说:"白的,白的,没比这更白的了。"我是真怕她一生气让我赔她个三五万。

"哎,可惜我女儿长得没随我,她长得随他爸了。不过也挺好,长太漂亮了该不好好学习了,而且也没耽误嫁人,倒是让我省心了。"

"对,对,对,能嫁出去才是硬道理。"

"哎,我还有我儿子现在的照片呢,比小时候更帅了,你想不想看看啊,我拿给你看啊?"说完祝阿姨要挣扎着站起来,可是一下没站起来又跌坐在沙发上了。

"哟,阿姨您别拿了,这都快一点了,我扶您躺下吧,回头您再拿给我看。等你儿子出差回来了,我还得跟他谈谈你这伤呢,那时候都能看见真人版的了。"

"对,对,看真人的,看真人的。"

我扶着祝阿姨靠在床上,给她倒了杯水看着她吃了消炎药。然后我开始犹豫了,我是不是就该这么走了呢?那她晚上要上厕所怎么办?上厕所摔着怎么办?早上起床起不来怎么办?想着想着,我坐在了床边看着她:"阿姨,您看我这脸,您好好看看,您觉得我怎么样?"

阿姨被我的问话弄得有些莫名其妙,她皱着眉头看着我:"您脸怎么了?"

"我是说,看我的面相您觉得我这人怎么样?"

"我不会看面相,不过您要真让我看的话,我看你这双眼啊……犯桃花!"

"嘿,阿姨您别说,您还真是不会看面相,我这双眼会犯桃酥都不会犯桃花。"

我刚一说完,阿姨又呵呵笑出来。

"露露,你这姑娘太贫,不过倒是挺有意思。可是你这到底想说什么啊?"

"我是想跟您说,其实我是个好人,您要是觉得我可信,我今天住您家陪陪您行吗?您这行动太不方便了,我怕您起夜摔着,那我就更内疚了。您放心,我不睡您床,我打一地铺。您要是实在不放心我,那我也只好走了,可是您要让我走,我是真不踏实,回去我得失眠。"

"打地铺干吗啊?那边两屋子呢,你踏踏实实睡去,这点小伤没事。我本来也没说让你走,这么晚了你自己出门我也不放心啊,你妈不也整天担心你呢吗。我挺能理解她的,我不能让你一个女孩子大半夜的再出去了。有什么事,明天说吧。哦,还有,我知道你是个好人。"

我很执拗的在阿姨睡的屋子里打了地铺。祝阿姨曾建议我干脆跟她一起睡，我则警告她说我要是睡着了腿功着实厉害，很有可能把她踢下床去，对她的好腿或者坏腿都十分不利，所以请允许我就这么躺在地下吧。

我看了眼表，已经凌晨二点了，我意识到我肯定没法正常去上班了，所以我给同事发了个短信请了一天假，然后一头栽倒在地板上睡过去了，哎，好累啊！

香，怎么这么香呢，这是什么味道？是饭！我睡眼惺忪的从地上爬起来，顺着香气找到了厨房，祝雪梅正拄着拐站在厨房里炒菜。

"哎哟，阿姨，您怎么这么死要强呢？腿都坏了，还做什么饭啊，我出去买就行了，急死我了，您这要是摔着了，我不得内疚死啊。"

"我这起来觉得好多了，没那么厉害，你醒了也得饿啊，这都中午了。"

真想捶自己的头，怎么跑别人家睡觉也能睡这么踏实呢？还说要照顾人家、陪人上厕所，这阿姨起来都做上饭了自己还在倒头大睡呢。祝雪梅这种要强的性格真是把我难住了，我觉得自己不是在照顾她，倒像是在给她找麻烦。

"来尝尝，这糖醋排骨是我最拿手的。我儿子最喜欢吃我做的这个，我女儿也喜欢吃，就是后来老嚷嚷减肥就不敢吃了。"

端着这盘糖醋排骨，我的口水忍不住要流下来了，轻轻地夹起一块，放进嘴里，感觉自己都快哭出来了。不是因为感动，纯粹因为好吃，好吃到想落泪，要说我真妈的做饭手艺也不差了，但是她真的做不出这么好吃的排骨来。色香味俱全，咸甜酸恰到好处，入口即化，齿颊留香，吃到嘴里有种特别幸福的感觉。

"好吃吗？"祝阿姨关切地询问着。

我赶忙点点头，我说不了话因为嘴里都是肉。

"哎,我儿子老说,在外面工作累了,回家一吃我做的这糖醋排骨,心情一下就好了。对了,姑娘,你会做饭吗?"

我看着祝阿姨,尴尬地笑了笑,摇了摇头。祝阿姨的脸上显示出一种失望的表情:"哎,现在的女孩子都不会做饭,我姑娘也不会。不过没事,嫁了人慢慢就会了。露露,你要是喜欢吃,阿姨可以教你做,这样你想吃了或者以后家里人想吃了,你就能做给他们吃了。"

干吗还以后家里人想吃了?这话说得真奇怪。不过我还是看着她开心地笑了笑,点了点头。这阿姨现在真拿我当她闺女了是怎么着啊?

{55}
我又回来了

酒足饭饱,沟满壕平,给自己整了个肚歪。脸皮真厚!自己都这么认为了,于是我很识相地把厨房收拾得很干净。带着不安而忐忑的心情坐在了祝阿姨的面前。

"阿姨,太不好意思了,本来我说留下来照顾您的,结果现在倒让你给照顾了。"

"做顿饭有什么啊?小事情。"祝雪梅满脸带笑地看着我。

"阿姨,您看我把您撞了这事到底怎么解决啊,您想让我做什么或者怎么赔偿您,您可以直接说,只要在我能力范围内,我保证做到。"

"哎,我这人是特别惜福一人,事不多要求也少,您看我那老头,"说完祝阿姨拿手指了指照片,"老学究一个,研究中国文学的,在大学里教书。老八股,就喜欢看他那些书,一点家务活都不知道干,一开始我是不高兴后来一想做学问也好,做学问就没那么多花花肠子了。"我在问祝雪梅赔偿的问题,她这倒好,跟我唠起家常来了。

"在加拿大也是,本来是要跟我一起回来住几个月的,结果跟当地的华人一交流,人家把他推荐到大学当客座讲师了,把他给激动坏了,说一定要把中国文学宣扬出去,让它走向国际,结果我就只能自己回来了。后来我一想也行,自己回来就自己回来,还少做一个人饭呢。"

我瞪着眼睛看着她,不知道她到底想说什么,究竟想要表达什么中心思想。

"我那儿子是硕士学历,我跟你说过吗?"

我看着她摇了摇头。

"他这学历读得要了命了,当年大学毕业前死活说毕了业就要去工作,说烦死读书了。我们家那老八股就是不同意,说他本科学历将来有不了大发展,非让他多上了两年学读了经济学的硕士学位。那阵儿啊,我儿子老跟我抱怨,说自己要是早毕业早工作两年,现在也许就不这么累了。我跟他说,你要早毕业两年,就进不了现在的公司了。他毕业那年,他们公司刚进中国,他算是开山的第一批元老,再加上他工作努力,所以在公司发展还不错。你想这些不都是机缘巧合吗?就好像我那姑娘长得虽然不是特好看,可是就能踏实读书不用担心中学就谈恋爱一样。"

哦,我终于听出来她想说什么了。

"阿姨,您是不是想说'塞翁失马,焉知非福'啊?"

"对,我就是这个意思,你看你不小心把我撞了,一开始我是挺生气,想着自己去超市买点东西走得好好的,也没犯交通规则,怎么就冲出个车把我给撞了。不过现在我又不这么想了,你看我这撞得也不厉害,结果我还通过这事认识了你这么个有意思的姑娘。而且咱俩还挺聊得来的,这不是缘分吗?"

我让祝阿姨说得更不好意思了,但是不管怎么说,这祝阿姨的心态确实挺好的,怪不得长这么年轻呢,原来所有愁事到她那儿都不是愁事了。

"所以,你也不用担心我会讹你什么。要真是依着我的意思,我不用你赔偿我了,等我拆石膏的时候,你再陪我去趟你们医院就行。"

"啊,那不合适吧?您这么宽容让我觉得更内疚了。那您家人能同意吗?"

"我家人啊?"祝雪梅抬眼想了想,"我儿子还是比较在意我的意见的,他为人也挺厚道,可能是自己妈就看自己儿子好吧?今天星期二,他周六下午回来,还三天半,回头我把你们约一起见见,你诚恳点道个歉,估计他也不会那么计较了。"

"道歉,我特别诚心诚意地跟您道歉。"

"不是跟我,是回头你跟我那儿子说两句客气话,我再劝劝他,估计他也就不会跟你计较了。"说完祝雪梅抬眼看了眼墙上的挂钟,"露露啊,你回去吧,昨天就没回家,现在都下午了,你看阿姨也有自理能力,你不用担心,你给阿姨留个电话,回头等我儿子回来了,我通知你。"

"啊?您真的不用我照顾您了?"祝雪梅很肯定地点了点头。

"那我真走了?"

"走吧,别让你妈担心了。心里别老想着这事,没事啊!"于是乎,我几乎是被祝雪梅推出了门外,哎,既然人家祝阿姨都不需要我的帮助了,我也只好回家了。

当我告诉我妈,我没回家的真正原因的时候,我妈又把我们家房顶给掀了。功力深厚啊,短短两天掀了两房顶。

"你说说你,你说说你,我早就跟你说了,让你别开那车,还不够担心的呢,这倒好,撞人了!你是想把我给急死啊?"老妈气得坐在沙发上一直捶着茶几,我则吓得站在自己房间门口看着她。

"那现在到底怎么样了?"

"没怎么样?撞得不厉害,我都带她去医院看过了,骨裂,很快能长好的。"

"啊?你们医院人都知道你开车撞人了?"老妈显得更紧张了。

"没有,没有,我编了个瞎话把他们瞒过去了。"

"那这事情到底解决没有啊?"

"算是解决了吧?"我小声嘀咕着。

"怎么解决的?赔了人家多少钱啊?"

"没赔钱,阿姨说等她儿子回来,让我跟她儿子说两句好话,要是她儿子也觉得没事,就算了。"

"啊?"老妈腾的从沙发上站起来,"哎哟,你说你这丫头,办事靠得住吗?她没给你签个字据什么的你就回来了?你得让她给你写个字据,证明以后再出了什么问题都与你无关,这才行呢。现在人家也知道你是哪个医院的了,也知道你叫什么了,回头哪不舒服了都说是你撞的,你说得清楚吗?"

老妈就是这样,阶级斗争思想特别严重,总觉得天下坏人多。"妈,阿姨不是那种人。"

"对,阿姨不是那种人,就你妈是这种人对吧?"说完老妈腾腾地走进卧室,顺手拿起了个枕巾,把我的睡衣卷了卷,卷成了个小包袱,走过来塞进我怀里,"拿着。"

"这是干吗?"我奇怪地看着老妈。

"回去。"

"回哪儿去?"

"回你撞了的那个阿姨家去啊。"

"啊,我这刚让人推出来,您这干吗又把我推出去啊?"

"他们家没人,你得去看着她。万一她出点意外也好说得过去,她自己一个人在家腿脚还不方便,这究其原因不都是因为你撞了她啊。万一她儿子真回来了,她再有个别的伤,你怎么解释啊?那得赔多少钱!"

"不用吧?"

"什么不用?不用也行,你现在去让她给你签个字据,说已经不关你事了,好让我这心里也踏实点。"

"人家阿姨说,等她儿子回来再解决了。"

"那你就去看着她,直到她儿子回来,解决清楚了再说。"

我看着老妈的表情,异常犹豫。

"不去是吧?那行,你把我送去,我去照顾她三天,三天以后你再去跟人家谈怎么解决,这行吧。"说完老妈回自己房间开始收拾睡衣了。

"别,别,老妈,我去!我去还不行吗!那人家要是不收留我怎么办啊?"

"那你就想办法让人家收留你呗,你去坚持三天,把事情弄利索了,回来再把你那车卖了,这事才算完。"说完老妈就把我推出了门外。

嘿,这是什么情况?我现在成没人要的野丫头了?

我卷着我的小包袱想了想,于是鼓起了勇气走进了超市,我花了快两千块钱买了很多的补品,都是含钙利于骨质增长的,还买了五斤排骨。于是我带着这些补品和排骨再次回到了祝雪梅的家。

祝阿姨一开门,脸上一脸的惊奇:"露露,你落东西了?"

"没有,阿姨,我又回来了。"说完我就把我买的东西大包小包地往屋子运,累得我满头大汗啊。

"你这样怎么那么像回娘家啊？怎么还拿个小包袱啊。"

"我妈给我卷的包袱，她知道我把您撞了特别不高兴，非说让我照顾您，等你儿子回来才能回家。这里面是我的睡衣。"

祝雪梅正要说话，忽然我手机响了，我一看是老妈的电话。我刚一接起来，老妈就跟我说让我把电话给祝阿姨。

祝阿姨接过电话，一直笑着说，不用，不用，没事，没事，好，好的。然后就挂了。她看着我说："你妈给我道歉呢，还挺客气一直叫我大姐。她说让你在我这儿照顾我三天，让我随便使唤你，别客气。还说我要让你回去，她也不让你进家。你妈也挺有意思的啊？也是心地善良的人。"

"啊，是，我妈她是挺有意思的。"哎，我妈的确不是什么恶人，但是她叫我回来可不是出于善良，她是让我看着您来了，怕您出了事讹我。

{56}
来吧！我不怕

"阿姨一直是怕你妈担心,既然你妈让你来的,那你就住下吧,刚好能陪我说说话,我倒是挺高兴的。"

于是我又打着照顾阿姨的名义名正言顺地住了下来。

"阿姨,您没跟你儿子打电话说您受伤了?"

"没有,说了也是无端让他担心,他去法国总部汇报中期业绩去了,隔着这么远,打电话告诉他,他也回不来,业绩也汇报不好。而且我这伤的确实不重,就不给他找麻烦了,再三天不就回来了吗。"

说实话我这三天过得着实舒服,比在家过得还舒服。虽然每天睡在地板上,但也丝毫没影响我的睡眠质量,因为每天早上都是祝阿姨把我叫醒的。哎,老妈,您也知道你姑娘不让人省心,非得把我塞人家家里来捣乱,我是那照顾人的人吗?

本来我是想请假陪祝阿姨,可是她坚决不同意。她说不能为了这种事耽误工作,于是我每天按时上班,到祝阿姨家的时候还有做好的饭菜,哈哈,我这人撞得算是撞出水平了。五斤排骨也发挥了它的利用价值,真好吃啊!当然我也发挥了我的优势,每天都把阿姨逗得哈哈大笑,要不是腿上打了石膏,估计阿姨早就忘了自己腿上有伤了。在这儿也挺好,好吃好喝,还没了老妈的唠叨,真跟度假一样。

三天时间真是一眨眼就过去了,哎,心里还有些不舍,这任务马上就完成了,还有些许不安,也不知道阿姨的儿子是不是好说话的人。

周六的中午,我跟祝阿姨吃完饭,我坐在客厅里看电视,等待着祝阿姨的儿子,准备作最后的事故谈判。我想自己一定要显得很可怜,而且要很有悔过的诚意,阿姨的儿子一定不会多跟我计较的。阿姨那么善良,她儿子肯定不会是个刻薄的人。我心里一直在给自己打着气。

自己心里正胡思乱想着,忽然看见阿姨从卧室里抱着一摞厚厚的相册出来了。我赶忙跑过去接了过来,嚯,真不少,得有五六本。

"你这天天上班这么忙,我老说给你看我儿子的照片,结果你回来也都挺晚的,一直没给你看成,这些都是我儿子的照片。"

"这么多啊?"我用手摸着那些相册。

"小时候照得多。他小时候长得虎头虎脑的,特像小老虎,我老给他照。这儿子大了也不爱照相了,照片就越来越少。"

我随手拿起了最上头的一本相册,相册是翠绿色的封皮,里面是老式粘贴样式。我随手翻开第一页,嚯,够劲啊!裸照,三点全露!一个裸体男人赫然印入我的眼帘,照片的旁边写着四个大字:百日留念。我是搞不懂,是不是这男孩百日留念,满月纪念什么的,都得把他的……咳咳……露出来让大家看看,好证明这生的是个真男孩,因为有"真家伙"在呢。

"那是我儿子一百天时候照的,怎么样,胖乎乎的,可爱吧。"祝阿姨在一旁作着旁白。

照片里的小男孩光着屁股张着两条小胖腿坐在藤椅上,两只小手正努力地够着他的小脚。全身一丝不挂,脑袋上却带着个虎头小帽,样子太可爱了,真是像只小老虎。小男孩的眼睛又亮又有神,可爱的笑容将小嘴挤得嘟了起来,要是眼前放着这么个小孩,我肯定得亲他的小胖脸一口。

"你别看那个了,我给看看他现在的照片。"说完祝阿姨就开始扫视那些相册,琢磨哪个才是最近的。她还没把相册拿出来,忽然听见有钥匙转动门的声音。我听见这声音,吓得赶忙站了起来。伴随着钥匙的声音,门开了一条缝,随之而来的是一个成年男子的呼唤声:"妈,我回来了。"

这男的还没走进来,我觉得我已经快晕过去了。因为这声音也忒耳熟了,我脑子里瞬间闪现出一个人影来。呃,天啊!你们看我现在跳窗逃跑还来得及吗?情急之中我赶忙拿起手里的相册把脸挡上。我的全身开始控制不住地哆嗦起来,我很恨自己啊,当初不是还发誓就算是上个厕所也要问问楚杰在不在里面的吗?那我撞了祝阿姨的时候,怎么就没多个心眼问:您是楚杰他妈吗?我可怎么办啊,这事又被我闹大了。

楚杰一进门就看见了我,然后他就愣在了原地,我不知道他是不是认出了我。我只能一直拿相册挡着脸,可是又很想看他的表情,于是我又向上慢慢地挪出个眼睛来。一挪出来,我就觉得他在盯着我看,于是我又赶紧拿相册把脸挡起来,可是我还是想看,于是我把眼睛又挪了出来,很快又藏了回去。老远一看就像我在啃一块西瓜皮。

就这么僵持了半分钟。

"你舔那照片干什么?"楚杰终于说话了。

靠,一张嘴就不说人话,我舔照片?我得是多大一变态我舔他这照片啊!真他奶奶地气人。他一说这话,我也知道我是藏不住的了,他肯定一进门就认出我来了。我一生气猛的将相册扔在了茶几上。

楚杰低头一看那相册,脸瞬间就红了。他可能也觉得说我舔他这照片有些过分,慌忙走过来把相册合起来,塞在了桌子的角落里。

"你怎么在我们家啊?你来干吗来了?谁叫你来的?"听听这三大问句,以前他好歹还对我用个尊称总是您啊您的,后来改用个官称叫个米大夫,现在倒好,你啊你的,真没礼貌!

祝雪梅被眼前的景象也给弄懵了,她眨巴着眼睛看了看她儿子又看了看我。

"老虎,你们认识啊?"

老虎!刚才我还一脸的愁云,被阿姨突然呼唤了楚杰的别称,弄得我忍不住想笑了。

"妈!别瞎叫。"楚杰皱着眉头看着祝雪梅抱怨着。

"我……那个……就是……我是串门来了。"我努力了半天说出了这么一句话。

"对对,露露是串门来的,跟我住好几天了。"

"什么意思啊?我都被搞糊涂了。您认识她啊?妈。"楚杰把行李箱靠在墙边,朝祝雪梅走了过来。

"啊,刚认识的,你们也认识啊?"说到这儿祝雪梅显得异常兴奋。

楚杰从我身边走过去的时候看了我一眼,并没有跟祝阿姨作过多的解释。他一靠近沙发就看见祝阿姨的腿上打着石膏。

"妈,您这腿是怎么了?"楚杰立刻慌张起来。

"啊,没事,受了点小伤。"

"您怎么这么不小心啊?什么小伤啊,这都打石膏了,这是怎么弄的啊。"

"啊……就是让车撞了一下,不碍事。"

"啊？怎么让车撞了？谁撞的您啊？在哪儿撞的啊？"

祝阿姨不说话了，她一直看着她儿子笑。

"我！是我撞的！"我用几乎自己都听不到的声音，小声说了一句。

"什么！"楚杰猛的从沙发上站起来，三步走到我面前，他开始解他休闲西服的扣子，眼睛紧盯着我，双手叉着腰喘着粗气。

别打我！别打我！千万别打我啊！你要打我也千万别打我脸啊。我心里一直不停地嘀咕着。

"你……"楚杰转过身去又喘了口气，"你……"

"你干吗撞我妈啊？她招你啦。"楚杰也开始口不择言了。

我一脸委屈的面容看着他："那我也不知道她是你妈啊！我要真知道祝阿姨是你妈，我就算撞我妈我也不敢撞你妈啊。"老妈，您原谅我吧，回去我就把车卖了，一准撞不着你，我也就是在这儿说说。

"你……你撞人还有理了你！你是不是跟我有仇啊？你要是跟我有仇，冲我来啊，你撞我妈干什么啊？"我猜测楚杰可能真是不知道要说我什么好，看着我半天说不出句像样的话来。

"我哪儿跟你有仇啊？我哪敢跟你有仇啊？我怕你来都来不及呢，你就不能心胸开阔点，这真是个意外！"我用只能我们俩听得见的声音叨叨着。

楚杰听着我小声的叨叨似乎更生气了："你行，你真行！你想让我怎么开阔啊？"

"老虎，你这乱发什么脾气呢？露露她真不是故意的，她都在这儿照顾我好几天了，非要等你回来亲自跟你道歉。妈是真没想到原来你们认识啊？别跟露露嚷嚷了，快来跟妈说说你们怎么认识的？"

楚杰的眼里依然充满了怒火，我觉得他肯定认为我是故意的，要不事情哪会如此凑巧啊。可是这事情真的就是阿姨嘴里说的,缘分啊!不对,是孽缘啊!

"她是……她是我们公司一个职员的表妹。"楚杰向祝阿姨做着介绍,解释着我们为什么会认识。

是啊,我除了是他职员的表妹,我还是他的"救命恩人",我还在医院羞辱过他又反过来被他羞辱过,我跟他吃过饭踢过他的腿,在夜店扛着醉鬼从他身边经过,在他的面前被人打是他出手制止了那个疯婆子然后又非常犀利地鄙视了我,除了这些我还跟李貌在大街上相拥而泣让他撞个正着,如今我又把他亲妈撞个半残!行啊,来吧,这点哪够看啊?再来点别的吧?以为我怕吗?我这越吃越胖是干什么用的,就是为了干这个的吧?天上一边嗑着瓜子,一边整我看好戏的那位,你也是这么想的吧?

{57}
此地不宜久留

此刻的我思绪万千，我真是不知道这事要怎么平掉才算合适。本来不小心撞了祝阿姨我就很内疚了，结果她还偏巧是楚杰的老妈，与楚杰的种种机缘切磋之后，我从来就不指望他能对我有什么好印象，现在的如此这般，我看真的马上就要成仇人了？

我站在客厅中央像个等待接受审判的罪人，低着头皱着眉头内心纠结着。此刻的楚杰情绪像是比刚才平静了许多，他倚靠在门口的鞋柜上，环抱着双臂看着他眼前这个等待被他审判的人。

"哎呀，没有这么严重，你看看你们两个，老虎，都过去了，你看妈这不是挺好的吗？而且我细想了，妈也有错，我过马路的时候没注意看那红绿灯，没准是妈闯红灯了呢？"

"阿姨！您别这样。"我觉得我的眼泪都快掉下来了，"都是我的错，我知道，您没闯红灯，是我太笨撞了您，我在这儿陪您这几天不就是想领这个罪吗？你要这么说我就更难受了！"

楚杰长舒了一口气，然后他把外衣脱掉扔到沙发上，然后离开了鞋柜朝我走了过来，这是要干吗啊？我又想把我的脸捂上了，他这是不是要过来准备扇我了？

"米大夫。刚才可能是我情绪太激动了,不好意思啊。"嗯?官称再现江湖?他究竟打的什么主意?

"楚老虎,不是,楚老板,也不是,楚先生,是我不好意思,您千万别跟我客气,您这么说话我浑身不自在,我这心毛毛的。"哎,做了理亏的事就是这个下场!米露露,你也有今天,曾几何时你也在他面前一副耀武扬威的架势,如今见到人家连句整话都说不利索了。

"我就是想问,您一直在我们家这么待着不走究竟是想干什么呀?"

"我……我等你呢。"

楚杰的脸上居然又开始挂着他那种无奈的笑了:"你等我干吗啊?"

"阿姨说让我问你这事怎么解决?她说她自己说了不算,让我问你意见。"

楚杰回头看了祝阿姨一眼,祝雪梅朝他猛点着头:"对,对,对,是我说的。"

楚杰转过头来看着我:"行,那咱就说说这事吧。我希望你能带我妈把腿看好了!"

我拼命地点头,表示没问题。

"露露一直带我看呢,我从一开始就是在她们医院看的,她每天还帮我搓搓这腿呢。"

"妈,你别插嘴!"楚杰转身喝止了祝阿姨的插话。

"医药费?"

"我包!"我斩钉截铁的回答着。

"营养费?"

"我包!"毫不犹豫地回答道。

"行,那我没问题了。我这样不过分吧?"楚杰用眼睛盯着我。

"不过分,不过分,不过……那个……就是吧……"我犹豫地看着他。

"你还有什么问题?"

"我现在没带钱,我明天送来行吗?"

"行,没事。我不着急。"

"哎哟,老虎,你别要露露什么这费那费的,她都花不少钱了,我现在吃的补品都是她买的,她还老买呢,还买了好多排骨。"

"妈,你让她在咱家住这么多天不就是说等我回来解决吗?我就这么解决怎么不行啊?"

"没有,没有,阿姨,楚大哥这么解决挺科学的。"

"别叫我楚大哥。"楚杰一脸不耐烦的神情。

"楚先生,楚先生,特科学,我同意。就这么着吧。"

楚杰继续拿眼睛盯着我:"那您还站在这究竟是什么意思?"

"哦,对,对,阿姨,我跟楚先生都商量好了,那我这就先回家了,回头该检查的时候我电话联系你啊。那没什么事我就先走了。"

"露露!"祝阿姨的表情透着些许不舍,可是此刻她又不知道说什么好。可是楚杰迫切的送客目光让我一分钟都待不下去了。

我刚一走出门,楚杰就立刻将门关上了,虽然不是重重地摔门,但是也让我领会到不需要任何的客套寒暄告别。我的小包袱!我突然想到了我的包袱还在他的家里。于是我转身想敲门,手还没碰到大门,就听见里面吵了起来。我用耳朵贴在门上想听他们究竟说了些什么。

"妈!你怎么什么人都往家里领啊?你跟她熟吗?你知道她是好人坏人啊?"

"露露,她当然是好人,我一眼就能看出来,可能干事是莽撞,但是是个特热心还单纯的姑娘。"

"您刚认识她几天啊?就看出单纯来了?她可真不单纯。"

"是,她有时候说话是挺生冷不忌的,但是我觉得那是她心里坦荡,所以才有什么说什么呢。我是不知道你们之间到底有什么矛盾,不过我觉得你应该相信老妈看人的能力。"

"是您见的人多,还是我见的人多啊?"

"那是你岁数大还是我岁数大啊?"祝雪梅也一句不让。

"算了,我不跟您争了,我跟您嚷嚷您别生气啊。还有,您以后别老在别人面前叫我老虎老虎的,我都多大了?还有那照片,您怎么什么都拿给人家看啊,那些照片能拿给外人看吗?"

"嗨,我刚才看你那么生气,一急就忍不住叫你小名了。老虎,露露那姑娘真的不错,我觉得你们肯定是有什么误会,你要不跟她多接触接触。"

"得了,老妈,我知道您又打什么主意呢,这真不可能!您别难为我。我这刚下飞机,一回家就被折腾一通,我去洗澡了。"

终于不吵了,于是我赶忙伸出我颤抖的手按了门铃。我得在他洗澡前把我的小包袱拿出来。

楚杰很快地开了门,一看是我,他的眉头又立刻皱了起来:"你怎么又回来了?"

"我落东西了,我想拿走。"楚杰犹豫了下,然后闪身让我进去了。

我刚一走进来,祝阿姨就激动地喊着:"露露!"

"哎,阿姨,我又回来了,我忘拿我的小包袱了。"

我慌忙走进卧室拿着我的枕巾把我睡衣卷了卷,又走了出来:"阿姨,这次我真走了。买的那些补钙的您记得吃啊,有利于愈合。"

我走到门口看了眼楚杰:"她那石膏打时间长了,不透气会痒,你给她搓一搓应该能好受点。"

楚杰看着我犹豫了几秒钟然后轻轻地点了下头。于是我像个被婆家赶出来的小媳妇一样,垂头丧气地挎着我的小包袱回家了。

{58} 容我解释一下

当我告诉老妈我把薛凯老板的亲妈撞了的时候,老妈的眼睛瞪得比铜铃还大。

"啊?那可千万别让薛凯知道,估计他要知道了得愁得好几天睡不着觉,没准最后会来跟你断绝亲戚关系。"

"嗯。"我十分认同地点着头。

"那人家说让你赔多少钱啊?"老妈更关心的其实是这个问题。

"没说具体数,就说让我赔医药费和营养费。"

"那倒也算合理,三千块钱够了吧?"老妈急切地询问着我。

"您别管了,我自己看着办吧。"

星期天,一大早我去银行取了五千块钱,然后赶到了祝阿姨的家。我一时没有勇气上楼,躲在一个角落里,一直盯着祝阿姨家的窗户,想判断出楚杰是不是在家。星期天肯定在家,也不知道五千块够不够,要是不够我就再去取点去,自己站在角落里一直瞎想着,脑子中无数次地演练碰到楚杰之后究竟要说些什么。我还在犹豫什么时候要去敲门的时候,忽然看到楚杰穿了身休闲装,背了个大背包匆匆出来走掉了。哎,我这块石头终于落地了,他不在这事就好办了。我又在角落里躲了二十分钟,确认他确实不会回来的时候,我才跑进了楼按了祝阿姨家的门铃。

祝阿姨开门看见是我,异常高兴:"露露,你来了,太好了,快进来。"

自从知道这是楚杰的家之后,我发现自己对这里十分忌惮了。明明知道他不在家,可是又怕是自己看错了,进门的时候忍不住地探头探脑着。

"别看了,老虎不在,上班去了。"

得到了祝阿姨的口头确认,我终于踏实了,大着胆子走了进来。

"楚先生也够忙的,周日还上班啊。"

"啊,他陪客户钓鱼去了。"

"钓鱼?钓鱼也是上班啊?"

"是啊,陪客户不就是等于上班吗?他自己也不爱钓鱼,要不是需要陪客户,估计他现在还赖床上呢。干他们这行的,五花八门都得会。按老虎的话说,你知道能碰到什么人啊,人家要是喜好什么,你也不能什么都不知道啊。他自己没事在家老学那些五花八门的东西。"

"哦,那楚先生的生活还挺丰富多彩的。"

"他自己说这叫生活所迫。"祝阿姨面带笑容地拉着我坐在沙发上。

"老虎昨天那么跟你嚷嚷,你别生他气啊。"

"没有,没有,楚先生生气是应该的,别人要把我妈撞了,我也生气。其实他昨天对我算好的了。哦,对,阿姨,我今天给您送钱来了。"我把卷好的五千块钱放在桌子上,"阿姨,五千块钱我不知道够不够,昨天楚先生也没跟我说多少钱合适,我就取了五千,您要是觉得不够,我一会儿再去取点去。"

"露露,阿姨不想要你的钱,你把钱收起来吧。"

"阿姨,这都说好的事情了,您别这样了,要不楚先生还得跟我嚷嚷。"

"他不会跟你嚷嚷的,事过去了也就算了,他不是那种揪着事不放的人。你把钱收起来,露露,咱们通过这事能认识,我真的很高兴。你要总是钱啊钱的,阿姨就该不高兴了。"

"阿姨,您这不是难为我吗?"

"这有什么难为的,听阿姨的,没事啊。把钱收起来,你回头带阿姨去你们医院拆石膏就行了。中午别走了,阿姨给你做排骨吃,你最爱吃的那个。"祝雪梅似乎对她有条小腿绑石膏的状态已经习以为常了,说完就猛的一用力站了起来,然后踮着脚走进厨房。我要伸手扶她,她却推开我说:"不用,不用。"

我看着桌子上那五千块钱开始犯难了。祝阿姨这坚决不要的态度并没有让我心里舒服,反而让我觉得更煎熬了。于是我抓着那五千块钱开始在客厅里寻找,我想把它藏在某个角落,一时半会发现不了,但是最后又肯定能被发现而不至于被当垃圾扔掉的地方。最后我偷偷地把钱塞进了鞋柜的一双鞋里,心里总算得到了某种安慰。

排骨真好吃啊!依然只能用这句话形容。阿姨一说给做拿手菜,我真的就走不动道了,心里总是不停地跟自己说:难得吃一次,不知道下次还能不能吃到了,吃完这次再减肥吧。

"露露,你有男朋友吗?"祝阿姨看着我吃饭,突然问了我这么个私人问题。

"嗯,有过。"

"有过?那就是现在没有了?"

"嗯,现在没有。阿姨,您突然这么问,我都不好意思了。"

"哎,阿姨是看你年纪小小的,有时候是会办些糊涂事,阿姨这是关心你。"我抬眼看着祝雪梅,总觉得她话里有话。

"阿姨,我不小了,我都27了。"

"27,在阿姨眼里也是小啊,你们这些年轻孩子有时候做事都爱冲动,一碰到那些跟爱情有关的事情啊,就容易晕。特别是像你这种思想单纯的,最容易受骗了,有些岁数大的男人特会骗小女孩。"

我觉得祝阿姨说话越来越有意思了,我开始满脸带笑地看着她,实在是想从她的话里分析出点事情来。

"露露,既然现在没男朋友,就别着急找啊,擦亮眼睛好好找,没准就发现这认识的人里,哪个人就是好人呢,这事就成了呢。犯一次错,不怕,改了就好,这人都是跌跌撞撞才长起来了。"

我呵呵地笑出来,我真忍不住笑,我终于知道祝阿姨说这些话是为什么了,肯定是楚老虎跟她说了我的什么光辉事迹。岁数大的男人不能信?那肯定是说我在医院被打的事,那说没说我跟李貌抱着哭的事啊?

"你看你这丫头,笑什么啊?"阿姨被我的笑弄得有些不好意思了。

"没事阿姨,我是突然觉得楚先生肯定跟您说我在医院被别人老婆揍的事了吧?"询问完之后,我自己先笑得差点没背过气去。因为我不知道要不要跟阿姨解释这件事情,我总觉得要说自己被误伤至脑震荡,还不如承认自己勾搭别人老公被教育光荣呢。后者好歹还证明自己有人喜欢啊,前者却只能说明自己是个令人发笑的倒霉蛋。

事实证明我的判断是正确的,在祝阿姨的一再追问下,我只得跟她解释了我为什么一听到她说别被老男人骗之后,自己差点笑背过气去,并顺便表达了对楚杰出手相救的感激之情。祝阿姨的表情开始是忍着,因为她实在不理解我都被打成脑震荡了,怎么还笑得如此开心。不过后来她发现,我自己都把此事当做了个大笑料。反正我的事情都是用来逗人发笑的,我已经习惯了,也不多祝阿姨这一个。

"露露,你有没有发现其实你跟老虎还挺有缘的啊。"

那是相当的有缘了,有缘到我都想立刻逃离北京这座城市了。

{59} 好一声惊雷

"露露,你要是没什么事,多来陪陪阿姨吧?阿姨现在腿坏了,也出不去门,我儿子每天回来得特晚,自己在家待时间长了,连个说话的人都没有。你有空陪阿姨来说说话吧。"

"啊?!"我有些为难地看着祝雪梅,"阿姨,您让我来陪您我是没问题,不过我跟您说实话,我心里挺怕您家老虎的。不是,是挺怕楚先生的。"

"你怕他?怕他干什么啊?他人挺和善的,行事也特别讲道理。"

"对,他太讲道理了,讲得我真讲不过他。我在他面前不是丢一次人了,我一看见他,我这心就慌,我话都说不利索。"

祝雪梅又呵呵地乐起来:"哪至于啊。你放心来,阿姨保证他不在家,他每天不到十点都进不了家门。周六周日你要是想过来玩,实在担心的话,你打个电话,他要在,你就别来,这还不行吗?"

我尴尬地笑了笑,点了点头:"行,那我要是有空,就来陪您啊。"

祝雪梅的腿恢复得很快。在刚到一个月的时候,我带她到医院检查了一次,X光片显示,骨裂已经愈合得差不多了。我又跑去请教了骨科医生,他们说这么大岁数恢复这么快说明休养得不错,可以拆石膏做康复锻炼了。在这一个月里,我差不多每星期去祝阿姨家两趟,除了陪她聊天,每次还都能一饱口福。而我每次去也都像做贼的一样,先在门口探头探脑打探一下才敢大大方方地走进去。大概去了七八次,还真是一次都没碰到过楚杰。哎呀,看来这事业型男人的家里也有弱点啊,老没人,这我不就能为所欲为了吗?!

祝阿姨的腿是好了,我跟祝阿姨的关系也越来越好了。祝阿姨的思想特别开放,虽然比我妈岁数还大,但是她对很多事情都看得很开。我发现跟她在一起我的心情也能变好。祝阿姨告诉我,她在话剧团工作,曾经还演过四凤呢,不过后来话剧团不景气了,她就去做后勤工作了,一直到退休。哦,怪不得祝阿姨长这么好看呢,原来是演员啊。

周三轮到我休息,一大早醒来无所事事地躺在家里,忽然觉得馋虫作祟,于是很厚脸皮的给祝阿姨打了电话,问能不能去解决一下馋虫的问题。祝阿姨很高兴地答应了。

我十点钟跑到超市买了几斤排骨,然后很开心的一路哼着歌到了祝阿姨的家。

我一按门铃,门很快打开了,楚杰站在门口看着我:"你来了?进来吧。"说完他就闪身让我进去。

我表情十分错愕地看着他,脑袋像是被重锤敲了一记:"你你怎么在这儿?"

我问完这句话之后,楚杰转头四下看了看,然后奇怪地看着我说:"这是我家啊,我不在这儿我在哪儿啊?"

"星期三,你不上班你在家待着干吗?"我看着他好奇地问着。

"星期三,你不上班跑我们家来干吗?"哎哟,噎死我了,你就不能有一次好好回答我的问题啊?

"别在门口站着了,进来吧。"楚杰伸手示意让我进去。

我拎着我买的排骨走了进去:"我跟阿姨约好了,她让我过来的。"

"嗯,我知道。我妈让我告诉你,她有急事出去一下,一会儿就回来,她让你在这儿等她。"

"啊?!"我心里有些失望,我看了眼手里拎着的排骨又看了眼楚杰,心想,阿姨不在那这馋虫是不是就救不了了。

"干吗啊?觉得我跟它长得像?比对什么呢?坐吧。"楚杰招呼我坐,可是也没告诉我坐哪儿,自己先走到客厅的沙发上坐了下来,他拿起茶几上的报纸翻看着。

"楚先生,今天终于休息了?难得,难得啊。"我勉强地笑着,很客套的跟他寒暄着,哎,只有两个人好尴尬。

"下午四点的飞机去外地,所以我上午就干脆不去了。"他并没有抬头看我,依然看着手里的报纸,嘴上解释着他为什么会在家。

真是个傲慢的家伙,家里来客人了,他也不说招呼招呼,沏个茶倒个水的。让我在这儿站着,他倒踏踏实实地坐沙发上看报纸了,说句话连头都不抬!我是他们家新招来的保姆啊,气死我了!于是我也气哼哼地坐到了饭厅的餐桌旁,把排骨狠狠地撂在了餐桌上。可是屋内的气氛依然那么尴尬,只有楚杰哗哗翻报纸的声音,我坐在餐厅里叹着气,一边数着他们家装了几盏射灯,一边期盼着祝阿姨早点回来。

可是时间一分一秒的过去,仍然不见祝阿姨的踪影,那我是等合适还是走合适啊?我犹豫着。楚杰抬眼看了眼墙上的挂钟,于是把报纸放下朝我走了过来。

他走到桌子跟前,指了指桌子上排骨:"这个会做吗?"

"啊?"我不知道他又在打着什么主意。

"你三天两头往我们家跑不就为这口吗?你应该会吧?我妈不说要教你吗?看过不下十次了吧?看也得看会了。"

我朝他尴尬地笑了笑:"差不多吧。"

"哦,那去做吧。"

"啊?!"我慌张地站了起来。

"我两点要出门,你现在做。等我妈回来了刚好能吃午饭,你吃了我妈做的那么多次饭了,你就也为她做一次呗。"说完楚杰就把排骨拎起来塞到了我的手里,然后指了指厨房,"去吧,我在门口看着,找不到什么我告诉你。"原来他真的把我当保姆了。可是心里又觉得他说的也有道理,阿姨都做了那么多次饭了,我给阿姨做一次也没什么。行,那就这样吧。今天我就露手绝活让大家瞧瞧。

我一边挽着袖子一边走进厨房,一副准备大干一场的架势,楚杰则带着一副瞧好戏的面容倚靠在厨房的门口看着我。

我不能让他看扁了,心里暗暗地下着决心,脑子里努力回忆着阿姨教给我的步骤。我觉得我今天也算超常发挥了,居然阿姨做饭时的情景都清晰地罗列在我脑子里。我按部就班地处理着那些排骨,总觉得时间又过了很久,祝阿姨怎么还不回来啊?

"祝阿姨,就说让我等她,就没跟你交代点别的?"我忍不住了,看着厨房门口的楚杰,好奇地问着,顺手抓了一大把糖丢进了锅里,心里默念着,这叫炒糖色。

"哦,她说让我跟你谈恋爱!"楚杰面无表情平平淡淡地说出了这句话,让我觉得这句话甚至都不是从他嘴里说出来的。

此刻我被他的雷人之语定在了原地,直惊出一身冷汗来,我表情急速地陷入到痴傻的状态,我慢慢转头看着他,他则一脸平静的样子,盯着灶台上的锅。过了十几秒钟,他突然冲进了厨房:"糊了!"一把从我手里把炒菜铲拿了过去,"有你这么炒糖色的吗? 把糖一丢就不管了?"我的痴呆症状还没有缓解,楚杰则抢过了炒菜铲充当起了大厨的角色:"我就知道你做不成。"嘴里轻声地抱怨着。

我脑子里不停地转悠着:我跟他谈恋爱? 哦,天啊,如果现在有人告诉我世界上就剩三个男人了,一个是李貌,一个是分头发的于成浩,另一个是楚杰,我想我可能会毫不犹豫的跟他谈恋爱。因为李貌是用下半身思考的男人,我还是比较喜欢用上半身思考的男人;于成浩的分头发绝技属于我的神经必杀技,看时间长了让我想剃个秃子;但凡这世界上比这两男的再多一个,我都不选楚杰,就他这两下子,出不了三天就能把我噎死,我还想多活两天呢。

{60} 你是冠军!

现在换成我在厨房门口看着他做饭了。真没想到他居然是个会做饭的男人,从他娴熟的切菜和翻炒动作就能看出来。他转头看了我一眼:"还在想我刚才跟你说的事呢?"

"啊?"我不知道怎么回答他。

"你觉得这事有可能吗?"一边看着我说话,手下依然不停地干着活。

我条件反射似的猛摇头。

"那太好了,咱俩想一块儿去了。所以,一会儿要是我妈回来,或者你再跟我妈在一起的时候,你自己跟她说咱俩不可能啊!省得她整天没完没了的跟我唠叨。"

原来他是要让我跟祝阿姨说这个啊,吓死我了,吓死我了。

楚杰很快地炒了两个菜,放在桌子上,然后自己盛了碗饭,坐在桌子旁吃起来。我站在他们家的餐厅里看着他,不知道自己此刻要干些什么。

他抬头看了我一眼:"去拿碗盛饭吃饭啊!我做的饭还得让我伺候你吃啊?"他那副不耐烦的神情又爬上了脸。

"哎！我是你们家的客人呢？你跟我说话就不能客气点吗？"他这副趾高气扬的态度，让我刚熄灭的愤怒之火又再次燃烧起来。

楚杰看着我笑了一下："我不在家的时候，你都在我们家吃多少顿饭了？就没见过你这种拎着排骨到人家，点名让别人给你做饭吃的客人。"

楚老虎！你行！心里咒骂了他一句，说完我就冲进了厨房盛了碗饭坐在桌子边大口吃起来，心想着，你的意思不就是说我脸皮厚吗，我就厚，你怎么着吧，有本事把我抓派出所去。

我气哼哼地夹了块排骨放在嘴里大口咀嚼着，楚杰忽然抬头看着我问："好吃吗？"

"啊？"我于是仔细地品了品，"好吃，不过好像比阿姨做的多了一点点苦味。"

"那也是你弄的。"说完他又继续吃他的饭了。

嘿，你看这人真是不虚心，我就抓了把糖扔锅里，这事就怪我头上了？！

楚杰吃完了饭看着仍然在饭桌上厮杀的我，突然带着笑意地问道："我有点事特别好奇，很想求证一下。"

"嗯，说吧，看在你做这顿饭还不错的分上，我肯定据实回答。"我一吃饱了，心情立刻就变好了。

"我们公司体检那天，你在医院被人打？是因为人家认错人打错人了？我有点理解不了，就算你长得不喜兴吧，能倒霉成这样？"

问问题，你就问问题，你损我干吗啊你！现在连李貌我都能接受了！恭喜你啊，楚老虎，你又上升一位。

我长舒了口气，放下筷子看着他："你觉得如果是你找外遇，会找我这样没脸蛋没身材、性格不温柔、说话尖酸刻薄的人吗？"

楚杰看着我迟疑了一两秒钟，看得出来他在强压着自己想笑的冲动："别说，你对自己总结还挺到位，有道理，别说外遇了，我估计正遇都困难吧？哦，对，你还少说一样，饭量还大！不好养！"

我决定了，现在就去厕所扣嗓子眼，把吃的饭都吐出来。这不是耽误我骂他吗？

"不吃了。"我把碗往前一推，坐在桌子边生闷气。

"不吃了就把碗刷了吧，锅还有灶台都清扫干净啊。哦，还有，把垃圾也收一收。"说完楚杰就起身向房间里走去。

祝阿姨，您到底回不回来啊？您家这只老虎还有没有人管了？其实每次在祝阿姨家吃饭，吃完之后都是我收拾厨房，但那是出于自觉自愿，我收拾得也开心高兴。如今被他像使唤丫头似的命令着干这活，怎么心里这么不痛快呢。我一边生气地擦着灶台，一边嘴里嘟囔着自己没看皇历就出了门。

"骂我呢吧？"楚杰站在厨房门口带着笑看着我。

"没有，没有，没有。"我慌忙转过头来看着他。我也真够怂的，我怎么就不能承认老娘就是骂你呢，你怎么着吧。

"这是你干的吧？"说完楚杰拿了一摞钱在我面前晃悠着。

"什么东西？"我有点糊涂。

"往我鞋里塞钱啊？早知道，我做顿饭能给这么多，那我就多炒两菜了。把钱收起来啊。"说完他就把五千块钱扔在了餐桌上。

"那钱是……"

"我知道那钱是干吗的，上次我妈说你送钱过来了，她没要，然后你就把钱塞鞋里了吧？这事我看也就你能干得出来。这得塞一个多月了，要不是我出差收拾行李，都不知道什么时候能发现了。下次别塞鞋里了，直接塞我钱包里就行了，肯定丢不了。"

"那你就把那钱塞你钱包里呗。"

"我妈都说不要了,我还能好意思要吗?你现在恨不得一个月往我们家跑八趟,我看出不了一年,你就把五千块钱吃回去了。"

恭喜楚老虎!你荣登冠军啦!我现在就剃个秃子找于浩去,你们谁要是逼我跟楚杰谈恋爱,我真跟谁急。

楚杰看了眼墙上的挂钟:"两点了,你收拾完了吗?"

"嗯,差不多了。"

"那走吧,估计我妈不会回来了。我现在要出门了,你把垃圾拎上扔楼下去啊。"

楚杰拎着他的行李箱,站在门口等着我,此刻他又打扮得人模狗样了,一副商务人士要出门的样子。而我则跟个保姆似的,拎着个装满垃圾的大袋子跟他后面走出了他们家。

"我不能送你了,我要去机场就不开车了,我打车去,我得陪一个非常重要的客户,所以我不能迟到。"

"我没说让你送我啊,我自己有车,我开车来的。"

"还没把车卖了呢!!"楚杰一听我有车这事,显得异常紧张。

"你叫这么大声干吗啊?我现在技术好多了,跟以前完全不一样了。那用不用我开车送你?"我跟他假客套着。

"不用,不用,不用。"楚杰当机立断地否定了我的提议,"你一会走哪边啊?"他十分关切地询问着。

"我出了门奔西。"

"那太好了,我奔东,那我就安全了。行了,我不跟你说了,我先走了。你有空来陪我妈啊!"说完楚杰拎着他的箱子匆匆离开了。

我拎着那个大垃圾袋站在原地,看着他渐行渐远的背影,特想冲上去把垃圾袋罩他脑袋然后再狠K他一顿。

{61} 不被允许的交叉线

"姐,你喜欢夏雨时吗?"小月趴在我的书桌上好奇地问着我。

"不喜欢,我比较喜欢晴天。"

"夏雨时是个作家,是个作家。你怎么连她都不知道啊?"

"听你这口气像是我必须知道似的?男的女的?"

"女的!"

"女的你这么激动干吗啊?"

"我很喜欢她的书啊,小说和札记写得都特别唯美,让你觉得只有在天堂才能有那么美的事情。"

"我不喜欢唯美!我也不好奇天堂的事,我就在人间就行了。我喜欢现实,太美的东西容易让我乱幻想。幻想一多了就想不明白事。"

"姐,你干吗非得这么明白事啊?多没劲啊,你平时就一点幻想都没有吗?"

"有啊,幻想自己相亲能成功一次,幻想有人介绍个差不多的人让我认识认识。"

"除了这些就没别的了?"

"再多？那就叫意淫了吧？再说了,幻想就自己幻想自己的好了,干吗还去看别人幻想什么啊？那不成了用别人不切实际的想法扰乱自己吗？"

小月趴在桌子上,像是在仔细琢磨着我说的话:"你说得也有道理,看来我是不是太不切实际了？"

"别,别,别！千万别因为我的话影响你的喜好啊！你喜欢唯美,你就继续喜欢好了。"

"啊？那你支持我喜欢她了？"

"我支持啊,我又没看人家书,我凭什么不让你喜欢啊。"

"姐,你真好！那这周六你有空吗？你陪我去趟西单图书城吧,她在那儿有签售会啊,我很想看看她长什么样。"

我抬眼想了想:"好吧,刚好我想买两本专业书看看呢。"

西单是北京城里年轻人的集散地,街上行走着的少男少女在我眼里个个都是十几二十出头的样子,人人穿得潮流加怪异,总让我频频忍不住侧目。呀,原来现在年轻人都穿这样了,自己的穿着打扮在这里倒显得很怪异了。算了,谁让咱是文化女青年呢,走的是内涵路线不拼这个。还好身边还有个小月陪着我,虽然她岁数不大,不过她跟我穿得属一个种族流派,不愧是我的追随者。

我们俩一出地铁就直奔图书大厦而去,小月越走步伐越快。

"姐,快,好激动啊。"她拉着我一路小跑地冲进了大厦里。周末图书大厦里的人本来就很多,熙熙攘攘的,可能是有签售会的原因,今天的人就显得更多了。签售会在二楼,我们按着指示牌走了上去,嚯,人还真不少,怎么也排了一百多人了,弯弯曲曲的队伍看不到头。

夏作家,是个三十多岁的女人,一脸沉稳气质,她很亲切地跟每一个找她签名的读者签字握手,有的还顺便聊上几句,看这个架势真是一时半会儿签不到名呢。小月兴奋的从包里拿出夏作家新出的书:"姐,我去排队喽。"

"嗯,去吧,那我去那边看看书,我看你怎么也得排两小时。"

"行,你去看吧,我签完了打电话叫你。"

于是我开始在图书城里慢慢地逛起来,我发现一看起书来时间过得特别快。我看了下手表,已经过去一个多小时了,我决定回去找小月陪她一起排队。

我走回签售队伍的时候,发现小月排到二十几位了,小月的身边还站着个我十分熟悉的身影,正在跟小月亲切地聊着天,不知为什么心里顿生了许多不安的情绪。我加快了脚步走了过去。

"李貌,你干吗呢?"

李貌看见我过来显得特别高兴:"呀,露露妹妹你回来了?我这排队等签名呢。"

"小月,你怎么跟不认识的人瞎聊天啊?"我很不高兴地看着小月。

"啊?姐,他不是你朋友吗?"我站在他们旁边跟他们说着话,忽然队伍里有人抱怨着:"哎,怎么又加塞一个啊,怎么回事啊?"

"我不签,别紧张,兄弟!"

我又再次转头看着李貌:"你也看唯美?"

"啊,怎么了?我就不能看点书啦?"

"你还看带字的东西?你不是都看画吗?"

"嘿,不愧是露露妹妹,说话这带劲儿的。"

小月被我们俩的对话逗得站在旁边咯咯直笑。我也不知道为什么,突然转过头看着她呵斥了一句:"有什么可笑的,这是跟谁学的毛病啊,在外面乱跟陌生人说话。"李貌并没有看出我这句其实不是玩笑话,但是小月知道我有点生气了,她安静地转过头去,专心排队了。

"我今天起晚了,赶来一看,这队都排好远了,幸亏看见你堂妹了。要不我不知道排到什么时候呢。"

"你要来签售会还起晚啊?"

"嗨,昨天不是又喝多了吗,三点才睡。"

"你还好意思说。"

"哎,露露,你不签一本啊?她的书写得不错,我挺喜欢的,看了觉得挺幸福的。"

"对,对,对,我也是这种感觉。"小月忍不住回过头来插话了。

"你最喜欢她哪本?"李貌看着小月激动地问着。

"我最喜欢她的《天堂里的天堂》。"

"我也是!!"两个人开心地笑起来。

"你看罗尼的书吗?"李貌笑盈盈地询问着小月。

"看过一本,他的书我也很喜欢,写得也很美。不过他的书好难买啊。"

"我有全套的,回头我借给你看啊。"李貌跟小月你一句我一句地聊着天,完全忘记了我还站在身边。

他突然转头看着我说:"这也就是你妹,别人我可不借的。"

"我们不用你借!我们回头自己买去。"

李貌皱着眉头说:"买不到的,好多绝版了。这人是法国人。"他看着我的表情奇怪地问:"你今天怎么了,露露妹妹,怎么一脸的不高兴啊?这是谁招你了。"

我也不知道自己怎么了?我一看见李貌跟小月热络地聊天我就特别不痛快,你们不会以为我是在嫉妒吧?我不是。我是不想我的这个好哥们来招我的堂妹,虽然他们只是客套地聊天,而且李貌也都是打着说看我的面子,可是他们的这种接触总让我有种不安的情绪,也许是因为我对他们都太了解了吧,让我控制不住的想要防止他们产生任何的交集。

签售会结束了,我拉着小月跟李貌匆匆告了别,急急赶回家去了。一路上,我总是时不时地唠叨两句:"小月,以后别随便跟陌生人说话啊。"

"姐,你怎么了?怎么今天神经兮兮的啊。我都让你说紧张了,我不能跟你朋友说话啊?"

"你跟他说话会怀孕的,你知道吗?"

小月咯咯笑起来:"姐,亏你还是妇科大夫,跟人说话就能怀孕啊?"

"哎哟,算了,姐不跟你说了,总之你以后少跟陌生人说话啊。"

小月看着我点点头。

隔了一周上午,我正在门诊看诊,忽然听见有护士喊我:"米大夫,外面有人找。"

我出来一看,发现李貌正笑笑地站在楼道里等着我:"你干吗来了?"

"我来你们医院做几个检查,一想都来了就看看你再走。我那检查好麻烦,还要过几天才能取结果,我不想再跑一趟了,你帮我把结果拿了吧,打电话告诉我就行。"

说完李貌掏出张收据放在我手里。我低头一看明细,嚯,李貌这是怎么了?支原体培养,梅毒螺旋体检测,艾滋病HIV检测。

"你怎么了,李貌?从事高危职业了?还是招'咯咯哒'了?"

"啊?你这说什么外国语呢?什么'咯咯哒'啊?"李貌仔细琢磨着我的话突然像是明白了什么,哈哈哈地大笑起来,"我也不缺钱,我至于干那个吗？再说了，你看哥们这形象做那事用得着招'咯咯哒'吗？小姑娘一票票往上涌。"

"你倒是真好意思让我帮你取这些结果，我看着都不好意思。你这第一项得了就特别不好治，很容易反复，治疗时间长了还容易耐药；你这第二项有可能终身都带特异性抗体；这第三项得了你就葛屁了，你知道吗？"

李貌笑笑地拍着我的肩膀："要对哥们有信心嘛，相信哥得不了。"

"那你来做检查干吗？"

"前两个月一起玩一小姑娘，昨天给我电话说她得支原体了，让我也检查检查去。不过她说她找到元凶了，那绝对不是我。人家也是好心，我不能辜负了人家的一片心意。"

"你说说你都跟什么人在一起啊？"

"你可别阴阳怪气的啊，人家挺正经的，我们就是当过一阵儿床伴而已，她还上大学呢。身材特辣，手感特好，在床上的表现啊……"说到这儿李貌的表情陷入一种回忆状态之中，"到现在我还时常回味一下呢。"

"停，停，停，你丫闭嘴吧！看清楚我是谁了吗？我可不是你那帮朋友啊？你恶心不恶心啊，我上班时间你跑这儿跟我说这个，我一会儿怎么工作啊？"

李貌看着我厌恶的表情哈哈笑出来："终于也有我给你说急的时候啦？行，行，行，不跟你说了，你记得帮我拿结果啊。放心，哥肯定没事。哥行走江湖从来都是'套'不离身。不跟你废话了，我先走了。"说完李貌兴高采烈地走了。

{62} 邀约

我帮李貌拿了结果,他果然没事,三个结果都是阴性,看来他一直使用的避孕套质量不错。

我打电话告诉了他,他告诉我他早知道,还跟我说:"咱哥们行走江湖就是一个字'稳妥'。"他让我把化验单扔了就行了,不用给他了。

"那是两个字,不好笑。"抱怨完这句之后,我就把电话挂了。

李貌现在过得是越来越不像话了,我觉得他简直为了乱而乱,整一个自我虐待,甚至连他那些狐朋狗友的哥们有时候都会打电话让我劝劝他,别玩太疯了。

我怎么劝啊?挺大一男人,一点不会自我控制,就算我跟他是无话不谈的异性知己吧,但是作为"异性",我想有很多话还是不便开口,我也只能以关心他身体为由,警告他万事小心:常在河边走,哪有不湿鞋啊。不过他告诉我他穿的是"雨鞋"。然后我也只能选择亲切地问候他他大爷,让他自生自灭了。

小月最近的心情显得特别好,她经常抱着她的唯美小说,跑来我们家为我亲切地朗读,想把我也熏陶成唯美主义者。小说写得很不错,我也常常为里面华丽的词句感动着。那些词句让我迷幻,让我心旷神怡,让我如坠入了梦境一般,于是我真的坠入梦境了。被小月唤醒的时候,她生气地朝我大喊着:"你怎么回事啊?听睡着了啊?"

我则慌忙地坐直了身体跟她解释说自己最近工作忙,特别累,所以才被她喜爱的小说带入到梦境之中了,因为这小说实在太美了。这种解释似乎让小月稍微好受了一点。

我推心置腹的跟小月抒发着自己的听后感,还夸她读得很有感情,简直帮小说升华了。小月的手机忽然响了,她拿出来看了看,然后看着手机开心地笑着。

"看什么呢?这么开心?"我凑上去看着她的短信。

信息显示:那些书你先看吧,不用着急还我,看完了你直接还给你姐就行,回头让她还我。

看着那个熟悉的号码,我勃然大怒。我猛的从椅子上站了起来:"你怎么回事,小月?你什么时候跟李貌交换电话的?你交换电话怎么也不跟我商量一下啊。"

我突然的大吼,把正在看短信的小月吓了一跳,她惊恐地看着我:"姐,你怎么了?你吓死我了。"

"你这孩子现在怎么回事啊?这么不听姐姐的话啊,是不是李貌那家伙死皮赖脸地缠着你要电话?太不像话了!不行,我得问问他。"我激动地掏出手机想去质问李貌。

"不是的,姐。是我跟他要的电话,他说他能借我书的时候,我就跟他要电话了,然后我给他发的短信。他人挺好的,本来我说找他去拿,结果他说他刚好要出去,顺路就帮我送到电视台来了。后来他进不来,我正忙着手头的活,也没空出去拿,然后他就把书交给门房了,我今天下班拿到书给他发个短信感谢他一下,这也不行啊?"

小月的解释让我紧张的情绪稍微平静了一点，我承认刚才太过激动了，可能因为我从小到大几乎是小月思想的引导者，所以我在看她有可能发生危险的时候精神总是过度紧张。我不知道小月受我的影响究竟好还是不好，但是现在的情形就是一个老处女整天带着个小处女到处混。

我对老处女这个头衔从来不觉得光荣，其实在我内心这是个莫大的耻辱，但是真不是我不努力啊，我像小月这个年龄的时候确实努力过，但是结果失败了，所以这事不能怪我。而且这些年我也一直在为摆脱这个头衔继续做着努力，时运不济我能怎么办呢？有时候我思考自己的行事也确实有些奇怪，一方面能跟人敞开心扉生冷不忌地大讲荤笑话，让人以为我肯定是阅男无数、久经沙场之人；另一方面我又始终将自己关闭在自我保护层中，实在是做不出那种放下心结、干一票就跑的事情。难道我人格分裂得开始往变态的方向发展了？

像李貌这种热情豪爽、性格洒脱、个性率真、品味时尚、外貌较好、家境不错、性能力超强（不知道用药没有，他自己说的）的男性有没有吸引力？答案：有！但是我免疫。可是我免疫并不代表所有人免疫，我不确定小月她也免疫，我很怕她不小心陷了进去，然后无法自拔。如果她做不到别人的随性，那她可能将要痛苦很久很久。可是也许一切都是我瞎想，我只是防患于未然罢了，小月对李貌，可能只是书友，而且还是因为我的存在才让他们成了书友。

周五的下午，不知道是不是周末的关系，病人好像少了许多，居然能让我腾出空来跟同事闲聊天了。在被护士通知外面有人找的时候，我兴高采烈地跑了出来，通常见到熟人的时候我的反应都是惊喜，但是见到这个人我是只有惊！

楚杰带着他一脸不耐烦的表情站在楼道里,看我一出来就轻吼着:"你怎么关机啊?"

我掏出了手机看了看:"没电了,昨天没充电。你有事啊?"

"没事我能找你吗?我妈今天过生日,叫你去呢。"

"啊?祝阿姨生日,那阿姨怎么自己不跟我说啊?"

"跟我较劲呗,非得让我出面叫你,你到底跟我妈说没说咱们不成啊?我看现在她这劲头越来越足了。"

"我说了啊。"我有点委屈地看着他。

"你怎么说的啊?"

"我说我配不上你。"

楚杰脸上再次挂上了那种我十分熟悉的无奈的笑:"你这么说?我妈能理解你的意思吗?"

"那我说什么啊?说你配不上我?"他无奈的笑容里又透出了一丝惊奇。

"你就不能像正常人那样说这个事情吗?"

"那正常人都怎么说啊?"

"你不会说,咱俩性格不合,没好感,不来电,成不了。"

"是啊,我一开始是挺正常的。可是你妈说,没听说过性格不合的,什么性格都能合,没好感可以培养,时间长了感情就好了,不尝试下哪来的好感啊?都多大岁数了还要什么火花电流的,能好好过日子就行。那阿姨这么说,我也只好变不正常了。"

"我这上午打总机电话转门诊,打三次都说你内诊呢,让我等会打,害得我一着急只好过来了。本来一周前我妈就让我通知你,我琢磨我不给你打她还不给你打啊,结果她还真就不打,越老越跟小孩似的了,闹脾气了,我这一天什么都没干成。行了,我不跟你多说了,你晚上记得来啊。"

我一个箭步冲了上去,一把拉住了他的袖子。

"哎,你干吗啊?大庭广众拉拉扯扯的。"楚杰惊奇地看着我。

我慌忙松开了手,又顺手帮他把袖子拉平:"对不起,对不起啊。你一会干吗去啊?"

"回家,睡觉,休息,等你过去帮我们把饭都吃干净了。"

"你不回公司了?"

"几点了,我回公司?我上午外出跟客户谈事情,一直联系不上你。现在下午三点,我到公司四点,我妈过生日六点开饭。"

"那你要是不回公司了,就搭我一段呗?我去请假早走会,你陪我去给阿姨买个礼物,空着手去多不合适啊。我今天车限行,我要下了班赶过去,估计得挺晚了。你容我坐你段顺风车行吗,楚先生?"我用着小孩似的祈求目光看着楚杰。

楚杰皱着眉头看了我几秒钟,然后微微地点着头带着他那种常用的不耐烦语气:"行,行,行。"

{63} 挖掘历史

这是我第一次坐楚杰的车,这感觉真是:太刺激了!我几乎一路上都处于尖叫状态,嘴上说得最多的一个就是:"慢,慢,慢,慢,慢,大哥您慢点。"

"你干脆下去坐大公共得了,它都把我超了,还让我多慢啊?"楚杰对我不时尖叫的忍耐看来已经到达极限了,"别叫了啊,再叫下去啊。"楚杰的威胁让我立刻闭了嘴,我只能紧握着头顶的把手,时不时的倒吸口凉气。

"祝阿姨喜欢什么啊?你看我买点什么合适啊?"我一边满头冒汗,一边询问着楚杰。

"随便呗,你喜欢什么就买点什么?她就是想让你这人去,也不知道看上你什么了?"

"那去哪儿买东西啊?找个商场转转啊?你平时去哪儿买东西啊?"

"我?国贸,有时候出差从国外买。"

再次倒吸口凉气。

"国贸就算了,给我找个差不多的地方,让我买点东西。"

楚杰沿着三环开着车,然后突然说了句:"就这儿吧。"然后他就拐出了三环。

我站在燕莎商城的面前,继续咽着口水。楚杰一下车就头也不回地向里走,他走了一半,回头看着还在酝酿情绪抬头看商场牌子的我。

"干吗呢?认字呢?快点进来啊,买完东西赶紧走啦。"

我只好硬着头皮跟着他。虽然我平时不怎么逛商场,但是一走进商场,那些甜美的香气、明亮的灯光、琳琅满目的商品,总是不停地刺激着我的感官,我觉得肾上腺素分泌又开始增加了。我一走进商场就从楚杰身边超了过去,然后挨着柜台开始面带着痴迷的笑容一样一样地看着。

起初楚杰还是耐着性子陪我走着,不过他发现我逛得越来越没有目的了:"哎,是买礼物,不是逛商场来了。你别一进来就失去理智啊。"

我转头看着他笑了笑:"不会的,我没钱。我就看看。"

我趴在黄金柜台上,看着被射灯照射着的金灿灿的饰品,看得我心里暖洋洋的,脸上忍不住开心地笑着。

"你要买黄金啊?别买啊,我妈不会喜欢的。"

我转头看着他:"啊?可是我喜欢啊,你不说让我买我喜欢的吗?"

"你喜欢金子啊?!"楚杰带着吃惊的面容。

"谁不喜欢金子啊?"

楚杰的脸上满是对我的不理解。他拿眼睛一直审视着我的面容,就像在看一个怪物。

"干吗,喜欢金子很奇怪吗?这多好,能保值啊。多少年拿出来了,它还是一块金子啊。"

"没有,就是觉得你挺老派的。"

"那你送女人什么东西啊?"我好奇地问着楚杰。

"我?一般我都是送客户朋友,可能会送一条H牌的丝巾吧。"

我转过头去装作根本没听见,自己小声叨叨着:"我还是喜欢金子,保值!"不过我再小的声音还是被楚杰听见了:"对,这就是咱俩不可能的原因。走了,别看了,去楼上转转。"说完他就转身上楼去了,我也只好离开了我迷恋的黄金柜台,跟着他上楼了。

我决定为祝阿姨买条大红色的羊绒围巾,性价比都十分合适。

"你要是决定了,就快点买,咱们好快点走,一会儿会很堵车。"

"你给阿姨买什么?你不给你老妈买礼物啊?"

"我不买,我都直接给她钱。"

"给钱多生硬啊,感觉好像少点亲情吧?"我用询问的眼神看着他。

他犹豫了几秒钟:"不是每年都能陪她过生日,有时候会出差,有时候会开会,所以赶不上了我就直接给钱,一直下来就是一种习惯了。"

"那你今年改改呗,你也送她件礼物。"说完我拿起了旁边一件浅灰色的羊绒衫,"你看这羊绒毛衣跟我这大红围巾多配啊,你想象一下,阿姨穿上肯定好看。要不你把这羊绒毛衣买了吧,你送毛衣,我送围巾让阿姨配一身啊。"

楚杰的脸上挂着笑意:"你倒挺会挑,你怎么不送毛衣,让我送围巾啊。"

"哎哟,送件毛衣想着心里都觉得暖和,好歹那是你亲妈啊,不要冷冰冰的就拍钱,听着可够无情的!"

"我无情?"楚杰对我的这句好像有些不满。

"口误,口误,你就把这件买了吧,你不觉得这两个很配吗?"

楚杰看着我拿着的两样东西在他面前比划着,他犹豫了一下:"好,那就买吧。"站在旁边一直静静看着我们的服务人员开心地开单子去了。

楚杰突然低头小声地跟我说:"你不会是她的托吧?"

我也把声音压得很低凑近楚杰小声说:"我们俩四六分的,谢谢楚老板支持。"

说完我就接过服务员递过来的交费单,大步向收银台走去,留下了楚杰带着那种无奈的怪异表情。

"一起还是分开?"收费人员询问着。

"一起。"

"分开。"我跟楚杰同时说出了两个答案。

他转头看着我:"你确定要分开?"

"当然,你送你的,我送我的。让你交钱那能是我送的吗?"

"好,那分开吧。"他跟服务人员说完之后,把他要买的毛衣的钱付了,我则掏钱付了围巾的钱。不过最后东西全在我手里拎着,他说让我多干点活,到他们家好能多吃点。好吧,反正也不沉,拎就拎吧。

楚杰依然在前面意气风发地疾步前进,我则如同拎包保姆一样在后面小碎步的跟着。

"师哥!"清脆如银铃般的声音传了过来,楚杰停住了脚步,侧头看向一旁。其实喊楚杰这个人我也认识,她是冯媛,她是楚杰的师妹?这我还真不知道。冯媛依然拎着她内向的未婚夫,快步走了上来。我跟冯媛算是很熟了,我们一起长大,一起上学,不过她这个霸道公主病严重到极点的家伙从来不拿正眼看我,不过我倒是不在乎,因为她也从来不拿正眼看别人,哈哈,我随大流,所以无所谓。我不相信她没看见我,也不相信她没认出我,不过她就是不理我。跑上来甩开了她男朋友的手,缠住了楚杰的胳膊。

"想不到又在这儿碰见你了,上次小薛子婚礼,看见你了都没工夫好好跟你聊天。你是证婚人吗?后来我找你,你就急急忙忙地走了。"冯媛这么肆无忌惮地摔开了男朋友的手、挎着楚杰胳膊的动作,让楚杰显得很尴尬。这让另一个男人也显得很尴尬,当然那就是她男朋友。她男朋友将脸别到一边去,假装没看见或者装成不在意的样子,但是我看出他有些不安的神情,跟个受气包似的,真好笑。于是我忍不住地笑出声来。我一出声,冯媛终于看到我了。

"米露露,你怎么也在啊?你怎么跟我师哥认识的啊?"

"原来你们认识啊?还说要为你们做介绍呢。"说完楚杰顺势从冯媛的手里把胳膊抽出来。

"师哥,你们怎么认识的啊?因为小薛子认识的啊?"

"米露露,你不知道吧?师哥跟我是一个大学毕业的,师哥那时候上研究生,我刚大一,我们一起在学生会共事过呢。对吧,师哥?"楚杰继续尴尬地点着头。

"我不知道,他没跟我提过你,不好意思啊。"我这句话说完,冯媛的男朋友忍不住笑出来。冯媛的脸色立刻大变,两眼放出如利剑般的目光射向了她的男友。她男友吓得马上收起了笑容。

"哦,我还没给你们介绍呢。这是我男朋友陈子峰,他在银行信贷部工作,是个主管,我们马上要结婚了。"

我和楚杰分别跟陈子峰握了手,这握手之中似乎都带着安慰之意:兄弟,你辛苦了!珍重!

"我们要去给我妈过生日,就不跟你聊了,我们先走了。"然后楚杰转头看着我说,"走了,露露,要堵车了。"

被他叫"露露",让我突然一激灵,汗毛都竖起来了。不过能在冯媛带着怒气的目光中,耀武扬威地离开一把,感觉着实不错啊。

一走出商场门,我就笑了出来,结果没想到楚杰也笑出来了。

"你笑什么?"我好奇地问着。

"你笑什么?"他又反问着我。

"我笑冯媛的脸啊,看她带这种失望的表情可不容易。"

"嗯,的确是。"他表示着赞同。

"你们俩好过啊?我看她对你挺亲密的。"

"没有!"楚杰立刻否认,"我怕她。"

"怕她?不都是爱她吗?听说她在大学很拉风的。"

"嗯,比较惹眼的女人,我被她扇过个耳光。"楚杰一边朝他的车走,一边轻描淡写地讲述着事情。

"啊?是不是追人家手段用其极,把人家惹怒了。"

"她让我当她男朋友,我没同意,然后她就在操场上当着无数同学扇了我。给我造成老大阴影了。"说完楚杰自嘲地笑起来,然后坐进了车里。

我站在车门口看着他:"胡说,冯媛从来不追人,你就吹吧。"

楚杰则伸手示意我快点上车:"我可没说她追我,我只说她让我当她男朋友,她站在操场跟我说,那感觉就像她准备开恩临幸我一样,我都惶恐了。"

我被楚杰的描述弄得忍不住大笑起来:"你别说,你描述得还挺像她的气势。嗯,脑子里有图像了。可是你怎么能拒绝她?我想不出你为什么拒绝她?"

"冯媛刚来学校的时候,我早不在学生会了,我马上要毕业为入职作准备了。她刚入学进学生会当宣传干事,组织的活动她几乎次次都反对,什么事都得按她的想法来,也奇怪她还总有些拥护者。新主席的工作很难做,才叫我回去帮忙安抚下。所以我又回去帮他们安抚了几个月,也不知道我怎么就那么招她待见,她终于不闹腾了。我还一个月要毕业的时候,她约我到操场上,她说她知道我喜欢她,所以要在我离校前把我们的关系给确定了。我跟她说,你知道我的事?那我自己怎么不知道?然后我就挨了她一巴掌。"

"你这说话风格,是挺欠抽的,冯媛也算是为民除害了。"

"听你这口气看来你也早想打我了?可是你有什么立场说我?我看咱俩是半斤八两。其实我早过了跟人说话斗气的年龄了,那些事也就是我二十出头的时候才干的,最近碰到你这么个说话爱较劲、损人不眨眼的杠头,才又把我埋藏多年的技能挖掘出来了。"

楚杰用他一贯的风格继续挖苦着我,可是我已经没有在听了,我的眼神完全被路边肩并肩有说有笑的两个人吸引住了。

"停车。"

"这马上要进主路了。"楚杰对我提出的要求很不以为意。

"靠边停车。"我两眼带着怒火,看着他。

"你怎么了?不舒服?你脸色可不怎么好看?"

"我让你快点停车啊。"说完我就去拉楚杰的方向盘。这个发疯的举动把楚杰吓坏了,他赶忙打把,把车停在了路边。

{64}
乱成一锅粥

小月跟李貌两个人,在人行道上肩并着肩有说有笑地走着,两个人边走手还边比划着什么,显得十分开心惬意,我的胸腔已经快被小月给气成气球了。我大口地倒着气,暗骂小月的不听话,现在到底把我这精神领袖的话放哪儿了。他们怎么会在这儿呢?心里开始分析为什么会在这儿碰到他们,对,李貌的单身公寓就在这附近,天啊!李貌的家,他们不会是刚从家里出来吧。脑子里开始了各种不堪的遐想,李貌这个混蛋!他要是敢碰小月,我就跟他拼了,心里暗下着决心。

车一靠路边停稳,我就冲了下去,狠狠地将车门摔上。我看着还在远处慢慢步行着的两个人,心里作着详尽的计划,我要冲上去先用毕生的内力吼他们个肝颤。小月这丫头根本不知道自己处在多危险的边缘,看来不让她知道我对这事到底有多生气,她是不会在意我的话的。李貌这个家伙,我也要把他骂一顿,他当初跟我说什么来着:认真女,他不碰。那他把小月招呼到他们家这儿来干吗?万一他们真有什么了怎么办?像李貌这种拉着女人就睡,恨不得第二天都忘了自己跟谁上过床的人,难道我要逼他把小月娶了?我酝酿着自己的情绪,看着那两个人朝我越走越近,也许是他们聊得太尽兴了,根本没发现远处正站着个叉着腰运气的堂姐。

我这挽袖子就准备冲上去了,突然一只手猛地抓住了我的胳膊,我转头看着楚杰十分的诧异:"干吗?"

楚杰的表情十分严肃,他很认真地看着我:"不要去!"

"不,不,不要去哪儿? 不要去哪儿?"我又气又迷惑,我这酝酿了半天的气场就这么被他愣愣地拦断了,他这是说什么呢。

楚杰也抬眼看了下慢慢向我们靠近的两个人,看来他很清楚我要朝谁发火。

"我希望你冷静点,别带着这种冲动的情绪。"

"我冷静不了。"我朝他低吼着,"你,你,你快撒手,就要错过最佳时机了? 我这情绪刚酝酿好。"

"你会后悔的。"楚杰依然死死地抓着我的胳膊不肯撒手,"别为小男人的某些幼稚行为让自己在大街上丢脸,也许他们什么都没有,他们可能只是普通朋友罢了。你别这么激动,这对你、对他,对你们俩都不好。"

你们谁理解他这说什么呢,告诉告诉我,这可真急死我了。

"我今天必须得去骂他们,李貌的家就在这儿,我要不弄清楚他们为什么会一起在这儿出现,我估计我会憋死,我肯定陪阿姨过不好这生日,你开下恩,撒开手行吗?"

楚杰不说话也不带任何表情,而且他也不撒手。

哎哟,楚老虎他这是怎么了,他瞎掺和什么啊? 等等,我似乎想起了什么事情,我跟李貌这厮在他们公司楼下相拥而泣的时候曾被他撞个正着,而且他还与李貌发生了小小的武力冲突,我突然知道了楚杰为什么会拉着我的胳膊:"小男人"的幼稚行为? 他肯定认为我被正走过来的这个"小男人"劈了腿,此刻正准备用武力解决掉眼前的插足女和劈腿男。可是我要跟他解释清楚究竟是怎么回事,那是不是都够小月跟李貌从家到这儿走两个来回了?

"姐?你干吗呢?"小月呼唤的声音出现,也宣告我作战计划的全面失败。小月快步跑了上来,看着我,我整个人如泄了气的皮球,也终于不再执拗于楚杰拉着我的手了。不过这只手倒是让小月产生了好奇,她看了看楚杰,又看了看他钳住我胳膊的手。

"姐,他是谁啊?你们怎么了?他干吗抓着你不放啊。"

楚杰听见走上来的女人亲切地喊我"姐",他的表情里充满了惊奇。他看了看小月,又看了看我,我估计他肯定更同情我了,因为我被自己妹妹劈腿了。大哥,你敢撒手吗?怕我在大街上丢脸,我这么被你像抓小偷似的抓着,我哪儿是丢脸啊,我简直是没脸。

"露露,怎么回事?"李貌也快步走了上来,"你拉着我露露妹妹干吗?快撒手!你个大男人怎么老跟个女人过不去啊?"

嚯,这可真够乱的!在李貌的印象里,我跟楚杰是有仇的人,所以他肯定认为楚杰这是找我寻仇来了。

我转头朝楚杰挤眉弄眼着,嘴上用极小的声音叨叨着:"松手,松手。"楚杰看着眼前的这两个人,发现他们的目光根本就没在意我而全在他的身上,他才将他钳着我的手松开。

"姐,这是怎么回事啊?"小月开始带着好奇的眼神上下打量起楚杰来。

"我还要问你是怎么回事呢?"我转头看着小月。

"啊?"小月像是意识到了我的怒气,很快将头低了下去。

"我记得你们单位离这儿还挺远的呢,跟姐说说,你为什么在这儿?还有为什么跟他在一起?"我拿手指了指李貌。

"你堂妹,她还我书来了。别说,我跟你堂妹还真挺有的聊。"李貌这句话把我的怒火又再次点燃了。

"你跟谁没的聊啊?跟你有的聊的人多了,最后不都让你给聊床上去了吗?"我此刻严肃的表情和口无遮拦的话横冲直撞地冲了出来。说完之后我有些后悔,但是不说都说了,我能怎么办。李貌看看我的表情,他的笑容也渐渐褪去。

"姐,你说什么呢?"

"小月,姐有没有跟你说过,你要见他得告诉我一声,没什么事最好不要见,那些书我替你还怎么就不行啊?非得要跟他见这一面吗?"

"姐,我今天排休能早下班几小时,我本来是给你打电话想问你来着,结果你一直关机,所以我就联系李貌哥哥给他送来了。这不就是顺路吗,而且你也那么忙。"

"什么李貌哥哥?你肉麻不肉麻?"

"米露露,你这是怎么了?"李貌生气了,我听出来了!因为他从来没喊过我全名。我承认我这么说是很不给李貌面子,可是我就是不想让他们在一起,我也毫不在意让他们知道这个事情。

"小月,你现在离开这儿回家。四十分钟后我给你家打电话,如果你不在家,姐姐就会很生气,你知道吗?"

小月看着我点了点头,然后低着头走了,甚至都不敢跟李貌告别。小月的离开让我终于看着李貌无所顾忌了。

"李貌,刚才我那么说对不起啊,我先向你道歉。"

"米露露,你假不假啊?"李貌生气地看着我,满眼的怒意。但是他说我假?!我假吗?我一项以真性情自居,结果现在他说我假。

"我假?"

"米露露,咱们是不是好朋友?"

"当然。"我很肯定地看着李貌。

"好朋友就是这样的吗?你防我就跟防瘟疫一样,我现在知道了,你心里压根就看不起我。你看看你刚才跟你妹说的那些鄙视我的话,还有你突然出现时那种鄙视我的表情。你还不假吗?那平时咱们在一起聊天的时候,你那些看得很开、对我的行为满不在乎的想法不都是装的吗?"

"我是能对你看得很开,是因为咱们之间从来不会有什么,所以那是你的生活我不去干预。你可以去找那些跟你思想一致的女人各取所需。我看得很开,小月可不一定看得很开。她是个小女孩什么都不懂呢。"

"我跟你说过了,你妹妹我不会碰她,可是就像跟你一样做朋友都不行吗?"

"别做朋友,李貌,就当是我的一个请求吧。就算你能把小月当朋友,她也不一定能把你当朋友,她不是我。你就让她好好的在她的圈子混,你好好的在你的圈子混就行了,不要有交集。"

"我真不明白了,那我们还要不要做朋友?你究竟是哪个圈子的?"我看着李貌有点失望的表情,犹豫着如何回答他才合适。

"算了,我回家了。"李貌并没有等我答案,他带着沮丧的情绪转身离开了。

楚杰一直作为一个看客,站在旁边没有说话,我转头看着他:"走吧,不说六点开饭吗?都过了,给阿姨打个电话说会晚吧。"

"我已经发过短信了。"楚杰上了车继续保持着沉默。

而我的脑子里出现了李貌最后的失望表情,这让我觉得很内疚。那表情似乎是意识到,我其实已经把他划分到不配和我还有小月这样的女人做朋友的圈子里。

"我是不是有些过分?"我忍不住自言自语着。

"是吧?"我并没想要谁的答案,可是一旁的楚杰居然冒出这么个答案来。

"我过分吗?"我开始纠结在他给的这个答案上。

"我不知道,因为我不了解具体事。但是你妹她是成年人了,她想跟谁在一起,你是不是管得有点多啊?"

"一个男人恨不得跟一万个女人上过床,可是能让他记住三四个就算不错了。你知道这个事,你明明不赞成他的生活态度,可是他是你的朋友,而且他这个人也挺仗义的,你会因为他混乱的性生活就不跟他做朋友了?可是现在你妹要跟他在一起了,你能仗义到不去管这事让他们这么发展下去,让你妹成为那第一万零一个女人?"

"不能。"楚杰斩钉截铁地说道,"你妹跟他在一起了?"

"还没有,但是我很怕啊,所以我在尽力阻止这事的发生。"

"哦,那我还有个事想请教一下,那一万是种夸张的叙述方法吧?不是真有一万吧?"

"不是啊。"

"哦,那就好,不然我真想掉头回去问问他是怎么做到的,得向他多学习学习。"

我被楚杰的话逗得终于笑了出来,心情也稍微好了一些。

"我觉得你应该相信你妹,她有自己的判断能力。有时候你不想让他们发生的事情,你越阻止可能在她的心理上越会有反效果。这是我建议,你自己考虑一下。"

|65| 醉话

我们赶到祝阿姨家的时候已经七点多了,祝阿姨准备了满满的一大桌子菜,一直在家里等候着我们。祝雪梅一开门我就腾的一下蹦了进去:"祝阿姨,对不起,路上有点事耽误了,您千万别生气。我祝您生日快乐,身体健康,越来越年轻越来越漂亮,今年61明年21,幸福长寿,儿女孝顺,人丁兴旺,早日抱孙子,让您这大屋子整天都热热闹闹的。"祝雪梅被我逗得笑得合不拢嘴。

楚杰则皱着眉头看着我说:"行了啊,差不多啦,怎么那么贫啊!"

我转头盯着他:"哎,楚先生,你也说两句嘛!你老妈过生日怎么只有我在说啊。"我这句话说完,祝雪梅笑笑地看着楚杰,像是在等他开口。

楚杰看着他老妈如此期盼的眼神,犹豫了一下:"妈,生日快乐啊!身体健康。"

祝雪梅笑得更开心了:"快乐,快乐,露露来我就快乐了。"

"阿姨,我跟楚先生给您买礼物了。"说完我将手里的两个袋子,交到祝雪梅手里。

"阿姨,这有条羊绒围巾,是我给您买的。那羊绒毛衣是楚先生给您买的。阿姨,虽然楚先生给您买的比我买的贵很多,但是我买的是大红色,特别喜兴,他买的是灰色没我的喜兴。"

"哎,你这人,那毛衣是你挑的好吗?"楚杰在边上听着忍不住插了话。

我像他根本没说话一样,依然做着产品介绍:"可是那毛衣显得特别高雅,再配上我买的红围巾,你穿肯定特好看。"此刻楚杰的脸又快被我气成青葱色了,不过对于我来说一概无视。

祝雪梅拿着袋子,显得异常激动,甚至手都有些微微的颤抖,几乎能听到她的声音里带着哽咽的语气:"老虎,你给妈买礼物了?"祝阿姨的激动神情让楚杰显得很不安:"是啊,妈,您有空试试吧,看合不合适。"

"试试,我这就进屋里试试。"祝阿姨满脸的笑意,拿着礼物进屋,很快穿着那件羊绒毛衣和围着红色的围巾,走了出来。祝阿姨的皮肤白皙,这两件搭配起来的确又让她显得年轻好几岁,而且大小也合适。

"阿姨,真好看,你现在就跟大明星似的,是吧,楚先生?阿姨穿这个挺好看的吧?"我转头用询问的眼神看着楚杰。

楚杰对于此刻我逼迫他必须出口夸人的行为好像很不适应,他反应了半天:"哦,对,挺合身的,您把它换了吧,这要吃饭了,穿着挺热的。"

"我不换,我就穿着,高兴,这是我儿子给买的。露露这围巾阿姨真喜欢,谢谢你啊。"

"嗨,阿姨您别客气,这都是我应该做的,我到您家吃多少顿饭了,说出来我自己都不好意思。"

楚杰用极小的声音在我旁边叨叨了一句:"你也有不好意思的时

候？真是千古奇谈。"说完他就自己坐到桌子旁边去了。

祝雪梅从柜子里拿出一瓶酒,嚯,53度茅台:"露露,你能喝点酒不？今天高兴陪阿姨喝点酒吧,老虎他胃不好,他不喝酒。你要喝多了,让他送你回去。"

"行,阿姨,我陪您喝点。"我一看茅台我就激动了,这一般逢年过节才能喝上一次,可让我赶上了。我有点小兴奋的,接过酒瓶子,拿着刚要倒。

楚杰一把把我桌子上的杯子拿走了:"别逞能啊,不能喝别凑热闹,你喝多了,你这分量我可弄不回你去。"

我笑笑地看着他,又把杯子拿了回来:"放心,我是实力派,今天我让你开开眼。"楚杰带着诧异的表情看着我,似乎对我的这种自我评价十分的不信任。

关于喝酒这个技能我不知道跟大家提过没提过,这个世界上有一种人对酒精是十分耐受的,而本尊我,刚好就属于这类人。不过我一直不知道这件事情,我考上大学那年老妈说要请客,我才第一次接触到了酒精。当我跟我那些表哥表姐们互相敬酒罚酒车轮几圈之后,发现能站在桌子边上的只有我一个了。这个世界真是太神奇了,原来老天还赐给我一项如此的技能啊。不过等我到差不多25岁的时候,我决定挂杯！

因为有一次年底科室会餐的时候真把我喝伤了。那是科内的众前辈对我身怀绝技这事十分的不服,所以他们轮番叫阵上来,又都纷纷败下阵去。其结果就是那天我忙乎了一晚上,我搀着四个人去急诊输了液,安排了六个人倒在休息室里睡觉,又通知了四五个人的家属来医院接人。那一刻我深深地体会到酒精真是害人不浅啊。老娘从此不喝了,省得大家对我都这么不忿,纷纷要来叫板,就让我怀着这种绝技从江湖上隐退吧,世外高人都是孤独的,我已淡漠!

但是今天这事不一样了。因为是祝阿姨生日,而且那还是一瓶茅台,当然了,我主要还是为了陪祝阿姨,让老人高兴是我们年轻人应尽的责任和义务嘛!

我给祝阿姨拿小酒盅倒了一杯,自己则拿了玻璃杯倒满,楚杰看着我倒酒,他的嘴越张越大:"不要钱的都这么喝吧?"

我瞪了他一眼:"这样方便,省得老得倒。"

"老虎,你少管,今天妈高兴,露露她要能喝就让她喝。"

我跟祝阿姨推杯换盏着,祝阿姨几杯酒下肚,话开始变得多起来:"露露,你今天来啊,阿姨真高兴。"

"嗯,是,您叫我来,我也挺高兴的。"

"阿姨过生日啊,我那儿子从来没送过我礼物,这是第一次。"

"妈!我不是每次都给你钱吗?"楚杰在旁边插话了。

"对,他每次都给我钱,提前一个月给,跟我说:妈,下个月生日给您点钱,想买什么买点什么。"阿姨说完之后,我看了楚杰一眼,他也回看了我一眼,眼神里承认他就是如此这般的。

"露露,你都不知道我这儿子有多忙!可是有时候我又想,那人家公司其他人难道都像他一样啊,他忙得心里装不下什么人,就想着他那点工作,想着怎么能得到更高的职位,怎么把业绩做得更好。"说完祝阿姨一仰脖又灌进一盅。

"我有时候想,我真是白把他生得这么帅了,没用!女朋友谈一个吹一个,谈一个吹一个,得吹三四个了。"

"妈!你喝多了,你跟她说这些干吗啊?"

"你少管我,我就要说,我高兴。"祝阿姨微醺地呵斥着楚杰。

我则笑笑地看着楚杰:"哦,原来是这样啊,这还真看不出来,闹半天咱俩差不多啊。"楚杰收起了笑看着我,我觉得他肯定在咬后槽牙呢,我觉得好像听见声了。

"一开始都是人家女孩追他,条件都挺不错的,他倒是也跟人家谈,最长的一个一年,短的半年就散了。有两个跟别的男的跑了,还一个没别的男的也直接把他踢了。"说完祝阿姨又给自己倒了一杯,楚杰终于坐不住了,把杯子拿了过来,"妈,进去躺着去吧,别说没用的了。"

"怎么没用啊?我现在觉得我真是教育失败了,这儿子教得怎么感情这么冷淡呢,还是太过于追求名利场上的东西了,把所有的感情看得太淡,跟人家谈恋爱的时候从来不上心。就跟他谈最长的那个,人家老早就跟他说要庆祝相恋一周年,结果他到那天还是安排见客户去了,结果人家姑娘打电话问他怎么回事,他说他忘了,说给她点钱让她买点自己喜欢的东西去,人家立马就跟他分手了。"阿姨说完这段话,屋子里变得十分安静了。如果楚杰是这么对女人的话,那我倒很能理解那些女人为什么会跟别的男人跑了。

楚杰长舒了口气:"妈,您说完了吗?说完我扶你进屋休息吧,您喝得太多了。"

"儿子,妈为什么今年非要过这个生日,非要让你叫露露来?妈喜欢露露是因为她看见你哪儿不对了,她真敢骂你。我真怕你老了就剩自己一个,孤独的时候再后悔。"

说完祝阿姨突然拉着了我的手:"露露,你答应阿姨,不跟老虎分手啊。"

"啊?"这问题跨度也太大了,我这思维还没转变过来呢,她这是把我当谁了。

楚杰实在忍受不了了,他站起来去搀扶祝雪梅,想把她扶回屋子里。

可是祝雪梅依然抓着我的手:"露露,你还没答应阿姨呢,你别跟老虎分手。他一人挺可怜的,他要是冷落你了,你找阿姨来,阿姨跟你玩。"

"行,阿姨,我不分,不分,放心吧啊。"我说完这句话,祝阿姨终于松开了手,被楚杰扶进屋里去了。

楚杰出来的时候,显得很尴尬:"我妈她喝多了。"

"嗯,是不少。"

"那你还跟她瞎搭话?"楚杰突然提高了声音,好像颇为不满。

"嗨,让阿姨安心呗,咱俩是不用分手,咱俩又没牵手,你紧张什么啊?怕我赖上你啊?别废话了,送我回家。"说完我就拎上包走出了门。

{66}
宁杀错勿放过

"米露露,有个人你见不见?"邢淑兰用询问的目光看着我。

"什么人啊?"

"男人呗,你看你这问题问的,我找你还能是什么人啊?"

我两眼泛光带着欣喜表情看着她:"啊? 又有货啦? 帅不帅?"

"嘿,你这话一出口,我怎么觉得我跟人贩子似的啊? 还帅不帅? 你都多大了,还一张嘴就问帅不帅呢? 你以为小女孩找偶像呢?"

"嗨,邢大夫,我这问题属于顺口问的,你别这么在意嘛,其实我就是想问是个什么样的人。"

"是我老公老家表舅的儿子。"

"这听着可够远的。"

"远? 不远! 我老公跟他表舅关系挺好的,这人算是我老公的表弟。"

"您老公都快五十了吧,那他这表弟得多大啊?"

"没多大,37。"

"嗨,您这是给我介绍男朋友还是给我找表舅呢? 怎么越找越大啊。"

邢淑兰一脸的不乐意："你这丫头又开始满嘴跑火车了,你怎么不说说你自己这岁数还越长越大呢。你赶紧趁着现在还挂二字头的,还能运动一下,等你挂了三了,我就得奔四给你找去了。"

"让您说得我这心哇凉哇凉的!"

"专科,不介意吧?"

我抬眼想了想,摇了摇头："我学历也没高哪儿去,这不是重点。人怎么样啊?"

"人?长得吗,就一般人。不过特能吃苦,人其实挺老实的,当初专科毕业也没回老家就留在北京打拼,这得干了十五六年了。一开始打工,后来还挺能折腾,跟几个朋友合伙开了个物流公司,好像生意还行,怎么说也算个小老板了。你要是跟他成了,肯定也受不了苦。"

"听着条件还行啊,怎么这么大了还没结婚啊?不会是结过吧?要结过婚,你跟我说啊,我好做个心理准备,别到时候整出个儿子女儿的,跑出来叫爸爸!"心里有了某些阴影,所以最好还是防范一下。

"没结过!真结过我就告诉你了,咱俩一科同事我能骗你这个吗?他其实也挺挑的,年轻的时候光想着怎么打拼能在北京安顿下来。等他三十多了开始找,条件也说了一大堆:什么学历得差不多吧、心里善良吧、脑子还得好使要不影响后代智力、家庭条件也得说得过去;这些倒主要不是为了钱,是说看重女方教育背景,长相也得差不多,骨子里还得是能吃苦的,不能就想着作威作福!交过几个女朋友,后来都是他觉得人家不行,跟人女方断了。"

"让您这么一说,我怎么觉得我条件差得远呢,我都不知道自己骨子里是什么。"

"我觉得你们俩条件差不多,你就给个痛快话,见不见?我的意见你去见见,不成也不扣你钱。"

我皱着眉头看着邢淑兰,一咬牙:"行,见!宁可错杀一千,绝不放过一个。"

这回邢淑兰倒是放手让我们自由发挥了,她只告诉我此人叫郭海涛,然后帮我们互相留了电话号码,让我积极主动点,说郭海涛平时很忙,不催着他点他可能一时想不到要见面,而且他为人也很腼腆,不爱主动!

是啊,但凡有点事业基础的男人都很忙,就我闲是吧?好吧,那就让我这个闲人积极主动点吧,反正成不成就是见一面,谁让我这后头还排着999个等着我去接见的呢,解决一个少一个!于是,我从十一过后就开始给他打电话,可是跟他约见的时间总是一拖再拖,正应了那句话:上赶着不是买卖!

本想就此作罢了,因为他大大伤害了一个文化女青年脆弱的自尊心。但是忽忽悠悠心里升起了某人的话:我估计你正遇都困难吧!于是"人活一口气"这句话激励着我继续前进,绝不能放过任何一个可能!

2009年10月25日　星期日　天气晴

经过半个月的磋商,郭海涛终于批准了我的请求,准许我瞻仰他老人家一面。我现在除了抱着争气的想法,心里还充满了好奇,这个让我较了半个月劲的男人究竟是什么样的?

我怀着探奇的心理跟郭海涛约在一个十字路口见面,其实我对这个路口很熟悉,因为这是我上班的必经之路。这个见面地点是郭海涛提出来的,凭良心讲我觉得还挺有创意。因为终于不再是咖啡馆,而改在了大街上,不是坐着等人而是站着等人了,这都跟以前有很大区别。

我作了精心的打扮,在北京初秋时节选择了穿短裙,可见我的奉献精神有多大,不就是为了跟年轻小姑娘们拉近点距离吗,我容易吗我?

十字路口来来往往的人很多,我拿眼睛到处巡视着,怎么觉得个个都像是来准备跟我相亲的那个人,让我的眼睛都看花了。到底哪个才是啊?我正琢磨着大街上这些行走着的男人们,忽然在我面前停下一辆昌河小面,我扫视了一眼这车,嚯,有年头了啊!隐约能看出来曾是辆白色的车,但是现在已经完全黑灰色,车漆也掉得一块一块的,车身上印着"恒达速递"。从车上下来一个三十多岁的中年人,他疾步向我走来。

"米露露吗?"

"啊,对。"

"久等啊,我是郭海涛。"

姓名:郭海涛;年龄:37;身高:173(目测);体重:140斤左右(目测);穿着:很像各大快递公司工作人员平时送货时的打扮,带了双露指的灰线手套,灰色的夹克,老旧的牛仔裤沾满了灰,一双分不清是灰还是白的运动鞋跟他的车很配;容貌:的确很像我的表舅,一脸的沧桑感,一看就是经受过风雨的洗礼,特别是他黝黑的面容和那三条很深的抬头纹。

"先上车吧。"说完郭海涛又回到他的昌河小面里。

我犹豫了一下走到车前,刚要拉副驾驶的门。

"那门坏了,别拉。"郭海涛在车里朝我喊着。

"哦,好。"不拉?那我拉哪儿啊?

"去后面吧。"郭海涛继续朝我喊着话。

我拉开了后车门,呵,里面堆了满满登登一车货物,一个座儿都没有,这是要让我坐箱子上?

"你爬过来。"郭海涛坐在驾驶位上转头看着我。

"我爬哪儿去?"

"你爬副驾驶这儿来。"

"哎,好嘞,那你别急啊,等我慢慢爬啊。"他打电话的时候也没跟我说这副驾驶门坏了啊,他要早跟我说,我就不穿短裙了,我肯定穿运动服来了,看这劲费的。我越过了一堆箱子,终于成功地将自己放进了副驾驶的位子,真爬出了一头汗。

"行了,我到了。"

"我先把这货给别人送过去,你不介意吧?"

"不介意,不介意,你先忙你的。"我这跟他一见面都是朝他爬过去的,我还介意什么啊我。

郭海涛刚一发动车,可把我惊着了。他一打火整个车身都晃动起来,后面立刻传进呛人的尾气味道,感觉这车马上要爆炸一样,我赶忙扶着把手:"怎么了?怎么了?"我慌张地询问着。

"没事,这车时间长了,跑了一百多万了,功臣啊,你习惯了就好了。"

"哦,吓死我了,我真怕你一踩油门,这车奔上头去了。"

"那不会的,放心。这车已经不是一辆汽车,就跟家人一样,陪着我一路打拼过来的。"

这车的确不是一辆汽车了,确切地说它是一辆三蹦子。一开起来,突突突地响,所有的玻璃都在晃,还好他拿胶带给粘上了,要不我真怕这玻璃掉进来或者掉出去把人砸了。四面的风呼呼吹了进来,感觉就像在希望的田野上坐着一辆手扶拖拉机奔驰而去。

郭海涛去给他的客户送了货,然后他看着我问:"咱们去哪儿?"

"我随意,听你的。"我必须听他的,因为他实在是太有创意了,我对他会建议去哪儿真是十分的感兴趣。

{67}
令人诧异

郭海涛犹豫了一下:"咱们去超市逛逛吧?"

"好啊。"我看着他肯定地点着头,相亲去超市这倒是挺符合我的胃口。郭海涛也算是不负我望,提出了很有创意的建议。

到了超市里,郭海涛并没有到处乱逛,他只是在矿泉水的货架附近来回比对着各个牌子的矿泉水,拿起一瓶看看日期看看价格,又拿起一瓶看看日期看看价格。最后他选择了一瓶一块八毛五的矿泉水,带着笑意看着我:"你要不买东西咱们走吧?"

"你就买瓶水?"

"啊,口渴了,你要吗?"我看着他摇了摇头。

我喜欢人类,我喜欢跟各色的人类接触,因为这些形形色色的人们性格迥然不同,他们表现出的各色行为方式,让我觉得这个世界好有趣。郭海涛自然是属于有趣人的一种,其实我对他很有兴趣。郭海涛费了半天劲跑到超市买了瓶水,这瓶水还没他的油钱贵呢吧?

"一块八毛五。"收银员扫完条码之后看着郭海涛。

郭海涛开始到处翻兜,翻了半天一分也没翻出来,他转头看看我:"我钱包落车里了。"

"哦,好。"于是我从钱包里掏了两块钱递给了收银员。

"谢谢啊。"说完郭海涛就把水打开,咕咚咕咚地仰脖喝了。

"这都快六点了,咱们去吃饭吧?"他征询着我的意见。

"好。"我看着他笑着点点头。

我们坐着三蹦子驶出了超市的停车场,一出门保安告诉我们:"停车费,两元。"

郭海涛拿着钱包翻了翻,他抬眼看着我:"没零钱。"

"没事,我有。"我又掏出两块钱递给了保安。

郭海涛转头看着我说:"你零钱真多!"

"嗯,就剩零钱。"

郭海涛的行为完全不像是来相亲的,他像是来挑战看一个女人到底能有多讨厌他。如果邢淑兰的介绍有稍微符合实际情况的话,我觉得他都不应该是这样的人,一个 37 岁,在工作岗位上摸爬滚打了这么多年还小有成绩的男人,绝对不会在相亲的时候有这种表现。唯一的解释就是他没看上我,要说这没看上就没看上呗,何必还约我一起吃饭呢,我倒要看看他是何用意了!

我们一起来到一间很小的饭店,点了菜谱上像样的几个菜。郭海涛开始跟我聊起了他的工作,他讲述着自己当初创业多么辛苦,自己工作多么努力才取得了今天的成绩。他究竟取得了什么成绩我是不知道,我就知道他那辆三蹦子该换了,每次坐上去我都提心吊胆的。

一聊起天了时间过得就特别快,基本上都是他一直在说,而我频频地点头在听,然后表示一下对他成绩的敬意。快八点的时候,郭海涛看了眼手机:"一聊起天来,就忘了时间,也不早了,咱们走吧。"他看着我询问我意见。

"好。"我点了下头。

"服务员,结账!"郭海涛叫着服务员来结账。

很快服务员拿了个单子过来:"谢谢,一共98。"

郭海涛开始低头喝起水来,并没有要结账的意思,服务员则被尴尬地晾在那里,他一会儿看看郭海涛,一会儿又看看我,等了好一会没一个人说话。

"98,先生。"服务员最后选定了郭海涛。

"哦。"郭海涛又开始上下摸他的钱包,摸了好一会,"哦,我想起来了,我没零钱。"他用征询的眼神看着我。

"我有。"我朝他笑了笑,于是我掏了八块钱放在了桌子上。

"还差九十呢?"服务员用极小的声音询问着我们。

可是郭海涛依然装作没听见的样子。

我服了,我从内心深处服他。丫就是没看上我,你没看上就没看上呗,你非黑我顿饭干吗?极品腹黑男也就到这境界了吧?我从小到大就没听说过"98"块钱算零钱!不过你也别说,98还真比100零。想到这儿,我拿了张一百放在桌子上,看着服务员说:"把那八块还我。"我们起身走出了饭店。

"我送你吧?"郭海涛满面春风地询问着我。

"不用,不用。我坐地铁就行。"

"米大夫,今天跟你相处真的很愉快,我们改日再聚啊。回头我联系你。"

还聚?真别聚了,我零钱不够啊。心里暗想着,可是嘴上并没有这么说,毕竟他是邢大夫的亲戚:"你那么忙还是以你的事业为重啊,见不见我都无所谓的。"

"放心,我肯定会联系你的。"这句话听起来很像是句威胁。

要说这邢大夫办事也够不靠谱的,也不能说这是他们家亲戚就愣往我这塞啊?她那成功八对,离婚一对的成绩究竟是真是假啊?反正就知道离婚那对是真的,看如今的形式还真不好说她的成绩是不是在炒作。

周一上班的时候邢大夫一直在追问我亲相得如何,我支支吾吾地说:"不,不,不太来电。"

"电什么电啊?你一说这话我就来气。你是找会过日子的,还是找插座啊?"

会过日子?他太会过日子了,他出门都带整钱这谁受得了啊,但凡不是一百的倍数他都不花。但是这种事怎么能跟邢大夫抱怨呢,宪法也没规定男女一起吃饭必须是男的付账啊,而且就98块钱,也不是什么大数。

"到底成不成啊?"邢大夫有些着急地询问着。

"这个吧,估计不行。"我十分为难的给了她答案。

"你就挑吧,你就挑吧,我是不管你了。"邢大夫有些生气地走了,我则感谢了天神千万别让她管我了。

星期三我接到了郭海涛的电话,我一看到这个号码就开始紧张。

"米大夫,今天有空吗?我们见个面吃个饭啊?"

"还,还,还吃饭?不必了吧?"

"我是真心诚意邀请你的。"

"我们这儿今天挺忙的,我看可能吃不了这饭了。"

"我已经问过我表嫂了,她说你正点下班,其实我已经到你们单位附近了,还一个小时你就下班了吧?"这一有内线,事就整复杂了。

挂了电话我干的第一件事,就是打开了钱包,把我的零钱都藏了起来,就剩了两百整钱,这下我跟你一样了吧,如果躲不掉也只能靠这样了。

下班时间我的精神万分紧张,我一直在办公室徘徊不肯离去,我不想在大家的面前坐着那辆三蹦子突突突地走掉。

已经过了五点半了,郭海涛又打来了催促的电话:"米大夫,我在门口等你半天了,你还在忙吗？如果忙没关系啊,我会一直等的。"嚯,为蹭顿晚饭他至于吗他。

手表指针指到了五点四十五,行,反正他不吃这顿饭是不会走的,就当老娘再豁出去一回,这两百块就都让他造了吧。我硬着头皮走出了医院的大门,四下踅摸着那辆陈年昌河,唉,不在！惊喜死我了,走了！我长舒了口气,两百块保住了。心里很开心的准备去坐地铁,忽然一辆奥迪 A6 按了下喇叭,郭海涛从车里下来走了过来,手里还拿了束花:"米大夫,我真是等你半天了,还好你出来了,要不我就进去找你了,这花送给你。"

好家伙？他这又是唱的哪出啊,我简直都不太认识眼前的这个人了。今天的郭海涛换了一身西装甚至还打了条领带,整个人显得干净精神多了,连他脑门上的三条沟都浅了很多。他这是干吗呢？化妆舞会啊？怎么突然又变这样了,三蹦子也换奥迪了,这到底是什么情况？准备黑我顿大的？

{68}
锲而不舍

"郭先生,你来就来吧,还买花干吗?"我手拿着他买的玫瑰花觉得真是万分尴尬,因为已经有偶尔从医院出来的稍微脸熟的同事,频频向我投来好奇的目光。

"周日的见面,我觉得挺愉快的,那天我准备得十分仓促,可能表现也不是很好,我怕影响你心里对我的印象,这花就当是表达我一点小歉意吧。我今天找你,就是希望你对我有个全面的了解,怎么说呢,就当是让你知道我的真面目吧。"郭海涛用的是开玩笑的口吻,说完之后自己先呵呵地笑起来。

真面目?什么真面目?!他一撕西服能飞天是怎么着啊?

"我在御膳坊订了位子,六点半,这眼看到了,我们走吧,边吃边聊,我也希望你能让我多了解了解你。"说完郭海涛伸手示意让我上车。

我是不是可以考虑报警了?御膳坊?这玩得有点大吧。

"不是,郭先生,我们医院旁边一拐弯的胡同里有个新疆馆子,挺不错,要不你把那什么坊退了,咱去那儿得了。"

"下次吧?下次我陪你去那好吧?这次就先去我订的地方。"

下次?! 还有下次?! 杀人不过头点地啊,郭海涛! 我犹豫地看着他,透着十分为难的表情。

"米大夫,我其实不到四点就在这儿等你了,就看我这份诚心,我觉得你都不该拒绝我。"

我看着他貌似诚恳的表情,紧皱着眉头,一咬牙一闭眼:"行吧,我就陪你走一趟吧。"

一走进御膳坊的门,我就又想报警了。服务员一水的清朝宫廷装,见到我都跟我行蹲礼,嘴里喊着:"您吉祥!"

你是哪只眼睛看到我吉祥了? 我要真吉祥了我能来这吗?

服务员为我们找了一张两人餐桌,这张桌子的位置很好,可以一览无余地看到表演区域。服务员拿过了两份菜单,递给我们两个人。

我刚一翻开菜单拿眼扫视了一下,就砰的把菜单合上。我希望我看到的是幻觉,那不是真的。郭海涛看我把菜单合上了就很客气地说:"那我就做主点菜了?"

"我妈一会可能会打电话叫我回家,我们一天都没见面了,我随时可能会离开,你悠着点啊。"

郭海涛被我的话弄得有些糊涂,他迷惑地看着我,过了一会突然笑起来:"放心,今天我请客。你妈要是打电话叫你,我马上送你回去。"

我想哭,感动的! 他这是真话吗? 不是什么阴谋吧? 你敢让我看看你钱包吗? 不会又都是整钱吧?

由于郭海涛要开车,所以我们只点了饮料。饮料刚倒满杯子,郭海涛就把杯子端了起来:"米大夫,我敬你,你星期天的表现我很满意。"

嗯? 这话说得有歧义,我表现什么了? 我心里正分析着郭海涛话里的意思。

"我希望你不要介意我星期天的穿着,还有我的行为,我在事业刚起步的时候确实就是那个样子,我只是让你看到当初的我而已。不过我相信你是不会介意的,不然你不能跟我待一起那么久。所以现在能让我放心地跟你相处了,那天就当是一个小测试吧,别在意啊。"

我觉得胸口升起了一股闷气,脑子中闪现出无数电视剧的情节,我现在最应该做的是拿饮料泼在他的脸上,然后一拍桌子指着他鼻子说:你以为老娘是贪慕虚荣的女人啊?我告诉你,你想错了!然后愤然而又潇洒地离开这里。但是今天是他请客,所以我绝不能这么做!我必须得把我那98块钱吃回来!

我看着郭海涛笑笑说:"你的意思我通过初试了?那今天这是复试吧?那我今天表现得是不是不太好啊?你刚才点那么多菜我应该拦着你,要不你该觉得我是个不知节俭奢侈的女人了?"

郭海涛面带微笑地摇了摇头:"没有复试,你合格了。"

丫说这话怎么这么欠抽呢?

"郭先生,您跟人相亲都这样吗?全都化妆出场?"

"早期的时候不这样,受过几次伤就这样了,吃一堑长一智。"

我们正说着话,菜已经摆了满满的一桌子:"别客气啊,米大夫,随意。"郭海涛很有礼貌地招呼着我。

"我不希望找到的女朋友是因为我的钱才跟我在一起的,这让我觉得很不踏实。我当初经历了很多的苦才熬到今天,随便找个女人就让她坐享其成的得到我辛苦赚来的这些?我觉得这对我不公平。我第一个女朋友就是这样,居然蠢到打电话让我听见她跟人说,也就是看我有俩钱要不谁跟我啊。还有个女朋友,在我公司遇到困难借了一屁股外债的时候跟我分手了,因为她可能隐约觉得我的公司会倒闭,但是后来我撑过来了。"郭海涛的语气里带着十分的得意,他对自己的那份坚持很满意。

"能做到星期天那样,保持着礼貌坚持到最后的女人很少,至少你让我觉得你不是虚荣的女人。所以我可以尝试跟你分享我的其他,当然还取决你以后的表现。"

我看着他摆了摆手:"郭先生,你看错了,其实我特虚荣,我也想找个男朋友让别人羡慕,说事业有成、彬彬有礼、风度翩翩、出手阔绰、对我特大方。我之所以那天坚持到最后,是因为我比别的女的二!我这二劲属于不定时发作,那天我纯属个人兴趣,想看看你究竟能到什么程度。回家我就后悔了,肠子都悔青了,那天我就不该上你那三蹦子。"

郭海涛皱着眉头看着我:"你还挺真性情的啊?什么都敢说?真性情好,不做作,我觉得我们应该继续交往下去。"

"不是继续啊,您用错词了,我们就没开始何来继续啊?既然话都说到这了,您要是不介意,我想给你几点建议。"

"好啊,你说。"郭海涛饶有兴致地看着我。

"郭先生,你别怪我说话直啊!说句实话,就您这外形而言,你绝对不属于那种让人一看就特喜欢非得死心塌跟你的那种人,那你什么能拿得出手啊?也就是你这事业了吧?相亲的真谛就是介绍人把他认为两个条件差不多的人招呼到一起,互相看看。您对女的还提了一堆条件呢,什么长相、学历、智力、家庭教育什么的,那你凭什么就不能让女的按条件找人呢?非得逼女的喜欢那个原始的你,不喜欢的就都不真心。你这想法和行为也太另类了!所以,你这试验到我这就得了,你要再这么试验下去,真不好找。"

"我发现你还挺会说的啊?让你这么一说,我的行为好像是挺怪异的。我不用试验了,到你这儿结束了,我决定了。"

"你决定什么了你?"

"不相亲了,就你了啊。"

"不是,你弄误会了,郭先生!我是虚荣的女人,不是你要找的那种。"

"你刚才的话说了,我还凭条件找女人呢,其实我也是虚荣的男人,而且你那些虚荣我想我也能做到。"

"那我总有说'不'的权利吧?"我控制不住地低吼出来。

郭海涛被我突然的愤怒低吼吓了一跳:"你的意思是你没看上我?"他对我此刻的态度表示着怀疑。

"咱们不合适,郭先生。我的意思你明白吧?我不能整天跟你相处,脑子还想着这是不是试我呢。"

"我很郑重地为我周日的行为跟你道歉,我那么做的确不妥当,希望你不要介意。"

"可是我还是想说'不'。"我看着他面露难色。

"有时候相遇是种缘分,人人都应该珍惜,能碰到你这样的也挺不容易的,唉,你知道我的公司现在业绩越来越好,发展越来越大靠的是什么吗?"

他这是要说什么?从缘分说到我又说到公司?我看着他摇了摇头。

"锲而不舍的坚持!"

靠,我真他妈的应该按电视剧的情节演,为了98块钱篡改了剧本,结果就是这个下场?

{69}
救我一命

我佩服郭海涛,我终于知道为什么在芸芸众生中,在如此激烈的竞争环境下,他能在北京这个城市里立稳了脚,成为小有成绩的一个人。他真是太执著了,执著得我真是怕了他了!执著得我特别想找警察把他抓派出所去。

郭海涛隔三差五就叫快递往医院送花,什么玫瑰、百合、郁金香的,弄得这办公室都快成花店了。我这辈子就没收过谁的花,结果现在碰到这么一位,我看把我这辈子的花都收了。

我用我最诚恳的态度臊着他,因为他干了我最烦的两件事。第一,我不喜欢花,确切地说我不喜欢被拔下来插在花瓶里供人欣赏的花。这些被拔下来泡在水里的花,衰败得太快,刚拿来的时候还娇艳欲滴,可是短短的一个星期就蔫头耷脑的了,看着这些花朵每日一蔫并不能让我心情好多少。你说他要是送箱饮料什么的,喝完了纸箱子和瓶子还能找收废品的卖点钱,他这天天送花的,导致我经常挨打扫卫生的批评。

"米大夫,我发现了,这妇科门诊就你垃圾多,一天运出好几袋子,我就为你一个人服务了。"看看,给我造成多大困扰啊!

第二件让我烦的事就是郭海涛总是发一些不堪入目的短信骚扰我。什么我的心里只有你啊！什么你就是我命中注定的女人啊！什么不管再累再苦一想到你就觉得幸福啊！一看见这些短信我就浑身不舒服，而且常常让我刚吃的饭全白吃了，他想干吗啊？想用这方法饿死我啊？

由于郭海涛的行为，我在医院的小范围内又有开始要火的趋势，说我被一个开奥迪的男人狂追，而且此人貌似是邢淑兰老公的表弟。

而此时我和邢淑兰的关系变得十分微妙，因为邢淑兰也选择了用她诚恳的态度臊着我。但是她还是会时不时地跟人抱怨一下："米大夫的眼光可高着呢，我们那表弟开奥迪人家都看不上，不知道惦记傍多大款呢？"

于是新的谣言又很快传了出来，说奥迪男其实是个小款，被我甩了是因为我要去傍一个大款！

太过分了！这些造谣者怎么如此不可理喻呢？怎么能造出如此与事实不符的谣言呢？这……这简直是对大款界一个莫大的侮辱！你们以为大款都是瞎的吗？究竟是怀疑大款们的品位还是在怀疑大款们的智商！我还就真不信了，哪个大款敢站出来让我傍？有吗？有吗？咦？大家变得好安静啊！

郭海涛就这么锲而不舍地坚持了半个多月，直到有个病人一进诊室被屋内浓郁的花香引起了哮喘病的发作。于是主任终于忍不住地朝我爆发了："米露露，不要把办公室当成炫耀你有男人追的场所，你还嫌你在医院不够红是不是？你屋里摆那么多花想要干什么啊？你以为自己是花仙子啊？这病人的症状是轻，她要真喉头水肿窒息过去了，你这医生还想不想干了？"

他娘的，这人倒霉喝凉水都塞牙。八百辈子没被人追过，这被人追一次还差点害死条人命！我很气愤地掏出了手机朝郭海涛咆哮了一顿："你别给我送花了啊，你再送我就得被开除了！你挺大岁数了，你抓紧时间为祖国和人民做点实事，你别整这些没用的了，行不行啊？"

"行啊，那你说吧，干点什么实事，你要不喜欢花，那你喜欢什么别的东西啊？"

"你呀，把你每天买花的钱折现，我告诉你个账号，你每天给我打那里？"我觉得我简直快被他气死了。

郭海涛沉默一阵："你这句是玩笑吧？"

"你说呢？"于是我很生气地把电话挂了。

郭海涛终于不送花了，他改在医院门口堵我了。真让我难以理解，他这是为嘛啊？缺心眼啊？我这是招到他哪根神经了，非这么跟我较劲。这天我为了躲郭海涛特意请了假，中午我就跟主任打好招呼了，说下午有事要早走两小时。我一走出医院门口就看见了那辆十分熟悉的奥迪车，我很想掉头回去但是已经晚了。这反特工作必须重视！身边有个卧底就算早走八个小时也不管用！

"露露，你下班了？我送你吧？"

听听，恶心不恶心？谁叫露露啊？你才叫露露呢！心里暗骂着自己的倒霉，脸上忍不住挂着一脸烦躁的情绪。

"郭先生？您不是挺忙的吗？这下午三点你就跑这儿堵我来了？"

"再忙，也没送你重要啊。"我必须得打110了，我不能好好一大活人在工作单位的门口被恶心死！

"郭先生，你这是为什么啊？是我有语言障碍还是你有语言障碍啊？咱俩不成，这句话就这么难理解吗？"

"没有,我就是不相信天下有不行的事!我这是对自己的一个考验,可能是我岁数大了吧,公司也上了轨道,什么事都变得顺着轨道运行了,我发现我年轻时候创业的士气都被安逸的生活磨灭掉了。不过还好,最近我又从你这儿找到了我年轻时候的斗志,我希望我能把这种情绪保持住。等过两天咱俩一好,我还能体会一下久违的成就感。"

我不想再跟他说话了,转了一圈我还是个试验!这次是用来考验他自己了。我不再看他,从他身边绕了过去。郭海涛忽然拉住了我的手腕:"露露,别走啊,不都说好送你了吗?"

"谁跟你说好了?你别在医院门口拉着我,多难看啊。快松开。"

"这有什么难看的?我喜欢你才拉你呢,走吧,上车吧,我特意跑来送你,别这么不给面子啊。"说完郭海涛就拉着我朝他的轿车走去。

"你放手。我真不用你送,你这人怎么这么较劲啊?"我使劲地掰着他拉着我手腕的手,心里像着了火一样着急。

"米露露?你干吗呢?你没什么事吧?"身后传来的这个熟悉的声音简直可以让我的眼泪夺眶而出。

郭海涛转身,一脸疑惑地看着这个声音的出处,我则一把挣脱了他的手,猛地扑进楚杰的怀里,紧抱着他:"你咋才来呢?"

楚杰被我如此"放浪"的行径吓了个措手不及,他慌忙张开他的双手,生怕碰到我似的,低头看着我使劲地抱着他的腰:"不是,米露露,这是什么意思?我怎么刚一见你,情况就变这么复杂了?"

我的心很快冷静下来,我不能让楚杰说话,他一说话我就暴露了。我赶忙松开了抱着他的手,一把挎住他的胳膊:"我让你三点来接我,这都三点二十了,你干吗去了你?"

"啊?你什么时候让我……"楚杰疑惑地想要问问题,可是我的眼睛瞪得圆圆的盯着他,挎着他胳膊的手也一直在掐他胳膊内侧。你丫要是敢给我说漏了,老娘跟你玩命!还算这小子聪明,终于住嘴了。

我看着郭海涛笑了笑:"郭先生,给你介绍一下,这是我男朋友楚杰。这是郭先生,你们认识一下吧。"说完我又朝楚杰笑了笑。

楚杰的表情更诧异了,他盯着我的脸寻味着我究竟在玩什么把戏,我的眼睛依然直视着他,可是黑眼珠在里面骨碌骨碌直转。楚杰看着我叹了口气,然后朝郭海涛伸出了手。

"你好。我是楚杰。"楚杰很有礼貌地跟郭海涛握了手。

"你男朋友?你半个多月前刚跟我相的亲?"

"啊,是,我们俩上周相的。"我朝郭海涛作着解释,手底下却一直玩命地掐着楚杰。

"对,我们俩上周末见的,然后就直接好了。"楚杰看着我然后点头笑了笑。

"米大夫,你这相亲排得可够满的?这就是你一直拒绝我的原因吗?你就这么确信他比我强?"

楚杰像是被他这句话激怒了,本来还一直带着笑容的脸一下子掉了下来:"郭先生是吧?你还有别的事情吗?没什么事的话,我跟露露要走了。"

郭海涛看了楚杰一眼,然后转头看着我:"我回头给你电话。"然后他就转身朝他的车走去。

楚杰掰开了我的手,追上了几步:"郭先生,我把我的电话告诉你,你直接给我打就行了,你有什么疑问我可以回答你。"

郭海涛没有说话,他看了楚杰一眼,然后就开车走掉了。

{70} 没想到的结果

我和楚杰一起目送着那辆可怕的奥迪开走,我像是躲过了一场生死劫难一样大松了一口气。激动的我朝楚杰冲了过去,双手紧紧地握着楚杰的手,使劲晃动着:"谢谢你啊,楚大哥,你真是大慈大悲啊,你就这么一下子就造了七级浮屠了,救我于水火啊!"

楚杰甩开了我的手:"行了,行了!米露露,我也不是傻子,你老玩命掐我干吗啊? 就你那贼眉鼠眼的一转,我就知道你想让我干什么。我估计我这胳膊都让你掐紫了!"

"啊? 不好意思,不好意思啊,楚大哥! 我这没见过什么世面,我是怕你给我说漏了,不愿意跟我演这戏,我现在的心情真的是带着十二万分的谢意,你看我也不知道怎么谢你,要不这样,我给你鞠一躬吧?"说完我就站直了给他鞠了四十五度的躬。

楚杰此刻的脸上也带着十二万种表情,我听见他轻叹了口气,然后挂着一丝笑:"鞠躬? 我还大慈大悲? 我还造了七级浮屠? 你要不把我照片挂你们家,每天给我上三炷香得了。"

我听出楚杰又在挖苦我了,也是,人家一大活人在这站着,我上来给人鞠一躬好像是不太合适,难道我要请他吃饭? 就演了五分钟用不着请吃饭这么严重啊?心里权衡着到底用什么形式感谢他。

"要不我请你吃饭?"我皱着眉头看着楚杰,"医院旁边胡同有一新疆馆子挺好的,咱俩去那儿一人来二十串羊肉串怎么样?"

我的这个提议让楚杰愣了两秒钟,他再次叹了口气,这口气叹得可比上口重多了!从他叹气的程度来分析,他不爱吃羊肉串。

"不用了,我没下午四点钟吃羊肉串的习惯。"

"哦,那我就不强求了。"脸上却忍不住挂上了笑。

楚杰看着我挂着笑容的脸,眉头不禁皱了起来:"我就不明白了,为什么每次见到你,你不是在大街上跟男人在一起哭哭啼啼,就是在大街上跟男人拉拉扯扯啊?"

"啊?这些都并非我的个人意愿,我也是被迫无奈,你还少说了一样,我还在大街上跟男人搂搂抱抱呢。就刚才,我们不是刚抱过吗?这都是无奈嘛!"

"我不算!"楚杰听我把他也算进来,一脸的不耐烦。

你不算?!不算什么?不算男人还是不算无奈啊?算了,我别说了,说了他准跟我急。

"你怎么没开你的'肇事者'来啊?"

楚杰这人说话吧,可以概括为一个字:混!别人车都叫什么先驱者、领先者、开拓者;到我这儿按个"肇事者"?就不能给他好脸!十句话九句半都在挖苦我,省下半句还都是叹气声。

"管我呢!"我低着头小声叨叨着,"我现在天天让人堵门,只身行动方便些。"

"我送你吧!"

"啊?这怎么好意思啊?刚救了我还送我,都不像你能干出来的事了。一下子这么有人性,我都不适应了。"

"当我没说!"楚杰说完就朝他的车走去,我则开开心心地跟着他屁股后头挤上了副驾驶。他皱着眉头看着我:"你上来干吗?"

"回家啊。"说完我就把安全带给系上,转头看着他笑了笑,"走吧,路不熟我告诉你。"

"我特好奇,把这脸练到你这厚度得用多长时间啊?"说完楚杰将车开动了起来。

没听见,我什么都听不见,反正我在车上呢,送不到家我不下车。爱咋咋地!

"你去相亲了?"楚杰平常的语气询问着。

"嗯。"我简短地回答了他。

"结果怎么样?"

"结果就是刚才医院门口那样啊,他要强行拉我上车,强行请我吃饭,没准还会强行送我回家,之后还强行干些什么那可不好说了。"

楚杰忍不住笑了出来,我听出来了,是不屑的笑声。

"我看那男的不错,配你可富余。"

"我的事就不劳您操心了啊!你今天怎么这么巧,刚好路过医院啊?"我不想让他再提郭海涛的事情。

"我不是路过,我就是去找你的。"

"找我?找我干吗?"

"哦,我有个朋友,特别好一哥们,我们大学入校就同宿舍,一直到研究生,都住一起,关系别提多铁了。他生病了,想住院,可是你们医院那没床位,医生告诉他得等,十天到半个月吧。他现在挺难受的,你能不能想想办法,让他早住院几天赶紧把手术给做了啊。我这哥们人特内向,毕了业留校当老师了,就知道自己干自己那点活,没什么交际。他老婆昨天给我打的电话,问我医院有没有认识人能给他找个床位。他们家离你们医院特别近,走路也就十分钟吧,他还就想去你们那儿看。她老婆一说,我就想起你来了,今天刚好到你们医院附近办事,所以就想顺道问问你这事,紧接着我就见义勇为了!"

切!我说他也没这么好心,救了我还要送我,楚老虎,你早说这事啊,你要早说出来我至于这么低三下四吗?有事求我还跟我装,还义愤填膺的"当我没说"!真是瞎要强!

"他什么病啊?"

"痔疮!"

"那男的为什么不行?"

"啊?"

"我问你,跟你相亲的男的为什么不行?"

他这思想也够奔异的,刚还在说"痔疮",现在怎么又转回相亲来了。

"没为什么,我就是觉得他这人特别矛盾,自大又自卑。生怕女的只看上他的钱看不上他的人,又觉得自己能创出这些事业上的成绩,女人本来应该膜拜他。"

"你事可真多!有人看上你就不错了,还挑?还在这儿分析人家性格?听得我都不舒服!怪不得结不了婚呢!都让你琢磨那么明白了,还能有好人吗?"

"干吗啊?你有立场说我吗?你是娶了四房姨太太了是怎么着啊?你有本事结一个让我瞧瞧啊?还嫌我分析人?你是不是怕我没事琢磨你啊?你放心,我不琢磨你,一身毛病都在明面摆着呢,我哪还用琢磨啊,你不就是那冷血无情楚老虎吗?!"

"你……你再说这些没用的,我给你扔路边上了啊。"

"你敢给我扔路边上,我就不给你哥们治痔疮!"我气哼哼地用更大的声音压过了楚杰。

楚杰气得猛喘了口气:"好,你厉害!我忍!咱们来日方长啊!"

虽然楚杰的这句话带着威胁的语气,但是我还是选择帮助了他,像我这么善良的人怎么能忍心看着"仇人"的朋友被痔疮折磨得苦不堪言呢。

我跑到肛肠科为他联系了床位,肛肠科的床位的确很少,病人却着实很多,每个屋子里都放了加床。此手术简单方便效果好,那些受痔疮困扰的人们很多都会选择用手术刀来为他们去掉这些烦人的困扰。

我还特意买了箱饮料送给了肛肠科的大夫,先把他们弄一个不好意思再说。为了让此人快点住院,我又跟他们说了一个善意的谎言,我肯定不能跟他们说这是"仇人的朋友",只能说此人是我一个远房表哥,让他们多费心。

很快,楚杰的这个好哥们就被通知可以办入院了。楚杰的这个朋友叫苑峰,一见到他就感觉的确像楚杰说的,十分腼腆,他老婆倒是个爽快人,见到我使劲地感谢我。他们还有个可爱的儿子,已经6岁了,非常顽皮,一进医院就在楼道里跑跑跳跳的。看看,是楚杰的同学,人家孩子可真能打酱油了!

苑峰的老婆一直跟我强调她老公跟楚杰多么多么熟,多么多么好。甭强调了,我跟楚杰有仇!心里忍不住瞎想,你不是就想让我觉得这面子没白搭吗?

苑峰办入院很顺利,五天过去了,突然接到了楚杰的电话:"米露露,苑峰的手术怎么一直没做啊?你能帮我问问吗?他老婆不好意思直接找你。"

"他们没问大夫吗?"

"问了,大夫说在等一个检查,没那个结果不能做手术,等结果回来再说。"

"哦,那我帮你问问吧。"

挂了电话我心里隐约有了某种感觉:"一个结果? 能影响做不做手术的结果? 不会吧?"

我犹豫了下,给肛肠科打了电话。"米大夫,我也正说找你呢。"肛肠科的大夫一听是我,好像得到了解脱一样的语气,"你来我们科一下吧,你表哥他……你还是来吧,你来了我们当面说。"

我一走进肛肠科医生办公室,就发现很多医生都抬眼看我,那些眼神里有很多的含义,我看出了同情、好奇、不屑、不解、诧异。

我找到苑峰的主治大夫,一脸笑容地看着他:"我表哥他到底怎么了? 咋还不动手术呢?"

"你表哥入院的时候,我给他检查了。其实他的痔疮不厉害,但是他的肛周脓肿很厉害,还一直低烧。术前检查,他的艾滋病可疑阳性,然后送到 CDC 做确诊了,今天刚回来的结果,是阳性的。其实他肛门的感染不是痔疮造成的,本来我可以直接告诉他的,但是他既然是你亲戚,要不你去跟他说吧? 让他尽快转到传染病医院接受治疗! 还有他们全家的流调工作,你要不也顺道帮我做了吧,这表格我好尽快传到感染科去。"

我闭上了眼,努力地喘着气,怎么是这样啊?帮人治痔疮,治出个艾滋来,而且还是我的"亲戚"。现在有一整科的人都知道了我的"表哥"得了艾滋病,估计不出两天,一整院的人都该知道了。

{71}

你是不是也是?

楚杰让我来问他哥们的手术什么时候能做?结果却变成了肛肠科大夫安排我去跟"表哥"交代病情,还得把我这个表哥的各种接触史问个底掉。怎么简单事情一不小心又变复杂了?我心里有点后悔,我要是不帮楚杰这个忙,不冒充苑峰的表妹,这一切不都是稳稳妥妥按章办事,肛肠科大夫该报告病情报告病情,该让他转院就让他转院,该做流调就流调。他到底跟这个人是什么关系啊?了不了解他啊?怎么他的铁哥们就感染了艾滋了呢?这楚杰都认识些什么人啊?心里不免对他产生了抱怨。

正想着自己的倒霉,帮人帮出个麻烦来,楚杰的电话随即来到了。

"怎么样?帮我问了吗?什么情况?苑峰的手术什么时候能做?"

"你这个哥们跟你很好吗?"

"是啊,很好!"

"好到什么程度啊?你了解他吗?"

"了解啊!大一就一直在一个宿舍,一直到研究生毕业,七年。

后来也一直有联系,我跟他们一家都很熟的,我还是他孩子的干爹呢。问这些干吗?"

"你来医院一趟吧,半小时过得来吗?他的病可能不太好治。"

"怎么了?有什么事吗?那痔疮不好治吗?有事你可以跟他老婆说。"

"我不想跟他老婆说,这事是你给我找的麻烦,我就想跟你说。"语气里带着些许怒气,他把人往我这一塞,自己当甩手掌柜了。我已经预感到这个事情很快就会让我再次在医院走红,名人当时间长了,我压力也很大啊!而且我跟苑峰和他老婆说白了根本就不认识,可是又不能当成病人那样无所顾忌的去交代病情,毕竟算是祝阿姨儿子的朋友。哎!真是愁死人了。

楚杰可能听出了我语气中的认真,于是他很快就赶到了医院。看来他跟苑峰关系真的不错,看他紧张的表情就能看出来。

"到底怎么回事?我又给你找什么麻烦了?他的病很重吗?"

"嗯,很重,现在已经在持续低烧状态,估计免疫系统已经崩盘了。"

"什么崩盘?什么低烧?你说明白点。"

"他得的是艾滋病!"我说出了苑峰的病情。

"神经病!"楚杰一脸的不屑与不信。

"不是神经病!是艾滋病!我说得不清楚吗?"

我的再次强调,让楚杰的脸终于凝重起来,他从我的脸上看不出半点玩笑之意。

"会不会搞错了?"语气里依然的不信任。

"搞什么错了?这东西怎么搞错?我们医院没有报告确诊艾滋病的权利,全都要疾控中心来报告的,发回来的诊断书是要盖章的!

你以为这是随便说笑的事情吗？我叫你来就是要告诉你，你的这个特别特别好的哥们他是艾滋病患者，他现在在医院的身份是我的表哥，而他随即的安置工作肛肠科大夫交给我来负责了。我现在就准备冲过去告诉他、还有他老婆，还要问清楚他到底跟多少人有过亲密接触，然后劝他通知那些人都来检查！他自己真的不知道吗？还是以为治疗痔疮，医院不可能查出来啊？"我越说越来气，楚杰那种不信任的态度真是让我后悔帮了他。

我转身要离开，楚杰突然拉住了我："别在病房跟他说，你能把他叫出来吗？说实话我真的不相信，他这人特别老实，典型的居家男人。我不觉得他会是出去拈花惹草得的病，也许他是不小心感染的。"

楚杰说的也许有道理，他的这句话让我冷静了，自己怎么突然这么狭隘了？一说他是艾滋病患者，就立刻把他和坏人画上了等号。可是一想起刚进肛肠科医生办公室那些同事的眼神，我就觉得他们甚至把我也划到"坏人"行列里去了。

苑峰的老婆不在病房，我把苑峰叫到了十层的露台。苑峰一看到楚杰也在，这脸上马上挂上开心的笑。

"阿杰，你也在这儿呢？来看我的？"

楚杰看着他点头笑了笑。

"苑先生，你的内痔不是很厉害，但是你的肛周脓肿很厉害。"

"是，我知道，肿得厉害，都影响我讲课了。米大夫，不知道你帮我问了没有，我什么时候能做手术啊？"

"你感染了HIV病毒，你现在急需的是抗病毒治疗，不然你的肿消不下去。你还会有其他的感染，而且会越来越重。"

苑峰愣了，从他的眼神我知道他很清楚我说的是什么。他站在那儿皱着眉头看着我,许久不说话。

楚杰看着他发愣的样子,也随即相信医院并没有搞错,因为苑峰对自己的病虽有吃惊但并不意外。

"苑峰,到底怎么回事?你去哪儿感染的艾滋啊?你老婆知不知道啊?还是难道是她?"楚杰关切地询问。

"不是她!我老婆是好女人,特别好的女人!"

"苑峰,你既然知道你老婆好,你怎么还……我真是没想到?"楚杰的脸上带着些许失望的神情。

这个表情似乎让苑峰很受伤:"我让你失望了吧?阿杰。"

"苑先生,你老婆也应该去做相应的检查。把你近半年曾经到过的地方、发生性行为的对象最好都要说一下,有助于做进一步控制。"

"我老婆应该没事!"苑峰小声嘀咕着,"我们都半年多没做过了。"

"啊?"我好像觉得我幻听了。

"对不起啊,米大夫,因为你是医生,所以你别怪我说话无所顾忌啊。"我笑着摇了摇头,我是无所谓,不过楚杰听着别人的这些家事倒让他很不自在,他转过头去看着远处,装作没听见的样子。

"我老婆从来不跟我抱怨这事,我总是找各种理由推脱,我有时候也会说我痔疮疼得厉害,心情烦躁。"我很平静地听着苑峰的叙述,可是楚杰在旁边显得局促不安,总是时不时地皱一下眉头。

"我现在越来越碰不了我老婆了,她就像是我的家人,我孩子的妈,但不是我的爱人。我不喜欢女人我喜欢男人,我是个同性恋。"

听到苑峰的这个叙述,让我长舒了一口气,似乎我的心里早就有这个答案,只是现在从他的嘴里得到了证实,也就知道了他的肛周为什么肿得那么厉害了!

但是我心里开始生气了,我想起了苑峰的老婆和他那可爱的儿子,刚入院的时候一家人其乐融融的,我猜测苑峰的老婆根本就不知道自己的老公其实是个同性恋。

楚杰惊了!从来没见过他如此吃惊的神情,他死死地盯着苑峰,眼睛越瞪越大。

"苑峰!你什么时候变同性恋了?你怎么是同性恋呢?"

"我一直就是,我从小就是,不是变的。我很小就知道我喜欢男人。"

"不可能,你在宿舍跟我们讨论女人的时候,比我们说得还过分呢。"

"我装的!我怕你们讨厌我,所以我就跟你们一起讨论女人,而且比你们说得还要过分,这样你们就不会把我看成跟你们不一样的了。"

楚杰说不上话来了,他依然盯着苑峰,似乎觉得他仍然在说谎。

"阿杰,我从大学一入学,看见你第一眼我就喜欢你,特别喜欢。所以我才跟人换了宿舍,就为了能跟你住一个屋子,我觉得每天跟你在一起都挺幸福的。后来你决定要考研,我就跟着你考研,因为可以再多跟你在一起两年。"

错愕的表情几乎凝结住了楚杰的脸,他的眉头快拧成疙瘩了,他拿手抵住额头,不停地深叹着气。

"我跟你当了这么多年的朋友,你就一点没感觉吗?"苑峰的声音忽然提高了八十度,他这是在干吗?示爱呢?

楚杰依然拿手抵住额头,他现在连头都不敢抬。我仍然能听到他大口喘气的声音。

"你老婆知道吗?"楚杰抬头看着他。

苑峰摇了摇头:"没人知道,只有我自己。我要让她知道了,估计这个家就没了,单位的人也就都知道了,我的父母也会很伤心。"

"你是同性恋你就同性恋呗,你结婚干吗?你喜欢男人就可以对一个女人这么不负责吗?你的小孩怎么办?一个女人,孩子都6岁了,才知道自己老公从头到尾都是喜欢男人的,你觉得她会是什么感受?你怎么能剥夺她找个真正爱她的男人一起生活、踏踏实实过一辈子的权利啊?"我终于忍不住朝他喊出来。

"米大夫,你说得倒轻松,有几个人能接受同性恋的?我家里是绝对不会同意的,我还是大学老师,学校要知道了,谁还会像正常人那样对我,别说那些了,阿杰!你要是知道了,你根本不会跟我做朋友吧?"楚杰被他问话弄得一愣,他想要张嘴说话,可是没说出来。

苑峰瞪着我说:"你们都是一样的,米大夫,要是你朋友是同性恋,你还会跟她在一起吗?"

"我会!"我毫不犹豫地回答了他。露台上被我脱口而出的这两个字弄得安静了下来。

"现在应该做些什么。"楚杰转头询问着我。

"转到传染病医院做抗病毒治疗,让苑先生的性伙伴也去检查,避免更大规模传播。"

"治疗?还有治疗的必要吗?"苑峰的眼睛里透着无限的失落。

"当然!活着就有希望,也许下周对抗病毒的特效药就问世了呢,也许治疗变成了只是吃片药就能解决的事情。怎么能自己先放弃希望呢?就算你不喜欢女人,但是你老婆和你儿子不管怎么说还是你的家人,他们会希望你继续活下去的,你现在应该去跟你的老婆谈一谈,而且我觉得她还是应该做一下检查。"

苑峰看着我缓缓地点了点头,他低着头朝病房楼里走去,突然他回头看着楚杰:"阿杰,我们还能是哥们吗?"

楚杰看着他犹豫了几秒钟,然后笑着点了点头。苑峰得到了这个答案显得很开心,然后走进了病房楼。我站在露台上陷入了我的沉思,楚杰也静静地站在我的旁边。

"谢谢你啊。给你造成了很多困扰,我很抱歉。"

我突然转头看着他:"你是不是?"

"什么?是什么?"楚杰不明白我在询问什么。

"你是不是同性恋?如果你要是,你承认没关系的,我不会跟别人说的,我可以帮你去劝祝阿姨,不逼你结婚。你不是也很烦女人的吗?而且你对女人的态度也是那么的冷淡!还有上次你在医院门口跟我说,你不算男人!是不是你心里真正喜欢的也是男人啊?你千万别为了怕别人嫌弃你而结婚,会害了一个对生活充满希望的女性的。如果你真的是,我发誓我可以毫无顾忌的跟你做朋友。"

楚杰瞪着眼睛看着我:"我什么时候跟你说我不算男人了?你简直是……神经病!!"说完他转身离开了露台。

我想我的行为可能是挺神经的,因为我实在无法想象苑峰的老婆要怎么面对自己老公喜欢男人这个事情,还有要怎么跟儿子说他的爸爸和他爸爸的病情。苑峰为了隐瞒自己的性取向,选择跟一个女人结婚生子,他以为这样就能瞒一辈子吗?那这个女人是不是太可悲了,一辈子都没有被人真正爱过!可是现在却马上要承受世人带给她的各种压力,也许苑峰真的会死,可是又有多少人会同情她呢?也许很多很多人只是把她当成茶余饭后的谈资,拿出来娱乐一番罢了。

{72}
送我去广播电台吧!

我被调回病房工作了,除了因为那位顺利诞下一子的同事已经回来上班,还因为主任总是觉得最近门诊乱糟糟的,不断有闲杂人等到处溜达,只为想一睹我的"芳容"!

主任,你想太多了!这些到处溜达的人他们真都挂号了!试想有几个人会花了钱来医院就为了来看我呢?如果真是这样,那我太对不起这些花钱的人了,长得也不怎么经看,而且我也不会唱个歌、跳个舞什么的,我所能做的事情就是和这些花了钱的人"对看",花几分钟跟他们唠嗑。

如果主任您非觉得这门诊的乱糟糟是我造成的话,您完全可以弄个笼子把我放进去,每天扔给我点竹子、竹笋什么的,用我的体型和黑眼圈来模仿这位国宝似乎更接近些,这样大家花钱来看我的理论听着就靠谱多了。

不过主任跟我是这么说的:"米露露,门诊到处都是人,很复杂,你个人的这些事总是一波接一波的,弄得咱们科在医院各科都快挂上号了,你要不先回病房消停两天吧?"

消停?消停的反义词是闹腾吧?看来我在主任的印象里一

直挺闹腾的。我的"表哥"得了艾滋这件事很快又在医院传开了,我一出现在医院公共场所,再次听到了耳边窸窣的声音:"又是她吧?"

"对,对,又是她。"

对!又是我!那个被放射科主任的老婆揍个半死的"小三"、半个月前被邢淑兰表弟用鲜花攻势狂追还差点拿花熏死个人、如今的"表哥"是假异性真同性的艾滋病患者!有谁需要签名吗?拍照我也愿意配合啊!我人很 nice 的。

"露露,怎么回事啊?你表哥真得艾滋了吗?哪个表哥啊?是你常提的那个吗?我认识吗?"罗惠的关心让我意识到,这事传播得还真挺广泛的,因为通常她对我的事情有自己的判断力,是不会为一些小事跑来问我的,如今连她都沉不住气了?看来我是该回病房消停两天了。

"你认识吗?我都不认识!"我带着怒气回答了罗惠。罗惠听完我的陈述之后皱着眉头看着我:"你要不去我常去那庙里拜拜吧,就冲你给你们科争的这些荣誉,我估计你们主任对你印象好不了了,你还想让她送你读研?拉倒吧。"我遭受了如此沉重的打击,情绪变得很低落。因为我又要再次步入夜班时代了,曾经发誓在门诊要减肥、保养、找男人的想法,一个都没实现。我依然是孤家寡人,而且越来越胖的回到了病房。

"露露,晚上到阿姨家来,阿姨给你做好吃的啊。"刚一上班就接到了祝雪梅的电话。

"啊?阿姨,我不去了,我这刚下决心要减肥。"

"减什么肥啊?也不胖!再把身体减坏了的,你来吧,阿姨是有事想问你。"

"啊?那楚先生他?"

"老虎他不在,他说今天晚上有个会议,完了事估计得十二点了。"

"阿姨那事很重要吗?电话不能说吗?"

"你来吧,阿姨想你了,想当面跟你说啊。"

"哦。"由于祝雪梅一再的要求,我也只好答应了。

我到楚杰家的时候他的确不在,这倒是让我松了一口气。先说明白了啊,我现在可不是怕他,我是怕一见到他就忍不住朝他吼起来,变成不能收拾的局面,让祝阿姨难做!

祝阿姨做了几个我最爱吃的菜,让我一看到就立刻推迟了我的减肥计划。

"露露,你跟老虎最近是不是吵架了?"

"啊?最近?没有啊?"我看着祝阿姨摇了摇头,"我们一见面就吵啊,没什么最近、过去和将来的区别,谁看谁都不顺眼。"

"是吗?那你看我们家老虎也不顺眼啊?"

"啊,反正没看您顺眼。"

"我觉得我们家老虎看你挺顺眼的,反正他跟别的女的没那么多话,我看就跟你话多。"

"阿姨,这你可真看错了,他那是被我气的。不过这真不怪我,因为他老是先招我,我都是正当防卫,而且我们俩真没什么。"

"啊?还没什么呢?那什么时候才能有什么啊?这不是让阿姨干着急吗?"

"阿姨,你干吗非得让我跟你儿子好啊?您这不是选了一条最难的路吗?"

"阿姨我可不是非逼你们俩在一起啊,老虎要是能踏踏实实的赶紧结婚，阿姨至于这样吗？这些天我看他情绪不太好，琢磨他是不是压力太大了，问他话也不爱说，看得我挺难受的。我昨天跟他说，老虎啊，要是心里有什么憋得慌跟妈说，妈啥都能替你分担，别这么忍着自己难受啊。结果这小子突然像吃了枪药一样，跟我喊起来了，说我是不是听你胡说八道些什么才这样的，让我别听你胡说，跟我说米露露那丫头有时候精神不太正常！阿姨一听，闹半天他是为你不高兴啊，所以想是不是你们吵架了？"

"啊？我？又有我事了？"

"是啊，露露，你跟阿姨说说，我儿子他这是怎么了？"

"他……"楚杰是怎么了？我哪知道他怎么了？嫌我说他喜欢男人了？我都在露台跟他发誓了，就算他承认了我也绝不会告诉别人，我至于这么三八跑来跟祝阿姨说吗？我只是说如果祝阿姨不能理解他，我可以帮他劝劝祝阿姨，这人做贼心虚，哼，没准还真让我说中了！

"他……可能就是不小心吃了枪药了。"我跟祝阿姨哼哼哈哈地搪塞着。

"阿姨，反正楚先生他生活和工作压力都挺大的，你就别逼他早点结婚什么的了，他都这岁数了，就让他找个自己真心喜欢的呗。碰到喜欢的，他自然就结婚了。"

"他不用心，到哪儿碰到真心对他的去啊。"

"嗨，结不了婚就结不了呗，自己高兴就行，结了婚也不高兴那还不如不结呢。"

祝阿姨看着笑着点了点头："你这么劝我，倒是稍微能让我高兴点。"

隔天一早，我六点半就从家里出来挤上了地铁，地铁里的人这叫一个多啊,都快把我挤成相片了。隐约感觉手机在振动,拿出来一看居然是楚杰的电话,看了眼时间刚七点,这是干吗啊?这一大早就打电话来。

"喂。"我挣扎着把手机掏出来接起来。

"米露露,你又跑我们家犯什么疯来了,跟我妈说什么了?我昨十二点回来我妈还没睡等我呢,就跟我说,压力大没关系,自己高兴就行,以后妈理解你,不会逼你结婚了。是不是你跟我妈胡说八道来着。"楚杰听起来像个疯子,根本不像我平时认识的那个人,他至于为这种小事打电话来骂我吗?我还没骂他就算客气了。

"我胡说什么了?我就说咱俩不可能啊,还有让她别老逼你了,让你自由发展啊。"

"你干吗又突然跑去跟她说咱俩不可能啊?是不是你那神经兮兮的想法又冒出来了?你别见天的犯疯行吗?怎么有你这么怪异的女人啊,自己脑子有什么怪想法到处跟人说!"

"楚杰!!你说话负点责任,我跟你妈说什么了?我为了你好朋友的事,现在全院都拿我当怪胎看了,我是不是疯子不用你告诉我,反正大家都觉得我不正常。我现在觉得我最不正常的事就是帮了你,你不是就怕我跟你妈说你喜欢男人吗?我告诉你,你喜欢男的喜欢女的还是喜欢半男不女的,跟我无关,你以后少找我帮,我这疯病马上可就进入狂暴期了,你自己注意安全你!!"话音刚落,地铁里报站的喇叭响了起来。

"你在地铁里跟我嚷嚷这些呢?"

"啊!早上七点我不在地铁我在哪儿?"说完这句话我看了下四周,呃,基本上四周的所有人都看着我,座位上看报纸的人也都不看报纸抬眼看着我,旁边一哥们咬到一半包子的动作都停止在当下了。

"米露露！我用不用把你送到广播电台去？你在地铁里头喊着我的名字告诉全世界我喜欢半男不女的啊！"说完楚杰就气哼哼的把电话挂了。

{73}
多嘴

回到病房之后我发现自己很快又适应了病房的工作。其实细想回病房也挺好的,虽然又要开始上夜班,但是平时工作环境不那么嘈杂,也少了很多纠纷。

从我在地铁里跟楚杰用电话吵完之后,只隔了一天,晚上我高高兴兴的准时下了班,刚一出医院大门,就用余光扫见了路边停着一辆很眼熟的陆虎车。我立刻止住了脚步,开始四下观察起来,因为我看不见车号我很想确定那是不是楚老虎的坐骑。我正在到处踅摸着,楚杰从他的车上下来了。

他站在车旁看着我,示意让我过去,我怎么觉得他的表情那么凝重呢?亲自出场找我算账来了?这人怎么老跟我这没完没了呢。想到这儿我的脚开始往回倒退。楚杰看出我似乎并没有要走过去的意思,于是他朝我走了过来。天啊,他过来了,我可不想跟他吵架,想到这儿我转身就跑。

"米露露,你跑什么啊?"楚杰忍不住向我喊着话。

谁管你啊,老娘就跑,老娘不想跟你说话,懒得跟你费脑子。可是楚杰似乎并没有放弃,他也加快了脚步在后面追我。我跑回到医院门口的时候,突然意识到如果下班这点就这么跑进去势必又会再次引起大家的注意,让个大男人在屁股后面追这形象肯定好不到哪去。想到这儿,我立刻转身朝一旁的人行道跑去。

"嘿,怎么跑着跑着还变线了,又玩邪的是吧?"楚杰在身后抱怨着,起初他并没有跑,他只是加快脚步跟着我,想让我自己主动停下来。可是由于我的突然变线,这让他也跑了起来,冲上来一把抓住了我的手腕。

"你这疯女人跑什么啊?做亏心事是怎么着啊?你跑你就躲得掉了,我都在你们医院门口了。"

我看着他死死抓着我的手,心里暗想着他肯定是来找我打架来的,我真是百口莫辩啊,我做什么亏心事了?我真没跟谁说过他是同性恋啊,他至于吗他。

"哎哟,楚大哥,前天在地铁我是被你训斥得生气了,才不管不顾的大喊来着,我不是故意的。我真没跟阿姨说过你是同性恋的事。"楚杰本来还挂着一丝笑意的嘴角,立刻化为满脸冰霜。

"你这丫头蹬鼻子上脸是不是?非让我出手揍你啊?想成为第一个被我打的女人啊?"楚杰手依然拉着我的手腕,还越拉越使劲,他拉着我朝他的车走去。

呵,干吗啊这是,前一阵刚被郭海涛强往车里拉,是楚杰跑出来救了我,这刚几天啊,又换他强把我往车里拉了,是不是对付我只能用这态度啊?这都什么毛病啊?他把我拉车里要揍我一顿啊?

"你别拉我啊,我不去。"我一边被强迫着跟着他走,一边嘴里抱怨着。

"我不拉你,你早跑了,还得让我在后头追你,回头别人以为我追贼呢,再把你给拘了。"楚杰拉着我边走边说着。

眼看就要被他拉上车了,说时迟那时快,我一伸手用另一只胳膊死死挎住了路边的电线杆:"别、别、别,楚大哥,我错了还不行吗?你是一真男人,从你拉着我的手劲就看出来,没比你再男人的了。咱们国家讲究的是和平崛起,所有的矛盾都是可以用谈判来解决的,武力只是野蛮人的方法,您这种绅士怎么能用和野蛮人一样的方式呢。"

楚杰终于松开了手,我则一副楚楚可怜的样子依然抱着电线杆。

"你以为我要把你拉上车打你一顿啊?"

我抬眼看着他,楚杰的表情仍然冷淡,真是让人判断不出来他此刻的心情是喜是忧。他现在到底心情如何,谁能告诉告诉我,我好有个对策啊!

"楚大哥,你给我点时间让我自我反省吧,我还是有这个觉悟的。"

"米露露,我是专程来请你吃饭的,我想表达我的感谢和歉意,是你刚才一见到我就跑,一张嘴就说欠抽的话才又让我生气的。"

"啊?真的?"我依然有些怀疑他的诚意。

楚杰看着我认真地点了点头,也终于让我大大松了一口气。

"哦,吃饭啊!你早说啊!"

他这人性格也够怪的,前天还在电话里朝我大喊大叫摔挂电话呢,这刚两天看来就想明白了,自知对不起我了是吧?他早就该请我吃饭,还应该吃好的,我为他受多大委屈啊我。

"太便宜的我可不吃啊。"我看着他小声地叨叨着。

"你不说旁边胡同新疆馆子不错吗?咱俩去一人来二十串羊肉串。"嘿,这人在这等着我呢是吧?这记得倒清楚。

"上火,吃不了羊肉!"

"噗。"楚杰忍不住地笑出来,"吃不了羊肉那就上车吧,这回不跑了吧?"他的脸上也终于挂上了笑容。

我总算是长松了一口气,楚杰带我去了闹市区一间很有名的饭店,这让我的心里稍稍安慰一些,看来我这委屈算是没白受,他多少也算是个明白人。

楚杰一如既往的大方,点了很值钱的菜,他每点一个菜都会抬眼看我一眼,因为我的嘴角总是在不住地上扬。你们肯定说,你也太没出息了,至于吗?那不关我的事,是嘴角自己要上扬的,有问题找嘴角去。

"够吃吗?"楚杰合上了菜单,看着我。

我开心地点着头。

"细想想你这人也好糊弄,不高兴了,带你吃顿好的,看谁都跟亲人一样了吧?"

我本来上扬的嘴角,突然被他的挖苦变成了直线:"好像不够,我还想要个龙虾!"

"得,得,得,我说错了,别龙虾了,我怕你了。"

一看到被端上来的美味,我就觉得自己快饿死了:"服务员给我来碗米饭。"忍不住朝服务员喊着话。

"都饿成这样了,刚才在门口还跑那么快呢。追都追不上,你可真行。"

说完楚杰换了副很正式的表情:"你知道我没什么事是不喝酒的,一会儿我还要开车送你,所以我就不喝酒了,我也知道你能喝,不过你能喝也别喝太多了,你喝点啤酒吧,行吗?"

我看着他点了点头,我腾不出嘴说话,因为塞的都是吃的。楚杰给自己倒了杯茶端了起来:"谢谢你啊,米露露。你是个好心的人,帮了我的那个哥们,而且他的事肯定也给你造成不少困扰,总之我是既感谢你也对你有些歉意。不过后来你突然对我说的那些话,确实让我有些生气,这些天我自己也反思了,可能我对女人的态度的确让人容易误会我不喜欢女人,所以我想了想也不怪你突然说的那些话。我以茶代酒,算是表示感谢啊。"

楚杰刚要喝,我也不知道为什么,可能是吃晕了吧,突然抬头看着他笑着问道:"你真的不喜欢男人?"这句话刚一出口,楚杰猛地将茶杯狠狠放在桌子上。

{74}
休想跑

楚杰猛放茶杯的声音,着实吓了我一跳,嘴里正咀嚼着块鱼还没来得及吐刺,结果就愣这么让我咽了下去。

楚杰的脸又变成了一副冰冷的面容,他皱着眉头看着我。

"米露露,你就这么怀疑我的性取向吗?要不然咱俩试试?我让你体会体会我到底是喜欢男人还是喜欢女人?"

"试试?试……试什么啊试?"天啊,楚杰怎么突然说出这种话来,这话也太容易让人产生遐想了吧?此刻的我忍不住心猿意马起来,他要跟我试?试什么?难道要试……脑子里忍不住出现了无数的激情场景。救命啊、救命啊,难道是老处女的饥渴期到了,怎么控制不住的净想H镜头呢?我是有文化有知识的新女性,怎么能被他一句话就弄得内心淫魔乱舞?淡定,淡定啊米露露,想到这儿我端起杯子把一整杯啤酒都灌进肚子里,好让我这越来越燥热的心情赶快平静下来。

我觉得自己的脸开始控制不住地发烫了,我很怕楚杰看出我现在的面色,于是我开始低着头假装在桌子下面找东西。我努力地低着头,希望脸上这种发烫的感觉能快点过去。

"你找什么呢？怎么吃着吃着不吃了？"楚杰好奇地看着我。

"刚才不小心掉了粒米，就在这脚底下，我找找。"天啊，我到底在说什么啊？

"掉了粒米?！你找到了要捡起来吃了是怎么着啊？"

"是啊，多浪费啊！农民伯伯太辛苦了。"快来个人把我打晕了吧，我都受不了自己说的话了。

"你脸怎么红了？"

"谁……谁……谁……谁脸红了。"我没有抬头依然低头找米，说话却变成了结巴。

"都红到脖子了，还没红。"

"我……我……我这是酒喝太多了，晕了。"

"你喝一瓶茅台都没事，现在喝杯啤酒就晕了？"

"嗯，今天这啤酒度数高，喝着像63度的。"

"米露露，你可真能扯，啤酒愣喝出63度的来了。你是不是被我刚才的话说激动了？"

"谁……谁……谁激动了？我遇事特别沉着冷静。"嗯？形容词好像也不太对。

"你可别想太多了啊！真要是把你和男人放一起，我还真得好好考虑考虑呢！"

他大爷的！楚老虎此话一出，我的脸立刻不红了，还让他气成了煞白色，我终于能正大光明地抬起头来了。此刻楚杰的脸上挂着得意的笑："不找米啦？农民伯伯多辛苦啊。快点找找赶紧吃了啊。"

楚老虎，你个混蛋，我回家告你妈去！

我被楚杰伤自尊了！他跑过来特意向我标榜他是个纯异性恋，

结果他在我面前愣把我跟男人划一块堆去了!我很气愤,我要把我这种愤怒的情绪全部转化为食量。既然今天我在损人方面败下阵来,那我就一定要在吃饭上以绝对的优势取得压倒性的胜利!

我低着头不再说话,继续吃着眼前的各种美味。

"你生气了?"楚杰用试探性的口气询问着我。

我摇了摇头,没有抬眼看他,依然进行着饭桌上的攻坚战。

"我开玩笑的,你不会认真了吧?"楚杰好像仍不甘心地询问着我。

我猛地抬头皱着眉头看着他:"我这吃饭呢,谁有空跟你认真啊?"

我突然冒出的这句话,让楚杰本来还带着点点笑容的脸,立刻变成了面无表情。他也不再说话,他只是坐在那里喝闷茶,他突然的安静,倒是把我弄得怪不自在的,吃到后来让我都有些不好意思再吃下去了。

我抬头看着他:"我吃饱了。"

"哦,吃饱了,那我就结账了。"说完他叫服务员结了账。

他这人是怎么了,这么喜怒无常,刚才还生龙活虎地损我呢,这么会儿又佯装忧郁王子了。不损我,我就把你当王子了?两个人都不说话,气氛变得好尴尬啊。我想了想还是别让他送我了,要不两个人坐一个车里得多难受啊,而且我刚吃饱,就该锻炼锻炼,全当消化食物用了。

走出了饭店门口,我转身看着他:"那个楚先生,谢谢你请我吃大餐,我一会儿自己坐地铁回去了,就不麻烦你送我了。"

楚杰依然面无表情冷冷地看着我:"为什么?"

为什么?这也得问为什么?让你省点事,怕你麻烦呗!这脸臭的,给我摔脸子呢? 我这是哪又得罪他了? 嫌我吃得多了?

"吃太撑了,消化消化。真的,你留步吧,我去那边坐地铁了。"

楚杰没有执意送我的意思,他真的留步站在了原地,依然冷冷地看着我,我朝他笑了笑,然后转身向地铁走去。哎哟,他的眼神好吓人啊,好像我犯了什么不能饶恕的错误一样。还好没让他送我,要不被他这吓人的目光一直看着,这顿饭估计几天都消化不了了。

我掏出了钱包,细数着里头的人民币,咦,今天忘取钱了,钱包里只装了三十八块五,还有一张公交卡,回家足够了,明天再去取。心里盘算着钱包里钱怎么用,我顺手将钱包放进了外衣兜里。眼看快到十二月了,天黑得也很早,晚上八点多路上的人说多不多说少不少,我正闷头走着路,突然有个人撞了我一下,我回头看了他一眼,那人既没跟我道歉也没回头看我,他依然匆匆地向前走着。

真没礼貌,撞了人连对不起都不说! 算了,我不跟他一般见识,万一他有急事呢? 我伸手去摸我的钱包想拿公交卡,啊!! 我的钱包呢? 我的钱包不见了,撞我的人居然是个小偷。他娘的,敢偷老娘的钱包,反了你啦。我转身朝那个人追了上去,嘴里喊着:"你给我站住,哎,前面那男的,你给我站住。"

撞我的男人听见我的喊声,他开始加快脚步跑起来,他一跑我也跟着跑起来,在后面紧追着他不放。跑?! 你跑得过我吗? 我这可刚吃饱!

那男人越跑越快,我也越追越快:"抓小偷,抓小偷。"我开始喊叫起来。小偷瞬间从楚杰的身边跑了过去。他奶奶的楚杰这傻子,一直站在那儿不说,居然还看着小偷从他身边跑过去了,可是我从他身边跑过去的时候,他却一把抓住了我。急死我了,你抓我干吗,你抓他啊你!

"怎么了？是你在喊呢?"楚杰关切地询问着我。

"松手,松手,我的钱包,我钱包让偷了。"我眼睛则一直盯着那个小偷拐弯跑进了一个胡同里。

"王八蛋,你给老娘站住,敢偷我的钱包,你把钱包还我！"我拼命地甩开了楚杰的手,嘴里大骂发足狂奔地追进了胡同。

{75}
什么才重要?

我必须拿回那个钱包,我心里的声音一直呐喊着,无数的理由从我心里忽忽冒了出来。首先那钱包是个真皮的,而且里面装着我三十八块五毛的血汗钱,还有那张我刚充了一百块的公交卡;如果追不回来我将共损失一百三十八块五毛,这对于一向勤俭的我来说是个不小的打击。

还有一个原因,是因为那个钱包它……它是个礼物,那是我上大三的时候祁函送给我的生日礼物,如今进入我使用它的第七个年头了。钱包已经被我磨得很旧了,很多边边的地方都磨白了皮,我不敢往里放过多的东西,生怕把它撑破了,早期的钱包成了如今的零钱袋。

我记得在我生日那天,祁函拿出这个礼物的时候,让我颇感失望。

"人家送女朋友都是手链、项链、小熊、娃娃那样的小玩意,你怎么送我个钱包啊?还是个黑色的男士钱包。"我撅着嘴跟祁函抱怨着。

祁函跟我说:"我也没见你戴过什么项链手链娃娃的啊,我是实在不能再看着你把钱攒成一坨坨的往裤子兜里塞了,每次掏的时候都像在掏手纸,而且你一拿出钱来,我的第一件事就是蹲地下帮你捡那些掉出来的硬币。我也不想总是陪你去补饭卡,你都丢几张了?这钱包挺实用的,而且你看。"说完祁函从自己兜里也掏出个钱包来,居然是一模一样的两个钱包。

"我买了两个一样的,咱俩一人一个。"

"那拿错了怎么办?"

"拿不错!你的这个正面刻了我的名字、背面刻了你的名字,我的这个正面刻了你的名字背面刻了我的名字。这证明我们都把对方放在自己的前面啊。"

"切!真老土!"我开心地笑起来。

"什么老土啊?我想了很久呢,你怎么一点都不感动啊?我都伤心了!"

"别伤心,别伤心,我感动,感动得要命!"我的这句话终于让祁函笑出来。我想我可能是真的感动了,因为从那以后我再也没把钱攒成一坨一坨的,再也没丢过饭卡。

想到这儿我更发足狂奔起来,我一定得抓到他,把我的钱包拿回来。我不能在刚刚步入七年之痒的时候就把它丢了。此刻的我也不知道究竟算是幸运还是不幸,我居然把此飞贼逼到了一个死胡同里。

"你他妈别追了。"小飞贼卡在胡同的死角里,朝我喊着话。

我是没能力跟他对喊了,我剩下的力气都用来喘气了,我指了他半天说不出一句话来,就像刚跑完马拉松的选手一样,插着腰来回在胡同里溜达,大口地喘着气。我这口气还没倒上来,楚杰也在身后追了上来。

"你这吃饱了,奔跑速度大有提升啊。"楚杰也站到了我的身边,他看上去还好,不怎么喘,可见没我着急。如今两个人VS小贼一人,这事可就好办多了。

我觉得自己终于能开口了:"把钱包还我!然后乖乖的跟我们去派出所。"呀!总算有机会能把人抓派出所了。

"少他妈废话!谁他妈跟你去派出所啊?你放我走,我就把钱包还你。"

"兄弟,你看好了,我们可是两个人,你一个人还跟我讲条件?"真不识抬举,还不就地伏法,跟老娘讲条件?我真闪开条路让他走了,他一撒腿又跑了,不还我钱包我不是干瞪眼吗?

话音刚落,飞贼突然从腰间拔出把明晃晃的匕首来,在寒冷的黑夜透着白色瘆人的寒光。"老子就他妈没失过手,你们两个人,我们他妈的还五个人呢。我这是往这胡同里跑散了,一会儿我兄弟就来找我,看咱们谁先死。"

"兄弟,你冷静点!"楚杰开口说话了,"我刚才来的时候已经报警了,警察十分钟内准来。那钱包里都是证件,我们不想补办了,你可以把里面的钱拿走但是把钱包扔过来,我放你条路,你走。"

"凭什么啊。"我忍不住朝楚杰低声吼着。

"米露露,你别犯病啊!他拿刀呢。"楚杰看着我低着头轻喊着。

"拿刀怎么了?就他有武器啊?我也有!"说到这儿我开始浑身上下地摸,摸了半天连把指甲刀都没摸出来。

急死我了,我一眼瞄见了楚杰的皮带,于是我伸出手就去解他的皮带。楚杰被我这个动作吓了一大跳,一把推开我的手:"你干什么你?"

"武器啊,你……你……你给我把皮带解下来,多好的武器啊。"

"滚一边去!"听楚杰的口气像是快被我气死了,本来他没喘气,现在居然开始喘气了,"您犯二挑时候行吗?"

"我怎么了?"我觉得我也快被他气死了,这生死攸关时刻,一点都不配合。

"你拿皮带干吗啊?抽他去啊?"

"啊!"我看着楚杰肯定地点着头。

"你……你……你……"楚杰也终于变结巴了。

"你们他妈的在那嘀咕什么呢?放我就让开路,别他妈琢磨想给我下套,老子急了刀子可不长眼!"小贼站在墙角咆哮着。

得,这贼没法抓了,根本没统一战线,人家小贼好歹一个人一条心;我们表面上是两个人,可是你看还不够我们俩吵的呢。

"你想走,先拿诚意出来,先把钱包扔过来。我说了,钱你可以拿走,里面的所有卡和证件一个都不能少。"楚杰朝小飞贼喊着话。

小飞贼真的掏出了钱包,开始翻看里头,他只翻了两下,就气急败坏的狠狠扔到前面还踩了两脚:"真他妈穷酸,还不够老子喝顿啤酒的呢。"

"嘿,你个王八蛋,你干吗踩我的钱包。"我真正急了,拼命冲了上去,我要去挽救我那已经十分脆弱的零钱袋。

楚杰以为我冲上去是要找小贼玩命,所以他也跟着冲了上来,想要拦住我。小贼则以为我们两个冲上来一起跟他玩命,于是他也毫无章法地挥舞刀子大叫着乱冲过来。我承认如果没有楚杰出手挡那一下,那刀可能真的会划过我的脸,由于他及时伸出了胳膊,所以那一刀只是从他小臂上轻轻带了过去。楚杰猛的一推小贼,小贼扑倒在地上,然后一轱辘爬起来一溜烟跑了。我捡起了钱包,看着小贼跑的方向想去追他,楚杰则死死拉住我的胳膊:"别追了。"

"再坚持会儿警察就来了。"我小声跟他抱怨着。

"警察不会来的。"

"你不说十分钟就来吗?"

"我就没报警,我骗他呢。我看你追他进来,我跟你进来看看到底是什么情况。"

"唉!可惜了,没准还能当个好市民呢。"

"呀,你受伤了?"我低头看着楚杰的胳膊好像有血渗出来了,他衣服的袖子被刀子带过了一条大口子,还划破了他的胳膊。

我挽起了他的袖子,看了眼他的伤口,很小,不到四公分长,浅表伤不需要缝针只需要做消炎处理,明显是无意带过的,找点高锰酸钾消消毒,稍微包扎一下,两天应该就能好了。我看着这伤口心里想着,还好没什么大碍。

无意间眼睛扫过了他衬衫扣子上 Zegna 的标志,真是让我心痛无比啊,于是我不再把精力放在他的伤口上而全投入到他的衬衫上:"你这衣服挺贵的,这可怎么办啊,划破了,不能穿了,连外罩也破了。太可惜了!"

"米露露!"楚杰暴怒了!暴怒的声音吓了我一跳,"你心里到底知不知道什么是重要的啊?为了这么个烂钱包,连贼都不爱拿你里面的钱,你大晚上的追到胡同里跟人玩命来,你脑子有毛病吧你?"说完楚杰一把把我手里的钱包夺了过去。

{76} 交代清楚

"你……你……你轻点你轻点。"看着楚杰大力地捏着我的钱包,我的精神紧张到了极点,"它身体不好,你别用那么大劲。"

"谁身体不好?"楚杰带着怒容地看着我。

"它……我的钱包它身体不好,随时可能散架。"说完我伸手去抓,想把钱包拿回来。

楚杰一抬手躲了过去,似乎并没有还我的打算:"捏散了,我替它偿命行吧?"气愤的态度丝毫没有缓和。

楚杰开始认真审视起这个钱包来,他皱着眉头盯着它:"祁……祁……"似乎看见了正面的名字,嘴里轻唸着。这钱包使用得太久了,连刻着的名字也快被磨平了。

"还我,还我。"我第二轮的抢夺攻势又再次展开。

楚杰毫不在意,他依然皱着眉头想看清楚上面写的字,于是他把手举得高高的,自己抬着头努力地辨认着。

嘿,你他奶奶的,欺负我个儿矮是吧,我踮着脚够了半天也没抓到。我一生气,照着他受伤的胳膊使劲一拍,楚杰疼得脸变了形,终于撒手把钱包还给了我。

"你是医生吗?怎么能这么对一个受伤的患者呢?"楚杰大声地朝我抱怨着。

"谁让你不还我钱包的。"我抱着钱包小声嘀咕着。

"这钱包是你的吗?我看那上头可写着别人的名字呢,明明写着祁函嘛,不会是你偷的吧?怕罪证落入别人手里才玩命狂追。"

这人说话真他奶奶地欠抽,我偷,我偷点好的行不行啊?我偷这散了架的钱包干吗?

"这怎么不是我的啊,这后面也刻着我的名字呢!"说完我把钱包翻过来,给他指了指后面。

楚杰凑上来认真地看了看,用好奇眼神看了我一会儿:"定情信物啊?"

"要你管!"

"那姓祁的是你男朋友?"

"要你管!"

"初恋?"

我觉得我中计了,他哪是怀疑钱包是我偷的,他明明就是八卦病犯了,想探别人隐私嘛!

"楚杰,你有事没事?没事咱们各回各家,各找各妈了啊。"

"当然有事了!我为了替你抢这定情信物,胳膊受伤了,你怎么也得替我处理处理吧。"

我低着头犹豫着:"那走吧,出了胡同拐弯有个药店,我买点东西给你弄弄。"

我们俩低着头默默的在胡同里走着。

"你们分手啦?"另一个八卦问题又从楚杰的嘴里横空出世了。

我转头用眼睛瞪着他,他用一副很平常的面孔看着我,似乎他问这个问题并没有什么不妥。

"我把他甩了！"我气哼哼地回答了他。

"不像！你把他甩了还这么执著于这个钱包干吗啊？都那么旧了，不如扔了吧？"

我忽然转头看着他："楚杰，他那刀上有八卦病毒是怎么着？你被感染了？你怎么突然变这么八卦了？"

我看着他的时候，楚杰不说话了，不喜不怒不忧地回看着我，看不出他的任何情绪。

我转身继续向胡同外走去。

"你们分手多久了？"

又来了！还有完没完啊？

"四年。"我不再看他了，低着头自己在前面走着。

"不联系了？"

"嗯。"

"他结婚了？还是……"

"他是我大学同学，我的初恋男友，相恋五年，分手四年，他结没结婚我不知道。他出国留学了，不会回来了，所以就分手了。我之所以留着钱包是因为我没有大把的钞票需要装，拿它装点零钱就行了。大哥，你还有别的问题吗？"

"没了！"楚杰凑近直视着我，"我只是想了解一下这个钱包它值不值得我去抢。好了，现在有答案了，我没问题了。"说完楚杰率先走到我的前面出了胡同。

我在药店里东挑西选地买了些处理外伤的简单用品，拿着小票去柜台结账。楚杰则远远的等着我，似乎这是我的领域他不便涉足一样。

"三十九块三。"收银人员告诉我结账的钱数。

"啊?"真是让我有些吃惊,我多希望是自己听错了。

"三十九块三。"收银人员又重复了一遍,再次证明我没听错。我转头看着站在远处的楚杰,十分为难地朝他走了过去。

"那个……楚大哥,借八毛钱行吗?"

"什么?"楚杰的声音突然提高了几百分贝。

"哎哟,你小点声,我明天就还你。我就三十八块五,结果那些东西要三十九块三。"

"行,行,行,靠边吧你。"楚杰本来还平静的面容一下子又变成了不耐烦的神情了。

楚杰走到柜台结了账,然后拿着东西交到了我的手里:"我真服了,我这替你抢钱包受了伤,药钱还得自己出。我猜你男朋友肯定没出国,估计是被你气成精神病住院去了。"

我被他数落得一肚子火,可是有什么办法呢,谁让咱理亏呢,只能抱着药包跟着他走出了药店。

我坐在他的车上替他处理伤口,一边消毒上药一边吹着他的伤。

"你吹它干吗啊?"楚杰好奇地看着我。

"啊?"我似乎被他的话提醒了什么,自己都没意识到自己在吹他的伤口,这种包扎伤口的感觉就像小时候我淘气摔伤了胳膊,姥姥替我包扎伤口一样。姥姥告诉我说吹一吹就不疼了,也不知道为什么我就开始吹他的胳膊。

"你在医院也是这么吹病人?一边拿刀划他们,一边往他们身上吹气?"

"医院吹不了,在医院我都戴口罩!"楚杰一张嘴就能把我气个半死。那小偷怎么不多划他两刀啊,心里忍不住冒出了如此邪恶的想法,罪过,罪过啊!

"这是我姥姥教我的,我小时候受伤了我姥姥就这么吹我的伤口,说凉凉的就不疼了。"

"哦,汉方啊!祖传的!你是医学院毕业的吗?从蒙古毕业的吧?"楚杰的脸上挂着笑,似乎我干了多么可笑的一件事。

原本我是好心,打算用碘伏替他清理伤口的周围,用酒精消毒我自己的手,可是他这么自不量力地损了我,让我彻底改变了原来的计划,我拿起块纱布倒上酒精直接拍在了伤口上。楚杰被刺激得十分痛楚,紧皱着眉头,我的嘴角却忍不住挂上了笑。该!谁让你挤兑我的。

本来我建议由我开车送他,但是建议刚一出口就被楚杰断然拒绝了,他说他不能现在只是胳膊受伤,回家的时候变成全身受伤。

我坐在车上心想着,如果我一开始就让他送就不会丢钱包,还害他被划伤了,结果绕了这么一大圈还是让他送我回家,还被迫交代了自己的一大堆隐私,也真是够倒霉的。

{77}
挽救将逝的友情

回到家之后,我静静地坐在屋子里看着这个已经发白的钱包,也许它真的太旧了,我实在不应该再让它过于劳累。我找了个盒子把它好好的收在里面,心想着你就好好安息吧,阿门! 如同告别了自己的青涩年代一样将它收到了放旧物的箱子里。

自从我一个月前在大街上狠狠给了小月点颜色之后,她最近的行为乖巧了许多,也不再整天迷幻般逼着我去读她那些唯美小说了。

而且她也很听我的话,再也没给李貌发过短信,起码表面上表现如此。关于此事,我细想过楚杰给我的建议,也许我真的管得太多了,不应该如此不相信自己堂妹的判断力,我也不应该如此不信任李貌。毕竟我们也有长达两年的友谊,而且我也陪他经历过许多事情,想着那天他看我的失望眼神,总觉得自己对他的态度有些过分。

李貌说我假,也许在对于他和小月的问题上我是挺假的。可是怎么才能算真呢? 义愤填膺地跟他断绝关系? 还是不管不顾的,让小月跟他在一起? 我很矛盾。

这一个来月李貌没给我打过电话,也没给我发过短信,甚至连黄色笑话都不往我这转发了,这突然让我觉得有些不适应。虽然中间

我也曾给他发过几条短信,但是他的回复通常都不会超过五个字,看来他是真生我气了。直到连强子都忍不住打来了电话:

"露露姐,你跟傻貌怎么了?你们掰了?"

"没有啊,谁说的?"

"露露姐,咱们都挺好的朋友,你跟傻貌要是因为什么小事闹不合,你就让他一步。我看这小子可能真生气了,平时吃饭什么的我们都问叫不叫你出来,他好歹还说打电话问问,你要不来也就算了。现在我们一问他叫不叫你出来,丫都别叫她了,玩不到一块儿。"

强子此刻的话让我的心里有了许多感触。

"露露姐,像你这种这么明白事还能坚持跟我们一起玩的女的少。你这样的女的吧,基本都不爱搭理我们,有时候我觉得你说话挺逗的,还能时不时地敲打敲打我们,感觉挺好的。这一想到以后都见不到你了,总觉得挺别扭,你要不服个软,跟傻貌和了吧。不号称都友情比海深了吗?"

"行,我就冲能继续敲打你,我也服这个软去,行吧?强子。"

强子听了我许诺,满意地挂了电话。下了班我跑到李貌的公司等他去了。我在停车场找到了他的车,就算他下了班要去玩,好歹也得把坐骑弄走吧。心里不由得想到,我容易吗我?这都入冬了,我一女流之辈为了跟一个男性保持纯友谊的关系,都跑到人家公司楼下堵人家车给人道歉来了,自己都觉得自己新鲜,这是做了多大的亏心事啊?

可是细一想强子说的话,觉得如果自己不来,可能真的就此跟李貌掰了,隐约觉得没有了他这个朋友还真有些遗憾。算了,他上次还去医院给我道歉呢,就当扯平了吧。

"你干吗来了?"李貌站在身后懒洋洋地询问着。

"你下班了?"我看着他笑了笑。

"有事啊?"依然懒洋洋地问话。

我一个箭步冲上去,然后低下头,头几乎都快贴到他胸口了,带着哭腔说:"貌哥,我错了!您大人有大谅给次机会呗,我想重新做人。您看行吗?"

李貌忍不住呵呵乐出来:"滚,滚,滚,滚,就会玩马后炮,你不是嫌弃我吗?"

"李貌!我都这样了,你还这样,你是不是有点太那样了?"我瞪着眼睛看着他。

"行,行,行,我不跟你一般见识了。那你得请我吃饭。"李貌笑笑的看着我。

"行啊,没问题。"

"那我也得吃完带打包的。"

"李貌!!"我咬牙切齿地看着他。

"算了,那我吃饱了就行了。"

吃饭的时候我们说了这一个月来发生的事情。我告诉他我的钱包险些被扒,他则告诉我他又碰到了几个令他神往的艳遇。哎,这家伙真是毫无长进啊!

"你是不是真嫌弃我?"李貌突然冒出了这句话,让我猝不及防。

我看着他愣了几秒:"是。"

"啊?"李貌的脸上带着点怒容。

"你不是嫌我假吗?所以我实话实说啊。我嫌弃你毫无节制的性生活,刨除这些方面其他地方还是不错的,可以当好朋友。可是你的性生活几乎占了你的一半生活了,所以我只喜欢你的一半,不喜欢你的另一半,这又不能把你劈开,所以我只好对你另一半装成瞎子看不见了。"

"露露,我不能没有你!"李貌很认真地看着我说。嚯,真是把我酸死了。

"这一个多月没受你教育,突然受教,好像又能用脑子思考问题了。"

"是,这什么事都是得锻炼着,您光锻炼您下半身了,可不是上半身不好使吗。"

李貌哈哈大笑出来:"说得好,真贴切。"

我想我知道李貌他究竟为什么需要我,可能是因为他的年龄越来越大,他内心也渐渐知道他的这种离经叛道的生活始终不是长久之计,只是此刻他陷入了一种痴迷而无法自拔的状态,他也曾经想努力地脱离这种生活,可是却被一个女人无情地打回了原形,让他对正常的感情世界又多了一份恐惧。

所以他需要一个来自正常世界的人对他的肯定,如果我算一个正常人的话。在我还没有嫌弃他到需要断交的地步,那他与主流社会就还有一丝联系,也许有一天他告别了这种荒淫的生活,至少在这边还有一个我这样的人能继续和他为伍。不过这些都只是我对他想法的胡乱分析,他究竟怎么想怎么做还都需要他自己去判断去决定。

吃完了这顿饭,李貌拍着胸脯跟我保证,他绝不会碰我们米家任何女性。

"我们家女性可多了,不姓米的也一大堆呢。"我看着李貌抱怨着。

"但凡跟你认识的我全都不碰,我连话都不跟她们说,这行吧?"

"呵,你这魅力那么大,你不说这小姑娘一票票往你身上贴呢吗?"

"露露,你放心,就算我一不小心误放电,电到你们家人了,到时候我给你把刀,你直接把我给阉了! 不过话说回来了,你下得去手吗?"

"下得去!"我毫不犹豫地回答了他。

听到了我坚定的语气,李貌居然呵呵乐了出来:"我就喜欢你这种坚定的信念,永远不用担心你会倒戈变成我们。"

李貌这种直言不讳的称赞让我对他有了更多的内疚,至少他让我真真切切地感受到,他是真心实意的和我做朋友,而我却对他总是有所顾忌!

{78}
善良的那一半

小月之所以暂时告别了她的唯美世界是因为她的业余时间都用来看孩子了,最近我一给她打电话,常常听到话筒那边传来婴儿的啼哭声。

"呵,你这是在哪儿呢? 哪来的小孩哭声啊?"晚上八点多,我吃饱了饭,给小月打电话想跟她聊聊天。

"在我好朋友家呢,就我跟你提过的那个大学同学方晓兰啊! 这是她女儿,特可爱,她求我帮她看会儿孩子。"

"哦,想起来了,就是你说大学一毕业就结婚,结了婚就生小孩,非要当辣妈那个吧?"

"对,对,对,就是那个。"

"你当保姆了? 赚外快呢?"

"什么啊? 我这是义务的。"

"孩他妈哪去了?"

"打BOSS去了。"

"什么玩意? 打他们老板去了? 为什么啊? 克扣她薪水啦?"

小月咯咯地乐起来:"姐,你这是故意打岔呢吧? 是BOSS,

BOSS！游戏里的大怪物。"

"哦！那她爸呢？"

"也去了！说必须都得去，孩他爸是在前面让 BOSS 打，孩她妈在后头喊加油，少一个都不行。"

我忍不住笑出来，这年头挨打也得带拉拉队啊？

"玩就在家玩呗，还一起跑出去玩？"

"他们说是有组织的，必须去，好多人一起呢，今天是个特殊的日子，要争……争那个……FD。"

我不想承认我老了，但是我必须承认我 OUT 了。我只听说 CD 后面就都改 MP3、MP4 了，什么时候又研发出 FD 了呢？

"Frist, Down; Frist, Down。"小月为我作着解释。

"那他们也够放心的，把个不到一岁的孩子就交给你啦？"

"没有，孩子的姥姥也在呢，不过今天高血压犯了，所以才叫我来帮下忙。"

听着小月的叙述，我猜测方晓兰夫妻肯定是在干一件极其伟大的事业，因为什么事一与 First 这个词挂上钩，含金量似乎都提高了许多倍。希望他们成功吧，要不小月这义务保姆不是白当了吗？

我和李貌的友情算是彻底恢复了，于是在周末我被李貌盛情地邀请参加了他们一帮哥们的聚会，他那帮等待着我去敲打的哥们看到我去了也都十分高兴，特别是强子，激动地握着我的手说："露露姐，欢迎回归啊！希望你没事多骂骂我们。"

嘿，强子什么时候也变这么贱了，都把我弄受宠若惊了。

饭桌上一帮人依然推杯换盏，云山雾罩地扯淡着，而像我这种酒界奇葩，身怀一身的绝技却装成不会饮酒的假淑女。因为他们说了，如果他们醉了，我得想办法把他们弄出饭店去。靠，我算是彻底知道他们见到我为什么那么激动了。

看了眼手表,已经快十一点了,众人皆醉我独醒的状态其实是十分痛苦的,因为强子已经开始说他去年在火星旅游的事情,他把火星描述得跟南极一样,听得我特想抽他。

李貌今天倒是很节制,估计是怕再次喝醉了,我弄不走他们而跟他断交吧。

手机的铃声突然响了起来,我拿出来看了看,这么晚了居然是小月的电话。

"姐!你在哪儿呢?"小月的声音有些颤抖。

"我在哪儿?等我问问啊。"我捂住了电话转头看着李貌。

"李貌,我们在哪儿呢?"

"你个路痴,和意饭庄嘛!东三环靠北啊。"

"和意饭庄。"我转述着李貌的话。

"姐,你能过来一趟吗?我不知道怎么办了?我害怕!"小月像是哭了。

"你怎么了,小月。"我紧张地站了起来。李貌听见我喊小月的名字抬头看了我一眼,然后就继续跟强子他们扯淡了。

"你在哪儿呢?"我急切地问着她。

"惠兰小区。"

"没听说过。"我小声嘀咕着。

"哎哟,急死我了,那我去找你吧,姐,我知道和意,离这个小区不远,我能去吗?"

我下意识地看了眼李貌:"行,你来吧。"

不到十五分钟小月就风风火火地跑来了,怀里还抱着小被子,小被子里裹着个小孩,看着也就十个月大小。小月跑得满头大汗,眼角还挂着泪:"姐,怎么办啊?你快给看看,小蕊我都叫不醒她了,她不会死吧?你可别叫她死。"说完眼泪顺着眼角流了下来。

"哪儿那么容易死啊?"我看着小月安慰着她。

一桌子吃饭的人被突然出现的抱小孩的妹妹,弄得醉眼迷离中又带着惊奇,全都死死地盯着小月。只有李貌像是小月根本就没站在这里一样,依然喝着他杯子里的啤酒。

"李貌哥哥!"小月看见了李貌,有礼貌地打了招呼。

李貌则轻微地点了点头,没有说话。

我看了眼小月抱来的小孩,烧得很厉害,小脸通红无汗,我猜测她可能是得了流感,这些天流感特别严重。

"这是方晓兰的孩子?"

"嗯。"小月急切地点着头。

"她孩子你抱着干吗?"我觉得我说话的态度开始变得不好了。

"她不在北京。"

"不在北京?你这义务保姆当起来没完了。"

"姐,你别说没用的了,他们夫妻俩都不在家,小蕊姥姥比小蕊病得还厉害呢,全身疼都爬不起来了,急了才给我打的电话。我跑去一看,小蕊烧40度了,我吓死了。姐,怎么办啊,我叫她,她都没反应了,你快救救她啊。"

"你不给她父母打电话给我打什么电话?"

"我要给她父母打得通电话,我给你打什么电话?姐,你这是干什么啊?"小月大声地咆哮出来,小月敢朝我喊的情况是极其少见的。

我也不知道我在干什么?总之我现在是一肚子气,号称自己要当辣妈的母亲就是这么个辣法吗?

我长叹了口气:"走吧,去医院吧。"我正犹豫着要怎么去医院,因为来的时候是李貌开车接的我。

"开我的车。"坐在桌子旁的李貌突然说话了。

我转身看着他,他则顺手把钥匙扔了过来:"晚了不好打车,开车安全点,那小孩病了别再冻着了。"

"你能告诉我,从这儿怎么去我们医院吗?这北京路走错一条就差出好几里地去。"

李貌皱着眉头看了我一分钟:"你开车,我陪你们去,我怕你又跑五环绕圈去,行吗?"

结尾李貌用了试探性的疑问句,我知道他怕惹起我那些顾忌的想法,因为跟前正站着一位我极力保护的米家女性。

我必须承认李貌此刻的行为让我很感动,这也是我欣赏他另一半的原因,如果我再有其他不愿意的想法那我就太不是人了,因为在这里的所有人去做这件事都是出于本意的善良,我们三个人和这个高烧的小孩子没有任何关系,也不求任何回报,我们只是做了本应该是小孩子的爹妈应该做的事情。

{79} 矛盾共同体

"那方晓兰到底干吗去了？"我一边开着车一边不依不饶的仍旧想追踪出小蕊亲妈的下落。

"去……去外地看会长了？"

"什么会长啊？人大常委会啊？这么重要连孩子都不要了？"

"他们游戏公会的会长。"

"那孩儿他爸呢？也跟着看去了？"

"他去看副会长了。"小月抱着小蕊小声地说着，手时不时摸摸小蕊的小脸。

"他们夫妻最近好像闹矛盾了，一直嚷嚷着要离婚，小蕊他爸说方晓兰背着他跟他们会长好了，方晓兰却说是小蕊他爸先跟副会长有了一腿。具体的我也不清楚，反正周末方晓兰说她要去外地见他们会长，小蕊他爸一生气就说，就你有情儿啊？我也有，然后就去见副会长了。"

"操，真他妈扯淡！"我还没来得及骂街，坐在一旁的李貌居然先小声地骂出来，然后他就不再说话了，眼睛一直看着窗外。

李貌愤慨的语气和他满脸的厌恶表情，让我突然意识到，原来李貌对婚姻里的责任居然有这么强的是非观,让我忍不住对他有了新的审视。

这场流感真是太猛烈了,我到了儿科急诊才觉得我算真长见识了,不由对儿科的同事们心生敬意之情。一进急诊室我就感觉自己跟进了北京的地铁似的,能有个地方站都算你本事大了。

我深深体会到我这人手绝对是带少了,别人带孩子来看病都是举家开团来的,爷爷、奶奶、姥姥、姥爷、小姨、姑妈的,一进来但凡见着有队的你就排,准吃不了亏,什么挂号、交费、化验、药房、输液室、连厕所门口都排着队。

到处是呜嚷呜嚷的人,到处是小孩的哭声,儿科的护士似乎已经进入了麻木的状态,她低头开着化验单连头都抬不起来。可是仍然传来那些焦急的家长们时不时的抱怨之声,有些精神脆弱的母亲,看着自己孩子的难受样子比孩子哭得还伤心呢。

看到此种情景,作为一个有人性的人,我不能加塞!眼看着有个人刚凑上去问了个问题,就立刻被那些心急如焚的父母们骂个半死,我要真形成了加塞的事实,还不引起一场流血斗殴事件啊?算了,看儿科护士那么忙,我就不添乱了。

我安排李貌和小月去排了化验室的队,我则拿着那些单据去排了收费处的队,我想小孩子被取血多少会折腾下,让小月自己弄恐怕会控制不好她。等我交了费往回走,小月正抱着小蕊准备采血呢。

小蕊的手指刚被涂了酒精,她似乎就意识到了什么,于是号啕大哭起来,小手到处折腾着,就是不肯好好交到大夫的手里,小月轻声地安慰着:"小蕊乖,小蕊乖啊!别动。"

"你这当爸的看画呢?"检验科的人员急了,大声地斥责着李貌。

"啊?"李貌突然愣了一下。

"没看着这排着多少人啊?你就站在边上看着啊?你倒是出手扶一下啊。"

"哦,好!"李貌慌慌张张地出手扶住了小蕊的手腕,也跟小月一起喊着:"小蕊乖,小蕊乖啊。听话,别动啊!"

我站在身后看着他们,不知道为什么心里居然产生了一丝温暖的感觉。

小蕊采完了血,李貌突然转头看着小月:"我来抱吧。"

小月犹豫地看了李貌一眼,然后将小蕊轻轻交到李貌手里。小月抱了小蕊太长时间,似乎有些承受不了小蕊的重量,她把小蕊交给李貌之后一直在活动自己的胳膊,我想她再这么抱下去可能胳膊会就此废掉。

李貌不会抱孩子,从他刚一接过小蕊我就看出来了,不过他毕竟是个男人,力气肯定大了许多,小蕊的重量对于他来说不算什么。他一抱过小蕊就不停的跟小蕊说着话,小蕊似乎因为听到新鲜的声音而产生了好奇,终于不再哭喊了。

"小蕊,真乖,回头叔叔带你买好吃的去。"李貌轻声细语地逗着小孩,注意力已经完全被自己抱着的小孩子吸引走了。

而我和小月的注意力却完全被他吸引走了,我们总是时不时的看他一眼。我真的是没法把眼前抱着小孩的李貌和曾经在夜店与狂野辣妹扭动热吻的那个人联系起来,到底哪个才是他啊?

凌晨三点的时候终于可以给小蕊输液了。我在输液室护士站的桌子上看见厚厚的一大摞《读者文摘》,于是我顺手拿了最下面的一本坐在椅子上看了起来。旁边的李貌正抱着小蕊,紧盯着护士在小蕊的头顶找静脉的动作,那针一扎进小蕊的头皮,李貌的眉头就紧紧皱着,可能小蕊的静脉不是那么好找,一入针并没见回血,护士又轻轻退了下向旁边寻找着静脉。

"护士,您轻点,别给我们孩子脑袋扎漏了!"李貌坐在凳子上抱怨着。

"你们孩子脑袋脆是怎么着,别人都漏不了,就你们孩子漏啊。"李貌被护士噎得个半死,我则继续看我的杂志没有抬头!护士很快为小蕊输上了液,然后离开去为别的小孩输液了。

"露露,你也不管管她。噎死我了。"

"我管谁啊我?人家不管我就好事了,你说你非多那句嘴干吗?真懂也行,根本就什么都不懂,还非教人怎么干。你看看她一晚上要输多少液啊,体谅,体谅啊。"

"得,得,得,我错了,我不是怕小蕊难受吗!"

我跟李貌都是能熬夜的人,我是因为工作的关系,李貌则是因为他迷乱的夜生活,但是小月是不能熬夜的。等我把一本《读者》看完的时候,我发现小月已经靠在李貌的肩膀上睡着了,她可能太累,我似乎都能听到她熟睡的呼吸声。李貌抱着小蕊闭着眼睛,我知道他没睡着,因为他总是时不时地抬眼看一下那袋子里的液体是不是快输完了。

我并没有出手阻止他们如此的亲昵接触,因为这景象实在是既温馨又和谐,也许有天李貌坠入了婚姻之中,他会是个负责任的男人和负责任的父亲。不管他最终会不会和我们这种向往温馨家庭生活的女人走到一起,但是我想我也应该让他有这个权利!

人世间有一个词叫做"矛盾",紧跟这个词而来的就是纠结、不知所措、无所适从!那些矛盾的人、矛盾的事、矛盾的语言、矛盾的行为,常常让我的脑袋变成原来的两倍大,我不知道自己能应付多少这种矛盾的事情,但是这些事情却总是不由自主的悄然袭来,让我纠结、不知所措和无所适从!

中午的休息时间,李貌跑到医院找我来了。我正在办公室里补写下午要出院的病人的病历,李貌则站在医生办公室门口向里探头探脑地张望着。

我站了起来走出办公室,楼道里很安静,大家似乎都处于午休状态之中。

"李貌,你怎么来了?有事啊?"我小声地询问着,怕一不小心破坏了这份安静的氛围。

"啊。有点小事,想让你帮帮忙!"李貌也用极小的声音跟我嘀咕着。

"什么事啊?说吧。"

李貌看着我犹豫了一下:"有个女人,跟我玩过两次,她现在怀孕了!非跟我说那孩子是我的,你能帮我看看那孩子到底是不是我的吗?"

李貌用极小的声音跟我叙述完需要我帮忙的事情,而我的表情瞬间陷入一种痴呆的状态,脑袋急速胀大成了原来的四倍。我半张着嘴,盯了他许久,我真是不知道现在到底要用什么语言跟他沟通,用什么态度对待他才算恰当!

{80}
稀客!

我看着李貌一脸诚恳的向我征询意见的表情,我觉得我又想咆哮了,从我大学毕业到现在接触的这些人和事,总是在不断提高我咆哮的技能;别的本事没学会,这嗓子倒是越练越好了。我想了想,我不能在此地就这么咆,以我现在的内力,肯定会把患者和科领导都咆出来的。

我用手指了指李貌示意让他跟着我,李貌心领神会地点了点头,我带着他到了十层的露台。李貌刚一走到露台,我就控制不住地吼叫起来。

"李貌,你他娘的能不能别老整这些拉完粑粑不擦屁股的事情,让我帮你收拾啊!"

李貌皱着眉头听我吼完,掏了掏耳朵:"你这一嗓子,我看这楼都快塌了!"

气死我了,完全不拿我的话当一回事!

"什么拉完粑粑不擦屁股啊?是不是我拉的还不一定呢。"

"李貌你丫是不是人啊?现在是一个女人怀孕了!"

"又给我上纲上线是吧?就求你这么点事,你至于发这么大脾气吗?"

"这么点事?!"

"露露,我在这圈子混也不是一年两年了,我给女人整怀孕过吗?她现在告诉我她怀孕了,简直是对我的侮辱!"

"怎么了?你有不孕症是怎么着?"

"放屁,别他妈瞎打岔。"李貌迅速阻止了我对他男性能力的怀疑。

"这女人在坏规矩,大家都是出来玩的,她现在说她要做人流,让我赔她五千误工费。钱也不是什么大事,关键我怎么觉得我是个冤大头啊!我们玩的本来就是个没牵没挂,她非给你来这么一出。"

"那孩子是不是你的,你自己心里没数吗?"

"我当然有数啊,我知道那孩子不是我的,她非一口咬定是我的,咬得我都心虚了。露露,你是知道的,我这人有洁癖,我从来不真空上阵,而且我用的避孕套都是名牌。"

洁癖!?李貌他这是来搞笑的吗?如果他不是来搞笑的,那他实在是太搞笑了!

"你既然这么肯定,那心虚什么啊?你就堂堂正正地告诉她,那孩子不是你的,不就完了吗?"

"可是她这么一说,我好像记得有个避孕套的外包装是被撕破了,当时我也没在意就用了,也不记得是不是跟她用的了。"

你们谁有富余的鞋底子再借我俩,光用我这俩鞋底子抽他肯定是不够看的了。

"万一那孩子真是我的,那我也不能躲啊,好歹我是个负责任的人。你到底有没有办法,看看那孩子是不是我的啊?"李貌仍然不甘心。

"是你的怎么着？不是你的又怎么着？不都是要去做人流吗？你想负责任难道是准备要娶她？"

"得了吧，我娶，她也不会嫁我。我看她就是想要钱。再说了，一个怀了孕都不知道是谁的种的女人能娶吗？我爸妈知道了得杀了我！"

李貌的心里居然也是有个衡量标准的，他自己心里清楚要娶什么女人，可是他这句话说出来究竟是在讽刺那个女人还是在讽刺他自己啊？搞不清楚怀的是谁的孩子的女人不能娶，那搞不清楚到底跟谁发生了性行为的男人能嫁吗？

此刻的我尽力地做着深呼吸，以平复我想继续咆哮的念头，李貌似乎仍然不放弃，还一直用探寻的目光看着我。

"要想知道，两个方法，让她把孩子生下来，做亲子鉴定；要不等她怀孕三个月做羊水穿刺，做亲子鉴定。不过据我所知，北京没有医院的实验室提供这个检查，除非有法律纠纷。"

"就算我能等，她也等不了，她说她今天就要做人流。照你这么说，我只能当这个冤大头了？"

"你冤不冤我不知道，你要觉得你冤枉，你跟她说去。"

李貌低着头想了想："那不是还得来回扯淡吗？麻烦死了，算了，就这样吧。不过我可不能她张嘴五千就给她五千，照她这么玩还有没有规矩了？我们这些男的不尽莫名其妙地背黑锅了！"李貌自顾自地小声嘀咕着。

我气得猛推了他一把："你还要跟她去砍砍价是怎么着啊？你干脆让她给你打个六五折，再返你两张券，年底大抽奖得了。"

纵然李貌把我气得牙根直痒痒，可是我还是得帮助他，好歹胸中还有个义字在呢。我为他的一夜情对象安排了门诊人流手术，我必须承认,李貌并没有选错一夜情的对象。那女人很洒脱,雷厉风行地来,做完手术潇潇洒洒地走,完全没觉得自己受到了伤害。李貌在交给她装钱的信封的时候,她还开心的笑着跟李貌告着别,告诉他下次有机会再一起玩。

好吧,我承认我过于义愤填膺,过于庸人自扰,过于替女性仇视男性了,总是认为女人在怀孕这件事上无论是从心灵还是身体都是吃亏受害的一方。可是眼前女人的洒脱,让我体会到如今真是新社会了,男女真平等了。

十二月份的北京,气温已经降得很低了,如同我的心情一般。又快到年底了,总觉得自己好像又要大一岁,离那个可怕的三十大关又近了一步。哎!天寒配心寒啊!

周五快下班的时候,老妈打电话说她和老爸还有小姨、小姨夫一起去看话剧,让我自行解决晚饭。这老妈的文化生活都比我丰富,怎么觉自己现在整一个姥姥不疼、舅舅不爱呢。

我坐在办公室盯着墙上的挂钟,数着时间盼望着赶紧下班,心里盘算着下了班究竟是去吃麦当劳还是去吃肯德基。

忽然接到了祝阿姨的电话:"露露,今天下班有事没事啊?不如来阿姨家玩吧?阿姨发明了俩新菜,你来给阿姨提提意见啊。"

祝阿姨跟我简直是心有灵犀,她怎么知道我晚饭正没着落呢?于是我欣然接受了邀请。我去超市买了点水果,高高兴兴地奔向了祝阿姨的家。只是让我意想不到的是,那只姓楚的老虎居然也在家里,这真是太让我奇怪了。我觉得我都来祝阿姨家无数次了,这下班时间什么时候碰到过他啊?当我按响门铃,看到是楚杰打开门的时候,我真是忍不住好奇地打量了他许久!

"唉?"忍不住发出了感叹词。

"稀客,稀客,你怎么在家啊?"然后我就大大方方地走了进来。

楚杰本来还略带喜兴的面容,立刻变成像我欠他钱一样(啊哈哈哈,好像是欠三十九块三):"你一张嘴说话,怎么感觉像我走错门了?这是你家还是我家啊?我还成稀客了?"

我忍不住呵呵乐起来,好像是觉得这个词用得不太恰当。

"是露露吗?"祝阿姨的声音从厨房里传了出来。

"阿姨,是我!我来了。"我转头看着楚杰,"我不招呼你啦,你自己在客厅慢慢玩啊。"然后我就兴高采烈地跑进了厨房,陪祝阿姨聊天去了。

我跟祝阿姨在厨房里有说有笑的,讲着医院里发生的趣事。祝雪梅爽朗的笑声时不时从厨房传了出去,而此时的楚杰则像是在客厅里正被小猫挠着心一样地佯装乱走,反正我是这么感觉的。因为我看到他把我买的那袋水果从客厅的茶几上运到了饭厅的餐桌上,没一会儿又从饭厅的餐桌上运回到客厅的茶几上,每路过厨房的时候都向里探头看一眼,哼,假装运水果,明明就是想知道我们到底在笑什么!

"还没想好藏哪儿呢?"楚杰再次拎着那袋水果,从客厅走到饭厅的时候,我终于忍不住开口了。

"什么藏哪儿啊?说什么呢?"楚杰皱着眉头看着我。

"那袋子水果啊?我看你拎着它走好几趟了?是不是不知道藏哪儿合适啊?"

"我藏它干吗啊?我是看它放在那边碍事!"

"碍事,那你就放这边餐桌上吧,我替你看着它,准丢不了,你别老拎着它来回走了,看着挺闹腾的!"

楚杰看着我直运气:"米露露,这是我们家!我在自己家里走两圈你也得管啊?"

"好了,好了！看来露露说的没错,你们俩一见面怎么就是吵啊?真是,都还小啊?"祝雪梅出面阻止了我们这种幼稚而又无谓的争斗。

"妈,饭好没好啊？好了就快吃饭吧,别两人站厨房里小声说大声笑的了。"听听,一肚子怨气,肯定是嫌我跟祝阿姨开心大笑没带着他。

{81} 用尽我毕生绝学

祝阿姨发明的新菜很成功,于是导致我又多吃了碗白饭。我们三个人坐在饭桌上,依然是我跟祝阿姨有说有笑地聊着天。此刻的楚杰倒恢复了他一贯的假沉默风格,不搭腔也不笑,只是平平常常地吃着饭。嘁,又装,这回知道我们聊什么了,不闹腾了吧。

"露露,再过两周是老虎生日了,回头你过来,咱们给他庆祝生日啊。"祝阿姨话音刚落,我还没来得及接话,楚杰先开口说话了。

"妈,我什么时候过过生日啊?别瞎折腾了!"

嘿,不想让我来就不想让我来呗,你接话这么快我还怎么说啊?

祝阿姨忽然变得很不高兴,将手里的筷子狠狠地拍在桌子上,她转头看着我说:"对,对,对,露露,我忘了告诉你了,我们家都不过生日的,我儿子从来不过,我们就是个没人性的家庭,都各过各的,自己管自己,他生日都是跟他的客户过的,所以阿姨刚才说的就当我没说啊!"

祝阿姨看着我说出的这些话,弄得我异常尴尬,因为她根本不是说给我听的,她其实是让楚杰听的。楚杰知道他老妈是真生气了,于是不再说话只是沉默吃饭了。

吃完饭祝阿姨使劲拉着我不让我走,所以我只得留下来又陪她聊了会儿天。转眼快十点了,想了想实在有些晚,于是起身告辞,祝阿姨执意让楚杰送我,他似乎也没有任何反对的情绪,拿了车钥匙站在门口看着我。

坐在楚杰的车里,气氛很安静,楚杰不说话,我也不说话。我不说话是因为我在想事情,十二月份的生日?心里不停地琢磨着,十二月份好像还有个人过生日?

我转头看着楚杰:"你是十二月份的生日吗?"

楚杰看着我,忽然面带笑容:"你在想这个呢?我妈就那么一说,你不用往心里去。"

"李貌!"我大叫了一声,然后狠狠地拍了自己的头一下。今天是李貌的生日,我怎么把这个给忘了,连句生日快乐都没说,短信都没发一条。

我突然在楚杰的车上大喊别人的名字,着实把他吓了一跳,他皱着眉头看着我,不知道我又要整什么幺蛾子。

我赶忙掏出了手机,给李貌打了电话。电话响了半天才被接起来,电话刚一接通,我的耳朵就差点被震聋了,我赶忙把电话拿离了耳朵八丈远,嚄,这音乐真是夺魂曲啊。

接电话的居然是强子,由于那边的音乐过于大声,强子像是拿了喇叭喊话一样。

"露露姐,你可太不够意思啦,怎么才打电话来啊?今天傻貌过生日,你都不来啊?"

"吵死了,你们这是在哪儿呢?"

"酷石。你来不来?"

"啊?我就不去了,李貌呢?让他接电话,我还没祝他生日快乐呢。"

"我给你找找啊。"强子像是在寻找李貌究竟在哪儿呢,"露露姐,他现在接不了你电话,他跟一辣妹正舌战呢,要不你待会儿再打?要我说你干脆过来吧,你妹也在呢,跟我们玩得挺高兴的。"

我想要不是此刻我身上系着安全带,我肯定直接就从楚杰的车上站起来了。

"你说什么你?"声音无极限地冲高了 120 分贝。我这声音刚一出,吓得一旁的楚杰的行车路线都划出了一条弧度。

强子像是意识到了自己说错了话,开始变得支支吾吾的了:"就是……那个……就……"

"你会不会说人话?我哪个妹?"

"啊?"强子的语气像是更为难了,"就那个,上次抱孩子那个不是你妹吗?"

你大爷李貌!我他妈现在就过去阉了你去!心里忍不住咒骂着。

"酷石,你知道吗?"我转头看着楚杰。

"知道啊。干什么你?"楚杰一脸好奇地看着我。

"你能送我过去吗?很急!"

楚杰看着我犹豫了一会:"好。"说完他在下一个路口猛地掉了头。

"你身上有武器吗?"我看着楚杰询问着他。

我这句话一出,楚杰的眉头立刻皱在了一起:"你这又是怎么了?又犯疯病了?吃饱了就犯是怎么着啊?"

"李貌那个王八蛋,背着我把小月拐到夜店去了,我能让他活过今天吗?"我撂出如此狠话,让楚杰的脸上露出一副担心的表情。

"你冷静点啊。你这是气话吧?你别想太多了,去夜店玩玩也没什么的。"

"没什么?没什么干吗要背着我啊!!"

"你妹她要真告诉你她去夜店,估计你也不能让她去吧?"楚杰的话让我暂时平静下来。好吧,我承认我刚才过于激动了,我可以不要李貌的命,但是我必须阉了他。

站在酷石的门口,我极力平复着自己的情绪,告诉自己我只是来把小月带走,不是来制造暴力流血事件的。

周末的夜店,哪里还是夜店,这分明是个澡堂子,正在热舞的人们我看脱得也都差不多了。一澡堂子人,就属我跟楚杰穿得多!

我一走进去就拿眼睛扫视着周围的那些卡座,寻找小月的身影,心里担心着小月不会已经被李貌带走了吧?

楚杰拉了我胳膊一下,然后拿手指了指。我顺着他指的方向看过去,果然看见了小月和那一卡座二十多人,看来还是他对地形熟悉啊。我努力地通过这澡堂子,把自己挤了过去,我越接近小月我心里的火就烧得越旺。这十二月份她居然给我穿短裙出来?居然还画了个大浓妆,而且她还被一个我从来没见过的男的揽在怀里,那男的手里拿了个杯子,倒满了酒,一个劲的往她嘴里灌,另一只手则搭在了小月的腿上,明显就是在吃她豆腐。

小月紧皱着眉头,扶着那酒杯努力地喝着,刚把那杯子里的酒喝完,那男的就又从桌子上拿起酒瓶倒了一杯,继续再灌小月。我急了,三步冲了上去,一把夺过那男的手里的杯子。此刻冲上来的我,把正吃小月豆腐的男的吓了一跳,我毫不犹豫的一仰头把夺过的那杯酒给喝了,狠狠的把杯子跺在了他面前的桌子上。可能动作太快了,那男人仍然保持一脸吃惊和疑惑地看着我。

我扫见桌子上,还放着三分之一瓶的洋酒,我心里控制不住地发狠,抄起那瓶酒对着瓶口就把它喝了。楚杰吓了一跳,我喝酒的同时,他大声喊着:"米露露,你别逞能,那酒劲大!"不过他说晚了,他话刚说完,那三分之一瓶酒也差不多都被我灌进肚子里了。真他奶奶的难喝啊,太苦,要说这洋酒真没国窖好喝!

我又狠狠的把喝完的酒瓶子跺在那男人的面前,心想着,还有没有?老娘都给你们喝了,我看你们谁还敢灌小月。

那男人终于从我歇斯底里的行为中苏醒过来:"哎,你是哪儿冒出来的蒜啊?我认识你吗。"我和这个男人之间瞬间充满了火药的味道。

楚杰下意识地把我往他身后拉了拉,然后站在了我跟这个男人之间,他一直看着我,好像觉得我会随时倒下去一样。说实话我确实觉得有点晕了,我的五脏六腑开始灼烧得厉害,这是酒吗?这是酒精吧。

"姐,你来了?"小月半眯着眼睛看着我,似乎在半醉半醒之间。

强子努力的从人群中挤了过来,嘴里一直喊着:"亮子,亮子,这是露露姐,露露姐。"

强子看着我笑笑说:"露露姐,这是我哥们,以前没跟咱们玩过。"

那个叫亮子的男人则转头看着强子:"就是你说的貌哥那精神支柱、红颜知己啊?"

"对,对,对,就是她。"强子开心地笑着。

男人忽然伸出手来,握住了我的手:"姐,久仰久仰呀。"

我从他手里把手抽了出来,然后转身拉起了小月:"小月,跟姐回家。"

小月喝得有点走不了直线了,嘴里一直叨叨着:"我不回家,我给李貌哥哥过生日来了,我得让他高兴。"

我没回答她,依然拉着她往门外走。快出门的时候,我把大衣脱下来披在了小月的身上,这终于让我心里的怒火稍微冷却了一点。强子很快通知了李貌,李貌则跟他疾步追了出来。

我拉着小月朝楚杰的车走去,小月依然拍打着我的手:"姐,你干吗啊?我不走!你怎么这么扫兴啊。"

"露露,露露!"李貌一直在后面喊着我,我不想理他。

李貌忽然冲上来拉住了我:"我能解释吗?"他用询问的眼神看着我。

"李貌,咱们从现在开始不是朋友了!"李貌的眼睛里闪过了一丝失望的神情,可是他还是犹豫地看着我不肯松手。

"哎哟,露露姐,其实不是你想的那样!"强子在一边不知道说什么好了。

小月忽然拼了命的甩开了我的手,冲过去一把抱住了李貌,转头看着我:"姐,你别跟李貌发脾气,是我硬要来的,我喜欢他,我喜欢李貌哥哥,所以我要来。不关他的事。"

我彻底崩溃了!从器官崩溃到细胞,从脚趾崩溃到发梢!这情况让我怎么办?笑,我开始无奈地笑,忍不住的想笑,简直笑死我了。

"你喜欢他什么啊?"

"他什么我都喜欢,浪漫、善良、可爱,所有的我都喜欢。"

"你喜欢他在里头跟别的女人亲嘴?然后让你在座位上被别的男人摸?"

我的这句话,让李貌低了头,他掰开了小月的手:"小月,跟你姐回去吧,你姐她说得对。"

小月忽然朝我大喊起来:"姐,就是因为你,李貌才不要我的。他跟我说了,不可能跟我在一起,是我非要证明给他看我玩得起的。而且是你告诉我,碰到真心喜欢的就要去争取,我现在就是真心喜欢他,所以我不会跟你回去的,我今天晚上要跟他走。"

"我大嘴巴抽你信不信!给我滚车上去!"我又咆了,在接近深夜十二点的时候,我站在北京大街上,酷石的门口,用尽了我毕生的内力,再次咆哮了!这一声吼差点没把我自己震一跟头,自己喊得自己脑仁直颤!把酷石的保安都给喊出来,一直张望着是不是大门口发生了流氓斗殴事件。

我这一声吼直接喊傻了两个男人,一个是强子,另一个是楚杰。强子被吓得直往后退,而楚杰的脸也陷入惊恐之中,眼睛变成了原来的两倍大,他站在我身旁一直审视着我,估计正在判断我的真实身份,这究竟是个女医生还是个女流氓?!

{82}
改变可以吗？

我响彻云霄的平地一声吼之后，所有的人都安静了，每个人都尴尬地站在原地，不知道要怎么处理眼前的状况。小月站在那里气哼哼地别过脸去，不看我，泪水却像断了线的珠子一颗一颗地掉了下来。她越哭越伤心，最后都有点泣不成声了，眼睛上的烟熏妆，如今哭得像整个脸都拿烟熏了一样。

我掏出了纸巾凑上前去，擦着她脸上那些乱七八糟的东西："小月，姐刚才喊太大声了，把你吓着了吧，姐姐给你道歉啊。"

小月似乎并不想原谅我，一把推开了我的手，依然别过头不看我。

"你看看你，这么冷的天穿这么少，还把你这脸画成这样，这好看吗？姐姐都快不认识你了。"

"小月，你姐说得没错，你别跟她闹了，跟你姐回去吧。你打扮成这样真的不好看，我今天也不会带你回家的，我有要带的女人。而且我们真的不合适，我不喜欢你，我也不值得你喜欢。"李貌很平静地说完这些话之后就拉着强子往酷石里走了。此刻的小月哭得更伤心了，我能感觉出她极力克制着自己，不让自己号啕出声来。

李貌的这些话很伤人,很让小月没面子,但是他说出来我感谢他!不然此种场景好像只有我才是那个最大的恶人。

"不是,李貌,不再跟露露姐说说啦?你看这事闹的!"强子被李貌拽着往夜店里走,还时不时地回看我们两眼。我想他心里可能多少也有些内疚吧。"露露姐,回头我电话联系你啊!"

我上前拉着小月的手:"走吧,太晚了,咱们回家吧!"

小月突然猛地甩开了我的手:"姐,为什么你行,我就不行?"

"什么你行我就不行?我跟李貌只是朋友!"

"我不是说李貌!我是说他!"说完小月拿手指了指楚杰。

楚杰被我的世纪之吼吓得十分惊恐的脸刚刚恢复平静,又因为小月的突然带入再次出现了惊异的表情。

"他?关他什么事?"

"上次在大街上碰到他拉着你,我问你是不是跟他在一起?你怎么说的?"

"我怎么说的?"这我真是不记得了。

"你说你们是两类人,就像生活在两个世界一样,根本就不可能在一起,可是你看看你们现在不还是在一起吗?凭什么你跟不同世界的人就能在一起,我就不行?"

"谁跟他在一起啦?"我当机立断地否定了小月的论断,"别废话了!我的忍耐是有限度的,看不见我把大衣给你穿了,你想冻死你姐啊?"说完我就连拉带拽的把小月拉上了车。

我告诉了楚杰我二大伯家的地址,告诉他把我送到他们那儿就行了。一路上我们三个都沉默着,谁都没说话,我跟小月各自看向窗外,楚杰则安静地开着他的车。

我好晕啊,胃里的酒开始不停地翻滚,真应该记下刚才的酒是什么牌子,真乃我酒中之软肋!

车刚一停在小月家的楼下,她就气哼哼地下车把门摔上上楼了。

我觉得自己的头特别疼,昏昏沉沉的,隐约有想吐的感觉。我眯着眼睛看着楚杰:"谢谢你啊,让你跟着瞎忙活一晚上,回头我请吃饭感谢你。我今天就住我二大伯家了,你回去吧。"

我刚要开门下车,楚杰突然拉住了我,他皱着眉头看着我:"我们是两个世界的人吗?"

"啊?"有点想吐,他在说什么?好像是个关于世界的问题。

"你别装傻。我在你眼里跟你是两个世界的?"楚杰依然纠结在关于有几个世界的问题上。

哎哟,他这是又跟我较上劲了,放我走吧,头要炸了,看他都快变四个眼睛了。

我眯着眼睛看了他好一会儿,醉醺醺地从嘴里挤出几个字来:"One,world;One,dream。"好像是句广告词,不知道,反正脑子里冒出这几个词就说出来了。

楚杰愣愣地看了我几秒,突然忍不住笑出来:"你可真能扯,喝多就满嘴跑英文啊,真跟你做一个梦估计也得是噩梦,就你那一嗓子我就受不了。"说完自己还呵呵乐起来。

"我能走了吗?"

"嗯。"终于得到了楚杰的许可,"你走得了吗?要不我扶你上楼吧。"

"不用,不用,别让我二大伯和二大妈看见是男人把我们送回来的,影响不好。"

"你不喝那半瓶子酒,什么影响都好了。"楚杰站在车旁看着我进了楼,他才离开。

我一进二大伯的家就发现二大伯和大妈都在客厅里:"露露,小月说他们单位同事聚会,你也去啦?"

"啊?是啊,是啊。"我赶忙打着圆场。

"这么晚才回来,那丫头还没带手机,找都找不到。我要是知道你也去了,我们就放心了,要不然担心死了,这么晚也睡不着啊。"

"别担心了,我看着她呢,没事!你们睡觉去吧。"

简单洗漱之后,我躺在小月身边,她紧紧地闭着眼睛,像是已经睡着了。我的头又开始疼了,昏昏沉沉的准备睡过去。

"今天这事,不怪李貌,姐。你别为了这事跟他掰了。"

我没说话,但是我又从昏昏沉沉里醒过来了。

"从上次小蕊病了之后,我发现自己变得特别喜欢他,所以我就背着你给他发短信打电话,他从来没回过我,也从来不接我电话,是我急了去找他的。他说他不可能跟我好,说他怕跟我做不到一辈子,那样就没你这个朋友了。李貌说我不可能接受他的生活方式,是我发誓说他干什么我都能接受。我还故意去接近强子那些哥们,我想证明给他看,我其实可以和他一样。"

我闭着眼睛对小月小声叨叨着:"小月,不管你多喜欢一个男人,永远不要为了他去把自己变成你自己都不喜欢的样子。为了一个男人连自己原来的是非观念都没有了,你不觉得这种喜欢损失很大吗?你为了证明你能跟他一样,就让个不认识的男人摸,你心里真的开心吗?"

许久的沉默:"姐,我跟李貌真的不成吗?"

"小月,如果你是找一夜情的话,你跟他真的可以。可是,你是找一夜情吗?"

小月没有说话,依然是许久的沉默。

"如果你是想让他当你男朋友,跟他好好交往然后有个好结果的话,我想真的挺难的,他连他自己想过什么生活还不知道呢。"

"那如果他能改变呢?那可以吗?"

这个问题我真不知道如何回答,李貌去改变?为谁改变?为小月吗?改变多久,上次他变了两个月,受伤之后彻底破罐破摔地变回个彻底,就算他改变了,那他还会不会变回去啊,这可不好说。

{83} 江湖救急

越接近年底工作似乎变得越忙,患者没有减少,杂事倒是越来越多,一件接一件的,总是让我应接不暇。

周四上了一个夺人小命的夜班,一晚上来了两个急诊手术,整整站了一宿,直接把我站成了呆傻状态。早上我坐在办公室里面容呆滞地望着门口,期盼着任何一个熟悉的面容能从门口走进来,以宣告我整晚的战斗胜利结束。

让我没想到的是第一个走进办公室的居然是主任,主任一走进来我就立刻挣扎着站了起来。从痴呆面容立刻伪装成精神抖擞,以显示出我对工作无比高涨的热情。

"主任,您来得真早啊!"满脸的堆笑,哎,我也太能装了!

"米露露,你夜班啊?太好了,我还担心你不来呢。怎么样,夜班忙不忙?"

"还行,还撑得住!"

"咱们科露露的意志力是最坚强的,钢铁女战士嘛。"说完主任呵呵地乐起来。

"过奖了,主任。"

"露露,你下了夜班先别走了,我下午要作年终述职报告,那些材料平时不都是你整理的吗,你上午帮我把那些材料再弄弄,我觉得有些地方需要改改。我下午三点之前要用,你赶紧趁上午弄好了再让我看看。"

主任,你比我还能装,明明就是一大早堵我来了,居然还装成不知道我上夜班。一进来就夸我,夸得我都心虚了,原来是要使唤我啊!

"那个……那个……"我有点犹豫地小声嘀咕着。

"你要是实在为难就算了。不过你下了夜班不也是回家睡觉吗?明天后天周六、周日够你睡两天的了,像你这样的年轻同志应该发挥下奉献精神,为科室多做些贡献嘛。"主任不再呵呵笑了,她一脸严肃地看着我,让我深深体会到她不是需要我的帮忙,而是需要我完成一个政治任务。难道我还算在年轻同志的行列?好吧,就冲她把我划年轻堆里了,我也豁出去奉献奉献。

我用我还仅存的一点点智商整理着主任述职要用的材料,困得我时常打着打着字就睡过去了,然后再忽然惊醒。难道就没有个再艺术点的拍马屁的方法吗?非要如此博小命。还好主任的述职报告很成功,要不然我怎么对得起主任对我的"厚爱"呢?

本以为主任述职完成,我就可以功成身退了,结果又被通知要留下来病例讨论,而且其中一个还是我的病人。我已经完全不记得病例讨论会大家都在讨论什么了,只知道有人在说话,我也站起来说了几句,然后就基本处于灵魂脱壳状态,一直挂着笑容坐在那里。大家积极主动地要求发言,热情十分高涨,一直讨论到快七点。等我成功的从单位找回家的时候,我真的佩服我自己,我都不知道是怎么闭着眼睛找回来的,但是我回来了,而且一进门看见的的确是我亲妈。

"怎么这个点才回来啊？不是下夜班吗？再不回来我还以为你又上一个夜班呢？"

"嗯，单位有点事。"我努力地把自己的身体拽到了卧室的床上，一头栽下去，秒睡了！耳朵里听见的最后一个声音是老妈在问："不吃饭了？"然后我就开心的与周公约会去了！

恼人的短信声音，烦！心里不由得开始骂街，几点啊，还发短信，全国人民都睡了，发什么短信。我把手机从枕头下面抓了出来，深夜十一点，这是谁啊？努力把眼睛睁开条缝，怎么是楚杰的短信，只有短短的一句话："急！乐盟 KTV，305 号房，速来！"

我闭着眼睛想了两秒钟，给他回了短信："发错了，请重发！"

很快楚杰的短信又回了过来："没错，就是你，速来救，急！"

救？救谁啊？救他啊？跑 KTV 救他？他又怎么了？又跟人争小姐打起来了？又被扎了？那我去管用吗？我是一妇科又不是外科！

"不去！"我简短回了他短信之后，就把手机藏在旁边的枕头下面，然后又加了个枕头把它盖住。哼，要不是单位要求我们夜间不许关电话，老娘早把电话关了，还能让你这么骚扰我！翻了个身又呼呼大睡过去。

急促的电话铃声，再一次把我从睡梦中惊醒，我看了眼来电显示，居然还是他，我开始有些恼怒了，烦躁的情绪一阵一阵的。

"喂！"十分厌烦的语气。

"米露露，你也太狠了吧？我让你救命你都不来，上次我也帮你啦，你不是号称自己是仗义人吗？"

"你喝多了吧？"我隐约觉得楚杰喝酒了，因为他说话颇有饶舌歌手的风格。

"是喝了，还没多，不过快多了。你不来就算了，明年的今天就是我的忌日啊,你记得给我烧纸!"说完楚杰就把电话挂了。

他是喝多了,说话都变这么不着四六了。我闭着眼睛在床上躺了一会,然后强撑着坐了起来,到底有没有这么严重到快死的地步啊?还这么破天荒的把我推到了仗义的高台上?而且上次小月的事情他确实也跟着折腾到很晚,我真不理他好像是有点不太合适!

我猛的从床上坐了起来,想了想,然后挣扎着爬下了床,乐盟是吧?好像有点印象。于是我抓起手机,套了件羽绒服,披头散发地冲出了门。我半眯着眼睛开着我的"肇事者",心想我又违反交通规则了,我这明显属于疲劳驾驶啊!

在凌晨一点半的时候我终于找到了楚杰要我来的这个 KTV,我把车停了下来,四处张望着,没事啊!挺安静的,没看见警车啊。难道处理完把死、伤的都已经抬走了?那还需不需要了我?

我下了车走进了 KTV 里,服务人员很快迎了上来。

"请问您订位了吗?"

"你们这儿刚才有人打架吗?"我小声地询问着服务人员。

服务人员一脸的好奇表情:"没人打架啊,挺消停的。"

"那有没有什么人身体特别不舒服的,被抢救送进医院的?"

"不是,您来干吗来的?是来唱歌的吗?"服务员看着我,一脸诧异的表情。

我来干吗来的?我要知道就好了。我要知道我问你干吗?唱歌?我三十六小时不睡觉,之后还杀到 KTV 唱歌,那我可真疯了。

突然想起了楚杰说了房间号:"我去 305。"

"哦,那好,您随我来。"服务员对我突然能说出房间号,还感到有些奇怪,总觉得我像是随口胡诌了一个号码要骗他,时不时地问我:"是去 305 吧?"

"是,是305,不是我编的。"

走到了305的门口,服务员向我伸手示意了一下,然后就转身离开了。

我从门上的几条透明玻璃里看见房间里似乎有很多人。

我猛地推门走了进去,紧接着刺耳的歌声就传进了我的耳朵。一个四十多岁的中年男人站在中间号啕大唱着,我一听见这声儿就特想把他麦克风的插头给拔了,本来还挺困的意识愣么让他给唱醒了。

屋子里坐着六男六女,中间唱歌的中年男人衬衫扣子开到肚子了,露出了他稍有弧度啤酒肚,旁边一个穿着超短裙的小妹妹正伴随着他号叫的歌声跳着舞,这女孩本事也挺大,这么难找的节奏都能找得到点儿。六个男人有五个都衣冠不整的,楚杰算是比较整的那个,不过领子也被贴着他坐的辣妹揪得一大一小的。

这是怎么个意思?我有些茫然了?把我叫来干吗来了?赚外快当小姐?就算我能喝,我也没表示过我有赚这外快的愿望啊。再说了,我当得了小姐吗?我这岁数也就当个老姐吧!问题是有谁需要一个披头散发、身穿羽绒服的小姐吗?他们这已经六男六女正合适了,再多我一个就富余了!

我的突然进入,让正在唱歌的中年男人和坐在沙发里的其他男男女女们全都停止了动作,他们都转头愣愣地看着我,可能想搞明白从哪儿冒出我这么个蓬头垢面的女人来。

"你怎么来了?"楚杰死盯着我,放下了手里的酒杯,朝我走了过来。

我怎么来了?这个问题好神奇啊!我也很想知道我怎么来了。

"你……"我看着楚杰不知道说什么好了,努力判断着眼前这些人哪个是需要我救命的那个。

"老婆,你别多想啊。不是你看的那样,我就是随便玩玩,我这就跟你走。你千万别吼啊,不让你来,不让你来,你怎么还是杀过来了。"

"楚杰,你这跟我玩什么呢?"我着实有些恼怒了。

{84} 请你想一想

"什么玩什么呢？你们这些女人的思想就是狭隘，男人这是在外面干事业呢，你又胡思乱想了吧你。"

楚杰说话真是让我越来越莫名其妙了。

"我狭隘？那我不耽误你干事业了，你就好好在这干你的娱乐事业吧！"说完我就转身要离开。

楚杰一把拉住了我："你又开始乱发脾气是吧？你别以为我不知道你，你前脚从这出去，后脚就能在门口撒泼打滚！"

"我……"我瞪着眼睛看着楚杰，想从他的脸上找出他究竟是在犯什么疯。

"楚老弟，这就是你的不对了，咱们都合作多少年了，你什么时候结的婚，哥哥怎么不知道啊。哥哥要知道了怎么也得给你封个大红包。"

"张老板，没结呢，未婚妻，就这几个月的事了，到时候我通知您啊，您必须得赏光。"说完楚杰看着我，"快，叫张大哥！"

"叫什么大哥啊？黑社会啊？"我的肺快气炸了，大半夜告诉我有人要死，我跨了半个城地赶过来，结果是为了认这个露着肚皮的大哥?"

我说了这句怪话之后,楚杰突然怒目瞪着我:"你这女人怎么回事啊?怎么这么不懂事啊?给你三分颜色就开染坊是不是,看我回去怎么收拾你。"

"楚杰,你疯了吧你,我没那么多闲工夫跟你在这扯淡,你撒手。"

露肚子的中年男人忽然呵呵乐起来:"啊呀,看来我这弟妹是个火暴脾气啊。本来看弟妹来了还说一起喝两杯呢,看来是不行了。小楚,你要不先跟弟妹回家吧。"

"啊?那实在太不好意思了,张老板。我这女人其实哪儿都好,就是脾气不好,吼一嗓子能把房顶掀了,说白了就是欠收拾。"

"你有完没完?你要演到什么时候啊?"我生气地瞪着楚杰,极力压制着想要咆哮的冲动。

"我演什么了?你别来这装母老虎啊?在家你老实着,你承认不承认?"

"我母老虎?"我的声音开始提高了。

"行了,小楚,这女人哪能收拾啊,这女人得哄。哥哥也看出来了,肯定是你演呢,我一眼就看出你惧内了,快跟你老婆走吧。"

"啊?那……这……"楚杰犹豫地看着中年男人。

"别为难了,你快回去把你的'红旗'竖好了吧。"

"那对不住了,张老板,下次有机会咱们再聚啊,这次没招待好您。"

"咱们多少年的交情了,你这话说得见外啊。结婚通知我啊,我给你封大红包。"

"行,那我就先告辞了,各位经理。"

大家都笑着朝楚杰摆了摆手,楚杰立刻变成像赶集一样地拽着我,匆匆走出了包厢。一走出包厢楚杰依然拉着我不放,像逃命一样的疾步前进。

"你撒手,你撒手!你别拽我。"我依然使劲地掰他拉着我胳膊的手。

楚杰突然转头瞪着我:"你消停会!"表情严肃得吓人,真像准备收拾我一顿似的,吓得我不敢作声地跟着他走出了KTV。

一走出乐盟的门口,楚杰拽着我的手立刻松开了,他一脸的幸福笑容,长舒了口气,然后在门口伸了个懒腰。

"哎,你演得不错啊。其实也不是,你那也不是演,我想过了,这角色就得你来。我看也就你能一进门浑不懔的逮谁骂谁,要是再配上你那无敌大吼,那就更完美了。你说你刚才怎么不吼一嗓子啊,让他们也长长见识,开开眼。"楚杰自顾自地说着。

我觉得自己快被他气晕过去了,我狠狠地瞪了他一眼,没有理他,朝我的坐骑走了过去。

楚杰跟在我身后,不停地叨叨着:"哎,米露露,我喝酒了开不了车,你开我车吧,你那车太小,我坐着不舒服。你把你车放这儿回头再来取。"

我转头瞪着他,大叫着:"嫌不舒服,你别坐!"

楚杰闭了嘴,我一开车门,他倒第一个坐到副驾驶上了。

我开着我的坐骑离开了乐盟的停车场,心里总觉得是被楚杰这个混蛋给耍了。

"咱们去哪儿啊?"楚杰在旁边询问着。

"回家!"

"啊?这大半夜的把我带你们家去不合适吧?咱们去吃饭吧?我的胃挺难受的,今天喝得有点多。你也饿了吧?平时那么能吃一个人。"

我是饿了,我晚饭都没吃就卧倒了,可是从我见到他还没两分钟就被直接气饱了。现在我都有点胃胀气了!

"楚杰,我跟你不一样,我没大晚上到处晃悠的习惯,我晚上唯一喜欢干的事,就是躺床上睡觉。"

"我也是啊,咱俩一样。"

"谁跟你一样啊?你们这些人,躺床上是运动着的,我躺床上是静止的,那能一样吗?"

楚杰皱着眉头看了我两秒钟,忽然呵呵乐起来:"你这话说得可太荤了啊,都咽不下去了,有点腻!"

"你乐什么呢?你大晚上把我诓这儿来你到底想干什么啊你?"我终于发怒了,忍不住朝他大叫出来。

"救命啊,你救了我一命。今天这地儿我不熟,这酒可是真刀真枪的喝了个实足。那张老板一喝多了,不知道打电话从哪儿叫来那么几个女的,贴在身上黏得我烦死了,这我哪受得了啊,长那么难看!我这胃也越来越不舒服了,还不知道他要折腾到几点呢,再喝两杯估计我又得胃出血了。"

"你就为这么点小事,在凌晨把我叫出来,跨了半个城的救你啊?你直接告诉他,你胃不好,喝不了酒,你也不喜欢那小姐不就完了吗?"我的声音控制不住的越来越大。

"那不行,他是我的重要客户,一年从他身上就有六千万的收入,我得策略点地对待他。"

"楚杰,你混不混蛋啊?"在我极度困乏的情况下,他居然说出这么个原因来,我已经被他气得快要崩溃了,"是不是在你心里,谁都得排在你的客户和你的工作之后?你知不知道我在被你叫出来之前已经三十六小时没睡觉了？你说你要死了我才来救你的,结果只是为了让你的客户百分之百满意。你至于吗？一次不如意他就不跟你做生意啦？你怎么活得这么累这么可悲啊！"

"你少他妈在这说风凉话！"让我想不到的是楚杰居然也会咆哮,吓得我把车也开出一条弧线来。

"你们女人就会说这些没用的屁话。想跟你好的时候看你什么都好,什么相貌堂堂吧,事业有成吧,收入丰厚吧;刚跟她们好的时候都说会跟你一辈子,结果呢,我还不是被劈腿还不是被人甩！我上学的时候做梦都没想过我会一直被女人甩。等你真跟她好的时候,她们要得更多,什么不要求你挣那么多钱了,不要求你多好的事业了,就想让你陪着她。我陪着她？！那这些职位和那些钱都是从天上掉下来的？"

说完楚杰狠狠地捶了我的车门一下:"我是可悲,我也觉得我自己可悲。我被刀扎伤了,躺在医院里,父母不在身边,连个能通知的至亲的人都没有,还得让你帮我办入院。可是你当时是怎么看我的,你还不是觉得我是风流成性、吃饱了撑的不睡觉的烂男人。我告诉你我不是,那回也是这张老板,他喝多了,去非礼人家隔壁屋的女伴去了,结果隔壁屋的人喝得也不少,生气动了刀,我为了护着他怕他受伤结果挨了一刀。可是有什么用？谁知道？你还不是把我当混蛋看。"

我沉默了,楚杰慷慨激昂的话,让我觉得他似乎真是受了不少生活的委屈。他生气地看向窗外,不再说任何话。

过了许久,我忍不住用极小的声音,怯怯地嘀咕着:"如果一个女人觉得你有问题劈了腿,那可能是那个女人的问题,可是那么多女人都觉得你有问题,那你有没有想过可能真的是你的问题呢？我觉得你根本就没把你的事业和你的生活放在一个天平上,其实是你自己一直在苛求你的事业;你心里也从来没重视过你的那些女朋友,你根本就没把她们当成要和你共度一生的人来对待,你只是把她们当成标榜你是成功男人的附属品。"

楚杰转过头来,满脸疑惑地看着我,表情里充满了纠结,他似乎并不愿意认可我对他的这种看法。

"你自己可以想一想,你真的是为失去哪个女人难过吗?你是为了女人甩你这件事才难过不爽的吧?"

{85}

道歉

"下一个路口放我下来,我打车回家。"又是一阵沉默之后,楚杰缓缓地说出了这句话。

我没有提出任何异议,在路口停了下来。

楚杰开门下车的那一刻,转身看着我说:"对不起,我本以为今天是周末,我没想过你那么长时间没休息了。你……你刚才说的话我想我会去仔细思考的。你开车注意安全。我先走了。"

楚杰站在那里目送着我开车离开。

哎,本来是场江湖救急,结果变成了如此尴尬的收场,心里多少也有些遗憾。

到家的时候已经快凌晨四点了,一进门我恨不得直接就这么躺地上了。好累啊,真是身心俱疲!

周六我一直在补觉,老爸老妈很有眼力劲,一直没有叫我起床,当然也许他们叫了只是我没听见罢了。

我躺在床上一直做着梦,梦见自己在床上舒舒服服地睡觉,可是电话响了,这电话声就在我的耳边,而且还十分的熟悉,就像是我的手机,这梦好真实啊。我闭着眼睛伸出手了,把手机抓了起来,闭着眼睛接通了电话。

"喂。"我依然闭着眼睛从牙缝里挤出一个字来。

"是我。"缓缓的男人的声音。

"是周公吗?"我闭着眼睛始终认为这是在梦里。

"不是,楚杰。你睡醒了吗?"

楚杰?好熟悉的名字啊,好像认识这个人。沉睡着的脑子开始转了。我猛地睁开了眼,大叫着:"你吃菠菜了还是打鸡血了!"

楚杰被我吼得半天没说话,过了很久他小心翼翼地说:"你还生气呢?你出来吧,行吗?"

"我出哪儿去啊?这场演什么啊?我要扮演母老虎还是怨妇啊,咱俩先对好词,别说岔了。"

楚杰在电话里呵呵地乐起来:"真够贫的!"

"你有事没事,没事我挂了。"

"别、别、别、别挂。我在你们小区门口呢,一直在犹豫什么时候给你打电话,怕你没睡醒。"

"我们小区门口?你跑我们小区门口干吗来了?"

"我来给你道歉啊,我昨天回去想了,我好像做的是挺不合适的,我真是诚心实意来道歉的。"

"不用了,我原谅你了。"

"我都到你家楼下了,你就出来一下呗。"

哎!这男人一磨叽起来也挺烦人的!于是我再次挣扎着从床上爬了起来,依然披头散发穿着羽绒服走了出去。

楚杰站在小区门口看着我,皱着眉头:"嘀,你怎么这么就出来了?"

"那我还怎么出来啊?飞出来我也没长翅膀啊!"

"还生气呢?一说话就喷火。"

"行了,我站这儿了,你道吧,道完了歉赶紧走,我好接着睡去。"

"你回去收拾收拾咱俩出去吧?我请你吃饭。"楚杰看着我像是在征询我的意见。

"不去,我等着你道歉呢。"我斩钉截铁地否定了他的提议。

"丫头,你站门口干吗呢?"老妈的声音从远处飘了过来,她刚从菜市场买东西回来,拎得大包小包的,老远就看见我跟楚杰在门口说话,一脸好奇地凑了上来。

"这是……"老妈仔细地打量着楚杰。

"你不是薛凯的领导吗?"

"是我,阿姨。"楚杰朝老妈笑笑地说着。

"你是不是找薛凯啊?他不住这小区,他住那边,离这不远。"

"阿姨,我不是找薛凯,我来找露露的。"

我靠,谁允许他叫我露露的?还在我老妈面前如此暧昧地叫我,我看他才是欠收拾呢。

"啊?"老妈的表情带着许多的惊异。

老妈拉着我往旁边走了走:"丫头,你又招什么人呢?你怎么没事竟把已婚男人往家里领啊,你不说他孩子都打酱油了吗?"

"阿姨,我没孩子!我还没结婚呢!上次露露跟你开玩笑呢。"楚杰在一旁插话了。

老妈,你就不能小声点嘀咕人吗?背着人说点事,声儿能传出八里地去,我可知道我那咆哮的功底是从哪儿传出来的了。好尴尬啊!

老妈也觉得有些不好意思,但是"没结婚"这三个字让她的眼睛很快地放了光,她的表情忍不住带上了欣喜,上下仔细地打量着楚杰。老妈,你注意点影响你,女人的矜持!矜持!

"小伙子,你叫什么来着?"

"楚杰,阿姨。"

"哦,小楚啊? 你找我们露露玩来了?"

"啊,是,不过她不跟我去。"

"嗨,别去了,怪冷的,都到家门口了,家玩去吧。走吧,阿姨回头给你们做晚饭吃。"

"好啊。"说完楚杰接过老妈手里的大包小包,跟王雪琴女士有说有笑的去了我的家,太过分了! 完全当我不存在,好歹也得问问我同意不同意啊!

楚杰一进家,向我老爸作了自我介绍,老爸笑笑地看着他一直点头。

"不好意思啊,叔叔阿姨,太突然了,你看我也没买什么东西,挺不合适的。"

"买什么东西啊? 来玩就行。"老妈乐呵呵地打着圆场。

老爸看着楚杰:"你……你会下棋吗?"

"啊,会。"

"那咱俩下一盘吧,怎么样。"

"行啊,没问题。"

楚杰跟老爸很快摆开了楚河汉界,我则跟老妈在餐厅里择着她刚买回来的菜。

"将!"楚杰十分清晰的声音传进了耳朵。

老爸紧皱着眉头看着棋局:"再来一盘吧?"

"好!"于是两人又展开了厮杀。一个半小时之内,楚杰直接将死我老爸四盘,我明显看见老爸的汗都下来了。

"国际象棋你会吗?"老爸皱眉头看着他。

"啊,会。"

"那国际象棋吧?"

"好啊!"于是两人又开始了国际象棋的厮杀,很快老爸又败下阵来。

"围棋?"老爸依然不死心。

"好。"楚杰笑着点着头。

我站在客厅看着两人头也不抬地博弈着,忍不住凑上去观战。喔,这围棋,老爸明显要输啊,左下角楚杰再落一子,老爸就又输了。我趁人不注意拿手捅了楚杰后腰一下,不说话站在旁边观看着战局。

也不知道是因为我捅了他,还是他确实没看见那步赢棋,那一子他迟迟没有落下,直到老爸反败为胜赢了他。

老爸开心地大笑着:"哈哈,看来你围棋不行啊!"

"是,您那招围魏救赵太厉害了,佩服佩服啊。"

老爸被楚杰的恭维话逗得更开心了:"军棋你会吗?"

"行啊,明的暗的?"

"打麻将你会吗?"我在旁边忍不住插嘴了,"诈金花、斗地主、二十一点、俄罗斯轮盘、老虎机,你都拿手着呢吧?"

楚杰看着我又呵呵乐起来:"都会点吧。"

"行了吧,你们,还明的暗的,吃饭了!"老爸一找到有人陪他下棋,就完全不管子丑寅卯了,真让我来气!

比老爸更让我来气的还有一位,就是我的亲妈王雪琴女士。我们一坐下来吃饭,老妈就玩了命的往楚杰碗里夹菜,一个劲说让他多吃点,别客气。好好的一盘虾全扔他碗里了。

"老妈,你把他那碗米饭倒那虾盘子里,然后整盘端给他就行了,还夹什么夹啊?多累腾啊。"

"嘿,你这丫头,人家是客人。"

我到他地头的时候,他真就这么挤兑我的。

楚杰看着我笑笑说:"我分你点?"

"别,你是客人,可劲造啊!"

楚杰莫名其妙地跑来跟我道歉,莫名其妙地碰到了老妈,莫名其妙地进了我们家,莫名其妙地抢了我所有的饭。更莫名其妙的是,吃完饭之后,老妈非叫我去送他,他一大男人用得着我送吗?

"我就送你到小区门口啊?"我一走出楼就跟他抱怨着。

"嗯,行。"

我们俩不说话都低头走着。

"昨天的事对不起啊!我没想那么多,光想我自己了。"

"嗯,我原谅你了,我说过了。"

"其实,其实,今天是我的生日!"楚杰小声地叨叨着。

"啊?"我太惊奇了,瞪着眼睛看着他,"那你怎么不早说啊?我也没给你买什么礼物,你早说了我还能给买个蛋糕什么的。那我祝你生日快乐啊。"

楚杰轻轻地点着头:"嗯,今天还挺快乐的。"

说完这句话我们也走到小区门口了,他转身看着我,长舒了口气:"你回去吧,挺冷的,到门口了,回头我们再联系啊。"他看着我笑了笑,然后上了他的坐骑开车走了。

莫菲勒 著

PURSUIT OF TRUE LOVE

米露露求爱记 下

上海文艺出版社

{86}
华丽的转身

"米露露,给你个好差事,你干不干?"同事一脸的神秘表情,生怕这个好差事被别人听到了。

"什么好差事啊?"

"你想不想去瞻仰一下埃里森·怀特?"

"哪个埃里森·怀特?"

"亏你还是个名牌医学院毕业生,他你不知道吗?心脏学专家,世界上心脏治疗方案的指导者,那心内心外的书上不是好多都是他提出的理论吗?"

我看着同事异常兴奋的表情,觉得自己都被她感染了:"可我是妇科!"

"你这年轻人,怎么一点向学的热情都没有啊?泰斗级的人物活着的还有几个啊?掰着手指头数也数得出来吧。埃里森·怀特得过诺贝尔奖之后,他的三个学生,有一个获过奖,两个被提名过。这种重量级的人物,你就没有一点向往的心情去见一见?"

"啊?"我仔细琢磨着同事的话,"听你这么说,我好像是应该去拜见一下,那你告诉告诉我怎么才能见到这位泰斗啊?"

我话音刚落,同事从抽屉里拿出张请柬来:"来,拿着,去实现愿望吧。"

我拿着请柬仔细地看了看:"这不是医药公司办的学术会吗?"

"对啊,是啊,大公司!多重视中国市场啊,把这位泰斗都请来当讲者了,我跟你说你必须得去,怀特教授来中国一趟不容易,他可都七十多了。见一次少一次,还不知道有没有下次见到他的机会了。"

"香格里拉啊?这可有点远,路上就得一个多小时。"

"谁说不是啊,"同事突然提高了音调,"也算我今天倒霉,公司刚送完请柬,我就有事找主任签字去了,主任顺手就把请柬塞给我,让我去参加一下,你说咱都是妇科大夫去参加人家心脏学术会干吗啊?可是主任说大公司得给面子。我一琢磨,我可去不了,我下了班还得接孩子呢,这学术会也不知道要讲到几点呢。后来我一想你去最合适了,你也没牵没挂的。"

嘿,前面跟我说得天花乱坠,把我说了个心潮澎湃、热血沸腾的,让我对这位医学界的泰斗充满了向往跟崇拜,结果绕一圈还是得排她们家孩子后面。

"米露露,你去了也不白去,晚上有自助餐。五星饭店的自助餐,你想想,肯定挺不错的。"她这句话说出来,倒是给了我点安慰和鼓励。

好吧,我确实也是没牵没挂的一个人,那我就去吧。

我不知道是不是因为有这位泰斗的驾临,整个会场布置得像过节一样,几乎所有与会人员的表情都异常兴奋。当然了,也不乏我这种来混自助餐的人,但是我们这种跟心脏学不太沾边、不受公司重视的客户,通常都在会场里低调地溜着边。

在这里,我看见了杨志成。他和他们科主任、副主任以及两个主任医师,一行五人浩浩荡荡地赶了过来。看看,人家才是真膜拜来的。杨志成跟我简单寒暄之后,跟他们主任一起抢会场的前排座位去了,我则依然在门口徘徊,我想等大家都进去了,我找个门边的座位就行。

"米露露,你怎么来了?"一股呛人的火药味直冲进我的耳朵里。

用尖细嗓子发出奇怪声音的这个女人是我的大学同学,她叫周瑾,我们同系不同班。大学五年里,她一直视我为她的头号敌人,确切地说是个情敌,她对祁函的迷恋有时候达到我不能理解的程度。当然了,这个程度远远没有祁函为什么喜欢我更让人难以理解。

所以我理解周瑾这样的女人,如果当初祁函没有选择我,而是选择了另一个和我同样平凡的女孩,估计我也会骂那女的好几年吧!

我见到周瑾们的时候从来都是小心翼翼的,就好像做了一件多么对不起她们的事情一样,要不然她们肯定在我背后说怪话。

最近一次见她是两年多以前的同学聚会,即使那时候我们已经离开学校两年,而且祁函最终也没落入我的"魔掌",可是她和她的那几个女伴似乎还对此事耿耿于怀,见到我还时常拿话挤对我两句。

我只记得那时候一见到她们,她们就围上来安慰我,告诉我:别想太多了,千万不要想不开,我被甩是正常的,她们还被男人甩过呢,何况是我!更何况是祁函甩我呢!学生恋情哪可靠啊?对,在她们心里我跟祁函是不会有结果的!结果呢?让她们说中了。

可是我就不明白了,用不用非得这么挤对我啊?我就不能招一个男人喜欢吗?算了,我不跟你们一般见识,好歹老娘还得到过呢。

"我也是医生啊!我当然是来参加学术会议的啊!"我理直气壮地回答了周瑾。

"我怎么记得你是妇科啊?这跟你沾边吗?"

"那是公司给的请柬,也不是我路边捡的,一个学术会议你那么认真干吗?"周瑾不屑地轻笑了一声就走进了会场。

我选了个门口的位置坐了下来,期盼着能快点瞻仰那位德高望重的泰斗。

埃德森·怀特的出场几乎是我见过的对于一个医务工作者而言最隆重的形式了,全场响起雷鸣般的掌声,主办方还特意打了追光,似乎有三个人同时搀扶着他。

怀特教授站在台上说了三句话:感谢主办方的盛情邀请;谢谢中国同仁们的支持;希望在将来的日子和大家多多合作。然后怀特教授就下台休息去了。

心里好失落啊,坐这么远,我连他是男是女还没分清楚,他就这么下去了啊? 不过听声音他好像是个男的。

接下来,是长时间的公司相关药物的临床效果分析报告会。我坐在门口都有些困意了,于是我站了起来去上洗手间,也好让自己清醒一下。

在洗手间我磨蹭了很久,不时地看看手表,刚下午四点多,这离开饭还早呢啊! 走出了洗手间,我多少有些不情愿地往回走着,脚步忍不住越走越慢。

"露露!"一个声音轻唤着我的名字,我的头有点疼。这个声音叫过我之后,我的脚步走得更慢了,我开始怀疑是自己在幻听,用手轻捶了下自己的头,继续向会场走着。

"露露!"更清晰的声音传了过来,我停住了脚步。那声音一直在耳边萦绕,这声音是那么的熟悉又觉得那么的陌生,像是心里一种久违了的期盼,让我每每回想起来都觉得呼吸困难。我不想确定这个声音出自于哪个人,我害怕去确定。

我站在那里不敢转身,我要用什么心情去面对身后的这个人呢?不要是他,不要是他,千万不要是他,心里一直在默默地祈祷着。

"笨露露?"这声音里的语气充满了疑问,似乎想确定我的身份,可是这个称呼让我想哭。这个称呼被一个人差不多叫了五年,起初我为那个"笨"字跟他挣扎过一阵儿,后来发现他总是能干比我聪明的事情,我也只好默认了。这个称呼只属于我们两个人,从来没有第三个人叫过。

我要转身的,我不可能就这么逃掉。而且我为什么要逃?怕面对自己的虚伪吗?怕面对一直告诉自己的那些话,心里早就把他忘了,或者早就不在乎他了。

可是如果我转过身我的一切虚伪可能就此被撕破,我不确定自己能控制好自己的情绪。我很怕自己转过身去,会忍不住冲上去抱住他,告诉他自己在这快五年的时间里有多想他,就好像在大学的时候即使只是一个周末没见,我也会大笑着冲上去抱住他,告诉他这两天自己有多想他一样。那个时候的他也会开心地抱着我,告诉我他更想我,此刻的他还会吗? 在他走后这快五年的时间里,他想过我吗?

在我无数次的与他在梦里相见的那些夜晚,他是不是像我一样期盼着能跟我在梦里相见? 我现在还很想朝他大喊,去质问他为什么两年多以前,就一下变得杳无音信不再联系,连一封小小的电子邮件都懒得发吗? 可是我害怕,害怕他告诉我他交女朋友了,或者是像"结婚了"这种简单而又无可辩驳的理由。这会让我变成一个可怜的怨妇,我不是怨妇,从来就不是。

我要转身而且要华丽的转身。

一只手轻拍了我的肩膀:"露露,是你吧?"那个人就站在我身后不到一尺。

我深吸了一口气,下了决心,猛地转过身来。

那个几乎是我在十年前就爱上的男人,而且在内心里记挂了快十年的男人,就站在我的面前。祁函带着他迷人的微笑看着我,让你看到他的时候总是能眼前一亮。他还是一如既往的英俊,脸上却带着成熟男人的气息,笑容里充满了自信。祁函看见我的那一刻,他的嘴唇轻微地抖动了一下。

哎!你说说,他怎么还是那么帅啊?他就不能掉点头发儿变个秃头?长个啤酒肚什么的?这让我得有多大压力啊,话说我真比毕业的时候胖多了。

他怎么会在这儿呢?我要早知道他在这儿,我也提前敷个面膜,修修眉毛,化个妆再来啊。真是措手不及啊!

他为什么会在这儿?对!如果前面的那些问题都不能问,那这个问题是可以问的吧?

我皱着眉头盯着他:"你怎么跑地球这边来了?你不是应该在地球那边吗?"

我的这个问题让祁函愣了几秒,他脸上的笑容变得更大了,感觉像马上要笑出声一样。

他长长地叹了口气:"你还跟原来一样,一点都没变啊!"

{87}
你开心就好!

"我前天刚回来的,现在还在倒时差,稍微有点不适应。"祁函的声音总是不紧不慢,不高不低的,他的脸上也总是带着他那温暖的笑容,让你有再大的脾气看到那笑容也都被融化了。

"你……你来参加心脏学会议的吗?"我看着祁函,拿手指了指会场的方向。

"对。"

"可是里头都坐满了,连站的地儿都没了,如果你要是实在特别向往的话,我可以把我的座位让给你,一进门靠门口那个就是,不是太好!不过怀特教授都讲完话了,你进去也看不到他了。"

我的确可以把我座位让给祁函,这样我可以去四处逛逛,然后直接去餐厅吃饭。不然要怎么样呢?两个人一起走进会场?一起在角落里尴尬地站着吗?

祁函的笑容突然有些为难,他可能不想直接拒绝我为他做的这种安排。他看着我,犹豫了几秒钟。

"我……我是讲者!怀特教授是我的导师,我在读他的博士生。"

呃,我觉得自己被摧残了!我很想从喉咙里发出一声感叹词,可是我出不了声,我被卡住了!

"二"这个词对于我来说很重要,有时候拿来形容我让我自己都觉得很贴切。我不想丢脸,可是我似乎总是在丢脸,如果不是因为脸皮太厚,我想我现在早就没脸了。

祁函曾经是一个我最不怕在他面前丢脸的男人,可是现在不一样了,我好怕啊!好怕在他面前说错任何一句话,好怕让他觉得此刻的我是多么的渺小。

我还跟以前一样吗?他可跟以前不一样了,他当初只是带着光环走的,如今却长着翅膀回来了,感觉就要升仙了啊!

"你……讲者……"我不想把他和这个词联系起来,他是以讲者的身份来参加会议的,那我是什么身份?混饭的?可是事实是,我就是个混饭的。

我这个科室里的小催,动不动被各前辈们教育着需要提高觉悟的"年轻人",此刻就要和心脏界的各前辈们,一起听我的前男友讲课了。

这是一种什么感觉?是自卑吗?是吧!

我从不自卑,至少我自己这么认为。我总是认为再渺小的人和事都有它存在和发生的意义,我总是按着自己认为对的方向去做。我不在意别人的指责,说我怎么怎么不行,就算那些女生怎么在背后奚落我,我从来都不会往心里去。因为事情发生了,就有它的原因,如同当初祁函喜欢我,那我就有值得他喜欢的地方,就像他也有值得我喜欢的地方一样!可是此刻我为什么自卑?为他荣耀的回归?是因为我的内心终于感受到了距离?

祁函低头看了眼手表:"差不多该到我了,我们进去吧?"

我跟祁函一起走进了会场,我依然靠着门坐下来,守着门。

"下面我们欢迎,怀特教授的学生,祁函博士为我们介绍怀特教授的课题组的最新研究报告。"主持人慷慨激昂地介绍着祁函,台下又响起雷鸣般的掌声。我则坐在门口陷入自己的遐想里去了。我脑子又闪现出祁函在新生大会上发言的样子,那时候觉得他光彩夺目,而此刻的他都让我感到有点炫目了。

不过我猜测现在最激动的应该是周瑾,因为我老远就看见她在座位上朝祁函挥了手。

祁函,你真长能耐了!说的话我基本都听不懂了,咱能说中国话吗?得瑟什么呢!

祁函终于讲完了,台下再次响起雷鸣般的掌声。我环视着这些心脏界的同仁们,你们真都听懂了吗?是因为他讲得精彩,还是因为他终于讲完了才鼓掌啊?

"我们在二楼餐厅为大家准备了自助餐,大家可以前往享用,谢谢大家。"主持人以此作了结束语,我则站起来第一个冲出了门外。人们熙熙攘攘的也都纷纷走出了会场。

"露露!"祁函一直努力地想要穿过这些熙攘的人群追上我,可是怎奈我吃饭心急,他一直没能赶上,只好在后面开口喊了我。

他一喊出口,这些心脏界的同仁们,都回头看他,然后就去寻找他究竟在喊谁。

"祁函!"隔着几排的周瑾也在喊着他,于是会场的人又纷纷转头看向了周瑾。

我站定了脚步等着他,我不想在众目睽睽之下还加速跑掉,让祁函一直在后面追我还大喊着我的名字。

祁函追了上来:"你有空吗?我们去喝点东西聊一会儿吧?"

"啊?可是开饭了啊!"我抬起头看着他。我一抬起头就发现从我身边路过的人都会侧头看我一眼。

"祁函。"周瑾也追了过来,站在了旁边。

"哎,祁函,你可真不够意思啊,上个月咱们还发 EMAIL 呢,你怎么都没告诉我说你要回来啊?你刚才讲得可真不错。"

周瑾的这句话,真是一把钢锥啊,直插进我的肉里。我的眉头轻皱了一下,抬头看了眼祁函,可是他似乎并没有因为周瑾的这句话表现出任何情绪的变化。

"哦,小事情,所以就没说。"

"你这次回来待多久啊?"周瑾笑呵呵地问他。

"一个月吧?也许两个月。有很多地方邀请讲座了,不知道,还没完全确定,要看教授的意思。"

一个月?!他只回来一个月?还要去各处讲座?那你还找我废什么话啊?你就别耽误我吃饭了!!

祁函回答完周瑾的问题就不再说话了。他转身用眼睛看着我,想要说话,可是好像又不想让周瑾听见。于是我们仨像三尊雕像站在会场的门口,供出来的同仁们瞻仰。

还有没有熟人了?再来一个凑一桌能打两圈麻将了。站在这儿是干什么呢?

"周瑾,我有点事想跟露露说,你能不能……"

周瑾被祁函的这个要求弄得十分尴尬,不过要说她也是狠角色,反应够快的:"嗨,我找你是想跟你说,既然你好不容易回来一个月,咱们弄个同学聚会吧,没准外地的还都愿意来呢,你好歹也是给咱们同学脸上增光了啊。咱们好多同学都在医药公司工作,估计他们也都挺想见你的,找他们拉点赞助,搞个聚会应该没问题的。行不行?你要是同意我就去牵头弄了。"周瑾一直盯着祁函,似乎他不同意她是不会离开的。

祁函点了点头:"好!"

"那我不耽误你了,我先去吃饭了。"说完周瑾笑了笑转身离开了。

周瑾离开了,祁函像是松了一口气:"我们能聊一会儿吗?"

"我饿了!"我很快的冷冷回答了他,因为刚才听到的一切都让我觉得很不爽。

"那我请你吃饭。"

"有白吃的干吗要你请?"

"你?"祁函带着探寻的目光看着我,我想他可能发现我的语气不好。

"那我等你!"依然是他不骄不躁的声音,这声音和这语气可真致命啊,让我对刚刚使出的态度都有些内疚了。

"那儿有个咖啡厅,我就在那儿等你。行吗?"

祁函执著的态度,让我不能拒绝他,我只能点头答应了。

这自助餐我没有吃好,因为我来晚了,好东西都被别人捡走了;还因为我心里总是惦记着祁函在那个咖啡厅里等着我,让我越来越吃不下去。

"你认识那个祁博士啊?"同桌的一位前辈好奇地跟我打听着。

"啊。是,我们是同学。"

"哦!还挺年轻有为的,看着也就二十多吧?"

"嗯。28。"

我不能再吃了,就算不去见祁函,这身边的人也都在打听他的事情,与其在这满足他们的好奇心,不如去听听祁函想说什么。

我到了那个咖啡厅,祁函正在他的笔记本电脑上打着字。我一走进去,他就看见了我,脸上带着欣喜的表情。

我在他对面坐了下来,祁函为我点了东西,我们都低着头不说话。我看得出来他很紧张,他的食指一直在咖啡盘子的边上轻轻地滑动着。他上学的时候一紧张就喜欢搓笔,现在他在搓那个盘子。

"我不会耽误你太长时间,你放心,我也不会给你造成困扰的,我就说几句话。"

祁函的开场白好奇怪啊,说几句话就能困扰我了?

"这几年你过得好吗?"

嚯,这个题目你可开大了。怎么叫好?怎么叫不好啊?你是想听我说好,还是想听我说不好啊?

"干吗这几年啊?我每天过得都挺好的啊。这不健健康康、开开心心地活着呢吗?"

祁函点了点头:"嗯,开心就好。我希望你开心!"祁函终于不再搓那个盘子了。

"其实我是想为三年前突然不联系你跟你道歉,有时候我挺不成熟的,可能还挺小心眼。你不会因为我没参加你的婚礼生气吧?他们告诉我,你有新男朋友了,那时候我一生气,就再也不想理你了。可是现在看见你这么开心,就觉得自己太狭隘了,你过得好不是比什么都好吗?"

{88}
真想看看他!

　　我曾经有一个婚礼？和谁？在哪儿？办了多少桌？到底有没有把我随那些份子赚回来？祁函的一句话,让我脑子里冒出了无数的怪想法。

　　是,我是想有一个婚礼,办得很大很隆重,然后把我随过份子的那些人都叫过来,让他们随双倍！可是有人告诉我,如果"假结婚真敛财"的话,可能会被诉诸法律,我也随即放弃了这个想法。

　　我有男朋友了？有过吗？就算有过吧,可是他有小孩了,都四岁了,后来他又跟他小孩的妈好了。但就好了那么两个月他也知道了？而且这也不是三年前的事情啊。

　　我的脑子飞快地旋转着,分析着祁函究竟为什么要跟我道歉,会是谁跟他说我有男朋友了呢？

　　啊！我想到了。那次同学聚会,由于我一走进去就碰到那些几年不见的"好心"的女人们,与她们聊着聊着总是七拐八拐地绕到祁函身上,然后就是她们特别"真诚"的安慰,要我从黑暗中振作,在黑暗中重生！要相信这世界上还会有别的男人选择我的。当然了,这个男人肯定不会比祁函强,但是让我坚信肯定是有这么个男人,不要放弃生活,不要放弃希望。

听了她们这些劝慰的话,让我觉得我还不如回家直接"削发为尼"算了。

当时我被她们说得心浮气躁,突然死要强的一拍胸脯告诉她们,让她们别瞎操心了,老娘有男人了,很快就会结婚的,而且要办个超级大的婚礼,回头把她们都叫去,一个都别想跑!于是她们终于住嘴了,是,她们是都住嘴了,她们全都跑出去奔走相告了。

我的事实教育了大家一个千古不变的真理:八卦永远是以几何级数的方式向外传播的!谨记!祸从口出!这喜讯瞬间就传到大洋彼岸了,真是个信息化的时代。

祁函走的时候,我们没有互相承诺过什么。我甚至没去机场跟他告别,没说过什么祝福的话。因为我始终认为他不会回来了,我营造的气氛如同在告诉他,天下无不散之宴席,我们都好自为之吧。可是我有没有做到如表面这样的坦荡和放得开,我想我自己心里最清楚。

"我拿到绿卡了。"祁函缓缓地陈述着。

"啊?这么快?你不是还在读书吗?"

"是,可能是因为教授还有我舅舅的关系吧,他们的威望在那边还是比较高的,所以很快就批准了。"

"你终于成了美帝国主义了?"

祁函忍不住笑了起来:"什么美帝国主义啊,居留权而已,不是国籍。我一直在跟教授搞研究工作,他的课题总是能顺利地得到批准,整体的学术环境都很好。"

短暂的沉默之后,祁函长舒了一口气:"我没想到会在这碰到你,既然碰到了我就想把我的心结解开,我可能不会待太长时间,而且还可能跟着教授四处走动。也许我们真的就碰不到了,所以我想过了,我今天必须跟你说清楚。我祝福你,露露,希望你能一直这么开心下去。"

我托着腮靠在座位里,陷入自己的思维空间。其实他不会回来的,我当初判断得没错,如果不是有医药公司的邀请,而他必须追随他的导师,此刻他也不会坐在这里。

他只待一个月?今天是这一个月中偶遇的一面?那我还用跟他解释吗?解释我没结婚,我其实还是个可怜的没人要的老处女,让他同情我一下?

"他是个什么样的人?"祁函的问题缓缓地传过来。

"啊?"他的问题把我从自己的思维空间里又拉了出来。

"谁?"

"他!你的……先生?"这几个字祁函说得很艰难,让你觉得他像是咬着牙说出来的几个字。

"他是个销售。"我瞬间就给出了这个答案,祸从口出啊!米露露!

"总监!"

"全国的!"天啊,一个问题我补充了三次,还盗用了那个人的名头,还把他夸大成了全国的。哎,真虚伪!可是我只是坐在这里说一说,也不会有害他的健康,应该没关系吧?一走出这个咖啡厅的门,我和祁函就一拍两散了,谁还在乎他是全国的还是华东的?

"他……他对你好吗?"

"好!我们挺好的。"

祁函笑着点了点头:"那就好!"

"他多大了?"祁函再次抛出了问题。

"33。"是,他刚刚过了33岁的生日。

"啊?!"祁函的脸上带着惊奇,"大你那么多,你们能有得聊吗?"

"有!我们很有得聊!"

这个坚定的答案,让祁函皱着眉头看了我很久:"那就好!"然后他又微笑着点了点头。

他低头看了眼手表:"时间不早了,我们走吧!"

他伸手叫服务员过来结账,当祁函从怀里掏出他钱包的那一刻,我觉得我又被人拿刀捅了。疼得我想死!!那个和我的生日礼物一模一样的钱包,此刻就握在他的手里,只是这个钱包可比我的那个显得新多了,除了在折叠的部分稍有磨损,其他的地方依然是黑黑亮亮的,我似乎还能清晰地看见那下角刻着我的名字。这钱包他保护得可真好啊,简直跟我的判若两包。

这让我想起,我曾经带着我的钱包和他一起去食堂吃饭,然后我的钱包不小心被我沾上了米,祁函就一边皱着眉头拿餐巾纸擦着,一边跟我抱怨:"再好的东西,两天就得让你使坏了。"是,我的那个钱包让我用得已经快寿终正寝了,可是他的这个钱包还像个健健康康、容光焕发的中年人。

祁函从掏出钱包到付了钱,再到把钱包装回去,一共不过十五秒的时间。这不经意的十五秒,让我如坐针毡,胸口如被一块巨石狠狠地砸过来,疼痛难忍到呼吸困难。我挣扎着站了起来,挣扎着跟他走出咖啡厅。

"我送你吧?"祁函转过头来看着我。

"你送我?这不好吧。你不知道你没回来这些年,北京变化可大了。你送我,你回来的时候别再把自己丢了!我出门还经常把自己给丢了呢,别说你这好几年没回来的了。"

祁函呵呵地乐起来:"你一向分不清方向啊,这还用你说吗?你什么时候弄明白过自己在哪儿啊?以前咱们出去玩,每次你第一个问题都是问去哪儿,第二个问题永远是问在哪儿?那时候要不是我天天跟着你,你都不知道能给自己丢多少次了。"

"祁函,我们别再说过去了好吗?"我突然表情严肃地看着他。

他本来还带着笑容的脸,被我突然的严肃弄得渐渐收回了笑容。

"你怎么走?"祁函平静地询问着我。

"我开车来的。"我向他晃了晃我手里的车钥匙。

"那你送我吧!离这儿不远,我告诉你怎么走。"祁函的话里没有询问的意思,他像是已经安排好了,而我必须这么做。于是我只好点了点头。

这车对于祁函来说有些小,他一坐进来,摆了半天他的腿,才算找了个合适的地方。

"你这车,还挺……挺可爱的。"祁函像是想了半天才找出个恰当的形容词。

"嗯,是,现在我们都在提倡节能减排、低碳生活,这事你们美国人知道吗?"

祁函转过头一脸好奇地看着我,又忍不住呵呵笑起来:"你气死我得了!"

"你为什么不回家住?"

祁函被我的问话弄得愣了一下:"公司在这为我们租了公寓,不住就浪费了,而且我一个人生活习惯了,晚上可能会熬到很晚,怕影响家里人。我昨天已经回去看过我父母了,我回来也不可能老在家里待着,本来就是要四处走的。"

祁函的外租公寓的确离咖啡厅不远,没开一会儿就到了楼下。

我很正式地下了车,想跟他好好告个别。

祁函站在我对面看着我犹豫了很久:"你能把你的电话给我吗?"

"我的电话?"我被他的要求弄得迟疑了几秒钟。于是我开始摸我身上的兜,四处瞎找了半天,嘴里还不时发出"咦?哪去了?"这种奇怪的语气词,然后抬着头看着他:"我没带!"

祁函再一次笑了出来,他边笑边摇着头:"你说说,咱们都这么大岁数了,你怎么还这么喜欢搞无厘头啊?我明明是在跟你要电话号码,你却偏偏到处找电话,你那点小心眼我还不知道吗?你不想给我就不想给呗。"

对,他是祁函,不是别人,他永远不会为我这些搞怪的行为生气,只会因为我这些幼稚的行为笑啊笑的,所以我永远在他那儿使不出小心眼来。行动失败!

"祁函,你就在这儿待一个月,我还有必要告诉你电话吗?你这一个月不是会很忙吗?"

"我不知道什么时候会走。我只是想在我走的那天能通知你,我想让你来机场送我一次,我想好好地、正式地跟你告别。"

是,我欠他一个正式的告别,也许那个告别对于我和他来说都很重要,终于能正式宣告我们结束了!想到这儿,我把电话告诉了他!祁函看着他手机里刚录入的电话号码,开心地笑了。他向我告了辞,转身向他的公寓走去。走到一半的时候,他突然转身看着我。

"我真想看看他是什么样的!"随之而来的又是他温暖的笑容,然后就静静地上楼去了。

{89}
你特高兴吧?

我曾经担心祁函会打电话或者发短信来,因为我不知道要跟他说些什么,如果我们一旦开始说了就会不自觉地回到过去。靠回忆找寻曾经的快乐,会让我觉得很痛苦。

我也担心他打电话来,告诉我他要走了,这样我就得准备一大篇的临别赠言,好让他体会到"我们都是地球人,世界大同"的中心思想。希望他别背思想包袱,就好好当个美国人吧,这事不丢脸!

祁函没有,他说过了,他不会给我造成困扰,如果他总给一个"已婚妇女"发短信打电话,跟"已婚妇女"没事老一块儿回忆他们的过去,估计这"已婚妇女"很快就会变成"离婚妇女"了吧?这样挺好的,让我松了一口气,至少不用总是感觉有东西在扎我了,不过这也说明他现在还在中国!

任何事情总是有它的两面性,如果一个夜班不忙,那这个夜班就会变得很无聊。在忙和无聊之间,我选择无聊。

好无聊的一个夜班啊!在快十点的时候,我几乎完成了所有需要补写的病历,想了一下,应该为随时会发生的突发事件做准备,所以我决定去一楼小卖部买一大包吃的,放在桌子上看着也踏实。

我拎着满满一包吃的准备回科室,站在电梯间里等着电梯。忽然觉得身边的女人十分眼熟,这女人五十多岁,一脸的忧愁面容,满脸都是泪痕,头发也凌乱得像野地里的荒草。

"常阿姨,是你吗?"

那女人神情恍惚地转过头来,两眼呆滞地望了我半天。

"露露?!"

"哎,是,您怎么了,不舒服啊?您的脸色挺不好的。"

"露露,"她刚喊完我的名字,眼泪就瞬间流了下来,"冯媛她跳楼了!"说完常阿姨就呜呜地哭出了声。常阿姨是冯媛的母亲,我们一起在部队大院住过,后来部队撤走了,我们也搬到了不同的地方。

"啊?!"我太吃惊了,冯媛?!真的是我认识的那个冯媛吗?一个天之娇女,我在内心羡慕、嫉妒、还曾经佩服了她很久的一个女人,她跳楼了?

"阿姨,您先别着急。冯媛送我们医院来了?"

"啊,是,刚才她老公打电话通知得我,说冯媛跳楼了。我老头也不在北京,到外地开会去了,我都不敢告诉他,怕他一激动高血压心脏病犯了。露露,你说这可怎么办啊?你帮阿姨问问,冯媛到底怎么样了。"

她老公?她老公不是常阿姨的女婿吗?常阿姨为什么要这么称呼他呢?

"行,阿姨,您千万别着急,我陪您上去看看。现在在手术室吧?"

"我不知道,说刚送过来。"

我陪着常阿姨上了顶层,一眼就看见陈子峰坐在手术室的门口,他低着头一只手抵着额头,不时地抽搐一下。他好像在哭。

陈子峰缓缓抬起头来,看见了常阿姨,他挣扎着站起来,向常阿姨走了过来。

"妈,您来了!"

常阿姨没用眼睛看他,她只是焦急地走到手术室门口,转身看着我:"露露,你能问问怎么样了吗?"

"妈,冯媛她刚被推进去。"

常阿姨依然像没听见一样的焦急地看着我。

眼看着一个半熟脸的骨科医生上了楼,匆匆地向手术室走去,我赶忙冲了上去。

"您好,我是本院妇科的,刚才送来的那个摔伤的叫冯媛的,是我一个好朋友,她现在什么情况您大概跟我说一下行吗?"

骨科大夫抬头看了我一眼:"哦,骨盆粉碎性骨折,出血比较严重,体征还算正常。应该不会有什么生命危险,但是身上其他地方还有几处小骨折。"说完他就匆匆走进手术室了。

陈子峰此刻也是一副极度憔悴的面容,脸上挂着两道已经干涸的泪痕,他缓缓地走回到候诊椅上,继续拿手抵着头。

我给科室打了电话,告诉她们我有个朋友在急诊手术,如果有事情打我手机。于是我也陪常阿姨在椅子上坐了下来。常阿姨的脸上除了悲伤就是愤怒的表情,她拉着我,在离陈子峰很远的地方坐下,继续默默地流着眼泪。

我们刚坐定还没五分钟,有两个警察来到了顶层。

"谁是冯媛家属啊?"

常阿姨和陈子峰都站了起来。警察看了看坐在椅子两头的两拨人:"谁报的警啊?"

"我!"常阿姨坚定地回答。

陈子峰惊奇地转过头来看着常阿姨。

"那谁是陈子峰啊?"

"我,我是。"陈子峰站在旁边小声回答着。

"你报他把你女儿推下楼的?"警察转头询问着常阿姨。

常阿姨看着警察肯定地点了点头。

"妈,您跟警察胡说什么啊?"陈子峰突然着急地大喊着。

"我女儿不会跳楼,她根本不可能跳楼。她刚跟你领了证没几个月,婚礼还没办呢,你们俩搬一块还没仨月,她就跳楼了?还刚好是从你们家四楼跳的,她要真想死,她怎么不找高处跳啊?"常阿姨越说越生气,声音也越来越大。

"你看见了?"警察询问着。

"我没看见,反正我女儿不可能跳楼。"

"行了,行了。你跟我们走一趟吧。"年长的警察指了指陈子峰,然后让年轻的警察留下来给常阿姨做笔录。

"我不去,不是我推的,冯媛她怎么跳下去的我都没看见。跟你们走,我也不知道。"

"这是协助调查,现在有人报警了,你就得配合,不是你想去就去,不想去就不去的。"说完警察就拉起陈子峰下楼去了。

另一个警察给常阿姨做着笔录。

"他们从开始装修房子就老吵架,为点鸡毛蒜皮的事能吵个天翻地覆。我就觉得那陈子峰有别人了。原来他都让着冯媛,后来就越来越不让着她了。我们冯媛,工作好,人漂亮,喜欢她的人多得不得了,最近她还刚刚升了职,她怎么会去跳楼?打死我也不信。"常阿姨一边落泪一边抱怨着。

常阿姨对陈子峰推冯媛下楼的事,其实全都基于猜测。说实话我也不太相信冯媛会跳楼,试想一下,武则天或慈禧会跳楼吗?

冯媛的手术算是成功的,但是我知道骨盆粉碎性骨折,她还将面对大大小小很多次手术。不知道她能不能撑过来。

下了夜班我没有走,我想去看看她,此时常阿姨已经筋疲力尽了,她靠在椅子上睡了过去。我则坐在椅子上看着依然没有醒的冯媛。

她长得可真好看啊!即使是由于失血面容变得苍白憔悴,她还是显得那么美。我正痴痴地望着她的脸,冯媛缓缓睁开了眼睛。

"你醒啦?"我欣喜地看着她。

我猜测冯媛没想过一睁开眼睛第一个看到的会是我,她皱着眉头看了我一眼,没有说话。她缓缓转过头去,看见一旁还在熟睡的常阿姨。

她又转过头来看着我:"子峰呢?"艰难的话语。

"他……他让警察叫走协助调查了。"

冯媛皱着眉头努力地说着话:"调查什么?"

"调查你究竟怎么从四楼掉下去的。"

冯媛依然皱着眉头:"什么意思?"我正说着话,常阿姨忽然醒了,她焦急地靠了过来。

"小媛啊,你醒了?你现在感觉怎么样啊?"

"妈?子峰为什么被警察带走了啊?"冯媛继续努力地说着话。

"小媛,你这刚做完手术,别说那么多话了,妈知道你不会跳楼的,陈子峰要是没做什么害人的事,警察自然会放他出来。"

"妈,你捣什么乱啊。"冯媛忽然情绪激动了起来,一说话开始大口地喘着气。

"小媛,你别激动,别激动。"常阿姨继续安慰着冯媛。

冯媛忽然转头看着我说:"你能离开这儿吗?"我被她这突然的一

句话吓了一跳,慌忙点了点头跑了出去。哎,即使是在病床上,冯媛也依然有女王般的气势啊,吓死我了!

接下来的几天,我在中午和晚上下了班后都会去看冯媛,然后让常阿姨或者冯叔叔去吃饭。因为我发现即使有护工在,他们也总是特别担心冯媛,半步不想离开。只有我一来的时候,他们似乎才肯放心地离开一会儿。每次走的时候还都会嘱咐我,让我盯紧点她,说冯媛的情绪很不好。我隐约知道他们言语里的意思,也许他们怕冯媛做什么傻事吧。

在冯媛入院的第四天,下了班,我又跑去看她。常阿姨看见我来了朝我笑了笑:"露露,你今天有事没?"

"没什么事?"

"那太好了,你帮阿姨在这多陪冯媛一会儿吧,阿姨想回家拿点东西,你叔叔单位又开会了,今天过不来了。"

"啊,好,不着急,您去吧,我等您回来。"

冯媛住单人病房,此刻房间里只有我们两个人,真是让我不自在极了。还好我今天买了本新八卦杂志,上面都是明星的小道消息,于是我坐在床边给冯媛念起了八卦。冯媛依然闭着眼睛把头转向了窗户的一边,不看我。我则生动地给她讲着,最近哪个明星生了孩子,哪个明星又分了手。

"你特高兴吧?"冯媛的声音缓缓地传出来,可是她依然闭着眼睛。

"啊?什么?"我似乎没听见她在说什么。

"我现在成这样了,你特别高兴吧?"冯媛的眼角滚下一滴泪来。

{90}
我……妈想你啦!

我高兴?我高兴什么?如果冯媛成这样非要说我高兴的话,我也只能说她终于可以躺那儿听我说这么长时间的话了。

我看着她,没说话,我不知道怎么安慰她,难道要跟她说:"我不高兴?你这样我很难过?"可是这样说会让她好受吗?我停顿了一会,又开始小声地念起杂志来。

"我不想听你念那些八卦,我难道不就是个大八卦吗?"冯媛的声音里有很多的怒气。

"哦,那我给你念京华时报吧?"

我听见冯媛长叹了一口气,静默了半分钟:"没人推我下楼,我自己跳下去的。"

关于冯媛为什么会跳楼,说实话我很想知道,但是从她嘴里确认是她自己跳下去的,还是让我很吃惊。我放下了手中的杂志,看着她别到一旁的脸,依然不知道要对此作什么评论。

冯媛闭着眼睛用极小的声音,好似是在对自己说话:"我跟子峰结婚之后总是吵架,小事都吵个没完没了,他越来越不让着我了。我们讨论究竟要办多少桌酒席,他说办三十桌刚刚好,我当时特别生气,跟他说,能娶我是他八百辈子修来的福,少于六十桌都免谈。然后我们就吵起来了,后来吵急了,他突然说他做的最后悔的一件事就是娶了我。然后我就扇了他一个嘴巴!他生气地想出门,我跟他说如果他敢离开这个家半步,我就跳楼死给他看。他其实没敢走,可是他故意气我,跟我说,他就不信我敢跳这个楼,我要敢跳,他就磕死在这,然后他就摔门进卧室去了。他说了这句话之后,我特别想让他后悔,然后我就开窗户跳下去了。"

我的眉头紧皱在了一起,原来跳楼的原因竟如此简单。一个受万人敬仰的女王,为了多争这么三十桌酒席就跳楼?!你要真有一身轻功,跳下去还能走上来也行,你这么跳下去给自己摔个粉碎性骨折究竟是为什么啊?

"米露露,活着真没劲!真的!我现在都这样了,我真不知道我还活着干吗?"

"冯媛,从我认识你开始,你就是个公主!你都不知道我有多羡慕你,我还特别嫉妒你。你那么漂亮,那么聪明,学习那么好,有那么多男人喜欢你。你没觉得你自己特幸运吗?可是你怎么成了这么自私一个人啊?我觉得你自私得都有点快不是人了。你做任何事之前就不能稍微想一下别人吗?你跳楼之前但凡能想到任何一个除你之外的人,你都不可能跳下去。"

我努力地做着深呼吸:"你都这样了?你还活什么?你都这样了,你怎么还是在想你自己啊?你看看你爸妈这些天,都急成什么样了?还有那陈子峰,你这辈子成这样了?那他这辈子成什么样了?你想让陈子峰后悔,你自己就一点都不后悔?你是觉得自己做了件特敢、特威武、倍有面子的事吗?你是不是还想做更有面子的事啊?我求求你就当次人吧,你发发慈悲你做点人事吧你。"

我的一阵絮叨之后,冯媛开始忍不住的呜呜哭起来,冯媛这突然一哭让我变得好紧张啊!我开始觉得会不会说得太重了,不会刺激到她吧?

"冯媛,你别哭,我实话跟你说,你不是人是因为你其实是个神,就算你摔伤了,你躺在这儿,你都比我强个百八十倍;就算你的脸色不好,你都比我漂亮好几十倍;而且你还那么能干,那么聪明,随便进来的男人拿眼一瞅也一准挑你不会挑我的。你真好好治,能好的,好好锻炼肯定能好!"

冯媛终于不哭了,她缓缓地睁开眼睛转过头来,她拿眼睛扫视了我的脸一下,然后很快就落到我的身后去了。

"师哥!你来了。"

我猛地转过头了:"哎哟,我的妈啊!"紧接着大叫出来。

"你……你……你站门口怎么也不出声啊,你就这么站人背后你想吓死谁啊?"

楚杰手里拿了束百合,看着我笑了一下:"你那么慷慨激昂的,我要说话不就打搅你了吗?"

此刻我还被他突然出现在背后吓得惊魂未定,一直拍着胸口:"吓死我了,吓死我了。"

楚杰把花交到我手里:"去找地儿把花插起来吧。"

"哎,是嘞。"禁不住撇了撇嘴,一来就使唤我。

我找了个瓶子把花插了起来,看着此刻冯媛的表情似乎比刚才好多了,脸上居然挂着笑容了,嘿,要说这帅哥跟我地位是不一样啊,他一来,她立马笑了。可是对我怎么就鼻子不是鼻子脸不是脸的啊?

楚杰告诉冯媛,学生会的很多人听说她出意外了,让他代表大家来看看她,让冯媛好好治疗争取早日康复。冯媛也开心地点了点头。

我站在旁边看着楚杰和冯媛热络地聊着天,心想着也不知道常阿姨什么时候能回来。

当常阿姨急急忙忙赶回医院的时候,她一走进门,带着一脸的吃惊:"什么事?这么高兴啊?"冯媛向常阿姨介绍了楚杰,一阵寒暄之后我们就准备起身告辞了。

我跟楚杰刚走到病房门口,冯媛突然喊了我:"米露露,谢谢你!"

"啊,谢什么啊?我也没干什么,就看了你一个小时。我先走了,明天再来看你啊。"

冯媛带着笑容看着我:"你要忙就不用来了,我会好好治疗的。"

我朝冯媛笑了笑,背着包跟楚杰肩并着肩走出了病房。我们在医院的院子里缓慢地朝大门口方向移动着。

"米露露,我有点感动。"楚杰缓缓地说着话。

"啊?"我斜眼看了他一眼,"感动什么?"

"为你对冯媛的态度。"

"我对她的态度?我对她的态度很正常啊。"

"你要知道冯媛出事这几天,我接到了好多人的电话,很多人的态度让我觉得他们都像在瞧好戏一样。可能是我把人想得太邪恶了,要不就是我做销售的,对人说话语气这东西太敏感,总觉得他们打电话报告冯媛跳楼的消息时,语气里有一种兴奋的感觉。"

"是你太邪恶了!"我看着他点了点头。

"也许吧,因为连我自己听到这个消息之后都说不清楚是个什么感觉。我是想不明白冯媛为什么会跳楼,但是又觉得她像是能干出这种事的人。我现在觉得还好她遇到了你。"

"啊?"这利益点可给我拔高了啊。

"算是她不幸中的万幸吧。"

"呀,楚老板,您别夸我了,我都不好意思了!那我欠你的三十九块三可就不还了啊。"

"就是忒贫!"我前话音还没落,楚杰又直接做总结性发言了。

"男的进去看见你跟冯媛,挑她不挑你也是因为她话少,不为别的。"

"你这站背后偷听,听完了还损人啊你。我回家了!"我气哼哼地朝楚杰挥了挥手。

"你等等!"楚杰疾步追了上来,"你这些天忙什么呢?"

"没忙什么啊!"

"你怎么不来我们家吃饭了?"

我笑嘻嘻地看着他:"你们家最近饭又多了?"

"啊,多!好几大锅呢,等你去吃呢!"楚杰一脸认真的样子点着头。

"祝阿姨最近也没叫我,我哪好意思自己杀过去蹭饭啊。"

"她最近忙着跟街道排话剧,忙得都吃不上饭。"

楚杰这话说得可真矛盾,阿姨都吃不上饭,那我过去干吗啊?喝西北风去啊?

"那你的意思是让我过去做饭?"我看着他,想知道他究竟想说什么。

"我……妈……她挺想你的。她让我告诉你,想让你来吃饭,她要太忙,做不了饭的话,你来,我给你做饭,行吧?"说完这句话,楚杰长舒了一口气,"行了,今天就先这样吧,回头我联系你。"

{91}
只帮你一次！

我从来没想过有一天会接到周瑾的电话。一听到她的声音就会让我不自觉的紧张起来,总觉得她一张嘴就会说一些让我特想吃斋、念佛、打坐、诵经的话。

我跟周瑾不算是朋友,只是关系平常的同学而已,没有特殊的事情我们从不来往,偶尔会在学术会议上碰面,也只是点头的寒暄就不再作其他交流了。

"米露露！你生活得挺低调啊？找了一大圈才找到你的电话。"

"我一直挺低调的。"

周瑾轻笑了一声:"你低调吗？"

"周瑾,你打电话什么事啊？"

"就上次见面的时候说的同学聚会啊,本来说搞个差不多的小聚会,弄个三四十人吃顿饭叙叙旧就得了,结果我在咱们学校论坛里发了个帖,说祁函回来了,想弄个聚会,问谁想来。结果你猜怎么着,跟了一百多人,有个西藏的同学还说要过来呢。你别说,祁函的影响力还真挺大,好像比上学的时候还大了！"

"哦。我那天八台手术,我去不了。"我知道她打电话是为什么了,她要我去参加同学聚会,我不想去,我还没到没事自找精神虐待的程度。

"我跟你说哪天了吗?你就说你有八台手术,你们医院妇科就你一个人是怎么着啊?"

我拿着电话十分后悔,这嘴里的火车又跑快了,一不小心又把自己给撂进去了。

"米露露,我觉得你这人挺没劲的,你是不是特别怕见祁函啊?就算你们俩有过那么一段又怎么了?你听没听说过'再见亦是朋友'这句话啊?你可真够小气的!就算你有男朋友了、结婚了,当然了,我也不知道你真结还是假结,反正你说请客你也没请,你是不是以为祁函还想再跟你好啊?你觉得他那样的人会为了跟你好去破坏你家庭?你也把自己魅力想太大了吧!他糊涂一次还能糊涂一辈子吗?"

善哉,善哉!我佛慈悲,南无阿弥陀佛!

我真没想到我随口的拒绝会让周瑾生这么大气。

"你气死我了,你以为我是来求你的?"

"那……那要不然我去露个脸?"我小声地嘀咕着,想着周瑾的话好像也有点道理。

"你看看你这态度,我真没法跟你这种人说话!我跟你说啊,这聚会跟以前可不一样啊,因为怀特教授可能也要来参加!已经有很多公司赞助了,现在这聚会是办上去办不下来了。我这也烦着呢,弄成个医学同仁聚会了。咱们这次聚完了,就又各奔东西了,下次什么时候能聚我还不知道呢。"

"那个……周瑾,你辛苦了啊,我刚才随口瞎说挺不好意思的,那个我去啊。我为了你,我也得去。"

"反正我还是那句话,你随便。我已经都邮寄请柬了,你按请柬上写的来,怀特教授要参加肯定就不止是咱们同学了,反正我只负责咱们同学这边。你穿差不多点啊,别每次见你都穿破破烂烂的,别丢咱们同学脸啊。"

我佛慈悲!善哉、善哉!

只隔了一天,我就接到了请柬,一打开香喷喷的还黏着丝带,看来这赞助拉得还挺大。我随手打开了请柬,拿眼睛扫视着:下个周六啊,晚上七点,凯宾斯基,喔,好高档,教授出席果然大手笔啊;正装出席,携伴侣!

我惊了!最后这三个字真快把我惊晕过去了,她也没说有这要求啊?吃个饭怎么这么多事啊!

携伴侣?我哪找伴侣让我携去啊?大家都携我不携,那不又显我特殊了吗?那祁函携不携啊?他不携,我也不携?要不他携我不携?这事可真整邪了!

我慌慌张张地拿起电话给周瑾打了过去:"那个……周瑾,我刚刚看了,我那天真排了八台手术。我可能还是去不了。"

"米露露,你随便!你周六做你的八台手术去吧!"说完周瑾就气哼哼的把电话挂了。

我皱着眉头,攥着这香气逼人的请柬回到了家,躺在床上左看右看的。然后把它塞到了垃圾桶里,就当我从来没收到过吧!

躺在床上开心地翻着杂志,手机忽然响了起来,一个陌生的号码。

"喂?"

"是我!"

我忽然从床上坐了起来:"祁函?"

"是。"

"这是你的电话。"

"嗯,回来的时候刚办的。"

"哦,有事吗?"

"下周六,你会来吧?"

"啊?"我也很想跟他说我有八台手术,可是我说不出来,因为他是祁函。

"那个……那个……"

"我希望你来。"祁函沉默了一下,"还有……还有我也希望他来!"

"他?"我又开始晕了,"他可能要出差!"

"这么巧?"祁函的语气里充满了怀疑。

我不敢说话了,我一张嘴祁函就能听出来我是不是在胡诌。

"露露,我这次走了可能一时半会儿不会再回来了,就当是我的一个愿望,你算是帮我实现这个愿望吧?"

祁函的语气里充满了恳切,让我编不出任何借口拒绝,我犹豫了半天,轻轻的"嗯"了一声,然后就把电话挂了。

我从垃圾桶里又把那张请柬捡了回来,看着它真是有点欲哭无泪。

我上班的时候,一整天都有点神情恍惚,一直在想携伴侣的事情,耳边总是环绕着祁函那种恳求的语气,让你对他愿望似乎都有了一种责任。

携伴侣?这个伴侣我携谁呢?只能是携他啊!谎话是按他编的,也只能让他来帮我圆这个谎。

这个事情我觉得必须当面去求他。我下了班跑到楚杰公司的楼下,很快在停车场找到了他的车,我站在他车旁等到了下班时间,半天也不见他的踪影,于是忍不住给他打了电话。

"你下班了吗?"

"还没,准备开个会。有事啊?"

我支支吾吾了半天没说出话来。

"你怎么了? 说不出话来可不像你啊?"

"你开完会给我打电话吧? 我有个事想求你。"

"电话不能说吗?"

"当面说吧。"

"那我开完会去哪儿找你?"

"我其实在你们公司楼下呢,我去街对面的咖啡店里坐坐,你开完会过来吧。"

"你到楼下啦? 嗬,看来这事真挺重要的。那你等我吧,我马上下去。"

没过一会儿楚杰就从写字楼门口走了出来:"你看你这么神秘,把我都弄好奇了,什么事啊?"

"你不开会啦?"

"取消了,明天再开。"

"那我请你吃饭吧?"我一脸真诚地看着他。

"你大老远跑过来,说得那么严重,我把会议都取消了,不会就是为了请我吃饭吧? 你快说,别吊我胃口了,你不说是什么事,我吃不下去。"

"你下周六晚上有空吗?"

"干吗啊? 你有事啊?"

"我有个聚会想让你陪我参加一下。"

楚杰呵呵乐起来:"就这么点事啊?"

"不是,不是普通的聚会,你得扮演个角色。"

"cosplay 的聚会啊?我可不玩那个啊。我一大男人不装那些奇怪的东西?"

"不是,是我的同学聚会。你能……你能演一下我老公吗?"

楚杰的脸上先是一惊,然后笑得更大声了:"行啊!这回是骗谁去啊,好蒙吗?你这老公需要什么性格啊?我看我塑造得了吗?"

我皱着眉头看着他:"那个……祁函回来了。"

我的这句话让楚杰脸上的笑容渐渐收了起来,到最后变成了十分严肃:"我不去!"然后他就绕过我朝他的车走去。

他不去?他不去我怎么办?我追随在他的身后:"你刚才还说行呢!你怎么回事啊?你帮帮忙呗,当次好人。"

楚杰转头看着我:"我改主意了!我说了,我不去。"

"你为什么不去啊?"我真着急了,"上次我也帮你了。我在你客户面前也救过你啊。"

"那不一样!"楚杰依然不松口。

"那我怎么办啊?"我真的不知道怎么办了,站在他车门口挡着他上车。

"你这种行为太幼稚了!无聊到家了,我不想干!"说完楚杰拿手指了指,示意让我离开。

我依然按着车门不想让他走。他突然转头看着我:"祁函不就是刻在你钱包上那个人吗?你让我到他面前装你老公?如果有一天他知道了我不是,我不就是个大笑话吗?你凭什么让我到他面前当个笑话?"他突然长吸了口气:"你想让我怎么演啊?演到什么程度啊?你想达到什么目的啊?让他嫉妒?心里不舒服?觉得甩了你后悔了?真可笑!"

楚杰把我推离了车门,上了车他忽然按下车窗看着我:"他回来干什么?为什么突然回来了?"

"你不是个笑话,你这是江湖救急!他就回来一个月,马上就会走的,是我虚荣心作祟,告诉他我早结婚了。他说这只是他的一个愿望,他就是想见见跟我结婚的那个人。可是我不想让他知道,除了他之外我再没找到过能跟我好的男人,你就帮帮我吧。"

楚杰皱着眉头看了我很久,然后依然摇了摇头,开车离开了。

我的心里好失落啊!他不愿意帮我那我可怎么办?我在回家的路上脑子里一直在想别的人选,难道我要给李貌打电话?可是上次我们吵完架之后,一直还在冷战阶段,已经快一个月不联系了。再说了,如果真带他去了,他会不会一进门就跟别的女人跑了吧?难道要找表哥薛凯?他会不会一进门就人手一张的发名片啊?要不跟罗惠借杨志成用用?可是祁函见过他,而且他也装不了销售啊。

脑子里转了一圈,也找不到个合适人,垂头丧气地回了家。

祁函,可不是我不想实现你愿望,我是真不找到人啊!

晚上快十点的时候,突然接到了楚杰的电话。一看见他的号码我就气不打一处来。

"喂?干吗?"

"米露露,我只帮你这一次!没有下次,以后咱们谁也别假装谁的另一半,无聊透了!我看在你上次帮我的分上,我这次帮你。绝不可能有下次!你听清楚了吗?"

"听清楚了,听清楚了!"我开心地笑起来,"那个……那个你去的时候能穿得稍微好点吗?"我用十分委婉的语气向楚杰提着要求。

"这应该是我跟你说的吧!"楚杰大吼了一声就把电话挂了。

我要穿好一点?这好像是很多人对我的期望,问题是我穿得挺好的啊,还要我怎么好啊?带着这个顾虑我去找了薛凯的老婆。表嫂一听见我要去参加聚会,先是一声尖叫,然后是开心得又蹦又跳。

"Party啊?是不是Party?能带我去吗?"

"不是,是同学聚会。"

"你不是说还有外国人吗?"

"就一个外国人,都七十多了。"

"啊……好激动!好激动!要是能带我去就好了,我有好多新衣服需要展示呢。"表嫂对究竟有几个外国人其实并不关心,她就是想找个地方展示她一柜子的衣服。

"那个……嫂子,你借我件衣服穿穿吧,他们说我那些衣服不能穿那儿去,说我会丢了中国人的脸。"

"好啊,放心。嫂子肯定给你打扮得漂漂亮亮的。"说完她猛的一开柜子,嚯,一道彩光眩晕了我的眼。我忍不住伸手去摸那些五光十色的衣服,好漂亮啊,这些衣服好像是比我的好一点。

起初表嫂还在向我介绍那些衣服涵盖了哪些流行元素、表达了设计师的哪些设计理念,可是后来我们发现这些都不重要了。重要的是,如果有一件衣服能让我穿进去那才是"王道"!

我试了一件又一件,试到最后我都有点想哭了,累得我满头大汗啊,人都瘦了一圈,表嫂也一头汗地坐在了床边。

她一边喘着气一边看着我说:"你怎么变这么胖了?我这是帮你穿衣服还是锻炼身体呢?"

哎,又受打击了,借件衣服都得摧残一下我的自尊心啊。

"穿这个吧!"说完表嫂从衣柜下面的抽屉里拿出件黑色小礼服来,"我买大了,不知道你能不能穿,一直懒得去换就压箱子底了。"

于是我们又展开了新一轮的锻炼,终于成功地把我装了进去。

自己照照镜子好像还不错,不过好像只能站直了不能弯腰。

"哎哟,可穿进去了!"嫂子像松了一口气似的跌坐在床上看着我,"你再把你那头发弄弄,化化妆什么的,绝不比她们差,放心吧。"

"衣服可有点紧,这没法吃东西了啊?"

"你真无药可救了你!都这样了还想着吃呢?"表嫂照着我胳膊使劲拍了两下。

越接近周六,我的精神就越紧张,我这一星期都没敢使劲吃饭,我怕到周六的时候连这唯一能穿进去的衣服也穿不进去了。周三的时候,我曾怀着忐忑的心情给楚杰发了条短信,问他准备得怎么样了?他则给我回短信,告诉我少废话,再多说一句他就不去了。

我赶忙顺了顺他的毛,告诉他:乖倔驴我不问了!我错了。当然了,其实我只回了他后三个字。

一周七天为什么非要有一天是周六呢,如果过了周五直接过两个星期日那听着就合理多了。

周六,我按着表嫂为我设计的形象打扮好了,拿着请柬在屋里来回踱步,时不时地看着时钟的指针一分一秒过去。

"哟,丫头,今天这是有活动啊?真隆重,没见你这么穿过,你这么穿冷不冷啊?"

"挺冷的。"我痛苦地看了老妈一眼。

"你这么穿可不行啊?你得穿件大衣。"说完老妈从柜子里拿出件大衣来,她一边递给我一边好奇地询问着,"你这是要干嘛去啊?"

"有个聚会得参加一下。我可能晚上会回来晚点,要是太晚了,您跟我爸先睡吧,不用等我。"

"跟谁去啊?"老妈依然一脸好奇的表情。

"就是那个……那个薛凯的领导。"

"哦,小楚啊?好,那你去吧,好好玩啊。太晚就别回来了,路黑,挺不安全的。"

嘿,老妈,你什么意思啊你?我跟一男人出去了?您愣告诉我别回来了?看来王雪琴女士对于我的个人问题是真急了,都无所不用其极了!天黑不安全,那我不回来在外面过夜我就安全了?想什么呢你!

五点半的时候接到楚杰的电话,一副懒懒的腔调:"我在你们家楼下,你好了就下来吧。"

我拿着请柬走到了门口转身看着老妈:"妈,我这就去了。"如要上战场厮杀一般。

老妈则笑笑地走过来,然后直接把我推出了门。

当我走到楼下,和楚杰互看的第一眼我想我们俩都有些吃惊。我的眼睛控制不住地越瞪越大,打量着他的全身。他今天可真帅啊!让我的肾上腺又开始不自觉的分泌增加了,心跳都变快了。

"你……你……真像个女人。"我和楚杰互看了半分钟之后,他冒出了这句话。

这句话一出,楚杰的帅度锐减了一半。大哥,你还是别开口说话了,你要实在忍不住,你上楼跟我老妈说去得了!

我生气地白了他一眼:"啊,我刚变的性,你看怎么样?变得还行吧?"然后就继续气哼哼地朝他的车走去。

"你要是不张嘴说话还凑合,一张嘴就完蛋了。"楚杰跟在我身后,小声地抱怨着。

"谢谢,我也有同感!"我没好气地回敬了他一句。

坐在车上,我一直显得很紧张,手指不停地敲打着坐椅的扶手。

"你怎么了?紧张啊?"楚杰开着车,转头问了我一句。

"谁紧张啊?"

"那你手干吗呢?发报呢?"

"楚杰,你闭会儿嘴行吗?"我别过脸去不再看他了。

一阵沉默之后,楚杰的问题缓缓地传了出来:"他是个怎么样的人?"

这个问题好熟悉啊,好像曾经被人问过。

"他……"我犹豫着,不知道要怎么跟楚杰描绘祁函,"他长得很帅!"

"我也很帅啊!"楚杰立刻气哼哼地回了我的话,"帅有什么用啊?能当饭吃吗?"

"他长得也挺高的。"

"我也挺高的!"我话音刚落楚杰就接了后半句。这还让不让我说话了?

"他还特别有才华。"

"我也很有才华啊!"

"楚杰,我是踩你尾巴了还是怎么着啊,我怎么说句话你就跟我拧着劲啊?"

"我问你他是怎么样的人,你就跟我说一堆没用的。什么高啊帅啊的,满大街都是高啊帅啊的,谁能知道哪个是他啊?再说了,就你那审美分得清谁帅吗?你以为你自己还是小女孩呢?"

哎哟!我快被他气死了!气得我这衣服都快崩开了。

"他说话总是不紧不慢、不高不低,还特别喜欢照顾人,我想不到的事情他都能想到。我印象里我们从来没吵过架,而且他从来不跟我生气,就算我做了再丢脸再可笑的事情,他永远只会轻拍跟我的脸跟我说一句:你气死我得了,然后就又全都是他的笑容。"我看着窗外小声地讲述着我的回忆,眼前又仿佛回到了我的大学时光,浮现出我跟祁函相处的那些点点滴滴。

楚杰不再说话了,我听见他深深地喘了口气,然后就是默默继续开车了。

"你去的时候,可千万别给他掏名片啊?"我突然想到什么,提醒着楚杰。

"掏什么名片?我就没带名片。"

"那就好,那就好。"我长舒了口气,"我骗他说,你是全国的销售总监,不是华东的,你可千万别说漏了。"

"你骗他?"楚杰好奇地转过脸来,"你跟他提过我啊?"

"啊,他问我先生什么样?我大概就以你为基础给他描绘了一下。"

楚杰愣了两秒钟,然后看着我呵呵乐起来:"你也够能摆划的啊?真能云山雾罩地扯。行,放心吧,漏不了,而且你也没骗他,没准我很快就能升职了呢。"

"他一个月以后会走吧?"楚杰突然看着我冒出了这句话。

"啊?那我哪知道?他是这么跟我说的。"

"你不知道?"楚杰的声音突然抬高了一百八十度,"你不知道我还怎么去啊?他要一个月以后没走,万一知道咱俩是假两口子,那我丢不丢人,我可没你那心理素质,我丢不起那人。你一会儿得问问他!"

"你有毛病吧?我怎么问啊?我冲过去问,祁函你一个月后到底走不走啊?不走我们可哄你啊。"

楚杰哈哈地大笑起来:"你真够贫的,贫得我都受不了了。"

我贫?是你让我过去问的好吗?受不了我?我还受不了你呢!

到了凯宾斯基刚好七点过一点,我仰头看了眼饭店,心里给自己加着油,一咬牙准备大踏步地走进去。楚杰一把拉住了我,然后指了指他的胳膊。

"干吗?"我好奇地看着他。

"别人两口子都是排着队进去的?"说完楚杰把我的手拉过来,然后挎在他的胳膊上,还不忘抱怨了一句:"什么演技啊!"然后带着我走进了饭店。

一走进宴会大厅就发现了无数曾经熟悉的面孔,这大厅里少说也得三百来人了。人群大致分为两拨,较年轻的都是来参加同学会的;另一批岁数大的都是各医药公司的高层代表或者医学界的前辈们,算是为教授接风来的。

我拉着楚杰贴着墙边,安静缓慢地往里移动着,很怕引起熟人的注意,然后在一个柱子背面站了下来。

"咱是黄花鱼吗?贴着墙站柱子后面干吗呢?"楚杰皱着眉头看着我。

"你小点声,别被发现了。"

"捉迷藏呢?我见不得人是怎么着啊?"说完他就一生气掰开了我的手,走了出去。

我急切地在后面追赶着他,迎面撞着大胡和他女朋友。我们先是一愣,大胡看了看我又看了看楚杰:"露露,你来了?你……他……"

"我觉得您很眼熟。"大胡看着楚杰笑了笑。

"胡大夫,您不记得我了?您救过我啊,我被刀扎伤过,你刚好值班。"

"哦……楚先生吧?你们……这是……"大胡好奇地打量着我跟楚杰。

"嗨,这不露露也救过我,所以我无以为报就以身相许了。"

"啊?!"大胡一副很吃惊的面容,然后嘿嘿笑起来,"有点意思啊,有点意思。"

"露露。"这个声音传过来的时候,我的身体忍不住抖了一下。我不敢马上转过头去,脑子想着无数应对的台词。我此刻抬眼看了下大胡,他则扫视着楚杰又看看喊我的这个人,脸上挂着无比期盼的面容。我现在要给他包瓜子,他能立马搬个板凳坐这儿。

我转过头来,看着祁函:"祁函,你在呢?还挺巧的哈,那个我给你介绍一下啊。"我开始紧张了,因为嘴里的火车又开始跑起来了,这可怎么办,大胡也在这儿,我结没结婚他应该知道吧,那我怎么介绍楚杰才合适啊。我低着头犹豫着。

"你好,我是楚杰,我是露露的伴侣。"楚杰突然站在旁边说话了,他扫视了我一眼,然后笑着朝祁函伸出了手。

伴侣?伴侣好,伴侣好,伴侣比较朦胧,伴侣比较恰当,伴侣也分很多种啊,有精神伴侣、肉体伴侣、咖啡伴侣什么的,这个词用得好!用得终于不让我那么紧张了。

"你好!我是祁函。"祁函也很礼貌地伸出手,依然带着他温暖的笑容。

楚杰和祁函抬眼互识的那一刻,就一直互看着对方,没有一个人想将目光移走,他们相握的两只手轻微地晃动了几下,然后就停在了那里,谁也不率先松开,谁也不率先再晃动。他们的脸上都带着迷人的笑容,没有人再说出任何其他的话,只是在那深情地对望着。

看着此刻站在我面前的紧握着手的两个男人,我觉得他们两个人……相爱了!各位观众,我为大家报告一下:我的假老公和我的前男友,在相识的第一眼之后就互相爱上了对方!哎哟,你们别拿东西扔我啊！因为眼前的此刻，他们的样子就像是两个突坠爱河、深爱彼此的两个人，互相凝视着对方，紧握着手，面带着微笑，沉默不语。不会还互相惊为天人吧？反正是一见钟情了！看来没我什么事了，我是不是可以去吃自助餐了？

要不是周瑾跑过来喊祁函说有很多同学在找他，我想他是不会舍得和楚杰把手分开的。祁函礼貌地点了点头，然后看着楚杰说："我先失陪一下。稍等！"然后才缓缓松开了和楚杰相握的手，离开了。

祁函刚一走，楚杰脸上的笑容立刻消失了，他猛的喘了口气，转过头来，用极小的声音跟我嘀咕着："你一路形容了他半天，就说了些没用的，你怎么也没跟我说过他是这么个爱较劲的人啊！"

{92} 未卜

　　祁函爱较劲？这我不能苟同。我印象里他好像没较过什么劲，因为他总是把事情安排得好好的，然后有条不紊地按着安排的方向进行着，任何事情都是水到渠成，好像不费吹灰之力一般。
　　"你真的跟他好过？"楚杰满脸疑惑地看着走向远处的祁函。
　　楚杰，你能不能问点有创意的问题啊？怎么竟跟甲乙丙丁戊己庚辛那些女人问一样的问题？这个问题还要让我回答多少遍啊？
　　"你怎么跟他好的啊？"
　　"你什么意思啊？"
　　"没有，就是觉得，原来他的口味也这么怪！"
　　什么叫也啊？那还谁怪啊？
　　"我把他迷奸了。"我轻描淡写地说着话。
　　"什么?!"楚杰突然提高了声音看着我。
　　"我把他迷奸了，逼着他对我负责，他没办法所以就跟我好了。"
　　楚杰瞪着眼睛看着我的脸，似乎想从我脸上找出答案来，他不知道我究竟是在瞎扯还是真的在讲述事实。我很严肃的样子，一脸认真地回看着他，你不就想听到这个答案吗，大家不都想听到这个答案吗？所以我满足你啊！楚杰看了我一会，然后开始笑，笑到后来都有点喘不上气了。

"我发现你看见祁函好像还挺开心的啊，我看你刚才看着他的笑容里充满的可全是……爱意！"

"滚一边去。"楚杰终于不再笑了，他皱着眉头向我低吼了一声。

"你回你的柱子后面当你的黄花鱼去吧，别在这一张嘴净说这些没溜的话。"

"反正我是没看见你对我这么深情地笑过。"

楚杰看着我笑过很多次，就在刚刚他还笑了许久，不过都是大笑、浪笑、冷笑、嘲笑、无奈的笑……等等吧，他从来都没像看见祁函那样带着温暖的笑容。

"我不喜欢没事带着微笑看别人，有高兴的事我才笑呢，我之所以那么笑着看他，是因为他先那么笑着看我。"

"那究竟是你较劲还是他较劲啊？"

"当然是他啊，是他先宣的战。"

"宣什么战啊？"我忍不住轻笑出来，"干吗啊？为女人宣战啊？这女人不会刚好是我吧？不会为了争我还打架吧？要打出去打去啊，血可别溅我身上，我这衣服可是借的。"

楚杰气得拿手指了指我："我发现了，我就是贱，我就不应该帮你。你气死我得了。"

嗯？这句话好像祁函也老说！

"我不跟你一般见识，我既然答应帮你，我就得把我角色演好，目的不就是让他看见我放心，把你交到我手里满意吗？我是挺想让他满意的，不过我看他好像也不那么满意！"

"你想多了吧你。"

"我是希望我想多了,要不我也不会为了满足你那点虚伪的自尊心跑这丢这人来。"

"你怕啦?"我抬头看着楚杰。

"我怕谁啊?"楚杰很快地反驳了我,可是我看见他的眼睛里确实有慌张的神色。

我们两个人站在不显眼的角落里,时高时低的声音还常常伴随着笑声,时不时地引起周围的人们看我们两眼。楚杰抬了下眼,脸上的笑容又渐渐收了起来,小声念叨着:"让我稍等的又过来了。"

"说什么事呢?好像挺开心的?"祁函依然面带笑容地看着我和楚杰。

"哦,家里的事!"

楚杰的这句话说完之后,祁函的脸上的笑容也随即消失了。

"楚先生,我跟露露以前是非常非常好的朋友,我这次回来本来就挺想见她的,其实我更想见你,今天算是得偿所愿了。"

"啊,是,我听她说了。我知道你们以前是特别好特别好的朋友,我跟露露现在是特别好特别好的朋友加夫妻,有机会咱们也可以做特别好的朋友。"

祁函继续笑着点了点头:"你们什么时候结的婚啊?"祁函突然抬头看着我们。

"前年。"

"去年。"

我跟楚杰互看了一眼,眼神里充满了埋怨。

此刻祁函看着我们的表情带着一脸的费解之意,他不停地拿眼睛扫视着我和楚杰的脸。

"这一月份了,新一年了,怎么还去年啊,那应该算前年了。"楚杰小声地呵斥着我。

"啊,对。"我朝他点了点头。

"办婚礼了吗?"

"办了!"

"还没!"哎哟,楚杰,你斗什么气啊?你知道什么啊,你就抢答?也没人发你奖啊!

祁函不再问任何问题了,他又带着他温暖的笑容看着眼前尴尬异常的我们。

"祁函。"远处又有别的同学呼唤着他。

"我先失陪一下。"祁函再次礼貌地打了招呼,然后就离开了。

"你说他是不是较劲?"祁函刚一走,楚杰就站在身边小声地抱怨着。

"你乱答什么啊?"

"他眼睛看着我,我不答吗?"

"你乱答会露馅的。"

"你趁早去问问他,什么时候回美国。"

没过一会,祁函又再次赶了过来:"露露,我为你引荐一下怀特教授吧,他也很想认识你。"祁函说完这句话看着楚杰,眼神里在征询他的同意。

我转头看着楚杰,他此刻的脸色越来越不好看了:"好啊!你去吧。"

被引荐认识怀特教授是个善意又充满诱惑的提议,如果真如祁函说的那样,怀特也想认识我,那我无情的拒绝他是不是太不给这位泰斗面子了。

我跟着祁函来到怀特教授面前,这位泰斗一看见我,突然一脸的欣喜表情，然后上来拥抱了我，还在我面颊上吻了一下。

喔，这事可闹大了，我怎么这么不小心让怀特亲了呢？这周围的同学们加各前辈们好像都被这个奇怪现象给吸引了。

怀特教授操着浓重的美国南方口音，告诉我，他很欣赏祁函，他跟祁函的关系非常好，祁函除了是他的学生，还是他的朋友，更像是他的儿子。嘿，祁函，你这大腿算是抱对了啊！

"我很早就认识你了。"说完这句话，怀特上来又拥抱了我一次。

"祁函在他的屋子里，放了好多你和他的合照，所以我一眼就能认出你来。你不就是那个露露吗？"

怀特教授的话让我变得好尴尬啊，我的表情僵硬到了极点。我小心地抬眼扫视着祁函，他的脸上没有任何特殊的表情，就好像他根本听不懂英语似的，这种可能性是不是特别小啊？也许他听不懂南方英语？就好像我听不懂广东话一样，可是怀特的英语我真听懂了。

"教授，您打算这次在中国讲学多长时间啊？"

"哦，这个我还没确定呢，我本来就在搞一个研究，一直缺少亚洲这边的统计学数据，本来这次是想来讲学一两个月，看看能不能发展出一些我的统计学基地来。让我没想到的是，中国科学家都很支持我的这项研究啊，我还在考虑要不要再叫几个学生过来，干脆就一起把这个研究完成呢？"

怀特的话，听得我心里直发慌。这怀特说话怎么也这么不着四六了，这太自由散漫主义了，中国是你想来就来、想走就走的吗？还动不动就叫几个人来，你敢现在就立马带几个人走吗？你敢吗？

{93}
喂……喂……喂……

怀特教授传递给我的这些未确定的信息,多少在我的心里造成了一些阴影,我后悔当初实在不该虚荣心作祟,非要说自己已经有了幸福的归宿,还无端端地把楚杰拉了进来,现在我要怎么转达祁函这不确定的去留问题呢?如果我告诉他一切要看怀特教授的心情,我猜测,他又会朝我大吼大叫了吧。

我站在原地陷入到自己的忧虑之中,耳畔却响起了缓缓的音乐声。祁函突然向我伸出了手:"我们跳个舞吧。"

祁函说出这句话的时候,我觉得他真的是在较劲了!我拖家带口的来,他非要在这跟我跳舞,想考验我什么呢?还是他发现了什么啊?我对自己的道德标准是很高的!我是不会做这种红杏出墙的事的!

我看着他笑了笑,摇了摇头:"我不会跳。"

"你不会?你会的。你忘了吗?是我教你的啊?"

对,我没忘,是他教我的,可是我却从来没跟他跳过。那个时候学校要办舞会,我很兴奋地跑去让他教我跳舞,说舞会上一定要让他陪我跳。祁函很开心地答应了,他陪我在小树林里练了好久,总算能让我跟上节奏了。

舞会那天,我跟祁函刚一走进去,呼啦一下我就被一大堆女生围住。她们都跟我热络地聊着天,把我聊得那叫一个受宠若惊加热血沸腾,我觉得自己从来没这么受欢迎过。那一晚上聊得我开心死了,好像一夜之间突然增加了许多闺蜜和知己。

所以那一整场舞会,我一直在陪不同的女人聊天,祁函一直在陪不同的女人跳舞。等到舞会散场的时候,我们俩都说不出话了,我是渴的,他是累的。

回宿舍的路上,我突然意识到好像自己中计了,祁函看着我说:"我快被你气死了。我一直喊你,你倒好,把我推给别的女生,告诉我:先跳着啊,我这忙着呢。然后就又跑去聊天了!真拿你没办法。"

我看着他呵呵乐起来:"我说自己怎么一下变这么受欢迎了呢。"从那以后我们俩都决定再也不去舞会了。我怕嘴累,他怕腿累!

我站在这里又被祁函带回到我的青涩时光里,忽然抬头发现周围聚集了很多的同学,大家都笑盈盈地看着祁函:"祁函,弹段钢琴吧?好久没听你弹了。"好几个人用期盼的眼光看着他。

嚣,看来大家是都吃饱了,我看吃撑的也得有好几位。

祁函摆了摆手:"好久没练了,都生疏了。"

"没事,弹一个吧,让咱们大家回忆回忆大学时光。那时候学校一文艺会演,你不是弹琴就是吹萨克斯,要不就是唱歌。现在让我们听听,我们会觉得自己又变年轻了。"说到这儿大家起哄一样地把他往台子上推。祁函没办法终于站到了台子上:"那我就献丑了啊,真的是好久没弹了。"

祁函带着他自信的笑容,坐到钢琴前,缓缓地弹起了琴,琴声悠扬地传遍了大厅的每个角落,连怀特教授都满脸笑意地看着坐在钢琴前的祁函。所有人的表情都变得温暖而柔和,仿佛真的回到了自己的大学时代。但是所有人里并不包括我,我不想回去,回去就需要回忆,回忆就会感觉痛苦。

"这个聚会原来是为他办的?"我不知道楚杰什么时候站在了我的身旁,他也看着舞台上的祁函,缓缓地冒出了这句话,"我去洗手间,透口气。"说完他就穿过了人群往洗手间走去。

我能看出来楚杰有些不高兴,可是他去洗手间透气?那气能透好吗?

钢琴声的每一次婉转,都像是在挑动我的神经,让我也开始觉得胸闷气短,我缓缓地从人群中退了出来,缓缓地退出了宴会厅,缓缓地退出了凯宾斯基。

我其实也是出来透口气的,但是我跟楚杰不同的是,我不会选择厕所!

冬日的夜晚看着那些闪烁的霓虹灯、急驰而过的汽车,冷冷的空气吹透了全身,可是脑子里的记忆好像更清晰了,我开始控制不住地沿着路边走起来,越走越快,想让速度帮我甩掉脑中那些不想要的东西。

就这么低着头闷走了十分钟,抬起头来看见了一个炫彩的霓虹灯牌,是个酒吧。我想都没想就走了进去。酒吧里放着古老的爵士乐,周末坐了很多人,有很多人在看电视里转播着的某场足球比赛。这帮人也够逗的,看电视还跑外头扎堆看来,自己在家弄袋爆米花,来点鸡爪子,再来瓶啤酒看电视多惬意啊。

我不是来看电视的,我是来喝酒的!

我坐在了吧台前,酒保看了我眼:"喝什么?"

"有什么啊?"我好奇地询问着。

"什么都有,看您想要什么了。"

"那先来瓶二锅头。"

酒保看着我一愣:"姐们!你耍呢?耍大刀呢?有来酒吧喝二锅头的吗?"

我心里不由得想到,你不是说什么都有吗?

"那随便来点吧。"

酒保转身倒了杯酒递给我,我接过来一仰脖直接灌了进去。

"再来一杯。"说完我就把杯子递还给他。

酒保犹豫了下,又倒了一杯。我又再次瞬间灌进了肚子里:"再来一杯。"

"姐们,您悠着点啊,我真没给你兑水。"

"你怎么那么多话?你这地方不就是让人来喝酒的吗?还怕人喝啊?我付你钱不就完了吗?"

"得,得,得,您喝您喝!"

我控制不住地左一杯,右一杯,左一杯,右一杯。总想快点把自己喝晕,这样就不用想那么多过去的事情了。

想要把自己喝晕,对于我来说是件十分困难的事情,但是此刻我对于这件事情是十分执著的。也不知道过了多久,我发现自己看酒保的脸已经不那么清楚了,头开始变得好沉,我趴在了吧台上,依然招呼着酒保倒酒。手机在大衣兜里震动着,我把手机掏出来接起来。

"喂……喂……喂……"

"米露露,你跑哪去了?你怎么走也不跟我说一声啊?我上趟厕所你就跑了,我这找你多半天了?我把凯宾斯基从上到下找了个遍。"

"喂……喂……喂……"

"你喝酒了?你跑哪儿喝酒去了?"

"喂……喂……喂……"

"喂你大爷喂!"我听见楚杰在电话里喊了起来,我不知道怎么回答问题,因为我现在好像只能说喂。

"你到底在哪儿呢?你要再敢跟我说喂,我见到你可抽你啊。"

"不知道!喂……喂……喂……"终于不全是喂了。

"你把电话给离你最近的一个人,快点。"

我转头四下看了眼,眯着眼睛盯着酒保:"喂,给,找你的。"

酒保惊奇地眼神看着我:"找我的?"

"嗯。"我很肯定地点了点头,然后依然指了指杯子让他倒酒。

酒保拿着我的电话,说了两句,然后把电话还给了我:"有人来就行,姐们你踏踏实实喝啊。"

"嗯。"我依然朝他肯定地点了点头。

楚杰来的时候,我觉得我的头快炸了,也不知道自己在酒吧台上趴了多久了,隐约觉得楚杰模糊而晃动的脸一直皱着眉头看着我,他嘴里好像还在骂我。不过我什么都听不见了。

我眯着眼睛看了他一眼:"老虎,你来了?姐姐我这就跟你走啊!"然后嘿嘿笑了两声就不省人事了。

{94}
这是名牌!

头好痛啊,脑袋里的所有神经都被使劲地拨弹着,浑身像抽筋一样,一动弹就好像会散架!

我皱着眉头缓缓睁开了眼,白色的墙壁,白色灯,白色的被褥,柔柔软软的,很干燥好舒服啊。我左右晃动了下脑袋,发现自己躺在一个单人床上,旁边是一个床头柜,床头柜上有很多很多的按钮,好像酒店的床头柜啊。

我按着自己快炸开的头,从床上爬了起来。

环视了下四周,好像真的是在酒店,好高级啊,房间大大的,到处都很干净,连电视都是42寸液晶的。我坐在床上喘着气,用手捶着我依然剧痛的头,抬眼回想着到底发生了什么事。

"你醒了?"楚杰从浴室里走了出来,头发湿漉漉的,他拿着条白毛巾擦着他还在滴水的头发。

"嗯。"我看着他点了点头,"这是……啊!!!!!"一个问题还没问全,紧接着是我撕心裂肺的狂叫。

楚杰赶忙捂住了心脏:"你叫什么你!你想吓死人啊你。"

"这是哪儿,这是哪儿,这是哪儿啊?你怎么在这儿?我怎么在这儿?"

"凯宾斯基啊,我把你背过来的,我在这开了个房间。"

"楚杰!你大爷!流氓!你个臭流氓!"说完我就抓起了床上的枕头朝他扔了过去。

天啊,我的一世英名就这么毁了?怎么稀里糊涂的就这么跟男人开房了,我们都干什么了?我怎么一点印象都没有啊?这身上也没什么感觉?难道我老处女的头衔就此扔掉了?那是不是应该庆祝一下?可是也太仓促了?什么也没体会到啊!早知道就不喝那么多酒了。

"什么臭流氓啊?"楚杰捡起了枕头又朝我扔了回来,"我费了半天劲把你背过来,我成臭流氓了我?就你那分量,我从酒吧把你背过来,比我猛练一星期健身还累!"

我眯着眼睛看着楚杰还有些湿漉漉的头发,他的衬衫扣子解开到第三颗,露出了胸肌的弧度,忍不住一直盯着看,哎,好想抓一把啊!脑子闪现出这个想法之后,脑子里又狠抽了自己两嘴巴!淫娃荡妇!

"你……你……你还说你不是臭流氓,你都脱衣服了你!王八蛋!"说完我又把枕头扔了过去。

"我哪脱衣服了?我这不是穿得好好的吗?"

"你怎么没脱?你都解到第三个扣子了!"

"啊?这叫脱衣服啊?那行,我系上行吧!"说完楚杰把毛巾扔到床上,然后把他衬衫的扣子从第三颗一直系到脖领子,"这行了吧?你要觉得还不行,你找个麻袋把我装里头把口系上。神经病!"说完楚杰又从床上拿起毛巾来继续擦他的头发。

"你看你,你还洗澡了!你想干什么你?你为什么洗澡?"

"谁洗澡了？我就洗了个头而已！我洗个头你都说我是臭流氓，我敢洗澡吗我！我真洗了你还不报警把我抓起来。"

"你西服呢？你大衣呢？都脱哪儿去了？"

"送去干洗了。我昨天背你过来，一边走，你一边吐，吐得我前胸和后背全是。你这晚上是吃了多少东西啊？"

啊？如果楚杰这句话是真的，那我可有点不好意思了。

我满脸怀疑地看着他："你真的没对我做出什么不轨的举动？"

楚杰拍着胸口看着我说："我以一个男人的尊严向你发誓，但凡智力没问题、审美正常、心智健全的男人，看到昨天的你，他要能对你产生什么怪异想法，我服他一辈子！"

楚杰的这句话说完，我的眼里开始转眼泪了。我强忍着眼泪不让它掉出来，他的言下之意，我还是个老处女啦？妈！我辜负您了，我辜负您对我的希望啦！我又一次与"破处"失之交臂啦，怎么想干成点事业就这么难呢！！

我坐在床上喘着粗气，也不知道是为了他的话还是为了他根本不想碰我生气，总之我是在生气。我想站起来与他理论理论，忽然觉得后背一阵阵凉意，我转头一看，好家伙，我的衣服被撕开了一个大口子，半个后背露在外面了。

那一刻我暴怒了！我再次抓起了枕头、被子、遥控器，凡是伸手能够到的东西都朝楚杰扔了过去。

"楚杰，你个虚伪的臭流氓！你明明就是非礼我了，你还不承认！我跟你拼了。"

"谁非礼你啦？"楚杰的声音提高了很多。

"我衣服都让你撕开了，你还说你没非礼我。"说完我又抓起床头柜上的记事本朝他扔了过去。

"米露露,你给我消停会儿啊!"楚杰怒目瞪着我,"我告诉你,我承认我昨天背你回来的时候是想给你脱衣服。"

"你……流氓!"

"你老实会儿!"楚杰用更大的声音盖住了我,"我是看你衣服太紧了,我觉得你都快被你的衣服勒死了,我背你回来的时候看你喘气都不顺了。我是真怕你就这么被衣服给憋长眠不醒了,所以我想上手帮你把那衣服松开点。问题是我刚一凑过去,你在床上一翻身,那衣服它自己撕了,你自己看看你后背是不是裂开的,我一听你呼吸顺了,我就没碰你!"

我转头看了看,好像真的不是拉锁拉开的,是拉锁被撕坏了。可是我还是觉得楚杰的解释简直就是信口开河。越想越觉得他是在胡说八道,以为我是傻子吗?以为我好骗吗?

"你胡说八道,我这衣服是名牌,好贵的,是我借的!"我已经找不到什么东西扔他了,我一低头看见我的拖鞋,于是我低下头想捡拖鞋去扔他。我刚一低下头就听见后背"呲啦"一声。我顾不上那么多了,拿起拖鞋就朝楚杰扔了过去。然后又低头去捡另一只,紧接着又是一声"呲啦"的声音。

楚杰躲过我两道拖鞋攻击之后,面带笑容地说着:"你听,你听,我没骗你吧?真是它自己撕的。老天啊!你真是开眼啊!苍天可鉴啊!"

老天啊,你开开眼吧,找两人把他抓派出所去吧!

我坐在床上生着闷气,这裙子也是,捣什么乱啊,用不用这么护着他啊,说我不穿它会丢中国人的脸,现在倒好,几辈子都翻不了身了!不过这楚杰也是,我喝醉了你就把我往酒店领啊?这都什么习惯啊?

"你干吗把我带这来啊?你怎么不送我回家啊你。"

"你这吐得满世界都是,我还把你弄我车上吐去啊?我一开始是想送你回家的,我怕你妈对我印象不好,好像跟我出去让你喝成这样。我本来想拿你手机给你家打个电话,先解释一下,结果那上面有你妈条短信,上面说:丫头,太晚了,别回来了,我跟你爸睡了。我想你妈都不让你回去了,我还费那劲把你扛回去干吗啊?"

老妈,我告诉您,您的如意算盘打错啦!因为他是个智力正常、审美正常、心智健全的男人,所以不让我回去这招真的不灵!

{95}
责任分清

楚杰向我证明了衣服其实是我自己撑破的之后,就一脸得意地回到洗手间继续刷牙去了。我坐在床上想着周末发生的一切,越想越觉得憋气,脑子里想了一圈实在找不到第二个人帮我分担责任,所有的事情也根本怪不到别人头上。

如果不是自己信口开河的向祁函编撰了自己那幸福的另一半,也不用厚着脸皮去求楚杰,更不用去跟表嫂借这件衣服,结果一晚上的聚会都是小心翼翼、处处谨慎的,结果还是弄得漏洞百出;而且现在连楚杰也被我拖进了很尴尬的境地,我知道他一晚上的心情也痛快不到哪儿去。

如今是饭没吃好,酒也没喝舒服,最让我痛心的是,这么贵的衣服还撕破了!这可怎么办啊?明明是件新衣服,表嫂说她都没穿过,结果就借了我一晚上就被我给撑破了?这衣服少说也得两千多块。

就算是亲戚吧,可是把人家这么贵的东西弄坏了,怎么也得赔给人家啊,我真是不应该来参加这倒霉聚会。一晚上就花掉我两千多,而且现在莫名其妙的跟个男人开了房,最关键是还什么都没发生。我怎么就能这么背呢?我吃饱了撑的来凑什么热闹啊?我真应该去做我的八台手术。

我就这么坐在床上一直想着,想得我觉得自己太委屈了。想到后来忍不住哭了起来,脑子里一想着回去还得赔人钱,就更伤心了,抽泣的声音越来越大。

楚杰像是听到了声音从卫生间了走了出来,一脸好奇地打量着我:"你怎么了?真哭了?"

他一张嘴说话,我就像是水龙头被拧开了一样,哭得更伤心了。

"哎,你别这样行吗?我不都跟你解释过了吗?咱们真没什么?你不用这样吧?出了这门没人知道咱俩在这屋里过了一夜。"

我抬眼看了楚杰一眼,没理他,继续低头哭我的。心想着,我是不会让别人知道的,我跟一男的孤男寡女在一房间里过了一夜,结果愣跟这男的没什么?!这我说出去丢不丢人啊。

"你至于吗?咱都这么大岁数的人了,别说咱俩这一晚上真没干什么,就是真干什么了你也不至于哭吧?你可是都快奔三十的女人了。"

我挂着眼泪抬眼看着楚杰,心想着:真干什么?和他?脑子里又控制不住地闪现出很多精彩的镜头。

"流氓!"

"这句骂过了啊!换点新鲜的。"

"王八蛋!"

"这句也听过!"

"淫魔!"

楚杰呵呵乐起来:"你可真行!淫魔都出来了。"

哎,天知道我这三句是在骂他还是在骂自己!

哭了一阵之后,我觉得心里憋的这口气,稍微疏解了一点,我努力地平静着自己的情绪,偶尔还会倒抽一口气。我坐在床上低着头,揉着被子的一角。

"我觉得,昨天的这个事情,你也有处理不当的地方,我现在心理压力特别大。你怎么能随随便便就带着一个女人开房间呢?你有没有想过我的感受啊!要真被人知道了,我还怎么见人啊?"

楚杰轻笑了一声:"你坐在那小声嘀咕这些,到底想说什么啊?"

"我觉得你应该为昨天这事负责!你应该对我负责!"

我这句话一出,楚杰愣了,他呆呆地看了我两秒,脸上挂上了笑容,还一边摇头一边笑出了声来:"你这么就是赖上我了?好啊!我负责,你说吧,要我怎么负责。"

我皱着眉头抬眼看着他:"你……你赔我件衣服吧!就我身上这个牌子,比这再小一号。"

楚杰还没完全展开笑容的脸,瞬间僵持在了原地:"什么?!"他的眉头皱了起来,眼睛盯着我,要再次求证我刚才说了什么。

"我说啊!你赔我件衣服,就要这个牌子的,比我穿的再小一号。"我终于不哭了,还把声音提高了一倍。

楚杰脸上的笑容渐渐收了起来,半张着嘴好像想说话,可是半天也说不出半句,他盯了我二十秒突然大声喊道:"凭什么啊?!你自己把衣服撑破了,你让我赔你?你脑袋被驴踢了?"

"哎,你是不是男人啊?你刚才还说要负责呢?怎么又不负了?"

"滚蛋!这跟是不是男人有什么关系。我不赔,你自己撑破的。"

"问题是,这也没人看见是它自己破的,是,刚才它是又破了点,但开始是怎么破的啊?没人证明啊。就算不是你弄破的,那我觉得你也有责任,你明知道我这衣服紧,你就应该好好的帮我松开点,怎么能眼看着它撕破了呢?作为一个有责任感的男人,你真的应该负起这个责任!"

楚杰站在原地,猛喘了口气:"你……你……"于是他控制不住地解他的衬衫扣子,再次解到了第三颗。哎呀,看得我都不好意思了,不过我告诉你哦,我的立场可是很坚定的,就算你色诱我,你还是得赔我衣服。

"负责是吧?"

"嗯。"我朝他肯定的点着头。

"好!"说完楚杰走到写字台前,拿过张信纸开始在上面写字。没两分钟,他气哼哼地朝我走了过来,一把把纸塞到了我的手里。

"干吗?"我瞪着眼睛看着他。

"负责任啊!我负你衣服的责任,你负我这些责任。自己看看吧。"

我低头一看,不由得倒吸了口冷气。

一、酒,两瓶,共两千三摸零,算两千。

二、住宿费,打折期两千二摸零,算两千。

三、床单赔偿费,三百。

四、干洗费加急,三百。

五、运送费,四百。

六、精神损失费,待确定。

"啊哈哈哈,楚老板,你看看你,我就跟你开个玩笑,你这是干吗啊?"说完我就把纸攒成了小球往身后一扔。

楚杰一脸严肃的表情:"谁跟你开玩笑了,我没跟你开玩笑。这是你应该对我负的责任,作为一个负责任的女人,我觉得你应该把这个担当起来。"

我又想哭了,看来我是酒还没醒啊,我怎么就犯了病的跟他斗心眼呢,想黑人家件衣服,结果现在又把自己套进去了。哎,这人真是不能有一点坏心眼,可是我这"现世报"来得也太快了点吧?

我低着头小声嘀咕着:"谁喝了两瓶酒啊?"

"你觉得要把你自己喝醉了得几瓶啊? 行,我也不冤枉你,确切地说,是一瓶半,还剩三分之一在酒吧存着呢,要不我带你看看去? 再问问那证人,看看你喝几瓶。"

"那你带我开房间,怎么不找便宜点的啊,非来这五星级开啊?"我依然小声地抱怨着。

"我没那么大瘾,背着个一百多斤一人,还满世界问哪家酒店便宜,打几折。昨天晚上你一进屋拽着床单,捂着嘴就往里吐东西,肯定也得让赔。还有我的衣服! 我那也都是名牌!"楚杰像是越说越来气,"负责? 负你那破衣服的责? 莫名其妙!"

"还有精神损失费啊! 一晚上那呼噜震天响,我一晚上都没睡着。我都神经衰弱了我!"楚杰一屁股坐在对面床上喘着气。

我低着头心想着,真能栽赃陷害,我怎么不知道我打呼噜啊? 也没人跟我说过我打呼噜啊,是不是现在你说什么我就得承认什么啊?

楚杰像是情绪稍微平静了一点:"既然咱俩都是负责任的人,我也不难为你,精神损失费就当是福利了,我赔你衣服,你赔我其他的,你还该给我三千啊!"

此刻的我,嘴撅得能栓八头驴,我抬头看了他一眼,楚杰则一脸认真的面容,一副丝毫不让的架势,"那个……那个……我能先付个首付,其他的分期还,行吗?"我怯生生地征询着楚杰的意见。

楚杰脸上终于不全是怒容了,他开始挂上那种无奈的笑:"行啊,你想分多少期啊?"

"我要不一个月还你两百,分十五期,你别逼我太紧了,我还得赔人家这裙子呢。"

"一年啊?"楚杰低头想了想,"行,我不逼你太紧了,你一次还一百也行,三十个月还清,不还我找你去!"

于是我从放在旁边的大衣兜里掏出两百块钱来,塞给了他:"那我首付先多付点,我要富裕了早点还你啊,这两百你先拿着。"

"好。"楚杰看着我点了点头,把两百块钱装了起来。

"现在几点了?"我看着楚杰询问着。

"七点半。"

"啊?早上七点半?"

"是啊。怎么了?"

"啊呀,亏了亏了,"说完我又躺下钻回到被窝里,"五星级酒店啊!赶紧睡,还能再睡四个小时,你也赶紧睡啊,我请客,别客气。"

我又转过身来,看着楚杰说:"拿你手机上个表啊,千万别睡过了,睡过了是你的责任哦,我可不付钱哦。"然后就转过身去,努力地睡觉去了。

楚杰坐在我身后的床上喘着粗气,听着他咬牙切齿地说着:"米露露,你真行你!"

{96}
为人民服务!

我迷迷瞪瞪地睁开了眼,转头看着旁边,楚杰一脸严肃地靠在床上看着无声电视。

"几点了?"

"十一点五十。"楚杰没有转头,依然看着他的无声电视。

"哎呀!你怎么回事啊?不说让你上闹表叫我吗?这过了十二点是不是就又得算一天了。真是的!"

"我叫了!你让我'去死',我不想'去死',所以我不叫了。"

我心里像着了火一样,想赶紧爬起来冲到楼下去,忽然想到后背还裂开了个大口子,就这么敞着背的在楚杰面前穿大衣,好像有点太失体统了。

"哎,你!去回避一下!"

楚杰转过头来看着我:"回避什么?"

"我现在要起来了,咱俩得注意点影响!你先去厕所待会!"

楚杰冷笑一声,站了起来,忽然从行李架上拿起个袋子,从里面掏出两件衣服朝我扔了过来:"把这换上!"

我低头一看是身运动服:"你去逛商场了?"

"啊,是啊!"楚杰看着我点了点头。

"你一晚上没睡着还能逛商场,你还挺有精神头的啊?"

"我是挺有精神头的!"楚杰忽然朝我大吼起来,"我是怕我在这屋里控制不住对你做出什么可怕的事情来。"

"啊?"我有点胆怯地看着楚杰,心想着他刚刚说的话,判断着他此刻突来的怒气,担心着他会不会控制不住的就这么朝我扑过来把我按倒?

楚杰叹了口气:"我刚才真想拿块布把你嘴堵上,还说什么你请客让我睡觉,我睡得了吗我?我现在特别想知道,你是喝多了的时候才打呼噜,还是平时也打啊?愁死我了!我可怎么办啊我!"

原来他说会做出的可怕事情是想谋杀我啊?

说完楚杰又把另一个袋子交给了我:"给你,赔你亲戚的衣服,可能不太一样,你穿那件没有卖的了,买了个差不多的。"

拿着袋子的那一刻,我真的感动了,我抬头看着他:"这可怎么好啊?你看这事闹得!"

"行了,别用你那假惺惺的眼神看着我了,记账的!我都记一起了,你分期付款还我啊!反正你心里得记着,你欠我的!我可能随时会要账的!"

不管楚杰是不是真的把账记得很清楚,我此刻的心里还是感动,因为他至少减轻了我这个月的压力,刚才我还在想是不是又要去取我的定期存款了?我眼里泛着点点的泪光抬头看着楚杰:"楚杰!你……真是个厚道人!"

楚杰愣了一下,脸上终于不是怒容了,他低头看着坐在床上感动中的我:"滚,滚,滚,滚,烦死人了。"说完就去洗手间了。

我跟楚杰去前台结了账,我发现凯宾斯基也还算厚道,虽然我们超过了半小时,可是并没有给算成两天。穿着楚杰买的运动服感觉舒服多了,终于不觉得自己像个粽子了。

楚杰的精神状态显得很不好,我想这一宿他可能被我折腾得累得要死吧?哈哈哈哈,这句话好有内涵啊!可是事实确实如此,总之现在我的心里对他有很多的愧疚!

快要走出酒店大门的时候,我的手机响了,拿出手机的那一刻我愣在了原地。楚杰走出了几步,转身看着我:"怎么不走了?"

手机一直在我手里振动着,我看着上面的号码一直在犹豫。我抬头看了楚杰一眼:"我想接个电话。"

楚杰没有说话,他盯着我看了几秒钟,点了点头。我想他心里很清楚这个电话是谁打来的。

我下意识地拿着手机走到了角落里,我不知道这样做合不合适,但是我就是控制不住的想找个角落安静地接这个电话。也不知道心里究竟是怕楚杰听见祁函,还是怕祁函听见楚杰。

"喂。"

"是我!"

"嗯,有事吗?"

"你……昨天……跟楚先生很早就离开了?"

"是,有点事,就先走了。"

"我后来一直在找你们,可是发现你们走了。我昨天晚上和今天上午一直在想这个事情,我想我可能有些地方冒犯楚先生了,说了一些不合适的话,露露,我真不想给你造成困扰,如果可以的话,你帮我跟他道个歉吧。"

"嗯,好,我帮你跟他说。"

"我真是太奇怪了,回来见到你两次,两次都在跟你道歉。有时候人真的会一下失去克制力,做一些不该做的事,说一些不该说的话。"祁函沉默了几秒钟,"他……挺好的!"祁函说完这句话之后又再次沉默了。

祁函会冒犯人?这在我们同学里是不会有人相信的,因为在大家的脑子里,如果你不想承认祁函比你强,那你就是选择了一条很艰难的路。

祁函的强,并不是来自于他身上的那些优点,其实是来自他的性格。因为像他一样才华横溢、聪明好学、英俊潇洒的男生,并不只有他一个,但是总能像他这样淡定地面对自己这些优点的人,真的是太少了。

他总是不骄不躁地对待每件事情,客客气气对待每一个人,他会认认真真地生活,认认真真去办别人委托他办的事情,认认真真地学习,认认真真地弹琴,认认真真地参加体育比赛,他还认认真真地对我!

这所有的一切都源自他的单纯,他真的是个太单纯的男人,每天都生活在自己的轨道上,开足了马力全速前进。其实他大学时期的轨道上并不应该有我,只是我剑走偏锋地用了邪功,才把自己挤进了他的轨道中,和他并行了一段,最终还是在分道处和他分开,开往了两处。

我承认我没有他单纯,我有时候心里想说什么却偏不说,我怕说出来丢脸;我虚荣,是因为我没有那些荣耀,所以我要装成自己有,让自己心里有所安慰。他不用虚荣,他都是实荣。所以他怎么想就会怎么说,那时候我相信他说的每一句话,而且也从不担心他会离开我去喜欢别人。

"好的,我会转告他的。"沉默之后,我再次装出轻松的语气回答了他。

"昨天看着你们俩站在那儿有说有笑的,我能看出来他特别开心。其实我……我很羡慕他。本来站在旁边的那个人应该是我,我本来也可以那么开心的笑的。"说到这我听见祁函叹了口气,"对不起啊,你看看我又说了些什么啊?你们昨天的突然离开,让我觉得有点难受,我打这个电话没有别的意思,就是想请你、你们别介意我有些莽撞的行为。"

"祁函,我们真的是因为有事才走的,不是因为你。"我又开始胡诌了,真是个胡诌的人生啊。

"那就好,那就好。那我挂了,再见。"祁函把电话挂断了,我仍然站在角落里,脑中仍然环绕着祁函的声音,想着他说羡慕楚杰的那些话,心里忍不住又开始疼痛了。

我努力地沉淀着自己的情绪,缓缓走到楚杰身边:"走吧。"

"是他的电话吗?"

"嗯。"我看着他点了点头。

"你们说什么了?"楚杰突然的质问的语气让我有些猝不及防。"啊,对不起,这是你的私事,我不该问。"但是很快他又收回了他的质问。

"他说,你挺好的。"

"是吗?"楚杰微笑了一下,"没了?"

"他怕冒犯了你,让我跟你道歉。"

楚杰的微笑渐渐收了起来:"他能冒犯我什么啊?"沉默了两秒钟他叹了口气:"我们走吧。"

我们并肩走出了酒店。

"你们为什么分手?"楚杰突然看着我冒出了这个问题。

"啊？这你不是知道吗？他去美国了，所以我们就分手了。"

"这不是原因！"楚杰看着我摇了摇头，朝他的车走去。

这不是原因？那什么是原因？楚杰的话让我忍不住开始思考这个问题。

我跟着他上了车，我知道他现在属于疲劳驾驶，所以车子开得很慢很慢。而我一直在思考着楚杰的问题。

"现在这个社会，距离不是真正的问题。"

"是吗？"我用怀疑的语气询问着楚杰。

"嗯。"楚杰肯定地点了点头，"如果想在一起的话，这不是问题。"

他的话让我再次陷入到自己的思绪里。

"也许……也许是因为我们的生活目标不同。"我坐在旁边若有所思地念叨着。

"生活目标？那他的目标是什么啊？"楚杰在一旁询问着。

"永攀科学高峰，做金子塔尖式的人物？"心里其实并不确定对祁函的这个分析。

"听着可够伟大的，那你人生目标是什么啊？"

"全心全意为人民服务！"

噗！楚杰忍不住笑了出来："那你比他更伟大！"楚杰忍不住又笑了一阵，突然对我说："其实我真的是这么觉得，我没当你在说笑。至少你救过我，我心里记着，还有你救过的很多人，就算他们把你忘了，可是你还是干了件伟大的事，所以中国人民不能没有你。"说完之后，楚杰脸上一直挂着开心的笑容，不再问任何问题了。

{97}
惩罚

  表嫂在接到我还给她的新衣服时，发出一阵狂喜的尖叫，她大大表扬了我果敢地撑破她衣服的行为，还表达了她非常愿意再次借我衣服的迫切愿望。听到这个愿望之后，我也只能勉强朝她挤出一点微笑，告诉她我最近真借不了，因为这件还做着分期呢。

  最近我还常常被一个女人整日地追在屁股后头询问我的个人隐私，只要一闲下来，她就会坐在我的对面，一脸好奇地问："到底怎么样？你们现在到什么程度了。"这个有着锲而不舍精神的女人，就是被大家所熟知的王雪琴女士。那个太晚了就不让我回家、不许我进门的，我的亲妈。

  "没怎么样！"我摇了摇头。

  亲妈的脸上露出失望的神情："怎么没怎么样？那你那天晚上也没回来啊？到哪儿去了？跟谁在一起呢？"

  "没跟谁在一起，我看太晚了，你也不让我回来，我……我就回医院住去了。"我不能跟她说我跟楚杰共处一室过了一夜，如果老妈知道了，没准现在就欣喜若狂地拉着我去找楚杰，然后逼着他把我娶了。这样她就终于把她的女儿兜售出去了，然后她就可以回家踏实等着抱第三代了。

"啊?这楚杰他怎么回事啊?你说回医院他就愣让你回去啦?"

"妈!我跟楚杰之间不是你想的那种关系。你别瞎闹腾了。"

老妈突然变得很生气:"哪种关系啊?不是那种关系,你就不能把它变成那种关系吗?你是不是觉得自己还小啊?我在你这岁数,孩子都三岁了。"孩子?那孩子不就是我吗?

"老妈,我跟您不一样,我是事业型女人,我得先想着我的事业。"

"屁!"我前句话的尾音还没落,老妈的否定词立刻就横空出世了,"我也没看你创造出什么医学奇迹,引领什么医学界的潮流啊。丫头啊,咱们就是个普通的女人,咱就好好工作、好好结婚、好好生个孩子,找个差不多的男的,知道疼你,能跟你安心过日子就行啦。"

老妈的话说得我好心酸啊,好像我之前一直在作奸犯科一样。我一直好好的啊,我从什么时候开始被人认为不好好的啦?!

从小到大,这里外的话全让老妈一人说了。上学的时候,鼓励我做个事业型的女人,让我心无杂念好好学习;现在倒好,让我赶紧做个普通的女人,快点结婚生孩子。我到底要做哪个啊我?

越想越觉得委屈,眼里开始控制不住地转泪了,老妈可能也觉得对我态度有些急躁,于是拍了拍我的肩膀:"妈也是怕你真成老姑娘嫁不出去,行了,别难过了,我去想办法吧。"说完老妈就转身出去了。

这是什么意思?她又想干什么?她要想什么办法?您千万别想,我自己想就行了!

日子算是消停地过了一周,可能是因为快过春节的原因吧,患者似乎也少了许多,真是混上了难得的几日闲。

晚上我坐在客厅正在嗑瓜子看着电视,老妈一脸神神秘秘的喜悦表情,凑了上来:"丫头,你看!"

说完老妈拿出一本宣传的小册子,一共七八页纸,封面上写着"缘定"两个大字。

"什么东西啊?"我拿过来翻了翻。

"婚介所的介绍啊。"

"哎哟!"感觉自己像抓到了烫手山芋一样,赶忙把它扔到了茶几上,"你又干什么啊?老妈?你多花点心思在我老爸身上行不行啊?别老搞这些奇怪的事啊。"

"我把心思花他身上干吗啊?看见他我就烦。"

坐在旁边看报纸的老爸突然从报纸里抬起头说:"我也烦你!"然后就又低头看报纸了。

"你看,我说的没错吧!"老妈拿手指了指老爸。

"我跟你说啊,这个婚介所可有名了,成功率特别高。就隔咱们几个楼那郭阿姨的姑娘,就是在这个婚介所找的男朋友,前两天都领证了,听说还不错呢。"

"妈!"我真是不知道说什么好了,咬着牙朝老妈大叫着。

"嗬,你小点声,都快让你喊聋了!你叫也没用,我前两天去已经帮你入会了,我还帮你订了个150的。"

"什么啊?说什么呢?"

"年底大优惠,本来入会要350,结果打折200就能入会。那儿把相亲的对象分成好几档,看你想见哪个档次的,50、100、150,老妈下狠心给你订了个最贵的。人家那小姑娘态度可好了,说阿姨您放心,这周准通知你女儿,保证让你们满意。所以老妈跟你说啊,你要是接到电话人家通知你安排好了,你可得去啊。"

"我不去!"琢磨着这也忒气人了,她说她想办法就想出这么个办法啊?

"你不去,那我的钱不白花了?!"老妈终于现原形了,朝我喊得都觉得迎面有风了。

"我不管,反正我不去!"

"米老头,你管管你姑娘!"一股强劲之风又朝老爸吹了过去,感觉报纸都快糊到老爸脸上了。

这股疾风过去之后,老爸从报纸里抬起头来:"丫头,你去吧,帮你妈把150挣回来。"然后又把头埋回到报纸之中。

这事一掺和上老爸的意见就变复杂了,就算我跟老爸再怎么说"我不想去",他认定的事情都会在我磨叽完之后抬头看着我说:"去吧。"

你说说,我这周围的人怎么没一个能让我消停会儿的呢?

让我没想到的是婚介所的办事效率真得很高,到周三的时候我接到了"缘定"的电话,电话里传来女孩子温柔的声音:"米小姐吗?您好,我是'缘定'的工作人员,您母亲帮您在这入的会,而且还预定了见面对象。我们现在已经为您找到合适的人选了,如果您想看照片的话,可以来我们的介绍所,我已经把您的联系方式转达给对方了。现在我把男方的联系方式和基本情况告诉您,您拿笔记一下吧。"

"不是,我跟你打听打听,我要是不想见了,能把那一共350退给我吗?"

"呀,这可退不了!您妈妈是打折时入的会,本来就便宜了很多,而且现在我都给您联系上男方了,这怎么退啊?您妈妈说你特别着急结婚!这男方也是特别着急结婚的。而且我跟您说,我们这儿150这档,人特别少,而且见一个没一个,见一个没一个!我觉得你还是应该见见,要不然错过了多可惜啊。"

见一个没一个,见一个没一个?这150的,难道都让杀手给做掉了?

我正犹豫着要怎么才能把我那350要回来,说话温柔甜美的小姑娘已经开始念男方的联系方式了:"邹立冬,34,律师,在鼎盛事务所工作,这个事务所很有名的哦,电话139……您要是想看照片可以来我们婚介所,您不来也没关系,估计这两天男方就会联系您的,您要等不及您联系他也行。我祝您成功。"说完小姑娘就把电话挂了。

嘿,这业务做得太熟练了,一点都不给我忽悠她的机会。

传说中的"150"可能真的有些着急,刚到下午我就接到了他的邀约电话。他的声音有些低沉可是速率却很快,听着就像是经历了不少的社会历练,也的确像是个律师。邹立冬说话单刀直入,上来直接跟我约定,陈述了时间、地点、人物、事件,然后说他要准备明天的出庭,就不跟我多说了,周六下午见。然后他就把电话挂了,哎,现在的社会人们都忙成什么样了?听他说话的节奏,我倒觉得自己像是个大闲人了。

2010年1月23日 星期六 天气晴

空气有些干冷,刮着四五级的偏北风。这么大风的日子,刚一过中午就被老妈哄出了门,让我抓紧时间去见那"150"。

如今我没有男朋友,结不了婚,在米家就得扮演这种苦情角色,冬日寒风凛冽里也得哆哆嗦嗦地去见男人。哎,谁比谁活得容易啊?!

我们约在学院路上的那间S开头的咖啡店,我看这几年把这家咖啡店的连锁店都快跑遍了吧?我以人生最慢的走路速度晃悠到了那里,抬眼一看两点四十,离约定的时间还有二十分钟。

咖啡店里的人很少,只有三四桌客人,有的客人在上网,有的在看书,还有两对在小声地聊着天。

我找了个角落坐了下来,掏出手机摆在桌子上看着上面的时间,心里不免有些紧张。想着跟律师应该怎么说话,是不是说话得注意点啊?不会哪句话不爽让他急了,然后就去告我吧?那我最好还是别说话听他说,至少我有权保持沉默吧。

心里一直作着盘算,眼睛一直盯着手机上跳动的时间,偶尔抬头看一下门口,等待着一会儿走进来的那个单身男人。

两点五十了,又过了十分钟,还是没人来。

"露露。"一个熟悉的声音传进了我的耳朵里。

我猛地抬起头来,直接从椅子上站了起来:"祁……祁……祁……函。你怎么在这儿?"

祁函笑笑地看着我,在我对面坐了下来:"真的是你啊?我在对面的CD店买CD,有好多咱们上学时候的老歌,我在美国那边买不到,所以就买了一些,打算带走听。我刚才在街对面看见你的背影,觉得很像你,想了想,还是决定过来看看是不是你。结果真的是你!你站着干吗啊?你坐下啊。"

我浑身上下都在哆嗦,连我的头发和睫毛也都在抖动,我缓缓地坐回到位子里。

"祁……祁……祁……函,你要有事你就先走吧。"

"我没什么事啊!怎么就你自己啊?楚先生呢?出差啦?"

"啊。"我的脑子已经瞬间变成一块木头了,眼睛一直盯着手机上的时间,时不时地看下门口的方向,又看看眼前满脸笑容的祁函。

"祁……祁……函,趁着天还亮,你赶紧回家吧?别一会儿天黑了再找不到家。"

祁函呵呵乐起来:"露露,你怎么了?好像很紧张啊?以前你一紧张就结巴,干吗这么着急轰我走啊?我现在被你讨厌了?"

祁函并没有离开的意思,反而显得更开心了,他一脸好奇地看着我,似乎觉得我又在搞什么恶作剧一样。

我皱着眉头带着哭腔地看着他:"祁函,你要不去爬爬长城、逛逛故宫吧?外国人来北京不都干这些吗?"

我说完这句话之后祁函笑得更大声了:"你又在耍什么小心眼呢?这回我可猜不到了。"

说了还没五分钟话,咖啡店的门突然开了,一个中年男人走了进来。他一走进门就开始环视四周,然后去柜台买了杯咖啡,犹豫了半天,最后在祁函身后的位子坐了下来,他一坐下来就看了眼手表。以我这些年的相亲经验来说,我想他肯定就是邹立冬了。

邹立冬的个子一米七左右,胖胖的,五官还算端正,穿着也算得体,就是有点谢顶,所以猛一看他不像34,倒像是44的。

我伸着脖子看了眼祁函身后的这个人,然后就把脖子缩了回来,头压得低低的不敢再看他,也不再说任何话了。心里想着最好谁能帮我报告下派出所,把我面前这俩男人抓走一个就好了。

祁函看了我的怪异举动之后,转身看了看身后的男人,然后不以为意地继续说他的CD。他建议我跟他去对面看看,说有很多的经典歌曲可以推荐给我。

忽然我放在桌子上的手机响了,我低头一看,天啊,是"150"打的!我慌慌张张的把手机拿起来往兜里装,半天也装不进去,很快我的手机不响了。可是我抬起眼睛来,发现"150"已经用奇怪的眼神看着我了。平静了两秒钟之后,我的手机又开始响了。我赶紧把手机坐到了屁股底下。

"怎么不接电话?"祁函好奇地看着我问到。

此刻的我脑子一片空白,我努力咽了口口水,看着祁函:"你猜!"

"这我哪猜得到啊?"祁函又开始忍不住想笑了。

邹立冬缓缓地站了起来,来到我们的桌子旁边。他看了看我,又看了看祁函,转头看着我说:"你是米露露?"

我皱着眉头看了他一眼,艰难地点了点头。

"那他是谁啊?"邹立冬又转头看着祁函。

此刻我的表情十分为难,我真的不知道要怎么给他们作介绍,我越是犹豫邹立冬的脸就变得越难看。

我要怎么说?难道我要跟邹立冬说,这是我的前男友,但是你千万不要跟他说我是来跟你相亲的哦,因为我已经结过婚了。

"你好,我是祁函。"祁函面带笑容地站了起来,然后向邹立冬伸出了手。

邹立冬简单回握之后,看着我说:"这是怎么回事啊?你早来了?你早来了怎么不联系我啊?这怎么又多了个男的啊?问你半天也说不出是谁来,你不是跟我约的相亲吗?这前面这场没相完是怎么着啊?"邹立冬一连串的质问,让我恨不得钻到桌子底下去。

祁函此刻也被弄得一头雾水,他看了眼"150"又转头看了眼我,不知道说什么好了。

我现在也不知道说什么好,似乎怎么说都是错,怎么编也编不圆。我只能坐在那儿,低着头,抠着手,出不了半点声音。

"我就知道这婚介所不能信,我这第一次上婚介所就碰到婚托了。你跟照片上也不一样,照片里那女的比你瘦多了。"

又挨了一记重拳!老妈,您又拿我哪张照片过去啦?此刻心里明明已经四爪挠墙了,可是外表还是安静地坐在那儿抠着手。

"先生,我跟您说,您千万别被他们婚介所骗了。您看她这骗人都不专业,见她一次100,她时间都没排好,以为跟您说不了那么多时间呢,结果下一场我就来了。他们这样是要负法律责任的,我们可以联合起来,起诉他们。"

我终于不再抠手了,我抬起头看着邹立冬。什么玩意?我100?他150?凭什么他比我贵50啊?这是谁定的价啊?这物价局管不管啊?好歹……好歹我比他头发还多呢吧?哦,我100,他150,我们俩加起来二百五?我现在是他妈觉得我自己挺二百五的。

祁函刚才疑惑着的面孔上又开始挂上笑了,他转头看着我,好像马上就要笑出来一样。

邹立冬可笑不起来,他也不明白祁函脸上为什么挂着笑,他看着我十分严肃地跟我说:"我也不跟你废话,我忙得很。你们婚介所就等着接律师信吧。"说完邹立冬气哼哼地走了。

邹立冬走了,我的情绪并没有好转,我低着头缓缓站了起来,穿好了大衣,慢慢走出了咖啡店。

祁函一直跟着我走出了咖啡店:"露露,这是怎么回事啊?那人说什么呢?你是来跟他相亲的吗?"

我没有回答他,一直低着头走路。

祁函的声音里带着控制不住的笑意:"到底怎么回事啊?你跟我说说啊,你不会真的去做婚托了吧,还是这又是你的恶作剧啊?你这事情闹得可有点好笑啊。你不会又让我猜吧?你要真让我猜的话,我猜你是不是没结婚啊?今天这男的可不像装的,聚会上那个倒是挺像装的。可是你怎么会去相亲呢?还见这么奇怪的男人。你快跟我说说,你怎么老干这么可笑的事情啊。"

祁函伸手拉住了我的胳膊,想让我跟他解释。我转过头的那一刻,祁函呆了,我满脸泪水地看着他,猛推了他一把:"笑吧!笑吧!可笑你就使劲笑吧!我是没结婚,没结婚怎么了?我相亲怎么了?我想结婚想有个家怎么啦?如果你觉我这样可笑,你就尽情地笑我吧!"

"露露!"祁函被我现在的样子吓傻了,他一脸担心地看着我。

"你少用那种同情的表情看着我。是,你走了之后,我是还没找到男朋友。但我也绝不是什么可怜的老处女!我也用不着你可怜我!"

余光扫见一辆公共汽车靠了站,我看都没看就直接冲了上去。公共汽车关了门就这么开走了,我站在车上一直流着眼泪,祁函则呆站在原地目送着我离开。

此刻的心情好难过啊,人生是不该有太多谎言,可是我的谎言真的伤害到别人了吗?如果必须说有,那可能也只有祁函,所以就要在他面前这么尴尬地拆穿我吗?非要把我努力争取的这最后一点点尊严也带走吗?这就是我编造谎言应该受到的惩罚?可是这对我太残忍了点吧!

{98}
放弃一点点

我情绪低落地回到了家,情绪低落地进到了房间,情绪低落地躺在床上,情绪低落地拒绝吃晚饭。

老妈似乎看出我又出师不利了,所以我一进门她并没有凑过来骚扰我,吃晚饭的时候她站在门外看着我:"不吃饭啦?"

"不吃了,他说我比照片上胖多了,根本不是一个人。"我给了老妈一个解释,来满足她想问又不敢问的心情,心里却想着别的事情。

"这男的也是,怪不得这么大岁数结不了婚呢,太挑了,这减减肥不就一样了嘛?"老妈站在饭厅里抱怨了几句,然后就不再管我了。

晚上七点钟的时候我接到了祁函的电话,我知道他会打来,只是早晚问题。如果说以前看到这个号码我会犹豫的话,那么现在我没有,我不想接。

我知道接起来无非就是一些安慰和道歉的话,能怎么样呢?脸都已经丢光了,再听他的道歉,脸就能捡回来吗?

我把手机调成了无声,看着屏幕在那一直闪烁着,在闪烁到第十次的时候,它终于不闪了。很快祁函发来了一条短信:如果你不接电话,我只能用文字说了。我想你心里应该知道,我们从一开始在一起,我就从来不会嘲笑你做的任何事情,现在也是一样。手机沉静了。

祁函的话让我有点点感动,也有点点难过。我躺在床上,想着祁函回来这些天发生的事情和他刚刚说的话,发现里里外外自导自演了一场闹剧。自己戴着小丑般一直大笑的面具,却发现你希望让他看到笑脸的那个人,早已经起身离开了,因为他已经看见面具后面的那张脸其实并没有在笑。

也许这一切与虚荣和自尊无关,也许是源于我那一直不曾承认过的自卑,因为当我再见到祁函的那一刻,我想我真的后悔过,后悔当初没下决心跟着他走;我再见到他的那一刻,实在不确定当初放弃对这段铭心爱情的执著、留下找寻自己这点微薄的自我价值,是否真的值得?所以我就顺着他给自己找了个值得的理由。可是我真的如楚杰说的那样,留下来比追随他更伟大吗?想到这儿我觉得我不能再想了,因为我饿了,我的脑细胞不够了,所以从床上爬了起来,坐到了饭厅里,把剩饭吃了个干净,自觉心情好多了!

我想写一篇论文,一篇关于女人的论文。关于女人的什么部位?我还没有想好!关于女人的什么器官?这个我也没有想好!想帮助女人达到什么目的?这个请让我继续想!想发到哪个论文杂志?我还在考虑!他们究竟会不会发表?这要看他们的觉悟有多高了!总之我要写一篇论文。

作为五年的住院医,我应该发表篇论文,也许这对我将来的晋升职称会有很大帮助。在这过年前夕,终于让我有勇气有时间把这个想法付诸行动了。

带着这许多不确定的想法和饱满的士气,我冲进了医院的图书馆。一进去我就开始揪头发了,这些论文期刊上都写的是什么啊?

怎么我想写的都让别人写了呢？这你们都写了我还写什么啊？这还让不让我发表了？一想干点事业怎么发现事业都让别人干了呢？

正在拼命地挠着头，忽然手机响了，低头一看是祁函的短信："我在你们医院，如果你没事的话，我们见个面吧？"

要来的总是躲不过，现在他都到医院了，我还能躲到哪去呢？我跟他约在了医院的侧门。我不确定祁函找我想说什么，我想最好还是别让人看见我跟一个帅男人情绪激动地说话，那样我可能会一不小心又被传为佳话。

我抱着刚借的一摞厚厚的论文期刊到了侧门，祁函站在那里静静地等待着。

"你找我有事？"我站定了脚步看着祁函。

"其实我是来你们医院联系事情，想到你在这儿就想来看看你，你……没事了吧？"

"我能有什么事啊？能吃能睡的。"

"那就好，那个人没再找你麻烦吧？"

"哪个人？"

"就是和你相……亲的那个人。"

"没有，这么点小事他哪至于啊？也就是当时生气罢了。"

"哦，这两天我一直在担心，怕他真的会去告你，我还想用不用我出来帮你证明一下呢？在美国如果碰到个律师说会告你，他可能真的就去告你了。"

"放心，这是中国，我们这儿的律师都忙！"

祁函又开始带上他的微笑了。

"你来我们医院联系什么事情？"

"交流基地的事情。"

"真的要运作啦?"

"教授是这个意思。但是很多医院说想做手术中的数据统计,还想做手术交流,教授也很想这样。因为手术中很多过程还是需要我们课题组的人自己记录,所以在等卫生部审核我们的行医资格。"

"你通过美国的医生执照考试啦?"

"是,其实我这几年也跟你一样,我在美国接受住院医师的培训。舅舅说能拿到行医资格比读书难得多,他建议我先拿资格证,所以我就听了他的建议。那时候我没事的时候会去舅舅的课题组看一下,在那儿碰到了教授。四年前,教授的老伴刚刚去世,他和老伴这么多年相濡以沫,那时候我觉得自己有种跟他一样的失落的心情,所以总是会跟他互说心里话,跟他一起说……心里想着的那个人,结果变成了忘年交。我有快五年的时间都耗费在住院医师培训里,我通过之后有三家医院愿意跟我签住院医师的合同。不过教授建议我进他的课题组专修心脏学,所以我才决定读他的博士生,这是近几个月的事情。"祁函看着我笑了笑,"我在跟你汇报我这些年走过的轨迹,那这几年你在干什么?"

"我?"祁函突来的问题让我有些紧张,"我……我……我上班,吃饭,睡觉,相亲!"

祁函忍不住呵呵笑起来:"算了,当我没问过吧!"他低头看见了我手里抱着的期刊:"你……想写论文吗?"他好奇地询问着。

"嗯,是啊。"

"想写什么?"

"关于女人的。"

祁函的笑容里带着一丝无奈:"关于女人的什么?"

"某个地方吧,具体哪个地方我还没想好。"我皱着眉头看了他一眼。

祁函笑着点了点头:"露露!"祁函的表情里有很多的犹豫,好像有话想说。此时是下午的三点钟,陆陆续续有提前下班的同事从侧门经过,半熟脸的同事都会忍不住回头看我们一眼,祁函长舒了一口气:"我们再约见面吧,今天我先走了。"

三天后的晚上,祁函给我发了短信,只有短短的三个字:看邮件!

我打开邮箱发现祁函发过来的邮件,我打开一看,发现他整理了二十条关于妇科学方面的论文题目,每条挂了十篇的文献链接,而且他还把主要的相关段落翻译成了中文。这封邮件没有过多的话语,只是关于学术方面的内容,可是怎么让我看过之后觉得心里如此沉重呢,隐约觉得这像是祁函给我的某种暗示,他花了这么多心思,那我要回报给他什么呢?

2010年的春节和以往不同,今年的除夕之夜是二月十四日,这似乎是我过的最热闹的一个情人节了,接到了很多人的祝福短信,连冰冻了两个多月友情的李貌也作出破冰之举,率先祝我春节快乐,当然还有……楚杰和祁函。

大年初二一大早就接到了祁函的电话:"我们去庙会吧?我们上学的时候不是每年都去吗?而且都是初二去。"祁函的语气里充满了兴奋。

我却觉得越来越沉重了,我犹豫着要不要去。

"看在我为你整理论文的分上。"祁函的这句话一出来,我想我没理由拒绝他了。

初二的地坛庙会,人真的很多。我跟祁函站在门口看了会儿舞狮表演,然后顺着川流不息的人群慢慢向里走着,祁函的脸上挂着开心的笑,每个摊位似乎都能让他站在旁边认真地看一会儿。我看看他此刻的样子,真的不觉得他像个28岁的男人,眼前仿佛还是那个一跟我逛庙会就会跑去跟我比赛套圈的大男孩。

我们逛了一阵儿,两个人都低着头不知道要怎么说话,似乎一开口的第一句话,总会是:还记得吗?

"我在美国的时候交过两个女朋友!"祁函低着头,小声地说着。

终于不是"还记得吗"开场了,我转头看了他一眼,没有说话。

"一个是新加坡人,华裔!另一个是教授的侄女,美国人!"祁函低着头依然小声地说着话。

"祁函,你跟我说这些干吗啊?"

祁函转头看着我:"我觉得你有必要知道!"

他盯着我,像是在努力平复自己的情绪,然后他长舒了口气:"所以我……已经不是……"祁函的表情僵持在了原地,像是要努力表达他下面想表达的内容,可是半天也挤不出下面的话来。

看得我汗都下来了,我真怕他被自己的话给憋死。

"处男?"

我这个词说出来之后,祁函终于松了一口气,他极力地做着深呼吸,看着我点了点头。我忍不住笑了出来,我们俩整个俩极端,我是敢说不敢干,他是敢干不敢说,这事闹得可真有意思了。

"你会原谅我吧?"祁函一脸真诚面容地直视着我。

"什么乱七八糟的啊!"他这句话说出来之后我变得有点生气了,我转身朝地坛的大门走去。

祁函追上来突然拉住了我,我转过身皱着眉头看着他:"祁函,你是不是以为我一直替你守着呢?我告诉你,我没有!你不在的时候我交了好多男朋友!"这句话一出口,自己都觉得没有半点说服力。

"你交多少我不在乎,但是你现在没有!"

"你交女朋友就交女朋友,你不是了就不是了。你跟我说这些干吗?"

"我们重新开始吧?"祁函很认真地看着我,"我想和你重新开始!所以我觉得有必要告诉你!"

我抬起眼睛看着祁函那认真的面容,心里想着他说的这些话。我看了他很久很久……

"怎么开始?"

祁函被我这句话问愣了?他用疑惑的眼神看着我,不知道我问这个问题究竟是想要说什么?

"到哪儿结束?"

"为什么非得要结束呢?我们就不能好好的在一起吗?"

"怎么好好的在一起?"

"你可以跟我去美国啊!我可以给你幸福的生活。"祁函的情绪显得有些激动,"说实话我到现在都想不明白,你当初为什么不跟我一起走,如果你跟我走了,没准我们现在在美国都有个家,有好几个孩子了呢。我真不明白你是不是就这么对我没信心,你是不相信我会一心一意对你,还是不相信我能给你好生活啊?"

"祁函,我相信你的能力比你说的还要大,但是我们是两个人,我可能也会有我自己想做的事情。"

"对,你一直都知道你自己想做什么,不像我,我根本不知道自己想做什么!我只是在做大家希望我做的事!可是大家对我希望都很高,做起来都很难,我拼了命地去实现大家对我的希望,可是我发现,在你眼里那却还没你做的事情一半有价值。你就不能放弃一点你心里想做的事吗?你当初哪怕放弃一点点,我保证你都会比现在幸福。"

祁函说完这句话之后，就把我甩在当地转身朝地坛门口走去。我想他现在心里肯定很生气，因为此刻这种场景又让人想起我们在小树林里的那次谈话。那时候他哭了，这次他没有。因为那时候他去美国，前途还是未曾可知；现在他对自己充满了自信。可是耳边始终萦绕着他最后的这句话，真是如同一把利剑刺穿了我的心！

{99}
我们是对狗男女?

回去的路上我们没有说话,我的心里一直在想祁函刚才那少见的愤怒之词。也许在我和他的关系中,我是自私的那一个,也许当初我真的应该放下包袱去陪伴他,让他在异国他乡更努力地实现大家的希望;应该一门心思踏踏实实地做那个祁太太,而不应该留下来做米露露。这样就不会被人看在眼里有这么多的悲哀和无奈了。

谁悲哀啊?你才悲哀呢!你们全家都……算了我不说了,免得又被人顶着头撞墙。心里的一阵小嘀咕之后,似乎到了和祁函告别的时刻了。

"刚才我的情绪有点激动吧?你别介意啊!"祁函此刻的情绪好了很多。

"没事,我心理素质好!"

祁函笑着点了点头:"嗯,这个我知道,你心理素质是挺好的。"

看看,到底是博士。这要是楚杰,肯定会说:"滚蛋,脸皮厚就脸皮厚,什么心理素质好啊!"也不知道自己为什么在这个时刻又突然想到了他。

"那个陪你来参加聚会的楚杰究竟是谁啊?他和你是什么

关系?"

祁函看着我突然冒出了这个问题,一时让我陷入为难之中。因为确切地说,我也不知道要怎么形容我和楚杰的关系。

"他……是……我……的……小谁老谁?"我皱着眉头看着祁函,不知道这个词总结得到位不到位。他这突然的发问真是让我找不到恰当的形容词来描绘我和楚杰的此时状态。

我是他的恩人?他是我的债主?我们是正在搞暧昧的一对狗男女?好像最后这个总结还比较贴切一点。

"嗯,我知道你们是什么关系了。"祁函笑着点了点头。

他知道了?这么快就知道了?理解能力真强!那你跟我解释解释?我用探寻的眼光看着祁函。

"现在还没出现绊倒你的那块石头吗?"祁函笑着点了点头,"那我算不算幸运啊?在石头还没出现之前我先出现了。"

祁函低头想了想:"我听说你救过他?他很感激你?他半夜被扎伤的送去你们医院的?还有很多警察?"祁函停顿了几秒钟:"露露,你真成熟了。能接受的事物真是越来越多了。"

大胡,你丫这嘴还能再快点吗?你跟祁函真熟吗?你有我跟他熟吗?我都不说你说个屁啊!这男人传八卦的速度一点不比女人差,真是让人崩溃,幸亏只传了一道,要是再传几个人,估计现在肯定已经传我是个"大哥的女人"了。

我成熟了?能接受新事物了?哎,看来祁函也不过是凡人一枚啊,说话间不忘捅上一刀!

"我知道我跟你说的事情,你不会马上给我答案的,我有这个心理准备,毕竟我们都好几年不联系了,而且我们也都有一些个人的变化。所以我说是'重新开始'。不管怎么说我希望你能考虑,认真地考虑。不论是因为某些事还是某些人影响了你,我想我们两个都知道,我们有的东西别人永远都不会有。"

祁函的眼睛里带着很多坚定,语气里满是告诫的含义,让我不免产生了许多压力。可是看着祁函那毋庸置疑的目光,我好像也只能选择点点头了。

隔了几天的一个上午,我们被通知要开一个短暂的全院大会,留下了两三个值班人员,我们一票人有说有笑地去了会场。刚一进去我就想掉头出来了,可还没走出门就被罗惠一把擒住了。

罗惠的表情紧张到了极点:"露露,露露,露露,你看到了吗?"罗惠一直指着主席台。

"我看到了,一个假洋鬼子,加两个真洋鬼子嘛!"

"他什么时候回来的?"罗惠一脸的好奇。

"你们家杨硕士没跟你说吗?"

"没有啊。他说怀特教授有个学生,看着特别年轻有为,是个华人,就是说他啊?"罗惠继续好奇地打听着,"你可真行,这么大事你都不跟我说,你太过分了你。"罗惠瞪着眼睛向我抱怨着。

"多大个事啊?"如果真算大事,可能也就几天前祁函说的那些话才算大事吧,我是想过要不要跟罗惠说,可是还没几天他就带着洋鬼子杀我们医院来了。

大会的内容是要庆祝我们医院被成功选为怀特教授的三十个交流基地之一,课题组的成员可能会不定期地来医院进行手术交流和收集相关的病例,这次主要由心内科和心外科代表全院荣耀地加入,为整个亚洲人类做了巨大贡献。说得我都想哭,我什么时候也能为亚洲女性做点贡献啊。简短的会议,在大家一片欢腾的掌声和课题组成员的感谢致辞之后结束了。

可是罗惠的好奇心并没有结束,她一直跟在我屁股后头,问我和假洋鬼子究竟是怎么回事。我看着罗惠不知道要怎么概括我跟祁函微妙的关系,目前的状态好像是他在用美男计引诱我叛国,极力挑战着我对祖国的忠诚和对祖国人民的热爱。

将自己拔到了这个高度,这事情想起来就觉得舒服多了。

中午罗惠拉着我去了食堂,仍然是对我的穷追不舍。"就是你看到的这样,不是你想的那样。"我给罗惠作着笼统的解释。

"我结婚了。"罗惠一边吃着饭,一边轻描淡写地说出了这句话。

我的咬合肌瞬间又失去了功能,我张着嘴看着仍然低头吃饭的罗惠,判断着她是真结了还是真神经了。

罗惠抬起头来看着我:"你怎么了?又面瘫了?"

"什么时候?"

"昨天。"

"跟谁?"

罗惠呵呵乐起来:"还能跟谁啊?杨志成呗。"

"你每次结婚非得这样吗?"我开始控制不住地大声起来。

罗惠在桌子底下踢了我一脚:"你小点声!人家都看咱们呢,什么每次结婚啊?"

"你非得要这么结婚然后说出来吓我一跳吗?"

"这也不怪我啊。前天晚上他爸吐的口,然后昨天杨志成就跟犯疯病似的,说趁热赶紧把证领了,省得他爸后悔。"

"他爸为什么同意了?"

罗惠笑着摇了摇头:"其实我也不知道,大年初三的时候,杨志成擅作主张直接把我带到他们家去了,那天特别尴尬。他爸他妈看到我变得挺紧张的,还做了一大桌子菜,我们四个人在一起吃了一顿饭,随便聊了会儿天,真的特别平静。我本来还以为他爸妈见到我会骂我呢!可是他们没骂我,就是很普通地接待了我。然后过了年,前天晚上他爸跟他说,实在不行就结了吧。"

"他爸被杨志成给磨平了?"

罗惠想了想:"你要这么解释也可以吧。"

我捂着嘴看着罗惠,我有点激动,我真的太激动了,我有点激动得不能自已,觉得眼睛里又开始犯热了。罗惠她终于熬到了!我心头的这个包袱也像是终于被放下来了一样。看看,人家第二次婚都结了,可是我怎么一次婚也结不了啊?

"露露,你怎么了?"我正激动地看着罗惠,耳边又传来了那熟悉的声音。

我突然转头看发出这声音的人,祁函一脸好奇地看着我:"你不舒服啊?你哭啦?"祁函皱起眉头判断着我此刻的情绪。我捂着脸环视着四周,发现原来食堂的嘈杂声音已经渐渐沉了下去,整个食堂似乎只有祁函在看我,而其他所有人好像都在看着他。我觉得自己又需要去桌子底下待一会儿了。

罗惠一脸惊喜的面容,盯着祁函,她时不时看我一眼轻唤着:"米露露。"

我努力地捂着自己的脸:"祁函,罗惠;罗惠,祁函。"为他们作着简单有力的介绍。

罗惠高兴地伸出手来:"我是你们师姐,咱们一个学校的。你真不错,为咱们学校争光了。"祁函跟罗惠寒暄了一阵儿。

我则坐在位子上,依然捂着脸小声地嘀咕着:"你来食堂干吗来了?院长不请你们课题组的人吃饭吗?他什么时候变这么小气了?"

"请的,我一会儿就过去。我们一共六个人,分两个组,我们下午就要去南京,我下一周都要在南京了,所以我就来看看你。"

"嗯。"我看着祁函艰难地点了点头,"那你路上注意安全啊。不是,你好好为亚洲人民作贡献啊。"然后又慌忙低下头去。

心想着,祁函你赶紧走吧。你不在这几年,我在医院老风光啦,我真是不想再风光了!祁函跟我打过招呼之后,就匆匆走掉了。罗惠看着祁函的背影,转头看着我说:"他是不是又帅了?"

"不知道,问村长去!"我极度不耐烦地回答了她。

"下个月我要办婚礼。"罗惠坐下来一脸幸福的表情。

"这么快!"

"啊,小型的,他爸说就把他们家亲戚和我们的同事叫来就行,也就办个十几桌吧。这两天正联系饭店呢,'聚仙阁'那儿有朋友是大堂经理,应该没什么问题。我想了想,不管怎么说这是我第二次结婚了,也不想搞得太隆重,早办了事挺好的,可以踏实过日子了。你想办法给我把他叫来啊。"

我抬起头来看着罗惠:"谁啊?"

"就他啊,刚走那帅哥。"

"你叫他干吗啊?你们俩都不认识!"

"你听我跟你分析分析啊,"罗惠满脸的认真表情,"我结婚你肯定得来吧?你这档岁数的可都是拖家带口的来,就你自己来?我把你跟我们科20岁小护士放一桌去?要不你跟杨志成他们科的人在一起?你们熟吗?我这是帮你制造点机会,万一你们能旧情复燃呢?其实最关键一点,我们家老杨可崇拜他了,上次他开完学术会一个劲跟我念叨。我真不知道是他,我要早知道是祁函,不早找你来了吗?让你给我们引荐引荐啊。"

"嚯,有没有这么伟大啊?"

"不知道啊,反正我们老公觉得他挺厉害的。露露,你说我结婚容易吗?这么个小事你都不帮忙啊?"

"那如果他不来呢?"

"你去努力努力嘛!他去趟外地都能跑食堂看你,陪你参加个婚礼怎么不行啊。我就这么个要求,你不会不帮我想办法吧?你不是一直盼着这一天的吗?"

我不能拒绝罗惠,我想让她高兴,我想让她开开心心的结婚,让她办个满意的婚礼。

其实我真的不确定祁函是否愿意来参加这个婚礼,从我认识他的时候开始,他就不太喜欢跟不熟悉的人产生过多的交集。因为那些不熟的人,在认识他之后总会不停地邀请他参加这样或者那样的聚会,他说他有点应付不来。他是只喜欢生活在自己社交圈内的一个人,不知道这几年改变了没有。不过这都是医学界的同仁,应该不算是别的圈子吧。

我犹豫了一个星期,终于还是拨打了祁函的电话。

"喂!"祁函的声音里有很多兴奋的语气。

"你还在南京吗?"

"是啊,现在还在,后天去广州,有事吗?"

"过两周罗惠要在聚仙阁办婚礼,她老公是心内科的,特别欣赏你,很希望你能去,你能跟我一起参加一下吗?"

"谁?"

"罗惠!食堂里认识的那个。"

"哦,她啊。很重要的人吗?"

"嗯,是,挺重要的。"

"那你等我看看啊。"

"那天……那天……我们在上海,那天刚好安排了个学术讲座。"祁函的语气里透着十分的为难。

"哦,你有事……那就算了。"我把电话挂了,心里不知道是什么感觉,有失落有庆幸,失落他果然没有空,庆幸他如果不来我就不会被大家议论了吧。

躺在床上翻着杂志,心里想着要怎么跟罗惠解释祁函没空的事情。手机忽然响了。

"喂!"

"米露露,你觉悟也太低了啊,都月底了怎么不想着还钱啊。"电话里楚杰一副抱怨的口气。

"啊,对,你不说我都给忘了。我这个月宽裕了,我能还你一千,明天我给你送去啊。"

"我不要一千,我就要一百。你别给我送来,我明天找你拿去。"

第二天下了班,楚杰真的跑医院找我来了:"我前些天出差了,走了八天,带了点特产回来,你给你爸妈拿回去吧。"

楚杰递给我一大袋子东西,我递给他一百块钱。哎!现在这干的叫什么事啊?如今见到他的心情有种说不出的烦躁。怎么想都觉得,我们是一对搞暧昧的狗男女啊!

"你今天有事吗?我请你吃饭吧?"楚杰带着笑看着我。

"你两周后有空吗?跟我去参加个婚礼吧?"

"好啊!"楚杰脸上的笑容变得更大了。

{100}
我尽力了!

三月份的北京,杨树已经开始发芽,空气里却还带着几分凉意,让人一出门总禁不住打个寒战。今天我有点兴奋,因为我要去参加罗惠的婚礼,这个婚礼我等待好久了,这个婚礼可以抹去我内心的一道阴影,让我在面对罗惠的时候不再满心愧疚。

我挑了最隆重的衣服,当然了,是在保证绝不会撑破的前提下。老妈很早就知道我要去参加婚礼,她特别开心,鼓励我去多沾沾喜气,说没准会让我转运。

九点半的时候我接到了楚杰电话,他说已经到楼下了,让我准备好了就下去。老妈的顺风耳似乎也听见了楚杰的声音,于是立刻陷入到"半疯"的状态里。

"你又跟薛凯的领导一起去啊?"老妈一脸的欣喜。

"你想说什么啊,老妈?你不会今天也不让我回来吧?这可刚上午。"

"你看你把你妈说得,我能是那样吗?"

"您一直是这样的。"

"胡说,不过你们参加完婚礼干吗去啊?"

"各回各家,各找各妈。"

"我不用你找我,你跟他出去转转吧,多培养培养感情。"

"妈!"我不能再跟老妈多说了,没准她一会儿又冒出什么奇怪的想法来。我拿着大衣赶忙走出门,慌慌张张地跟楚杰上了车。

"你看你急的,跟后面有人追你似的。"

"嗯,我妈在后面追呢,快跑!"

楚杰带着笑,开着车离开了我们家,老妈的电话也随即追了过来。

"丫头,我刚才还没说完呢。你们要不去看看电影,逛逛公园,别老动不动就回家来。"

"妈!"赶忙把电话按掉了,王雪琴女士的声音真是越来越大了。

还没两秒钟老妈的电话再次追来,我刚一接起来就听见老妈带着激动的声音说:"咱们这么大年纪了,光矜持没有用!好歹也得对男人使点劲!"

再次慌忙把电话按断,我这汗啊,哗哗的往下流啊。还没等我这口气倒上来,老妈的电话又再次响了起来,我情急之下干脆把电话关了,它终于不再响了。这个世界清静了!

"阿姨跟你说什么呢?你那么不爱听?"

"啊?她……她……她说让我少吃点,别吃多了。"

"哦。那我觉得阿姨说得有理,你应该听她的。"嘿,这楚杰,逮住机会就得跟我这逗闷子。是,您身材是比我好点,你有本事吃得跟我一样多,我看你能好哪儿去!

罗惠办婚礼的这个饭店着实有些远,她决定办婚礼的时候也比较仓促,所以好的地方早就订没了,要不是这家饭店有熟人估计也会没地方的。

饭店在北京的昌平区,不算很大但是装修得还不错,同天办婚礼的共有三家人。看来我这喜气算是能沾足实了。

婚礼的大厅不是很大,一共十二桌酒席,坐满了人,使不大的会场显得十分热闹,放眼望去很多都是熟悉的面孔,看来医院里真来了不少人啊。我早就跟罗惠打过招呼,告诉她祁函有讲座真的过不来,罗惠倒是无所谓,不过杨志成的脸上确实有些失望。

我在会场里找着相熟的人,妇科好像只有我被邀请了。罗惠也邀请了邢淑兰,不过邢大夫没有来,我想她可能觉得多少有些尴尬吧。

我跟楚杰找了张写着"同事"的桌子坐了下来,一桌子人只有几个是半熟脸,似乎在医院都没说过话。

"你是哪科的?"临座的女人向我好奇地打听着。

"妇科。您呢?"

"我药库的,我妈糖尿病住院的时候,一直在罗大夫手下管的床,所以她请我我就来了。"行,罗惠,黑份子你可有一手啊,我要向你学习!

"那我以后妇科有事,就去找你啦?"药库的同事继续跟我套着近乎。

"行啊,来吧,没问题。"

"这是你爱人吗?"女人看了看楚杰,笑了笑,楚杰也礼貌地看着她回笑了下。

"不是,是朋友。"

"那你是跟罗大夫熟还是跟杨大夫熟啊?"

"我跟他们俩都挺熟的,主要跟罗大夫熟。"

旁边的同事跟我有一句没一句地聊着天,主席台上的司仪则饱含深情地主持起婚礼来。当他让罗惠和杨志成深情对望开始,我发现我的情绪就开始不能自已了。我的眼泪控制不住地往下流,罗惠和杨志成也不能自已的在主席台上哭了起来,到后来几乎成了抱头痛哭。主持人保持着他顽强的心理素质,在台上继续说着那些煽情的话。

到后来我哭得有些泣不成声,只好把头低下去抵在桌子上。我的样子把一直在旁边叨叨的同事吓了一跳,她看着楚杰指着我:"她……她怎么了?"

"没事,激动的。"楚杰帮我跟同事作着解释,从桌子上拿过一摞餐巾纸来。

他拿一张递给我,我则接过来擦完眼泪,攒成了小球再还给他,于是他再递给我张新纸巾……所以接下来的婚礼我一直趴在桌子上哭,楚杰则负责坐在旁边给我递手纸!一直递到了满满一桌子菜都上齐了,我还低着头难以平复情绪。

"你情绪抒发得可以了吗?"楚杰在旁边小声地询问着。

"没事,别管我,你吃你的。"

"我吃得下去吗我? 我这捧着一大把你用过的手纸,鼻涕眼泪一大把的。我看你哭差不多了啊,人家结婚挺喜庆的。"楚杰依然小声地嘀咕着。

我抬起头来看着楚杰,他则皱着眉头看着我,手里抱着一大把我用过的卫生纸。

"你还哭不哭了? 不哭我扔了去啦啊?"

我看着他摇了摇头。

"哎! 女人啊!"楚杰轻轻地抱怨了一句,就去扔那一大把用过的卫生纸了。

一顿饭吃下来,药库的同事几乎快跟我成了无话不谈的好朋友,她几乎把她们科的八卦全都跟我报告了一遍,然后又跟我谴责了我们科谁谁的态度很不好。

我想我就不跟她交换八卦了,因为我们科的八卦几乎都是我制造的。婚宴散场的时候,药库的同事依然跟我肩并肩一起往外走,楚杰只能默默地跟在我的后面,插不上半句话。

走出饭店门口的时候,我想着怎么跟这位新结识的好朋友告别。

"露露!"那个熟悉而温暖的声音传进了我的耳朵里,让我不禁颤抖了一下,以为自己又幻听了。我循着声音转头看去,祁函正拎着包满头大汗的向我跑过来。

跑到饭店门口的时候,他一直大口地喘着气,看着我半天说不上话:"出租车把我扔在街对面了,我……我还是晚了吧?"他皱着眉头看着我,额头渗出了涔涔的汗水。

祁函在我眼前的突然出现真是把我惊呆了,旁边药库的同事也被这满头大汗的男人吓了一跳,她好奇地打量着祁函:"你好眼熟啊!"她在旁边小声地嘀咕着。

"你怎么那么像上次全院大会上讲过话的那个人啊?可是不说那人是个美国人吗?我是药库的,你是哪科的?"药库的同事又开始转攻祁函套近乎。

祁函看着她笑了笑:"你好,我是祁函。"

祁函说完这句话之后,抬眼看到了我身后的楚杰,那一刻他的笑容僵持住了,表情里有无数的疑惑。楚杰就站在我的身后,但是我不敢去看他,因为此刻的祁函已经知道他不是我的那个伴侣了,那我还要不要重新为他们介绍一遍呢?

祁函看着楚杰愣了十秒钟,然后他朝楚杰礼貌地笑了笑。我不知道楚杰会不会对他笑。此时楚杰好像成了个身后的幽灵,几乎已经让我感觉不到他的存在了,可是你又知道他就在那,他静得出奇!

"祁函,你不是有学术讲座吗?你不是应该在上海吗?"

"是有讲座,你跟我说的时候都已经敲定好了,我本来想问能不能改期,可是他们说场地和人员都通知好了,不能改了,我只好去改我的机票了。八点半开始讲,我让他们把我换成了第一个,我讲了半小时就出来了。我想试试,看能不能赶上参加这个婚礼。"

"你要来你为什么不跟我说啊?"

"我不确定我能赶上,你跟我说他们特别希望我能参加,我要是告诉你我会来,结果我赶不回来,那不是让你和你的朋友失望吗?"

祁函伸手擦了擦头上的汗:"飞机降落的时候,我看了下时间差不多能赶到,然后我就一直给你打电话,想告诉你我能来,可是你的电话一直关机!这地方还特难找,我真是找了好久!结果现在还是晚了。"

他是祁函!我怎么把这个事给忘了,难道是因为分开太长时间了?祁函从不对人作不切实际的承诺,可是他永远都会尽全力去做别人希望他干的事情,做好的时候他会告诉你他做好了,让你在他那儿总能获得惊喜,从来没有失望。

那今天这个事情算做成了吗?我想可能让他有些意外,我不再像以前了,会一个人独自站在那儿等着他带来的惊喜,因为此刻我的身边又站了另一个人。

这事又让我给弄杂了,复杂的杂。说句江湖上的黑话:我真是又干了件操蛋的事。人在某种环境、某种压力、某种心理、某种情绪的影响下,经常会做出一些决定来配合当时的心情和状态,但是却没有计算后果,概括为:莽撞。说话办事之前真的应该掐指算算各种事情的可能性,可是我如果真能算出来,那我这还叫人生吗?应该叫神生了吧?

那现在我该怎么办啊?佯装心脏病突发?假装躺倒?趁乱蒙混过关?可是身后的饭馆里真还有五十多医生护士呢,一半都是心脏科的。抽羊痫风?他们不会往我嘴里乱塞东西吧?我的思想很奔逸,我的表情很痴呆。

"他是你爱人吗?"旁边的同事又突然冒出了一句探寻的话。

"啊?"我转头看着她,已经不知道要怎么回答了,因为我满脑子都在想祁函赶回来的事情。

罗惠和已经喝得有点微醺的杨志成陪伴着一些科领导和同事从饭店里走了出来,她刚一走出门,就立刻看见了祁函。

"呀,祁博士你来啦。"

祁函带着笑赶忙迎了上去:"对不起,我来晚了,我祝你们百年好合,白头偕老,早生贵子。"说完祁函从怀里掏出个红包,递给了罗惠。

"祁博士,你这是干吗啊?您来我就挺高兴的,您看您都没吃饭。"杨志成上来赶忙把红包推了回去。

"不用叫我祁博士,叫我祁函就行。这是应该的,露露说你们很希望我来,结果我还是来晚了,不好意思啊。"说完祁函又把红包塞到罗惠手里。

罗惠十分为难地看着我:"露露!"

我看着罗惠又看了眼祁函:"拿着吧,他的心意。"

"咱们合张影吧,咱们医院的跟祁博士一起。"忽然有人提着建议。

于是大家你拉我拽的在门口的台阶上排好队,让摄影师给大家留了影,才高高兴兴地散去了。

楚杰的脸一直如雕像般冰冷，他依然站在原地漠然地看着眼前发生的一切，平静到了吓人的程度。

人们散去，我看着祁函和他满头的汗水，半天挤不出一句像样的话。

祁函看了眼楚杰，低头看着我轻轻地叹了口气："我……我真的尽力了。"我回应不了他，我的脑子已经奔逸成一脑袋浆子，我目前只有站在那儿看着他的能力。

"我们走吗？"楚杰的声音从身后缓缓地传了过来。

我转过身看了楚杰一眼，点了点头，低着头朝楚杰走去，走了一半我转身看着祁函，他的眼睛里有很多的失落，那表情如同一个考了99分的孩子，既等待着家长的承认又期盼着家长的原谅。那眼神让我很内疚。我控制不住地又朝他走了回去。

"你怎么回去？"

"我？坐地铁或者打车。"

"我搭你到地铁口吧？"

"啊？"祁函看着我，又望了楚杰，"合适吗？"

"把他送到地铁口行吗？"我转过头来看着楚杰。

楚杰依然冷冷地看了我们十秒钟，然后点了点头朝他的车走去。

我知道你们会骂我此刻的举动。可是我这么一个大善人，我怎么能把他就这么扔在这儿，让他站在这里看着我们离开的背影。如果我把他扔在这就这么走了，是不是有点太伤人了？至少我可以载他去地铁口，只有五分钟的车程，算是给他一点点安慰吧。

五分钟的车程，我们三个人都很安静没有说话。到地铁口的时候，我和祁函都下了车，我打算跟他礼貌地告别。

"祁函，谢谢你赶过来，下次你要打不通电话就别这么执著了。"

祁函看着我笑了笑,忽然抬手轻拍了下我的脸:"别傻了!我走了。"然后他就朝地铁走去。

我又上了楚杰的车,楚杰的面孔依然沉寂。他开离了地铁口十几米的距离,突然停了下来:"你下去。"他冷冷的声音。

"啊?"我不太确定,他好像是在轰我下车。

"我让你下去。"我赶忙从车上下到了外面。我知道他会生气,他一直怕被祁函碰到的丢脸时刻已经真的发生了。

楚杰将车开了出去,开出了几十米之后,他又飞快地把车倒了回来,他忽然按下窗户皱着眉头看着我:"你上来。"

啊?这是又让我上去啦?督促我锻炼身体呢?

我有点胆怯地开门坐回到了副驾驶。

楚杰将车熄了火,他坐在驾驶位上做着深呼吸,隔了许久:"我本来想就这么走了算了,可是我想了想还是想跟你问清楚。"楚杰又再次喘了口气:"米露露,我是不是个垫背的?"

"什么?"

"我问你,我是不是个垫背的?"楚杰的语气里充满了愤怒。

{101}
都收了？

楚杰语气里的愤怒气息,让人实在不敢随便插话。我低着头坐在旁边不敢看他。楚杰则依然在那里做着深呼吸。

"我知道我不算个好男人,我骨子里大男子主义,我有时候还有点瞧不起女人,我从来不爱在女人身上花心思,因为不确定的因素太多,就算你花了再多的心思也不一定能得到你想要的。不像工作和生意,只要你努力了就能有收获。那现在是怎么了?我遭报应了?"

楚杰转过头来看着我:"你真的不知道我在做什么吗?"

依然是我的沉默。

"你要是真的不知道,你就是傻子!你要是装不知道,还故意这么对我,你就是混蛋!"楚杰的情绪真的很激动,让我不知道说什么话才能让他安慰一点。

"我就是个垫背的男人!在你需要的时候才会被唤来的那一个是吗?可是我真的就是个人,我就是个普通的男人,你别逼我开阔自己的心胸!你想让我心里容忍多少东西?一直被人利用还要坚强的开心?或者装出开心来?我装不出来。"

"今天这个事……他……"

"不是今天!是很久了。也不仅仅是因为他还因为你。你知道我说的是什么意思吗?"

我带着艰难的面容,抬头看了他一眼。

我是傻子吗?我不是!我是混蛋吗?请批准我说不是!楚杰问我知不知他在说什么,我想我知道!祁函的突然赶到,就好像当初小树林里绊倒我的那块石头,让楚杰实在矜持不下去了,我猜他此刻是在向我示爱吧?用他特有的方式,楚式示爱法。只是不同的是,这块石头没有绊到我的脚,而直接砸到了我的头上。砸得我又疼又晕啊!

"我不会说甜言蜜语,因为我从来没说过,"楚杰突然转过头看着我,"可是现在这样说出来真的有用吗?如果你告诉我有用,我可以说!"

"你千万别说!"我伸出手来阻止了他。

楚杰带着勉强的笑容无奈地摇了摇头:"我知道你会是这样!"

我努力地喘了口气:"楚杰,我跟祁函有很多的过去,而且那些过去到现在都很清晰地印在我的脑子里,就好像昨天发生的事情。"

"我知道!每个人都有很多过去。我也有很多过去,跟不同的女人。不过我现在一个都不记得了,只记得她们的名字不记得有过什么事情。你只有一个过去,可是你们记得每件事情。所以这是我注定的吧?我说过了,这是我的报应,为了那些我从来没用过心的女朋友。"

此时的这个谈话真让我觉得越来越沉重了。

"可是这次不一样,我这次真的用心了!我至少在按我脑子里能想到的事情尽我的能力去做。也许我什么地方是做得还不够好,但是我现在就想问问你,我继续努力会有用吗?还是我真的只是个垫背的?"

楚杰咄咄逼人的问题压得我有些透不过气来,让我再次陷入到慌乱的思绪里。我拼命地想捋顺我的思路,我觉得整件事情从头到尾根本就是有人在整我!要不一个男人没有,要不"哗啦"给你面前立俩,还非逼着你立马挑一个,还都是 A 等品。要不然实在不行算我吃点亏,我把他们俩都收了?可是估计他们俩也不能干。要不我让他们俩都站好,我看看谁身材好点,把身材好的那个牵走?还不成的话我抓阄?哎哟!这是谁的鞋啊,可扔我头上了啊,你们注意点我的安全,我还得想事情呢!

"他……你……我……哎!"

"没有答案,在你那始终是没有答案。我都是个 33 岁的男人了,如今还要经历这种折磨了?我在我工作里建立的那点自信心,就这么两个月全都被你打击没了。我一直怕自己是个笑柄,结果到头来还真是个笑柄。我就是被你叫来让人笑话的吧?我猜他心里没准已经嘲笑我很多遍了!"

"祁函他不会那样的。"

"对,他是不会。"楚杰笑着摇了摇头,"他不需要,到哪都被无数人簇拥着,接受别人崇拜的眼神。在你那里,你让我觉得我什么都不是。可是如果我告诉你,我带领的团队年年都是公司的销售冠军,我也是被很多人崇拜的,那你能不能把我跟他放在一个起跑线上啊?"

"楚杰。你看你这话说得……这跟那个有什么关系啊,我不是因为那些。"

"是,我有点口不择言了,我不知道我还能说什么了!你能告诉我现在应该怎么做吗?我不想当垫背的,米露露。"

"你真的不是垫背的!"我怯怯地小声嘀咕着。

"那你告诉我,我究竟是什么,我到底算是什么?"

我觉得楚杰的脑子极度混乱,说开了心里话之后就控制不住的非要让我给他个答案。我如果能给我早就给了,我何必坐在车里跟你这么纠结地唠嗑呢。

这种气氛真让我压抑,我时不时地抬眼看他一下,然后又低下头去。祁函让我跟他重新开始,楚杰让我给他继续暧昧的希望,可是我真的给不了,我现在多说任何一句不切实际的话语,将来都有可能让我变成个彻头彻尾的混蛋。我不想变成混蛋,因为混蛋太多了,再混我也只能混个三流水平,我还是不要去凑热闹了。

楚杰依然做着深呼吸,他在等待着我的答案。

"要不……要不你打我一顿得了?"

我话音刚落,楚杰转过头来死死地盯着我,眼睛里充满了极度复杂的情绪:"你……你……为什么非得是你?我自己也想不明白!"无奈的摇头之后是尴尬的沉默。

"算了,"楚杰的声音缓缓地传了过来,"我想我真的不会玩这种感情游戏,可能这就是因为我不尊重女人而应得的。我们……我们就这样吧,我不会再逼你什么了。你也不需要给我答案了。"

我们又都安静了下来,过了很久:"那……那我现在是不是又该下去了?"

楚杰不点头、不摇头、不说话、不看我,他只是面无表情地看着车前方。

我慢慢地开了车门,慢慢地下了车。我转过身的时候,楚杰将副驾驶的玻璃按了下来,他坐在车里皱着眉头看我,依然说不出话来。

"那,再见了。"我小心翼翼地挤出了这句话。

楚杰又静静地看了我一会儿:"再见吗?"说完这句话,楚杰把玻璃按了上来,开车离开了。

我看着他离开的车影,想着他在玻璃闭合之前那哀怨的眼神,心里被深深地揪痛了。

虽然楚杰没有打我,可是我回到家的时候如同自己被人暴打了一顿似的,从头疼到脚。一进门就一头栽倒在床上,昏昏沉沉地睡了过去。隐隐约约听见手机响了,我伸手拿过手机半眯着眼把电话接了起来。

"露露,是我!"祁函轻柔的声音从电话里传了过来。

"祁函,有事吗?"

"你到家了吧?"

"嗯,到了。"

"露露!"祁函沉默了一阵儿。

"我今天真的害怕了!我真的怕你跟着他就那么走了!我没想过他会在那儿,我跟你说重新开始,可是心里却还把你想成大学时候我的女朋友,我有点太自以为是了。谢谢你今天没把我扔在那儿。我想我会自我检讨的。"

"祁函,没那么严重吧?你从上海赶过来,我就把你送到地铁口而已。"

"不,不,不,那不一样,你早点休息吧,我听你的声音好累啊!"说完祁函把电话挂了。

好家伙,今天这两男人都跟我掏心掏肺地把自己说得"一无是处",把我抬得这叫一高,感觉自己都快飞上天了,他们俩不会商量好了一起撤伙吧?那我还不掉下来摔个半残啊!实在不成了,我就下个狠心犯点法,把他们俩都收了,这样他们俩不就能一起搬个板凳坐墙角互相进行"批评"与"自我批评"了吗?

{102}
轮回

最近我在医院的知名度似乎又有了新的提升。祁函这两周都在北京,医院为他们课题组收集了四个完全符合条件的病例,等待他们来进行手术交流。手术被安排在连续的两天内进行,祁函每天下了手术都会兴高采烈地跑到我们科来找我,让我跟他一起去食堂吃午饭,就像上大学的时候他一下了课就兴高采烈地拉着我去食堂抢饭一样。

"祁函,我不能跟你一起吃午饭,这样会造成极坏的社会影响!"

祁函看着我呵呵地乐个不停:"什么坏影响啊?你那脑子里又开始瞎想什么了?咱们以前不是一直一起吃饭吗?"

"现在不一样了,全医院没几个人知道我认识你,你不知道我在医院其实是很有号召力的,所以我要保持低调。"

祁函笑得更大声了:"那好啊,咱们不一起去食堂,你吃你的,我吃我的,但是我坐你旁边或者坐你对面这总行吧?"说完祁函就像个执拗的小孩,自己先高高兴兴的去食堂了。

于是乎,什么米露露重现江湖必将引起一场腥风血雨;什么小三女使媚功成功勾搭美籍华人;什么外国人的审美眼光果然很怪……

又很快传遍了医院的每个角落。我真是无比的荣幸,总是有那么一帮人时刻关注着我的动态,对我的行事保持着清晰的记忆,我鞠躬表示感谢,我谢你们一辈子!

两周里祁函只来了医院两次,其他时间他们去了别的医院,然后又跟他的课题小组赶去了外地。这两周里没有接到楚杰的电话,也没有任何短消息,看来他真的不会再联系我了,我翻着日历看了看又快到月底了,心里想着我还欠他的钱呢,我是不是应该把我的定期存款取出来一次还清他?

周五我在家里翻出了我的存折,想着周六去把钱取出来,然后想办法还给他,比如可以去找薛凯让他转给楚杰,心里正作着盘算。

忽然手机响了,这号码是楚杰的家,让我有点紧张,我哆哆嗦嗦地接通了电话,传来了祝阿姨的声音:"露露,是阿姨。你这些天忙什么呢?"

"没什么,还是老样子。"

"哦,那是阿姨这些天太忙了。阿姨一直在小区的老年活动中心里排话剧,阿姨又重演四凤了,就是老点。明天晚上是我们首次演出,在地区文化宫。你来吧,来看阿姨演话剧,我们这可是卖票的,阿姨给你留了最好的位置。"

"祝阿姨……"

"阿姨这么大的事,你不会都不给面子吧?"

我犹豫了一下:"行,我去。"心里忽然想到把钱给祝阿姨其实也可以啊。

"你跟老虎怎么了?"祝阿姨突然冒出了这个问题。

"我跟他……没什么啊。"

"他这些天变得特别怪,脾气暴躁极了,本来以前九点多都能回家了,这些天又改半夜一两点才回来了。要不然就是听他半夜还在骂员工。我问他怎么了,他说没什么,做错事了就是该骂。我就问了他句,什么时候叫露露来吃饭啊,他突然跳起来跟我说'你少跟我提她',然后就进屋把门插上了。这两天都没怎么理我,我猜这又是跟你闹脾气了。不是阿姨说你们,你们都挺大岁数的人了,怎么还老为些小事吵架啊?"

"阿姨,我们没吵架。"

"真的?行,那阿姨相信你。到底是什么事你心里应该清楚吧?"

我沉默了半天接不上祝阿姨的这句话。

"阿姨,明天的话剧那个……楚杰他……"

"他不来,我前两天问过他了,他说他没空。"

祝阿姨的这句话让我松了口气,我现在真的很怕看见他。这些天我的眼前总是环绕着楚杰关车窗前看我的那种眼神,眼神里的那些失落情绪,让我想起来心里都会抽痛一下。我实在不想在感情里随便伤害人,所以我不想给他不确定的希望,可是现在发现好像把他伤得更深了。

这话剧的确是卖票的,我刚一来就三五个黄牛党围上来问我要不要票。

"多少钱?"

"八块钱两张。"

"胡说,那门口贴着十块钱一张,你卖八块钱两张那不是骗人吗?肯定是假票!"

"大姐,这真是话剧团的票,挨着小区发的怎么能是假的呢?要不要?"

"不要!"

"不要,您跟我这逗什么闷子啊?"

"谁让你叫我大姐的!"

哎,人生中头回享受 VIP 待遇,居然是第二排的座位。本想打听打听自己究竟占了多大便宜,闹半天阿姨满小区的送票!

可能因为送票的原因,一进文化宫,黑压压的一片人,只是这黑压压的一片人头发都偏白,放眼望去基本都像 60 岁以上。老版"雷雨"果然面对的观众群不一样。

第二排几乎已经坐满了人,我的位置在正中间,我从头挨着个跟人说着:借过,谢谢,谢谢,借过。快到我位子的时候我愣了,我位子的旁边,楚杰正面无表情地坐在那里。

我站在那看着他,他缓缓转过头来看了我一眼,没说话,又面无表情地看着舞台了。

"姑娘,你到底坐哪儿的? 怎么站在这不动了?"卡在一旁的大妈终于说话了。

"我动,我这就动,我正准备要动呢? 您别急啊,我可要动了。"我一连串话之后,楚杰又忍不住抬眼看了我,满脸的无奈只是这次他没有笑。

我尴尬地挪到他的旁边坐了下来,转头看着他挤出点笑容来:"您好。"朝他点了点头。

楚杰冷冷地看了我一眼,依然没有说话。

这你可真有点小气了啊? 好歹我也点头哈腰地问你好了,还用的是敬语,怎么也得意思意思张句嘴吧! 我窝在自己的位子里,不自禁地用手揉着衣服的一角,余光时不时扫视下楚杰的脸,他就像旁边根本没坐着我这个人一样,面无表情地继续看着舞台,等待着话剧的开始。

祝阿姨他们演得可真好,虽然演员们年龄偏大,可是依然挡不住四射的激情,看得我激动不已。到结局高潮的时候,我又有点控制不住自己情绪,忍不住的在位子上抽泣起来。我极力捂着嘴生怕自己哭出声来。我正在全情投入的时候,忽然一包面巾纸伸到了我的面前,把我吓了一跳。

我转过头看着拿着那包面巾纸的男人,楚杰皱着眉头,一脸不屑的神情:"我就知道你得这样!"

我接过了面巾纸,抽出一张来擦着眼泪,一边擦一边把纸搓成了小球。

"别给我,我可不要!"楚杰的眼看着舞台,嘴里却说出了这句话。

谁说要给你了?真是自作多情。可是他不要那怎么办?现在只能自己拿着了。

一出经典悲剧在大家雷鸣般的掌声中结束了,所有人都起立向台上的演员鼓掌致敬,舞台上的演员也频频地向大家鞠躬致谢。我想可能只有我没鼓掌吧,因为我手里抱着一大坨卫生纸。

"我妈说,散场了让咱们去后台找她。"楚杰的声音在掌声中,缓缓地传了过来。

"哦。"我艰难地从嘴角挤出一个字来。

我跟楚杰一起来到了后台,祝阿姨正坐在镜子前卸妆,从背影看可比我年轻多了。

"阿姨,您演得可真好!"我凑上前去向阿姨表示着祝贺。

祝阿姨呵呵乐起来:"哎,我们这些老家伙为这个可是卖力啦。"祝雪梅忽然看了楚杰一眼,转过头来对我说:"露露,阿姨可没骗你啊,只是有些事情阿姨也意料不到。"

"老虎,你送露露回家吧,天都挺晚的了。我们这帮老家伙要去吃庆功宴,没你们的份。行了,别在这站着了,快走吧。"说完祝阿姨把我和楚杰从化妆间里推了出来。阿姨费力把我叫到后头就是为了告诉我她没骗我啊?

我跟楚杰站在化妆间外尴尬地互看了一眼。"走吧。"楚杰说出了这两字就率先带路朝文化宫外走去。

一走出文化宫,我觉得自己真的需要立刻逃跑,以躲开这股压抑的气场。

"那个⋯⋯那个⋯⋯我就不麻烦你送我了,我自己回去就行了。"

楚杰突然转过头来怒目瞪着我:"你少跟我废话!"这突然的吼叫又把我吓了一跳。我站在原地看着他正在朝车走去的背影,眼睛则一直搜索着逃跑的最佳路线。"过来啊,戳在那干吗呢?能当电线杆用啊?"你看看他这是什么态度?他是不是后悔上次没打我?我这跟上去他不会就要动手了吧?怎么跟我欠他钱似的啊?咦,我好像还真欠他钱,对,我今天是来还钱的。本来是要给祝阿姨的,现在是不是可以亲自给他了?

我跟在他身后走到了车前,犹豫着不敢上车,前些天被两次轰下车的情景又再次出现在眼前。楚杰坐在驾驶室按下了旁边的玻璃看着我:"上来,别在下面站着。"这个角度、这个动作和这个人都好熟悉,只是几天前他的脸上还带着失落,可是现在他的脸上不带任何表情。我坐进了车里,慢慢的从包里掏出个信封来,低着头递给了楚杰:"楚大哥,那个⋯⋯那个我还欠你钱呢,我今天去银行取了,你给收起来吧。"

楚杰转过头来看着我,呼吸开始变得深沉起来,表情像是一颗拉开了保险的手雷,好像随时要爆炸一样:"我真又想把你轰下车去了!"他猛的推开我的手:"我不要,我说你混蛋,你就是个混蛋!你就这么着急跟我撇清关系？我就不拿，我就让你欠着我的。"

楚杰的声音里满是愤怒，说完这些话之后，他就不再理我了，只是安静地开着车，空气里依然充满了压抑和尴尬。

到达我家小区楼下的时候已经很晚了，楚杰将车停下来熄了火，我则犹豫着还要不要尝试下把钱给他，心里想了想还是改天交给祝阿姨吧。

"那个……谢谢你送我回来。我先下车了，再见。"我伸手要去开门。

"我不想就这么算了！"楚杰的声音轻轻地传了过来，很低沉很清晰。

"啊？"

"我这些天一直在想，我想跟以前一样，靠发狠的工作几天没准就能把这事给忘了，可是我发现不是那么好忘的。所以我现在改主意了，我想再试试。我能试吗？"

世事真的有无数的轮回吗？只隔了这么几天，楚杰的话又再次轮回了，那种渴望的表情也再次挂到了他的脸上，让我再次感觉到极度的眩晕。

{103}
有没有我?

我坐在车上极力地做着深呼吸,楚杰此刻则心平气和地等待着。

"其实你给我什么答案都不重要了,我怎么都想再试试,但是我不想招你讨厌。可是现在如果让你感觉我在纠缠你的话,那我就真挺招人烦的了,我自己想着都觉得自己烦。"楚杰低着头笑了起来。

"我就是觉得我们挺有缘分的。从一开始你救我帮我,到后来你那么看不起我,再后来我看着你在大街上救人,然后就是你被打,我还看见你跟李貌在我们公司楼下抱在一起,结果变成了我看不起你;接着你又撞了我妈,可是我妈还那么喜欢你;还有我的同学还有……太多太多了,我发现我居然全都记得。这事挺可怕的,心里总是记着和一个人的所有事情,真的挺可怕的。所以我想我不能就这么轻易放弃,而且就算我想,我也放不掉。"

"楚杰,你对我说这些,我感谢你,我从心里感谢你。"我深深地吸了口气。

"我这个人从小就不招男生喜欢,我自己心里知道,我不会撒娇,长得也不够漂亮,说话也刻薄,一点都不懂浪漫!我们班再丑的女生都有人追,可是从来都没人追过我,虽然我有很多朋友,可是那些男生都说没法把我当女人看。我表面上跟他们嘻嘻哈哈的,可是他们这么说我,我心里真的挺难过的。"

我转过头来看着楚杰:"你看漫画吗?"

楚杰被我突来的问题弄得愣了一下,摇了摇头。

"我学生时代的感情生活都在漫画里,我把自己想象成漫画里的女主角,想着漫画里的那些男的都喜欢我。"

我抬头看着楚杰:"这么过日子应该概括为靠'意淫'生活吧?"

楚杰的眉头皱了起来:"又开始说荤话。"

"可是,事实确实如此。"我轻轻地叹了口气,"直到……直到上大学遇到了祁函。我不是要故意夸他,可是祁函那样的人,真的就像从漫画里走出来的。那时候我们很多女生都喜欢他,好多人都鼓起勇气向他表白。其实我也特别想跟他表白,可是我不敢,我总觉得如果我跟他表白了,他拒绝我了,那我就彻底失去他了。如果我不说就那么每天看着他,心里想着他,那他就还是属于我的。这种想法其实也是在……"

"意淫?"楚杰忍不住插了话。

我看着他尴尬地笑着点了点头。

"我阴错阳差的跟祁函有了交集,然后我们就那么搞暧昧搞了半年多,要不是我在小树林里差点摔倒,而且我不管你信不信,真的是他先主动吻的我。如果祁函不主动的话,我想没准我们大学五年都会一直搞暧昧吧,就好像……"

"我们?"楚杰在旁边又插话了。

我看着他再次艰难地点了点头:"我这人脑子里的怪异想法特别多,你可别介意啊。"

"我早发现了。"

"祁函喜欢我,你想象过吗?那种感觉真像灰姑娘被王子穿上水晶鞋一样。那种感觉特别幸福又特别害怕,我特别怕到午夜十二点必须要逃走。怕自己是别人一盘下酒的花生米,只是用来嚼着玩的。可是祁函他真的不是,他真心实意的对我、照顾我、想办法让我开心。我觉得自己特别幸运,因为我觉得不管谁当他女朋友,他都会对她这么好,可是这个人偏偏被我赶上了。"

"我这个人真的是一身毛病,在生活上特别粗枝大叶,丢三落四,有时候活得特别没心没肺。每次考试祁函都会把重点整理好,印好了交给我。我记得我上大学的时候早上不爱起床,总迟到,上多少表都让自己按了。开始同宿舍的人还都叫我,可是我一睡着了被人叫就喜欢张嘴骂人,后来人家也就不叫了。祁函知道以后,他就天天买好了早餐,在我们宿舍楼下打电话叫我,直到把我叫出宿舍,一直坚持了五年。到后来我们全宿舍的女生,都养成了等他电话才起床的习惯。"这些小事一跃进我的脑子里,我就觉得自己的情绪开始有些激动了。

"我都不知道自己有什么能耐,让他这么对我。有时候我自己想起来都觉得心虚,所以别人怎么当着面或者背后说我配不上他,我都接受。别人说你的时候你都听着,听多了自己也会想是不是真的跟他不合适。不过这种想法在一见到他时就没有了,因为你能发现他的眼睛里全是你。"

讲到这里忽然感觉有些想哭:"祁函要去美国我早就知道,可是他让我跟他走的时候我真的害怕了。上大学的那些年里,我从来就不是米露露,没人知道我,可是说这是祁函的女朋友,大家就都知道了。而且我发现自己心理上越来越依赖他,任何事办不了的时候总想着'没事,有祁函呢'。说实话,我是真不知道我去美国要干吗。我能想到的去美国就是赖着他靠着他,我也知道以自己的能力去美国想继续从医是很难很难,那我这五年的大学时光就都白费了?我的所有希望只能都压在他一个人身上了,所以我就退缩了。我想给自己找条后路,如果在中国我受伤了,我还有家,还有我爸妈,我还有工作;可是如果真的跟着他走了,哪天他真的变了,那我就什么都没有了!"

"他走我没去机场送他,因为在心里我想给这段恋情画上句号。我一直跟自己说,学生恋情哪能可靠啊?大家都是毕业了就分开的。可是他一走我就控制不住地想他,所以我就忍不住的给他发邮件,给他留言。可是我从来不提感情的事情,只是问他在忙什么,或者正在干什么。特别平淡,特别简短,就像随便一个朋友问候他一样。他回答我的也特别简短,总是说:累,累,累。一直到有一天他不再回我的消息,我知道这就是结束的那一天。然后我就开始相亲啦!"

我突然转过头来,带着笑意地看着楚杰:"相亲挺适合我的,这种形式适合我。略去了很多暧昧的阶段,反正大家见面就是为了结婚嘛。只不过这些年我总是碰不到对的人,也不知道怎么就这么背!"说到这我喘了口气,总算将我的过往回忆完了。

"那现在怎么样?祁函他究竟想怎么样?"楚杰皱着眉头看着我。

"他想跟我重新开始。从再见到祁函的那一刻,我所有的记忆都被唤醒了。你说你记得我们之间的每件事情,觉得特别可怕。可是我也记得我跟他的每件事情,我也觉得特别可怕。过年的时候祁函质问我当初是不是因为对他没信心才不跟他走的,我回答不了他,因为他说对了,只是我不知道究竟是对他没信心还是对自己。他说要重新开始的时候,我又害怕了。我发现我们都成长了,这些年我很欣慰的是，米露露终于活过来了，我好像找到了自己生活里那点位置，有时候还对自己能治好病人或者帮助了别人小有成就感。可是我见到他的时候发现，原来他成长得更多，那种距离感更明显了。"

我能听见楚杰深深的呼吸声，他坐在旁边看着窗外："你……我刚刚激起的斗志又都快被你熄灭了。你说这些话是想让我知难而退吗？"

"我说这些是想告诉你，我真的给不了你答案。我要是给了你希望可是最后却不能跟你在一起，那我不就是在耍你吗？你说你不会玩感情的游戏，其实我也不会玩。我真的做不到一边跟你玩暧昧，可是心里还想着别人，那才是真混蛋吧？"

车里再次沉寂了，我们都不再说话各自看着窗外，过了许久。

"米露露，"楚杰转过头来认真地看着我，"你认认真真的、仔仔细细的想，别跟我说谎话，也别用你那些虚伪的想法。你告诉我，你心里有没有一个地方放着我？哪怕只有芝麻那么小？"

我转过头看着他，觉得自己的心快被扭成麻花了。我讨厌这么被质问，我真是虚伪惯了，他想听真话，可是那些真话一说出来我都能预感会有很多很多的问题，而且那些问题可能是我处理不了的，自我精神虐待的问题。

"楚杰。"

"别叫我的名字，你只用回答我的问题，告诉我有还是没有。"

我直视着楚杰的眼睛，他也毫不回避地直视着我，沉寂着的我艰难地点了点头。

从我点下头开始，楚杰的脸上立刻挂上了开心的笑容，他长舒了一口气，就像是卸下了千斤重担，他就那么笑了很久："人的一生，有很多机会错过了就没有了。我想自己到这把年纪了还没认真地谈过恋爱,现在我很想认真的对你、对自己一次。可能我选了条不好走的路,我也找了个怪异的对象,我的对手也很强大,但我还是想试试。一个人没有一次打动内心的感情,那我这个人真就太可悲了。我现在不在乎那个结果,你就只当是帮我过个圆满的人生吧。"

{104}
管与不管？

我现在特别崇拜一类女人,就是被定义为校花的那类女人,不是崇拜她们的美艳外表,而是因为有那么多男人同时喜欢她们的时候,她们居然还能保持淡定。每天看着眼前那些好货和不好的货,都微笑礼貌的淡然面对,我打心眼里服她们。

看见一个好男人的时候我就有点头晕眼花,心律不齐,现在冒出俩男人都说要跟你这较劲,我也不知道他们究竟是为了自己还是为了我,反正弄得我惶惶不可终日的。

手机一响都忍不住哆嗦一下,一看不是他们中的一个立刻有松了口气的感觉。老天爷,您帮帮忙让那些卖保险的、推销信用卡的、电信业宣传套餐服务的,来得更猛烈些吧,我会用我最亲切的态度陪他们唠嗑。这样我的手机就能一直保持住占线状态,这样我的日子是不是也能过得舒服一点啊。

晚上九点的时候,我躲在自己的屋子里看书,老妈忽然在外面猛敲门,我把插着的门打开,老妈则皱着眉头看着我:"防谁呢？在家还把门插起来。你的电话。"

老妈拎着我的手机塞到我手里:"东西到处乱放,居然把手机掖在沙发缝里。什么时候能把这臭毛病改了啊。"

我想当个把头藏在沙堆里的鸵鸟,结果老妈跑过来把我从沙子堆里拽出来通知我接电话,她的寻找能力和执著度都是值得夸奖的。我不关电话并不是怕单位来电话接不到,因为如果真着急他们可以打家里电话,我是怕如果我把电话关了,这刚发誓准备要彪着膀子大干一场的某两位男人,会以为我又做出了某种怪异举动,于是他们可能会回报我更怪异的举动,比如到我们家楼下堵我这类极端的行为。当然了,我可能又一不小心把自己想伟大了。

"米露露,你干吗呢?!我打了几遍了,你才接电话啊?"楚杰的咆哮声瞬间从电话里传了出来,把我吓得赶忙把电话拿离了耳朵。

"没干吗啊,我在看书呢。"

"哦,你不接电话我有点担心,怕你出什么事情。"楚杰的声音立刻变成了温暖的湖水。他语气中的这种突然转变,让我觉得特别想吐。哎,这感觉有点不像他,明显在极力克制着不发脾气。是不是挺难受的啊?老虎!

眼前的画面仿佛自己的面前正趴着一只"大猫",而你在使劲揪他的胡子,他也只能咬着牙带着笑看你:"没事,揪吧,我胡子多,好几根呢。"

想到这忍不住呵呵地乐起来。

"笑什么呢?我都听见了,肯定脑子里又想什么怪事情呢吧。"

"没有……没有……你打电话有什么事吗?"

"没事我就不能打电话吗?"楚杰的反问让我一时语塞,"我刚开完会,一坐下来就突然想起你来了,所以就想打个电话。哦,薛凯提地区经理了,你知道吗?"楚杰那很缓和的语气像是在跟我话家常。

"啊?真的?什么时候的事?"

"有两个月了吧。"

"嘿,这家伙也不跟我说,是不是怕我让他请客啊。是你帮他的?"

"我没帮他,我真的没帮他。是他自己努力的结果。"楚杰的语气越来越低沉,"你表哥他……他工作挺努力的,成绩提高得也特别快,只是有时候让我觉得他稍显浮躁。"

"他一直就浮躁啊,他就是个浮躁的人!"

"嗯。"楚杰轻轻的嗯了一声,"我会看着他的。"更小的声音就像是说给自己听的。

"我不跟你多说了,就是想听听你的声音,你早点休息吧。我要准备回家了,晚安。"又是一阵轻柔的语气,楚杰将电话挂断了。

隔天我晚上快下班的时候,接到了祁函的电话:"露露,你下班了吗?"

"还没,快了。"

"哦,那太好了,我刚下飞机,我回去洗个澡马上去找你,你在单位等我。"

"祁函,你刚下飞机,回去好好休息吧。"

"等我啊,一定等我。"祁函像是根本没听见我说的话,只说让我等他,然后就把电话挂了。

下了班,同事们都走得差不多了,我还坐在办公室里等祁函,值夜班的同事看着我好奇地问:"等人呢?"

"啊,是!"

"等男朋友呢?终于有男朋友啦?这个靠谱吗?"

"啊哈哈哈,不好说。"极度尴尬的解释,心想着,我祝你夜班很忙!

祁函打电话告诉我他已经到楼下了,我则十分扭捏地晃悠着下了楼。刚一走出病房楼,就看见祁函带着开心的笑站在门口看我,他朝我快步走上来,一把把我揽在怀里。

"好想你啊!"轻柔的话语传了过来,这个举动实在是把我弄错愕了。

我一把推开了他:"你干什么你?! 注意点国际影响你。"说完这句话,我就开始四下扫视,从病房楼里零星进出着患者和同事。还好没引起什么注意。

"对不起啊,有点情不自禁了。"祁函一边说一边呵呵地乐起来。

"祁函,这是中国,我们没有见面拥抱、打啵、接吻的坏习惯,你把你那些美国陋习改改。"说完我就气哼哼地从他身边绕了过去。

祁函一直笑笑地跟着我:"行,我一定改! 露露,我们去看电影吧?"

"不去!"

"去吧!"祁函伸手拉住了我,"我都买好票了。"说完他从兜里掏出两张电影票来,眼神里满是恳求的态度。

"你怎么也不问问我就买票啊?"

祁函笑笑地看着我:"我要问你,你肯定不去。这票是不退不换的,你不会这么浪费吧? 我们都好久没一起看电影了。"祁函诚恳的眼神里带着胜利的喜悦,似乎他早就知道我不可能浪费这两张电影票。

看着那电影票上居然标着单价七十,我也只能点头同意了。

电影院里的人很多,我们来得有些晚,已经在放开场广告了,灯也很昏暗,我们找到了属于我们的座位坐下来。祁函买了大桶的爆米花和两杯水,坐在自己的位子上一边吃爆米花一边开心地笑。我知道这场电影是喜剧,可是还没开始演呢,你至于笑成这样吗?

我一坐下来就四处乱看着,忽然被斜前方的一对背影吸引了。那男人的背影好熟悉啊!那男人忽然转过头来,替女人拨了拨耳边的头发,那侧脸我一眼就认出来是薛凯。可是那女人是谁?我怎么从来没见过?他这是干吗呢?学雷锋呢?替路人拨头发?我的情绪开始有点激动了。我看着薛凯的另一侧,是个男人,并不是表嫂啊!心里的疑惑越来越大。

祁函看我盯着斜前方向瞪着眼,也好奇地看着我眼神的方向:"看什么呢?电影可开始啦。"

"我表哥!"我依然死死地盯着薛凯的背影。

"哪个?"祁函好奇地张望着。

"就那个,旁边带个长发女人的那个。"

"哦,那等电影散场了你给我介绍介绍。"

我依然很生气地喘着粗气看着薛凯。

"你怎么了?好像很生气啊。"

"我表嫂是短发!"我咬牙切齿地跟祁函低吼着。

"啊?是吗?那可能长长了吧。"祁函在旁边平淡地补充着。

我转过头来瞪着他:"祁函,你打什么岔啊?我表嫂昨天还短头发呢。"

祁函看着我有点生气的脸,笑着点头:"我又错啦,那你想怎么样?冲过去骂他们吗?"

祁函说得对,在电影院里电影已经开场了,我能怎么样?冲过去质问薛凯究竟是怎么回事吗?这太不成体统了。这个电影果然喜剧,满场的人都在爆笑,祁函也坐在身边不停地哈哈大笑着。我没有笑,我一直在干特工的事情,具体说我就根本没看电影,我一直看着薛凯和那个长发女人的一举一动。

　　薛凯和那个长发女人也被逗得前仰后合的哈哈大笑着,笑着笑着女人靠在了薛凯的肩膀上,薛凯则轻轻地吻了一下女人的额头。我此刻真想狠狠飞他一刀,可惜我姓米,他姓祁,你们有没有姓李的站出来,替我飞他一刀,稳准狠地解决掉他,省得他现在的样子把我活活气死。电影演到一半的时候,祁函突然转过头来看着我:"好啦,看电影吧,这电影挺有意思的。你盯着他们也没用。"祁函又说对了,我盯着他们是没用,只能让我越来越生气。

　　电影一散场,我像是挣脱了某种束缚,使劲地朝薛凯追了过去,祁函则努力的在身后追着我:"你急什么啊?"

　　我一路小跑地冲到了薛凯面前,怒目瞪着他,又看了看那个女人。

　　薛凯看见了我,赶忙把拉着女人的手松开了。

　　"妹,你怎么在这啊?"充满了慌张的语气,祁函在身后也追了上来。

　　薛凯皱着眉头打量着祁函:"你是?"

　　"这是祁函,这是我表哥薛凯,这个我不知道。"我看了眼旁边的女人,女人有点慌张地避开了我的目光。

　　"你好,我是祁函。"祁函很有礼貌的向表哥伸出了手。

　　薛凯继续皱着眉头看他,犹豫了一下伸出了手:"你就是把我妹甩了的那个人啊?又吃回头草来了?"薛凯这句话之后,祁函的笑容立刻消失了,眉宇间还带着点点怒容,半天接不上话来。

　　"薛凯,你胡说八道什么呢?"

　　"本来嘛!"表哥一副毋庸置疑的态度,他又再次扫视了下祁函,"我跟我妹借一步说话可以吧?"祁函看着他点了点头。

薛凯则慌慌张张的把我拉到角落里。一到角落他就猛推了我一把:"你怎么回事你？你怎么又跟他搅和在一起了？"

"我还问你是怎么回事呢？"我朝薛凯大叫着。

"你小点声你，我这样很正常，你知道你哥提经理了吗？这身边多一两个女人很正常的。"

"放你娘的屁。"我的声音比刚才更高了。

"你注意点素质你！"薛凯也显得很生气，"那是我秘书。我告诉你可不是你表哥犯贱，是她跟我说就喜欢我这种成功男人的。我们这是在拉近工作感情。"

"你成功什么了你？"

"你怎么说话呢？我现在是地区经理，在公司我大小也算个人物了。我告诉你，可别跟那姓祁的好啊，你跟我们老板好好的，你跟他裹什么乱啊？他能干什么啊？有什么用啊？"

"薛凯，你这话是什么意思？是对你有什么用吧？"

"对，是。他对我没用，楚杰对我才有用。我这回提经理要不是他最后拍了板，那估计也不能是我，你哥我好容易抱上了这粗腿，你可别给我把这条腿砍断了啊。你可别犯傻，他可是甩过你的人。"薛凯转过头去看了眼祁函，"长得倒是能看，可是我们老板长得也挺能看的啊，你看谁不一样啊，你可别把你哥的财路给断了啊？"

"薛凯，我他妈现在是在问你跟那个女人是怎么回事，你跟我这放什么屁呢？"

"什么怎么回事啊？没大事，就是一起玩玩。你哥现在这地位，就是得这样啊！我告诉你，你可别犯糊涂啊，我可是你亲表哥，你别跑你表嫂那胡说八道去。还有你跟我们楚老板可好好的啊，别没事整这些奇怪男人出来。"说完薛凯大大方方地离开了我的身边，走过去拉起长发女孩,看着祁函说:"祁先生,我挺忙的,就不陪你啦。"然后大摇大摆地走了。

祁函站在原地依然带着生气的表情,我十分不好意思地蹭了过去:"祁函,对不起啊,他这人就是这样。"

祁函沉默了一会儿:"你这个表哥,素质可不高啊。"缓缓地说出这句话。

我不得不说祁函又说对了,虽然薛凯也是大学毕业生,但是骨子里的小市民思想极其严重,如今的样子很像小人乍富一样,大有自己要成精的架势。而且他刚才那么说祁函的确让我觉得有些丢脸还有些对不起祁函。

祁函转过头来看着我:"你以后别去管别人这些闲事。"

"啊?可他是我表哥啊!"

"表哥也一样,你管得了吗?我不是因为他刚才那么说我,他不说我也要跟你说,咱们能管好自己就不错了,你能管好你自己吗?"祁函质疑的眼神看着我,"我就管你、管我,我自己都觉得没别的能力管其他了。你跑去质问他能有什么用啊,他这种性格的人,会因为你的质问改变吗?"

"那应该能有所收敛吧?"我小声地嘀咕着。

"收敛就是背着你干呗,那有意义吗?反正我还是那句话,你表哥是不是有外遇,是他的私事,不该我们管。我只能保证我不会,我不可能保证别人也像我一样。而且你自己也没那么大能力,你别随便去趟浑水,你只会让事情变得越来越乱。"

祁函的话让我有点泄气,不过好像很有道理,我好像是没什么过人的能力。罗惠的第一次婚姻是不是就是我搅乱的啊?还有李貌也跟我处在尴尬的关系里,小月与我的交流也变得少多了。还有与邢淑兰的同事关系,也变得有些局促,可能我真的不太会处理事情,总是满腔热血的去把事情弄乱。

祁函坚持要送我回家,不过被我拒绝了,因为刚才薛凯的话和他的举动实在让我觉得有些没脸,我不想总带着抱歉的心情跟他在一起。我告诉他刚下飞机还是早点回去休息吧。我的执拗也让祁函没有再继续坚持,我们在地铁口告了别。

我回家路上的心情十分忐忑,我想着薛凯的话,犹豫着要不要告诉表嫂,可是又想到祁函说的,于是我真的打消了这个念头。但是这种隐藏秘密的感觉真的好难受啊。

我刚到家门口的时候,有辆车拿大灯晃了我,我皱着眉头朝车看去,楚杰笑笑的从车上下来看着我:"这么晚才回来啊?干吗去了?打你电话也不接。"

"啊?我……我去看电影了。电话是无声,我给忘了。"我不想撒谎,似乎看着他不能撒谎,觉得自己不应该骗他,处在这种迷离的关系里,每一句谎话可能将来都是伤人的利剑。

"哦。"楚杰只哦了一声,没继续追问下面。

"我明天要出差了,可能要走十天,我想出差前看看你,心里能踏实点。"

哎哟,这祁函一回来得看我一眼,他这要走也得看我一眼。我是那么随便看的吗?再看我可得收钱啊!老这么看我左一眼、右一眼的,我心里得承受多大压力啊!

心里想着自己的事情,忍不住想起了薛凯,又想起了昨天晚上楚杰的电话,隐隐约约地感觉到了什么。

"你是不是知道?"我皱着眉头看着楚杰。

"知道什么?"楚杰一脸的好奇看着我。

"你是不是知道薛凯跟他的秘书关系不清不楚啊?"

"啊?"楚杰的脸上满是惊奇,但是那表情不是惊奇我说的这事情,而是惊奇为什么我会问他。

"你就是知道是不是?你知道怎么不跟我说啊?"

"我就是怕你这种态度,说白了这是他的私事,我不该管,我一个大男人跑过来跟你报告属下的八卦,我自己觉得特别怪。可是我一想起是你表哥,我心里就觉得特别不舒服,我就知道你要知道了肯定得管,你也肯定得怪我知道了不跟你说。而且我现在心里有点后悔,其实我也不是不知道薛凯是什么性格的人,以他现在的状态和心理可能不适合提职,我说了他挺浮躁的。也许他还需要再锻炼几年,其实当时人家在让我拿主意提谁的时候,我一想起他是你表哥,我有点自私心里作祟就指定薛凯了。可是我现在觉得是不是有点害了他了,可能时机真的不成熟呢。"

"那我现在应该怎么办啊?"我看着楚杰,"我今天碰见薛凯和他秘书了,在电影院。特别亲密。我真想上去抽他。"

楚杰看着我呵呵地乐起来:"嗯,这像你。我相信你能干得出来。"

"先看看吧,我会提醒他让他收敛的。有时候有些人对于自己社会地位的突然提高、收入的突然增加,自己都适应不了,这才两个月让他适应一阵儿吧。我会看着他的,实在不行我找他谈谈。再不行我把那秘书辞掉?可是这有用吗?薛凯特别急于展现他现在的这些变化,就算那个秘书走了还会有第二个吧?"

"你不如把薛凯给我辞掉!"

{105}
有我呢，放心吧！

楚杰是不会辞掉薛凯的，楚杰也不会去辞掉薛凯的秘书。他说人生气的时候有些话说出来解解气就罢了，工作中哪能想解雇谁就解雇谁啊。

是，我也知道自己在说气话，可是这种心里藏着秘密忍住不能让任何人知道的感觉真的很难受，特别是自己知道薛凯正在做着一件玩火的事情，随时可能引火自焚，把本有的幸福生活一手毁掉的时候，心里就犹如小猫抓心上蹿下跳的。也许我真的是没有能力管这些事情，自己的事情根本处理得一团糟，有什么资格去管别人的感情生活呢？

楚杰听到我这个想法之后，只是笑着摇了摇头："你做得到不管吗？你要真做到了，那就不是你了吧？其实我刚当地区经理的时候也浮躁过，我那时候比薛凯还年轻。我当时也觉得成功男人就是应该被很多女人围着转，而且也的确有很多女人围着我转，其实现在细想想自己算什么成功男人啊？要不然也不会有之后一次又一次的被甩了，不过也好，就算是让自己学到点东西吧。"

"你这是在为薛凯开脱呢？"

"我没为他开脱,他跟我也不太一样,他结婚了我还没结婚。我只是觉得他浮躁到连婚姻里的责任都不在乎了,让我有点担心,我也不是只担心他个人感情里的这些事,我更多担心他的工作。我只是觉得我们这些人来来回回接触那么多人接触那么多钱,能诱惑人的东西实在太多了。越高的层位越是如此,我是怕他现在的心理状态让他在工作里犯什么错。那他可就真翻不了身了。"

"那你得盯着他,盯紧点。"我被楚杰的话说得有些紧张。

"我会的,他是我提上来的,他要真出了问题我也脱不了干系。不过你现在跟我说薛凯的事情,我觉得挺高兴的,至少不会觉得好像有个事瞒着你了,这样我自己心里也舒服多了。我现在要出差了,我要是想起你了会给你打电话的,你可要好好的啊!"

我可不是好好的吗?我不好好的,我还能满大街耍大刀去啊?这话说得。

这些天一到晚上我就控制不住的给薛凯打电话,问他在哪儿和谁在一起,记得早点回家!气得薛凯在电话里哇哇朝我大叫,说我是多事精;皇上都不急你个太监急个屁啊?告诉我少耽误他做生意。

我不是太监,读书人告诉我当太监是不道德的行为,所以我不想当太监。皇上不急是因为皇上根本不知道,那我应不应该跟皇上报告一下呢?犹豫了许久还是算了,不然我真的又会引起一场腥风血雨,我没那么高武功,只能暂时静观其变。

这几天,我论文写得有些初现端倪了,我每天一下班,就一头扎进图书馆找那些文献资料。祁函这一周变得好闲啊,他说还没有医院通知他们收集到完全符合的病例,所以他本周不用去外地了。于是他隔几天就会跑到医院图书馆来找我,也不跟我多说话,就是静静地坐在旁边看着他的资料,全英文的,简直是对我的嘲讽。我这看全中文的还一堆看不懂呢,他倒好,坐旁边装模作样地看英文文献,斗气!

我坐在位子上翻着那些文献,开始不自觉地揪头发了。

祁函转过头来看着我:"哪儿不懂了?看看我能帮你吗?"

你哪只眼睛看见我不懂了?我就顺顺头发,我就不懂了我。我一生气将资料一推:"一篇都不懂!"

祁函看着我笑了下:"别急,慢慢来,我帮你。"祁函这种温柔的语气真是让我拿他没脾气,只能硬着头皮把文献拿过来继续揪头发了。

晚上七点多了,祁函看了看手表:"快八点了,去吃饭吧!你不饿吗?你要饿了还能想问题?吃饱了再看吧,我可饿了。"

是啊,我也饿了,有点前心贴后心了,我说怎么这些资料越来越看不懂了呢,原来是因为我饿了。我看着祁函点了点头,收拾好资料一起走出了图书馆。快走到医院大门口的时候,我的手机响了,我一看是老妈的电话。

我接起了电话,老妈的哭声瞬间传进我的耳朵里:"丫头,怎么办啊?你爸不行了。"

"啊?"我的脑袋被老妈的哭声搅得很乱,我判断着是不是老妈又跟老爸吵架了,在闹脾气。可是老妈哭得已经上气不接下气了。

"我爸他怎么了?"我站立在了原地,表情木然。祁函转过身来看着我,似乎知道电话里在说着什么不好的事情。

"我也不知道。你爸这些天一直憋得慌,可是他说出去运动完了就好了,他也一直没告诉我。今天他说他胸口有点疼,才说他最近老觉得憋的事情。可是说完还没一会,你爸就疼得栽过去了。我们现在在120上呢,马上就到你们医院了。120的人说你爸可能是心梗啦。"

老妈的哭声一阵阵的传过来,听着让我觉得特别难过。我实在是判断不出老爸此刻的状态,好紧张啊,我怎么这么不孝啊,老爸一直都觉得憋得慌,我怎么都没发现呢,我这个当医生的女儿到底是在干什么呢?我拿着电话的手开始不自觉地抖起来,觉得自己的头开始有点晕了。

"你怎么了,露露?你脸色可不太好。"祁函在旁边看着我小声地询问着。

我抬头看着祁函:"我爸他好像心梗了。"

祁函也被这突来的状况弄得很吃惊,他愣愣地看了我两秒钟,伸出手来轻轻拍了拍我的肩膀:"别急,不会有事的,你冷静点啊,有我呢!"

我的情绪有点激动,脑子里却一片空白,耳边时不时地回响着老妈的哭声,心里一直猜测着老爸现在的状况。

"先去跟心内科打声招呼吧!不知道今天谁值班,你爸正在来的路上吗?"

我茫然地抬起头来看着他点了点头,转身慌慌张张的往心内科跑去。祁函则一直跟在我的身后。

我一跑进心内科就迎头撞上了杨志成,我一把拽住了他的袖子:"杨志成,我爸一会儿要来。"

杨志成看了我一眼,又看了看站在我身后的祁函,一脸茫然的表情似乎并没有理解我到底在说什么。

"露露的父亲,好像急性心梗了,马上就要送来。你是不是准备一下冠造啊。"

"哦,好!"听完祁函的解释,杨志成终于明白了,"那我先跟导管室打声招呼。"

我转身风风火火地又冲回急诊室,刚一到急诊,120的急救车就到了。老妈一看见我,本已经干掉的眼泪又再次哗哗地流了下来,她跑过来拉着我:"丫头,怎么办啊,你爸不会有事吧。"老爸躺在急救床上,紧闭着双眼,眉头紧紧地扭在一起,像是已经昏厥了。

我看着老妈,搂着她的肩膀:"不会有事的,有我呢。"我说完这句话之后忍不住转身看着祁函,似乎想把这股承诺的压力转交给他。

祁函看着我点了点头:"没事,放心吧。"

120的战友一直在跟急诊大夫交代着病情:"心电图明显异常,S-T段改变;血压150—200……"

"米大夫,这是你家人啊?"急诊的大夫看着我询问着。

"是,这是我爸。"

"像是急性心梗,已经做抽血检查了,你联系好心内了吗?你要是联系好了就别耽误了,先送过去吧。"

我仍然是慌慌张张的,帮老爸办了入院,转到了心内科,虽然我是五年的住院医了,各种情况多少也遇到过,可是如今到了自己的亲人手里好像一切都不一样了。老爸的心肌酶各项都高得吓人,肌钙蛋白也高出了上限(诊断心梗的实验室检查),我拿着化验单的手又开始控制不住地哆嗦起来,曾经还在心里期盼着老爸可能只是很轻的心脏症状,可是现在心存的最后这点侥幸心理也全部消失了。

老爸被推进了导管室,我跟老妈还有祁函在门口焦急地等待着,老妈坐在候诊椅上一边哭一边叨叨着:"我真的不该炒菜放那么多盐,你爸他血压高,我还放那么多盐都是我的错。露露,你爸他不会有事吧?"老妈含着眼泪想让我给她安慰,我的心里也在不停的自责着,怪自己平时太不关心老爸,要是早知道他有心肌缺血的症状,就会早带他来检查,怎么会让他心梗了被送进医院抢救呢。

我在门口胡思乱想着,导管室的护士忽然开门叫我们进去。

我们进了导管室的计算机室,杨志成正一脸凝重地看着电脑屏幕。

"杨志成,情况怎么样?"

杨志成依然皱着眉头看着电脑:"不是太好!一支梗阻,用了舒痉药,看这状况好像缓解不是很大,另外两支一个阻塞90%,另一个也得有89%,三支病变,应该搭桥。"他抬着头征询着我的意见。

"不要,不要,不要,不要。"从他一问我要不要搭桥,我就开始拼命地摇头。

我潜意识里的固执思维开始影响我的决定,搭桥就要开胸,我不想让老爸承受开胸手术的痛苦,而且另两支都已经接近90%阻塞,如果万一再梗了怎么办,搭桥手术怎么也得到后天才能进行。而且我开始怀疑,杨志成此刻的决定是为了让老爸的病例成功地记录在怀特教授的实验基础数据里。此刻的我就如同一个疑神疑鬼的普通患者家属,怀疑着医生的每个决定都是出于自己的某些利益。

"为什么不能介入治疗!我要支架,我不要搭桥!"我依然执拗地摇着头。

杨志成突然变得很为难,他把我拉到旁边小声嘀咕着:"你爸这血管情况看着很不好,你自己也在屏幕看见了,你看看他血管都狭窄成什么样了?而且他其他小动脉看着也有硬化的情况。我不是很有把握,米大夫,你综合考虑一下,如果放支架出了问题危险一样很大的。"

我终于知道杨志成为什么这样了,他害怕,他所有的害怕来自于自己的没把握。特别是这种熟人的亲人,就会给人更添加一份压力,他不想承担这个责任。

"你叫主任回来!"我看着杨志成用着恳求的语气。

"我叫主任回来,他也会劝你搭桥的,三支病变阻塞这么厉害,教科书都是这么写的啊。而且你父亲的各方面的条件都很符合……"说到这儿杨志成看了眼祁函的背影,然后把声音压得更低了,"很符合怀特教授的基础研究数据啊,主任怎么会……而且你也是医生你不会不知道吧,你父亲的血管要是很脆的话,支架一样有危险啊。"

"我来做好了!"祁函一直坐在屏幕前认真地看着老爸的心脏,然后缓缓说出了这句话。我跟杨志成都被祁函吓得转过头看着他。

祁函转过头来看着我:"我觉得血管情况不是很差,可以放支架的。我来做!"

杨志成看了祁函一会,突然像是松了一口气:"太好了,祁博士说可以放,那就是可以放。"他终于能把我这咄咄逼人的压力转移出去了。

老妈靠过来拉着我的袖子:"丫头,怎么样了,到底怎么回事,你们商量好怎么救你爸了吗?"

我被老妈的问题压得再次有些喘不过气来,我转头看着祁函,满眼的期待和不确定。

祁函看着我笑了笑:"没事,放心,有我呢。"然后他走到老妈跟前,带着温暖的笑容看着老妈:"阿姨,您放心,我来帮叔叔放支架,很快就能好的。您跟露露先出去等一会儿吧。"

杨志成拿着同意书过来让我签字,我拿着笔在家属签字那栏继续犹豫地看着祁函。此时的祁函带着他温暖的笑容看着我,脸上充满了自信,让人很快将心里的疑虑消除干净,在同意书上签了自己的名字。

我拉着老妈再次出了导管室,老妈此刻又陷入到另一种焦虑之中,她在身旁一直念叨着:"露露,那个大夫行不行啊?你跟他熟吗?他看着可很年轻啊。他有没有经验啊?露露,这是你老爸,为什么人家都让你老爸搭桥,你偏不同意啊。到底有没有危险啊?"老妈带着哭腔的声音,弄得我很心烦。

我坐在椅子上大口地喘着气,我开始后悔了,我开始后悔自己执拗的决定,凭着想当然的认识,藐视了科学,如果搞心脏的人都认为老爸需要搭桥,我一个妇科大夫凭什么就是不同意啊,而非要把老爸置于某种危险之中?我觉得自己的压力越来越大,压得我有点喘不过气来。我终于控制不住地抽泣起来,老妈看见我哭了,自己就哭得更伤心了,又开始自责自己炒菜放了过多的盐。

我们在门口坐了半小时,忽然导管室的护士把门打开看着我们:"进来看一下吧,放好了。"老妈转过头来看着我,似乎不能相信这个迅速传出来的信息,她的眼泪还在一对对的往下掉。

我扶着她站了起来,往导管室走去。

杨志成依然坐在屏幕前看着老爸的心脏,他看我进来了,转过头朝我笑了笑:"放好了,祁博士手还挺细。"说完指了指屏幕。

屏幕上老爸心脏里刚刚还血流如发丝的三根动脉,如今血管恨不得如我小指般粗细。那些血液正快步流向心脏,灌溉着老爸的心肌细胞。我的大脑也随即被血液灌溉了,我觉得自己终于松了一口气。

祁函穿着重重的铅衣,推开了厚重的大门走进了计算机房,他摘下口罩笑笑地看着我:"我说过啦,血管条件还不错的,很有弹性的,不像想的那样。"说完又是他温暖的笑容。

我看着祁函的脸,觉得自己有些激动,激动得不能控制,他把我刚刚还压在心里的一块巨石如此轻易的就搬开了。

我突然控制不住地冲上去，一下抱住了他："祁函，我谢谢你！还好有你在，我真的谢谢你。"眼泪控制不住地充满了整个眼眶。

祁函被我突然的举动弄得一下不知所措，他转头看着老妈尴尬地笑了笑，因为此刻老妈已经完全是以一副痴傻面容盯着她女儿的冲动之举，还时不时用好奇的眼神打量祁函，旁边的杨志成也在努力地吞咽着口水，装成自己什么都没看见一样。

几秒钟之后，祁函低头看着我，下意识地伸手轻拍我的脸："好啦，我说过了，有我呢嘛！现在没事了。傻样！别哭了。"

{106}
让我靠一下!

我舒缓高压的这个不能自已的拥抱,也为我带来了随后的更大压力。作为公众人物的我怎么能如此莽撞行事呢?太多人在承受压力的时候想找个人依靠,这就作为我此时这种行为的借口吧。可是我还真想不出其他方式来表达我当时的感谢心情。

如今在王雪琴女士面前做出了这么冲动的事情,无论从精神上还是肉体上,她都是不会放过我的。老爸被推回了心内科,依然紧闭着眼睛,我和老妈都留下来陪他。老妈一直激动地握着祁函的手表示着感谢,满眼都是欣赏之情,到后来看得祁函都有些不好意思了。晚上快十一点的时候,老爸的情况很稳定,于是祁函起身告辞,说第二天再来看伯父。老妈一直送祁函到病房楼的电梯口,看着他乘着电梯离开了。

王雪琴女士一脸喜悦神情地冲回到我的面前:"快,跟妈说说,他是谁?"

"老妈,老爸这刚做完支架,你多关心关心老爸不行吗?"

"不都说你爸好了吗? 他现在在睡觉我怎么关心他啊?"老妈仍一脸热切地看着我。

刚才还哭哭啼啼要死要活的样子,如今一听老爸得救了,立刻就把老爸扔脑后了。

"他……他是我大学同学。"

"你大学同学?怎么没听你提过啊?你跟你大学同学好了?"

"妈,你别瞎猜了啊。"

"你们刚才都抱一起了,我看见了,他还摸了你的脸。跟妈说说,你们什么时候好的?你大学同学里还能有这么出众的人呢?不是都跟你一样的吗?"

"妈?有这么说你自己姑娘的吗?我好歹是名牌大学毕业!"我开始控制不住的朝老妈喊起来。

"小点声,小点声,你爸睡觉呢。这小伙子好,妈觉得这小伙子比薛凯的领导好。"

我转过头来惊异地看着老妈:"妈,你这人有谱没谱!前两天为了让我跟楚杰在一起都不让我回家呢,现在怎么又看上一个啊。"

"妈那不是怕你嫁不出去,急的嘛!这不是现在又有个人选了吗?楚杰那孩子看着也不错,不过怎么着都有点油嘴滑舌的劲儿,不像这个小伙子看着特踏实,一看就是做学问的。做生意的还是不如做学问的看着让人觉得稳当。再说了,你们刚才都抱过了,看来关系已经很亲密了,你跟薛凯领导没抱过吧?"

是,我跟薛凯的领导没抱过,我跟他睡过了!您姑娘用呼噜把人家都震成神经衰弱了。

"反正人家救过你爸,咱们得感谢他,知恩图报嘛。"老妈自顾自的自己念叨着,不再理我了。

"知恩图报"这个从古代言情大戏里一直流传至今的词,每每提出来都让人觉得被上了一道枷锁。我从没意识到我跟祁函的关系里有谁对谁的恩典,可是此刻老妈把这个词引进来,让人不得不在心里对他又多了一种情愫。

隔天我接到了楚杰的电话。楚杰自从在我面前说出他要作某种努力之后,跟我说话的语气跟以前截然不同了,虽然有时候会绷不住劲突然吼叫起来,但是纵观大体态度还是可圈可点的,只是让我有些颇感不适,看来我也是贱骨病作祟啊。

"后天周五,我就要回去了。这么多天不见了,我……我很想你。"楚杰说完这句话之后,我的汗毛从头顶立到脚面,胃里也开始翻腾了。楚杰从来不说"我想你",他只说"我想起你了","我想到你了",如今如此的直白话语真是让我如五雷轰顶。

"楚杰,咱能好好说话吗?你这样会让我折寿的。"

"你这女人烦死人了,我这八百辈子说一次的话,一说出来你就这么奚落我,我看你也真是欠修理。"楚杰终于被我气得又大叫起来,总算让我松了一口气。我,真是太贱了!

楚杰对我态度转变,让我每每听到都感到一种无形的压力,我不希望他转变,他就跟原来一样就好。我很怕他们为我去改变什么,变成完全不像他们自己的样子。

"楚杰!我累了!"不知道为什么,无意识的从嘴里冒出了这句话,可是真的觉得说出了自己内心的状态。

楚杰沉默了,过了许久:"你累了,是什么意思?"他小心翼翼地询问着。

"就是累!没什么意思!我爸病了。"

"啊?叔叔病了?现在怎么样了?我马上就回去了,回去我就去看他。"楚杰在电话里的语调又上扬了起来,似乎为我的累找到了解释。

"好了,没什么大事了,明天就该出院了。"说完我又在电话里长长地叹了一口气。

"你累了就休息吧!不过你别忘了,我走的时候答应过我会好好的。"楚杰挂电话之前留下了这句话。

我是会好好的,我也没不好好的,但是我总有说累的权利吧?我就必须得装成二百五一样整天傻乐吗?我说我不会玩感情的游戏,我就是不会玩,这种整天逼着我在两个男人之间游走的局面真是让我心力交瘁。我曾经认为长大是一件很痛苦的事情,后来发现长大了结不了婚才更痛苦,如今发现长大了能结婚了可是不知道究竟跟谁结婚那才是最最痛苦的啊!

反正你们别给老娘逼急了,逼急了我一个都不要。大不了相一辈子亲!这句话咒得自己有点狠了,当我没说!

周六的上午十点钟,老妈很开心地告诉我一会儿家里有重要的客人来,所以她要去菜市场买菜。老爸自从做了支架之后,整个人恢复得不错,感觉和生病前一样。他说胸闷的症状也消失了,如今周六一样早早起来浇花、看棋谱。

十一点的时候,听见了门铃响声,我开门一看,祁函笑迎迎地站在门口看着我:"阿姨昨天给我打电话,让我过来吃饭,所以我就冒昧地来了,随便买了点水果。"说完祁函把水果交到了我的手里,老妈说的重要客人原来就是祁函啊。

老爸看见祁函也很高兴,毕竟祁函是帮他放了支架的"救命恩人":"祁大夫,你来了啊,快坐快坐。"老爸的脸上仍然带着感激的神情。

祁函坐下来问了问老爸最近的状况,又帮老爸测了个血压,然后就跟老爸说着需要注意的生活习惯。

老爸看着他笑呵呵地点着头:"你会下棋吗?"突然冒出了这句话,家里来了客人,出不了三句准是这句话。

"会一点儿。"祁函笑笑地看着老爸。

"那咱们下一盘吧。"老爸不由分说地拉着祁函摆起了棋局。

祁函的确是只会一点儿,老爸会一点儿半,所以几盘棋局下来,老爸赢多负少,开心地拍手大笑:"哎呀,你这棋艺还有待提高啊,比那个薛凯的领导还是差了一点。"

老爸,你这血都流心脏去了,不过脑子了是怎么着啊?老爸赢棋之后的一句无心之话,让祁函脸上的笑容停在了脸上:"伯父,如果您特别爱下棋的话,我下周还会来陪您下的,我想我下周的棋艺会提高的。"老爸早就忘了自己刚刚说过什么了,只是听说祁函会再陪他下棋,就高兴得呵呵乐起来。

老妈从菜市场买了菜回来,一看见祁函就开心地笑着:"祁大夫,你来了?快坐啊,我给你们做饭去。"

"阿姨,您叫我名字就行,不用叫我祁大夫。辛苦您啦。"

老妈生猛海鲜的做了一大桌子,四个人坐下来围着桌子吃饭,老妈又开始忙不停的往祁函的盘子里夹菜了。祁函面前的盘子堆得高高的,祁函把他的菜分了一半给我,看着我笑笑说:"你也吃啊。"

"小祁,你别管她,她自己会吃。"我的亲妈此刻又表现出了她应有的素质,"你跟我们露露在一起多久啦?"老妈像是唠家常似的突然发问了。老爸听见这个问题之后面带惊奇地抬眼看着我们。

"我们在一起很多年了,快十年了吧。"说完这句话祁函看着我笑了笑。

祁函的这句话让老爸、老妈都愣了,他们都停下了筷子愣愣地看着祁函。我沉默了,没有反驳没有赞同。

"那……那……"老妈的情绪显得有些激动。

"我去美国学习了一阵儿,最近刚回来。"祁函面带笑容地作着解释。

"美国?"老妈皱着眉头看着祁函。

"是,我在美国也是医生,现在在读博士。不过您放心,我的收入没问题的,我不会让露露吃苦的。"

越说越没边了,这都在说什么呢?

"那你们都要去美国啦?"老妈激动地看着我的脸。

"如果露露同意的话。"

"祁函,你这说什么呢?"我实在是受不了了。

"本来就是啊。你同意我们就结婚。"一块巨石又狠狠地砸在了我的心上。

"丫头,你这就要嫁出去啦?老妈终于盼到了?"老妈激动地捂着嘴,眼里犯着泪光,"你这一嫁还嫁到美国去了?那妈以后见不到你啦?"

"阿姨,不会的,现在去美国容易着呢。您想去随时都能去,要是露露生孩子了,没准还得让你过去帮着带孩子呢。"

老妈开心地笑着点头:"好,好,好。"

俩人这演什么呢?这么会儿连孩子都给我设计出来了。

一顿饭在王雪琴女士和祁函先生一起勾勒美好蓝图的愉快气氛中结束了,弄得老爸在一旁都忍不住的呵呵笑着。

一坐在沙发上,老妈还禁不住沉浸在喜悦之中:"露露,这么大的事,你怎么不早跟妈说啊,也让妈有个心理准备啊。"

"妈,你别在这瞎想了。"

"什么瞎想啊?这小祁都说了你同意就……"老妈随即愣了两秒

钟,"你没同意呢?你为什么不同意啊?"老妈的语气又开始激动了。

"阿姨,您别给露露施加压力了,让她想清楚吧,我能等。结婚是终身大事,她应该好好考虑。"

祁函的这句话总算让我透了一口气。我为什么不同意?因为很多很多……脑子里随即闪现出一个人影来。

脑子里正想着自己的事情,忽然门铃响了。老妈开心地跑去开门,老妈开门的一刻笑容也随即僵持住了,楚杰带了很多营养品看望老爸来了。他一走进屋内,一眼就看见祁函坐在客厅的沙发上,两个人的表情都立刻陷入到一种诡异的状态中,说不出是在笑、在哭、在忧还是在怒。

我现在的愿望是早死早超生!我们应该热爱动物,动物是我们人类的伙伴,这怎么能随便放狗血来撒呢?整人还可以原谅,但是非得这么把人整死吗?

此时的气氛着实尴尬,楚杰礼貌地询问着老爸的身体状况,可能是屋内的气氛变得实在太怪异了,老妈忍不住上来为他们作起了相互介绍:"那个是小祁,是露露的朋友,就是他帮露露爸爸做的手术。这个是楚杰,他是露露表哥的领导。"

楚杰听到是祁函帮老爸做的手术的时候,脸上的笑容丝毫不在了,他低着头沉默了几秒钟,抬起头看着老妈:"我们早就认识的。"

简单的寒暄之后,大家就坐在这大眼瞪小眼,实在是让人煎熬,我控制不住的一直在小声叹着气。坐在沙发上,我既不敢看祁函,也不敢看楚杰,只能低着头揉衣服的一角,期盼着赶快冲进来俩警察把他们都带派出所去。要不来个外星人赶紧把我抓走吧。

也许是楚杰看出了我现在的窘状,他突然站起身来向我的父母告辞了。他的告辞似乎对大家都是一种解脱,于是老妈并没有多作挽留。楚杰刚一走出了门,祁函也随即站起来告辞了。这种接连的告辞让我感觉很不好,我很担心他们会发生什么意外的事情,于是我也很快站起身告辞了。

我出了门远远地跟在祁函身后,看着一前一后走着的两个人,希望他们能平静的各自离开。

"楚先生。"祁函出声喊住了楚杰,楚杰转身那一刻我顺势躲进了旁边的过道里。

祁函笑笑地走上几步:"我们见过两次面了,我还不知道您的真实身份呢!"祁函的这句话充满了火药味,让楚杰的脸陷入到极难看的状态里。我心里有点难过,楚杰此刻的被动局面似乎是我造成的。

"我是楚杰,AT国际广告公司的华东地区销售总监。"

"你好。"祁函跟楚杰礼貌地握了手,"我就不重新介绍了,我的身份没变过。"楚杰的眉头微微皱了一下,没有接任何的话。

"我们别再浪费时间了。"祁函的笑容瞬间消失了,他的表情变得冷冷的,如同立刻换了一个人一样,让我都有点认不出他了,"我喊你不是为了要跟你交朋友,我就是想告诉你,你别再浪费大家的时间了。"

楚杰看着他沉默了一阵:"我不觉得我在浪费时间。"

"好吧,既然你这么说我们也没什么话好说了。有时候大家对我可能有些误解,认为我这人特绅士、有涵养,对谁都客客气气的。其实不是,我这人一点都不绅士,也没什么涵养,我对谁都客客气气的是因为他们没让我着急的事。别说你不是露露什么人,你就算真是她先生我也不在乎,这就是我现在的想法。你要是有信心继续你就继续好了,我跟露露都浪费了那么多时间了,我不在乎再等这几个月。"祁函一脸轻松地说完了这些话,"那我就告辞了。"

楚杰的眉头紧紧地扭在一起,他转身一直看着祁函走掉的背影。

我躲在墙角里回想着祁函刚才的表情,那种肯定的语气真的让我有点害怕。猛地抬起头,忽然发现楚杰就站在我的面前。他皱着眉头看着我:"你叫他来跟我说这些话的?"

"我?"楚杰突然的质问让我一下不知所措了。

"你就这么站在角落里看着?就算我是你先生他都不在乎,是什么意思?意思就是你怎么都会跟他在一起?我就出差了十天,他帮你爸做了手术,我一回来就宣布我出局了?"

楚杰这一连串的问题,我一个都答不上来,我不知道怎么回答,我也不知道祁函为什么会突然去找他说这些话。

我长长地叹了口气:"楚杰,我累了!"我低着头缓缓说出这句话。话音刚落,楚杰一把把我揽进他的怀里,越抱越紧,我靠在他的胸前,听到他在深深地呼吸:"别跟我说累,为什么要跟我说累?你去跟他说你累了,你别判我出局,我不想出局。"

我没有推开这个拥抱,因为我真的累,此刻就让我这么靠一下吧。

{107}
我是个老变态？

祁函和他的小组又被叫去外地做手术开研讨会了，他走之前还特意给老爸打了电话，告诉他周末不能陪他下棋了，他回来的时候会陪他。老爸不惊异于他不能来陪他下棋，老爸却惊异于他对这个事情的认真，因为老爸已经将他随口的一句话忘干净了。

他以为那只是小辈随口哄老人开心的一句话，可是祁函却把这个事情看得很重要。这就是祁函，他的行事总是能让人相信他，更相信他。因为你想不到或者忘记的事情其实都在他的脑子里。

王雪琴女士的心里如今有了更满意的女婿人选，所以会时不时地到我的房间为我洗脑，探听我究竟为什么耽误了她抱外孙的进程。

"我考虑一下吧，我这不是舍不得您跟老爸吗。"说着很煽情的话语，我用温馨的表情看着老妈。

"屁，你大学一毕业说要去美国就是为了他吧？"老妈这个常用的否定词总是能在第一时间被准确地运用出来。我也惊奇老妈有如此的记忆力，在这几天里居然让她回想起了这件事。

"哎。小祁真的是挺不错的，看着就是能靠得住的人，你要真跟他结婚了，我跟你爸肯定觉得挺踏实的。"

"是吗？他在美国交过两个女朋友。"我小声地嘀咕着,在为我的犹豫找借口。

"你也没消停啊!"老妈洗脑的话又再次袭来了,"是,你运气是比他差点,他交成了,你没交成,可是当初要不是老妈拦着你,你估计都能给人当后妈去!"

"妈,你怎么哪壶不开提哪壶啊!"

"你们这转了一大圈又绕回来了,人有多少个十年啊!你们现在又遇到了还能互相想着,老妈想想也觉得挺难得的。妈还有点羡慕你呢!老妈以前也有个初恋,不过可惜转开了就分了,我们那个年代可不像现在,能影响两个人在一起的原因更多,不能在一起的原因说出来你可能都觉得可笑,现在有时候想起来还觉得遗憾呢。"

"我告我爸去!"撸胳膊挽袖子的,觉得终于抓住了老妈的小辫子。

"你如意算盘打错啦,你爸他知道!"老妈哈哈地大笑了一阵,"你是不是因为薛凯的领导啊?"她突然变得很认真地看着我。

老妈的这个问题让我愣住了,不知道怎么回答她。

"看来真的是啊!"老妈笑着点点头,"缘分这事挺奇怪的哈,要么不来,要不成双结对的来。总是让人小心翼翼的,生怕选错了人,总是想着一选就是一辈子的事。老妈当初选你爸就是图个踏实,军人嘛,军婚有部队管着呢。如果是楚杰的话,你就多了解了解他,你选谁老妈听你的,选完了自己别后悔就行。"老妈拍了拍我的肩膀走出了房间。我看着老妈的背影觉得她好似一位哲人,如此高大和伟岸,也如同其他哲人一样说的都是废话。

我的崇拜者米新月出现在我家的时候,让我对她产生了许多的怒气,我作为她的精神领袖领导她那么多年之后,在一夜之间为了个男人不再相信我的公断力了。虽然她也常来找我玩,可是每次都只说她在电视台的工作,不再跟我谈她的个人问题,看来在感情方面的问题上她不再信任我了。

不信任我是对的,因为我自己也没作出什么好的表率,难道我还非逼着她在我结婚之后再找男朋友吗?那可能还要等很久吧!

小月今天来一直很安静,一来就一头倒在我的床上,背转着身不说话。我也不说话,我就坐在那儿看书,她想说的时候她会说的。

她就那么静静地躺了四十分钟:"姐,我谈恋爱了。"小月的声音很微弱。

"嗯。"我继续坐在那儿翻着手里的书。

"你怎么不问我跟谁?"小月腾的从床上坐了起来。

"你是不是要告诉我,你跟李貌谈恋爱啦!"说完这句话我狠狠地把书摔在桌子上,"我去厕所。"然后我就离开房间去厕所了。

我早就知道会这样,她每次来那些鬼鬼祟祟的表情,就像是在背着我做什么见不得人的事情。李貌这几个月给我发的短信也越来越少,过年时候的短信更奇怪,除了祝我新年快乐之外,还告诉我放心吧,他会改的。强子倒好,时不时的发短信告诉我他们在哪玩,结束的时候总会说,李貌没来,只有他们。一帮人玩此地无银三百两的游戏,就算我智商再低也是有下限的!现在是怎么样?终于要跟我说了?

我上完厕所回到卧室,小月居然在玩苦情戏码,在床上哭起来了。

"哭屁啊!"实在是拿不出什么好态度,我气哼哼地坐在椅子上喘着气,"什么时候的事情?"

"有……有两个月了。"

"哦,现在准备让我知道了?"

小月带着眼泪,满眼期盼的眼神看着我:"姐,你帮我出个主意吧? 我现在有点不知道怎么办了?"

"我出不了主意,你那么大主意你还用我出主意了?"我带着满心的抱怨,狠狠地说着话。

"姐,你现在怎么这样对我啊?"说完小月又哭了起来。

"行了,别哭了,你到底怎么啦?"

"姐,李貌他……李貌他……老想跟我……那个……就是……"

"做爱?!"我看着小月问出了这句话。

"姐,你怎么这么说啊?"

"少跟我这废话,不就是这档子事吗?"

"姐,你说我怎么办啊? 我到底应不应该跟他……"

我真是快被她气死了,这种事情居然跑过来让我帮她拿主意,你恋不恋爱不听我的,你做不做爱倒跑来听我主意啦?

我坐在椅子上极力平复着自己的情绪:"李貌,挺好的,经验丰富,你去跟他试试吧,应该感觉不错。"

"姐! 我瞒着你是我的不对,那你现在就这么一点都不关心我啦?"

"小月,这个事这也不是什么大事,你自己心里要是不在乎,你就去跟他试试,注意安全卫生就行。"

"姐!"小月的语气里满是抱怨。

"当然了,你要真不在乎,你也不会跑我这哭哭啼啼来。那就是说你在乎,那你告诉姐,你为什么不跟他上床?"

"我怕他……怕他就是为了这个才跟我好的。我要真跟他上床了,他过两天对我腻了可怎么办啊?"

"哦……明白了,没有安全感是吧?那没办法,你选的就是个没安全感的男人。你这么不愿意,你就告诉他:你没安全感,所以现在不行。"

"可是,李貌原来那样,他为了我都不出去玩了,我要一直不跟他……那他会不会心烦了也不跟我好了啊?"小月的语气里仍然充满了不安。

"你他娘的给我滚!"我猛地拍桌子站了起来,"我就没你这种妹妹,我见过贱的,就没见过像你这么贱的。"

"姐!"小月被我突然的咆哮吓得直往床里面靠。

"姐不同意你跟李貌好,可是你们现在好了,我也没办法。我以前跟你说过什么?别为男人变成你自己不喜欢的样子!你现在不想,就去告诉他你不想;等你想的时候,你告诉他你想了。这就是我的意见你还有问题吗?"

小月终于不哭了,她带着万分惊恐的表情摇了摇头。

这些天祁函在外地,他晚上会给我打电话,有时候也发短信,讲着他在外地每天的流水账,就好像每天按时打卡一样。他的这种行为使老妈的话再次盘旋在脑中,因为让我觉得确实很踏实!

楚杰这些天没有任何消息,没有电话也没有短信,我甚至不知道他在哪儿,我上次对他说"我累了"之后,实在让他有些感伤,我想他应该也很累吧。祁函的强硬态度也确实让我们好好想一下,我们到底是不是在浪费时间。

下班的时候,我一个人低着头走出了医院,刚走出门口没多远,就看见了那辆熟悉的陆虎车。我停下来看着那辆车,楚杰开门从车上走了下来。

他慢慢走到我面前,看着我犹豫了好久:"月底了,该还钱了。"楚杰缓缓说出这句话。

我抬头皱着眉头看着他,然后我无奈地笑了,楚杰也无奈地笑了。我们相视,双双在无奈地笑。

"我又想起你了,所以我没办法,只好找你要账来了。"

我低头想着这个让我如此"纠结"的债务问题,不知道何时才是解决的那一天。

"露露。"一个声音从身后传了过来。

我转过身来,李貌正一脸严肃地看着我:"我在门口等你好久了。"他抬眼看了眼楚杰:"我想跟你谈谈,单独的。"李貌此刻严肃的表情与以往很不同,从我们上次夜店冲突之后都几个月了,就一直没见过面,他突然带着这种表情来找我谈判,不知道究竟要说些什么。

我跟李貌来到人行道的拐角处,楚杰没有离开,就靠在不远处的花坛边远远地看着我们。

"我先跟你道歉。"李貌先开口了,"我答应过你的事,我没有做到。"

"道歉有用吗?道歉有用还要警察干吗?"咦,好像盗用了某个偶像剧的台词。

"我不是跟小月玩玩的,我这次是认真的。"

"哦,打算认真多久啊?"

"还不知道呢!"刚说完这句话李貌觉得自己失言了,他看着我,"你说话别老给我下套行吗?我没脑子跟你这瞎绕腾,我烦着呢。"

"你烦什么啊?"

"你别再用你那些变态的思想影响小月了,行不行啊!"李貌控制不住的朝我吼起来。

李貌的突然吼叫,让远处的楚杰忍不住靠了过来,站在了我的身后。

李貌看了眼楚杰,继续朝我吼叫着:"你现在可厉害了,出门都带保镖了是吧?"

"我没影响小月,我影响得了她,她就不会跟你好。"

"小月那天突然跟我说,她不想变成她自己都不喜欢的样子,这他妈就不是她能说出来的话,我一听就知道是你教她的。现在我打电话她都不理我了,说要冷静冷静。"

"她为什么要跟你说这些?你又拉她上床了,是不是?她不跟你上床,你就找我理论来了?"

"米露露,你真就是个老变态!你自己变态还拉着小月跟你一起变态。"李貌说话的声音越来越大,"我说了,我是认真的,你们为什么这么不信任我?"

"李貌,你原来的那种行为,怎么让小月这种女孩那么快信任你啊?你那么想跟她上床,你就娶她吧。"

李貌惊奇地看着我,对我提出的这个要求表情里有一万种不理解。

"哦!原来你还不想娶她。"我笑着点了点头。

"李貌,你就这么没自信吗?你要不是真心实意喜欢她,你少来跟我说这些屁话。你不想为了她彻底放弃你那些淫乱的生活,你有什么资格跟我谈判!不把女人拉上床你就不踏实?你是对小月没自信还是对自己没自信啊?怕自己坚持不到小月点头同意的那天?还是你就只有床上这么点能耐啊?"

"米露露,你太他妈混蛋了你。"李貌被我气得更大声地叫喊起来。没办法,我给不了他好脸色,他曾发誓坚决不碰我们米家人,说如果碰了,就让我亲手阉了他,我没阉他就够给他面子了。

李貌低着头喘着气,突然面带笑容地抬头看着我:"米露露,你就当你的变态吧,我就让你看看我到底有多大本事。"

我一把抓住了李貌的袖子:"你他妈想干什么你?"

李貌猛地甩开了我的手,突然看着楚杰说:"这女人是个变态,狗屁道理一大堆,想让她脑子开窍比世界和平还难!你自己好自为之吧。"说完狠狠地瞪了我一眼就头也不回的走掉了。

我看着李貌的背影,开始后悔自己刚刚激怒了他,担心他做出什么伤害小月的事情来。

"我是变态吗?"我小声地嘀咕着。

"我们都是变态!"楚杰在旁边轻轻地说出了这句话,我忍不住抬起头来看着他,"人哪能时刻保持常态啊,我在来之前就觉得自己是个变态,想着不应该来,可是还是不自觉地开到你们医院了。变态就是跟常态不一样呗?反正我现在跟我的常态不一样了,所以你要是变态的话,那我也是吧。"

{108} 你的世界

我跟楚杰都已经自诩是变态了？那祁函是不是变态？想起他曾经跟楚杰那种一反常态的说话语气和风格，好像他也开始变态了。薛凯变态！小月变态！李貌大变态！怎么觉得周围的这些年轻人个个都是变态啊？

细想起来好像只有王雪琴女士和米爱军先生、祝雪梅女士等等老一辈无产阶级革命家他们都还比较正常吧。我估计他们都已经变得差不多了。

这难道是人生的一个必经阶段？从一种状态过渡到另一种状态，整日处在焦虑和复杂的情绪中经受着工作和感情的折磨。

"你周五晚上有空吗？"楚杰将我从自己的思想空间里拉了回来。

"周五？你有事？"

"是，我们公司办的入驻中国市场十周年庆祝颁奖晚会，我想让你陪我去参加。"

"我？有必要吗？"我不太理解楚杰为什么要突然邀请我参加他们公司的活动。

"有。"楚杰看着我坚定地点着头，"你应该来看看，来我的世界看看。我觉得你对我很不了解,你不觉得这样对我很不公平吗?"

楚杰一脸的执著和坚定,如此认真的样子真的算是少见。我对他很不了解吗?

楚杰外表看起来是个英俊成熟的男人,可是总喜欢跟我斗嘴,能占上风的时候总让他觉得很快乐,他无时无刻不在抱怨我做的事情,可是却从不阻止。他像是被一种无奈的情感牵引着,抱怨、痛苦、挣扎中又忍不住对我做的那些无聊的事情推上一把,怎么越想越觉得他像个受压迫的劳苦大众呢?他现在的这个邀请是他的一种反抗吗?

楚杰执拗的眼神一直没从我脸上离开,等我的思绪转回来的时候,依然看见他等待着的执著目光。

"好。"我看着他点了点头。

周五的晚上,中国大饭店的入口处,形形色色的男女们,优雅款款地步入,许多人穿得像是准备走红毯领奥斯卡奖一样。一碰到这种场景,我就有点不自在,额头开始忍不住往出冒汗,总觉得心里对这种聚会有着一丝阴影,我曾经问过楚杰我应该穿什么来。

他告诉我穿一件一辈子都不会撑破的衣服就行,我按他的要求穿来了,可是看着从身边走过的这些女人们,我觉我现在真应该把这衣服撕破点,比如我的前胸或者我的后背,这样好像才能更适合目前的这种环境。

"你怎么也不跟我说是个晚宴啊?"

"怎么了?我跟你说过了!"

"你看看我这穿的,跟要来参加人民代表大会似的。"

楚杰带着笑上下打量着我:"挺好的!我看着特踏实,至少不会担心开着开着会你给自己勒死了。"也许是因为这段时期跟他玩了太长时间的感情游戏,我好像很久没有问候过他伯父了。

一走进会场,我突然觉得我可能对楚杰真的是不太了解。首先我不了解他的公司是如此庞大的一个组织,中国大饭店最大的宴会厅,AT公司用人把它装得满满的,少说也得三千人。

其次我不了解销售部门在他们公司的地位如此之高,靠近舞台的中央区域最好的位置全是销售部的区域,坐在中央区域的人们各个意气风发,大有藐视一切之意,我仿佛看见无数个薛凯坐在圆桌旁,当然其中有一个是真的。

再次我不了解楚杰居然有这么多头衔。楚杰带着我刚刚接近这个区域,路过之处的人们前一刻还围坐在桌子旁聊着天,看见楚杰出现的一刻都此起彼伏地站起来,一半人在满脸堆笑,另一半在点头致意:总监、老板、楚先生、头、领导……各种称谓从四面八方传了过来。一通称谓过后,这些人的目光都会纷纷落在我的身上,然后又都坐下交头接耳地议论起来。

本来自己在这一众人群中穿得就是最怪异的一个,此刻这些人的目光真是让我觉得自己更怪异了。我忍不住脚步越走越慢,很想找个位子赶快坐下来,至少这样就不会觉得自己一直在被人拿眼神扫射了。

楚杰忽然发现我没有跟在他的身后,他朝我走过来拉起了我的手:"我们不坐这儿的,我们坐那边。"

就在他拉起我手的那一刻,一个声音传了过来:"妹,妹,你来啦?你陪我们老板来了?"薛凯越过了几桌子人,跑了过来。

薛凯?!你丫果然很薛凯!他的这种极度谄媚的行为,让围坐在周围销售区域的一众人等陷入更疯狂的交头接耳的状态里。

"妹，你怎么穿成这样就来了？你要没衣服可以跟你嫂子借衣服啊，好歹你也是陪我们老板来的嘛，你也得注意点形象啊你。"

"滚蛋！离我远远的！"我用极小的声音咒骂着他，一看见他我就心烦，特别是看见表嫂就坐在那张桌子上，而另一边就是他女秘书的时候，我就更加的心烦。

"你快回你那耍大刀、拿大顶去吧。我怕急了捅出你点什么来，你别在这招我了。"

楚杰站在旁边忍不住笑出声来。楚杰这突然出现的笑声，让周围这些人们都产生了诧异的表情，如同看见了自然之怪现象一样，又开始三五成群地嘀咕起来。

"素质，你可得注意素质！现在这是我们公司主场，你怎么还拿你那医生恶习在这训斥我啊？"

"好了，薛凯，你回你们组那边去吧。"楚杰出口阻止了薛凯对我的继续教育。薛凯狠狠地瞪了我一眼，也只好收起了想要继续跟我争执的想法，悻悻地回到了属于他的桌子。

我不知道属于楚杰的这张桌子有什么特殊的含义，我只知道这张桌子上除了另一个中国人之外其他全是外国人，楚杰把我介绍给了眼前的各位外籍人士。楚杰一张嘴的时候真的是把我吓了一跳，我从来不知道他居然能说如此流利的英语，没有任何的怪腔调，毫不迟疑，如同他在说中国话一样。我的确没见过他说英语，我也从来不知道这个事情，我只见过他陪着个露肚子的大哥搂着小姐在卡拉OK里唱征服！

现在是怎么了？难道是个人都比我的英语好了？

这一桌子人，除了CEO，就是CFO、CHO、CIO、CMO，总之是一堆以C开头以O结尾的人。那我是什么？CHINESE，LADY，CLD？

"这是我女朋友!"楚杰向眼前的各种CO们介绍着我。

"哎哟!你跟人胡说什么啊?这不是欺骗国际友人吗?"

"那我说什么啊?说咱俩是革命同志?他们也理解不了啊!"楚杰在桌子旁跟我小声地嘀咕着。忽然会场的灯光暗了下来,大会司仪登场,我此刻终于知道为什么这么多人要盛装出席了,这的确是个颁奖大会,是公司在中国运作十年来一个超级的颁奖大会。那些上台领奖的优秀员工们,各个都激动得不能自已,感谢了所有能想到感谢的人。坐在下面的人的眼神里,既充满了无比的羡慕又充满了无比的嫉妒。

"下面我们有请中国地区首席执行官,乔森·伯纳德先生,为AT国际广告公司的钻石级员工,全国销售总监,楚杰先生颁奖。"司仪说完这句话之后,销售部门的区域顿时响起了雷鸣般的掌声,伴随着小小的欢呼声,大有起哄架秧子的势头。

楚杰带着微笑转头看着我,那笑容无比开心,那开心源自于他的自信,源自于我不曾注意的过往成绩。我从来没有意识到,他那些为之奋斗、拼死拼活的努力所换来的此刻的荣誉,是在这么多双羡慕又嫉妒又崇拜的目光中为他加冕了光环。如果是这样的话,那可能真的对他有点不公平,他花费了那么多时间和精力争取的东西,居然是我从来都不知道他有过的。因为我眼里只有一个人的光环,那是祁函,在我的世界里似乎大家都认为只有祁函才是长着翅膀、发着金光的人。原来我的世界这么狭小,外面的世界这么广阔,楚杰一直竭尽全力的在我的世界游走,可是我却从不曾踏入他的世界半步,就算踏入过,也都只看到我厌恶的那一面。

"我忘了告诉你,我升职了。"依然是他自信的笑,离开了座位登上了颁奖舞台。

楚杰今天晚上一直在笑,是那种少见的柔和的笑容,不带任何杂念的笑。

"我感谢公司对我的信任,为我提供了各种机会,给予了我工作中的大力支持。"楚杰的声音缓缓地从舞台上传了下来,"我非常感谢我的团队,因为我不是一个脾气好的老板,谢谢你们对我的忍耐,还能继续那么努力工作。我也相信你们能再创造出更好的成绩来。因为我一直相信,只要你努力了,你就能得到。"说到这楚杰稳定了下自己的情绪,他转过头来带着笑容将目光投了过来:"我今天拿着这个奖,在这许愿,从现在开始我会更加努力。我希望我、我们在座的每个人,都能得到自己想要的,实现自己心里的那个愿望。"

楚杰的目光真诚而炙热,让人无法闪躲,让我心潮澎湃却又增加了一份躲不掉的重量。我给了他一个公平,走进了他的世界,看到那些原来在我眼里已经完全被我忽视掉的自信,此刻在我的心里多了一分公平吗?他每多一分公平,我心里不就是更多一分纠结吗?

回去的路上我一直沉默着,眼前总是浮现着楚杰在领奖台上那种炽热的眼神,眼睛里充满了期望,让我很怕看到那双眼睛再次带着失望的色彩。

到家的时候,我依然沉默地下了车,楚杰依然满脸的笑意:"你等等。"他看着转身想要走进楼门的我,忽然把他那个水晶奖杯拿过来递给了我:"这个给你。"楚杰笑笑地看着我。

"给我?给我干吗?这上面印着你的名字。"

"嗯,这个奖杯我刚才拿着许愿了,我想放在你那可能会灵,所以你帮我收着。"楚杰执拗地把奖杯塞到了我的手里。

我拿着奖杯,皱着眉头,抬头看他,不知道要怎么说我此刻的心情。我正要开口的一刹那,楚杰忽然低下头,将他的唇狠狠地印在了我的唇上。没有深情的对望,没有甜言蜜语,没有拥抱,只在我疑惑抬头看他的那一眼,他就这么突然地低下头吻了我,让我猝不及防,来不及思考,没有任何反应,瞬间陷入到一片空白之中。

|109|
换得掉吗？

　　这个吻大大影响了我脑部的血液供应，一时间让我处于极度脑供血不足的状态里。而此刻我脑部的血液在慢慢回流。

　　我知道你们在想什么，你们肯定在想，我应该立刻回应楚杰更深刻的吻，与他展开舌与舌的纠缠，然后互相撕扯着衣服，在墙和身体间来回碰撞，一路撞上楼去然后倒在床上翻云覆雨一番。我告诉你们，你们想错了，想看这个没有！反正现在不会有！

　　哎！好吧，也许不是你们想的，也许是我自己想的。但是我想的事情从来都没实现过，我不想的事情却总是突然冒出来摆在我的面前。

　　我现在怎么觉得他借机塞给我个奖杯，想把我感动得头晕眼花，然后趁机占我便宜啊？被占了便宜的极端思想此刻占据了我的脑子，一向崇尚暴力美学的我在关键时刻及时伸出了我的脚。实在不好意思，我又让大家失望了，没办法我是米露露。

　　楚杰小腿上挨的这一脚，让他嘴终于离开了我的嘴，因为他必须得喊叫："嗬，你踢死我了你。"楚杰皱着眉头弯下腰去揉他的小腿。

　　我觉得用这种方法把我们分开是十分科学的，难道还要深情对望地分开吗?那我不叫他上楼,不跟他肉搏是不是不太合适啊?这样分开得挺好,不尴尬,我们从一种境界急速进入到另一种境界中。

"老流氓。"皱着眉头依然看着他。

"什么乱七八糟的啊?"楚杰依然在揉着他的腿,"哦,原来我是流氓、混蛋、淫魔,这次给我加个老字啦?谁老啊?我可是青年才俊!"

"我说你没事老耍流氓!"楚杰看着我呵呵地乐出来。

"有你这么说话省略法的吗?谁老耍流氓了?"楚杰终于不再揉他的腿了,站直了身体,"你们女的不都喜欢这些吗?最好被卡在个死角里,被人强吻,觉得男人特霸气。"

你们看,你们看!他什么变态思想啊!

"哦,我忘了,你不是女的。闹误会了,不好意思啊!"

"楚杰!"霹雳追魂吼再现江湖。

"别叫了,别叫了,我怕!哎,好不了一会儿,晚上宴会的时候看着我还有点崇拜的眼神呢,这么会儿又把我划流氓堆里去了。"

"你还有事没事?没事我回家了!"

"我妈要走了。"楚杰随口说出了这句话。

"啊?去哪儿?"

"加拿大,我妹又怀孕了,这些天反应特别大,跟我妈说一天都扛不住了,她老大没人管。我爸在那还整天给人讲中国文学呢,我妹夫也挺忙的,让我妈赶紧过去。昨天她签证下来了,估计过两天就会走吧?她肯定会给你打电话的,你跟我一起去机场送她。"

"哦。"我看着楚杰点了点头,心想着祝阿姨要走了,感觉就像一个朋友即将远行。不知道要多久没法跟她聊天,吃不了她做的饭,也不会有人再在我和楚杰之间当和事佬了。"那好久都吃不了祝阿姨做的饭了!"我有点遗憾地看着楚杰。

"就知道吃!"

第二天我真的接到了祝阿姨的电话,阿姨说话的语气里也带着许多的不舍:"哎,露露,阿姨又要走了,阿姨这段时间认识你这么个小丫头还觉得挺高兴的。阿姨回来的时候,你们最好能干出点让阿姨更高兴的事,那就好了。"

我们? 祝阿姨说话总是能准确地运用词语,表达出她的热切希望来。在去机场的路上,祝阿姨一直叨叨着让楚老虎先生注意身体,多注意休息,记得按时吃饭,千万别喝酒。

楚杰则一直重复着:"知道了,知道了,知道了。"

"唉! 孩子就是上辈子的债主,不知道我这上辈子欠他们多少东西,我那丫头倒好,老大才一岁多,这老二又怀上了,去了我也休息不了,就是伺候人的命。"祝阿姨坐在汽车的后座一直抱怨着。

"露露,你喜欢男孩还是女孩啊?"

"女孩。"

"男孩。"

开着车的某位先生突然插话了。

"谁问你呢? 我问露露呢?"祝阿姨及时谴责了插话的某位男士。

"阿姨,我喜欢女孩!"

"女孩好,女孩好。我那姑娘就挺好,该结婚结婚,该生孩子生孩子,多踏实啊。你看这儿子别说孩子了,孩他妈还没地儿找呢。"

"妈! 怎么没地儿找了?"楚杰在一旁大声地抱怨着。

"哎,这也就是新社会了,指望你传宗接代那可完了,要是旧社会啊,我直接从老家给你弄个童养媳来,放你屋里,不要不行,不要我就家法伺候。"

祝阿姨的话逗得我哈哈直笑："阿姨,您这想法挺好的,可以试试。"

楚杰皱着眉头看我："傻笑什么呢？试什么啊？"

"这女孩啊,不能长得太漂亮,长漂亮了老有那坏小子惦记着,普普通通就挺好。"祝阿姨依然跟我开心地聊着天。

"对,对,对,有道理有道理。阿姨,您说得真有道理。"祝阿姨这句话说得可真称我心意啊。

楚杰看着我激动的样子眉头皱得更紧了："是,孩子都跟你长一样,那我可彻底踏实了。"

嘿,这只老虎,我最近没拔你的胡子了是怎么着,原来不是装得挺好的吗？这刚几天啊,又绷不住劲了,你再多装会儿不行吗？是,你是长相的遗传基因比我遗传的好点,脸上的显性基因比我显现得多点。那好歹我嗓门还大呢！

我撇着嘴不再说话了,他转头看了我一眼："不是,不是,我的意思是,人生不就图个踏实吗？"

楚杰,你也算是扯淡界的一位奇才子了！

祝阿姨在进海关的那一刻,拉住了我的手,眼睛里闪动着激动的泪光,弄得我也控制不住开始闪动泪光了。阿姨跟我小声地念叨着："露露,阿姨走了,我们家可就剩我儿子一个人了,想着就觉得可怜,你要没事了,多关心关心他,让他别老那么累,多休息,记得吃饭,别喝酒,千万别生病了。阿姨上次不在,他就受外伤被送去医院了,那次胃出血阿姨也不在。你得帮阿姨看着他点。他要病了,你可得给他看看。"

楚杰一直在旁边低着头,听见祝阿姨的话却不插嘴了,直到祝阿姨让我给他看病的时候："妈！她是妇科！"

我转过头看着楚杰:"放心,就算我是妇科也能给你看。你别插话了,让阿姨放心。"

阿姨看着我笑着点了点头,"有你这句话我就踏实了。"说完转身走进了海关。

楚杰送我回家的路上,带着笑询问着我:"哎,我要病了你真能给我看啊?"

"能啊。"我很肯定地看着他点了点头,"看不好还看不坏吗?"

楚杰的笑立刻僵持在脸上,"你这女人,怎么连老人你都骗啊?"

"谁骗了?我是真心实意的,只要你敢来,我就敢给你看!"

"我不敢!看病啊,还是玩命呢?"

哎呀,此刻我又觉得通体舒畅了,貌似自己总算是扳回了一成。

到家的时候我开心地跟他告着别:"你妈说了,让你注意身体,注意休息,别喝酒,早点回家,谨记哦!"说完我就转身向楼里走去。

"你等等。"

嗯?又叫我等等,不会又要跟我耍流氓吧?我得跟他保持安全距离。

楚杰走下车来看着我:"我下周要去法国作中期述职了,这个送给你。"

说完楚杰手里递过个盒子来,这橘红色的盒子着实把我吓了个跟头,你这是要干什么你?

"下周你过生日啊!生日礼物,我不在没法跟你过了。"

"你怎么知道我过生日?"我皱着眉头看着他。

"想知道就能知道呗,也不是什么难事。"

我低头看着那个盒子,依然没有接:"什么东西啊?"

"钱包!女士的!我可能没有那么多想法会在上头刻名字,不过你的钱包太旧了,该换了。"

我看着那个盒子一直在摇头,那个上面印着的LOGO,以我多年行走江湖的经验知道它价值不菲。俗话说拿人钱财与人消灾,他楚先生生意做得顺风顺水,又刚升了职,哪儿有什么灾啊?不顺心的事都少吧?可能不顺心的也就是我了吧?我拿了我回报他什么啊?

"你这钱包,太贵重了,真的不适合我,我拿回去得每天上三炷香供着。"

楚杰的脸突然变得很严肃:"你不要?"

"你上次过生日,我连个蛋糕都没给你买,就让你在我们家混了顿饭,你这样我真不知道怎么办了?"

"哦。"楚杰看着我点了点头,"那你不要我就扔了吧。"说完他就朝垃圾桶走去。

大哥?!你耍什么帅啊?咱真都是劳苦大众啊,用不着这么糟蹋钱吧!

"别扔啊?"我伸手拉着他,"你可以送给你的客户啊!"

"我送给你的,干吗要送给客户啊?你要不然拿着,我要不然扔了?要不你拿着把它扔了,不过那是你的事。你那个旧钱包不该换吗?"楚杰的语气里又开始不自觉地带上质询的含义。这让人在看到这个礼物的时候又产生了更多的想法。

楚杰看着我犹豫的样子,忽然一把把那个盒子塞到了我的手里:"别跟我争了,你要是觉得真的换不了你那个旧钱包的话,你拿去送人吧。"说完他看着我挤出了一丝笑容,然后上了车,开车走掉了。

{110}
有意义的生日!

25岁之后我几乎不过生日了,我讨厌年年始终是爸妈围坐在饭桌上的感觉,看着那个蛋糕上蜡烛越插越多甚至有插不下的趋势,那些被点燃的火苗跳啊跳的,像是对我嘲笑,告诉我你的生命又消耗了一年,那些落下来的蜡油,就像是我心里落下的泪,默念着:他娘的,又老了一岁。

我告诉老妈,我今年依然没有过生日的打算,希望我生日那天她为我多添俩荤菜我就倍感安慰了。

老妈撇了撇嘴:"好吧,不过就不过吧,老是我们俩给你过生日,我们也挺心烦的。别人都在给孙子过生日了!"王雪琴女士的确是女中豪杰,说话针针见血,刀刀都扎在你肺管子上。

生日的这天,我接到了一个邀请,是祁函代表怀特教授发出的一个邀请。他说他们小组的所有成员都刚刚回到北京,暂时可以休息一阵儿,教授说既然大家手头工作都做完了,不如聚会一下。这只是在教授的外租公寓里、课题组人的小聚会,祁函跟我说是教授亲自点名让我一定要去的。

在我生日这天被祁函邀请去参加他们课题组的聚会,此时心里多少有点隐伤。因为在大学的时候，祁函也是带着眼前这种兴奋的表情突然出现在我面前，带来那些意想不到的惊喜。自己忽然有点想提醒他，今天是我的生日，但是想了想还是忍住了，自己都不过的日子干吗一定要强调出来让别人知道呢？

这个邀请我答应了，因为那是怀特教授，世界上见一面就少一面的人，一个诺贝尔奖获得者，亲点让我一陪，我想我心理上还是可以接受的。其实我还可以二陪，比如除了陪他吃饭，还可以陪他唠嗑，再多的陪那就恕我爱莫能助了。想到这儿突然又觉得开心起来，被怀特教授叫去参加课题组的聚会好像使这个生日变得有意义多了。

怀特教授的外租公寓真的很大，四室一厅的房子，光客厅就得四十多平米，这么大的客厅教授每天满地打滚都够了啊，泰斗果然是泰斗，连房子都是按够他满地打滚的标准租的。我跟祁函一走进这公寓，课题组的成员都笑笑地迎了上来，五男一女，全是外国人。

看着眼前的这些人，我觉得我这个生日过得真是太有意义了，我就没过过这么有意义的生日！祁函，我谢谢你，你又送给我一个大惊喜！眼前五个男的全是帅哥，那个女的我先忽略不计，因为我还没空看她呢。各个都带着异国情调，棱角分明的面容，各色的眼睛、各色的头发。难道怀特教授也跟我好一口？都爱美男？只是有几个男人的岁数看着有些偏大，怎么看也得奔四张去了。祁函站在我面前为我一一做着介绍。祁函，你靠边点靠边点，别挡着我看帅哥了。

"这是杰西卡·怀特，是教授的侄女！也算是我们课题组的成员吧。"祁函为我介绍着眼前唯一的这位女性。这个女性的姓氏和她的身份让我不自觉把目光从美男们的身上收了回来。

我抬头看着祁函，想从祁函的眼睛里找出这个女人的特殊地方，祁函只是看着我笑得很平静。

杰西卡·怀特长得很漂亮,个子有一米七,棕色的头发棕色的眼睛,面容显得很年轻,完全跟小组成员不是一个年龄层的。祁函算是小组里最年轻的男人了,眼前这个女人比祁函看着还年轻,现在看他们就是这个小组里最年轻的男人和女人!哎,他们都是年轻有为的男人和女人啊!难道她就是和祁函有过一腿的女人?他怎么没跟我说她也在中国啊?难道那条腿还没收回去?这前女友都在中国了,是想给我个下马威?今天我又赴的是一顿鸿门宴?算了,鸿门宴就鸿门宴吧,好歹看着这些男人我还开心着呢。

我们一共七男两女围坐在餐桌旁。他们定了饭店整桌打包的中餐,一坐下来教授就开了瓶酒,整桌气氛显得十分融洽,就好像一个家庭聚会一样。看来外国人也喜欢没事喝酒扯淡啊!

一桌九个人有八个都在给我撂英文,你们眼里到底还有没有我啊?! 一说到一些美国俚语或者笑话,大家哄堂大笑的时候,祁函就转过头来为我作着翻译,告诉我他们刚才为什么笑。我拿眼睛瞪着他:"我英语真过四级了!老友记我也看过全套的!"

祁函看着我愣了一下,然后忍不住笑起来:"好,好,好,我知道啦。"祁函的笑,让在座的七个人都好奇地看着我们,询问我们在笑什么,说出来让大家也开心一下。

祁函摆了摆手:"我们俩之间的秘密!"这句话说完,大家都带着笑互相交换着眼色,接着就是嗓子里发出的奇怪的叫声。

如果只是一堆男人凑在一起,我想他们可能说着说着会说到女人吧,可是在场的有两个女人,于是他们说着说着就说到了事业。紧接着就是无休止的争论,连怀特教授都参与了进来。他们越说越大声,越说越快,听得我开始冒汗了,终于一句都听不懂了。

"我去阳台站一会儿,有点热。"我告诉正在和人激烈争论问题的祁函。祁函看着我点了点头,然后就转头继续与他们课题组的成员讨论问题了。

阳台上一阵风吹过来,的确感觉很舒爽,夜晚的春风不冷不热的,也算给我增加了几分惬意。在阳台上刚站了一会儿,杰西卡·怀特也慢慢地走了出来,手里拿着杯酒。她这一晚上可真没少喝,就像个被解放的小孩子尝新鲜一样,一杯接一杯的喝。

"你怎么不跟他们一起讨论问题?"我看着她笑笑地问道。

"完全不知道他们在说什么,一句都听不懂!"杰西卡摊开了手,一脸无奈的表情。

"我也是!"

我这句话一出口,杰西卡和我面对面的大笑起来,好像一下子拉近了很多距离。

"你是祁函的女朋友吗?"杰西卡·怀特眯着她棕色的眼睛询问着我,显然已经有几分醉意了,我看着她笑着摇了摇头。我不能欺骗国际友人,我曾经是过,现在的确不是,万一她真的是祁函嘴里说过的那个教授的侄女,那我岂不是又当面树敌了吗?而且这次我还把我的情敌范围跨向国际啦?

杰西卡·怀特长长地舒了一口气:"太好了!"

杰西卡的这句感叹词让我更加确信她就是祁函那曾经的其中之一,或者现在仍然是?她站在阳台上仍然饶有兴致地猛喝着她的杯中酒。不过她的酒量真的不行,越喝眼睛越小,越喝话越多,英语的醉话成了我人生中的又一次重大考验!

"我很喜欢中国,我发现很多地方都很好玩,有很多好吃的。"杰西卡眯着她那棕色眼睛跟我聊着天。

我看着她笑着点了点头:"你要是问吃的,我比较权威!"

"我根本就不应该在这个课题组的,你看他们六个人都是男的,加上我伯父七个男的,只有我一个女的,我其实没有资格在这里。我是为了……为了……"

"祁函?"我小声试探性地询问着。

"祁函?!"杰西卡皱着眉头,仔细辨别着我说的是谁,"哦,不!"她忽然伸出双手在胸前比划了个大叉。

"我是为了,迈克。"说完杰西卡满脸幸福的表情看着屋子里正在大聊学术问题的一堆男人们。

"迈克是祁函的英文名字?"我继续小声地询问着。

"不!"杰西卡的眉头皱得更深了,"迈克!"杰西卡朝屋子里喊了一声,课题组里一个金发蓝眼的帅哥转过头来看着杰西卡笑了一下。

"是他。"杰西卡的眼睛里充满了甜蜜,"我是医学院三年级的学生,我没有资格参加课题组的,我还没在临床实习过,不过我恳求伯父带着我,所以我申请了休学半年,就为了跟迈克来中国,我可不想跟他分开。"

杰西卡忽然靠得我很近,用很小的声音说着:"如果你还没跟祁函交往,那实在太好了,祁函是个可怕的男人!"杰西卡的表情里带着很多神秘。

"可怕?"我有点不太理解她用的这个形容词,难道是我英文能力有限?

杰西卡看着我肯定地点了点头:"我刚看见祁函的时候,被他迷人的东方男人的气质一下子迷住了!可是我跟他相处了不到十天,就觉得自己快被他逼疯了!他沉闷得要死!毫无激情!如果你想看见他的激情,就必须得把他灌醉,只有那时候他才像一个对女人有兴趣的男人。他清醒的时候,全部注意力都在他医院的工作上,我曾经想过是不是中国男人都这样,可是别人告诉我不是的。"

杰西卡说到这儿像是很生气,大口地喝着杯子里的酒:"最让我生气的是,他跟我说他跟我交往的原因,是因为我是怀特教授的侄女,所以他想对我负一些责任。我的天啊,还有比这种话更侮辱人的吗?所以我跟你说哦!"杰西卡忽然搂住了我的肩膀,用极微小的声音像是在说一个大秘密一样:"如果你还没跟祁函交往,那你最好小心点,我有百分之九十的把握,他是个同性恋!我知道你们中国人对这个很不能接受,所以他不敢跟别人说。但是据我观察,我觉得他确实是个同性恋!他喜欢男人!"

{111}
谈判

我猜测杰西卡的年龄肯定很小,从面相看要不23顶多24。几杯酒下肚,跟我的话越来越多,仿佛瞬间我们变成了异国闺蜜一般。她一直讲述着她的迈克是怎么个优秀的男人,她在来中国之前跟迈克交往了四个月,发现自己爱他爱得不得了,所以她就追到中国来了。杰西卡饱含醉意的英文一直在我耳边萦绕,不过一句都没有传进去,瞬间就从我另一只耳朵传了出去,因为我脑子里一直思考着祁函是个 GAY 的问题。

祁函是个 GAY 吗?他去美国变成 GAY 了?还是他一直就是啊?回来要跟我重新开始,难道是因为我特男人?杰西卡言之凿凿的样子好像她亲眼见过某些确凿证据一样。这不免让我想到了楚杰的那个哥们,他不是也隐藏了很多年吗?从没被人发现过,直到被我发现。

哎,这个世界什么没有,什么都可能有!我看着屋子里依然聊着天的祁函,实在无法想象他是个 GAY。可是上学的时候他好像真的不喜欢女生,一碰到女生告白就把眉头皱了起来,然后告诉人家,让他考虑考虑,可是从来不给人家下文。难道我从一开始就是个注定的悲情人物,用来掩盖他真实性取向的幕布?因为我们的确保持克制,直到快毕业的那个月。脑子里又开始控制不住地乱想了。

快到九点钟的时候,祁函突然站起来走到了阳台,他低头看着我:"很晚了,我送你回家吧。"

我看着他点了点头。

一路上我们俩心照不宣地沉默着,我猜测他想让我主动问他关于怀特小姐的事情,不过我的脑子里却一直想着怀特小姐的那些话。

"你今天一直很无聊吧?"祁函先开口说话了,"我们后来都一直在讨论学术问题,把聚会快变成学术讨论会了。"

"没有,没有,不无聊,杰西卡挺有意思的。"

"哦,她是怀特教授的侄女,她……就是我跟你说的那个,我的一个女朋友。"

"哦。"我看着他点了点头。

"不过我们已经分开了,她现在跟迈克好,我当初跟她交往了十天。"

"十天?"我现在突然有些想笑,原来这个数字真的存在,我以为只是杰西卡信口胡诌的数字呢。十天也需要列在人物列表里吗?

"我在美国医生培训合格,有医院愿意跟我签住院医合同的时候,我特别激动,当时教授也为我办了个这样的聚会,不过比今天的人多。在教授的别墅里我第一次见到杰西卡,那天我喝得实在太多了,我跟她……"说到这儿祁函停了下来,他看着我,我猜他想让我自己意会,他不想言传。

我看着他笑着点了点头:"行了,我理解了。"

他尴尬地笑着点了点头:"我醒了,发现她睡在我旁边,在教授别墅的某一间客房里,教授甚至都不知道我跟他的侄女有过一夜情。

但是我想她是教授的侄女,我不应该把她当一夜情来对待,所以我就提出跟她交往了。"

祁函长叹了口气,似乎说这些让他真的很艰难:"一开始她挺激动的,她说她爱我!一看见我就爱我!不过十天之后,她告诉我说我无聊透顶,她受够我了,然后就把我踢了。"祁函看着我,无奈地摇头笑了笑。

"我以为你会问我,可是你不问,我只好自己说了。她一个月前来的中国,为了陪伴迈克,迈克是另一组的,我们跑不同的城市。这一个月我一直很担心,想着有没有告诉你的必要。我怕你们无意中碰到,如果我瞒着你话,好像心里有鬼一样,会有更多的误会。所以我提议让教授办个聚会,刚好让你们认识一下,给我一个跟你解释的机会。"

祁函停顿了两秒钟,低着头很认真地注视着我:"露露,生日快乐!"祁函在这个时候冒出的这句祝福的话,使我的情绪一下子凝结住了,因为此刻我真的把今天过生日的事情给忘了,可是原来他从头到尾都记得。

祁函从兜里掏出一个盒子来,递到了我的面前:"生日礼物!"

那盒子很小,黑色的,没有任何 LOGO,看着很神秘。祁函把盒子打开了,里面居然是一对银色的白金戒指。祁函看着我笑了笑,然后很随意地拿出那枚小号的戒指拉起了我的手,要给我带上。

我被吓着了,猛的把手抽了回来:"祁函,这个我不能收,这是个戒指。"

他依然在看着我笑:"这就是个普通的白金戒指,不贵,没有钻石,你不用想太多了。"

"这是戒指。"我依然摇着头,拒绝把手给他。

"戒指这东西,你想它有别的意思就有,你不想它的时候,它就是个装饰品。"祁函依然执著地想为我带上它。

"这是一对戒指!"我不想想象它有别的意思,但是我就是感觉它有别的意思。

"你这丫头,你都忘了?你过生日我送你的东西都是一对啊!第一年上学的时候,我送了你喝水杯子,上面手绘了咱俩的卡通头像。想想那个时候可真有意思,真像小孩,我居然能想到往杯子上画画,结果怎么样?你一个星期就给摔坏了。"

"那是我们宿舍大扫除的时候,她们把我杯子碰掉地下了,我能怎么办啊?"我低着头小声嘀咕着。

"我知道那个不怪你,我是想说,你后来怕我生气,帮我刷了半个月的饭盒,那饭盒刷得可不干净啊,你每次走后我都得偷偷返工。全是油,哎,就会糊弄我!"

他居然跑这跟我找后账来了!

"还有那手表,没几个月居然让你把表带弄折了,掉在水池子里不走了?我的到现在走得还好好的。还有,那个钱包还在不在了?估计也早坏了,让你扔了吧?"

"祁函!"

"好,好,好,我不说了。"祁函继续边摇头边笑着。

"好吧,既然你现在不想把它戴上手。"说到这儿祁函从盒子下面拿出了条细细的项链来,然后把其中的那枚戒指穿了上去,走过来把它戴在我脖子上面,"那你就先戴脖子上吧。我想到了,所以我买了个项链。"说完祁函把另一枚戒指拿了出来,很平静地戴在了自己手上:"我戴上了!"然后看着我继续他温暖的笑容。

我开始不自觉的用手摸着脖子上的那枚戒指,一直在犹豫着心里想说的话,犹豫了好久我抬头看着他:"祁函。"我小心翼翼地叫着他的名字。

祁函很认真地看着我,想要听我说什么。

"你是 GAY 吗?"我带着十分为难的表情。

"什么?"祁函脸上的笑容更大了,只是笑容里带着许多惊奇,似乎觉得我问了多么愚蠢的一个问题。

"如果你是,你告诉我没关系的,杰西卡跟我说你……"一个炙热而激烈的吻封住了我要继续开口的想法,这吻很熟悉很久远,让我的记忆瞬间回到了学校的那个小树林里。也是如此这般的场景,在毫无防备之下有了一个充满激情的吻,让我从此沦陷其中,掉入到感情的纠缠里。

"你现在还觉得我是吗?"祁函低着头笑笑地看着我。

我缓缓睁开眼,从我的记忆世界回到了现实,他的这个问题让我好尴尬。我低着头不敢回答,我发现在祁函面前,我总是做这些让自己陷入窘状的事情,让我找不到借口为这些可笑的事情辩驳。他也从不会为你这些可笑的事情纠缠,他只是在那里看着你笑,好像如来佛祖看孙猴子一样。

两天来,我一直想着脖子上的戒指,它挂在那里总是让我忍不住伸手摸它,想着生日夜晚他说的那些话和那个久违了的吻。

下班的时候,我收拾好书包,从办公室里走了出来,刚走出楼道的拐角,忽然一个五十多岁的中年妇女朝我走了过来。

"你是米露露,米大夫吗?"女人轻声地询问着。

我抬起头来看着她,女人的个子很高,面容白皙,气质优雅,穿着得体,配饰也戴得恰到好处,表情很庄重,甚至让人感觉到点点凝重。她看见我的那一刻,眉头轻轻地皱了一下,然后很快舒展了,嘴角挤出一丝笑容来。

我带着几分惧意地看着她点了点头:"是,我是。"

"你好,我是祁函的母亲,我今天特地来找你的,可能太唐突了,我想跟你谈谈,可以吗?"女人的表情依然庄重,很像外交部的发言人,那种气势让你看着她只能做点头却做不了摇头。

我跟她一起走进医院旁边的咖啡厅,点了两杯饮料坐了下来。我不太敢看祁函的母亲,因为她只要一看见我的脸,眉头就会轻微皱一下,然后再靠着自己的努力把它们舒展开来。那感觉就像是我正在破坏着大自然。

"我知道我来得有些突然,其实我也考虑了很久,但是我觉得我现在必须得见你。"女人稳定了下自己的情绪。

此刻我觉得自己像韩剧里那些女主角,低等的身份却不小心攀上了豪门,让那些家长们忍无可忍的把我拉出来谈判,那会不会一会儿给我签张支票啊?让我以后不要再骚扰她儿子。可是我听说祁函家也不是豪门啊,好像也就是个家境好点的普通家庭,要不就是最近中彩票了,终于攒够遣散我的钱了?看着女人的面容和她那种控制不住焦躁不安的情绪,脑子里又忍不住胡思乱想了。

女人叹了口气:"阿姨今天来,其实是有事想求你。"祁函的母亲用很小的声音说出了这句话,然后叹了更大的一口气,让你感觉她接下来的话要说得更艰难。

"你跟祁函结婚吧!你跟他去美国吧!祁函他能给你幸福的!"说完这句话,祁函的母亲拿出一副充满着热切希望的面容看着我。

{112}
真是因为我?

祁函的母亲突然出现在我面前,居然不是要给我签支票让我滚蛋的,她此刻带着艰难而恳切的面容请求我跟他的儿子好,究竟是个什么情况?从他母亲只要一看见我就微皱的眉头来看,这似乎并不是她的本意,难道是祁函叫她来跟我说的?

"是不是祁函他……"极小的声音试探性地询问,阿姨此刻为什么会突然出现在我这里。

"不是祁函叫我来的,是我自己要来的,他不知道我来找你,你也别让他知道。"接着又是一阵长长的叹气。

"我早就知道你,你们上大学的时候我就知道,不过那时候我没在意。"阿姨抬起眼来看着我,"你算是第一个让他违抗我们意愿的人,我跟他爸一直跟他说,上学的时候不要交女朋友,你是要出国的人,交女朋友也是对人家不负责任。他上大学之前答应我们了,结果还是跟你……"阿姨看着我继续挤出她艰难的笑容。

"后来我想交就交吧,这孩子大了,可能想法是多了,也不太好管了。我们家祁函就是认真,对什么都认真!米大夫,你别怪阿姨这么说啊,阿姨当初真没觉得你们能怎么样,就觉得他可能学习太无聊了,大学解解闷,所以谈谈恋爱。我们家人人都知道他要继续出国深造的,他自己心里也清楚得很。"

"当时我们跟他舅舅联系他出国事情的时候,有一天他回家来突然说他不想出国了,他想留在国内。米大夫,我弟弟在美国很出名的,他很早就去美国了。我在祁函很小的时候,差不多三岁吧,就天天跟他说,将来要像舅舅一样,当个医生、当个科学家,去美国。结果他大学快毕业的时候突然说他不想去了,当时简直快把我气死了。"

祁函的母亲继续叹了口气:"我想你应该知道他为什么说不去吧?"

我看着她摇了摇头。

"你不知道!"阿姨突然变得很大声,"是,一开始我们也都不知道,这孩子也不说。当时只跟我们说中国的医疗环境也在变得越来越好,他想留下来发展。"

祁函的母亲突然抬起头来瞪着我:"中国医疗环境变好了,有美国的好吗?少说在技术上、理论上也得差个十几年吧?"

阿姨此刻严肃的眼神,吓得我赶忙点了点头,可是又觉得有点失了民族气节,接着又摇了摇头:"这些年追上来点。"

"他一个刚毕业的学生留在国内能发展成什么样啊?祁函这样的孩子留下来就浪费了。"

阿姨突然用很质疑的眼神继续盯着我:"你真的不知道他当初为什么突然说不去了?"

我依然看着她摇了摇头。

"好吧,你要是不愿意承认我也没办法。祁函自己不说,你也不承认,但我知道他是想留下来跟你在一起才不想去的。"

我有些吃惊地抬眼看着祁函的母亲,不太确定她说出的这些话,我从来没叫祁函留下来过。说实话,我也觉得他很适合出国留学攀登科学高峰,唯一的一次是我在小树林里跟他说我不会走,结果他突然哭了的时候,我才冒出过"要不你留下来"那句斗气的话,但是我心里知道他不会留下来。我从来不知道他曾经想过要留下来,还跟他的家里人说过这件事。

"所以你也别怪阿姨,阿姨虽然没见过你,可是心里一直就不喜欢你。我就觉得你这女孩挺自私的,怎么能要求他为了你留下来呢。"

"我真的没要求过。"我低着头用极小的声音嘀咕着。

"好了,我们别再为这个事情争论了。"祁函的母亲出口阻止了我小声的辩解。

"我们家也不是什么大富大贵的人家,我是个政府部门的中层干部,我们家老祁是个大工厂的工程师,就算是个中产阶级吧。我那几个弟弟特出息,两个在国外,还有一个在国内自己弄了个公司。这人都到我们这把年纪了,还能跟人比什么啊?也就比比孩子了吧。说实话祁函是我跟老祁最大的安慰了,这孩子从小就听话,学习好、体育好,我让去学乐器他也很认真地学,虽然后来钢琴没去考到满级吧,但是他后来也一直坚持练习。祁函对自己要求也特严格,心气高。以前小时候要考试了,背着小书包出门的时候,我看着他喊:函函,去给妈妈考个第一回来。他都开心地笑着看着我说:好。然后他就准能考第一。"

祁函的母亲滔滔不绝地说着自己的儿子,满脸的幸福和自赏的表情,让我觉得她真的是一位成功的母亲,要是将来我提到自己儿子也能像她这样满脸的幸福表情就好了。想到这儿我比较同情我的母亲,我不知道她愿不愿意跟人提我,没准一说自己丫头就得先咬后槽牙吧？

"阿姨也不是在这自卖自夸的专说自己孩子好,你跟祁函谈过恋爱,他究竟怎么样,我想你自己也知道。这孩子有缺点,太单纯！容易被感情左右。感情一来了,就不知道自己要干什么了,一下子也就不知道自己想要什么了。小时候他养过条小狗,就养了三个月,结果那小狗出门乱吃东西可能碰了什么有毒的东西死了,祁函整整哭了一个月,想起来就哭,那狗被他爸埋在小区院子里的一棵树下。后来他不哭了,每天放学了,先跑树那蹲会儿跟那树说会儿话才回家,说了三年多,后来我们搬家了,他才算是跟他的小狗告别了。那时候我们就发现了,这孩子不能动感情,动了根本收不回来,所以我们在他上学的时候绝对禁止他谈恋爱。"

"阿姨,我不会阻止祁函在科学道路上前进的脚步的。"我似乎终于知道了祁函的母亲到底要说什么了。

"我觉得我是无能为力了,我只能靠你了,米大夫！祁函他又要留下来了。是不是你让他留下来的？"

我用了最大的力量努力地摇着头。

"当初他刚去美国时,他舅舅为他安排好了一切,结果他就想过不去了。现在他是怀特教授的学生了,可他又开始要考虑留下来了。你一点责任都没有吗？"阿姨的眼神里带着很多的谴责之意,她直直地看着我,想让我给她一个回答。

"阿姨,祁函他不会留下来,他跟怀特教授的课题组干劲可大了,每天忙得不得了,他们在收集亚洲人民的数据,为亚洲人民造福呢。"

"你不跟他走,他就会留下来！他这次回国都不回家住,只是隔三差五的回家来看看,本来就忙,这几个月我都没见他几面。我知道他这是为什么,他就是生气当初我死活不同意他留下来。当时我跟他说,你有本事就把那女人带走,带不走就是人家不想跟你,你给我老老实实去美国学习去。我觉得那是我做的最大让步了。当时你要跟他走了也就走了,没准现在都分手了呢,他也不会这些年还这么纠结。可是你没跟他走,那时候我心里也算是有点安慰。可是我真没想到他导师会来中国,还是在这个阶段,结果他又碰到你了。他现在又开始变得感情用事了。"

"阿姨,您想多了吧?"

"我没想多!"祁函母亲的声音有些颤抖,"我昨天去他公寓了,我做了点吃的给他送过去,结果他慌慌张张的要出门,就先走了。我就帮他收拾公寓,结果我在他床头柜的抽屉下面发现他准备了很多个人资料,还有个医院列表,还在你们医院名字上画了个大圈,是红圈,红圈里面写着'一'。"

"阿姨,我们医院是他们课题组的一个基地。"

"我知道他们有几个基地,北京一共三个。他那张纸上至少有十五家医院,把你们医院写'一',就是他最先考虑的呗。这绝对不行,他绝不能留下来,留下来他的努力全白费了。但是现在他大了,根本也不回家住,我也说不着他,所以我只能来求你,你跟他走!你这次要再不跟他走,他肯定留下来,你不会看着他把这些年的努力就这么浪费了吧?他现在脑子不清楚,又开始被感情左右了。你就当帮阿姨一次,他现在是怀特教授的学生,没准将来他也能得诺贝尔奖呢。你可能不只帮了阿姨,你可能因此帮助了很多人。"

祁函的母亲突然把我拔到了一个前所未有的高度,让我觉得如果我给了这个男人想要的爱情,我就拯救了全人类。我开始不自觉地去摸脖子上那枚戒指,想着阿姨刚刚说过的话。在祁函母亲的嘴里,好像我的婚姻又有了新的意义。

"如果他留下来,迟早有一天他得后悔,不管你们在不在一起,你都得承受他后悔的压力。你想想,祁函这样的人为了你……留下来放弃了怀特教授,你不觉得你有点害了他吗?我们这些岁数大的人都知道,爱情哪有持久的,不能在一起的时候总想在一起,等在一起的时候才发现爱情根本不是全部。他要真留下来,等到他后悔那一天,剩下的就都是抱怨和懊恼,你不想看着他后半辈子都在跟你抱怨吧?"

我看着阿姨摇了摇头。

阿姨看着我摇头像是松了一口气:"你们都那么多年感情了,也都这么大岁数了,别再浪费时间了,你让他踏踏实实的吧,别把精力花在这些乱七八糟的感情事上了。祁函这孩子认真,你跟他好了,他肯定能对你不错。就这样吧,行吧!你快点告诉他去,在他做出某些糊涂决定之前。千万别让他做出什么你跟他将来都会后悔的事。"

{113}
日记

祁函母亲的话并没有给我考虑的空间,她直接替我做了决定,让我马上去答应他儿子跟他一起去美国。我没有拒绝她,我很认真地告诉她,我会好好考虑的。阿姨似乎对我这个答案很不满意,一直在追问我要考虑多久?为什么要考虑?让我千万要帮助祁函,不要让他做糊涂的决定。

我回家的时候躺在床上,一直在想祁函母亲跟我说的话,手又开始不自觉地摸那枚戒指了。如果祁函真的是为了我留下来而放弃了怀特教授,我究竟能不能承受得了这些压力,他有一天会抱怨吗?抱怨我让他砍掉了翅膀陪我一起留在了凡间?

手机一直在响,那上面的数字长长的,一看就知道是个国际长途。我知道那是楚杰的电话,前天生日的时候他发了短信祝我生日快乐,我只简单地回了他"谢谢"。昨天并没有电话,今天他的电话又来了。我看着那长长的数字,犹豫了很久,还是接了起来。

"你在干吗呢?我这可是国际长途,半天都不接,急死人了。"楚杰那十分熟悉的抱怨声音传来过来。

"哦,睡觉了。"一个小小的谎言脱口而出。

"胡说,几点啊就睡觉,少蒙我,我这下午一点,你那顶多八点。别以为我在国外就好骗。"

"嗯,头疼,所以就睡了。"

"啊?你头疼了?那我不朝你嚷嚷了,我就是想告诉你,我还得过几天才能回去呢。还有就是……那个我送你的钱包你用了吗?"

"楚杰,我头真的挺疼的!"

"好,好,好,那你睡觉吧,我不跟你废话了。"简短的几句交流后楚杰把电话挂断了。

他的电话挂断之后,我的头真的开始疼了,越来越疼,觉得快要炸开了。

第二天上班的时候,眼前又浮现出祁函母亲催促我快点下决定好让祁函踏实的那个表情。正在想着这个事情,忽然接到了祁函的电话:"露露,我们现在要赶去上海,我把你的文章给一个医学杂志社的朋友看了,他说有很多地方需要修改,他给的意见我存在电脑里了,本来想再多收集点文献一起传给你让你修改的,结果今天走得挺突然的,你要没什么事,你去我公寓电脑里把那文献拷走吧,就在桌面上。我跟管理员说一声,让他给你开门。我不知道上海这结束之后,还会不会去广州,所以想了想你还是抓紧时间修改吧。这个月修改好了,没准下个月就能发表呢。"

"嗯,好,谢谢你啊,祁函。我下了班就去,你跟管理员说一声吧。"

下了班我去了祁函的公寓,跟管理员打了招呼,管理员真的知道我要来,带着我去了祁函的房间。祁函的公寓是整个的一间,四十平米左右,有卫生间没有厨房,只有个电磁炉,灶台可以热东西,跟怀特教授的房间有很大区别。看来学生是学生,教授果然是教授啊。

房间里收拾得很干净,也没什么怪味道,书桌上摆着很多的医学书籍,还放了台笔记本电脑。管理员为我开了门就走掉了。我坐在他的书桌前打开了电脑,把我需要的文件拷走了,刚想关电脑的时候无意中发现在满屏幕的文件夹中有个文件夹写着"Diary"的标志,突然忍不住好奇心的驱使,很想要点开它。我下意识地四下看看,哎,房间里真的没有人!这不是天时地利人和吗?我猜测人人都有点偷窥癖吧,不要说你们没有哦。

于是我真的去点那个文件了,居然是个加密文件,心里多少有些失望。可是越是这样,好奇心就越强烈。在那个密码上试验了祁函的生日,结果不是,我再次尝试的时候试验了自己的生日,那文件居然伴随着那个回车就这么打开了。让我心里突然抖动了一下。

2005 年 5 月 16 日　天气晴

(这个日期让我心里隐痛,那天是祁函离开中国出发去美国的日子。)

今天我就要离开中国了,离开我的家,离开学校,还要离开她了。心里很难过,总觉得露露对我太绝情了,妈说如果我带不走她,就是她根本不想跟我,她是不是真的就不想跟我?我自己也不知道。这些天一直在跑大使馆,我不敢去联系她,怕自己又哭了,会忍不住又求她,怕她再次拒绝我。我真是个窝囊的男人。

我此刻坐在机场里写这个东西,因为我心里很难受,我以为她会来送我。无数次期待进海关的时候,她会突然出现,拉着我让我别走;或者说她很快就会来美国找我;或者告诉我一定要想着她,将来回去找她。可是她从头到尾都没出现。那么多人对我有不同的希望,我一直在努力地完成各种人们对我的希望,可是她偏偏不。我们就这么结束了吗？还是她希望就这么结束了啊？

2005 年 5 月 16 日　天气晴

今天还是 5 月 16 号，我此刻处在了地球的另一端，这就是那个大家一直希望我来的国家吗？我刚一下飞机就开始想家了，又开始想她了。这周围的一切都那么得陌生，我也不知道我要面对什么，心里有点害怕。

舅舅来机场接我了。我一出接站口就认出了他，我们得有七八年没见过了，舅舅还拿着我中学时候的照片比对了半天，我都站在他面前喊他舅舅了，可是他还是要看半天照片才肯认我，真是个奇怪的人。

舅舅的车很高级，是奔驰的 SUV，妈妈说舅舅在美国很有名，是主任医师，还经常到大学讲课，让我来了听舅舅的话。可是他根本不怎么说话，只是询问了妈妈和爸爸的身体状况，然后就问了我一些医学基础知识。

舅舅的房子也很高级，他住在曼哈顿，一个两层的别墅，带游泳池。虽然不是这一带最高级的房子，但这里的确很豪华。我还见到了舅妈，我怎么觉得自己好像从来没见过舅妈啊，也许见到的时候太小。舅妈长得挺漂亮，就是态度让我觉得不冷不热的。

我们一起吃了晚饭，舅舅的家里还有保姆，饭都是保姆做的，中餐，很难吃。感觉没有学校食堂的饭好吃。饭桌上舅舅不怎么说话，舅妈也一句话都不说，我觉得好别扭啊。吃完饭舅舅只跟舅妈说他要去书房了，舅妈也只点了点头没说话。

舅舅问我有什么打算，我说我不知道，我都听他的。我不知道他之前建议我填的那些资料表都干什么用了，不是让我申请学校吗？

舅舅说我妈打算让我留在这里,所以来了先花时间读学位没有用,因为读下来了也不一定能留下来。他说既然我在中国医学院毕业了,如果想留在美国的话为了节省时间,最好是去考外籍毕业生医生资格证,这样可以申请临床医生实习,如果拿到实习医院的推荐信或者有医院愿意跟我签合约的话,那我就可以留下来了,然后再考虑其他学位的事情。我在这里谁都不认识,只认识舅舅,所以我只能听他的。

舅舅说如果我想在美国行医,就不要告诉别人他是我舅舅,对我一点好处都没有。他说家里的汇款他都收到了,他帮我在皇后区租了房子,让我第二天过去,还给了我很多的参考书,说两个月后就要考试,让我努力点。他觉得我基础不错,应该没问题。

原来舅舅不让我住在他家。

2005年5月25日　天气阴

皇后区的出租房跟舅舅的房子完全是两个样子,他说这里要比布鲁克林区租房子贵,但是那边的治安实在有些问题,这边相对安全一点。这房子很破,一栋楼里租住了很多人,有好几个中国人。有一个来学音乐的,还一个学金融,他读康奈尔大学,他可真厉害,不过他每天要打两份工,看着他每天都很累。他住在我的隔壁。我的房间就是个二十多平米的屋子,屋子里很脏,满墙贴的都是乱七八糟的画,还有股发霉的味道。

我已经在这住了几天了,屋子里有跳蚤,我被咬了,我今天刚发现。我去找房东说了,可是她说,原来租的人养了好几只猫,所以她也没办法,让我自己想办法。

2005年5月31日　天气晴

今天我收到了露露的第一封EMAIL,看来她还不想跟我结束,是不是我想多了？只有几个字,她问我在美国怎么样？看见这几个字,我很伤感。我想了半天给她回了"很好"。这几天我跟妈妈打了个电话,也只跟她说很好。这些天我一直在看书,看闷的时候就在楼外站站,看看美国的天哪比中国的蓝。又开始想她了,我觉得自己真幼稚,真的以为自己来天堂了吗？居然还敢叫露露跟我一起来,简直是个蠢货！叫她来干什么？站在大街上陪我望天,或者在一个有跳蚤的屋子里陪着我？我怎么会跟她提这么不负责任的要求呢！

2005年7月21日　天气雨

今天舅舅破天荒的让我去哈佛找他,他说他有个课要讲,讲完了刚好有点时间可以和我谈谈。舅舅说我通过了考试,可以申请临床医生实习了。他还推荐了几家医院给我,不过到最后还是他帮我做的决定。今天我第一次看见他对我笑。我松了一口气,我是不是又算完成任务了,没叫人对我失望？不过舅舅依然跟我说,就算我去实习了,也千万别跟医院的人说我是他的外甥,对我没好处。我不会说的,因为我也不想要什么好处。

这段时间我收到了露露四封EMAIL,她说她7月15日办了正式入职。真好,她已经是医生了,我还什么都不是呢。我跟她说不了什么,我不想骗她。今天在离开哈佛的时候,走在门口台阶上,可能是因为下雨的缘故,一个老头差点摔了一跤,我伸手扶住了他,可是他的脚还是崴了,我扶着他去了他的办公室。他好像也是学校的教授,办公室很大不过很乱。他看着六十多岁,姓怀特,他很感谢我扶着他去了办公室,我还拿了冰袋帮他冷敷了一会儿脚,反正我也没什么事情。他问我是不是医学院的学生,我告诉他我不是。他的办公桌上有他和他夫人的合照,很甜蜜,我看见的时候居然控制不住伸手摸了那张照片。怀特先生说,那是他的夫人,不过四个月前刚刚去世了。提到他的夫人,怀特先生的眼睛里含着眼泪,他摸着那照片说自己很想她,我想我能体会他这种心情。

2005 年 8 月 1 日　天气晴

今天是我到圣玛丽安医院实习的第一天。舅舅告诉我这是所很大的公立医院,如果在这里拿到了推荐信或者可以签合约的话,任何一家医院都会愿意收我。我不知道,好像我只知道按别人安排的去做,却从来不知道自己要干什么。可是我总觉得露露就知道自己要干什么,只不过她永远都干不好。哈哈。

我们这一批有二十四个人,被分给了六个住院医管理。带我的人姓哈德森,他是两年的住院医,可是他们说他用了七年才熬到医院愿意跟他签约,所以他在临床干了九年。这些数字让我觉得很紧张。

我可能是这批人里最奇怪的一个了,因为好像只有我是拿外籍合格证来申请实习的,其他人全是常春藤联盟的学生,从没有过的自卑心理今天居然被我感觉到了。我觉得他们说话也有点故意针对我,他们问我是哪个学校毕业的,我说的学校里明明带有北京两个字,他们还是问我是不是在上海,或者在南京。我知道我的学校没有他们的有名。算了,也许是我想多了,可能他们真的不知道。

2005 年 8 月 8 日　天气阴

这一个星期我不知道自己是怎么过来的,一起来实习的每个人都像上满了弦的发条,带教医生的语速快极了,我要在脑子里转好几遍才知道他究竟在说什么。如果他说过了,你没记住,再问他一遍,他就会说"去问别人,我已经说过了,没有那么多时间为你重复"。我能感觉到每个人都想马上脱颖而出,所以那些实习的人一直都在重复"知道了,没问题,我可以"。在这里你不能犹豫,犹豫一秒钟,机会就没有了。没把握的事情我不喜欢答应人家,可是在这没把握的事情你也得硬着头皮答应下来。

今天外科的一个临床医生叫我帮忙给他的病人缝合伤口,他只在我面前示范了两下,然后问我行不行。我只犹豫了两秒钟,他就告诉旁边的护士叫唐纳德来,我马上张口跟他说了"我可以"。一个两百多斤的黑人,伤口有 8 厘米长,还好我在国内的医院实习过,也曾经缝过伤口。

2005 年 8 月 19 日　天气雨

今天雨下得很大,我以为病人会少,可是一点都不少,很多交通事故。这二十天来,我每天都在干各种零碎的工作,帮内科医生取 X 光片子、送检查标本、写他们需要填写的各种病历、帮外科医生换药或者缝合伤口、运送外伤病人……身上的呼叫器一直在响,所有的零碎工作都交给我们这些实习医生干了。我觉得好累啊,每天连五个小时都睡不够。今天我在地铁上睡过站了,结果迟到了,赶到医院的时候,发现大家都已经忙碌上了,这感觉更可怕。所有人都在你身边忙碌地走着,只有你在那站着,最后哈德森看见我,告诉我如果再迟到两次,就可以结束实习了。我不知道这是不是真的。今天我还收到了露露 EMAIL,她问我怎么样?我只给她回了"有点累"。她发邮件说她更累!她真的比我还累吗?

2005年8月28日　天气晴

今天我们被通知可以去教学室观看一个心脏移植术,是用大屏幕现场转播的。大家显得很紧张,他们跟我说怀特教授会来现场观看,主刀大夫也显得很紧张。他是五年的住院医,他从来没主刀过心脏移植术,不过说已经看了两年多。他知道怀特教授要来的时候好像更紧张了,我看见他在进手术室之前做祈祷的样子。

我真的不知道那个差点摔倒的老头就是怀特教授。我一走进示教室就看见他,他也看见了我,激动地走过来跟我拥抱,说他很惊喜我居然是个实习医生。他让我在旁边坐下,手术全程他一直在给我讲解手术中的注意事项,其他观看的人都一直很沉默。

怀特教授对我热情可能对于我来说并不是件好事,可能他离开基层工作太久了,手术结束后我好像体会到了舅舅说的话,因为我觉得我被所有实习医生排挤了,我听见他们说:中国人就是会用这种鬼把戏,把自己装得很可怜,其实早就踩在你的头上了。

我很难过,我知道大家压力都很大,人人都想留下来当医生。实习生里光博士生就有好几个,可我是来干吗的,我真的是为了来美国当医生的吗?

2005年9月5日　天气晴

上次观看手术之后,怀特教授跟我交换了电话,我没想过他会约我,结果今天他真的打来了,他邀请我晚上去他们家吃饭。怀特教授的家比舅舅的豪华很多倍,可惜只有他一个人,我不太敢问他的孩子们都哪去了,怀特教授自己说他的孩子们都在不同的地方,自己实在太忙,他们很少来看他。

他问我为什么来美国,我一时想不出来怎么回答他,想了半天我告诉他,为了想让家里人高兴。怀特教授对于我的这个答案很惊奇,他说我居然不是因为向往而来。我不是,我一点都不向往,我根本就不想来,我就想在中国陪着露露,觉得那才是件高兴的事。

他问我想家吗?我点了点头,突然告诉他,我还很想我的女朋友。怀特教授说他想看我女朋友长什么样,我把钱包里的照片给他看了,他说露露长得很漂亮,我也这么觉得。

怀特教授说,如果他在国内的时候,我可以去他的实验室或者办公室找他,帮他整理一些试验数据,做一些统计,这样对于我是非常有帮助的。我答应他了,不是因为那些帮助,只是觉得他很孤独,我也很孤独。

2005年10月25日　天气晴

想不到隔了这么久才能有空再写点东西,这些天我越来越觉得自己力不从心了,你能干的事情越多,需要干的事情就越多,我很想休息,可是没人休息,大家都不休息。每天累得我觉得喘气都困难。别人那么努力是因为他们想,可是我到底是为什么?

我这人真是个可笑的人,别人眼里以为我什么都有,我觉得我自己真懦弱,谁的意愿都不敢违抗,让别人失望对于我来说是件可怕的事情。小时候做了让父母失望的事情,结果他们一星期都不跟我说话,甚至更长。现在想起那些失望的眼神还是让我心有余悸。我好像已经习惯了,去干那些别人希望我干的事,完成了之后看着他们开心的笑好像对自己才是种解脱。

露露好像从来不希望我做什么,我印象里她好像没要求过我做什么,都是我自己愿意做的。连她当我女朋友也是因为我实在太喜欢她了,忍不住亲了她后才成的,现在想想当时快把我自己吓死了,我怕她一生气从此不理我,不过还好她接受我了。这一个月我们只发了一封EMAIL,她现在还会不会想我? 我真是半句都不敢跟她提美国的情况,我每天都觉得自己马上就要熬不住了。

2005年11月24日　天气晴

今天是感恩节,他们说应该大家坐在一起吃火鸡,我应该跟谁坐在一起? 舅舅没有叫我,他告诉我,表哥和表妹都在别的州不过来,只有他和舅妈在,就不过洋人的节日了。舅舅没邀请我吃火鸡,可是怀特教授邀请我了,真让我感动。

我跟怀特教授一起吃感恩节晚餐,切火鸡的时候他居然哭了。他说以前都是他夫人烤火鸡,现在她不在了,自己太难受了。

他说自己很可悲,怀特夫人死于急性心梗,他在国外讲学,接到消息的时候怀特夫人已经去世了,自己作为一个心脏学专家,结果自己的妻子却死于心脏病,而且自己还不在她身边,说到这怀特教授捂着脸哭了好久。

我很难过,我真的不想像他一样。难道我将来真的只能像他一样?

2005年12月24日　阴有小雪

圣诞前夜,今天就像中国除夕一样,大街上人变得很少。这个节日舅舅被邀请去日本讲课了,他的家只剩舅妈了,我今天去看望了她一下。舅妈还是那么不冷不热的,跟我说你舅舅忙得很,这些节日过不过都无所谓的。圣诞前夜我跟人换了夜班,反正我也不过这个节日,这样也不会觉得自己那么孤单了。怀特教授的孩子今天终于过来了,他们会过一个团圆的节日,很羡慕。

我没想到在这么一个夜晚，我在急诊室的急救床上睡觉，急诊室的护士 Merry 陈居然溜进来，要跟我在急诊室里做爱。真把我吓死了，她说她喜欢我，说我是实习医生里最优秀的，我知道我不是。她是华裔，在美国出生，父母是新加坡移民。

我告诉她我有女朋友了，不可能跟她做爱！她问我是谁，我说在中国，她说在中国不会发现我们做爱的，我跟她说我自己知道。

我不喜欢这种被人表白的方式，因为压力又来了。我不喜欢女人那种带着期盼的眼神，期望你能怎么样的表情，如果我拒绝了，又会是那种失望的神情。但是我没法跟她做爱，我有女朋友。不过我还是得说，我是个龌龊的男人，她说要跟我做爱的时候，我还是有些兴奋了。我怎么会有这种想法呢？祁函，别把责任推到压力上面！

2006 年 3 月 19 日　天气晴

每天都是无聊的坚持，我已经疲惫到习惯了。中餐的时候我躲在楼梯间想睡一会，结果听见哈德森跟凯特说，如果她能陪他上床，明天的胃切除术由她来主刀。

我要疯了，我把哈德森手头的所有零活都包下来了，他每个夜班我都陪着他上，他下夜班我却还在值白班，能干的我全干了。他答应我让我上那个胃切除术，结果现在他拿这个当成跟女人做爱的条件了？凯特居然还同意了！他要是敢这么跟露露说，露露准会扇他好几个大嘴巴。

这里真的不适合露露，越想我当初越愚蠢，我到底能给她什么啊，叫她来。自己连想做个手术的能力都保证不了。我能给她什么？让她来这受这些气？自己根本保护不了她，还把自己想象成能力无边一样,居然还在责怪露露不跟着我。我现在有点庆幸她没跟我来了。

2006年4月25日　天气阴

今天是露露的生日,这个生日我没法陪她过了,我给她发了EMAIL祝她生日快乐,她给我回了"谢谢",好平淡啊,那些EMAIL每封都是在期盼和平淡中经过的,很希望她能多说几个字,我想跟她说很多很多字,我想跟她说千万别找男朋友,等我。可是等到什么时候? 我自己都未知,今天乔森跟我们告别了,他说他要回得克萨斯的老家了,他在这已经坚持了十年,可是始终签不了约,花了几十万美元的学费,学到了博士居然还是当不了医生,就这么放弃走了。十年? 他真的很能坚持。这个数字我能随便告诉谁拿来承诺呢? 我自己都坚持不了。我们这一批二十四个人,他们说可能会签四个,最多最多五个。剩下的二十来人都会走。

2006年5月16日　天气晴

我离开中国整整一年了,现在连想家和想她都变成一种奢侈了,如果有时间我就会睡觉。这一年只要怀特教授在美国,我每周再忙都会找时间去他的实验室或者他的办公室,他似乎也很期待我去,我们会聊一下午天,然后我帮他整理数据。我们好像是一种精神上的依靠,他还去过我租住的房间,我拿了很多我跟露露的照片给他看,我也看了他跟他夫人的相册。怀特教授居然把我名字挂在他课题组的最下面,这真是让我意想不到。

我不知道被排在格子最下面居然也会有这么大的影响力,连舅舅都打电话问我,什么时候入了怀特教授的课题组了。我不知道怎么跟他说,其实我没入,我只是帮他整理了些电脑资料。舅舅说有这张名单的话,我可以去试试申请绿卡了,也许会被作为特殊人员批准。

2006年7月28日　天气阴

Merry还是隔三差五地问我想好了没有,告诉我如果跟她在一起了就可以变成美国籍,因为她是美籍,就算不能跟她结婚也可以当个床伴。这女人真是越来越招人烦了。

今天我们实习医生帮儿科装饰了病房,我随手画了很多卡通形象,他们惊奇地说我画得很好,我很开心。我从来没跟人说过,我根本就不想当什么医生,也不想当什么科学家,我也不喜欢弹钢琴,我就喜欢画画,我一直想当个漫画家。露露好像知道,她一直说我画得很好,她还让我给她画一整本美男,要身材好的,这样她能拿回去翻着看,说不高兴的时候拿出来看看就高兴了,这丫头真是气死我了。想到这又想笑了,她总是能让我笑,可是这一年只能靠回忆笑了。

2006年9月28日　天气晴

我今天好难过啊,难过到我不知道要怎么写字。我今天同时收到了八封同学的EMAIL,他们说露露要结婚了,问我会不会回去参加她的婚礼。看到结婚那两个字我哭了,她真的要结婚了吗?我想问她,可是我不敢。我害怕她回答我说:是。我也害怕她说,不是。

她说是的话,我不知道自己能不能承受得了;如果她说不是,那我要说什么,让她等我?或者来美国跟我住这个二十来平米的房子?我可能都负担不起我们的生活,我现在还在靠家里资助呢。我到底要怎么办?

我又发了十几封 EMAIL 问了不同的人，他们有人说没听说，有人说听说了，有人说真的。我什么都不敢要求她了，不敢让她等我，我只能盼着老天让她别结婚，也许我们还有能再在一起的一天。可是她真结婚了又怎么样呢？她本来就是个好女孩，就应该有幸福，如果那个人能给她幸福，至少比我强。我不知道要到哪年才能完成这该死的临床医生实习，不知道哪辈子会有医院跟我签合约。

我去找了怀特教授，我有点不能自已的在他面前哭了，说我女朋友跟别人结婚了。他没说话，告诉我"有时候工作能让你忘记伤心"，也许他说得对，毕竟他是过来人。

2006 年 11 月 29 日　天气有风

今天天气很冷，这两个月我一直在发疯地工作，可还是感到伤心。今天收到露露的 EMAIL 了，她问我最近怎么样。我想了想没回她，我怕她是来通知我她要结婚的。我恨我自己的懦弱，为了这么不喜欢的地方，这么不喜欢的事情，放弃了露露跑来这里。如果我不是这么窝囊的男人，敢反抗的话，也许跟她结婚的那个人就会是我。

我好像已经整整四十八个小时没睡觉了，好困啊，一会儿我应该可以下班了。

2006 年 12 月 2 日　天气阴

我没想过我今天会是在病房里醒过来的。29 号那天，我下班，他们说我被车撞了，我怎么什么都不记得了？他们说其实我也没被车撞，说我可能边走路边睡着了，结果来了车用灯晃我，我一惊慌摔在地上。总之头上缝了三针，他们说我送到医院的时候一直在睡觉，不是昏厥。我整整睡了一天一夜。昨天终于醒了。要是不用醒就好了,就这么睡过去就不用想那些伤心的事了。

2006年12月24日　天气阴

又是一年圣诞节,今天我不用值班,自己一个人孤独的在房间里看着窗外,那些人家屋里温暖的灯光让人觉得挺幸福的。Merry居然在这时候来到我家,还带了酒打包了中餐,今天突然觉得她也不是那么烦了。

祁函,你到底还是跟她做爱了,别怪在酒的上面。从来没想过我第一次会不是跟露露,我不知道她会不会发现。我这次没有像跟露露那次那么窘,因为她不会喊疼,我心里也没什么顾忌。现在要怎么样? 是不是该跟她交往了?

2007年1月12日,天气雪

我跟Merry正式交往了,她非要搬到我的房间里住,我本来不同意,后来想了想还是同意了。我说不出来自己对她是种什么感情,是种慰藉吗? 还是种发泄啊? 好像跟她交往之后也没什么话说,感觉很像舅舅和舅妈。就算回来也是各干各的,除了做爱没有别的,偶尔会说去哪儿吃饭。也许我们将来就是舅舅和舅妈。

2007年5月16日,天气晴

又是一年,如果不是因为是个特殊的日子,我想我不会再写什么了。两个月前怀特教授又来医院讲课了,他居然让我去帮他在大家面前讲他的课件,他说他嗓子坏了,说不出话。虽然他的那个课件是我按他的意思帮他做的,但是他突然这样,我还是很怕被别人排挤。不过我讲完之后,他们居然都过来说我讲得不错。真是让我有点没想到。而且最近舅舅也开始破天荒的叫我回去吃饭了,他真是怪人。

2007 年 8 月 16 日,天气雨

一连下了好几天雨,现在觉得跟 Merry 越来越没话说了,她要是能像露露那样给我讲漫画就好了。再好看的漫画都没露露讲得好,绘声绘色还那么多表情,想起那时候只喜欢听她讲都不喜欢自己看了。

Merry 只喜欢看时尚杂志,总说等你有钱了要给我买这个买那个。我一直在"嗯",怎么突然又开始有点烦她了。

2007 年 10 月 20 日,天气晴

现在跟 Merry 连做爱都变得很少了,今天做完爱之后她突然问我爱她吗?我愣了半天没回答出来。结果她在我的肩膀上咬了一个很深的伤口,一直在流血。我不想骗人,所以我答不出来。

2007 年 11 月 19 日,天气有风

我今天回到家,发现 Merry 把我从国内带来的东西全都扔了。她跟我说那些都是垃圾留着也没用,我那些藏着的露露的照片也都让她扔了,我快被她气疯了。我跟她说我们完了,让她马上滚,然后就去垃圾桶里掏垃圾了。真是个烦人的女人,让我都变成恶心的男人了,我什么时候也成了玩完女人就甩的人了?我跟她就这么分手了。

2007 年 12 月 24 日,天气风

本来以为会是个孤单的圣诞节,但是今年舅舅居然邀请了我去他家一起过圣诞。我来美国都这么久了,第一次见到表哥,不过表妹还是没回来。表哥是典型的美国男人,说中文怪怪的,后来我们干脆说英文了。他说他父亲是个将社会地位看得很重的人,我肯定是干了什么让他觉得脸上有光的事情,才会愿意承认跟我是亲戚。表哥说他只是个中学老师,还是在一个很穷的社区,所以他父亲都不太爱理他。我突然觉得舅舅和母亲是一样的人。

2009年8月10日,天气晴

  我从来没想过,我又会有想写的字,因为每天都是一样,都是那么无聊、那么痛苦,除了麻木的坚持还是坚持,永远不知道什么时候是个头,除了和怀特教授相处的时间还能让人觉得愉快一点,任何时间都觉得自己就是台机器。我一直就是台机器,被人放在轨道上告诉我朝哪儿跑,我就得加速朝哪儿跑,不能有任何别的想法,加速前进就是唯一的想法。

  我发现在美国干医生是个禁欲的好方法,你只要每天忙得都像快死了一样,就不会想那么多其他的了,特别想要的时候就自慰一下,好像是个不错的方法。

  今天我拿到住院医师培训合格证了,我用了四年时间终于拿到了,我应该高兴吧?他们给我的推荐信写得都很好,圣玛丽安的心外科想要跟我签合约,他们说我在这表现得很突出;我投出的另两份简历也有回应了。我现在要干什么,开始工作了?

  为了这么个证书,我得到了什么,失去了什么?到底值不值得?我告诉了母亲,她激动地哭了,舅舅也特意打电话来对我表示了祝贺。为什么我高兴不起来,可是其他两个可以签约的人都像疯了一样。真没想到只签三个人,我到底要不要签呢?

2009 年 8 月 16 日　天气晴

教授终于从加拿大回来了，我跟他说我拿到合格证了，他也显得很高兴。他突然给我提了建议，让我去读他的博士，我费了半天劲拿了合格证又要去读书了？教授说有了这些读他的博士将来会很有发展的，可以专搞心脏学科，而且这证书会帮助绿卡更快的下来。我要拿绿卡吗？不知道，他们都说要拿，那就拿吧。要读教授的博士吗？不知道，教授说我应该读，那就读吧。反正我干的这些事情都不是我想干的，让干吗就干吗吧。

2009 年 8 月 25 日　天气晴

教授今天为我在他的别墅办了个 PARTY，他把他的学生都叫来了，说让我认识认识他们。我今天见到了教授的侄女，杰西卡，她一晚上都缠着我要和我跳舞。她是教授的侄女，让我很难拒绝，我一晚上喝了太多酒，结果我又干了龌龊的事情了，我怎么跟杰西卡上床了？是不是我一喝酒就会失去理智啊？我不知道教授知道不知道，早上的时候大家要不东倒西歪，要不就走了，教授也回自己房间睡觉了。她是教授的侄女，怎么办啊？又要谈一个荒唐的恋爱了。

2009 年 9 月 5 日　天气晴

跟杰西卡交往了十天，她今天要跟我分手了，她说我这个人实在是太无趣了，连基本的男人的兴趣都没有。她这是什么意思，不是天天跟她做爱就要这么说我，真是个小女孩。她提出分手让我松了一口气，还好没冲动地告诉教授。我告诉教授我打算去读他的博士了，这样还能经常跟他一起谈谈心，想想也挺不错的。

2009年10月10日　天气晴

我从来没想过我刚正式进入教授课题组,居然他告诉我的第一个邀请是让我陪他一起去中国,这让我变得很激动,又有点害怕,怎么还怕自己的祖国了呢。我真的要回去了,回去了会怎么样呢?会碰到她吗?也不知道她现在过得好不好,如果我见到她应该怎么办?我想我现在有资格说那些我该说的话了吧,可是都已经过去这么久了。

2010年1月4日　天气风

新的一年,我居然踏上我阔别许久的祖国,北京真是变化太大了,公司的接待人员很周到,为我们安排好了一切,我想先回家看看。我见到老妈了,她看着我激动极了,我也有点伤感。我告诉她我现在跟随怀特教授读博士了,她说她听舅舅说了,她说舅舅跟她夸我是个出息的孩子,比舅舅的孩子强。老妈告诉我要加油,将来要拿个诺贝尔奖回来。我这些年的努力就是为了这些吧?为了她能在那些舅舅还有叔叔、各种亲戚邻居面前抬头夸耀一下。我不想留在家里住,不然听到的全是老妈这些让我难过的话。还好公司为我租了外租公寓。

2010年1月6日　天气风

今天是我这一辈子里最难忘的一天。我被安排在香格里拉讲课,我不知道我会遇到她,这么快就遇到她。我看见她背影的时候心里就开始激动,盼着一定是她又怕是她,我脑子里一直想着以前在学校的时候,我们两天没见,她一见到我就冲过来抱着我喊:"祁大哥,多日不见十分想念啊!"那时候我就会被她逗得笑好一阵。这么久没见了,我的天啊,我今天真的很佩服我自己,能控制住自己的情绪!她转过身,我再次看见她的脸的时候,不让自己哭出来也是件很难的事情。露露张嘴问我怎么跑地球这边来了,她一张嘴我就想笑,我想听这声音这语气、看这表情盼了多久了,那一秒钟我就知道我还爱她,我想要她,不管她现在怎么样!这种想法又让我自己觉得很卑鄙,特别是她跟我说她确实结婚了的时候,我的心真的快疼死了,但是我就是觉得她眼里有我。我心里突然感到一种压抑的释放,我觉得这种想要永远带着她、跟她在一起的想法从来没这么强烈过,我为了让别人高兴,做了那么多那么久的努力,我什么时候自己真的高兴过?我不管,我就是想要她,不管她结婚没有。

2010 年 1 月 23 日　天气晴

今天是个同学聚会,还有怀特教授也要参加,不过这些都不重要,因为今天我能见到那个跟露露结婚的人。我今天的心情很不好,从我一见到他我就感觉不好。我怎么看他心里就是觉得不痛快,他凭什么能在露露边上笑?露露真心逗人开心的那个人不再是我了?我不管,我就是觉得他不是露露的另一半。露露最喜欢撒小谎话骗我了,就算她没骗我我也不在乎,我只想为我自己努力一次,哪怕就这么一次。

2010 年 2 月 6 号　天气风

今天真的是我太开心的日子了,我觉得我快乐得要疯掉了,今天露露相亲居然让我碰到了!我一看见跟她相亲那男的,我心里就盼着"露露没结婚"、"露露没结婚",脸上都控制不住地笑。结果是真的,她居然这么多年连个像样的男朋友都没有,我知道她很难过,可是我还是开心。原谅我这种自私心理吧。我真的感谢老天,你给了我这个机会,我突然觉得我做的那些努力现在都变得有意义了,我现在什么都能给她,只要她想。

2010年2月16日　天气晴

我今天跟露露去了庙会,我跟她交代我的感情史,说到这个有点内疚,我跟她说要重新开始,结果她居然问我到哪结束!她一点都不知道我现在心里多想跟她在一起,她到底想不想啊?我今天跟她说了大话,说如果她当初能跟我走,她肯定幸福,我真的是生气了!我不知道我做了这么多努力,回来还想跟她在一起,可原来她根本没想过。为什么?难道我这些努力在她眼里还是一堆废物?

2010年3月20日　天气晴

我没想过他会在那儿,我从来没想过那男人对露露是这么重要的人,如果她叫我去参加朋友的婚礼,我没去,他就会在那儿。他是露露除了我之外会想到的人?我好难过!露露的心里真的不是只有我了?

2010年4月4日　天气晴

我今天又见到那个叫楚杰的人了,我一看到他怒火就有点控制不住,我认为是因为他在,露露才不答应我。他跟我比什么?他能比我对她更好吗?我经历的感情他经历过吗?他为什么总是在中间插一杠子呢?我今天忍不住跟他说,就算他跟露露结婚了,我还是要跟她在一起!这样说有点失礼,我不管,我这次只想为自己。

2010 年 4 月 25 日　天气晴

露露过生日,我叫怀特先生办了个聚会,因为杰西卡来了,我想跟她解释。不过这不是最重要的,我想让露露答应和我重新开始。她始终在犹豫,不戴我的戒指。我能怎么办?我只能等,我都等了这么久了,就等吧,还能怎么样?我等得起。我曾经问怀特教授如果这次我回来了,不跟着他走了怎么办。怀特教授说如果值得就留下,只是他觉得有点可惜,让我慎重考虑。可是我现在最想的事就是能和露露重新开始,变回大学那五年的快乐时光,我觉得好像没有比这个更重要的事了。我不想当个心脏专家、可是老婆却死于心脏病、自己还不在身边,我也不想像舅舅那样和家人没有感情,只有他的医学世界和地位。如果露露真的不跟我走,我想我应该考虑留下来。

看到这儿我的情绪已经不能受自己控制了,我觉得我第一次走进了祁函的内心世界,原来他是个跟我眼中认为的那么不一样的一个人,我现在唯一有力气做的事情就是把他的笔记本电脑缓缓地合了起来。

{114}
摊牌

每个人都有表面和内心,有几个人能做到表里如一?那个闪着金光带着翅膀被无数人羡慕的祁函,原来他的生活竟过得如此压抑和痛苦。如果是这样的话,那我是不是比他幸运多了?他那些对人谦和、彬彬有礼的态度,原来不是因为他想,而是因为他不敢,他不敢对人说不,如果是这样的话,我是不是比他勇敢多了?我敢说不,如果我做了决定想说不的时候我会说,虽然我知道也许这个否定词会伤人,但是如果不说不仅伤人还会伤己,最后落得两败俱伤!

晚上我躺在床上,一直想着无意间偷窥到的祁函的内心世界,也一直在摸着脖子上的那枚戒指。

手机突然响了起来,是祁函的电话:"你把文献拷走了吗?"

"是啊。"平静而简短的回答。

"那你抓紧时间修改吧,我们上海完了还要去南京一天,估计周五回去,你修改好了我再拿给他看看。那周五我去医院找你?"

"嗯,好。"

简短的对话就这么结束了,我没有提日记的事情,总觉得那样会给自己也给他增加一种无形的压力,可是此刻祁函那种不紧不慢依然温暖的语调,却让我觉得跟我曾经认识那么多年的人是那么的不一样,他的声音那么平静可是语气里却有那么多期盼。我坐在卧室里慢慢地摘下了脖子上的项链,看着那枚戒指迟疑了几秒钟,然后把它摘下来戴在了手上。

星期五下了班,刚一走出医院就看见祁函带着他温暖的笑容站在我的面前:"我刚回来,你老说怕影响不好,所以我没去你们科找你。"

"嗯。"我看着他点了点头,然后缓步朝人行道走去,心里想着要怎么告诉他我的决定,祁函一直在旁边询问着我论文修改的情况,可是我好像一句都没听进去,脑子里一直转悠着心里想的那些事情。

祁函平静的跟在我的旁边:"你的论文修改得怎么样了?"

"嗯。"我依然低着头在人行道上慢慢地走着。

"嗯,是修了还是没修啊?"

"嗯?"

祁函在身旁忽然呵呵地乐起来:"又想什么呢?我这跟你说半天你怎么只回答我嗯。不知道你那脑子里又在转什么了?"

我低着头边走边小声地嘀咕着:"祁函,我跟你去美国了,哪天你手头一紧把我给卖了,我肯定还得帮你数钱,但是我绝对会数错的!所以如果你卖掉我的话会很亏本的哦!"

等我抬起头的时候,发现祁函已经不在身边了,他站在原地一直盯着我,脸上那一直存在的温暖笑容也消失了,我能看见他胸口起伏得厉害,像是在极力地喘着气又极力地压制着,我慢慢走到他的面前。带着笑容看着他,希望他能听出我话里的意思。

祁函低下头,深深地喘了口气,抬起头的时候带着无比开心的笑容,他开始越笑越大,他慢慢地靠了过来,然后紧紧的将我抱在他的怀里,我贴在他的胸口上几乎都能听见他剧烈的心跳。

"我哪舍得把你卖了啊?我恨不能把你变得小小的,然后装在兜里,到哪都能把你带在身边,那样我才觉得踏实呢。露露,你……你真的会跟我去美国?"祁函的声音里满是不确定的语气。

"嗯。"我靠在他的胸前肯定地点了点头,"我的英语可不好,他们说的那些搞笑的、骂人的话我都听不懂,如果他们骂我你可得告诉我啊。"

祁函哈哈的大笑着:"你那么可爱他们谁会骂你啊?你陪在我身边,我会用我一辈子好好照顾你的。你相信我,我真的可以!其实你根本不用懂他们说什么,你能懂我就行了。"说到这祁函又深深地喘了口气:"露露,这是真的吗?这种幸福来得也太突然了,我现在觉得自己都有点承受不了。"

我们俩就在大街上这么抱了许久,直到我发现路过的行人都会忍不住转头看我们一眼,实在让我觉得有点不好意思:"勒死了,勒死了,咱先喘口气,中场休息一下。"

伴随着祁函开心的笑声,他终于松开了我,满脸的幸福表情:"不过我倒是绝对相信你会数错钱,所以你可千万别离开我,没准会一不小心把自己给卖了。"

我笑着朝他伸出了手,他在看见我手上那枚戒指的时候终于松了一口气:"我刚才一直以为这是梦,我在美国的时候总是梦到刚才的情景,原来这次不是梦。"说完他拉起了我的手,我们俩牵着手在人行道上缓缓的向前走着。我也做过这种梦,在祁函刚走的时候;后来我的梦变成了经常去民政局跟不同的人领结婚证,可是怎么都看不见新郎的脸;最近我的梦常常在和一个人吵架,可是怎么吵也吵不赢,直到我狂吼一声扫平了全世界!

"露露,你申请留学签证来美国,我让教授帮你找个学校,这样我们的试验统计完成之后,咱俩就可以一起走了。我们到美国就结婚,然后我为你申请绿卡。真恨不得明天就跟你结婚,不过那样可能带不走你。"祁函转过头来看着我,"你都不知道我现在多盼望这个试验赶快结束,最好明天就能结束。"说完祁函又忍不住笑起来。

我下定决心跟祁函重新开始的时候,我就想过这一刻。在没有面对这一刻的时候,我内心一直在做着自我催眠,想着自己可能会面对的那个人、看着的那个脸、和他有可能出现的表情,想他会对我说的话,想我自己会是怎样一种心情。可是所有的想象都没有真正的面对那么艰难,我看到那个电话的时候我开始害怕了,那个熟悉的号码已经不再是国际长途。那个号码告诉我他可能就在我的身边,可能就在我的楼下。

"米露露,你谱可越来越大了,这电话响多少次才接啊?我在你们小区外面呢?我回来了,快点出来让我看看你。"楚杰一贯的调笑风格,语气里带着很多兴奋。

我控制不住的长叹了一口气。

"怎么了?怎么听着好像不太愿意见我啊!那可不行啊,我这两天总想起你,所以我得见你。出来吧,我见你一面说两句话我就走。"

"嗯。"我轻轻地回了一声。

此刻的我脚步很沉重,如同要赴刑场一样,一直做着深呼吸,直到看见那张满是期盼表情的脸,我觉得我现在忽然有了祁函的感觉,那种会让人失望的行为,使自己痛苦异常。

"呵,看这嘴撅得,能拴好几头驴了。这两天电话不好好接,接起来也不跟我好好说话,这是头还疼呢?我看看,怎么也没见瘦啊?"

楚杰看着我笑了笑,忽然从手里递过个袋子来:"给,送你的。"

我皱着眉头看着他。

"护肤品,人家都买我就买了。咱们米大夫也就白净点了,再把这个优点丢了可就惨了,拿着吧,把你的优点保持住。"楚杰带着满脸的笑容看着我,等待着我接那个袋子。

我低着头看着他伸着的手,依然没有说话。我看着他拎着那个袋子的手一点一点的沉了下去。再抬眼看他的时候,他已经没有再笑了。

他皱着眉头盯着我,那目光真是让人有点不敢直视。我似乎能听见他呼吸声变得越来越沉。

"出什么事了?"楚杰的这个问题问得很艰难,然后就是他沉沉的喘气声。

"我……"

"别说出我不能接受的事来!"楚杰的语气里带着点点威胁,点点恳求,点点的期盼。

"楚杰,我跟祁函重新开始了。"我忽然抬起头来直视着他。

楚杰紧锁着眉头,带着无数的疑问和不能理解的表情看着我:"为什么?就因为我去法国了?回来女人就跟别的男人跑了?那我是不是应该辞职?然后就蹲在我女人身边看着她。"

"楚杰,我不是你的女人。"努力的从嘴里挤出这句话。

"对,你不是。一直是我自己自作多情,自不量力,非要插在你们之间,你现在是想跟我说这个吧?"

楚杰忽然开始笑,一边笑一边摇头:"看来我就是这种命运,永远就是注定被女人甩的命,不管我认真还是不认真。我早知道女人就是善变的动物,我真是不会跟她们玩这种感情的游戏。走的时候她还让你觉得满心的幸福,回来的时候她就告诉我可以滚蛋了。"

楚杰的表情突然变得很轻松："看来这次我是被正式通知出局了？给你，还是把这个拿着吧，反正我也没有要送的女人。"楚杰非要把那个袋子塞进我的手里。

我伸手推那个袋子，楚杰忽然看见我手上带的戒指，他忽然抓着我的手，看着我："这是什么？这戒指哪来的？为什么手上突然多了个戒指？"

"这是个生日礼物！"

楚杰笑着点了点头："原来是这样，他还是比我厉害多了！我还在学人家送钱包的时候，人家都已经送戒指了。米露露！这是戒指！你就这么把它戴上了？你真就确定这戒指合适你？你怎么能这么轻易戴男人送的戒指呢？你戴上它的时候你到底有没有想过我啊？"楚杰终于吼叫了出来。

楚杰松开了我的手，极力地喘着气，看得出他在努力地平静着自己的情绪："你会跟他走吗？"

"嗯。"

"什么时候？"

"六七个月吧，等他的试验结束了。"

"六七个月？六七个月我还能做什么？"

"你什么都不用做了。"

"好，你真干脆！果然是我喜欢的女人，做事真干脆！说不要就能不要了，比他妈我还干脆。"

楚杰看着我，带着那种无奈的笑："谢谢你啊，米露露，你还算成就我的完美人生了呢，我还是觉得我不太适合对女人认真。六七个月？你还会在中国待六七个月？我要是再缠着你可能真是流氓加混蛋了吧？"

楚杰把那个袋子放在了我的脚下:"这个你还是拿着吧,不然我也是扔了,不符合你的个性。那我们现在是说再见合适还是说后会无期合适啊?"楚杰仍然带着笑容看着我,然后朝他的车走去。他在上车的那一刻,脸上的笑容突然消失了,他皱着眉头看着站在原地的我:"米露露,我是真的喜欢你!可是我到底还能做什么啊?"

他的这个问题压得我有点喘不过气来。我站在那用我仅有的那点力气摇了摇头,看到的是我害怕了很久的失望的眼神,楚杰上了他的车离开了。

{115}
痒痒肉事件

我和祁函的重新开始直接乐疯了一个女人,就是整天愁眉苦脸怕我嫁不出去蹲在家里守她一辈子的王雪琴女士。她时而看着我傻笑,时而热泪盈眶,似乎我马上就要离她远去了一样。她一想起来的时候还会为我收拾行李,导致我早上起来找衣服穿的时候,发现很多都不见了,全被老妈打进行李里去了。

"妈,你就这么着急把我轰走啊?"

"不是啊,你一下要去那么远的地方,我早点给你做准备啊。哎,真想不到,你这从来没出过远门的人,这一嫁人还要嫁到美国去了。"讲到这老妈的泪腺又开始往外分泌液体了。

"妈,你这是干吗啊?我这不是还没走呢吗?怎么都还有半年呢,你要实在舍不得我,那我不走了,陪着您。"

"那可不行!"我话还没说完,老妈的咆哮之音就充满了整个房间,"好容易嫁出去了,北极也得去!"我听出来了,老妈的意思就是祁函他就是个爱斯基摩人,我也得穿上羽绒服跟他去北极叉鱼去!老妈现在看她的准女婿比看她的亲闺女顺眼多了。

从我上次跟楚杰说完决绝的话之后,到现在已经十天了。这十天他没有任何音讯、任何电话、任何短消息,不知道他还在不在北京?也许他又开始拼命工作了?也许他又出差了?也许……米露露!你也许个屁啊!脑子里忽然出现了一连串骂自己的脏话。

　　此时的状态,算是楚杰给我一种心灵的解脱?楚杰说了他不会纠缠我,所以他就在我面前这么消失了。可是眼前时常会出现他上车前那种失望又带着苦涩的笑容,让人觉得人心真的不能伤,伤人有害身体健康,大大地影响了我的心肺功能。

　　我曾经在出医院门口的时候看见过黑色陆虎车,于是很慌张地躲了起来,盯了它很久才发现原来不是他的车。实在不知道自己此刻对于楚杰究竟是种什么心情,怕见他,怕再伤他。如果他真的再来找我,我想我可能还是会对他说不!于是又会再影响我的心肺功能一次,还好他没来!

　　这十天祁函依然很忙,他说他希望自己忙,这样越快结束试验越好,我们可以早点去美国。虽然他很忙,但是他每天都会给我打电话。十天里他去我家吃过两次饭,我们一起看过两次电影,在一起回忆了很美好的快乐时光,真的好像又变年轻了,仿佛跟他一起回到了大学时代,那种淡淡的甜蜜感觉正悄悄地、慢慢地爬了回来。

　　这十天我又登上了医院八卦杂志的首页,米露露终于将美籍华人祁博士拿下的消息传遍了医院的每个角落。因为自从我答应祁函重新开始之后,祁函来医院找我的时候都会来我们科,走的时候会当着大家的面拉着我的手离开。如今连邢淑兰都会看着我带着笑说:"米大夫,你可真是挺有本事的!我当初真低估你的实力了。"

　　"哪里,哪里?我哪有什么实力啊?我也就正常发挥了一下。"我没法跟邢淑兰解释我跟祁函是怎么好的,这要跟她解释得说到哪辈子去啊?

周五的时候我接到了祁函的电话,他说他从上海回北京,三个小时之后能到,让我去他的公寓等他,然后一起出去吃饭。

我下了班拿着我的文献、参考资料和我依然没有完成的论文,去了祁函的公寓。坐下来借用他的笔记本电脑开始研究起我的论文来,这论文我写了好久了,怎么也快三个月了,不是自己觉得不满意就是别人觉得不满意,总之是有人不满意,所以怎么都发表不了。

快八点的时候祁函风尘仆仆地赶了回来,一脸的倦容,可是看见我的时候还是开心地笑了。他进了门放下了包,靠了过来,看了眼电脑笑笑地说:"我们家露露又在这用功呢?"

"嗯。"我看着他用力地点了点头。

他轻轻在我额头亲了一下:"别用功了,一会送你个礼物啊。我先洗澡。"说完他就朝浴室走去。

"你这隔三差五的去上海一趟,每次都买礼物买得过来吗?"

"不是买的。"祁函在浴室里朝我喊了句,然后就是哗哗的冲水声了。

祁函从浴室里走了出来,穿了身运动服,一边拿毛巾擦着头。我必须得承认这男人把自己弄湿了,看着确实挺性感。

"我饿了,去吃饭吗?"我皱着眉头看他。

"我还没给你礼物呢。"说完祁函从包里掏出个信封来,递到了我的面前。

信封上是医学杂志社的名称,一个牛皮纸袋子。我打开了是一封回执,是通知我的论文被他们杂志社选用可以在下个月的期刊上发表了。我越看越高兴,忽然高兴地大叫起来:"哈哈哈,他们用了,他们用了。"祁函看着我高兴的样子也呵呵乐起来。着实地狂笑了一阵之后,忽然觉得好像哪里不对。

"不对啊！我论文还没写完呢，我这还修改呢？"我忽然抬眼看着祁函。

依然是祁函暖暖的笑容。

我又把那封信打开了看看，是一篇关于卵巢的论述。这就更不对了，我一直论的是子宫啊，难道我写的子宫能让人理解成卵巢？

"他们是不是搞错了？"我带着疑惑的表情看着祁函。

"没搞错啊，这不是你吗，写着你的名字呢。"

"可是我一直写的是关于子宫的啊，但这上的题目是关于卵巢的啊？"

"啊，我帮你写的，拿给他们看了，他们说可以发表。这不是接到通知了吗。"

"你为什么要帮我写啊？"突然不知道心里是种什么感觉。

他忽然靠过来拍了拍我的脸："傻样！你想发表啊，所以我帮你写啊。"

"可是我自己在写呢。"

祁函笑笑地看着我："可是你自己写的发表不了啊。"

"我一直在修呢！"突然觉得自己有点生气了。

祁函似乎听出了我语气中的不高兴："你都修多少次了？你不是就想发表个论文吗？我帮你完成了不就行了吗？你看，你是第一作者还是唯一的作者。这不是挺好的吗，我帮你实现愿望了。"

"祁函，这论文我写了三个月了，我一直挺用心的，你这样不是等于骗人吗，这让人知道了可怎么办啊？"

"谁会知道啊？你看你那脑子又瞎想了，我不是就为了让你省点事吗！你发表了又能怎么样呢？你告诉告诉我，你发表论文是为什么啊？"

"我……我是五年的住院医了,我应该发表篇论文。"我撅着嘴小声地嘀咕着。

"除了这个原因呢?没了?你要是因为这个原因,那我帮你实现了,你应该做的事我帮你做了。你应该高兴啊。"

"万一我将来提副高呢,没准会拿这篇论文当晋升论文用呢,所以我想自己用心地写。"

"没有万一,露露。"祁函又是满脸笑意地看着我,"再半年,我们就去美国了,你怎么提副高啊?对吧?"

祁函的话忽然让我冷静了点,他说得有理。这论文我真的是很认真的在写,曾经想过也许将来晋职称的时候会用到,可是没想到我后来答应了祁函去美国。

"我想在你去美国之前帮你实现愿望嘛!我真的是好意,你要实在不愿意,觉得是在骗人,我打电话,跟他们说不发表了。"哎,我听出来了,祁函话里的意思,我到美国之前都发表不了。

我依然撅着嘴看他:"算了,我饿了,吃饭去吧。"

我站起来刚想往门口走,祁函忽然走过来抱住了我:"你怎么了?生气了?"

"我本来以为你会高兴呢,行了,别生气了,下次让你自己写。"祁函低下头,在我嘴上轻吻了下。

我看着他点了点头:"嗯,我没生气,去吃饭吧。"

可是祁函依然抱着我,似乎并没有要去吃饭的打算,他带着笑意低下头来开始吻我,一个很认真的吻,从他刚碰到我嘴开始,我就知道他想要的不仅是吻。这吻很深刻,毫不迟疑,让我想起了我们在宿舍里我主动吻他的那个场景。这吻刚一接触到你的嘴唇就急于打开你的牙关,你回应了他之后,他就不会在你唇上纠结,从你的嘴唇滑向了你的脸再慢慢的从你的脸移动到你的脖颈。从这个吻开始,祁函的拥抱变得越来越紧了,我开始下意识地推他,可是我越往开推他,他抱得就越紧,他开始带着我向他的床边靠近。

"祁函,我饿了,咱们去吃饭吧!"

祁函并没有出声,依然是他急切的吻,他的手开始抚摸我,伸进我的衣服里开始抚摸,耳边是他越来越沉的呼吸声,人也被他带着慢慢靠向了床边。说实话,我跟祁函是没秘密的,我们曾经在年少轻狂的时候,赤身裸体地坐在一起讨论过关于女性盆腔部位的学术问题,彼此坦诚相见,他直立或者卧倒时候的样子我都见过,只不过那时候也是造化弄人,瞎忙活了半天也没干成事业。

可是此刻不一样了,我没想过会这样,我刚才只想着饿了,可是作为一个合格的女朋友应该不是这样的吧?祁函的手顺着我的后背滑到了腰际,我能感觉到他开始解我裤子上的扣子了。我的腿碰到了床边:"别,别,别,祁函,别。"说完一连串别之后,祁函并没有要停的意思,于是我控制不住的用尽了我吃奶的力气猛的推了他。能用出这么大的力气来,连我自己都有些吃惊,我想祁函更是吃惊得要命,他一下被我推了出去。肩膀撞到了钉在墙上的物品架,把架子都撞下来了。

祁函捂着肩膀,一脸疼痛难忍的样子,他皱着眉头用疑惑的眼神看着我,似乎不能相信我能用出这么大的力气来推他。

祁函努力地喘了几口气,依然皱着眉头:"你怎么了?露露。"他对我拒绝了他上床的邀请似乎很不满意,更十分的不理解。说实话,我也不知道自己为什么会推他,而且刚才很怕自己把持不住跟他上了床,我到底是怎么了?

我忽然看着他十分为难地笑了笑:"不是,你刚才碰我腰上的痒痒肉了！真特痒,我实在忍不住了,才推得你,你肩膀没事吧?"

祁函皱着眉头愣愣地看了我一阵儿,忽然开始笑:"你这些怪理由真是让我……"祁函似乎找不到合适的形容词来形容我,他开始笑着无奈地摇头。

我这种信口开河的理由,让自己都觉得像个脑部不健全的人说的话,此刻的气氛变得好尴尬,我赶忙收拾了桌子上的东西:"那个,突然想起来了,我妈说晚上有事,让我早点回去,我先回家了啊,明天我们再吃饭吧,明天周六！那个,我先走了。"说完自己慌慌张张地逃走了。

刚坐上了地铁就接到了祁函的电话:"对不起啊,露露。"祁函的声音有点低沉。

"啊？干吗道歉啊?"

"我本来以为我走的时候可以,现在也一样可以,原来是还不可以！是我心急了,你别生气啊。"

"我怎么会为这种事生气呢,你看看你说的,咱们谁跟谁啊？你刚才真是碰到我痒痒肉了。"哎,又开始胡说八道了。

祁函在电话里呵呵地乐起来:"嗯,行,那下次我不碰你痒痒肉,你让我碰哪儿我就碰哪儿,这行吧?"祁函笑过一阵之后,又换回了低沉的语调:"你不同意,我不会碰你的,反正我们就要走了嘛！对吧?"

"嗯。"我十分肯定地回答了他。

这个肯定的答案让祁函再次变得轻松起来:"行了,那我们明天见吧,好好想想明天去哪玩。"说完我们就把电话挂了。

{116}
原来你也知道!

祁函在痒痒肉事件之后再没有越雷池半步,如今我们真是在享受着学生般青涩的恋爱,只是偶尔我会感觉到祁函的不安,有时候他会看着我问:"你会跟我走的吧?"我都会笑笑地看着他点点头。要不就总是听他在抱怨这个试验为什么不早点结束。看祁函抱怨也是件难得的事情,也许是我那天的拒绝才会让他此刻变得这么不安吧?

可是那天不知道为什么心情就是烦躁,也许是因为他批评了我的论文,说我到走都发表不了,虽然他说得很婉转,可是那种上学的时候我在他眼里始终是个小笨蛋的感觉又突然回来了。祁函走了之后好像真的靠自己生活了很多年,除了没男人之外,这不是也把自己养得白白胖胖,吃吗吗香吗?如今他又再次回来进入我的生活,让我要突然改变习惯什么都依靠他,好像还有些不太适应,不过事情让他一处理真的就变简单了,到底是祁函啊!可能也不是因为这个,也许是因为饿得实在太烦了,不想从事体力劳动?也许是因为大姨妈马上要来了才心情烦躁?还也许……忽然晃了晃头,实在不想再想了。

突然觉得那天不该那么大力推他,可能他撞得真的很疼,都把他撞生气了。

又十天过去了,我很确信楚杰从地球上消失了,可能被我气回火星了吧?

我正在值夜班,凌晨两点钟的时候,忽然接到了一楼急诊的电话,通知我有个病人需要我去会诊以排除妇科病症。我下到了一楼的急诊室里,外科的值班大夫也被叫了下来,于是我们俩站在那里二一添作五的研究着这个病人究竟该归谁管。经过我们对患者的检查和十分缜密的分析之后,外科大夫终于同意患者的外科症状要比她的妇科症状更明显,所以将患者先收入了他的旗下。

外科大夫将病人收走了,我则坐在急诊跟熟人聊起天来,心想就算来个病人,我也可以直接把她收上去带走。

忽然急诊的护士在急诊室里大喊着:"楚杰,楚杰,去交一下检查费。"

听到这个名字的时候,我腾的从椅子上站了起来,把急诊值班医生吓了一大跳:"你怎么了?"

我看着她摇了摇头:"没事。"

我一直用眼光搜寻究竟谁会来拿化验单交费,护士喊了半天也没看见人来:"跑哪去了? 刚才还在呢。"

"小陆,你把那检查单子给我看看行吗?"我看着急诊护士面带微笑地提出要求。

"好啊,给你吧。"

我拿过了检查单,上面写着楚杰的名字,楚杰的年龄,当然还有楚杰的性别。我转过头来看着急诊大夫:"这人怎么了?"

"哦,好像是上消化道出血,说让他去做潜血检查呢。刚才还在呢,可能去洗手间了。"

"哎，回来了。楚杰，你去交一下检查费。"小陆忽然看着我身后的人说着话。

我猛地转过头来，楚杰看见我的时候，脸上闪过了一丝吃惊的表情，渐渐地从吃惊变成了痛苦，我不知道他的痛苦是因为他此刻的疾病还是因为突然在这里看到了我。

此时的楚杰，人消瘦了一大圈，面色也极度不好，他看见我的时候，能感觉到他又在极力地压制着呼吸了。

"你病了？"我小心翼翼地询问着。

楚杰看着我眉头皱了一下，没有说话，手却一直捂着他的胃。

"你胃病又犯了？"楚杰依然没有说话，胸口起伏却越来越大。

"米大夫，你们认识啊？"小陆在旁边好奇地看着我们。

"嗯，是，认识，朋友。小陆，你别管了，我带他去吧。"

"哦，那好，我不管了，您带他把单子上开的那些检查都做了吧。"说完小陆就去忙手头的工作了。

"你是不是又喝酒了？你什么时候开始难受的，你的脸色可真的不好，你检查血常规了吗？血色素多少克啊？"我看着楚杰的脸色，实在有些担心他已经出了很长时间的血，于是条件反射似的伸手想去扒他的下眼睑。我的手就快要碰到他脸的时候，他突然把头别开了。

"把那个单子给我。"他刚刚压抑的表情，本以为他可能会像以前一样随时爆发出来朝我吼叫，可是传过来的居然是很柔和的声音，没有任何怨气可是声音里充满了无奈。

他刚刚的突然闪躲，让我意识我的这个行为可能实在是有些唐突了。原来他不想让我碰他，哪怕是以一个医生的身份，他也不想。我们这种奇怪的气氛让急诊室的同事们都忍不住抬头看我们两眼。

楚杰四下看了看他们,叹了口气,忽然靠近了我,依然是柔和的语气:"把单子给我吧,我去交费,我现在挺难受的。"

"要不你坐下休息吧,我去帮你交,我一会儿来带你去做检查。"

楚杰的眉头皱得更紧了,他盯着我的脸看了好久,然后无奈地笑了一下,走过来从我手里把检查单据拿走了,他转身之前传来了极小的声音:"米露露,我求求你,别再管我了。"我没有继续跟着他,因为我能看出来,他实在是太痛苦了,他此刻正被疾病折磨着,我不想再折磨他的精神。我回到了科室,有些心神不宁,过了一个小时,我给急诊打电话,询问了楚杰的情况。他们告诉我楚杰被消化科收入院了,还是要排查一下是不是其他原因造成的出血。

我下夜班的时候,一直在病房里踱步,犹豫着要不要去消化科看看他,想起昨天楚杰那种痛苦又无奈的表情,让我心里很内疚。

如果我的内心觉得对不起谁了,那对我来说是个很大的伤害,这种感觉会让我焦躁不安,不知如何是好。我权衡了好久,还是决定不去了,楚杰痛苦地求我不要再去管他的样子,一遍遍的在脑子里划过,那种表情我真的害怕再看到。

我进行了交接班,收拾完包准备离开。早上九点钟,各科都在忙碌,又不许家属探视,病房楼里还算比较安静,我选择了三部电梯里的一部,一进去居然一个人都没有。我们科在病房楼的12层,当电梯下降到11层的时候,电梯门打开,让我禁不住抖动了一下。门外的那个人看见我也十分吃惊,此刻的楚杰看着似乎没么痛苦了,他的表情很平静,站在电梯的外面直直地盯着我。是啊,消化科就在11层,可是他怎么会在这个时候出来呢?几秒钟之后电梯门慢慢地合上了,楚杰突然伸手挡了电梯门,然后很安静地走了进来,背转过身去,站在门口不再看我了。

"你不是住院了吗？这是要出去啊？你还是修养好了再出去吧,早上会有大查房的,你今天可能要做很多检查。"楚杰没有说话,他依然站在电梯门口,看着眼前的电梯门。我突然想到,就他自己一个人,也许他是想回家拿东西吧,上次他一个人住院,是我帮他去超市买的东西,这次我不能帮他了。

"你是不是要回家拿东西啊?"依然小声小气地询问着,楚杰还是沉默。看着他现在的样子,我心里的内疚更强烈了,自己怎么这么怪啊？怎么总是忍不住要问这些乱七八糟的问题,人家都说了不需要你管了,你干吗还非上赶着问人家啊？可是此刻电梯内只有两个人的氛围着实的尴尬。

我也不知道今天的电梯是怎么了？几乎每层都有人按,可是电梯打开却没有人在外面等着进来,也许旁边的电梯刚刚下去把人都接走了。此刻连看着他的背影都觉得有些压抑,我开始控制不住的深喘着气。

在电梯降到第7层的时候,楚杰忽然伸手按住了电梯门打开的按钮,电梯就这么停在了7层,他依然没有转身看我:"我不是故意要来你们医院看病的。"楚杰的声音缓缓地传了过来。

我没有说话站在他的身后看着他的背影。

"既然你都正式跟我说了,我再死缠烂打就太没意思了,我想给你留个好印象,我不想让你对我的最后记忆是恶心。可是我昨天难受的时候还是不自觉的把车开到这了。后来我想只看个急诊不会碰到你的。"楚杰轻轻地笑了一声,"没想到还是碰到了。你让我适应一下吧,逼着自己放弃喜欢的人不是件容易的事!"说完他就松开了电梯,继续让它下降了。

也许是楚杰听到了我不安的叹气声,这声音似乎是对他的一种无形的埋怨,所以他要跟我作这些解释,是想告诉我,他正在努力地退出我的生活,他不会骚扰我,让我放心?

电梯快到一层的时候,楚杰又突然开口了:"米露露,我们有多少天没联系了?"

我低着头想了一下:"二十二天。"轻声地回答了他。

"原来你也知道!"他说完这句话之后,电梯门打开了,楚杰没有看我头也不回地走掉了。

{117}
一个理由

楚杰就在这个医院里,如果没什么特别情况,估计两三天他就会出院了吧?也不知道他的检查情况到底怎么样?很想打电话去消化科问问,可是想想怎么都觉得不妥,毕竟我现在是有男朋友的人了,恨不得连看门大爷都知道我男朋友是谁了,我不能做这种红杏出墙的事。打电话问问病情算红杏出墙吗?算吧!摇了摇头,实在不想再想了。

让我没想到的是,中午的时候接到了祝阿姨的电话,祝阿姨的声音在电话里有些颤抖,让我觉得她可能在忍着不让自己哭出来,这种声音又开始让我觉得内疚了。

"露露,阿姨走的时候跟你怎么说的?"祝阿姨的话里满是埋怨的语气。

"你是不是答应过阿姨,帮我照顾老虎的?"

"阿姨!"自己也不知道到底要怎么解释我和楚杰目前的关系。

"那他怎么又住院了?"终于听见了阿姨的哭声,"阿姨这两天打电话,他也不好好接,问他怎么了?他都说没事。阿姨就知道有事,他越说没事就越有事,后来阿姨给他公司打电话,他们说老虎胃出血住院了。露露,阿姨那么信任你啊。"

"阿姨,这个事吧。他其实是……"

"露露,阿姨不是不懂道理的人,你跟老虎成不成那是你们的事,阿姨喜欢你,可是那是我儿子,阿姨再喜欢你也不能看你伤害我儿子。"

我开始控制不住的在电话里叹气了,真是不知道怎么跟祝阿姨说此时此刻我的心理状态。

"阿姨都这把年纪了,知道感情的事逼是逼不出来的,可是阿姨就是觉得老虎可怜,挺好一孩子,怎么就这么不招女人喜欢呢?阿姨也知道可能以前是不怪那些女孩子,可是这次老虎他真挺用心的,前几天,老虎喝得醉醺醺的打电话给我,问我说:'妈!你说女人都在想什么啊?前几天还好好的,这两天就跟你翻脸不认人了。我真是想不明白!'阿姨一听就知道,这又是跟你闹意见了。"

"阿姨,这个事情它比较复杂。"我小声的在电话里嘀咕着。

"露露,要是老虎有哪做得不对的地方你可以说他,他那人真的不太会讨女孩子欢心,死嘴硬,大男人思想特别厉害。你去告诉告诉他,别让他再这么虐待自己了。"

"阿姨,不是楚杰的问题,是我的问题。"

"不是老虎的问题,你就跟他说明白了,让他心里知道到底是怎么回事!他现在想不明白,这个坎是怎么都过不去的。以前他发狠工作几天也就过去了,现在倒好,阿姨打两次电话,他都在陪客户喝酒,他自己本来挺注意这个的,可是现在阿姨也说不了他。他这样下去不行,你就当帮帮阿姨吧,阿姨这在加拿大,天天想着这事,晚上也睡不着觉,你就当同情同情我们这些当父母的老人吧。"

祝阿姨真的是一位有智慧的前辈,她说的每句话都让我无言以对,甚至有些羞愧难当,让我觉得我就这么祸害了一位有理想有抱负的大好青年,此青年正因为我逐日堕落成一名酒鬼。

晚上快下班的时候,薛凯居然拎着大包小包的保养品到我们科找我来了。

"妹,我看我们老板来了,他住哪床啊?"

"薛凯,你走错了,我这是妇科,你们老板他是个男的!"

"废话,我还不知道他是男的啊,我找你跟我一块去。"

"薛凯,你又要整什么幺蛾子啊?我不知道,你去消化科自己问问。"看着薛凯手里拎的大包小包,我真是对我表哥的佩服程度又增加了一倍。我跟他认识半辈子了,除了送过我套煎饼,好像真没送过带包装的东西,现在倒好,快把超市都搬来了吧?

"你说说你这女朋友怎么当的啊?老公住院了,住哪床都不知道,我要是我们老板早就把你甩了。"

"薛凯!"薛凯这句不着四六的话,让坐在办公室里,准备下班的同事们都开始抬头看我。我赶忙把薛凯推出了办公室。

"你干什么你?你在我办公室胡说八道什么啊?"

"本来就是啊,说我整幺蛾子,我看你才整幺蛾子呢!上次你去参加我们公司的年会,还跟我们老板手拉手呢,现在倒好,人家住院了你都不知道他在哪床,你不是号称自己是天下第一大善人吗?"

"哥!我求你了,你别这么二百五了行吗?我同事都听见了,你就放我条生路吧。"

"妹!我求你了,你别这么三百六了行吗?你哥现在又想升职了,有个机会啊,我现在有两个女人得养啊。你帮帮你哥呗,我们老板真挺好的!可是我现在在公司碰见他,我怎么觉得他有点躲着我啊?肯定是因为你!你不会真跟那个吃回头草的好了吧?"

"你他妈活该!还有,我的事你少管,你指望你妹把着个男人帮你升职,你休想。"

"行吧,那你不去就算了,那你可别怪你哥到处替我们老板抱怨啊?"

"薛凯!"

"你去看看他吧!看一眼也死不了,你去帮我跟老板缓和下关系,省得他现在在公司见到我,怎么看都觉得尴尬。再说了,就算不为我升职的事,人心也不能狠成这样,买卖不成还仁义在呢?你跟我们老板就一点仁义都没有啦?什么事都别玩太绝呼了!他现在都生病了。"

薛凯的话又让我想起了祝阿姨的哭声,是不是我真的太过狠心了?我低头想了想,抬头看着薛凯:"那我跟你去看看他吧。"

我跟薛凯到了消化内科,我先去护士站翻看了他的病历,还好胃镜检查是溃疡出血,总算让我松了一口气。

我跟薛凯来到了楚杰的房间,轻轻推门进去,首先传进耳朵里的是楚杰的咆哮声。楚杰正站在病房里面向窗外打电话,声音之大毫不比我逊色,原来他也是隐藏在吼叫界的另一位高手。

"这种事,你问我多少遍了?我住三天院,你为这事打多少次电话?你怎么当上区域销售总监的?你能力就到这吗?"楚杰的喊叫声一浪高过一浪。吓得站在我身边的薛凯直往后退,他用极小的声音跟我嘀咕着:"老板最近老毛病又犯了,又开始暴躁了!本来好了一阵儿,我们还以为他改过自新了呢。"

"行了,别跟我废话了,通知所有人开会,我现在过去。"楚杰气哼哼的挂了电话,转过身来的时候,让人觉得他的病房立刻变成了桑拿房,能有块毛巾就好了,真想擦擦汗啊。楚杰站在窗边带着吃惊的表情一直看着我,薛凯则贼眉鼠眼地看看我又看看他。

三个人在屋子里尴尬地站了很久。

"楚先生,我知道您病了,特意买了点东西来看看你。我妹也特别想见您,所以她死皮赖脸的非跟来,我不叫她来都不行,您别介意啊。"薛凯的话终于打破了沉默,但是他说的话特别想让我拿鞋底子抽他,我这汗啊,出得可更多了。

楚杰看了看薛凯,又看了看我,点了点头:"谢谢你。"他笑了一下:"我谢谢你,薛凯!谢谢你能来看我。"

"啊,您看您说的,您别跟我客气。"说完薛凯把大包小包放到了床头柜上。

我们三个又愣愣的站了一阵,突然楚杰看着薛凯说:"薛凯!那个……"然后他就看了看门口。

"哦,嗨,我就是来看看您,看您现在又生龙活虎的骂我们了,我这就放心了。那我先走了啊,您还哪不舒服,您跟我妹说,她就算是个妇科大夫吧,也懂点,估计她也能给你治治。"

薛凯离开了病房,让我觉得好像又有人往桑拿房的石头上泼了瓢凉水,热气蒸得我喘不过气来。

"那个,我刚才看你病历了,那个好像还是溃疡出血,没什么大事。"

楚杰带着笑看着我:"你的意思还盼着我出事是怎么着啊?"

此刻的楚杰又恢复到了以前和我说话挑衅的语调里,完全不是那天夜里的病秧子样了,这是又恢复本来面目了?

"你为什么来看我?"

"我……我今天接到祝阿姨的电话了,她走之前我答应过她帮她看着你。"

"就因为我妈?"楚杰的脸上带着点点怒容。

"你注意点吧,你这胃那么脆弱,你别再熬夜喝酒了。你这样让我挺难受的。"

"米露露,你也太自私了,哦,我怎么对自己还得先顾着你的感受?那我到底为什么这样?"

"楚杰,那个对不起啊。"我用十分诚恳的语调向他道了歉。

"对不起?对不起有个屁用啊?你想听我说什么?想听我说:我原谅你了?你是想让我好受点还是想让自己好受点啊?"楚杰冷笑了下,"好啊,你想听,我就说,我原谅你了。怎么样,现在感觉好受点了吗?"

"楚杰!你……你……你给我差不多点啊!挤对人得有个限度。你他娘的这是可逮住我了是吧?那薛凯说了,买卖不成还仁义在呢。你病了,我怎么就不能来看看你啊,我就来了,你能把我怎么着吧,你有本事叫警察把我抓派出所去!"突然忍不住地胡乱咆哮起来,说完之后怎么好像觉得自己把本末倒置了。

楚杰半张着嘴,一直看着我,估计脑子在分析着我刚刚喊叫的话,究竟是个什么意思。

"行了,我看完了,你一时半会死不了,我走了!"说完气哼哼地转身开门要走。楚杰突然冲过来按住了门,然后他看着我掏出手机打了个电话。

"会议取消了,明天再开。"

他挂了电话,看着我:"我得跟你谈谈。"

"谈什么啊?"我皱着眉头看着他。

"我们出去说,我不想在病房里跟你喊。"

"能不去吗?"我看着他严肃的表情,有点害怕。

"不行!"说完他就伸手拉住了我。

"你给我松手!"我忽然也换上很严肃的表情看着他,"这是我医院,你这样后果很严重的。"

"好,我可以松手,但是我松手,你绝对不许给我跑。你要是敢跑,让我抓住了,我绝不会再松开。"

我看着他点了点头。

我们俩一起到了旁边的咖啡店,楚杰点了两杯咖啡。

"你不能喝咖啡,会刺激胃酸,喝白水。"

楚杰看着我点了点头,然后把他的饮料换成了白水。

他一坐下来就开始深喘着气,没喘一会,我也开始不由自主的叹气了。

"你叹什么气啊?跟受了多大委屈似的。"楚杰瞪着我,对我的叹气声十分不满。

"楚杰,你到底想说什么啊?"

"我这些天一直在想,可是我始终不知道问题出在哪儿?我需要个理由。"楚杰说到这看向了窗外,"给我个能让我从心里彻底放弃的理由。"

"楚杰,很多事情特别复杂,我可能一句两句说不清楚。祁函他并不像表面看上去那样,他……怎么说呢,上学的时候我们在一起很快乐,我发现我对他真的没有他爱我多,他需要我的程度比我需要他的程度多得多。我觉得对他来说不公平,跟他谈了那么长时间恋爱,居然一点都不了解他。我发现自己原来跟其他所有人一样只看他的外表了,原来我跟他的恋爱是那么的肤浅,他在美国的时候承受了很多很多的压力,才有了现在的结果,我不能让他因为我留下来,使他所有的努力都白费了,我这次绝对不能那么自私!"

楚杰看着我开始笑，表情里充满了疑惑："米露露，我让你给我个彻底放弃你的理由，你叽里呱啦的说了一堆，这都什么屁理由啊？我问你的这个理由很简单，你只需要告诉我三个字：你爱他！我立刻站起来走人，永远不再出现在你面前。现在是怎么样？比谁更可怜？比谁承受的压力大，你就跟谁是吗？"

{118}

到底想要什么？

我皱着眉头看着楚杰此刻愤慨的表情，好像被他激动的情绪一下子感染了，一时找不出个合适的理由来平复掉他现在的怒气。

"楚杰！"我很真诚地看着他。

他看向窗外的脸慢慢转了回来，看着我此刻真诚的面容，期待我给他个合理的解释。

"咱还是谈谈世界和平的事吧！"楚杰看着我愣了两秒钟："滚蛋，你丫少跟我这扯淡，我这谈感情呢，谈他妈什么世界和平？我还跟你谈阿富汗呢我！"楚杰忍不住地朝我狂吼起来，弄得咖啡店的人都朝我们看过来。

"小点声，小点声。人家都在看你呢，你全国总监得注意点形象你！"

"米露露，我真……"楚杰看着我叹了口气，"我没让你答应我什么，你在我面前说不出你爱他，我也没指望你在他面前能说出你爱我来，你要真说得出来，我也不是现在这个下场。可是既然我们俩是一样的，你为什么就选择让我走人？"

这个问题我真的没有考虑过，他真跟祁函是一样的吗？

"我对祁函有一种责任,因为在上学的时候祁函最大程度满足了我的虚荣心,然后我发现自己居然也成了被很多女人羡慕的人。虽然我不会像别人那样对他抱以无限大的希望,让他去完成各种任务,逼着他做这样或者那样的事情,可是现在我才知道自己和那些人是一样的,都是在用他的优点来满足自己的那点虚假的荣耀。可是我们从来都没想过他的感受,我想给他快乐,因为他曾经也让我快乐过。我不想让他再难受了,我现在就是这么想的,爱谁谁!"

楚杰一边看着我一边点头:"对,急了就犯浑也是你米露露的一大特点。选择伤害我是比选择伤害他容易点,因为我经常被女人甩嘛!我是应该习惯的!你得对他负责,你不用对我负责,你多有责任感啊!"

楚杰轻轻地笑了下:"我现在有点后悔,如果我早跟你开口了,在他回来之前就跟你开口,是不是事情就不会是现在这样了?因为像你这么爱负责任的女人,那时候也会在心里对我有份责任了吧?是不是在请我离开的时候也会稍微考虑一下我的感受?"

"楚杰!"感觉自己快被他的问题逼死了,一边叹着气一边无奈地看着他,"那个……那个……阿富汗那怎么样了?"

"还打着呢,美国人就是烦,哪都插一脚。"楚杰皱着眉头抱怨着。

"米露露,你懂爱情吗?反正我觉得我不懂,我现在也不敢说我懂,可是我就是不明白自己为什么这么喜欢你。我原来的女朋友个个都比你漂亮、比你身材好,全都是那种带出去极大满足男性虚荣心的女人,可是我真的对她们不好,而且她们当初离开我的时候,我发现真的像你说的,只觉得伤自尊了,没觉得伤心过。"

楚杰轻轻地叹了口气:"后来你突然出现了,我发现你的出现让我本来已经枯燥的日子一下子变得有意思了。因为我已经开始厌倦我的生活了,每天都在各种客户、上级还有下属之间周旋,回家以后总是孤独的一个人。这些天里,回到家的时候总是想起跟你说的话,在一起发生的事,一想起你二了吧唧的劲就觉得特好笑,还喜欢听你说那些胡诌八列的话,总是不知道你什么时候脑子会冒出什么怪想法,然后我就得陪着你的怪想法一起犯疯。静下来的时候一想起你干的那些事我就觉得可乐,我发现我生活中的情绪已经被你那种对所有事情的热情感染了,让我觉得本来没有意思的事情一下子变得有意思了。我有一天晚上突然做梦,梦见咱俩有个孩子,然后咱俩为怎么教育孩子吵了半宿,最后我也没吵赢,梦里你突然朝我大喊一声,然后就把我吓醒了。"

"流氓!"我皱着眉头看着楚杰。

"我怎么就又流氓了?我说的话里哪显出我是个流氓了?"楚杰声音又开始不自觉的提高了,"哦,就因为我梦见跟你有个孩子,我就流氓了?就你那脑子不知道又想什么流氓事去了?反正咱俩有一个是流氓!就冲你突然冒出这句话来,我看你也比我流氓多了。"楚杰又开始被我气得直喘气了。

哎呀!好像自己一不小心又满嘴跑火车了!那究竟现在是脑子快过了嘴?还是嘴快过了脑子啊?

"我现在才突然意识到,我有些地方是不如他,我不如他的地方其实是他早就想明白了他后半生想要什么样的生活,想找个什么样的人在一起,可是我却一直不明白。我还在拿跟你斗气斗闷子当成娱乐的时候,却没发现我已经开始喜欢跟你的这种相处方式了。如果不是因为你不要我了,叫我滚蛋,我也不会静下心来思考。米露露,我不敢说我在追逐爱情,因为这个词太缥缈了,说实际点我在追逐我的生活,我就是想跟你一起过后半辈子,我光想就觉得有意思。

"可是米露露,你到底想要什么生活?你自己想过吗?很多男人嘴上给你的幸福生活其实很可能并不是你想要的幸福。有些男人喜欢跟女人承诺给她们买多大房子、买多好的汽车、自己多舍得给女人花钱,这让女人听着很踏实觉得很幸福,这些话你想听吗?如果这些让你觉得踏实幸福,我也可以承诺给你。可是我现在真的怕,我都不敢跟你这种人承诺什么叫幸福,可能我跟他心里都明白自己究竟想要什么,只是你还没想明白。米露露,别把自己装成圣女,想拯救全人类。你自己到底想要什么?我想我只能承诺给你,你想要什么生活我会尽量配合你,所以你还是应该好好考虑一下。因为有些决定一下了,可能真的是一辈子的事,别稀里糊涂的混一辈子,然后捎带着把我也坑了。"

我自己到底想要什么?楚杰似乎又给我提出了一个新的课题,我好像真的没有思考过,也许就是因为没有认真考虑过这个问题,所以我的相亲总是失败。我从来没想过今后要怎么生活,是不是我的目光太短浅了?他说他和祁函都知道,他们真的比我高瞻远瞩吗?也许是因为他们都经历了足够多的事情,最终才发现有点二百五的我才适合他们。因为总也摸不清我的路数?说实话,我自己都摸不清自己是什么路数的。

我还在想着自己的事情,忽然手机响了,是祁函的短信,短信说他在医院门口。我抬头看着楚杰:"我得走了。"

楚杰的眉头皱了起来,看了我一会儿,点了点头。我走到门口的时候,楚杰突然开口问我:"你会想的吧?"

我转过头来看着他。

"你应该想!"

我见到祁函的时候,他没有笑,只是默默地靠在医院门口的围栏上等我。

"你回来了。"他轻声地说了句,然后就过来默默拉起我的手,在人行道上慢慢地走着。

"你回来了"这句话,好像隐藏着很多含义,我去见楚杰了,我想我应该告诉他。

"祁函,我刚才去见楚杰了。"

"嗯,我知道,我看见你们从医院出去了。一个半小时前吧。"

"你看见我了? 那你怎么不叫我啊?"

"我怕你不高兴,你跟他出去是有原因的吧?"

"祁函,你会让我幸福的吧?"

"当然。"他看着我肯定地点点头,"你……能不能以后别去见他了?"祁函用极小的声音嘀咕着,然后转过头来看着我,目光里充满了恳求。

我看着他的眼睛,一直没有给他答案。

"真的不是我小气,如果你们真的只是单纯的朋友,我不会提这种要求的,像他那种什么都拥有的男人怎么会随便放弃自己喜欢的女人呢? 露露,我是怕你生气,我才没喊你,我想让你高兴,所以我才站在这一直等。你下次别再这样了,说实话我真的不高兴。如果下次我看见你和他在一起,我真的会过去把你拉走的。"

祁函在楚杰眼里曾经是个什么都拥有的男人,原来在祁函眼里,楚杰也是个什么都拥有的男人。祁函的眼睛一直盯着我,让我给他个放心。

我看着他点了点头:"嗯,好。我答应你,不见他了。"

{119}
内疚的承受

　　本来楚杰让我给他一个解释,我的解释好像并没有让他满意,结果他却给我出了一个新的命题带回来。偶尔会想起离开咖啡店的时候,他看着我的期盼眼神,他说我应该想,我想我正在想。两天过去了,楚杰并没有在长谈过后到医院围追堵截我,也没有发短信或者打电话,这让我松了一口气,因为我答应了祁函不再见他。可是心里总担心,他没准就会突然出现在我的面前。

　　周五我们进行了手术科室综合大讨论,各科室都把自己认为做得漂亮的手术拿出来炫耀一下,以显示各科的技术水平都有了长足的进步。我们坐在下面听着那些手术执行者和讲解者们讲述各种病人的情况和手术实施的全过程,以及术后的恢复情况。

　　外科同事在讲解一个乳腺癌的治疗手术时,我就开始控制不住地叹气,越听他说的越觉得憋得慌,实在忍不住了,跟旁边的同事小声嘀咕着:"他为什么要给她做淋巴清扫术,还把乳腺摘了? 不是乳腺癌初期吗?"

　　同事看了看我:"可能怕以后复发吧,这样挺好,治疗彻底啊。"

　　"要是我可不做这种方案,我就给她摘肿瘤,让她化疗,女的不能随便没有乳房。"

"呵,这到底老公是美国医学博士,这是告诉我们要尊重人权了?他们这治疗方案肯定也是经过患者同意的,没准是患者要进行清扫术的呢!"

同事的话怎么听着都有点讽刺意味,学术讨论会,就算我有再不同的想法,那也是别的科的病人,我们是秉着学习和交流的态度在听。

晚上下班的时候,和祁函约了要一起看电影,我跟他手拉着手朝电影院走,忽然想起了下午的讨论会,就忍不住开始跟他抱怨起来。

"下午手术病历讨论,外科一个乳腺癌初期患者,他们给她做了淋巴清扫,还把乳腺摘了,你说这是不是处理不人性啊?这得降低多少生活质量啊?"

祁函突然转过头一脸严肃地看着我:"你没在讨论会上,站起来这么说吧?"

他严肃的表情吓了我一跳,我看着他摇了摇头:"没有啊,外科的患者我怎么说,要是我们科的,我可能会说两句啊。"

"你们科的也不要说啊!"依然是祁函严肃的面容。

"为什么啊?"

"我们马上就要走了,这种担责任的决定,你最好少参与。"

"可是我真的觉得,这样对她更好啊。"

"你就是这样,总是感情用事,决定都要听上级大夫的。你现在最好什么意见都别参与,别把你那些个人心意加进去。万一出了事可怎么办啊?"

"祁函,我是5年住院医了,我也算有点经验的。"

祁函拍了拍我的脸:"行了,傻样,我知道你有经验,可是像你这样的糊涂鬼指不定什么时候能干什么奇怪的事呢!"

"谁是糊涂鬼啊?我在工作的时候很认真的。"我撅着嘴跟他抱怨着,"你在美国也是这样吗?一点意见都不能有。"

"当然,美国律师满大街都是,多少人排着队等着告医院呢。跟我一起实习受训的一个人,都已经第四年了,给病人抽胸水,五十多个小时没睡觉,实在太困了,结果扎到患者的肺,那患者立刻起诉医院了,后来他就被退训了。"祁函深深地喘了口气,很认真地看着我,"露露,我觉得,要不……要不你辞职吧?"

"啊?"我突然转过头来看着他,不知道祁函为什么突然提出这种要求。

"反正我们就快走了,你在家休息几个月。其实你也可以陪我一起去别的城市,我去做手术或者讲课,你就每天都陪在我身边,省得我看不到你心慌。杰西卡就每天都陪着迈克。"

我有些犹豫地看着祁函:"可是还要好几个月呢,这几个月我就天天跟着你吗?"

祁函看着我满脸为难的表情:"算了,你要实在不愿意就算了,我不为难你,但是你还是少参与决定性的意见。我真的挺担心你做的那些决定,上学的时候你就总是把事情搞砸,所以我还是觉得你跟在我身边才是最妥当的。而且你迟早也是要辞职的,只是早几天晚几天的事情。"

"嗯,那让我想想吧。"我小声地回答了他。

祁函说得有道理,只不过是早几天晚几天的事情,可是我工作好几年了,我真的治好了很多人,谁说我总是把事情搞砸啊,除了楚杰那面锦旗,我还真收到过两个病人送的锦旗呢,都说我医德高尚,救死扶伤!而且我向党和人民保证绝对是妇科病人送的。突然这么一下子要我告别工作岗位,自己好像并没有这种心理准备,实在是没勇气点头答应下来。

周六的时候,我接到了表嫂的邀请,她再次呼唤我陪她一起逛街,还特意嘱咐我一定要穿运动服,我也很明确地领会到表嫂急需一名搬运工的中心思想。

现在我见到表嫂说实话心里多少会有些愧疚,所以不管她叫我当什么工我都会去做的。表嫂一冲进商场直接就疯了,我是间接疯了,被她吓疯的!表嫂手握着那张金色的小卡片,如同握着中央银行的金库钥匙,她带着无可比拟的大无畏气势,席卷了整个商场,那张卡就那么在机器上刷来刷去,刷来刷去,从里到外都比她刚掏出来的时候干净多了。

"表嫂,你买这么多东西,你穿得了吗?"我拎着大包小包在她身后抱怨着。

"穿得了啊,露露,女人就要对自己好一点,你看看表嫂这身材保持得,很辛苦的!男人都是喜新厌旧的,你要不是每天保持新鲜美丽,两天他就不看你了。"说完表嫂转过头来皱着眉头看着我,"露露,你真堕落了!你这样当女人怎么行呢?你这么当女人真的会给女人界丢脸的!"

表嫂的话真的让我有些无地自容,不是因为她说我堕落的内容,而是她那努力保持漂亮为了拉住男人的心的理论,总是在考验着我的心理承受力。

"表嫂,你跟薛凯结婚也有三年了,你好歹也稍微省点钱,怎么也得为将来作点打算吧?"

"省钱?露露,千万别替男人省钱!有钱就都给他们花光了,花光了他们就踏实了,省得钱富裕了包二奶、包三奶什么的。"

表嫂的话说得我冷汗直冒！她就这么花，薛凯还包二奶呢。那究竟这男人的钱你得给他们花到什么程度，才能限制住他们包 N 奶的欲望啊？难道表嫂花得还不够狠？

"表嫂，薛凯他挣钱也挺不容易的，你还是应该好好跟他计划计划！陪他多聊聊天，多关心关心他。"

表嫂笑笑地看着我："露露，说起这个还得谢谢你呢，要不是你男朋友薛凯也当不上地区经理，他现在收入是比原来多多了，不过也比原来忙多了，晚上还经常不回家呢。你男朋友是不是也老不回家啊？他那么高职位是不是更忙啊？"

我带着为难的表情看着表嫂："他不是我男朋友。"

"不是？薛凯说是啊，说你们俩好着呢！"

我看着表嫂摇了摇头："真的不是！"

"啊？那我们家薛凯不就没靠山了？"

"薛凯一直挺努力工作，不需要靠山的。"

"他那么傻，不找棵大树靠着，他能干什么啊？不过倒是不用担心他去养个小三小四什么的，傻了吧唧的谁跟他啊！也就是你表嫂我，算是做点福利事业吧。"

表嫂的每句话都像是针，挑拨着我脆弱的神经，让我意识到这个世界上有一种职业是我做不了的，我不能当特务，因为我藏不住秘密，告诉我太多秘密会缩短我的寿命，不用严刑逼供，我全都告诉你！表嫂越跟我说话，越让我觉得对不起她。

"表嫂，你走得累不累？要不我背你走会儿吧？"

表嫂看着我哈哈笑起来："你这人没事就喜欢瞎逗，我穿这么漂亮，你背我不就浪费了吗？你帮我拎袋子就好了。"

眼看着快到中午了："表嫂，买得差不多了，我请你吃饭吧？"我实在是饿得有些前心贴后心了。

表嫂刚刚看好了一双鞋,到收银台去结账,随着她的卡刷过去一声超限的提示,证明她的卡终于刷爆了。

表嫂一脸怒容的看着我:"薛凯这个混蛋,明明告诉我,这卡肯定够的,结果怎么就爆了?"表嫂可能觉得,在商场里当着别人面刷不出钱来是件极其丢脸的事情,吼叫的声音都提高了一倍。

"嫂子,刷不出来就算了,咱们吃饭去吧,我请客。"

"那怎么行,走,跟你嫂子找他去,让你表哥请咱们吃饭,还得让他给我钱,我还得继续买东西呢。"

"嫂子,去哪找他去啊?"

"哎,隔两条街不就是他们公司吗?咱俩现在过去找他,不说他们公司今天开紧急会议吗?你男朋友没跟你说啊?"表嫂说完之后像是意识到了什么,"哦,对,你说那不是你男朋友。"说完表嫂就转头朝商场外走去。

我真被吓着了,天啊,到底是不是真的开会啊?真的是周六开紧急会议吗?他不会是跟他的小三风花雪月去了吧,这可怎么办啊?卡被刷爆对于表嫂来说可能的确是件十分令人气愤的事情,让她的走路速度变得越来越快,我拎着七八个袋子在后面紧紧追赶。

"嫂子,算了,别去了。这买的不少了。"

表嫂根本不理会我的苦苦哀求,依然大踏步地走出了商场,向薛凯的公司走去。

薛凯的公司的确离商场不远,我跟表嫂一起走过了两条街,还隔着条马路,居然看见薛凯和楚杰从正门一前一后地走了出来,然后一起走进了写字楼旁边的小过道里。这让我终于松了一口气,薛凯今天的确没撒谎,他确实是来开会的。

"哎,你看。"表嫂拉着我指了指,"那不是你表哥和你男朋友吗?看来他们开完会了,走,让他们请咱们吃饭去。"说完表嫂就拉着我着急的过马路去追薛凯他们了。

表嫂拉着我,刚靠近写字楼还没接近那条狭窄的过道,就隐隐约约听见了薛凯的哭声。表嫂忽然停住了脚步,她把声音压得极低:"这是你哥在哭吗?"表嫂看着我,想让我给她个答案。

我看着表嫂点了点头,忽然又摇了摇头,我真的不知道。可是过道里一共就两个男人,一个男人在哭,楚杰绝对不是那个会哭的男人,那薛凯为什么哭?我开始感觉紧张不安了,心里有着极不好的预感。

表嫂拉着我在旁边藏好,做了个表情示意让我别出声。

真的是薛凯在哭,虽然不是号啕大哭,但也算是声音不小的抽泣了。

"楚先生,我求求你了,这次只有你能救我了。我求你帮帮我吧。"

楚杰皱着眉头看着薛凯:"你到底怎么了?你哭什么?"

"楚先生。"薛凯抽泣得更大声了,他突然伸手拉住了楚杰的胳膊,"您一定得救我,不然我就死了。我……我……我跟公司报假账了!"

"什么!"楚杰的喊声终于爆发了,他的呼吸开始加速了。

"楚先生,你说这怎么办啊?今天财务已经露了点风声给我了,出不了两天就能查清楚了。我可怎么办啊?"说完薛凯终于呜呜地哭了起来。

楚杰的胸口起伏更大了,我能看出来他现在很生气,正在极力地压制着怒火。

"你报了多少?"声音缓缓地从他嘴里传出。

"35万。"薛凯一边哭,一边从嘴里说出这个让我窒息的数字。

"你!"楚杰盯着薛凯半天说不出话来。

薛凯看着楚杰语塞的样子,像是更着急了,他忽然拉楚杰的胳膊,做出要往下跪的动作:"楚先生,我求求你了,你看在我妹的份上,你帮帮我吧。我会坐牢的,我这辈子就完了。"

楚杰赶忙伸手拉住了薛凯:"你冷静点!"他气得朝薛凯低吼着:"你给我站好了!"

我觉得自己太丢脸了,表哥居然要给楚杰跪下求他帮忙,他怎么会这样?他为什么要报那么多假账啊?身旁的表嫂呼吸也变得急促起来。

楚杰开始解他休闲西服的扣子,解开之后开始插着腰,大口地喘着气。

"钱去哪了?"

"给曲凌娜买东西了。她一个月前说她不想工作了,我就租了房子把她给养起来了,她花钱一点都不比我老婆少,什么名牌衣服、名牌包、金银首饰买了一堆,我挣的钱都让我老婆花了,我没钱给她花,就只好报账了。结果上个星期,她突然消失不见了,东西全拿走了。"表哥跟楚杰哭诉着。

此时我身旁的表嫂像疯了一样地冲了出去。

"薛凯,你个王八蛋,你居然背着我在外面养女人!"表嫂上去狠狠地甩了表哥一个大嘴巴。我被吓傻了,赶忙追着表嫂冲了出去。

表哥挂着泪痕被扇了嘴巴的样子简直龌龊到了极点,他捂着自己的脸,抓着依然还想打他的表嫂,却满脸怒容地瞪着我。

"妹,你还嫌这不够乱啊,你干吗带你嫂子来这啊,想带她来抓我奸啊？这是公司你抓不到奸的。"

薛凯这极大声的抱怨，让表嫂终于不再踢打薛凯了。她转过头来，满脸的泪痕，带着怒容看着我，一步步的朝我靠过来，把我吓得一直往后退，差一步就退到墙根了。

"你早就知道？"表嫂的表情里充满了谴责，"你陪我买东西，还跟我演戏，还让我多关心你哥，你早就知道你哥在外面养女人？你居然不说，现在好了，你哥为了野女人黑了公司钱，你哥要去坐牢啦！你高兴了？你们他妈的没一个是好东西。"表嫂已经愤怒到极点了，说完她就狠狠的一巴掌甩在了我的脸上。我从来不知道像表嫂如此瘦弱的女人，居然也会有如此大的力气，力气大到我承受不住这巴掌带来的冲击波，头直接撞到了墙上，我的额头被撞掉了块皮。被她扇过的脸瞬间像被火烧了一样。

表嫂像疯子一样扑过来对我拳打脚踢，只不过这些拳脚没有落在我的身上，因为楚杰冲上来挡在了我和她之间。表嫂才不管她打的是谁，她需要发泄。楚杰皱着眉，看着被挡在他胸前的我，一直深叹着气。我则低着头不敢看他，因为实在是太没脸了。我活到现在被两个女人暴打过，她们都采取了同样的手法，先扇我大嘴巴再拿我的头撞墙。第一次我轻微脑震荡，这次是头破血流。而且这两个女人都是被第三者极度伤害的女人，而我的角色都是被映射了的第三者。我猜测表嫂此刻已经把对第三者的仇恨全部转移到了我的身上，完全把我当成了那个卷款潜逃的小三了。这两次殴打，都是同一个男人救了我，那次他出手相救之后让我领略到的全部是鄙视，这次却换成了他在替我承受。我应该被打的！薛凯现在的状态，难道我没责任吗？我明明知道他是什么样的人，还是装作没看见一样，想欺骗自己欺骗很多人，结果就是这样的结局了。

薛凯冲上来拼命的往后拉着表嫂，表嫂则哭喊着，还在打着楚杰。楚杰没有说话，我能看出他在极力压制自己的情绪，他的表情也显得异常痛苦。我不知道他能不能体会我此刻内疚的痛苦心情，这种痛苦比我的头痛要痛很多倍，也许他也在内疚，可是这所有的一切跟他有什么关系啊？要不是因为我，他根本就不会被掺和进来，他早就跟我说过，薛凯太浮躁，目前一点都不适合当地区经理的。

"老婆？老婆？"薛凯忽然看着表嫂大叫着。

表嫂此刻终于不再哭闹喊叫了，她都被自己眼前的样子吓了一跳。从她的双腿间顺着她的腿，如注地流下一波波的鲜血来，她靠在薛凯身上大口地喘着气，好像随时要晕过去了。

"妹，你过来看看，你嫂子她怎么了？"我推开了楚杰，冲了过去。

看着表嫂的样子，皱着眉头看着薛凯："她……她……可能怀孕了！"

{120} 成长的烦恼

表嫂真的怀孕了,可是她自己一点都不知道,她以为是她的减肥事业影响了她的月经周期,所以她从来没在意过这件事情。可是现在却在这样一种状态下让大家知道了这件事,还好表嫂没有流产。

这件事情对于我来说是还好,因为我实在不想在自己的内疚簿上加上关乎人命的事情。可对于表嫂来说不太好,她直接被自己突然的流血吓晕了过去。此时她在急诊床上醒过来的时候,情绪稳定了很多。楚杰跟薛凯一直站在急诊室的外面不敢进来,也许是怕表嫂看见薛凯又再次激动起来。

"嫂子,你怀孕了,你刚才情绪太激动了,有先兆流产的症状,你必须静卧休息。我给你开了点保胎的药。"

表嫂开始哭,一边哭一边摇头:"我不要,我不要,我不要这孩子,我要跟薛凯离婚,我不可能要这孩子。露露,嫂子求求你,你帮我把这孩子做了吧。"表嫂拉着我的手拼命地摇晃着,语气里是苦苦的哀求。

"嫂子,你先别这么激动,薛凯他确实干了混蛋的事,可是不管怎么说他也是孩子的爸,到底要怎么办你还是应该跟他商量一下吧?"

"谁要跟他商量？他有什么资格跟我商量，他在外面养了野女人，还想当孩子的爸，他做梦。"表嫂的声音越来越大，让急诊室的其他患者都忍不住看向了我们。

"表嫂，你小点声。有人看呢。"

表嫂看了看四周哭得更伤心了："露露，我的脸算是全丢光了，我还教育你怎么管男人，自己男人早就跟别人跑了。"

楚杰从外面走了进来，轻声地询问着："怎么样了？薛凯想进来看看她。"

表嫂一听见薛凯的名字就激动得不能自已："让他滚，让他滚，我不见他，你们让他给我滚！"

薛凯可能在门外听见了表嫂呼喊的声音，实在按捺不住冲了进来。一走进来薛凯就开始哭："老婆，我错了！你原谅我吧！"说完这句话，薛凯又像是支撑不住自己的身体想要跪下去。

我伸手一把卡住了他的胳膊："哥，我求你了，这是我医院。你别这样！"我用极低的声音咬着牙从嘴里挤出了这句话，我知道薛凯此刻从里到外就是个窝囊废，他除了下跪求原谅求帮助别无他法。我不想这样，就算这一刻我的自私心理作祟吧，我至少还想保住他一点点的尊严，当然还有我的。

表嫂一直哭喊着用手捶打着薛凯："你个混蛋，你对得起我吗？你怎么能这么对我！你个王八蛋！"表嫂坐在床上一边哭一边骂着脏话，我站在身后低着头，极力地做着深呼吸。楚杰在我身后静静地站着，就好像不在那儿一样，但是我能感觉到他就在那儿，我不敢回头看他，因为有太多事情不敢面对。表哥现在的状况我没有任何能力处理，薛凯也没有，那他有吗？薛凯此刻的状态如同出门发现地下赫然出现的狗粑粑，见者都要绕道，避之唯恐不及。眼前的景象，就是如你亲眼所见的一场家破人亡！虽然那个小生命暂时还未亡！

表嫂的骂声一阵大似一阵，表哥的眉头越皱越紧，他突然抬起头朝表嫂大喊大叫起来："说我是个烂男人，你就是个好女人吗？"薛凯突然咆哮的声音，让我一直低着的头突然抬了起来。"跟你结婚三年了，你给我做过一顿饭吗？你给我洗过一件衣服吗？我这天天把你捧在手心里供着你养着你，我工作那么累你管过我吗？每天回家就是看你来回换那些新买的衣服在我面前走，问我好看不好看，然后就拿着杂志告诉我，你又看上什么了。你到底是不是我老婆啊？"

薛凯居然也会咆哮，我从来不知道他具有这种功能，他突然的反常状态着实让我吃惊不小。急诊室的人又都安静地看向我们了，表嫂的哭声也压低了下去。

"至少她还能给我做口饭，问我句今天忙不忙吧？"

表哥忽然擦了把眼泪："我不想离婚，我想要这个孩子，可是我现在什么都没了，我可能什么都给你买不了了。"说完薛凯就带着眼泪走出了急诊室。

表嫂终于不哭了，她坐在急诊床上一直做着深呼吸。我拍了拍她的肩膀："你先好好休息一下。"说完我就转过身看了楚杰一眼，然后走出了急诊室。

说我没心没肺，薛凯是连脑都没有；说我是二百五，他就是五百，各种傻度都得比我翻上一倍；好歹我还一身傲骨，他可全身都是软骨头。可是我们俩真的好，我们只差半岁，算是最早的一批独生子女，都在部队大院里出生，一起上幼儿园，一起上初中，一起上高中，直到大学才分开去了不同的学校。小的时候总是跟他泡在一起喊着冲啊杀啊的，夏天一起蹲地上挖知了，他几乎是在我的骂声中长大的，他从来都没骂赢过我。

难道是我养成了他如此"小受"的性格？或许我又把自己想伟大了。没外敌的时候我打他，有外敌的时候我们一起打别人。上初二的时候，我曾经被高中的流氓大哥劫过钱，当时我威风八面地告诉那位高中流氓，要钱没有要命一条，薛凯则满脸堆笑地凑上来给人递了根烟，告诉人家大人不计小人过，然后趁人不注意拉着我一溜烟地跑了。结果他私藏"毒品"的行径又被我整整骂了一个星期。

哎，长大真烦恼，长大之后怎么人人都变了。薛凯算是变得比较离谱的那个，以前我要是看他哪不顺眼，我就会说他，说时间长了，他自己就知道了。可是后来他结婚了，结婚之后的事情真的不归我说了，也不该归我说。人若为一俗人，断不去七情六欲，必被情所伤，各种情感都有伤人的本事，没一个认怂的，若想不为情所困是不是只能斩断情丝，遁入空门啊？

我跟薛凯是表兄妹，可是我们一起成长的经历，多少也让我们之间有一些亲兄妹的情谊，虽然我一直不愿意承认这点，因为他总是干让我丢脸的事，可是现在他如此下场让我真的很难过。他真的要去坐牢了吗？

薛凯靠在一处栏杆那儿，仍然抹着眼泪，我靠过去轻轻地拍了拍他，"哥……"想了半天也不知道说什么好。

"我最早就应该听你的！"薛凯小声嘀咕着，"你早就跟我说过，你嫂子不适合我。我光图她漂亮了！"

"薛凯，别说这些没用的啦。"我皱着眉头阻止了他的话。

薛凯刚交女朋友的时候，带给我看过，我当时告诉他挺好，就是有点小。他反驳我说不小了，就比咱们小两岁。我跟他说，是心理年龄小，感觉只有十几岁，你可能会很累。薛凯当时跟我说他愿意累，我则祝他幸福！可是现在他们都结婚了，表嫂顶多算是公主病加幼稚病严重,并没有做出什么出轨的举动,薛凯现在倒跟我抱怨起表嫂来了。

"妹,你变了!"

"啊?"薛凯突然说我变了?这不是我刚刚在想说他的话吗?

"你现在一点都不关心我了!以前我办什么犯浑的事,你天天追着我屁股后头骂我,现在知道我办错事也不理我了。你要像以前似的天天骂我,我至于走到今天这步吗?"

"啊?"薛凯究竟是在埋怨我还是想推卸责任啊?可是这里面是不是真的有我的责任啊?

"我知道,你肯定在想我这是在推卸责任。可是我这人就是没心没肺耳根子软,你也不是不知道,你怎么现在看着你哥往悬崖走,拉都不拉我了?"

"薛凯,咱们都多大人了?我跟着你屁股后面帮你擦一辈子屁股啊?"

"妹,你帮帮我吧?"薛凯看着我又哭了起来。

"我怎么帮你啊?"

薛凯看了眼远处,静静坐在那看着我们谈话的楚杰:"你帮我求求楚先生,你让他先把我保下来,不要报警。把我作内部处理,我想办法在短期内把那些钱给补上。"

"薛凯!"我瞪着眼睛看着他,脑子里一直想着他说的话。

"那怎么办啊?我真的会坐牢的。妹,你真就狠心不管我啦?"薛凯急得直跺脚。

"我……我……你让我想想。"

"公司会给他面子的,妹!我真的知道错了!我不想坐牢!"

"你去看看表嫂吧!"我看着薛凯,阻止了他持续的央求。

薛凯离开我进了急诊室,急诊室里并没有立刻传出表嫂的哭闹喊叫,也许他们现在能心平气和地坐下来谈孩子的问题了。

楚杰看薛凯离开了,站起来走了过来。我看了他半天,没说出半句话来。只能低着头往楼外走,楚杰也不说话,沉默的跟我肩并肩走了出来。

"薛凯的事,会给你造成很多麻烦吧?"我忍不住开口了。

楚杰没说话,依然沉默,偶尔听到他深呼吸的声音,他这种沉默也许是对我问题的肯定。

"我也有责任。"极小的声音传了出来,"我说过要盯着他的。"

我轻笑了下:"这怎么盯啊?"

"也许对他的提升时间太不对了!"

"薛凯他,人有问题,婚姻有问题,生活观有问题,处处都有问题,跟你没关系。"

"是吗?"楚杰看着我无奈地笑了一下。

"楚杰。"我转过头来盯着他,"薛凯他……"努了半天力,实在张不开嘴,可是我必须得张嘴。

"露露!"祁函的声音从背后传了过来,他从医院里走了出来,拉住我的手,"我找你一天了,你去哪了?电话也不接,现在这都什么坏习惯啊?我刚才去你们家了,你妈说你表嫂要流产,你跟他们在医院,所以我就来找你了。"祁函一连串的抱怨之后,忽然皱着眉头看着我的脸,又看了看我的额头:"你这是怎么了?被人打了?额头怎么破了?这脸也肿了?"

"啊?嗯。"我努力地抓了抓头发帘,挡住了我额头的伤,"没事,挺好的!"

"楚先生,露露被谁打了?"祁函一直当楚杰如空气,并没看他一眼,结果此刻他突然转头看着楚杰。

楚杰被祁函突然的发问一下弄愣了。楚杰只要一见到祁函就是副慌张的表情,总是会被他问得哑口无言,半天反应不上一句话来。此刻他又陷入到慌张的状态里了。

"一点意外,意外。"我赶忙跟祁函解释着。

"意外?"祁函皱着眉头看着我的脸,"你这脸上还有手指头印呢。"

"楚杰!你跟露露在一起,让露露被人打了?"祁函此刻不再叫楚先生了,他突然直唤着楚杰的名字,表情十分严肃地盯着他。

"啊?"楚杰继续回不上话来,眼睛不时地扫视着我,如同求救一般。

"那什么,楚先生再见啊!再见啊!"然后我就慌慌张张地拉着祁函要离开。

祁函此刻似乎真的很生气,并不想跟我走。他突然转过头来低声地跟我吼道:"我上次跟你说什么来着?"在我印象里祁函几乎没跟我吼过,这是少数的几次。我看着他点了点头:"嗯,我们走吧!我回头跟你说,别生气了啊!"我这些安慰祁函的话似乎说得很不合时宜,因为我那句"别生气了"一出口,楚杰的眉头就紧紧地皱在了一起,带着十分不能理解的表情一直看着我。可是我不安慰祁函他好像并不能消气走人,那能怎么样?总不能站在大街上解释今天到底发生了什么吧,然后当着楚杰的面继续安慰祁函,解释我为什么会跟楚杰在一起?我想我现在唯一能做的就是死拉活拽的赶快把祁函拉走。

{121}
感激和抱歉

我跟祁函回去的时候,一路上他都闷闷不乐的,只是拉着我低头走,一句话都不说。我心里一直琢磨着到底怎么求楚杰的事情,一想起薛凯那受气包的脸,就觉得自己必须要拯救他。可是祁函的突然出现,让我努了半天的力都浪费了!这种口本来就不好张,薛凯这事情真的不是小事,估计现在谁看见薛凯都觉得如烫手山芋一般,恨不得赶快把他丢出去!

祁函拉着我去了他的公寓,一进屋就把我按坐在椅子上,然后找出个药箱子拿出个棉棒开始擦我额头上的伤。满脸的怒容,伴着他长长的呼吸,还时不时地叹口气,我此刻就像个淘气的孩子出门磕破了头,正被家长无奈而又愤怒的眼神攻击着。

"你就不想跟我说点什么?"祁函停下来瞪着眼睛看着我。

我眨巴眨巴眼睛看着他严肃的脸,真是不知道要从何说起。我忽然靠近他小声跟他嘀咕着:"祁函,我跟你说个秘密!"祁函皱着眉头看了我一会儿,然后点了点头,靠了过来,好像真怕别人知道一样。"我呀,我马上就要开天眼了,咱们很快就发达了!回头我带你吃香的喝辣的!"

祁函离远依然皱着眉头看了我半天,我则指了指头上撞掉的那块皮:"天眼!"然后朝他肯定地点了点头。他猛的一推我笑了出来:"你少跟我这胡说八道!"

祁函终于将他已经气得快接近"鞋拔子"的脸收了回去,恢复了他帅哥的本来容貌。哎,这帮男人们,仗着自己长得可圈可点,真敢把脸往长了拉啊,我可不敢,我还想为保护环境多做点贡献呢。

"你这么说,我就不问了?"祁函带着笑意看着我。

"薛凯他出事了!"我看着他叹了口气。

祁函低着头想了一下:"哦,你的那个表哥?上次咱们在电影院见的那个?他出事是迟早的事!一点都不奇怪!你为什么见他?"

祁函直接跳过了表哥的情节,询问我为什么要和楚杰"私会"。

"因为薛凯出事了!"

祁函的脸又开始向长拉了:"见他和你表哥有关?"

"嗯,薛凯是他手下的地区经理。"

祁函轻笑了下:"想不到他还这么多关系呢?"他一脸严肃地看着我:"你表哥他出什么事了?"

"他……他……他为了给上次那个女的买东西,报了假账拿了公司的钱。"

"我告诉你,你以后少跟你那表哥来往!"祁函皱着眉头朝我低吼了出来,"他那种人一看就是,有便宜就占,没便宜就让你滚的人。我最烦这种人!"祁函不喜欢薛凯是有道理的,上次薛凯的确让他很下不来台,而且他对薛凯的总结也很到位。

"我跟薛凯,从小一起玩到大的。"我低着头小声嘀咕着。

"露露,什么人就是什么样!他能做出这种事来我一点不吃惊,他就是那样的人,你别拿你那点同情心到处乱用。"

"哎,他是我表哥!"

"表哥怎么了?这年头谁家表哥出事表妹帮出头的?你以为是在古代呢?不要插手,我们就要走了,别去趟浑水。"祁函的语气不容置疑,我也找不到半点理由反驳。

我坐在凳子上喘着粗气:"上次碰见那个女的,你不让我管,说我会把事情越弄越糟,我是没管,可是现在事情还是越变越糟。"

"你管也一样!露露,咱们没那么大能力,真的!"祁函靠过来拍了拍我的脸,叹了口气,"我真是怕这些莫名其妙的事情,我能力有限,你的能力就更有限。咱们能管好咱们自己就行了。"

"我又没说让你管。"极小的声音从牙缝里挤了出去。

"谁管都不行,你别给我一冲动就去揽事情。大学的时候你就是这样,一会儿去帮人家设计个宣传栏,一会儿又去帮人写讲演稿,还帮人做什么幻灯片。最后哪个做好了?后来都是我帮你弄的!"

我看着祁函想了想:"好像还真是!我真的做得挺好的,可是他们不喜欢我也没办法。"突然像是想到了什么:"你说他们是不是就是想让你帮他们做,才故意找我的?你那时候那么忙,他们不好意思开口?先找我做,然后再说我做得不好?最后你实在受不了了,肯定得出手帮我,然后我们双双中了圈套?这些人太阴险了!"我一脸愤慨地看着祁函,成功的将话题拉了出去,因为实在不想再为薛凯的事情和他争论下去了。

祁函愣愣地看了我一会儿,叹了口气:"你气死我得了!走吧,去吃饭吧,开天眼的,我跟你吃香的喝辣的去。"说完他就拉着我站了起来,临出门的时候他小声说了一句:"我们就要走了,别再惹事情了。我怕!"

"嗯。"我轻轻地嗯了一声。

一天里我保持了沉默,没有联系薛凯,可是却一直考虑到底要不要去求楚杰,祁函坚决不许的话也一直在耳边萦绕,让我始终犹豫不决。第三天的时候,我接到了薛凯的电话,他说在我们家楼下,让我出去跟他说话。

我刚刚走下楼,薛凯一看见我就又哭了,他靠上来紧紧地拥抱了我,被表哥这么煽情地拥抱真是让我怪别扭的。

"薛凯,你怎么了?你又哭什么啊?"

薛凯放开我:"妹,你嫂子不跟我离婚了,我们这几天一直在说我们的婚姻,我真的知道错了。你嫂子她原谅我了,说她也有做得不好的地方,我们决定要把那孩子生下来。"

"真的?"薛凯此刻激动的情绪把我弄得也十分激动。

"妹,哥谢谢你!谢谢你帮我跟楚老板求情,让他在公司保了我,你哥我不用坐牢了。"

"啊?"薛凯的这句话让我有些吃惊,"他保你了?"

"嗯,楚先生跟公司说,他知道那笔账,可能中间操作或者客户那出了问题,所以才会这样的。"

我盯着薛凯的泪眼,想着他说的话:"那你现在会怎么样?"

"我已经离开公司了,公司让我限期内把钱补上就不控告我。楚先生虽然这么说,不过我想大家也都知道是怎么回事,我跟曲凌娜在公司也都是被别人看在眼里的,肯定很多人在背后偷着笑话我呢。不过好歹不用坐牢了,工作没了再找吧。妹,我特意来感谢你的,你又让我重活了一遍,我这次真的会好好生活的。你嫂子也是这么跟我说的。"

"嗯。"我看着他点了点头,"楚杰会怎么样?"

"不知道呢,他位置那么高,又是元老,应该没事吧?"

为什么是个疑问句呢？薛凯的眼睛里还有那么多不确定？他不会也被辞退吧？

薛凯走了，他的拥抱是来告诉我他要重生了，可是我却高兴不起来，他现在决定要养孩子，好好过日子了，可是却失业了，现在还把那个人牵扯了进来。

我一直犹豫着要不要去求他，我还在犹豫开不开口的时候，他却已经做了？我要装不知道吗？我能装不知道吗？

想到这还是忍不住拨打了楚杰的电话。

手机只响了两声，他就接了起来。

"喂！"居然是很平静的声音。

"那个……那个……你在呢？"

楚杰在电话里呵呵地乐起来："我不在能接电话吗？啊，我在呢，你也在呢？"

我沉默了，过了一阵儿忍不住叹了口气。

"干吗呢？半天不说话，打电话为了让我知道你会喘气啊？"

"楚杰，薛凯的事，谢谢你帮了他！"我鼓起了勇气说出了这句话。

现在轮到楚杰沉默了。

"我有点怕他。"楚杰声音缓缓地传了过来。

"怕谁？"

"送你戒指的那个人。"

我没接楚杰的话，不知道从何接起。

"我看见他就有点心虚，我想我如果是他，看见你总跟别的男人搅在一起我也会生气的。因为我确实不单纯，你都跟他在一起了，我心里还老想着让他女朋友能跟我好。所以你不用为薛凯的事感谢我，我也不是学雷锋，关于薛凯的事，我从头到尾都有自私的想法，所以你也不用对我感恩戴德的,我需要的不是感激!"

"楚杰,薛凯的事会不会对你造成不好的影响啊?"我的声音里充满了歉意。

"哦,你也不用带这种内疚的语气,听着更让人不痛快。影响谈不上,薛凯这件事情让公司管理更严格了,现在开始查账了,从上到下的彻查,除了 CEO 之外的所有人。这样挺好的,反正我没什么问题,所以你也不用担心我。"

"楚杰,对不起啊,我知道这件事还是给你造成麻烦了。"

"你除了说谢谢和对不起之外,还有别的要说的吗?"楚杰突然换了质问的语气。

我再次被他问沉默了。

"算了,如果没有就挂了吧,我不想跟你在电话里对着喘气玩。"说完楚杰就先把电话挂断了。

{122} 我知道这种感觉

生活的两个最大特点是现实和残酷,"它"对于存心想要耍"它"的人总是毫不留情、不讲情面地进行反耍!当然也排除那些有足够的资本和极强的心理素质的人。这些人可能会很潇洒地对"它"说:您现实和残酷您的,我玩我的,哥不在乎!当然,生活也是有很多小甜蜜、小温馨、小意外、小惊喜、小欢乐、小兴奋、小迷茫、小波折等等的小,但总不如最大的那两个特点让人体会深刻又持久!

能说出"哥不在乎"的人,都不是凡人。薛凯自然不是这种人,我的这个"哥"既没有什么资本也不具备极强的心理素质,更是什么都在乎。他舍不得他的家,舍不得他巨能花的老婆,舍不得他老婆肚子里的孩子,所以他如今必须接受生活的现实,体会一下这种现实带给他的残酷。

薛凯失业了,他说没工作可以再找,结果发现他目前的状况居然不是那么好找工作的。正所谓"好事不出门,坏事传千里",业内人士多多少少都听过了他的大名,所以有些婉拒,有些不婉!

表嫂曾经以花光男人钱为驭夫第一准则,结果导致了他们现在存款几乎为零。我不知道薛凯是怎么把那35万还上的,我真怕他去借高利贷。他跟我说让我放心,他都是要当爸爸的人了,不会再去做这么不负责任的事情了,他好歹还是有几个朋友的。我告诉他做任何事一定要三思而后行,多想想嫂子,多想想他孩子,少干些操蛋事!薛凯告诉我让我注意素质,少说些流氓话,不然会把男人都吓跑的!那没办法,我觉得只能用这个词来形容他才最恰当,其他的词都很不够力度,不能准确地表达出我内心对他的期望!

周三下午我跟单位请了假,我要去妇产医院看我一个朋友。她是我大学时候住在上铺的姐妹,我们一直挺好的,而且毕业后都修了妇产科,她在专科医院,我在综合医院。

上大学的时候她是挺支持我的那个人,虽然没事也老坐我床上跟我探讨心得,问我怎么就能让祁函喜欢我的?我跟她解释为:"那啥"看"那啥"对上眼了!她倒没觉得我这个解释有什么不妥,但是她对于我把祁函比喻成"那啥"感觉很不妥!我只好安慰她说,祁函是绿豆,我是"那啥",这样你感觉好受点了吗?她告诉我好多了!哎,真拿这帮女人没辙。

此时上铺的姐妹通知我说,她最新拥有了一本妇科文献集,包罗万象,对于身为妇科界的同仁,她必须要借给我,而且只借给我绝不借外人,还必须要跟我一起吃饭。

当然了,我知道她的真正目的不是为这个,她肯定是从什么途径听说了我跟祁函又复合了,所以八卦帮的人们派她作代表,来获得第一手的资料好作为娱乐大众之用。娱呗,我习惯了!因为总是有人关心着我,我不跟他们较真,要真较起真来,我估计早把自己较到西方极乐世界去了。

上铺的姐妹见到我的时候很高兴,其实我也挺高兴的。因为从上次凯宾斯基的聚会之后已经好几个月没见了,而且我现在身上有个她很想知道的娱乐头条,所以她不兴奋才怪呢。

"你等我啊,露露,你等我,我这有点忙,我很快好的。"

"嗯,不急。你先忙。"妇产医院患者真的很多,这门诊病人恨不得比我们科多一倍,到处排得都是队,诊室、B超室、门诊手术室,都挤得满满的。

"米新月,米新月。把你病历本拿走。"分诊护士在分诊台大叫着小月的名字。这名字一被喊出来,我的神经立刻绷了起来,转头四下寻找着被喊的这个人。小月在人流室门口坐了一会,然后站起来到护士站把病历本拿走了,"一个星期以后再来复查一下HCG。"小月看着护士点了点头,然后就慢慢的向大门走去。

我冲到了同学跟前:"我有急事,我有急事,我有急事,改天约!"同学看着我紧张的面容点了点头。

我立刻转身冲出去追小月去了。

我冲上去拉住小月胳膊的那一刻,她被吓傻呆住了,本来就面色苍白的脸此刻更是苍白。

"姐,你怎么在这?"小月惊慌的表情,连嘴唇都在抖动。

"这句话是我问你的吧?"我控制不住的大声,已经接近了吼叫的状态。

小月愣愣地看了我一会,然后低下头去,开始流眼泪。

"又哭? 小月,现在是不是每次见姐姐都是哭啊?"

小月不说话,可是眼泪却更加汹涌了。

"你怀孕了?"

小月抬头看了我一眼,满眼的泪水,然后低下头去点了点头。

"是李貌的?"

小月深喘了口气,继续点了点头。

"你做流产了?"

"嗯。"小月极小的声音嗯了一声。

"已经做了?"

"嗯。"

"那李貌呢?你来做手术他人呢?"我开始四下寻找着李貌的身影,小月低着头不说话。

"这个王八蛋。"我觉得自己的肺马上就要被气炸,掏出手机来要拨打李貌的电话,真是想把他往死了骂。

"姐,你别给他打电话,他不知道!我这次不想让他知道。"小月赶忙伸手按住我拿着的电话。

"这次?"我皱着眉头看着小月,"你几次了你?你疯了?"小月没疯,但是我疯了。

小月不经意间说溜了嘴,让她哭得更凶:"两个月前也做过一次,那次我们商量来着,他说想要就结婚,不想要就做了。我问他想要吗?他说本来没这个打算,如果我想要,他可以要。我觉得他说得挺为难的,所以就去做流产了。可是这次是我不想要的,李貌又开始去夜店玩了,他跟我说他不碰别的女人的,就是去喝个酒聊个天。可是他这么说,我还是觉得不踏实,也许我们真的算走到头了。"

笑,只能是笑,还能用什么表情应对小月的这席话语?李貌说让我见识见识他有多大本事,那我现在算是见识到了?

"李貌不是号称自己'套'不离身吗?"

"他说跟我不用!"

"小月!"我怒了,情绪暴躁到了极点,"真他妈是个欠阉的东西!"又开始控制不住的飙脏话了:"你自己多大人了?一点常识都没有吗?现在是怎么了?姐姐是外人了?什么都不跟姐姐说了?你告诉我你至于这样吗?"

"我哪有脸去告诉你啊?"小月一边哭也一边朝我喊出来,"想想事情都让你说对了,你告诫我的话,我全都没听。我跟李貌在一起我是难受,可是我心里还是喜欢他。如果我告诉你,你肯定还会说我们不合适,可是我真是一时半会儿断不了,感情哪那么容易断啊?我不是你,姐!我想成为你,可是我成不了!你一直都知道自己想要什么,你不是又跟我那祁姐夫好了吗?我也羡慕你,能碰到个让你义无反顾的人。李貌,我下了一百次决心想跟他分手,可还是分不了,我知道我心里喜欢他。像你这样的人怎么能理解我这种心情啊?"

小月的话我接不上来,因为我突然觉得我能理解她说的感觉。很多事情很多情感不是想断就能断的,有时候你会想,不由自主地想,然后就一不小心又陷进去了。

"小月,姐姐是妇科大夫,我从医生的角度跟你说,你正在伤害自己的身体,其实还有很多方法可以避免的。如果你有什么心里话,有什么想跟姐姐说的,你都可以告诉我。姐姐不会逼你做你不愿意的事情,感情的事情得自己做决定,别人逼不出来。这个我很清楚!"勉强挤出一丝温暖的笑容,"小月,你说的那种感情,姐姐其实能理解,但是关于李貌,我还是觉得他欠阉!也许姐姐会专门为了他转去泌尿外科,亲手把他解决掉!"

小月听了我的话,愣愣地看了我一会,突然笑了出来:"姐,你怎么老是这样啊?好像什么倒霉事,到你那都变成好笑的事情了。"

我推了小月一把:"笑对人生嘛!不然还能怎么样?一张嘴就是哭吗?走吧,姐姐带你补补去。"说完拉着小月带她吃饭去了。

{123}
终于被抓了！

小月不敢让我知道的事情，在一个偶然机会让我发现了。这好像使她轻松了很多，因为她心里藏着的话又可以对我说了，现在有个人能帮她分担心里的事情，一定会让她舒服点。

可是我现在发现，对于她的事情我也许只能是个倾听者，因为似乎她喜欢的男人是个传说中玩得起、敢说"哥不在乎"的那种人，也就是说不是个凡人！小月做什么决定根本不取决于我的想法，只取决于她会再碰到什么事情，我也只能告诉她一些医学常识，让她注意自我保护。不过话说回来了，按着真实操作性的话来话，她是不是比我经验丰富啊？我是不是应该去请教她一些常识呢？

犹豫了好久，后来想想还是算了，我还是不要失掉了当姐姐的体统，把好奇心收一收吧。

周五祁函他们的课题小组又被邀请去外地讲课了，现在他们的病例收集工作越来越接近尾声了，这似乎让他很兴奋，只要一坐下来他就开始构想我们将来的家。祁函说也许一开始我们还需要租房子，不过他相信他很快就能买个大房子给我住，然后我们可以生很多很多孩子，养好几条狗，我在家里什么都不用做，只要好好地陪在他身边,就是他觉得最幸福的事。祁函常常想着想着自己就笑起来了,然后看着我说:"光想就觉得幸福,对吧?"

"嗯。"看着他的笑脸,我努力地点了点头。

周五的晚上,我躺在床上已经深深地被瞌睡虫感染了,接近十一点的时候,手机一直在耳边震动,眯着眼睛看着来电显示,是小月的电话。

刚一接通电话,那种似曾相识的嘈杂音乐就传进耳朵里。小月的声音带着几分醉意,伴随着刺耳的音乐听起来更是模糊不清,"姐。"小月叫了一声姐之后,哈哈大笑起来,"姐,我认输了,我彻底放弃了,李貌这种男人真的不适合我。"小月的声音从笑声变为了颤抖。

"小月,你在哪呢?你喝醉啦?"听着小月这种变化的声音让我觉得很不安,"我没醉,我清醒着呢!姐,你说我现在应该干什么?是不是应该冲上去把他杀了啊?"说完小月又是一阵哈哈的大笑。

"小月,你到底在哪啊?你快告诉姐姐啊。"我在电话里朝小月大喊大叫起来。

"我?我在'迷','Mystery'吗?"

"小月,你给姐姐在那乖乖的别动,别喝酒,什么都别做,什么都不要去说,等姐姐啊,我这就过去!"

"你不用来了,姐,我知道我该干什么,我是喝了点酒,不过我真的没醉。"小月后面的话实在听不清楚了,因为音乐的声音越来越大。

"姐姐马上来啊!"我也不知道小月听见没有,挂了电话就慌慌张张地冲出了门。

"迷"是一个我十分熟悉的地方,我把我的第一次夜生活奉献给了那里,从那以后就在我心中立下了"珍爱生命、远离夜店"的誓言,因为那里对我的内心造成了极大的阴影。去了那就很容易被弄"迷"了而回不了家,会被迫去五环绕圈。这次我没去五环绕圈,我直接飙车杀到了"迷"的门口,看着那炫彩的招牌,内心依然十分的忌惮,所以掏出手机来给小月拨打了电话。打了两通居然都没接,看来必须要杀进去找她了。

鼓足勇气正准备冲进去的时候,突然手机响了,看都没看就接了起来。

"喂!"

"米露露,你在外面呢?"楚杰熟悉的声音传了过来。

"你怎么知道?"

"你在工体这边呢?"

"你怎么知道?"

"你在'Mystery'门口站着呢?"

"啊?这你也知道啦?"忽然有人拍了拍我的肩膀。

我转过头去,楚杰正站在我的身后:"我看见你了,我能不知道吗?"楚杰皱着眉头看着我:"这几点了?大晚上不睡觉跑这干吗来了?"

"你不是也没睡觉,你大晚上站这干吗呢?"

"废话,我陪客户呢,你以为我想在这站着啊?我刚把客户送走,正要回家呢,就看见你了。你干吗来了?又来抓你堂妹来了?"

"这你都知道?"我十分惊奇地看着楚杰。

"切!"楚杰一脸不屑的笑容,"你什么我不知道啊?"

"我陪你抓她去吧?"楚杰看着我笑容更大。

我皱着眉头盯了他半天。楚杰看着我的表情,赶忙解释到:"这我很熟的,这是我大本营,我来这可以滴酒不沾,你就知道我有多熟了吧？走吧，你自己进去我也不放心。"说完他就走到我前面率先进去了。

我跟着楚杰后面走进了"迷"的大门，刚一走进去就有服务人员迎了上来："楚先生，您怎么又回来了？落东西了？"

"哦，没有，我们来找个人，你不用管我们的，你忙你的吧。"服务人员笑着点了点头，离开了。

这夜店每次来都一样，装饰摆设也没什么变化，音乐感觉都是一样的，怎么还是有人对这里如此趋之若鹜呢？对，他们喜欢这里面不停变换的人。他们不是为夜店、他们是为来夜店的人而来的。

我摸着黑，眯着眼睛在这里到处踅摸着，半天也没看见小月踪影。找了一会儿，楚杰拉了拉我，拿手指了指远处一根柱子。我放眼望去，李貌正靠在柱子上，面前站着个女孩，打扮得十分艳丽，两人脸对脸正热络地聊着天，女孩几乎都已经贴在李貌身上了，他好像并没有将女孩推开的打算。李貌偶尔会出手帮女孩整理下散落下来的头发。

"那好像不是你妹啊？"楚杰在我耳边小声地说着。

我转头看着他："是不是我妹我自己不知道啊？"

"得，得，我又多嘴了，不过我好像真没看见你妹在这。"

"到哪去了，这个死丫头！"我掏出手机继续拨打小月的电话。

"喂！"小月终于将电话接了起来。

"小月，你在哪呢？"我一直手堵着耳朵，一直手拿着电话朝小月大喊着。

"姐，你那怎么那么吵啊？我在家呢。"

"你在家？你怎么在家？你刚才不还说你在'迷'呢吗？"

"我回来了，我不说不让你来了吗，你还是去了？"

"小月,你吓死姐姐了,你说你要杀了李貌,我真怕你冲动干出什么事来。"

"我那是跟你学的啊,搞笑吗?你说你要阉了他,所以我说我要杀了他啊。怎么你当真啦?我都回来一会儿了,都睡一小觉了。姐,我没那么傻,他说要跟朋友聚会,我心里不痛快就偷偷去找他了,结果看见他抱着个女人聊天,就算他没把那女的拉上床又怎么样,他肯定会说让我理解他这种逢场作戏,他真心喜欢的是我。我试着理解好久了,我发现我真是理解不了。我在那喝了几杯酒,然后我就回来了。姐,我是成年人了,真的。非得让自己转这么一大圈才能明白,已经够傻的了,所以我不会再傻了。你不用找我了,我在家呢,我要继续睡觉了,明天我找你聊天去,你回家吧。"

小月的话总算让我松了一口气,紧绷的神经也放松了下来。

我转头看着楚杰:"小月已经回家了。"

"啊?"楚杰有点吃惊,"那咱们走吗?"我看着他点了点头。

可是我此刻的眼神开始被李貌吸引了,他跟那个女孩聊得真是越来越热络,越来越开心了,此刻已经开始双手揽住那女孩的腰了。就冲他俩张着嘴的形状,我估计连长几颗智齿都能看清楚了。

两个人有说有笑的,两张脸越靠越近,越靠越近,终于两个嘴靠在了一起,然后激情地舌吻起来。一把怒火顿时狂烧满胸满腹,你可真是会逢场作戏啊,这戏作得有点过吧!李貌的手开始抚摸女孩的身体,虽然是在衣服外面,但是看得我也特别想抽他。想起小月在妇产医院外面跟我哭着说她心里其实还是喜欢他的时候,我真的控制不住了。

我气哼哼的朝李貌走了过去。楚杰被我突然发足向李貌冲去吓了一跳,在我身后喊着:"哎哟,我的姑奶奶,你又要干吗你?"

我在靠近李貌的时候,旁边的桌子上有半桶无人认领的啤酒,我抄起来冲上去,尽数泼到了李貌和正在跟他接吻的女孩脸上。

瞬间传来了女孩的尖叫声,女孩一边大叫着,一边抹自己的脸,很快把自己抹成了包公。李貌怒目转过头来瞪着我:"米露露,你疯了?!"

"我没疯,我正常得很,我看你才是疯子,我这么对你算客气的,李貌。"

李貌瞪着我半天说不出话来,他当然说不出来,他心里也清楚得很,我为什么这么对他。李貌的拳头攥得紧紧的,像是准备要随时出拳揍我一样。我不怕,反正我被揍习惯了,不过好像楚杰很怕,他使劲拉着我的袖子,想把我拉到他的身后去。

"李貌,我这辈子最后悔的一件事,就是跟你做朋友!你心里要没小月,你就别黏着她,她随便找哪个男人都比你强个百八十万倍,你别再耽误她幸福了。"

"米露露,我太给你脸了吧?"李貌好像真的很生气,一步步向我靠过来。我的心里开始打鼓了,看李貌的表情好像真的会出手揍我,可是此刻我是掌握真理的人,我绝不能向后退,我跟李貌真是处于剑拔弩张的架势了。

"哎,我的酒呢?我的啤酒哪去啦?"忽然身后的桌子传来一声醉醺醺的喊话。醉鬼晃晃悠悠地靠过来,看着我手里拎着的大玻璃扎,推了我一把:"哎,你把我啤酒喝了?"

我转过头来,看着醉鬼,使劲地摇了摇头:"我没喝!我喜欢喝白酒!"说完就很慌张的把手里拎的大玻璃扎往身后藏了藏。

醉鬼又晃晃荡荡地靠到李貌身边,皱着眉头看着还在满脸流啤酒的李貌,推了他一下:"哎,你把我啤酒喝了?"可能是他这轻轻的一推,让李貌瞬间找到了怒气的宣泄口,转头狠狠地照着醉鬼的脸上来了一拳。醉鬼脸上挨了一拳之后,身体歪了出去,顿时酒意没了一半。

他突然转身朝一旁的卡座喊着:"哥被打啦!"刚说完瞬间站起了十好几口子,李貌这边看见他出手揍人,也不甘示弱地站起十几人来。

我跟楚杰瞪着眼睛互看了一眼,脸上都挂着异常吃惊的表情,他赶忙把我拉到角落里:"你看看你干的好事。"

"哎,你别不分青红皂白啊。我骂李貌,他非要打人家,哪关我的事啊?"

"谁让你说哪个男人都比他强的。"

"事实如此啊!我这次见完他,我一辈子都不想再见他了,我不骂他我不得憋死啊?"

"行,我知道了,反正跟你在一块,我生活真是丰富多彩。这够我回忆好几个月的了,我可真是不寂寞了。"我们俩站在墙角里自顾自的先吵了起来。

夜店里的两边各十几个人,也互相推搡呛声更厉害了,马上就要发生恶性流血事件了。在这个时刻我急中生智,掏出手机来看着楚杰:"嘿嘿,我报警!"

说完我就拨打了110,交代了时间、地点、人物、事件,当电话里问报警人是谁的时候,我很机智地回答了他:"我是好市民,我没报假警,是真的哦,一定要来哦,不然会死很多人的。"然后就把电话挂了。我可不想把我的大名和流氓斗殴事件挂上钩。

让我没想到的是,警察十分钟就赶到了夜店。还让我没想到的是,警察一冲进来,两边的人都立刻消停了,看来都不是什么真正的黑社会,刚才还要打要杀的,现在都在点头认错。更让我没想到的是,我跟楚杰也被警察叔叔一起带去派出所啦！因为有人跟警察叔叔说,是因为我跟李貌吵架,他才打得人。所以我才是真正的元凶！

　　此时跟大家报告一下,在大家心里一直期盼了很久的这个愿望,今天终于被实现了！我一个有文化有理想有抱负的女医生和身旁这个有金钱有地位有长相的金领被双双抓去派出所啦！这究竟是谁叫警察把我抓派出所去的啊？还能不能行啦？非要这么打击报复吗？可是自己静下心来细想后发现,好像是我自己把自己鼓捣进派出所的！

{124}
可能还会被抓！

我知道人生中会有很多小偶然、小遭遇、小尴尬、小无奈……那这次算什么？小……人算不如天算？

我们浩浩荡荡二十多人被带去了警察局，刚一走进审讯室我就推着楚杰掉头出来了。贴着墙一脸痛苦的面容。

楚杰看着我扭曲的面容，好奇地问："怎么了？看见鬼了？"

"有记者！"我觉得自己快哭出来了。

"啊！"楚杰听见我说有记者这几个字之后也很吃惊，他居然也没胆走进去了，跟我一起贴着墙站了起来。其他参与斗殴的人员似乎对审讯室里有记者都很不以为意，很大方的排着队往里走，直到看见了最后收尾的警察。

警察皱着眉头看了我们俩一眼："站这干吗呢？赶紧进去。"

"不是，里头人太多了！看着挺挤的！"

"太多也有你地方站。快点进去！"警察伸手示意了一下。

"我不想进去。"依然执拗地站在楼道里，可是语气里带着哭腔了。

警察向里头看了看："哦，怕丢人啊？怕丢人别斗殴啊。行了，进去吧，别这自作多情了，记者不是拍你们的，是拍我们今天扫黄特别行动的。你说你们闹腾不闹腾,这一晚上就够忙的了,快点进去别捣乱了!"

楚杰深喘了口气,忽然拉起了我的手,转身看着我:"走吧,别再给警察同志的工作找麻烦了。"

从上次在医院楚杰拉我被我教育一顿之后,现在突然又被楚杰拉手了,这让我心里不免"咯噔"、"咔嚓"加"咕噜"一下。现在以我们的关系,和他拉手真的是很不合适。于是我皱着眉头开始转我手腕,想从他的手里挣脱出来,可是我越转楚杰拉得越紧,然后拽着我朝审讯室里走去。

也可能真的是我自作多情,可我还是觉得一走进去那些闪光灯和摄像机都像是在对准我们拍摄,不过还好这个时候我终于知道高个的人用处之所在了。以前我从来不知道,一看见长得比我高的人,总觉他们高出我的那段全都长浪费了,应该都裁成跟我一样高,这个社会看着就和谐多了。

楚杰拉着我走在他的内侧,把我的人挡了个严实,这让我紧张的心情稍微放松了一些,不过我还是下意识的拿另一只手挡住了脸,我可不想成为"扫黄行动"中的龙套演员,为他们凑个人数。楚杰则一脸的正气凛然,一点都不像走在警察局里,倒像是准备英勇就义,一副昂首挺胸的样子。

穿过嘈杂的审讯室,我们被带进了另一间屋子。这间屋子比刚才那间要小多了,屋子里放了很多的条凳,斗殴事件的参与人员一进来就纷纷坐下了,有的闭目养神睡觉,有的开心地聊着天,心理素质比我真是好太多了。

我跟楚杰也坐了下来,一坐下来楚杰就开始怀抱着双臂喘粗气。我想也就是因为这是警察局,要不他肯定又把我给咆哮了。

"米露露，这是我人生中第一次被抓啊！"楚杰并没有看我，可是从嘴角挤出这句话来。

哎呀，这句话真是让我倍感压力啊，我强颜欢笑地看着他："这也是我第一次，还挺幸运哈？"

楚杰转过头来看着我："你以为我在夸你呢？"

楚杰严肃的表情，让我知道他可能是在生气，尴尬的笑过之后只好垂头丧气地低下头。

"他肯定干了件让你必须拿酒泼他的事吧？"

"嗯。"我低着脑袋努力地点了点头，"其实他干了件我必须要阉了他的事。"

"哦。"楚杰笑着点了点头，"好吧，这个解释我还算满意。既然都已经被抓了，那也只能这样了，不过最好你也能让警察满意你的解释。"

我们俩正说着话，忽然一个四十多岁的警察叔叔开门走了进来，拿手指了指李貌和被揍的醉鬼："你，你，跟我进来。"李貌和那个男人一起走了进去。我的心又开始紧张了，他们不会一起进去，指认出我才是这场闹事的罪魁祸首吧？心里控制不住地敲起了鼓。

没五分钟，警察叔叔又开门出来了，把醉鬼从屋子里放了出来，警察拿手指了指我："你，后面那女的，你进来。"被警察叔叔点名叫我进去，我禁不住打了激灵，心跳得好快啊。

楚杰突然伸手示意："我也进去吧？"

警察皱着眉头，看着他："有你什么事啊？"

"我跟她一起的，我们一家子，她是个结巴！您问她话能急死您，咱们提高点办事效率嘛，事情我都知道，要不然估计您肯定得审好久。"

"行，行，行，快点吧。"警察依然皱着眉头，示意让我们都进去。

楚杰站起来看着我笑了下,然后拉着我往警察的小屋里走去。"谁是结巴?"我咬着牙极小的声音抱怨着,楚杰依然显得很高兴,好像没听见一样走进了审讯室。

一走进去,李貌正愁眉苦脸地坐在凳子上,看见我之后他瞪了我一眼没有说话,我也毫不客气地瞪了他一眼。

审讯室里还有个年轻的警察,拿着表格正在往上写着什么。我想凑上去看看那表格的抬头写的什么,我不会从此在警察局就备案了吧。

"姓名。"四十多岁的中年警察一脸的倦意。

"楚杰。"

楚杰回答完之后,屋内安静了,我闭着嘴皱着眉头沉默着。

"你……你叫什么?你不是结巴吗?也没说是哑巴啊。"警察的眉头皱得更紧了。

"米……米风风。"我用极小的声音和闪电般的思维给自己造了个假名字。

我这话刚一出口,楚杰忍不住笑喷出来,连坐在一旁的李貌也忍不住笑出来。

"哪个风啊?"小警察抬头看着我。

"疯子的疯。"李貌在旁边插嘴了。

"滚蛋,有你什么事?"我忍不住朝李貌低吼着。

中年警察突然猛的一拍桌子站了起来,用手指了指我:"少给我耍心眼,我这晚上忙着呢,我没工夫跟你逗闷子。你到底叫什么啊?你以为警察都好骗啊。"

警察叔叔的吼叫真把我吓了一跳,到底是有经验的警察,一眼就看出我耍心眼呢。

"米露露。"低着头用极小的声音回答了警察叔叔的问题。

中年警察转过头来看着小警察:"记上。"

我突然抬起头来,眼里转着泪:"您不会报告我单位吧?我真的是个守法的公民,真的不关我的事啊。"

"哦,现在知道害怕啦?早干吗去了?害怕别斗殴啊。"

"警察同志您消消气,您看我老婆这脸,整个一个受气包,她哪是跟人斗殴的人啊,吵架她都吵不利索,结巴嘛!其实她就是围观来着。"

"人家都说他们俩先吵起来的。你们到底为什么吵啊?"中年警察继续拿眼睛盯着我。

我真是不知道说什么了?难道要说他把我妹肚子搞大了,结果又让我看见他抱着别的女人,气不过才去骂他的?这样我不是又把自己变幻成生活中的小丑供别人娱乐了吗?

"嗨,都喝多了。夜店实在太挤了,他踩了她的脚,我老婆不痛快就去骂他了,吵急了就拿酒泼了他,然后一不小心拿错酒了,拿成外面那人的了。他又推了刚才喝多的那个人,结果事情闹得就有点大了。"楚杰的谎话编得比我还快,不过好像编得比我圆点,他这些谎话总算让我松了一口气。

"你们这帮人也真够无聊的,还嫌社会治安不够乱啊?嫌我们警察都太闲了是不是?这大晚上不睡觉又蹦又跳的,还没事喝酒打架?!"

"您别激动,别激动,我们知道错了。您原谅我们吧,我们以后肯定不这样了。"

本来是元凶的我和李貌,现在都老实了,都转着头看着楚杰对当时情况的描述,不时的还点点头,嘴里都小声嘀咕着:"对,对,对,我们改,我们改。给您添麻烦了。"

"你哪单位的?"警察拿手指了指楚杰。

"哦,我是AT广告公司的,您看我今天出门急也没带名片。"

"我不用你名片。"警察摆了摆手,然后又看着我,"你哪单位的?"

我十分不情愿地看着警察:"能不说吗?"我此话刚一出口,警察叔叔表情似乎又要愤怒了。

楚杰赶忙告诉了警察我医院的名字,警察一听表情突然缓和了许多:"你在医院工作啊?"

我看着警察点了点头。"干吗的啊?"

"医生。"

"哦。"警察犹豫了两秒钟,然后拿手指了指李貌,"你……你先出去吧。"

李貌站起来走出了审讯室。

警察叔叔的脸上忽然带上了笑意:"哎,你们医院是我们的合同医院,你知道吗?"

"啊?"这话题转得也快了点吧,这得让我作多大的思想跨越啊?这事我必须知道吗?还是我需要知道啊?

"真的?"楚杰在旁边插话了,"那咱们关系还挺近的,她们医院也是我们的合同医院。"

"他们医院医生态度可不好了!"警察转过头跟楚杰唠起嗑来,满脸的抱怨表情。

"嗯,是,一忙了就不好,不过她态度还行,我老教育她让她对病人好点。"

"她哪科的啊?"警察看着楚杰依然聊着我的身世,这是什么情况?难道我真是哑巴了?我就站在这不问我,问他,我是哪科的。

"妇科。"楚杰笑笑地回答着。一说出我的科室,警察叔叔的脸上带上了点点失望的表情。

"妇科也没事,她在医院人缘好着呢。您要真有事找她也能好使。"楚杰马上作出了相关解释。你真他奶奶的行,这么快就把我亮出去了。

"那咱们交换个电话吧?上次我去她们医院看病,到头还是给我开俩药是报不了的,把我给气死了,要不是我太忙,我真想找那医生问问去。后来一想下次还得找他看,还是算了,只能忍了。"

"好,好,好,我把我电话告诉您,下次您有什么需要打电话跟我说就行了。"说完楚杰就凑上去跟警察交换了电话。他转头看着小警察:"您要不要也留个电话?"小警察赶忙摇了摇头。

楚杰看着中年警察笑了笑:"您看咱们还挺有缘分的,因为这事还交了个朋友,我们真是给您添麻烦了,我看您这晚上也挺累的,一屋子人。"

警察笑着站起来跟楚杰握了握手:"是,说不好哪儿就能认识个朋友呢。嗨,这人喝多了都难免情绪激动,下次让你老婆别那么激动了。行了,都不早了,你们走吧。"临了还突然靠近极小的声音跟楚杰嘀咕着:"你比你老婆懂事多了。"

你以为我听不见呢?你到底是求我还是求他啊?你搞清楚真神在哪了吗?要不是因为我是个哑巴,我真想跟你理论理论。

"行,那我们先走了,有事联系啊。"说完楚杰拉着我走出了派出所。

一走出派出所,楚杰长长地舒了一口气,然后看着我呵呵地乐起来:"哎,真是太有意思了。"乐了一阵之后,他看着我:"你车在'Mystery'吗?"

我看着他点了点头。

"我的也在,我们走过去吧?不远,估计也就走十几分钟。"

我看着他点了点头。

我们俩低着头沿着人行道缓步行走着。"这些天,我特别想见你。"楚杰的声音缓缓地传了过来,"可是我没有理由,我每天都在想用什么借口能去见你,能让你觉得我不是故意去骚扰你的,可是我怎么都想不出来。其实我本来打算明天去你们家楼下偷偷看看你,当然如果能看到的话。结果今天在'Mystery'外的第一个路口,我好像看见你开车过去了,后来我就开车追你来了,结果真的是你。你说这是不是有人在帮我啊?"

我看着他笑了笑,没有回话。

"你快去美国了吧?"楚杰的声音有点低沉。

"嗯。"我轻轻地嗯了一声。

"你别去美国了。"他突然转过头来看着我。

"啊?"

"美国警察的医保可不在你们医院,你被警察抓了没人能救你了。"

我看着他笑了笑:"那我就不被警察抓呗。"楚杰的眼睛里有点失望的神情。

"可是……可是……我把我电话给刚才那个警察了,你去美国了就帮他开不了药了,那我怎么办啊?我不成了欺骗警察了吗?没准我还会被抓的。"楚杰看着我一直在笑,忽然他的笑容慢慢地收了起来,他靠上来紧紧地拥抱了我,"你好好考虑考虑,别去美国了,我可能真的还会被警察抓走的,你能为了我留下来吗?"

|125|
夜行

　　从没听过的恳求语气,从楚杰嘴里说出来真是让我有点不适应,一时脑子被他说迟钝了,一反常态毫无反抗地靠在他的胸前。

　　凌晨三点,在北京的大街上,一男一女紧紧地拥抱在一起,从远处看好像是楚杰和米露露,凑近了一看果然是楚杰、米露露。这种事情实在是有悖伦理,简直是对恋爱道德观的一次败坏,是对我心理防线一次极大的挑战,此刻感觉自己像是正在偷情。

　　"楚杰,你知道我这人脾气不好。"我轻声细语地说着话。

　　"嗯,我知道,我脾气也不好,不过跟你比好像好点。"楚杰也轻声细语地回答着我。

　　"那你觉得咱俩这姿势合适吗?你是不是应该为你自己的人身安全好好考虑一下?"

　　楚杰在我耳边深深地叹了口气,猛的推开了我,他皱着眉头看着我:"你是个正常的女人吗?"

　　楚杰的这个问题我很难回答,因为这个问题我也问过自己很多遍。

　　"我刚刚说的那些话,你就一点都不感动?"

我眨巴了两下眼睛,愣愣地看着他,脑子里开始回忆他刚刚说的话。

"我刚才把我自己都说感动了!这么酸的话我都敢说出来了,我容易吗我?"楚杰皱着眉头跟我大声地抱怨着。然后又盯我两秒钟:"行,知道了,杠头一个!还是铁的!"说完就气哼哼地从我身边绕过去,突然转身朝我喊到:"别站着了,快点走。"

我追在楚杰身后,笑嘻嘻地嘀咕着:"楚杰,你别说,你谎话编得还挺快,比我编得圆。"

"骂人不带脏字是吧?"楚杰没有看我,依然向前走着。

"没有,没有,我是夸你呢。"我赶忙解释着。

楚杰突然停下来盯着我:"我刚才那样,看着挺讨厌的吧?"

"哪样?"

"跟警察拉关系谄媚啊!"

我看着他笑着摇了摇头。

"其实我一直就是这么过来的,从二十几岁一工作开始,好像每天都在谄媚拉关系和说各种漂亮话里度过。一进入社会发现大学里可以藐视一切的状态全没了,碰到再不喜欢的人还是得违心奉承他,没办法,为了生意嘛。所以你挺好的,保持住啊,至少你现在还能想什么说什么,不用违背心意干事情。"他看着我笑了笑,"能像你这样挺难得的,我其实挺羡慕你。"

说完他又转身继续向前走着:"哦,也不全面,你也有说谎话的时候。"他又转过头来继续看着我笑:"米疯疯。"这个名字一出口,街上全是楚杰哈哈的大笑声。

"以前我总是想,我越往高的位置爬,我就越拥有做自己的机会,直到有一天我有能力做完全的自己。可能现在在别人眼里我有这个位置了,可是我自己感觉好像没那个能力了。因为发现自己开始习惯对利益卑躬屈膝,对无利者冷眼旁观,连对女人的想法都一样,觉得大家凑在一起就是为了各取所需,各为各的利益!"

"干吗这么说自己啊,我不觉得啊。"

"是吗?那谢谢你啊,至少还有一个人不这么觉得。"他转过头来看着我,"哎,你觉得我酷吗?"

"噗!"忍不住笑喷出来。

楚杰皱着眉头看着我:"什么态度!"

"不是,你用这词放你身上特好笑,请你原谅我如此真实的反应吧。"

"不是你们说的那种跟帅哥挂在一起的酷,是真正冷酷的酷。公司的人都这么看我,在我眼里拿不下生意的人都等于窝囊废,不需要解释和借口,结果才能说明一切,我从来不在乎过程!"楚杰抬眼想了想,"在你眼里是不是还觉得我这人特贫啊?"

我看着他努力地点了点头。

"其实我跟他们话少着呢,我特别不爱说话。在公司人眼里,我就是个长得帅、暴脾气、话特少的酷老板。"

我觉得自己的脸快憋成紫茄子了,我看着楚杰摆了摆手:"你等我会儿啊。"然后我就转身走离了他五米,开始控制不住的哈哈大笑,笑得我差点没背过气去,眼泪都顺着眼角流下来了。足足笑了五分钟才平静了下来,走回来看着他:"我好了,你接着说。"

"我都让你笑凉快了,我不说了,真烦人!"楚杰转过身继续走路了。

"哎,长得帅的酷老板,这是走哪了,我可不认识路啊!你别给我带沟里去。"

"铁岭!"前面传来楚杰不耐烦的声音。

"米露露,你还记得那次半夜我骗你去KTV救我吗?你在'肇事者'上,说我可悲。说实话我从来没觉得自己那么可悲过,比我被刀扎伤了自己躺在医院还觉得可悲。我不喜欢喝酒因为我胃不好,我也不喜欢抱小姐,可是没办法得陪着抱。注意啊,我说的是小姐不是女人,我喜欢抱女人但不是小姐。"

好家伙,这绕口令说得,居然还敢说自己话少。

"我突然觉得自己有了更高的职位又能怎么样?只要有事情跟我的利益冲突,那些自己不想干的事情都变成想干的了,我开始担心自己已经完全不再是自己了。"楚杰叹了口气,笑着摇了摇头。

"后来我真的尝试说'不'了,你猜怎么着?我的生意也没因为我说不喝酒和不抱小姐就这么跑了,我还被提了全国销售总监,看来一直是我自己对利益太苛求了。"

楚杰看着我,突然变成了少见的温暖的笑容:"米露露,你可要这么坚持地做自己啊。别去做不符合你自己心意的事情,有一天你发现欺骗自己的感觉都成习惯了,那时候你就已经不是你自己了。如果成那样了,你肯定就不可爱了!"

我终于看见"Mystery"的招牌了,已经暗了下来,不再闪烁,门口就停着我跟楚杰的两辆车。

"你认识回家的路吗?"

我看着楚杰肯定地点了点头。

"好,那我就相信你,我要回家睡觉了,又陪你折腾了一晚上。"

为什么要加个"又"字呢?

楚杰上了他的车,路过我身边的时候按下了车窗看着我:"明天我要给你打电话。"

"干什么你?"他突然冒出这句话让我有点吃惊。

"不干什么,就是想给你打,接不接随你。我在想我一会儿回去可能会梦到你,明天好给你讲讲我的梦。"

"你恶心不恶心啊?"一脸嫌恶的表情看着楚杰。

楚杰呵呵地乐出声来:"你看你那表情,你以为我做春梦梦见你啊?春梦我肯定得找脸蛋和身材好的啊,放心吧,不会找你的。如果有一天我做春梦都梦见你了,估计那时候你已经去美国了,意淫都用在得不到的人身上嘛!好了,我不跟你说了,我走了。"

楚杰看着我笑了笑,加油开走了。

星期六的中午,祁函从外地赶回来,老妈让他来家里吃饭。他到家里的时候,我在被窝里补觉,老妈给他的首要任务是让他把我从被窝里拽出来。

我感觉有个人在额头亲了我一下,一个很轻柔的声音在我耳边说:"起来了,几点了还睡!看看你睡得跟小猪似的,是不是我不在又跑出去疯了?"

我紧闭着眼睛点了点头。

"点头就是承认出去疯了?"我闭着眼睛又摇了摇头,祁函呵呵地乐出声来,"行了,别耍赖了。阿姨说饭好了。你说我这回来了,你连眼睛都不舍得睁啊。"

我眼睛眯着条缝看着祁函:"你回来了?北京欢迎你。"说完又翻过身闭上眼接着睡觉了。

祁函哈哈大笑了一阵:"别赖床了,一会你妈冲进来又得吼你了,我可叫你了啊。我先陪你爸下棋,你可快点出来。"

我从床上爬了起来,闭着眼睛在床上坐了一会,想起老妈真冲进来吼我那可糟了,于是睡眼惺忪的从卧室走了出去,老妈还在厨房里忙活着。祁函和老爸正在客厅里下棋,最让我窒息的事情是电视里正在播放着《法制进行时》,追踪报道了昨晚的扫黄打非行动。也不知道我们算不算扫黄打非的行动目标,大审讯室里地上蹲着的那些男男女女算作黄的话,我们那二十几口子是不是就算是非啊?

我呆站在客厅里,用手捂着脸,从指头缝里看着电视报道,生怕自己的光辉形象出现在电视上。

"你干吗呢,露露,捂着脸干吗啊?"祁函转过头来看着电视。

"啊?没事,我一看这些法制报道就觉得特别恐怖。怕怕的。"

话音刚落,一个熟悉的身影从电视里划了过去。我的心已经提到嗓子眼了,只是三秒钟远远的图像,如果不是因为我心里知道是他,可能根本看不清楚那是谁。只是镜头里确实没有我的身影。

祁函皱着眉头盯了电视几秒钟,突然脸上带着笑容低头继续陪老爸下棋。手机突然在卧室里响了起来,我慌慌张张地跑进卧室,一看是楚杰的电话,我用极小的声音接了起来。

"喂,你上电视了。"

"嗯,我看见了,怎么样?帅吧?"

"对不起啊,害你被连累了。"

"就那么三秒钟,我还嫌他没把我拍长点呢,要不我白长这么帅了。"

"露露,出来吃饭啦!"祁函清晰的声音从客厅传了过来。

电话立刻变得沉默了。

"我……我……得去吃饭了。"

"嗯,那我挂了,我昨天真的梦见你了。"楚杰在电话笑出声来,"有机会再给你讲吧,挂了吧,米疯疯。"

饭桌上老爸和祁函谈论着时事,还提到了刚才的《法制进行时》,

说现在世风日下,人们对一些行为不以为耻反以为荣!

听得我这汗啊,哗哗的往下流。菜都好几次没夹住,掉在了饭桌上。

祁函突然转过头来看着我:"露露,明天去我们家吃饭吧,我妈说想跟你谈谈。"

"啊?"我转头看着祁函。

"好啊,好啊。"老妈在一旁插话了,"露露,去见见祁函爸妈吧。看看安排安排是不是你们走之前我们跟他们也要互相见见啊?"

"好,阿姨。"祁函笑着点了点头。

{126}
如此的一顿饭

　　这是我第一次到祁函的家,祁函的母亲姓许,叫许玲,这次她作了正式的自我介绍,所以这次我叫她许阿姨。她说他们是个中产阶级家庭,的确也很符合。三室一厅的房子,房间收拾得很干净,东西摆放得井井有条,窗明几净的。祁函的母亲依然如我初见她时的典雅而威严,看见我时并没有多现出几分笑意,再次相见后的第一眼依然是很快的将眉头深锁起来。

　　我知道我的长相是没法令您老人家感到赏心悦目,特别是跟祁函摆放在一起的时候,可是话说回来了,您跟祁叔叔长得应该算是跟我在同一水平线吧?要我说祁函就是个"怪胎",是一不小心继承了您两位双方的优点而已。您也不至于这么皱着眉头看我吧?心里不免小声地抱怨着。

　　祁函的父亲倒是显出几分和蔼可亲,一见到我就开心地笑出来:"小米,你来了?我们早就听说过你,今天终于见到了。"祁函的父亲笑着和我握了握手,让我终于感觉到了一点点温暖,总算是松了一口气。

　　祁函带我参观了他的房间,房间里一尘不染,可是一进门迎面扑来了点点凉意,让人知道这个房间已经很久没人住过了。屋子里到处挂满了祁函的照片,如果你不了解他的话,会以为他是个十足的自恋狂。对着门口摆放着两个木制的玻璃书架,里面放满了祁函获得的各种奖杯,那些奖杯多到让你以为祁函的副业是个"卖奖杯"的。我带着吃惊的面容看着书架里那些奖杯座上刻着的各种名目。

"你还参加过奥数呢?那时候就有奥数啦?"我盯着奖杯好奇地发问着,"你还得过小小发明家呢?发明的什么啊?"

"有什么用啊?"祁函坐在床上笑笑地看着我,"都是用来占地方的!我妈说要摆着,就让她摆着吧。"

"哦,我给你看样东西。"说着祁函走到柜子下面,拉开抽屉拿出个小本来,递给了我。

是一个八开的小画本,我翻开一看,里面画的居然全都是帅哥,我的眼睛瞬间睁大了两倍。祁函看着我的表情,呵呵地笑出来。

"你怎么这么好色啊?"说完拍了一下我的脸,"你说让我给你画一整本,一直没画完,没时间啊,就拿这些过眼瘾吧。"

"哎,我怎么觉得你上面画的这些人,除了发型和衣服,好像脸都跟你长差不多啊?"

"那你还想看谁啊?"祁函满脸笑意地看着我,"你的眼里不是应该只有我吗?难道还有别人?"

我看着他,笑着摇了摇头。

祁函的母亲喊我们出去吃饭,令我很惊奇,一整桌菜都是从饭店打包回来的。她说怕他们家做的菜不合我的胃口,可是又觉得在家里说话方便,所以才在饭店订了餐。我表示感谢,因为真的是订了不少东西。

吃饭间我和祁函还有许阿姨都不说话,只是祁函的老爸一直招呼着我吃东西,这氛围让我摸不出他们家这是修的哪门哪派。

"小米啊,阿姨想问问你们究竟是怎么打算的啊?"

祁函的母亲终于开口发问了,可是这个问题,是该我回答的吗?不是都是按祁函的打算来吗?

我转头看了祁函一眼,祁函好像什么都没听见一样,依然在吃饭。我用眼神勾引了他半天,不过好像没有桌子上的菜对他吸引力大,实在忍不住脚下踢了他一脚,祁函恍如初醒地转头看着我。

"哦,你不用问函函,阿姨是在问你呢。"

祁函母亲的这句话说完,祁函看着我乐一下,又继续低头吃饭了。

"我……我……跟祁函一起去美国,等他的试验一结束,好像是这么安排的。"我再次转头看着祁函,这次看见了他迎接我的肯定目光。

我亲口说出会跟祁函走,好像让祁函的母亲松了一口气,我能看见她深深地呼吸了一下。

"那你们去了美国有什么打算啊?"许阿姨依然看着我对我发问。

"打算?好像是说去了就结婚,貌似是这么打算的。"我有点迟疑地转过头看着祁函,他一脸笑容地看着我。

"哦,其实阿姨的意见,你还是应该多学习学习,你想美国那么远,你也第一次去,不一定能适应。你不是报的留学签证吗?结婚倒不是那么着急的事情。"

许玲的这个意见多少让我有些吃惊,上次她一脸愁容地求我跟他儿子结婚,这刚几个月啊?现在是又冷静了,目前在劝我也冷静冷静?我可没您冲动,一会儿结一会儿不结的。祁函的笑容又收起来了,他仍然坚持不说话,低头吃饭了。

"阿姨,我会学习的。我……我会努力适应那儿的生活的。"

"你知道吗?在美国当医生压力很大的!他们美国医生平均寿命都会比一般人短,你得好好照顾我们家函函,千万别再让他增加压力了。他还要跟着怀特教授搞研究呢。"

"嗯。"我看着祁函的母亲点了点头。

"哎,阿姨把儿子教育成这样多不容易啊!函函都有实习医生合格证了,他本来已经可以在美国当医生了,现在他在读怀特教授的博士,他跟怀特教授的关系还那么好,所有的研究他都可以挂名的,他要是毕业了,就不是个普通的医生,你知道吗?"

"嗯。"我继续努力地点头。

"其实啊,我们函函还年轻呢,才二十多岁,正是干事业的时候,真不该着急结婚的。"

祁函突然转过头来看着我:"你吃饱了吗?吃差不多了,咱们就走吧。"

"啊?"我十分吃惊地看着他。

"函函,你这是干什么啊?"祁函的父亲突然一脸威严的面容,朝祁函吼了出来。

"我还没吃饱呢!我还没吃饱呢!我饭量大着呢。"我赶忙拉着满脸怒容的祁函。

祁函母亲的眼睛里噙满了泪水,她极力忍着不让它掉下来:"我是你妈,我就不能说点自己的想法了?"

祁函转过头来看着许玲:"您都说了一辈子了!您还想让我干吗啊?"

"没有我你成得了现在这样吗?"许阿姨委屈的眼泪终于落了下来,"我把你教育成这样,我容易吗?我付出了多少啊?你现在翅膀硬了,说带着女人走就带着女人走了,妈妈把你教育到在美国都能立稳脚了,全都是为别的女人教育的?"

"妈!你说什么呢?"祁函好像真的很生气,要努力站起来。

我在下面拼了命地拽着他的衣服,不让他站起来。祁函感受到了我的力量,终于放弃了没有愤然离桌。

"阿姨,祁函现在这样,您真是功不可没。没有您他不可能成这么优秀的男人,我真是从心眼里感谢您,能嫁给他真是我八百辈子修来的。您放心吧,我会好好照顾他的,等我们过去安顿好了,您也过去感受下他的荣耀,毕竟都是您的功劳嘛!不说舅舅也在那边吗?您就当串亲戚了。"

此时祁函一脸惊异的面容看着我,我转过脸来朝他挤眉弄眼了一阵,他愣愣地看了我半天,终于忍不住又笑了出来。

许阿姨终于不哭了,她拿着餐巾纸擦了擦眼角泪:"好吧,既然都已经这样了,那阿姨就提点别的要求。"

"您说,您说。"

"你们别那么着急要孩子,咱们中国人养孩子跟他们外国人不一样,就算是他们国家有补助什么公立教育的,其实要想把孩子养好,也是很费钱的。你跟他过去了,你肯定没工作,估计一时半会也找不到,都得靠函函的研究经费那些钱,说少不少,说多不多的。就算他毕业了,当医生了,一开始收入也不是你想象得那么多。你就别给他找那么多麻烦了。"

祁函好像又想往起站了,感觉我的手拽得都快抽筋了,我看再拽两下,他这衣服下半边就快让我撕坏了。

"还有,你们现在最好也……也……防护好,别弄出什么意外事情来,耽误去美国的行程。"

许阿姨说的话,真是说了上句让人没法接下句。不过关于防护问题,您倒是可以放一百个心,我们现在采取的是最安全的防护形式,这也可能是全世界最行之有效的避孕方式了,就是根本不上床,不信你们都可以试试,老管用了。

"许阿姨,我妈说走之前想跟您和叔叔聚聚,算是认识一下。您看您和叔叔什么时候有空啊,我跟祁函好安排安排。"

"哦,我看,你们这次走就算了,如果你们到美国真结婚了,估计明年还要回来签证的,真到那个时候再见吧,现在见有点太急了。"

许阿姨的这句话,终于让我松开了拉着祁函的手。她的这句话真让我有点难过,我不知道回去要怎么跟我老妈说,我自己听了都觉得有点生气,不知道老妈听见会怎么样。看来许玲始终不希望他儿子跟我结婚,她最大的希望是他的儿子不会放弃怀特教授而留在中国,我也并不是她心中想要托付她儿子的女人。所以她才不希望我生孩子吧?如果真有孩子了,她的儿子肯定就得跟这个女人在一起了。

这次祁函终于成功地站了起来,他转头看着我:"咱们走吧,挺晚了。"

我看着祁函"嗯"了一声,站了起来。

许玲冲进厨房拿出了一大袋子水果,放在我手里:"给函函拿回去,提醒他吃,北京多干燥啊,别上火。"

我看着她点了点头,祁函拉着我走到门口,转身看着他爸:"爸,我们走了啊。"祁函的父亲看着我们笑着点了点头,然后摆了摆手。

一走出门,祁函长长舒了一口气,我也跟着舒了一口气,他把大袋的水果接了过去,拉着我慢慢地走着。

"对不起!我妈说话挺让人不痛快的吧?"

我没说话,因为他的确需要道歉,他妈说话确实很让人不痛快。

"其实,她不是针对你,我觉得我找任何女人,她都会这么说的。"

"是吗?"

祁函转过头来看着我:"你生气了吧?露露!"他靠上来拥抱了我,"我真想马上离开这里,我觉得我在这个城市一天都待不下去了,怎么有那么多讨厌的人影响咱们啊?"

"你妈也算讨厌的人吗?"

"嗯,算。不是因为你她才变讨厌的。哎,当儿子的实在不该这么说,可是今天要不是你拉着我,估计我又早跟她吵起来了。以前我都不敢的,不过我发现这次从美国回来以后,我都敢了,所以我不想在家住,在家就是吵架。"

祁函长叹了口气:"阿姨那儿,你想办法解释解释吧,说句心里话我也不想让我妈见你老妈,我真怕她说出什么不中听的话来,把你父母惹生气了。她一点都不知道我每天在多小心谨慎地活着,生怕你跟别人跑了。今天在饭桌上她每说一句话,我神经都紧张一下,我真想马上带着你离开。我知道这事情跟你老妈可能不是那么好解释,毕竟你跟我去那么远的地方,应该让他们放心的,可是露露,你相信我吗?"祁函低着头看着我,想征询我的意见。

我看着他犹豫了一下,点了点头。

他看着我松了一口气:"那就好,我们到美国就结婚,你生几个孩子我都负担得起。"祁函看着我笑了笑。

我们一起回到了祁函的公寓,他给我削了个苹果,我们坐在一起在笔记本电脑上看动画片。低头看了眼手表,已经快晚上八点了,我起身准备回家了。

祁函忽然凑上来抱住了我:"你还生气吗?"小声的在我耳边询

问着。

我笑着摇了摇头。

"你今天……别走了。"祁函提出了一个让我错愕的邀请,让我一下愣住了。

"祁函,我大姨妈来了。"

我大姨妈真的来了,所以他的这个邀请可能不会达到他预期的效果。

祁函抱得我更紧了:"露露,我是该让你父母和你踏实,我妈今天说的话也的确不中听,你不会还在生她的气吧?"

"没有,祁函,我没生你妈的气了,我相信你的!"

"那你能不能让我也踏实踏实?"

我不知道这个事情对于祁函来说真的是这么重要,我的拒绝会让他觉得如此不安,可是我们不是顶多也就三四个月后就离开这里了吗?

"我大姨妈真的来了,我没骗你,等她走了吧。"

祁函松开了我,笑着拍了下我的脸:"好,那就等你亲戚走了吧。"

{127}
够不够

我回到家的时候,老妈看见我有点激动:"呀,回来了!今天怎么样啊?他父母为人和善吗?"

我看着老妈那种期盼的眼神,笑着点了点头。

"那我们什么时候见啊?咱们家是不是得准备点礼物啊?可是咱们是女方,按道理应该他们来咱们家吧?我们可把宝贝女儿都放心地交给他们儿子了,还给带到那么远的地方,他们家人怎么也应该说点感谢的话吧?"老妈在我身后跟进了卧室,仍然一脸笑意地看着我。

我坐在椅子上看着老妈的笑脸,心里觉得好难过啊,忽然靠上去一把抱住了老妈,忍不住哭了:"妈,我会想你的。等我走了就吃不到你做的饭了,也没法听你骂我了。"

老妈被我突然的拥抱弄愣了,她反应了几秒钟,伸手拍了拍我的后背,声音有些哽咽:"傻丫头,老妈心里也舍不得你啊,可是你都这么大了,总有一天得离开家的啊。等以后我跟你爸老了,或者不在了,只要心里知道有个可靠的人跟女儿在一起互相照顾,好好过日子,我跟你爸心里也会觉得踏实的。"

老妈说出来的安慰的话让我更伤心了,我发现自己居然不是那么无所畏惧的人,想到要离开这里,心里充满了忐忑和不安。祁函和我都知道,应该让我的父母放心,可是他的父母不愿意见我的父母,这个消息要怎么才能告诉老妈呢?说出来还会让老妈那么放心吗?

"他爸妈挺忙的,可能最近见不了。"憋了半天终于憋出个理由来。

老妈的脸上失望中透着些许的不解:"哦,是吗?那你们走之前能见吧?"

我看着老妈一直皱着眉头,半天给不出肯定的答案来。

"走之前也见不了?"老妈有点不太相信自己说出的这个问题。

我看着她笑了笑:"不知道呢,不一定。"不知道这种不确定的话能不能给老妈些安慰。因为她始终皱着眉头疑惑地看着我,看了我好久,她深深地叹了口气:"咱们家在美国那边也没个朋友亲戚的,好像有个远房表叔在澳大利亚,不知道能不能管用。"老妈带着失落的表情走出了房间,让老妈如此失落我很难过,可是我发现比老妈还难过的是我自己。

因为我发现自己开始有骗自己的感觉了,本以为我一进屋就会把书包往地上一摔,大骂祁函的老妈是个唯利是图、自以为是的女人,根本没把我放在眼里,你以为我稀罕呢!可是脑子里一闪过祁函那种惴惴不安的神情,时刻都像一根被拉紧到极点的皮筋,轻轻拿手一弹就会随时断掉,这让我实在不忍心拿手去尝试弹它。

脑子里总是萦绕着祁函对我说的话:"等我们走了就好了,到了美国谁都不用管,只有我们两个,什么烦心事都没有了。"

欺骗自己成习惯的时候,我就不再是我自己了,我现在还是我自己吗?我已经开始习惯欺骗自己了?

觉得自己掉进个无法自拔的怪圈里,每天都在极力压制着内心汹涌而来的潮水,祁函说他不踏实,其实我也很不踏实。小的时候不踏实我们之间幼稚的爱情,现在不踏实我将要面对的生活和环境,因为实在不知道我最后会变成什么样!

流氓斗殴事件之后这几天,始终没有勇气再和楚杰联系,可能他也没有勇气再和我联系。有时候拿着手机想问问他上电视之后的感想,有没有给他造成什么名人效应,可是细想这属于没话找话吧?没话找话是不是就可以概括为纯粹欠抽啊!

可是这两天我的手机还是爆炸了,在流氓斗殴事件平息了两天之后。小月疯掉了,因为她跟李貌提出了正式分手。而李貌在沉寂了两天后,居然一下子崩溃了。他开始忏悔,很深刻、很透彻,深刻到把小月吓到了,透彻到小月一见他撒丫子就跑了。现在小月经常气喘吁吁地跑到我们家来,一进门就哭着问我怎么办?

总是被问"怎么办",真的是一件很伤害身体的事情,不论是别人问还是自己问,因为有太多事情真的不知道怎么办。我自己的很多事情都不知道要怎么办,现在小月的事情竟也来问我怎么办?

但是我不知道李貌这次是要干什么,因为他买了戒指向小月求婚了。几天前,我还看见他在夜店搂着别的女人玩舌缠舌的游戏,现在小月准备离开他了,可是他开始害怕了,居然害怕到想跟小月结婚了。

我真的不知道他已经恐惧到这个程度了,他给我打电话,朝我哭了,仿佛如我第一次见他为女人哭一样,这次他好像比那次更伤心了。他一直在说自己错了,让我给他一次机会。

"李貌,你搞错对象了,这些话不应该跟我说的,你不是要让我跟你结婚吧?"

"那我跟谁说啊,小月也不接我电话,我都找不到她。上次我找到她,把戒指拿给她,她直接给我扔了。那戒指花了我好几万呢!我不是心疼那钱,是觉得她看都不看就那么给扔了,我是不是真的一点戏都没了?"李貌的声音里让人能想象他此刻的脸上正挂满了泪水,那一刻我真的心疼,我的心好疼啊。我想问问小月把戒指扔哪了,还能找得回来吗?想了想还是忍了。

"李貌,小月又去做流产了,你知道吗?"

"啊?什么时候?"李貌终于不哭了,终于能听见他声音清晰地问问题了。

"李貌,我都没力气跟你喊了,你还是继续把和女人拉上床搞大她们肚子当终身事业吧。只是别碰我家人朋友,我就阿弥陀佛了。"

"到底是什么时候的事啊?我为什么不知道啊?"李貌居然在电话里朝我咆哮出来。

"你为什么不知道?你怎么能来问我呢?你女朋友怀了你的孩子,根本不想让你知道就去打掉了,你现在倒大喊大叫的来问我?"

"我跟夜店那个女人没什么的?我只是逢场作戏,我喝多了。"

"李貌,千万别跟我解释,我会笑的!"

"米露露,我们还是朋友吗?"

"早就不是了,从你开始伤害小月起,我们就不再是了。"

"哎!"李貌长长地叹了一口气,"我爱她,我真的爱她!露露,我求求你,能帮我转告这句话吗?"

"我能笑吗?李貌?从你嘴里说出来特别可笑。"忍不住在电话里笑出声来。

"我知道我是个混蛋,我害怕,我怕承担责任,我怕我自己扛不起个家来,怕自己禁不住诱惑,我怕自己陷进去了再受伤害,就像上次那样。可是我现在发现这些可怕的感觉都不如以后没了小月更可怕,我真的知道错了。你帮帮我吧,就这一次,我求你了,露露。"

"李貌,你把我想得太伟大了,我真的决定不了小月的想法,如果我能决定,现在我就不会跟你有这些对话。小月原不原谅你,由她自己决定,但是你想让我去劝她原谅你,这个真的违背我的心意,我做不到。如果没什么事,我要挂电话了。"

"我真的会跟她分开吗?"我挂电话之前听到李貌最后的问句,我听见了,但是我没回答,我回答不了。

隔天下了班,祁函兴高采烈地出现在医院里,他已经买好了电影票,让我跟他一起去看新上映的大片,我们俩手拉着手刚一走出医院,就看见李貌满脸愁容地走了上来。他一直叹着气,上来使劲拉住了我的胳膊:"露露,我实在没办法了,我还是得求你帮我。"

祁函皱着眉头看了他一眼,上来把他手掰开了:"你是谁?你想干什么?"

李貌整个人显得极度疲惫,他看了祁函一眼,没有理他,又靠上来拉住我的胳膊:"她不见我,怎么办啊?"

祁函好像有点生气了:"你到底是谁啊?干吗老这么拉拉扯扯的?"

李貌突然也变得很愤怒地看着祁函:"那你又是谁啊?我在跟露露说话呢,有你什么事啊?"

"我是她男朋友,你是谁啊?"

李貌皱着眉头看着他:"你什么时候成露露男朋友了?他男朋友不是姓楚吗?前两天不还在一起的吗?我在跟露露说话呢,没有你的事,你闪开!"

祁函真的生气了,突然推了李貌一下,之后就一下被我拘住了。

"你说什么你?"祁函的语气里充满了愤怒。

李貌看我突然抱住他,可能觉得自己一下失言了,他的表情极度惊吓地看着我。

我无奈地看着李貌:"你快走吧,我帮不了你。"

李貌没想到他随口烦躁的一句话,使我陷入到极其尴尬而又复杂的境界中。

"他是谁啊? 他说的话什么意思?"祁函低着头满脸怒容地看着我。

"他是小月的男朋友,叫李貌。"我低着头用极小的声音回答着问题。

"小月是谁啊?"

"小月是我堂妹!"

"他男朋友找你说什么话啊?"

"小月想跟他分手,他不想分,想让我帮他说情。"

"那关姓楚的什么事啊?"

"周五我去夜店骂李貌,结果楚杰刚好在那!"

"这个男人到底想干什么啊?"祁函史无前例地朝我大喊出来,从来不知道祁函喊叫会如此可怕,吓得我不禁哆嗦了一下。

祁函自觉有些失控了,靠过来抱住了我:"吓到你了吧。"

我靠在他胸前摇了摇头,我感觉到他一直在深呼吸:"你把他电话给我。"

"祁函,我真的是无意中碰到他的,不是特意见他,而且那天他也是帮忙来着,你别去质问他。"

依然是他深沉的呼吸:"你为什么一直瞒着我?"

"因为那天的事情比较复杂,我一句话两句话也说不清楚。"

"复杂到什么程度？复杂到他被抓去公安局了？"

"你怎么知道？"

"我在电视上看到他了！"祁函的声音再次提高了，"你不是要告诉我，你也在那吧？"

"嗯。"我低着头嗯了一声。

"好啊，半夜三更的被扫黄的警察抓走了？"祁函用质询的目光紧盯着我。

"我们是流氓斗殴，刚好赶上警察扫黄，其实整个事情是我搞糟的，是我报的警，结果我们都被带到警察局接受说服教育去了。所以你别去质问他，他也是被我连累的。"

"我跟你说没说过，你少管点莫名其妙的事情。露露，你说什么我都相信你，但是你能不能也听听我的？好，如果你不想让我质问他，我可以不去。我也只能去跟教授说尽早结束试验，我们赶快离开这里。"

祁函一脸的怒容，可是他依然拉着我去看了电影，他也尽量显示出很平静的样子来。这的确是部大片，电影院里座无虚席，电影演了快一个小时的时候我手机响了，赶忙掏出转成了无声。是小月的短信：姐，李貌跑我们单位楼下堵我来了，我可怎么办啊？

我还没来得及回短信，小月就把电话打了过来，我转头看着祁函："我要出去接个电话。"

祁函看着我："在这接！"

"这是电影院啊？"

"小点声。"

他现在的样子像是很不信任我，怕我会跟莫名其妙的人说话一样。

我轻轻地把电话接起来:"喂!"

"姐,李貌在我们单位楼下呢。我今天上晚班,这快下班了,平时我都搭同事车走,今天同事有事,没人搭我了,我不想跟他说话。你能过来吗?"

"好,我这就过去啊。"

我挂了电话看着祁函:"李貌去骚扰小月了,我现在要过去接她。"

祁函忽然拿手按住了我:"不需要。"

"什么不需要啊?"

祁函转头看着我:"你管不了她一辈子!"

"什么意思啊?"

"是不是你们家所有亲戚的事情,你都要管清楚管明白啊? 每个人都有自己的生活方式,管好我们自己,你接她一次还能接一辈子吗? 我们去美国了谁再去接她?"说完祁函把我手机拿了过去,然后按了几下发了条短信出去,之后就直接把手机关了,又交回到我手中。

"你给她回什么了?"我皱着眉头看着祁函。

"报警!"祁函面无表情地看着电影。

坐在我后排的人突然敲打我的座椅:"小点声你们,注意点素质。"

我腾的从椅子上站了起来,冲出了电影院。祁函也站起来跟着我冲了出来。

我冲出电影院站在路边伸手拦车,祁函一把拉住了我:"露露,你要干吗去啊?"

"我得去接小月。"我推开了他继续拦车。

祁函又把我的手拉了回来:"好,你要去,我陪你去,可是我说得不对吗？我们有多少能力管那么多事情啊？要不是你到处管事情，出得了后头那么多事情吗？他有机会纠缠你吗？"

我抬头盯着祁函："他没纠缠我。"

"那好，我们不提他，你堂妹多大了？是不是她到五十岁、六十岁你也得帮她解决这些事情啊？我告诉她报警这有什么不对的？"

我一直伸手拦车，可是好像所有的出租车都是满的，我着急的把手机拿出来，打开手机给小月拨去了电话。

"小月，你怎么样了？"焦急地询问着。

"嗯，没事了。"极小的声音，"刚好赶上组长回来拿东西，我就搭他车走了。姐……你怎么让我报警啊？你是不是烦我了？嫌我老给你找麻烦啊？"

"没有，小月，我没烦你。"

"就算我躲着李貌，我也不想让他被警察抓走，我只是不想跟他说话。"

"嗯，我知道。你没事就行了，我正要过去接你呢。"

"你不用来了，我已经快到家了，你不是烦我就行。"小月安全让我松了一口气。

可是心里的海水就要翻出来了，我一直低着头沉默着，突然抬起头来看着祁函："祁函，我要回家想想了。"

祁函猛地拉住我胳膊："你想什么？"

"你的世界是不是除了你自己不需要别人了？"

"还有你。"祁函用十分坚定的眼神看着我。

"好，还有我！那除了我们俩呢？"

"我有你就够了！"

"对，这就是我需要想的，我得想想我光有你够不够！"

{128}
这次不是为你

这算是我第一次跟祁函吵架,这在大学时光是从来没想过的事情,因为在那时好像都是我在办错事,而他在原谅我,从不与我计较。这次是他办错了吗?他说的话有错吗?祁函并不觉得,我也挑不出他语法和理论上的错误,但是我心里很不舒服,所以我想独自离开。

祁函一直固执地拉着我,问我到底在生什么气?因为他实在有些不能理解。

我告诉他我没有生气,我只是需要好好想想,可是我说我需要想似乎比告诉他我真生气了还让他担心。我把他一个人留在了大街上,独自回了家。从我离开他之后,他就开始给我打电话,我没有能力接他的电话,因为我还没有想好,所以我没法描述我现在的心情。

也许是我临走时看他的失望表情让他觉得十分恐慌不安,晚上十一点的时候,他居然出现在我们家门口了。他的样子把老妈吓了一跳:"呀,小祁,你怎么了?脸色可不好,不舒服了?这么晚找露露来了?"

我从卧室里出来看着他,他看见我的时候,像是终于松了一口气,脸上终于挂上了笑容。他转头看着老妈:"阿姨,我有点事想跟露露谈谈。这么晚真是不好意思。"

"哦,好啊,你们吵架啦?好啊,你们谈吧,嗨,我姑娘傻乎乎的,你多哄她两句就没事了。"

祁函看着老妈笑了笑。

"我们出去说。"我走了出来,带着祁函向楼外走去。

"哎,就在屋里说吧,干吗还出去啊?"老妈的声音一直追随着我们走出楼的背影。我知道她肯定很想知道我们要谈什么,可是我真的不知道,现在应该跟他谈些什么。我很怕说出什么让老妈担心的话来,自己会控制不住地喊叫。

我们俩来到了小区的花园里,刚一站定脚步,祁函就转身拥抱了我,他在我耳边深深地叹了口气:"我会被吓死的!"

我没有作任何回答就这么愣愣地被他抱着,其实我的脑子也处于停顿状态。祁函的表情和他的语气,让我觉得他又像个紧绷的皮筋,此时只能远观而不可"弹"玩焉。

"露露,别再用那种失望的眼神看我了,我可能会承受不了,我知道我今天在你心里不是你一直想的那个人了。你别生气了!"他终于松开了我,带着嘴角的微笑,眼神就像个对我十分依赖小孩,等待着我告诉他,我原谅他了。

祁函看着我,一直在做着深呼吸:"露露,我可能不是你看见的、你认为的那么有能力的一个人,我这个人从小就没什么朋友,我没有时间跟别人交朋友,小时候在家里除了父母逼着我学习看书写字,我几乎没有时间干别的了。我也特别想跟同学、小朋友一起玩,可是我要是跟我妈说,我学习累了想玩会儿,她就会说那去弹琴休息休息。我觉得我的童年记忆里没有一天是快乐的,就连过生日都是把亲戚朋友叫到家里,然后我父母拿着那些奖状给他们讲我最近得了什么奖,然后再让我表演段钢琴。我小时候养过条小狗,它是我上小学时候唯一的朋友,那时候我什么话都跟它说,不过后来它死了。"

祁函看着我尴尬地笑了笑:"你会不会觉得我心理有问题啊?"

我看了他半天,说不出任何话来。

"我初中报名去了体育训练队,就为了能在外面玩一会儿。一开始我妈也不同意,后来发现我体育也能获奖的时候,她就又同意了。可是我发现,要按时训练到次次能获奖,也是很难的事情,可是没办法,为了不用每天都坐在家里看那些看不懂的书,只能坚持去训练。我这个人不怎么会跟别人交流,都是别人让我干吗我就干吗,细想想,我真是一个朋友都没有!除了你,露露!我不像别的男人,还有几个好朋友好兄弟,心里不痛快了,还能叫在一起喝酒聊天,互相说说心里话,一起骂骂人。你没出现的时候,我好像一直都是我自己。"

"露露,在我心里你不止是一个我喜欢的女人,跟你在大学的五年算是我活到现在最快乐的时光了。我在美国也不是你想的那样,我觉得我每天累得已经快不是个人了,我就是偶尔想起跟你在一起的那些事,才觉得自己还是个活着的人。我听说你结婚的时候,我恨不得自己每天睡着了就不要再醒了。可是后来我跟自己说,万一呢,万一有天我回中国,还能再见到你呢。现在我又跟你在一起了,你能理解在我心里我觉得我又得到什么了吗?露露,我可能不像你可以喜欢那么多人,想干那么多事情,恨不得所有人你都想帮助。我也想像你那样,可是我真的觉得我力不从心。我既不会跟人交流,也没什么社会经验,为人也不圆滑,我只会别人叫我干吗我就干吗。可是我不想让你觉得我这么窝囊没本事,但是很多事情我真的处理不了,所以我说不要去管,是因为我真的管不了。"

"祁函……"看了他半天仍然说不出话来,觉得自己只能靠上去拥抱他。这个拥抱终于让祁函松了一口气,他把我抱得更紧了:"你跟怀特教授都是我重要的人,可是为了你,我可以放弃他,我根本就不在乎那个博士学位。但是现在不一样了,你必须跟我去美国。"

我抬起眼来看着他,细想着他话里的逻辑,不知道他究竟想说什么。

"如果我们留下来,你肯定会跟我分开的,我能感觉到。"说完他把我的头按在了他的胸前,"我争不过他,我心里知道。"传来的又是祁函的叹气声。

"他比我成熟,比我老练,比我会为人,他什么事都不怕,他还比我有心计,比我圆滑。"

"祁函……你别……"

"我知道,我在你面前诋毁他显得我没风度了,可是我就是这么觉得。"祁函突然松开了拥抱,低头看着我,"你说你要想,你不会是想不跟我走了吧?"

我看着他笑着摇了摇头。

"露露,我们就这么好好的,再坚持两个月。那边学校已经报上去了,要等统一发放回执。"

"嗯。"

祁函紧张的神经,总算是让我轻轻的又帮他收了回去。我不止是一个他喜欢的女人,这种新的身份,让我无形中又承担了许多压力。祁函不希望我去干过多无谓的事,他想让我在生活上完全依靠他,可是他又想在精神上完全依靠我。我不知道我有没有能力让他永远这么开心快乐,但是在他的心里我有这个能力。

表嫂怀孕三个月了,她来医院检查,想要建怀孕病历。表嫂一见到我就笑嘻嘻的样子,洋溢着满脸的幸福。表嫂像是胖了不少,不过皮肤显得比以前还好了。

"哎呀,我现在可能吃了,胖了好多了,你看我这胳膊还有我这腿。"

"胖了觉得更漂亮了。"我看着表嫂笑了笑。

"是吗?我也这么觉得。"接着就是表嫂更大声的笑。

"薛凯怎么没陪你来啊?我看他是不是又欠骂了。"

"哎哟,你可别骂他了,他刚找到工作,上班一个月了,挺不容易的。新工作挺累,也是从普通员工做起,他现在老实着呢,也不敢随便请假。这刚三个月,我就说自己来了。你不是在呢嘛!"我看着表嫂,忍不住从内心高兴,看来人经历过事情真的不一样了,她现在居然也会为薛凯着想了。

表嫂做了一系列检查,建立了孕妇档案,她的胎儿挺正常。她看着B超图片,一直在问我哪是手,哪是脚。

"三个月哪看得出来啊?"我看着她笑了笑。

"啊,早说啊!我还特意让医生给我弄个B超,我想回去给薛凯看看,哎,又浪费钱了。"

"嫂子,你可真变了。"

"啊?哪变了?是不是说我这腰变粗了?"

看着她一直在摸自己的腰,真是忍不住想笑,看来也没完全变啊。

"嫂子,薛凯去哪工作了?"

"哦,一个私企,一开始搞饮食的,现在好像进军房地产了,老板姓张,薛凯去搞行销策划了。哎,是楚先生给介绍的。"

表嫂无意中提到了楚杰,我心里不由地抽搐了一下,轻皱了下眉头,没有回话。

表嫂依然低头看着她的腰,想看看哪又多冒出块肥肉来。

"露露,等嫂子生的时候你能给我接生吧?"

"我接不了,嫂子,我是妇科,我还没去过产科呢。"

"哦,那你可得帮嫂子找个好点的医生接生,别把我再疼死了。"

"嫂子,谁接生都挺疼的,不过现在也有无痛的了,具体的到时候会有人跟你说的。"

"干吗会有人啊?你跟我说不就完了吗?"

"嫂子,我要走了。"

"去哪啊?"

"美国。"

"去美国干吗去啊?"

"算是,移民吧。"

"移民?不回来了?你跟楚先生要移民啦?"

"不是楚杰,是我男朋友。"

"啊,你有男朋友啦?你男朋友不是楚先生吗?我们怎么都不知道啊?"

"薛凯他知道。"

"啊?他知道,那他怎么不跟我说啊?哎呀,完了完了,他不跟我说是不是怕我多嘴去跟楚先生说啊?楚先生肯定不知道你有男朋友吧?完蛋了,你走了他逼着我们还钱怎么办啊?三十几万一下怎么还啊?"

我猛地转过身来拉着表嫂的胳膊:"表嫂,你说什么呢?什么三十几万啊?"

表嫂被我的样子吓了一跳,好像又觉得自己说漏了嘴了:"露露,你抓疼我了。"

"哪来的三十几万啊?你借人家钱啦?你借人家钱干吗啊?"我觉得自己开始有点失控了。

表嫂看着我突然委屈地哭了:"不借怎么办啊?我们跟你借你有吗?薛凯不敢告诉我爸妈,他爸妈为我们结婚房子出了首付,也没剩什么钱了。就两天时间,公司说还不上就通知公安机关处理,我们能怎么办啊。后来楚先生看我们实在没办法了,然后说他借我们的。我怀孕了,家里一点存款都没有,我们也不想借啊,房子还得还贷款呢。就算我们卖房子两天也卖不了啊。还不上钱,你哥不得坐牢啊。"

"你们为什么不跟我说啊?"

"楚先生说,这是他跟薛凯之间的事,不想让别人知道。他告诉我们,他是怕在公司影响不好。"

"你们现在借人家钱,你让我怎么办啊!"自己已经开始口不择言了。

"露露,你去跟他说说吧,你要没法跟他好,他不会生气了逼着我们还钱吧?我们现在真的还不出来啊。"

我皱着眉头看了表嫂好久,觉得自己呼吸都有点困难了。

中午的时候,我躲到了十层的露台,想了半天给楚杰打了电话,"喂!"楚杰异常喜悦的声音很快传进我的耳朵里。

可是我却一下语塞了,说不出任何话来,只能拿着电话深呼吸。

"又打电话来让我听你喘气啊?"上扬的语调让人觉得他的心情很好。

"楚杰……你为什么要借薛凯钱啊!"说完这句话自己居然忍不住哭了。

楚杰沉默了,半天没有声音,电话也没挂断,我连他的呼吸声都听不到。

"不为什么,就是想帮他。"

"楚杰,你就不能让我安心地走吗?非要这样吗?"不想让自己的哭声被他听见,可是此时想控制好情绪不是件容易的事情。

"米露露,你伤我不是一次两次了。我一直告诉自己,在心里坚持到你走的那天,你非要现在就这么逼着我把这种想法切断吗?我确实是个利益优先的人,可是这次我不是!我就不能发自内心的帮一个人吗?我羡慕薛凯,我羡慕他有个家,他还马上会有个孩子,我不想看着他的家就这么散了。要是可以的话,我愿意拿我现在有的跟他换个我喜欢的女人,换个家,这就是我帮他的理由,我帮他不是为了你,就算是为我自己行不行?我不是在拿钱买你留下来。"

{129}
给你个机会还我

这个电话在我隐匿的抽泣声和楚杰的沉默中坚持了很久,我都不知道我干吗要打这个电话,心里的情感万种复杂,却一种都没法准确地表达出来。我突然觉得自己的这个电话打得太鲁莽了。

我到底是要跟他说什么,劝他千万别逼着表哥还钱?可是他根本都不想让我知道这件事,如果说出这种话来,不是等于直接骂他吗?

对他表示感谢,我知道他需要的不是感谢,从一开始他被搅进我的生活就没需要我感谢过。如果我说了,他肯定会说:你还不如直接问候我大爷呢。

或者说:对不起,给您添麻烦了?我对不起他吗?好像真的有点对不起他。从一陷入这场感情的纠缠游戏中,似乎受埋怨、受牵连、被伤害的总是他,是不是真的因为他看着像个心理素质很好的男人?所以才会不顾他感受的去对他进行各种质问和猜忌。

"米露露,你打这个电话究竟想干什么?想谴责我目的不纯,在背后玩手段?"

"不……不……不是。"

"那又要干吗?是不是要说什么,感谢、对不起、你是个好人……之类的话了?"

"不……不……不是。"

"那你给我打这个电话,哭什么?这本来就是我跟薛凯之间的事情,我说了半句'我借钱给薛凯了,所以你不能走'的话了没有?我是不知道你怎么知道的这件事,你知道了你装不知道不就完了吗?我拦着你了吗?我说你为了这笔钱不能走了吗?"

"没……没……没有。"

"打电话是心里难受吧?我告诉你,我也难受,你打电话来说你不能好好地走,居然是为了我借给薛凯钱?"

楚杰的语气像是很生气,生气到已经处于愤怒的状态了,他的声音又接近咆哮了。

哎呀,实在是太草率、不淡定、慌张了!只是随着心里这种不能平静的情绪就给他打去电话了,结果又把他给伤了。现在要怎么收场啊?

"米露露,你是因为钱才觉得你不能好好走的吗?我真的在你心里就只是这样吗?"

"不……不……是。哎呀,楚杰,你猜怎么着,我刚才仔细看了一下,我打错电话号码了。我其实是想打电话给我表舅。"

"谁是你表舅,我还是你大爷呢!"楚杰在又一声咆哮之后终于平静了。我听见他轻叹了声气,然后是无奈的笑声:"米露露,我发现了,你就是块滚刀肉,怎么都切不烂!我这跟你说馒头,你偏跟我扯面条!你就装傻充愣吧!你骗我没关系,我见过的骗子多了,我经骗着呢,你别骗你自己就行了。还记得我跟你说过的那句话吗?你最好别骗自己骗成习惯了。你还有事吗?没事赶紧给你表舅打电话去吧！"说完楚杰就把电话挂了。

楚杰对我的态度好像又是我自找的,我们的相处方式真的很奇怪,总是在嬉笑怒骂中度过,而且怒骂还占大多数情况。这好像成了我们交流的一种固定模式,痛苦的心情,无聊的语言,却深刻的记忆。让我在结束每一次对话后都使这个人在记忆里变得更加挥之不去。

我内心对他真的感到亏欠,亏欠到让我寝食难安。要是表嫂不这么多嘴就好了,他们家的人为什么都这么多嘴啊？与楚杰吼叫的电话之后,我每天都在想那笔钱的事情,要是薛凯能早点把那笔钱还上就好了,是不是我的心里能好受点啊。

整天想这个事情,开始控制不住地翻我的存折,仔细数了数不到十万块钱。又打电话去问了二手车交易市场,想问问我心爱的"肇事者"究竟现在值多少钱；结果我五万块钱买的车,他们告诉我五千收,真是一帮奸商！想了想还是有点不舍得。

楚杰说我没事就会装傻充愣,我要是真会就好了！总觉得如果薛凯是欠我钱会不会比欠楚杰钱能让我舒服点啊？或者我凑不出那么多钱,但是先帮他还点,是不是自己也能感觉好点啊？

两天了,总是愁眉苦脸的,忍不住叹口气。中午去食堂吃饭碰到了罗惠,她一看见我就问："你这是怎么了,怎么看着跟欠人钱似的？"

她这句话一出口,我真是有点想哭,她不愧是我的姐们,一眼就看出我欠人钱了。跟她坐在一起吃饭,一直保持着沉默。这好像让罗惠很不习惯。

"你们什么时候走啊？"

"可能还要两三个月吧。"我看着罗惠笑了笑。

"露露,你走了,我会想你的,一个说知心话的人都没了。"

"你还可以跟你们家杨志成说啊！我也会想你的,罗惠,我也没人说知心话了,到那边还都是外国人。"

"你可以跟你们家祁博士说啊。"我看着罗惠尴尬地笑了笑。

"你怎么了,你跟祁函吵架了?你那是什么表情啊?"

"没有,挺好的。就是觉得很久见不到你,心里有点难受。"我皱着眉头想了想。

"罗惠,你手头宽裕吗?"说完这句话突然就有点后悔了,不自觉地捂了嘴。

"你怎么了?缺钱了?"

"没有,没有,我胡说呢。你别当真。"

"咱俩有什么真假啊,我原来装修的时候也跟你借过钱啊。你缺多少钱啊?我能问是干吗用吗?"

"没有,就当我胡说吧,你别往心里去了。"

"什么啊,露露,咱俩有什么秘密啊,我原来那时候不都是你陪着我吗?你现在是怎么了,不愿意跟我说了?"

"嗯,欠了一个人的钱,有点想在走之前还给他。后来想想,我走了之后还要从美国给你电汇,也挺麻烦的。你不用在意的。"

"你没跟祁博士商量过吗?你别生气啊,露露,我不是不愿意借你,我是觉得你们俩都在一起了,这种债务问题是不是得共同商量一下啊。"

"我……我……我不太想让他知道,哎,也不是必须还的,是我自己在这多想了。你别往心里去了,当我没说过啊。"

"你这是欠人家钱,还是欠人家情啊?"

"啊?"我抬起头来看着罗惠。

"你看你这表情,想还的不是钱吧?哎,你现在对我都不坦诚了。算了,我也不逼你了,像你这种人哪会随便欠人钱啊?你就是觉得对不起谁的时候才是这张脸,那时候我跟郑立存离婚以后,你天天见我都是这副脸。你这是欠男人情了?"

"啊?"依然眉头紧锁地看着罗惠。

"啊,看来我又猜对了。你可别玩火啊,露露,你跟祁博士不是绕了一大圈才又在一起的吗? 就这么好好的两个月,别给自己陷到感情的麻烦里去。"

"嗯,我知道。"

"行,我回去琢磨琢磨去,你知道我现在结婚了,钱也不是我自己一个人的了,动钱不被人发现总不是那么容易嘛!"

"你别为难了,罗惠,我就随口那么一说,不是认真的。"

"我怎么能看着你这么愁眉苦脸呢! 不过我先声明,我可能也能力有限啊。"

"罗惠,真的不用了。"我一直追随着罗惠走出了饭堂。

"行了,别跟我废话了,你还是好好想想你自己的事吧。我跟杨志成结婚了,你终于不是一副欠我钱的样子了,我不帮你的话,你带着这副尊容还不知道要过多久呢。情债早还早好,留着就是闹心。"

下班的时候,独自一个人回的家,祁函又去广州做手术收集了,估计要下周才能回来。他不在也让我有时间好好思考我的事情,罗惠的话总是没完没了的在耳边盘旋。

走到小区门口的时候,居然看见了那辆熟悉的陆虎车。我探头探脑地靠了过去,扒在黑糊糊的窗户上向里张望。窗户被按下来了,吓了我一大跳。

楚杰皱着眉头看着我:"看什么呢,上来啊。"

"上去干吗?"

"有话说。"

"啊？我上去了，你不会把我拉到什么不认识的地方，对我怎么样吧？"

楚杰的脸上又挂上无奈的笑了："你那脑子能像个正常人一样吗？"说完他把车钥匙拔下来，从窗口扔了给我："这行了吧，我还能开哪去啊？"拿着他的车钥匙好像心里踏实了点，开门坐到了副驾驶上。

"你怎么知道今天是我自己啊？"我好奇地盯着他。

"我哪知道是你自己啊？我就是赌来了，有机会就跟你说话，没机会我明天再来。"

我低着头坐在车里安静了好久："楚杰，薛凯的事情我还是得说谢谢，不管是不是因为我。"

"我知道你会这样！我不管你信不信，这件事情我真的没想让你知道，本来我以为自己终于干了件助人为乐的事情，现在被你弄得又变成有利可图了。算了，反正我也一直是被人这么认为的。我今天好好想过了，既然都这样了，我就给你个机会还我这个人情，省得听你那说话口气，让我觉得特别想揍人。"

"怎么还啊？"

楚杰转过头来，很认真地看着我："米露露，我们谈一天恋爱，做一天恋人要做的事情。行不行？"

"你恶心不恶心啊，你个臭流氓。"说完就生气地开门想下车。

楚杰一把拉住了我："我看你才恶心呢！一说这个你就往那想！"

{130}
好好看看吧!

"我想过了,我好像从来都没跟女人好好谈过一次恋爱,就算是我原来没碰到真心喜欢的吧,可是现在碰到了,细想起来我怎么觉得我们从来没在一起好好相处过啊。我们在一起不是吵架就是斗嘴,要不就是出各种意外状况。米露露,你能不能跟我像其他正常的恋人那样好好地相处一天,就一天!不吵架、不出状况、也不想其他的事情,我们一起约会一天,我没有别的要求,就是想体会一下跟喜欢的人好好在一起究竟是怎么样的。"

楚杰转过头来看着我笑了笑:"等你走了以后,我想起你的时候,至少还有快乐的一天能回忆,不知道下次再想认真谈恋爱要到什么时候了!也不知道还能不能碰到想认真的人。就算碰到了,我在想我可能也未必再有那个勇气了,我发现了,这可真不是一般心理素质的人能干的事。"

楚杰靠在驾驶位上叹了口气:"米露露,你要是心里觉得欠我个人情的话,就用这一天还我吧,然后你就什么都不欠我了,你可以踏踏实实地跟他去美国。行吗?"

楚杰此刻的脸上挂着满是期望的神情,可是他提的这个要求多少让人产生些顾虑,实在不知道他想要的这个约会是个什么样子,用何种形式,到何种程度。对他的这个要求,我还要在心理上和行动上瞒着某人,让我做这种不坦诚的事实在是不符合我的作风。

"楚杰,你知道我是个很有原则的女人。"

这句话刚一出口,楚杰的双侧嘴角立刻向下方运动了,头也别向了窗口的另一方,好像根本不想看我。他又开始做深呼吸了。

"米露露,我也是个很有原则的男人,你不用把我提的这个要求往复杂了想,我承认,我提的这个事从我嘴里说出来是挺幼稚可笑的。你是不是觉得我就应该提点重口味的要求,你听着才觉得合情合理呢?"

"啊?楚杰,你提的这个事,口味就挺重的了。"

楚杰转过头来瞪着我,眉头越锁越深:"你跟他还有五年的快乐时光呢,你就给我一天,一天都不行吗?"

耳膜随着楚杰的喊声再次震颤了,他的表情急切中带着一丝祈求,让我完全陷入到惊异之中,从来没想过楚杰也会有这种表情。他现在的这个样子,难道……是在……求我!?

"那……那……我们约去哪啊?出了家门我可哪都不认识。"我十分为难的小声嘀咕着。

这句话之后,楚杰紧皱的眉头渐渐松开了,他向下运动的嘴角逐渐开始慢慢向上运动。他看着我开始笑,笑了好久,然后语重心长地说:"米露露,我决定了,等你走了之后我就改喜欢男人。我觉得我在女人面前算是抬不起头了,为了让女人陪我出去一天,我都在这求她了。是所有女人都像你这样吗?还是我倒霉刚好碰上你这么一位啊?"

"所有女人都这样,你还是改喜欢男人吧!"说完没好气地瞪了他一眼。

"楚老虎,你到底还约不约啊?说着说着,怎么又变成损人挖苦人了?"

"当然约啊!"楚杰一脸开心地拍了我一下,"哎,你想去哪啊?咱们应该去哪啊?是周末吧?周六行吗?说好了啊,你可不能反悔啊!我们去几个地方呢?是不是应该弄得浪漫点?"一连串问话之后楚杰居然开心地乐起来。

"哎,快把钥匙还我,我要走了。我赶紧回家,回去上网查查,我看看别人都去哪。反正你哪都不认识,所以我做主了,你不能有意见,不能发脾气,不许骂街,也不准踢我。"感觉自己几乎是被楚杰推下车的。他临走的时候还不忘再次嘱咐我千万不能反悔,记得是周六,然后就带着满心欢喜的面容,高兴地离开了。

楚杰离开了,我开始有点后悔了。在被要求了一堆不能做的事情之后,他还得回家上网查查,他想让我给他留个快乐的回忆,我深感压力巨大,希望他别整出什么我不能接受的事。

周六的早上六点钟,接到了楚杰的电话。

"哎,我在你们家楼下呢,快点出来,穿运动服啊,我都等二十分钟了。"

"楚杰,你的表坏了吗?现在几点啊?"

"六点啊,你答应跟我约会的嘛!其实过了十二点就都是我的时间了,我坚持到六点才叫你,已经很吃亏了。快点起来,我们出发了。"

"楚杰……"声音控制不住的要爆发出来。

"停,停,停!说好不骂街的啊,米露露,你快点,你又浪费了我十分钟。"

挣扎着爬起来,挣扎着洗了脸,挣扎着梳了头发,虽然有几根不老实的一直还在头顶立着,但我实在没心情与它们抗争了。几乎是闭着眼走下楼的,刚一走出楼门,楚杰就笑着走上来拉起了我的手。我半眯的眼睛突然睁大了,看着我跟他身体接触的这个部位。

"我们今天谈恋爱啊,拉手是起码的吧。"

说完他就皱着眉头开始打量我:"虽然是出去玩,你也应该好好收拾收拾吧?你看你这头发都在脑袋上立着呢,脸上还都是压的枕头印。"

"楚杰,你再晚来两个小时,我保证我脸上什么印都没有。"

他像是根本没听见我抱怨的话,拉着我向他车走去:"我觉得我们今天肯定会开心的,昨天晚上我都没怎么睡好。"一边说一边乐着把我拽上了车。

从我一被拽上车,我就又睡昏过去了,空气、温度、湿度以及外界的亮度都很适合睡觉。楚老虎还算有人性,没跟我说连这段时间都是他的,必须得清醒着跟他聊天。车开得很平稳,因为我又开始做梦了,梦见被一个人拉得很艰难的向前走着,我的嘴里大喊着救命。

我曾经以为的约会,是一男一女花前月下,你侬我侬;泛舟湖上,浓情蜜意,赏鸳鸯戏水,观鱼儿嬉戏;对坐岸边,清风拂面,为你抚去扰鬓的发丝,深情对望的扯一天淡,最后再嗲上一顿饭。

当看见"八达岭"这三个大字出现在我眼前的时候,我觉得我的腿肚子开始有点转筋了。

"楚杰,你这是要做什么?"

"爬长城啊!"

"大哥,您饶了我吧。您再找两人,咱回去码长城得了。"

"哎,我上网查了,人家都说到北京这是必来的。"

"大哥,您查半天就查的这个啊?那是不是我们还得去趟故宫,最后再吃顿全聚德啊?"

"你怎么知道?我就是这么想的。"

我觉得我有点要崩溃了。我现在非常相信楚杰没正经跟女人约会过,早上七点钟的时候他把我带到了长城脚下,这是要约会还是要拉练?

"我们在北京有多久没来这儿了?我上次来好像还是初中春游的时候,你有多久没来了?"楚杰很执拗,依然去售票处买了票。

细想我真的好久没来了,08年奥运会的时候曾经陪亲戚来过,不过我都是在下面看。长城这个古代驻守边关之重地,得是吴三桂一怒为红颜放了清军入关才可穿越的墙,它能是好爬的地方吗?

我为什么会在车上做那个梦,我现在终于知道了,因为它是真的。楚杰拉着我开始向长城高处攀登的时候,很快我的嘴里就剩下只能喊两个词的力量,一个是喊"妈呀",一个是喊"救命"!

楚杰看着我的样子一直在笑:"哎,别喊妈啦,现在只有我,喊我吧,只有我能救你。"

"楚杰,你这是想跟我谈恋爱吗?你这是想整死我吧?"

他靠上来,满眼的笑意一直盯着我:"我们说好了,你不能有意见的,我真想了好几天呢,不爬都爬了,我就是要让你陪着我爬上去。"

我大学毕业后,就没参加过体育锻炼,我日渐丰满的身材就足以证明我没有说谎。我插着腰喘着气地看着他:"你要不还是提点重口味的要求吧!陪你干那事不要脸就行,陪你干这事得不要命啊!"

我说完这句话,楚杰差点没笑背过气去:"行,我满足你要求,你陪我干完这事,然后我们再去干那事去。"

我觉得自己快哭出来了,爬一个台阶恨不得能出溜下去三个,可是他依然死死地拉着我,越抓越紧了。在爬到最陡处的时候,我觉得自己已经快到极限了,我开始拍打他拉着我的手:"虎哥,松手行吗?我要累死了,真的不行了,你先走我掩护,我在这等待你胜利的消息吧!"

楚杰突然转过头来一脸严肃表情地看着我:"我不想松手,我想坚持,你得陪着我!我们今天是恋人,你不陪着我一起叫什么胜利啊?"

他突然认真的脸让我愣住了,也许在这一天里,这些台阶在他心里不只是带他通向烽火台的地方。正在发愣的时候,旁边一个白发苍苍的老爷爷拉着个白发苍苍的老奶奶,从我们身边爬了上去,他们转头笑着看着我们:"坚持啊,年轻人,就快到顶了,别放弃啊。"

大爷啊,不带这么寒碜人的啊!

楚杰的脸终于又化作了柔和的面容:"走吧,不知道我们满头白发的时候还会不会来爬长城,所以我今天一定要把你带上去。"

我终于不再喊妈,喊救命了!我争不过他的力量,也扭不过他的执著,所能做的就是跟随着他,向上攀登着。

当我看见"不到长城非好汉"的牌子,一堆人比着V的胜利手势跟那几个字照相的时候,我知道我终于到达了,我贴着城墙一屁股坐了下来,可是楚杰还依然拉着我的手。他低头看着我:"起来啊,挺白净一姑娘,坐地上多难看啊!"

"楚杰,你夸我啦?你是不是被累傻了?"

楚老虎看着我一直在呵呵地笑,他扶着我站了起来:"我没夸过你吗?那我太不应该了。"

我们一起爬到了最高的烽火台处,向外眺望着,他忽然从身后抱住了我,头依靠在我的头顶上。

"哎！哎！哎！"三个渐高的感叹词,还在琢磨着用什么话骂他合适。

"别抱怨,让我也靠一会儿,你以为把你拽上来容易呢?"楚杰靠在我耳边叹了口气,"其实这也挺美的,是吧?"

眼前的景色的确很美,天又高又蓝,绵延的青山,郁郁葱葱的绿树,偶尔在山间点缀着各色的野花,迎面吹来的风,似乎都带着树叶的香气。

"知道我为什么想带你来这吗? 等你走了,就看不到长城了。好好看看这的天,这的树,这的花吧……还有……还有这的人。等你走了,也看不到这的人了。"

"楚杰,好好的干吗说这些难受的事啊?"

"难受吗?"忽然觉得他将我抱得更紧了,"我比你还难受呢! 虽然我还跟长城在一起,但是你走了我想我可能再也不会来这了。"

{131} 钟声

一次愉快的约会,是楚杰给今天的定义,可是此刻背靠在他的胸前看着眼前的一切,想着他说的话,却体会到了许多伤感。忍不住伸手摸了长城上的砖,上面刻着谁谁到此一游。心里想着也许这真的是自己最后一次爬长城了,发现自己居然会有如此多的不舍情绪,国外不会有的天,不可能有的树,还有永远不可能有的长城和靠在身后的这个人。

"楚杰。"

"嗯?"难有的温柔语气。

"你有刀子吗?"

"干吗啊?"他把我转过来,低着头看着我。

我左右四下的看了看,很小声地跟他说:"我想把我名字刻在这砖上,写上:米露露到此一游!"

楚杰的眉头立刻皱在了一起:"你这是什么素质啊?"说完他就从兜里掏出把钥匙来,上面真的挂了把瑞士军刀:"给你,刻吧,往里刻刻,我给你挡着,把我名字也刻上,写:米露露和爱人楚杰到此一游。"

"非得要加你名字吗?"

"当然啊,你作案我是同伙啊。"

"那非得要加'爱人'吗?"

楚杰突然从我手里把钥匙又拿走了:"我来刻,你给我挡着,真是啰唆死了。"

我和楚杰在八达岭最高处的烽火台上干了一件极其没素质的事,就是把我俩的名字刻在了一块灰色的青砖上,楚杰对自己的杰作非常满意,盯着那块砖看了很久。他转头笑笑地看着我:"终于有把我们俩名字刻在一起的时候了,你说这砖坚持几百年应该没问题吧?这算是我百年意淫了吧?"

他伸手摸着砖打趣说话的样子,不知道突然触动我内心的哪根情弦,眼泪瞬间充盈了整个眼眶,极力咬牙不想让泪水掉出来,忙将头转向了别处。

"你怎么了?"楚杰靠上来看着我。

"没什么,风太大了,吹得我眼睛疼。"

楚杰突然将我揽进怀中:"你可别这样,你这样会让我以为你舍不得我。我可能就不会那么容易放你走了。"

"大哥、大姐照张相吗?十五一张,立拍立得啊。"身旁的一个照相小贩看着我们俩如此煽情的姿势,忍不住凑上来想要做笔生意。

"好啊!"楚杰转过头来,搂着我的肩膀看着照相小贩。他的"好"字一出口,照相小贩以迅雷不及掩耳之势按动了快门,一张照片从相机里快速地冒了出来。

"你干吗跟他买照片啊?"我拉着楚杰小声地抱怨着,我对叫我大姐的人基本都没什么好感。

"不干吗,我想要啊。"说完楚杰笑着给了照相小贩钱。

"就是啊,大姐,你跟大哥这张照得多好啊。你看这脸照得多清楚啊,一高一低的,看着特配,这一看还挺有夫妻相的。"照相小贩像是说中了楚杰的心意,他哈哈大笑着,给了照相小贩二十块钱,愣告诉他不用找了。

"楚杰!"我情绪激动地瞪着他,"你去,你去把那五块钱给我要回来!"

"我不去,人家爬这么高为人民服务多不容易啊,我们应该体谅人家。"楚杰拿着那张照片一直呵呵地乐着,"这照片我收着了。"说完他就把照片塞进了兜里。

"其实……其实……我也带相机了,我不敢拿出来,我怕你不跟我照啊。既然我们都有了艰难的第一次,后面是不是就无所谓了,不用不好意思了?"说完他就从兜里掏出了那款经典样式老旧的德国相机。拉住刚刚爬上来的游客甲或者游客乙,给我们在烽火台的各个角落留下了合影。"哎,今天的活动里包括这个项目吗?我们在这四个角照来照去的,这景色有什么不一样的吗?"

"说好你不能有意见的,你再坚持坚持。"

"那我们还去不去故宫了?"

我的这句话像是突然提醒了楚杰:"去啊,抓紧时间,赶紧走。"

说着他就拉起我朝长城脚下走去,楚杰一边走一边翻看着相机,越看越高兴:"以前还有人说过咱俩有夫妻相来着,对吧?谁来着?啊,薛凯,这小子还挺有眼光的。"

"咱俩哪有夫妻相啊,你不是一直嫌弃我长得寒碜觉得自己特帅?"

"我什么时候嫌你长得寒碜了?你可别冤枉我!"楚杰大声地反驳着。

"你不是跟我说,你以前的女朋友个个都长得比我漂亮,身材比我好吗?"

"不可能!我什么时候说的?我怎么不记得了。"他忽然笑笑地伸手拍着我的后背,"忘了,忘了,都给忘了啊!就记得我夸你的话啊,记得我的好就行了,把不好的都忘了啊!"

在这一天里,楚杰真把我当国际友人招待了。我们真的去逛了故宫,然后去全聚德吃了烤鸭,要不是实在太晚了,他非得带着我奔向颐和园不可。我告诉他,实在是去不了了,最终他决定要跟我去看场电影。

在这一天里,他对我简直好极了,好得我都有点不适应了。这一天里,他的心情也一直格外得好,我说什么他都只是笑,提什么意见他都表示同意,真是让我浑身不自在。我们从电影院出来,他依然拉着我的手,我们俩的手好像一天都没分开过。走着走着,我突然抬头指了指天上:"楚杰,你看,外星人!"

楚杰抬头努力朝天上看了好久,然后低头愣愣地看了我一会儿:"还真是,刚飞过去!"

"这你都愿意配合啊?"我有点吃惊楚杰的反应。

"愿意啊,你干什么我都愿意!"

只是想开句玩笑,掩盖住即将告别分开的压抑气氛,可是他的回答好像让气氛变得更压抑了。

他送我回家,时间一分一秒的过去,路上我们都沉默了。也许都在想告别的话,我应该跟他说什么。希望我今天给你留下了愉快的回忆?那我究竟是希望他记得我,还是希望他把我忘记啊?这一天又给我留下什么?

被他拉着走到了楼下,小区里十分安静,似乎都能听见我们俩呼吸的声音,他低着头一直看着我:"原来跟喜欢的人在一起能这么开心,开心得我都有点不想放手了。我是不是必须得放开啊?"

楚杰的眼神里又满是期盼,期盼的光芒在夜晚显得格外闪亮,让人张不开嘴说不出话,怕自己不小心掩盖掉这层闪烁的光。

"真的有点晚了,我该回家了。"艰难地说出了这句话,看着他眼中那点期盼的光芒开始渐渐淡去。

"米露露,你千万别踢我!"楚杰的这句话说完之后,他要了一个能深深雕刻在记忆中的吻,没有征得我的同意,只说让我别踢他。这吻有别于上次的浅尝芳泽,一碰到我嘴就充满了要融化一切之意,在我紧闭牙关的时候,他似乎也不曾放弃,将我更紧地抱在他的怀里,这吻炽热的程度让我的心跳加速了许多倍。

我没有踢他,我在犹豫了几秒钟之后,回应了他。我实在不该这么做,虽然内心又在一遍一遍地骂自己了,可是还是控制不住地回应了他,完全不能自已,我不想在这最后的几分钟里再做出任何伤害他的事情来。

我的回应让楚杰很开心,微闭的双眼似乎看见他嘴角再次上扬了。这种令人窒息的吻不知道持续了多久,忽然他的手机响了。他手机的铃声,像是隔空敲来的警钟,让他慢慢地离开了我的唇。他低着头,脸上带着笑意:"谢谢你,没踢我!你让我今天圆满了。"

楚杰看着我叹了口气:"这手机的铃声是我自己上的,是十二点的钟声,它告诉我这一天结束了。你们女人喜欢的童话里有灰姑娘,十二点到了就要被打回原型了,那我是灰什么呢?十二点了,我也该恢复原型了吧?谢谢你,米露露,你还算让我当了一天王子。我走了,你回家吧。"

楚杰就这么走了。看着他的背影,忍了一天的泪水还是在十二点的钟声之后,在这个黑夜里默默的从我的眼角滑落下来。

{132}
恍　惚

　　这一天的约会在我的感情世界里很短暂,可是在我的心里可能会很久远,因为眼前总是不停地闪现出那一天的景象,想着他在长城上刻字,想着他拿着相机翻看照片的样子,还有他在楼下看我的那种期盼的眼神和那个被雕刻在记忆里的吻。

　　从这一天之后,我又开始做梦了,总是梦见楚杰。这次在梦里他的脸很清晰,他问我是不是必须得放手,我在梦里没有回答他,但是我在努力的翻脱我的手腕,不想让他这么抓住我,却怎么都挣脱不掉。有点害怕,因为常常会被这个梦惊醒。也许真的不该有这么一天,我不知道这一天是不是给楚杰留下的全都是快乐,可是我现在发现这一天给我留下的是很多痛苦。

　　因为在这一天之后,自己忽然有了背叛的感觉,不是因为那一天的约会,不是因为楚杰一直牵着我的手,不是因为那个吻,是因为我发现自己真的觉得舍不得了,把所有舍不得的事情在脑子里罗列出来,第一个冒出来的影像总是他。

　　我开始在内心谴责自己,罗惠的话又开始在脑子里盘旋,还有两个月就要走了,不要把自己陷入到感情的麻烦里,现在确实让我觉得有点麻烦。但是楚杰始终是楚杰,我答应了给他一天愉快的回忆,让我还了对他歉疚的感情,他便不再出现了。偶尔在走出医院门口的时候会四下张望,既期盼又忌惮那辆熟悉的陆虎车,回家的时候也会四下里看看,不知道他会不会在什么地方等我,再向我提出某种要求来。

也如我早已预想的那样,他没有再来。紧接而来的就是失望,感到失望的瞬间伴随而来的是出轨的感觉,这种精神上的出轨使我在看到祁函的时候,总是不由自主的躲闪,不是人的躲闪,而是思想和目光的躲闪。我不太敢正视他的眼睛,他说的话也总是让我恍惚而又小心翼翼。

"你怎么了,露露?"祁函用温柔的质询目光看着我。

"啊?什么怎么了?没怎么啊!"看了他一眼之后,眼神就很快地跳向了别处。

"你最近这几天怎么了?怎么总是恍恍惚惚的,我跟你说话也经常听不见,总是问我刚才在说什么,你想什么呢?你有心事了?"

我本人的两大缺点,藏不住心事和编不圆谎话,心里有事情总是会一不小心地摆在脸上,不想让人知道的时候却总会说出漏洞百出的话来。特别是在祁函面前,我一个跳跃的眼神他可能就知道我是不是在说谎。

"啊?没什么,可能是因为快走了,总想着我的行李还没收拾好呢。"

"你想怎么收拾啊?"依然是祁函带着笑意的质询目光。

"你说……你说……我带多少双袜子合适啊?"

祁函一边哈哈大笑一边摇着头,他轻拍了下我的脸:"你背着我干什么事了?"

"啊?什么?没……没有啊。"虽然是祁函带着笑意的问题,可是背着人干事情这句话还是让我紧张得成了结巴。

"又结巴了?看来还真是背着我干事情了?看把你紧张的?"祁函似乎并没有生气,依然带着笑容拉着我在人行道上缓步行走着。

"露露,我们很快就是夫妻了,什么事都是可以商量的,就算我没那么大本事,能力有限吧,你的事情我还是会管的,你不用瞒着我的。"

祁函似乎话里有话,让你不太知道他想说什么。仔细想着他的话,难道我要跟他交代我跟楚杰恋爱一天的事情了?那接吻的事情要说吗?

"那个……那个……你说美国买得着高露洁牙膏吗?我用不用带几支啊?"

又是祁函的一阵笑声,他突然表情认真地看着我:"干吗跟罗惠借钱啊?你缺钱吗?有什么地方需要钱了?"

"啊?你怎么知道的?"

"你看你,露露,我说了有事情你可以跟我商量的,你是不是以为连你的事情我都不想管啊?"

"我是跟罗惠借钱来着,当时只是脑子一热随口那么一说,后来又觉得不合适,我又跟她说不用了。"低着头用极小的声音解释着。

"你跟人家说不用,人家可到处在给你准备钱呢,现在人家两口子都吵架了,你看看你啊,老是这样。"

"啊?你怎么知道他们吵架了?"

"杨志成今天问我了,到底是不是咱们要借钱,我一下都被人家问蒙了。"

"啊?那你怎么跟他说的?"我有点紧张地抓着祁函的胳膊。

祁函看着我抓着他胳膊的手:"看来还真是件秘密的事情。"

"我只能说这两天不在北京要来问问你。罗惠瞒着杨志成给你凑了七万块钱,结果让杨志成发现了,杨志成问她干吗用的,她也说不上来,后来他们就吵起来了,然后罗惠就说是你要用。杨志成想咱们都要走了,怎么可能会借钱呢,所以他就来问我到底是不是需要用钱。你说你让我怎么回答?"

"那怎么办啊?"我有点着急地看着祁函,"我们一起帮罗惠解释解释吧。"

"你借钱到底干吗用啊?"

"那个……那个……"

"别骗我,露露,我看得出来,有什么麻烦事说出来解决掉,我们能踏实地走。我可不想整天看着你这么恍惚,心不在焉的样子。"

"是……是……薛凯的事情。"

"他又怎么了?"我一提到薛凯,祁函的语气里现出很多烦躁情绪,我知道薛凯的确是个提出来脸上无光的亲戚,我也知道祁函很不喜欢他,而且能看出来此刻他正在压抑着自己的情绪。

"他欠公司的钱,公司让他限期还清,不然就通报公安机关。"

我的话刚刚说完,接上的是祁函长长的叹气声:"露露,表哥的钱真的是应该你来筹吗?是我太无情无义了?真的是我的问题吗?我不懂人世间的情谊?是不是每家都是表哥贪污了公款,表妹都要帮忙还钱啊?算了,我现在不敢多说什么,那现在到底要怎么样?筹到钱没有?"

我低着头不敢大声说话:"嗯,筹到了,楚杰先借他了,已经还给公司了。"

祁函停住了脚步,他表情凝重地看着我,这种复杂的表情让我觉得很不安,突然又觉得自己唐突了,可是又怕说谎被他发现。他盯了我很久,开始笑,无奈地笑。

"这个男人的心计算是用到一定程度了,我现在都不想问他到底想干吗了!他想用这种方法让你留下来?他是不是跟你说让你留下来了?"

"他没有!"我的声音变得很大,马上反驳到。

"对,他这么圆滑有心计的人怎么会说让你留下来的话呢,那不就显得他太没气度有失水准了吗?"

"祁函,他真的没说让我留下来的话,这个事情也是我无意中知道的。"

"可是你现在,天天想着他!"祁函的声音里充满了愤怒,声音大到让我的眉头立刻紧皱在了一起,而且这次他并没有靠上来安慰我,像上次那样担心吓到我。"无意中?什么无意中?无意中你还是知道。露露,你别再折磨我了!你知道你最大的缺点是什么吗?就是你想让所有人都高兴。露露,你能让所有人都高兴吗?这个男人他不知道你是什么样的人吗?他明明知道他还这么做,你想让我说他什么?你现在心里对他是什么感觉?感激?抱歉?觉得对不起他?露露,千万别被这种感情骗了,我也被这种感情骗过,我在美国的时候也感激过一个女人,因为她在我孤独的时候陪伴过我,可是后来我知道我还是不爱她。"说完这句话之后,祁函突然靠上来吻了我,深吻过后他低着头看着我,"我是你什么人?"

"男朋友。"

"我马上就是你的先生。"

"我们过了多少年才又在一起的?"

"十年。"

"对,露露,是十年! 你给我记住,你爱的只有我,别被别的感情冲昏了头脑,你听清楚了吗?"

祁函咄咄逼人的语气,不让我有半点思考,让我看着他只能慌张地点点头。

"到底借了他多少钱?"

"好像是三十三万,表哥自己有两万。"

"好,五万美金! 我先去跟教授预支我的课题费用,再跟他借钱。我们把钱还给他,让你表哥欠咱们钱还咱们。"

"祁函,干吗啊? 不用了吧?"

"什么不用了? 我不想看见你一提到他,就是满脸的感激、感动,你也别给我整天恍恍惚惚地想着他!"祁函现在很执拗,特别是提到跟楚杰相关的事情,他会立刻暴躁起来,任何力量都不能阻止他马上还楚杰钱的想法。

祁函跟教授的关系看来真的很好,他想借钱的第一人就是教授,而且真的很快就被他借到了,不到三天的时间,他真的筹到钱了。

"把他的电话给我。"这是祁函筹到钱后见到我的第一句话。

"祁函,这合适吗? 他可能真的没你想得那么复杂。"

"什么合适吗? 借人家钱还人家是应该的啊。"

"我是怕你跟他说些……说些……"

"你是怕我骂他,或者跟他打架是吧? 不会的,我们都多大人了? 那这样吧,你跟我一起去,我们一起去还他钱,你给他打电话,约他。"

祁函像是半分钟都等不得了,一直逼着我让我给楚杰打电话。我拿出电话刚刚拨通,只听见楚杰一声"喂"的声音,祁函就把电话拿过去了。

"楚先生是吗? 我是祁函,露露的男朋友,我们现在有急事想见你,咱们约个时间地点吧。"祁函急切的语气可能也让楚杰紧张起来,他们约在了楚杰公司对面的咖啡厅,楚杰说他开完会立刻就过去。

我跟祁函一起坐在那个咖啡厅里等他,从楚杰开门走进来的那一刻,我就慌忙的把头低了下去,我不敢看他,特别是知道祁函要找他说什么的时候,我就更不敢看他。我胆战心惊地抬起来头,可只要我一抬头就会和楚杰的目光相对,目光里有欣喜、有疑惑、有伤感,他的眼神里还多出了另一种期盼,这种目光只能让我赶忙再次把头低下。

"祁先生……你要跟我说什么?"楚杰的话语里充满了小心谨慎。

祁函从钱包里拿出张银行卡放在了桌子上,然后推到了楚杰的面前:"这卡里有三十三万,是你借给露露表哥的钱,我们现在还给你。这卡的密码是六个'1'。你随时可以取出来。"

楚杰看了眼那张卡,抬头看着祁函:"这是我跟露露表哥的事情,我没逼着他还钱。"楚杰的眼神里似乎又多了委屈,他马上转头看着我,想从我这里找到出现此种场景的原因。我只抬眼看了他一秒,马上又把头低下了。

"露露表哥的事情,也是我们的事情,不管怎么说我们都比你跟她表哥的关系更近一步。楚先生,你就别在这煞费苦心了。"祁函说话的声音开始大了起来,话里似乎别有用意。

楚杰好像也变得很不高兴,他的眉头紧紧皱在一起,突然要张嘴说话的时候,我猛地抬头看着他,一直在向他摇头,眼神里充满了祈求,我真的不想让他在这里跟祁函吵起来。楚杰看见我祈求的目光,然后他一直做着深呼吸,最后一句话都没说出来。

"我跟露露就要走了,我不想让她为一些无谓的人做的无谓的事伤脑筋,楚先生,咱们都是成年男人了,总是变着法的去骚扰别人女朋友,不是什么正常男人所为吧?"

楚杰此刻的表情十分痛苦,他一直在做着深呼吸,嘴唇紧紧地闭在了一起,好像在咬牙忍耐着。此刻的我觉得自己快哭了,我紧张地盯着他的脸,很怕他跟祁函呛起声来,把场面弄得无法收拾。他一看我,我就用那种祈求的目光看着他,然后他就把头别向一旁继续做深呼吸了。

"露露表哥跟你借钱,就没给你写个借据什么的?"

"借据?"楚杰转过头来像是在思考着什么,"啊,有的。"

说完他就把钱包掏出来,在里头努力地翻了一阵儿,然后拿出一张很破的小纸来,小纸上只写了薛凯向楚杰借了三十三万,写了借款时间,并没写还款时间,显得十分的潦草。

"就这么一张纸?"祁函似乎不太相信这张纸就价值三十三万。

"当时时间挺紧的,就随手拿了张纸写了一下。"

"好吧,既然你这么说。这钱我们还完了,从现在起咱们就没有任何关系了,我请你也别再做那些无聊的事了!"说完祁函就把那张纸收了起来,拉着我向咖啡店外走去。

楚杰仍然坐在椅子上,在我从他身边交错的那一秒钟,他突然伸出手来拉了我的手,只有两秒钟的时间,他便立刻放开了,然后又是他沉沉的呼吸声。这个细微的动作甚至都没允许我做出任何反应,还没做任何思考就被他终止了。这个动作只有我们两个人知道,祁函并没有察觉,也没有阻断我们离开的速度。他拉我的那两秒钟,我甚至都不敢去看他,只是感觉到了他,这感觉让自己又陷入到恍惚的状态里,任由祁函拉着离开了咖啡店。

{133}
想不到的离开

现在每天回到家中,安静下来的时候就会收拾行李,把想要带走的衣服、用品一件件的收拾进箱子,总是越装越多,装到后来都装不下了,只好再把那些东西都拿出来,重新选择需要把什么带走,选到最后发现很多东西都舍不得,于是会坐在家里看着那些东西发呆。

发呆到一定程度就会忍不住暗自垂泪,老妈看见了会凑上来抱着我,问我为什么哭。

"我想带三十双袜子,可是最后只能塞下二十双。"说完之后我哭得更伤心了。

老妈听见我不能如愿以偿地带走那么多袜子的时候,哭得比我还伤心,她会拍着我的后背跟我说,再去给我买个更大的箱子。

我跟老妈每天都会为了带不走足够多的袜子、带不走我一直铺了很多年的小褥子和我枕了很多年的荞麦皮枕头而难过得抱头痛哭。老爸也常常站在卧室门口一脸伤感地看着我们这对时常精神错乱的母女,但是却从来不说话。我想老爸心里很清楚,我跟老妈的精神错乱并不是为了袜子、褥子和枕头,但是他的军人做派不会允许他加入到跟我们一起错乱的行列里。

每每在小区里穿行的时候,都会想起跟楚杰告别的那个夜晚,忽然觉得在自己走的那天很想再见到他,想让他去机场送我,想最后再看他一眼,跟他互说些祝福的话。紧接着觉得这种想法很愚蠢,也许这就是当初祁函离开这里时的心情,自己很残忍地拒绝出现。如今期盼楚杰在我走的那天会现身,可以释然的跟我告别,这种想法好像比当初对待祁函更残忍,可是脑子里却控制不住的还想再见他一面。

越接近离开的日子,看着周围的每个人都觉得他们越亲切,那些跟我一起工作了很多年的同事,跟我配对值夜班的护士,常常对我进行教育的主任,还有经常批评我垃圾多的卫生员。

中午的时候,同事小郭要请我吃饭,说要对我表示感谢。小郭比我晚来一年,论排行的话我是她的前辈,平时我们关系挺好的,可是她突然说要感谢我,我还真是一时想不到自己做了什么需要被感谢的事情!可是她执著得很,一定要请我吃饭,所以我只好答应了。

我们去了医院对面的餐馆,餐馆里声音很杂乱,我跟小郭找了个角落坐了下来。小郭看着我一直乐,还点了很多的菜,我赶忙拦着她,告诉她只有两个人,别浪费。

"我要感谢你啊,多点一些是应该的。"说完小郭看着我呵呵地乐着,"谢谢你啊,露露,因为你我才能有这次进修的机会,我这进修还有一个月才能结束呢,我怕那时候你忙着出国的事情,没空请你了,所以今天回医院就想请你吃饭啊。"

"因为我?"我实在没弄明白小郭说这话的意思。

"是啊,要不是你把这次进修让给我,哪轮得到我啊。咱们都知道,能跟杨芸教授进修腔镜,怎么说提出来都是件很光荣的事情。她一年就带那么几个进修人员,虽然只是四个月,但是我想这次回来后肯定对自己的帮助很大。谢谢你把这机会让给我,你要不让,我再去求主任估计她也不会给我的。"

"我让的?"我被小郭说得更糊涂了。

小郭看着我的表情,哈哈笑出来:"你是不是太忙了,都给忘了。主任说是你让给我的,回头让我好好感谢你。"

"是吗?我怎么一点印象都没有了。"忍不住低下头想着小郭说的话,始终回忆不起来关于进修的事情。

回到科里我就在主任办公室周围盘旋,心里犹豫了很久,还是去敲了主任办公室的门。主任看到我一脸的笑意:"呀,祁太太来了,快来坐啊。"

"主任,您别拿我开心了。"主任看着我笑了一阵,询问我找她有什么事情。

"主任,您是曾经想让我去进修腔镜的吧?"

"是啊!小米,你的辛苦工作主任是看在眼里的,主任也知道你是个积极向上的年轻人。三个月前吧,我说让你去跟杨芸教授进修一下腔镜,那天你下夜班,科教科一直催我报上去,一开始我给忘了,后来碰到你们家祁博士了,我就把表格给他了。不过他给我退回来了,他说不用了,你们很快就要走了,让我把机会给别人。哎呀,露露啊,你看你马上就要去当阔太太了,很多人羡慕你的。"

"主任,什么阔太太啊,祁函他还在读书呢。"

"他继承怀特教授的衣钵是迟早的事嘛。他们美国医生的待遇可比咱们好太多了,你看看你马上就不用像中国女性这么辛苦了,多好啊。主任这都五十了,每天还跟挣命似的。你这嫁给个好男人也是件幸福的事啊。"说完又是一阵爽朗的笑声。

伴随着她的笑声,我垂头丧气地离开了她的办公室。不知道主任的那些话,究竟算是羡慕还是安慰啊!

晚上祁函被老妈叫来家里吃饭,可是我依然没心情说话,一直默默无语地吃着饭,越吃越多!越吃越多!越吃越多!在准备吃第三碗饭的时候,被祁函按住了。

"你这是怎么了?心情不好啊?"

老妈在旁边说话了:"是啊,我也看出来了,她一生气饭都论锅吃,我都不敢说她,说她就跟我嚷嚷。"

"祁函,你吃饱了吗?"

祁函看着我点了点头。

"你跟我下楼一趟。"

"怎么又下楼啊,有话不能在家说吗?"老妈说话的尾音伴随着我关门的声音消失了。

我跟祁函又来到了那个小花园。

"你到底怎么了?我不是不叫你吃饭,我是怕你吃太多撑着,晚上了不好消化。"

"我……我……我刚半饱!"

祁函看着我生气的样子,哈哈地笑出声来:"半饱咱就再回去吃去,也不至于生这么大气啊。"

"谁为吃饭跟你生气啊?"

"那你为什么生气啊?"

"祁函,你是不是把主任要给我的进修替我推了?"

"进修?"祁函低着头想了想,"哦,那个啊!是啊,我帮你推了。"

"谁让你帮我推了?"声音控制不住地开始变大了。

"咱们都要走了,你去进修有什么用啊?"

"可是你至少也应该告诉我一声啊,我这几年工作都很努力的,这个进修至少是对我工作的肯定吧,你告诉我一声,我心里也有点安慰啊。"

"我告诉你能怎么样？难道你要去啊？我也是太忙一下给忘了，又不是故意不说的。"

"四个月，我可以去的。"

"你去干吗？浪费医院钱啊？医院花钱送人进修，你进修完了能干吗？咱们都要走了，我推了又不对了？你现在怎么那么爱乱发脾气啊？"

祁函一连串的问题把我噎了个半死，忽然觉得他说得也有道理。

"那……那……是杨芸教授。"极小的声音说了最后一句抱怨。

"杨芸教授是谁啊？"祁函皱着眉头摇了摇头。

"她在国内很有名的。"

"你自己也说了，她在国内嘛！我们马上就不在国内了。"祁函靠上来轻拍了下我的脸，"露露，腔镜在国外是非常非常非常普通的东西，哪需要进修啊？再说了，你跟我去了美国你什么都不用做，你就好好陪在我身边就行。说实话有时候想着你干医生都让我提心吊胆的，不如在家让我觉得踏实。"

"祁函，我在你脑子里是不是就是个大笨蛋啊？"

祁函看着我呵呵地笑着："不是啊，是个小笨蛋。"

祁函想要逗趣的话，让我觉得一点都不好笑："你把我放家里，你就没想过我说不定一不小心摸电门上呢，没准我洗个脸还能把自己淹死呢。"

依然是祁函开心的笑声："行，那我回去都给换成安全插座，你每天等我回来再洗脸。"

这种谈话，谈掉了我的体力也消磨掉了我意志，我现在只想回家继续吃饭。可是回到家的时候发现饭桌都被老妈收拾干净了，剩饭菜也都被倒进垃圾桶了,站在那呆呆地看了垃圾桶半天,心想着就算再饿也不可能做出刨垃圾桶吃的事情来,只能垂头丧气地回了卧室一头倒在床上。

那种对未来生活隐约的恐惧感又再次袭来了。我对祁函有信心吗?有!我对自己未来的生活有信心吗?没有!这种有与没有的碰撞真是让人好难过啊!

越接近离开的日子,情绪也越加得低迷了。祁函的试验快接近尾声了,时常要因为作汇总分析被各医院邀请去报告下基础数据收集的结果。他现在的干劲变得好大啊,看着他每天都是很开心的样子。

从我们花园谈话之后过了不到十天的时间,在快下班的时候我突然被通知去主任办公室,说主任有事情找我谈。

轻敲了主任办公室的门,推门走了进去。

一进去发现办公室里,除了主任还有医务科主任和副主任。每个人的表情都显得很严肃,看我走进来的时候,眉头都轻轻地微皱了一下。

"小米,你来了?你先坐吧。"主任指了指她对面的位子让我坐下。

我坐了下来,他们三个人坐在我对面,看着他们看我的表情感觉自己此刻像个犯人,主任一直在叹着气。

"米露露,张鸾凤——你还记得吗?"

"张鸾凤?"我低着头努力地想着,"是我的一个病人吧?三个月前晚上来看的急诊,宫外孕,我给她做了左侧结扎。"

"米露露,你为什么要给她做结扎?"

"啊?什么为什么?她宫外孕已经两个月了,有少量出血症状。"

"那她的输卵管破没破?"主任忽然激动地拍起桌子来。

我看着主任赶忙摇了摇头。

"她没破,你为什么要给她结扎?"

"她的输卵管随时有可能破掉,她半夜三点来的,是我的病人;第二天是周六,我不想把她留给第二天接班的人,万一她突然破了,不得让第二天的人替我上手术吗?"

"米露露,她没破的时候,你就应该告诉她可以保守治疗。"

"可以保守?她来的时候哼哼唧唧地说自己肚子疼,就有个保姆样的陪着她,说什么都不明白。都两个多月了,怎么保守啊?"

"米露露,那你也不能随便替病人作决定啊!人家现在已经找律师了,还请了专家写了意见,说可以保守。现在人家起诉咱们医院了,人家还索赔精神损失费呢。"

主任的话让我一下呆住了:"她告我了?"

"是啊,她没法自然受孕啦。"

"不可能啊,她还有右侧呢。"

"她上周又宫外孕了,右侧破裂了。她去了别的医院,人家给她把右侧也做了。"

"刚三个月她就又怀孕啦?她……她……她都36了,孩子都十岁了,我当时也是问过她的。"

"那又怎么样啊?米露露,你是五年的住院医了,我知道你有经验,那你也不能犯经验主义的毛病啊!她有孩子又怎么样啊?她有孩子是一回事,擅自做主给她做结扎是另一回事。有的病人你帮她做了,她可能会感谢你,可是有的病人你少说了一句话,现在就是官司缠身。"主任长长地叹了口气,"这女人到医务科去哭了,她说她老公是个有地位的人,其实就是挺有钱的,她说她生几个孩子都没事,她那个孩子是个女孩。她一直想生个男孩，要不然她在家里就没地位了。现在她老公也很生气，而且他们第一时间先通知的报社。现在这个事情闹得很大！"

我从来没想过在我就要离开医院的时候会出这种事情，主任的话让我脑袋瞬间变成了两倍大。我的嘴唇开始发抖了，手也在抖，浑身感觉都在抖。

"那现在要怎么办啊？"

"要不你先转岗吧？"坐在旁边的医务科主任突然说话了。

"转岗？我转去哪啊？"

"要不你去妇科门口搞搞咨询？"

"咨询？哪有咨询的岗啊？不就是维持秩序吗？"眼泪充满了整个眼眶。

"你先别哭嘛！我们知道你是个工作努力的好同志，每个医务工作者都有可能碰到这种事情，可大可小，现在这个患者就是想把事情弄大，医院正在跟他们协商呢。也许他们气消了这个事情也就过去了。"主任看见我哭了，极力想要安慰我，可是我现在的心里感觉不到任何安慰。

"咨询也不合适，我怕有记者来暗访。"医务科主任在一旁摆了摆手，"米露露，你是不是要跟祁博士去美国了？"医务科主任看着我询问着。

我看着他点了点头。

"你还没去人事科办离职呢？"

"主任，你什么意思啊？医院不要我啦？你们要轰我走啊？"

"不是，不是，别误会啊，你别激动啊？"医务科主任像是也觉得自己话很伤人，赶忙解释着，"你还有多少天假啊？要不你先休假吧？"

我坐在那个审判椅上,伤心地哭了,从没想过在最后的时刻我会要这样离开医院。曾经还想着会跟大家亲切地告别,说她们会想我,可是现在却被要求躲藏着的离开这里了。

"我会怎么样啊?"我一边抽泣一边询问着主任。

"还在协商呢,现在他们在气头上,所以说什么都听不进去。"

"主任,您告诉我一个最坏的结果。让我有个心理准备。"

"最坏?最坏对你来说可能也不是很坏,无非就是取消医师资格呗,反正你不是也要办离职的吗?好了,别想那么多了。你这些年工作也挺辛苦的,你正好在这几天里好好休息休息啊。"

几乎是踉跄地走出了主任办公室,整个人像被掏空了一样,一走出去就赶忙擦掉了眼泪,不想让同事看见我如此狼狈的样子,慌慌张张地拿了书包赶忙逃回了家中。

{134}
两个人的休假

此时的心情,想装成若无其事地进家门都是件很困难的事情,我在楼下一直徘徊着,极力稳定着自己的情绪,我实在不想让老妈和老爸知道这件事,不想让他们在我要离开家的时候还留下件难过的事情在记忆中。

天已经渐渐暗下来的时候,终于鼓起勇气走进了家门。老爸正在那看新闻联播,老妈在厨房里做饭。听见我开门的声音老妈在厨房里喊着:"怎么这么晚才回来啊,也不打个电话。"

"嗯,单位开会来着。"说完就一头扎进卧室里去了,我倒在床上,用被子蒙着头号啕大哭起来。用号啕这个词并不适合,因为我只是在用号啕的表情,号啕时候配合的眼泪量,号啕需要的肌肉力量,但是却没有号啕的声音。

各种感受从四面八方袭来,悲伤、懊恼、自责、委屈、心如刀绞般的疼痛,却只能用流眼泪的方式倾泻出来。

"洗洗手,赶紧吃饭了!"老妈又在客厅里朝我大喊了。

"我不饿,你们先吃吧!"努力着用平静的语气喊了回去。

"真说不了你这丫头,要么一锅一锅的吃饭,要不就说不饿,今天又减肥呢?这是又心情好了?"我的心情好不了,从来没这么坏过。主任嘴里说的,对于我来说也不是什么坏结果的话,在我心里其实就是个最坏的结果。没有比想到这个结果再痛苦的了。我一直很努力很认真很在意的事情,想不到在一瞬间随着一次莽撞的决定就要变成如此这般了。有很多很多的不甘心,却不知道要跟谁诉说。

忍不住给祁函打了电话。

"喂。"祁函愉悦的声音传了过来。

"祁函,你在哪呢?"尾音里带着很多忍不住的颤音。

"在天伦王朝,有个学术会,你怎么了?"祁函愉悦的声音渐渐地平淡下来,我知道他能听出我声音里的悲伤,"又出什么事情了?"

"你会议结束了,来找我吧,行吗?"

"好。"

也许我的这个电话也让祁函带上了很多的忐忑情绪,晚上九点的时候,他再次出现在我们家门口了。祁函一来,我就慌慌张张拉着他低头走了出去。身后传来的依然是老妈的抱怨声:"嘿,这小两口怎么那么多秘密啊?"

祁函的表情里充满了担心,他看着我的样子,像是在思考我究竟会说些什么?

"你眼睛都哭肿了,你到底怎么了?你想要跟我说什么啊?"

祁函的问题刚一出来,我就又哭了,忍不住靠上去抱住了他的腰:"祁函,我出事了。"眼泪全都滴在了他的衬衫上。

"你出什么事了?"祁函的声音里充满了紧张。

"三个月前,有个病人晚上来看急诊,她输卵管没破,我给她做左侧结扎了,她现在告我了。怎么办啊?"

我的话说完,祁函停了两秒钟,长长地松了一口气,他低头看着我:"你吓死我了!我以为你要跟我说什么呢?"祁函像是受了过度惊吓一样,一直在做着深呼吸,脑子里似乎并没有在意我跟他说的事情。

我还是满眼泪水地看着他:"什么吓死了?我问你我该怎么办呢?"

祁函像是从惊恐中缓过神来了,他开始皱着眉头看我:"什么意思?她没破坏你给她结扎了?没告诉她可以保守?是因为这个吗?"

我看着祁函点了点头。

祁函从松口气的状态又变成叹气了:"我就知道会出这种事情,还非得是现在这会儿出。医院什么意思?不会影响咱们行程吧?没说让你留下来等待质询或者等待法院传唤?"

我看着祁函摇了摇头。

"哦,那就好。"祁函的表情突然变得很柔和,"露露,你老说自己有经验有经验的,你这么个有经验法啊?在美国,要是因为这种事被起诉了,马上就会被医师协会传讯,可能取消医师资格的。"

祁函的这句话,像是又在我伤口上撒了把盐,疼得我想满地打滚。

"他们也说有可能取消我医师资格了。"这句话说出来之后,我终于完全地号啕出来。

祁函被我崩溃的状态吓了一跳,马上靠上来抱了抱我:"好了,别哭了,取消就取消呗,反正都是要辞职的。"

我生气地把他推开:"那能一样吗?"

"怎么不一样啊?露露,你也别怪我说你,我早就跟你说要辞职的,你偏不听我的。你要是早辞了职一直跟着我,能出这事吗?我说了你干医生老让我提心吊胆觉得不踏实,你还老不服气,现在怎么样?长教训了吧?"

"祁函,我心里难受!你非要这么说我吗?你不能安慰我两句吗?"

祁函看我好像真的有点生气了,上来抱着我说:"好了,好了,我好好安慰你啊。明天你就跟他们去说你不干了,你去跟他们说我们家有祁博士呢,我还不稀罕你们呢,怎么样?觉得好点了吗?"祁函的这句话说完,我终于沉默了。

"好了,露露,别为这些事情生气了,一点都不值得!我会永远陪在你身边的。你怕什么啊?有我呢!"

这件事可能对于祁函来说是件好事,因为他终于找到了事实证明,他对我的分析是正确的了,他最近两天都会带着笑问我,有没有去辞职。我总是看着他失落地摇了摇头。被勒令休假的这两天,我仍然像平时上班一样的早出晚归,并没有告诉老妈我出了事故,被医院强令休息了。

我每天去医院旁边的茶餐厅,就在那里静静地坐一天。上午吃一份炒饭,一天喝四杯奶茶,中午吃饭的时间,我怕碰到同事就会躲出茶餐厅四周转一圈,等到了上班时间我又会回去在那里坐着,到下班时间,再回家。因为我跟主任说有了处理结果让她第一时间通知我,我想我坐在这里可能方便马上冲回到医院里。

我每天神情恍惚的去茶餐厅报道,估计老板看见我都以为我精神不太正常了,但是他不敢招我,因为在点东西的时候我总是慢条斯理,表情木然,我想他们可能怕一不小心把我引入到狂暴期吧。第三天的时候,老板已经知道我要点什么了,我一走进去,他就直接放了杯奶茶在我面前。我依然坐在那里发呆,发呆发累了就趴在桌子上靠一会儿。

祁函又去上海讲课了,其实他去不去对于我来说都是一样的,他并不知道我每天都去茶餐厅等待我的处理决定。他让我好好地散散心,跟老妈四处转转,再买买东西,体会体会将来要过的惬意生活。这种每天去茶餐厅等炒饭的生活真的很"惬意"啊,从来没这么"悠闲"过。坐在茶餐厅的椅子上,脑子时而一片空白,时而装满了无数的想法。

我趴在餐厅的桌子上,拿着手机左右看着,想着主任会突然给我打电话。电话响了,不是主任,是楚杰的电话。

这个号码在这个时候显现出来使我的情绪变得更加烦躁了。看着那个号码犹豫了好久,还是接了起来。

"喂!"楚杰的声音里带着点急躁的情绪。

"嗯。"

然后就是楚杰叹气的声音:"你……你什么时候走?"

"快了。"

"你怎么了,米露露,病了?"

"没有!"

"快了,是什么时候?"

"一个月吧,还没订机票呢,他的事情还差一点。"

"我要见你。"楚杰的急躁情绪里带着很多的坚定。

我没有回答他,回答他的是我的无奈的叹气声。

"我这十天,一直在想。"他沉寂了两秒钟,"什么他妈的男人面子,都是狗屁,我每天都在想你,特别想,所以我想见你。"

我拿着电话听着他说的话,眼泪顺着眼角再次滑落了,他的话在我本来烦乱的心里又划上了一刀。我回答不了他,只能默默地听着他说。

"您的炒饭,还有奶茶!"服务员给我上了点的东西,然后就离开了。

"米露露,你在哪呢?早上九点半,跑外面吃炒饭去了。"

"嗯。"这个字的后面带着很多颤抖。

"你哭了?哭什么?因为我说的话吗?"

"嗯。"

"那我能见你吗?"

"楚杰,我要吃我的炒饭了。"

"你出什么事了?米露露。"他像是听出了我语气里的怪异情绪。

"没事!"虽然只是两个字,可是说出来却那么的含糊、不确定。

"你有事,你到底怎么了?"

"我的饭要凉了,我现在特别想吃。"说完我就把电话挂了,控制不住地趴在桌子上再次哭起来,觉得自己的精神快到极限了。我的状况也吓坏了服务员,他们走动到我桌附近就会绕出去,转一大圈,不敢接近我。

我曾经也很想见他,特别想,可是现在不想了,觉得自己如此颓废的状态不想被任何人看见。现在的我也没法让人开心,再无法心无旁骛地装成傻大姐的样子了。如果我见到他,我一定会跟他哭诉,难道我要在离开的时候给他留下这样的一副样子吗?我每天仍然在想着会不会被取消医师资格的事情。

偶尔会想起他说想见我的话。两天来,我仍然坚持去茶餐厅等待主任的电话,餐厅的服务员可能觉得我还算治疗比较好的精神病患者,所以对我的顾忌也少了很多,偶尔还会问我两句:还需不需要别的了。我总是看着他们笑着摇摇头,依然固定地点一份炒饭,喝四杯奶茶。

感觉精神疲惫就趴在桌子上,想任何事情都想哭,坐在角落里头朝着墙,让眼泪自由自在地流一会儿,似乎心情就好一些。

一张纸巾递到了我的面前,看都没看,接过来就把眼泪擦了,攒成了小球扔在了桌子上,然后继续趴在桌子上看着墙,流后面的眼泪。另一个纸巾又递过来,这纸巾的质量挺好,还挺香的,餐厅挺下本,比别的餐厅里的好多了。接过餐巾纸擦了擦眼泪,又擦了把鼻涕,继续攒成小球,扔在桌子上。第三张纸巾递过来,我看着这第三张递过来的纸巾,突然坐直了身体看着对面。

楚杰带着少有的温暖微笑看着我。

"你……你……你怎么知道我在这儿?"

"我看了你两天了。"

"你看我两天了?你什么时候看我两天了?我怎么不知道你看我两天了?你在哪儿看我两天了?"

"嗬,这问题可真不少。我先答哪个啊?"继续是他温暖的笑容,"你说你没事的时候,我下了班就去你们医院等你了。等了半天也没看到,后来我给你们科打电话,他们跟我说你休假了。"

"他们说我休假了?还说什么了?"楚杰的话让我变得有点紧张。

"没什么了!前天我从医院旁边走,看见你从茶餐厅出来,那脸看着就像要到世界末日一样,我没敢叫你。后来我问茶餐厅的人了,他们说你天天都来,都来一个多星期了。然后我就跟了你两天。别生气啊,我不是跟踪狂,我只是不明白你干吗天天都来这吃炒饭啊,有那么好吃吗?结果这两天你还真的天天都来。"

"你不用上班吗?"我听着楚杰的举动,真是有点好奇。

"你都休假了,我也就休息两天呗。工作快十年了,从来都没像样休息过,我跟公司请了一个月的假,说我要休息。"

"这样也可以吗?"

"有什么不可以的,我这不是在休息吗? 就是电话太多,接都接不过来。"他看着我无奈地笑了笑。

{135}
我是楷模吗?

楚杰工作了快十年才有的一次休假是在一个叫"食之舟"的地方度过的。食之舟是个茶餐厅,我喜欢吃里面的炒饭、喝奶茶,楚杰只喝红茶。不到九点钟的时候,我就在茶餐厅门口等待着开门,门一开我就冲进去在我固定位置坐下,然后不说话,服务员就会为我端上来一杯奶茶。

楚杰九点十分的时候出现在茶餐厅,他一进来就在我对面坐下。这让服务员很惊奇,他发现精神病人原来也是有同伴的。他看着我笑了笑,也如同我一样不说话,拿出本商务英语来,开始坐在我对面看书,我们就这么坐了一上午。快十一点的时候,我慌忙地站起来,因为担心最早的一批同事会下班出来吃饭,于是慌慌张张地跑出茶餐厅,楚杰也合起了书,跟着我跑了出来。我低着头走进个小胡同,极慢地溜达着。

心想着楚杰这上午好奇怪啊,既不问我怎么了,也不问我为什么,只是坐在我对面干他自己的事情。其实他这样做让我很庆幸,因为这些天我真的哭够了,实在不想再提这个事情,来茶餐厅也只是为了等待那个结果,当然也很怕留在家里让老妈老爸发现我的异动。

我们就这么沉默不语的并肩从胡同的一端溜达到另一端,然后再用极慢的速度掉头溜达回去。看看时间,差不多同事们又都该上班了,我们就慢慢地走回茶餐厅,继续坐回固定位置,他继续看他的书,我则坐在那继续看着他看书,然后再发会儿呆,消耗掉我一天的时光。

楚杰居然是个能这么静得住的人,偶尔抬头看我的时候会笑一下,然后就继续低头看书了。看着他如此安静的状态,我感觉到自己有些心浮气躁了,很想夺过他的书问他干吗呢?想在我面前装文艺青年啊?后来想了想,人家安安静静地看书也没招我,我就别没事贱招了。

愣愣地看了他一会儿,还是忍不住开口了:"楚杰,你干吗呢?那么厚一本英语书你真都看得懂吗?"

"休假!"他看着我温柔地笑了笑。

他简短而温柔的回答吓了我一跳,因为自己控制不住嘴欠的问话,本以为他会回我:你以为谁都跟你一样呢?结果却大大出乎我的意料。

"你的假期就打算在这个茶餐厅抱着这本书度过了?"

他看着我笑了下:"那要看你想干吗了?其实在这看书、喝红茶、陪着你,挺好的!这是我曾经设想的七十岁以后的生活,没想到居然提前实现了。"

他的笑容里带着很多幸福的含义,忽然让我觉得,虽然只是两个人静静的坐在这里,却比我一个人的时候感觉好多了,至少我不用看着墙发呆,也没再去想那些不开心的事情。七十岁以后?那时候我会在哪儿?没想过。可是他真的想过?

到了下班的时间,楚杰送我回了家,一路上我们没有过多的话,我走进小区的时候,他只跟我说了:"明天见。"然后就离开了。

第二天我去茶餐厅的时候,楚杰已经比我早等在那里,茶餐厅一开门,我们俩都冲进去抢了固定位置,就像那位置会被别人抢走一样,可是其实茶餐厅里只有我们两个人。这种一起犯疯的行为,突然让我觉得很好笑,忍不住一边喝着奶茶一边笑出来。

楚杰依然低着头看着他的书:"你这是在笑呢?"

他不抬头居然知道我在笑,多少让我有些惊奇,我一脸疑惑地看着他,他抬起头来看着我:"地球保住了?不是世界末日了?"

好像又突然被他说中了心事,忍不住像泄了气的皮球一样趴回了桌子上,楚杰忽然站起来坐到了我的旁边,扶着我的头靠在了他的肩膀上:"别再拿你的脸给人家擦桌子了,再这么擦,我看你这擦脸油都省了。"

这个肩膀长得很结实,角度、弧度、厚度都很适合用来依靠,跟我的荞麦皮小枕头有一拼,突然觉得靠在这个肩膀上面不想离开了,虽然这个姿势有些暧昧,可是这个肩膀真的比桌子舒服太多了,它让我觉得心里很踏实,不再像被掏空一样了。

楚杰借个肩膀让我依靠,他继续安静地看他的书了,我就这么靠在上面昏昏沉沉地睡着了,也不知道睡了多久,突然楚杰拿手推我:"哎,醒醒了。"

我一边揉着眼睛一边坐直了身体:"怎么了?"眯着眼睛看着他。

"到点了,咱们该躲出去了。"

"哦,好。"我慌慌张张的从椅子上站起来,冲出了茶餐厅,跑进了那个胡同里。一走进胡同,我就放慢了脚步,开始想刚才楚杰跟我说的话。

突然转过身来看着楚杰:"你怎么知道我在躲人?"

"两天了,一到下班点,你就跑出去,不是躲人是干什么?你在躲你同事吧?好歹我也是个三十多岁的男人了,这点事情我看不出来吗?你到底出什么事情了?米露露。你以为我真的看得下去那本书吗?你看你整天像没魂一样,我心里会好受吗?那样子一点都不像你了,我也不敢问你,我怕你烦我把我轰走了,我一直忍着。"

我看着他摇了摇头,想说没事,可是说不出来;不争气的眼泪还是充满了整个眼眶。

"我他妈快被你气死了,你自己抗得下来吗?装什么天下无敌啊?"

头像千金重坠一样,让我承受不了重量抵在了他的胸前:"我出医疗事故了,告我的那家人还通知报社了,医院怕影响不好,勒令我休假,还不知道要怎么处理我呢?我可能要被取消医师资格了。"

楚杰叹了口气拥抱了我:"是哪家报社你知道吗?"

"好像是城市快报,我都不敢看。"我靠在他胸前摇了摇头。

"我每天都看报纸的,常看的几家都没看见相关报道,也可能是他们自己找的人,也许影响没你想得那么大,没准可以压下来。"

"这能行吗?"

"行不行总要试试吧!"楚杰看着我轻笑了下,"明天我不来陪你了,我去问问这个事情。"

"你认识他们?"

"不认识,但是我们和很多平面媒体都很熟的,看看能不能找到点能认识的人,不试怎么能知道呢?"

"你说我被取消医师资格怎么办?"

"你不会被取消医师资格的!"楚杰的笑容里全都是坚定。

"你怎么知道?"

"因为你是个好医生！我知道这点,很多人都知道,我想你的领导也知道,你不是也这么认为自己是的吗？"

我看着他点了点头。

"你还救过那么多人,我觉得连我都算是你救的,不会因为这一次就怎么样的。米露露,这次是为了给你个教训,让你在工作里能考虑得再多点。"

"真的像你说的这样吗？如果我真的被取消资格怎么办？"

"那我就去把你救过的那些人都找出来,让他们都给我签字,证明你救过他们,我也去交给媒体,说你是个好医生。"

"这能行吗？"

"如果他们那么做了,我就这么做。怎么不行？"楚杰的目光里有很多的认真,很多的不容置疑。

我用怀疑的目光看了很久,可是看到的依然是坚定,忽然发自内心地笑了："谢谢你,楚杰,不管你说的是不是真的,我也不管你会不会那么做,可是我的心情好多了。你让我相信,我做的很多事是有价值的。"

楚杰并没有变成开心的笑容,他依然皱着眉头看着我："米露露,我知道你是个大女人,没准在你意识里觉得,没男人你都能生活得很快乐,也一样能找到有价值的事。其实我也是个大男人,我也曾经以为找个能互通心意的女人不是那么重要的事情。可是你不觉得我们都没有表面看的那么坚强吗？至少现在我知道我没有表面那么坚强,我需要个女人,能让我快乐让我悲伤还能了解我的心意。而且我现在心里有这个人,你心里有这个人吗？你好好想过你心里的这个人是谁吗？可能今天这件事在以后你回想起来,也只不过是经历中的一件小事情,那你以后遇到别的事情呢？还要每天都像要随时崩溃一样地活着吗？别把自己想得太厉害了，你就是个普通女人而已，我也是个普通男人，咱们都需要个人依靠，不是生活上的，是心灵上的。"

"楚杰，我……我……我是不是应该回家了？"楚杰的话说痛了我的每根神经，我觉得心里有些茫然了，突然觉得这种对话是又一次心灵上的挑战，这次他挑到了我的命脉上，我从来没像现在觉得这么需要依靠过。

"你他妈那劲又来了？我知道我在这时候说这话，不合适。但是我不知道你出事情的时候，我就决定来找你了，我就是想劝你自己好好想想，到底需要什么？结果你出事情了，我没法劝你了，但这件事情劝不了你吗？一个真正有依靠的女人，会每天神情恍惚地跑来这里吃炒饭、喝奶茶、趴在桌子上哭？你想干什么，米露露？想做中国女性的楷模？从一而终？答应一个男人就一辈子跟着他？不管适合不适合？中国女性要都像你这样，才他妈是悲哀呢！我不想送你，我要去报社！"说完楚杰就把我丢在胡同里，气哼哼地走掉了。

{136}
你得对我负责!

把楚杰惹怒对于我来说似乎是件很轻松的事情,我只要在他对我长篇大论之后,跟他聊聊国际形势、天气预报、财经信息或者直接说我妈叫我回家吃饭,他可能就立刻被气疯掉了,结果不是摔挂我电话、大骂我混蛋,就是把我扔在大街上,拂袖而去。

可是几天之后他又会出现在我面前,因为各种事情、各种原因、各种心情,和一种思念!至少他这次的出现起初是因为思念,然后才知道了我的事情。

我对楚杰起初是躲闪,害怕面对;然后变成了内疚和许多的感激;现在似乎变成了依靠和一种内心的想念。

第二天,当我再次步入茶餐厅的时候,没有看见他的身影,心里真的是有很多失望,虽然他跟我说过他可能还要去报社,但是我发现自己还是希望他在那儿。

仍然坐在茶餐厅的固定位置,发现此刻的心情不太一样了。似乎今天来茶餐厅不是为了独享阴霾的心情,好像只是为了能看见他。

九点半的时候,仍然不见他,忍不住给他发了短信:"你今天还来茶餐厅吗?"

楚杰给我回了短信:"我上午可能过不去,如果你一直在那,我下午赶过去。"

"我回家了,你忙吧!"

我在医院周围徘徊了一阵儿,然后鼓起勇气走了进去,我很坦然地去人事科办了停薪留职,然后很平静地回家去等待那个结果。我不想辞职,我想要知道这个结果,我也不想狼狈逃跑般的躲掉,我想承担起我该担的责任来,我甚至想到去了国外,他们需要我当面质询的时候,我也会赶回来接受质询,但是这种可能似乎真的很小。反正我现在对自己充满了信心,我也坚信别人把我做的那许多许多的事情也看在眼里,因为有人这么跟我说过。

祁函对于我的这个行为只是笑着摇头,他说我总是计较一些无谓的事情。我不跟他争论,可能在他眼里确实无谓,但是在我这里真的不是。现在见到他之后变得漠然的情绪,很快被他发现了。

"你怎么了,露露,这两天话变得好少啊,还为医院的事情伤脑筋呢?"

"伤过,现在不了。"

"好了,别想那么多了,把这种事情忘掉,就会变开心的。学校录取信已经来了,我明天帮你去申请签证,你准备准备没准过几天咱们要去大使馆的。你东西收拾得怎么样了?"

我犹豫了好久,突然抬头看着他:"祁函,如果我想留下来,等我的处理结果呢?"

"没有如果!"

我的问题好像还没问完,祁函的答案就已经出来了,让人没法去试探问下面的问题。

祁函靠上来紧紧地拥抱着我:"露露,别老说这些奇怪的话了。

也别想那些无所谓的事情了,就想想我们以后的生活,不是更好吗?多开心啊。"

"祁函,我是你心灵的依靠吗?"

"当然。"满是祁函欢乐的语调,"你还是我的开心果,是我老婆,是我们孩子他妈!"说完祁函呵呵地笑出来。

"那你是我心灵的依靠吗?"这个问题,让祁函沉默了几秒钟。

他低头看着我:"露露,我是不是你的依靠,我想你自己清楚吧,咱们都要走了,别再去想这些奇怪的问题了。你再说这些奇怪的话,我会不高兴的。"我没有说话只是沉默着点了点头。

祁函在家里吃过了晚饭回去了,我一个人收拾着厨房,把那些陈年的锅碗瓢盆都搬了出来,一个一个地擦着。从老妈知道我办了停薪留职之后,似乎帮她干家务成了我这两天的主要事宜。我每天把藏着的各种床单、窗帘、被单全都找出来重洗一遍,心想着也不知道下次帮老妈干活是什么时候了。

在厨房里出神地擦着锅,老妈走进来拿东西。

突然转头看着她:"妈,如果我没去美国,你会高兴吗?"

我此言一出,老妈手里的东西掉到了台子上:"你又怎么了?"随即而来的是老妈的喊叫,吓得我把手里的锅也掉进了水池子里。

"没怎么,没怎么。"赶忙解释着,脑仁在我脑子里四处撞击着,看来我的吼叫要想超越老妈,还得再苦练个三五十年吧。

老妈稳定了下情绪,靠上来拍了拍我的背:"你到底想什么呢?丫头,老妈这刚调整好情绪想着你要嫁人了,还嫁给个挺不错的小伙子,总算有点安慰,你怎么又说你不去了?你跟祁函吵架了?你们最近是不是老吵架啊?我看你们老躲出去说话。"

"不是,就是舍不得您,而且……而且总觉得中国的生活可能更适合我。"

"你这都要走了,怎么又说出这些话来了?你不是一向都主意大,自己想好的事情,从来都不反复。老妈让你说得都心慌了!是不是祁函做什么事让你不高兴了?要不是什么原则问题,不要那么计较啊,两口子之间计较多了,没法过了!你说你怎么那么不让人省心啊?"

"好了,好了,没事了,我就是那么一说。"转身把老妈推出了厨房,"哎呀,您出去吧,我还要刷锅呢。"

继续擦着锅,电话响了,是条短信,楚杰的短信:"我在你们小区外,你出来。"

看到他的号码的时候,心里有很多兴奋,似乎感觉等待这条短信已经好久了,赶忙擦了擦手,跑了出去。

依然是那辆熟悉的陆虎车,出了小区门直接冲了过去,开了副驾驶的门直接坐到上面,我突然地冲进来,把楚杰吓了一跳。

"嗬,你吓我一跳,你这冲上来我一点心理准备都没有。我用不用把车钥匙给你啊?省得你担心我把你拉到什么荒郊野外对你怎么样?"

看着他笑了笑:"你找我干吗来了?"

"会笑了?看来心情是好点了。没什么,就是想告诉你,我找到城市快报的人了,也跟他们说了,他们答应不再做追踪报道了。"

"啊?你真的去了?"

"是啊。我说过要试试的嘛。"

"他们怎么答应的,这都能答应?"

"有什么不能的?这个社会这么现实,第一他们是个小报;第二,你的事也没那么大新闻价值;第三,我跟他们合作平面广告了。"

"这……这能行吗?"

楚杰看着我笑了:"行不行,看结果吧。他们还不至于傻到为了你放弃我吧?"

我满脸疑惑地盯着他的脸,盯了很久。

"你那是什么表情,怎么了,又觉得我市侩了?就会靠这些利益手段去干事情?"

我看着他摇了摇头:"楚杰,可能我把事情想得太严重了,也许你不去找他们,过几天报纸也就不会报道了。"

"你什么意思?"楚杰满脸的不高兴,"我又干了件费力不讨好的事是吗?是不是我干不干这件事根本就无所谓啊?可是你前两天还靠在我胸前哭得跟世界末日一样呢?你现在又振作了?不需要了?你又世界无敌了?"

"你这样,我拿什么回报你啊?"

"留下来。"楚杰一脸的坚定表情,"我就要这个!"

他的坚定目光又让我眼睛控制不住躲闪了。

"米露露,你问我那个问题真是让我难过,你心里知道我要什么,还问怎么回报我?是不是就是告诉我,你没法给我想要的啊?"

楚杰又开始叹气了:"我不会因为爱一个人毫无所求的为她做任何事情,我没那么伟大!我要求错了吗?我就是想让我爱的这个人也能爱我!能跟我在一起!是不是我喜欢你这种女人注定就是个悲剧啊?不管我心里多喜欢你,也不管你自己心里多喜欢我,你最终都不会要我的?"楚杰的脸上挂上了长久的、无奈的笑:"米露露,如果你真的走了,不是我一个人的悲剧,是咱们两个人的!而且是你自己一手导演的!"

正说着话,电话响了,刚一接起来又是老妈的咆哮声:"你跑哪去了?刚才还在厨房刷锅呢,怎么一转眼人不见了,怎么也不说一声啊?几点了,赶紧回来,跟谁在一起呢?小祁叫你出去的?"

"哦,吃太多了,我出来溜达一圈这就回去。"

我转头看着楚杰:"我妈叫我回去。"

他笑着点了点头,"回去吧!"眼神里全是失望。这次他没有发火,也没把我轰下车,他平静地带着笑容,目送我离开了。

两天过去了,我每天都在努力地收拾屋子,把玻璃、屋顶、家具的里里外外都清扫得干干净净。坐下来休息的时候,眼前就会出现楚杰那带着失望的笑容,努力晃头想要把那表情忘记,却发现越想忘记他就越清晰。

祁函去大使馆替我申请了签证,他说再过几天就会通知我面签。他的试验也终于结束了,偶尔还会有个把讲座需要他参加。这依然让我觉得他很忙,也许他回到美国会更忙吧,而我可能会更闲,也不知道美国的家有没有这么多锅碗瓢盆需要我刷,不知道有没有窗帘要我洗呢?也许我去了可以先把墙都刷一遍,可是租的房子,人家会不会同意我刷墙呢?现在只能靠这些胡思乱想才能阻止楚杰的脸再次出现在我眼前。

又干了整整一天的家务,发现能洗的东西越来越少了,连家里的皮鞋都让我擦了一遍。晚上躺在床上觉得有点疲惫,缓缓地把眼睛闭起来,楚杰的脸又渐渐地出现了。手机在旁边震动,上面的号码让他的脸更清晰。

深吸了口气把电话接起来:"喂。"

传来的是他的呼吸声,久久不曾说话:"你什么时候走?"声音显得很低沉。

"在办签证呢,签下来就买飞机票。"

"我要去送你!"

"楚杰,你喝酒了?"他的话音里有很多的含糊,让我觉得他又喝酒了。

"没有!"回答我的是他坚定的否定词。

"你去送我这合适吗?"

"什么他妈的合适不合适?我就是要去送你,我要送你个结婚礼物!"

"你是不是喝酒了?你可别喝酒了,回头再又住院了。"

"你怎么管那么多啊?又装大善人呢?你对别人都善,就是对我狠,谁让我他妈倒霉碰到你这么一位呢。"

"你在哪呢?"小声地询问着。

"我在家呢,别忘了告诉我你哪天走,我要去送你!"说完楚杰就把电话挂了。

楚杰略带醉意的话语和他失落的语气,以及再次闪现在我眼前的他的脸,让我突然有个决定,这个决定从来没像现在这么坚定过,这个决定驱使着我在深夜十一点的时候按响了他们家的门铃。

楚杰来开门的时候,看到我站在门外,着实把他吓了一跳,他手里还端着个杯子里面装满了酒。他表情木然地盯了我半天。

"你不是没喝酒吗?"我走进了屋子皱着眉头看着他。

楚杰慌慌张张的把酒倒进了花盆里:"你怎么来了?我是没喝,我这准备浇花呢。"

"我来送你去医院,我怕你喝得胃出血。"

"不用去医院,我真的没喝,我哪敢骗你啊?我确实是在浇花!"楚杰的整张脸都显得很慌张,"你到底干吗来了?"

"我来拿我的礼物!"

楚杰那么愣愣地看我几秒钟:"好。"说完他就慌慌张张地跑到卧室的柜子里翻东西去了。我靠在卧室的门口看着他,很快他翻出个红绒盒子来,拿到我的面前。

"真的有礼物啊?"我实在是有些惊奇,他居然真的能从柜子里翻出礼物来。

"嗯,真的有,买了好久了,一直没机会给你。实在是不好意思拿给你,送这种东西真的不是我的风格。"

盒子打开了,居然是条金项链,下面挂着个牌子,刻着个露字。

"这……这……"对于楚杰送我这个东西,我真是有点吃惊,他说不是他的风格还真的不是。

"你喜欢吗?我记得你说你喜欢金子,你还喜欢刻名字,我这次算送对了吧,不是学别人了吧?"

"这……这……这是千足金吗?"我满脸疑问地看着他。

"千足金,千足金。放心!"说完楚杰把项链拿出来给我戴在脖子上,他的头渐渐沉了下来,抵在了我的额头上,"你说过金子能保值,它能保值吗?我现在也不想别的了,我现在就希望你别把我忘了,让我也成为你留在记忆里的人吧,这样算是对我公平点,行吗?"然后就是楚杰长长的叹气声。

这气息里有浓浓的酒意,吹到我的脸上,让我立刻有些迷醉了。不要把他忘记是楚杰对我的最后要求,证明他已经放弃了。其实他根本不用作这种要求,忘记这个人对于我来说已经是永远都做不到的了。

与他暧昧的靠近,迷醉的气息,以及他这些几乎绝望的话语,让我鼓起了全身的勇气向楚杰要了一个极尽霸道的吻,对,你们没看错,是我,这事是我干的。这个吻有很多掠夺的含义,告诉了他我来的真正目的。楚杰几乎被我的吻惊吓到了,他一时都不知道要如何回应我,他甚至睁大了眼睛想要看清楚这到底是不是我。但是他没有躲开,很快,他用同样的热情开始回应我的掠夺。

是我,对,你们没看错,是我先出手伸进了他的衣服里,开始抚摸他的身体,我不知道这个行为是不是也吓到了他,但是我已经管不了那么多了。我开始伸手去扯他衬衣最下面的扣子,那颗顽皮的小扣子却怎么都不听话,半天也解不开。楚杰很快领会了我的中心思想,他以迅雷不及掩耳之势,在几秒钟之内把自己的衬衣脱了,随即我们展开了一帮一的互助行动,他开始帮我脱衣服。

曾经在脑子里闪现过的与他的精彩画面,没想到此刻正一步一步的成为现实。我必须承认在肉搏的这方面,我是占尽便宜的那一个,因为楚杰身材实在太好了,手感好,肌肉匀称,胸肌厚度适宜,腹肌清晰可触,当然还能摸到他肚子上的伤痕。我的手感可能就比他差了一些,因为他肯定会在我的肚子上抓到一圈游泳圈,然后是我结实的胳膊和粗壮的大腿。楚杰,不好意思了啊,千万别失望啊。

我想表现出我久经沙场,身经百战,所以对的,你们也猜对了,是我推倒的他。我猜想如果我不这么做,他一辈子都不敢吧?因为我的暴力倾向实在是十分严重,我们都倒在床上之后,我发现我完蛋了,我不知道要继续干些什么了。但是还好,楚杰知道。

也许我今天来这里身上应该带挂鞭炮,走的时候在门口放上三千响,来庆祝我终于就此摆脱了我耻辱的帽子。二十八年来第一次有个男人正式地进入了我的身体,这个人叫楚杰。那个十分忌惮的瞬间,其实也不如我想得恐怖,只需要牙一咬,眼一闭就挺过去了,当然了,随后的时光也没我想得那么快乐,因为感觉自己僵硬到四肢抽筋的程度了。直到他在耳边说:"你放松点!"才意识到自己在僵硬的状态中持续了好久。

在我们征途结束,准备分开彼此的时刻,楚杰忽然皱着眉头看着靠在他怀里的我:"这是梦吧?你是不是已经去美国了?"说完他就躺下靠在我的耳边:"最好别醒过来。"渐渐的,传来了楚杰沉沉的呼吸声,我看着他的脸知道他已经睡熟过去了。

我躺在床上开始想事情了,现在要怎么办啊?自己下了一万种决心来,却没想过之后我要怎么办?而且事情也这么发生了?我现在到底要干什么?去告诉祁函我跟楚杰上床了?可是我哪有勇气看他的脸啊?也许我可以什么都不说就这么偷偷溜掉,反正他以为这是个梦,想着想着我也昏沉地睡了过去。

等我醒过来的时候,天已经微微泛白光了,楚杰的呼吸很均匀,看着他平静的脸,发现他不皱眉头的时候,好像更帅了,可惜他总是皱着眉头看我。楚杰轻轻地翻了个身,突然让我慌张起来,很怕他睁开眼来看见我,发现这一切都不是梦。

想到这,我慌慌张张地爬下了床,穿好了衣服,蹑手蹑脚地走出了他的卧室。在客厅里看了一下,产生了颇多感触。这个家我以前常来的,又站在他们的全家福面前仔细地看着那张照片,照片里那个俊俏的小男孩就是现在正睡在屋子里总是被我气得半死的那个男人,轻轻地叹了口气。

走到门口,想要开门的时候,一只手按住了大门。楚杰满脸的怒容,眉头深锁地看着我。我的天啊,他起来了,他什么时候起来的?怎么也没声音啊!他一直深喘着气,像是极力压制想要暴怒的情绪,他不说话就那么紧紧地盯着我。还好他把裤子穿上了,不然我想我会马上喷血的,可能是因为太过着急,他只是随意穿了衬衫,没系扣子,大敞着怀,露着他结实的胸膛。

"你……你……你……你赶紧把你的扣子系上。"在白天如此清醒,如此直白的,面对他,让我的脸瞬间红到了脖子根,掉过头去面朝墙,手一直在身后摆动着,"你快系上。"

"系他妈什么扣子?"楚杰愤怒的声音快把房顶掀了。

"哎哟,楚杰,我求求你了,你快系上,要不我没法跟你说话。"

"你……"楚杰对于我此刻的要求有一万种不理解,他极力地做着深呼吸,不过他还是开始系他的扣子了。

"我系好了,你转过来。"

已经穿着得当不再敞胸露怀的楚杰,终于使我紧张的神经放松下来。

"你要干吗去?"语气里依然是愤怒的口吻。

"我……我……我要回家。"我小声地嘀咕着。

"回家?你他妈把我睡了,就这么走了?"

楚杰的话真是让我惊恐不已:"什么啊,什么啊,什么啊?"连说了三个什么啊,又实在不好意思地转过头去,把脸朝墙站着了。

"我说错了吗?"楚杰好像还是很生气,"米露露,我是那么好睡的吗?我告诉你,你休想睡完我就跑,你得对我负责!"

{137}
面对

楚杰按着门执意不让我离开,我想着昨天晚上发生的事情,实在是有些难为情,不敢转过头去看他,恨不得现在能把头扎到墙里面去,低着头一边拿手抠着他们家的墙,一边小声叨叨着:"负什么责啊?我也没占多大便宜。"

楚杰站在我身后,呼吸声渐渐平稳了很多,感觉不像刚才那样激动和愤怒了,可是我依然不敢转身看他,因为实在是不好意思。

他忽然从身后紧紧地抱住了我:"你就这么走掉了,那我算什么啊?"说完这句话他把我抱得更紧了。

这个问题,他提得很有深度,我们现在到底算什么啊?激情男女?奸夫淫妇?春宵过客?还是……沉默着半天回答不上来。

"别让我当一夜情,我从来不玩一夜情。"

"楚杰,你不是一夜情。"他的话让我觉得有点委屈。

"我知道我不是,你也千万别说你在用这种方式报答我。"楚杰靠在我耳边深深地喘了口气,"你爱我,米露露,你自己真的不知道吗?我现在终于敢肯定我不是在自作多情了,所以这次我求你,你别再逃了。我们去跟他说,说你想留下来跟我在一起。"

"我不敢!"这三个字说完,觉得有滴眼泪顺着眼角流了下来。

此时楚杰家的墙被我抠下来一大块,他的要求给了我前所未有的压力,我爱他吗?爱吧!不然我为什么半夜十一点,风尘仆仆地跑来按他们家的门铃?可是从爱的激情中清醒过来之后,发现还要面对许许多多的问题,这些问题摆在面前变得很棘手,我有点处理不了。一想到要面对祁函的时候,从内心里冒出了无数的恐惧,好怕看到他伤心和失望的表情,而他的那些伤心和失望都是我造成的。我真的不知道要怎么做,本来想逃回家中冷静地想想,可是却被楚杰拦了下来,我知道他已经被我的躲闪态度弄得快要崩溃了。

楚杰突然转过我的身体,把我按在了他的胸前:"你不答应我,我不会让你走的,我已经受不了你的逃避了。你不敢什么?不敢伤害他?我也没有那么坚强,你也别再伤害我了。"

"楚杰,我们俩这样到底对不对啊?!"

我的这句话刚说出来,楚杰的脸上又挂上了怒容:"什么对不对?就因为你们俩上了一个学校,他比我早出现,他在你心里就永远得排在我前面是吗?好,那我问你,我是不是你第一个男人?"

"你说什么呢?"忽然又有把头扎进墙里的感觉了,一把推开了他,转过身去继续抠那块掉下来的墙皮。

"我是二傻子吗?"楚杰在我身后大声地抱怨着,"我多大岁数了?我什么没见过啊?你看你现在这劲儿,我再重活三次都能被你气死。你别再抠我们家墙了,再挖两下都到邻居家了。"

楚杰禁止我抠墙,只好停下手来,面朝墙喘着气。

"我也不用你负责了!我对你负责,你不敢跟他说,我去跟他说,反正我是不会放你走的。"楚杰又把我拽过来,一脸严肃地看着我,"快,把他电话给我!我心里有底气,我现在是有事能排在他前头的。

大不了去了让他揍一顿,放心我不还手,我连你那份打都挨了,行吧?省得你老问我这样对不对?"

楚杰像是越说越生气,撸胳膊挽袖子的,不像是去挨打倒像是准备去打人的:"什么他妈的对不对?你怎么不问我爱你到底对不对?你爱我到底对不对啊?"

"我去说,不用你去。"我低着头用极低的声音说出了这句话。

"啊?"楚杰好像没听清楚一样,一脸疑问的表情,眼睛死死地盯着我。

我抬起头来看着他:"我自己去跟他说,我要留下来跟你在一起!"

楚杰被我的话说愣住了,他的眼睛死死地盯着我的脸,也许我对他运用的这种肯定语气让他极度不适应,他又开始做深呼吸了,然后伸手去解自己衬衫的扣子。我皱着眉头看着他:"你能别解你的扣子吗?"

这句话阻止了他的动作,楚杰开始笑,满脸的开心笑容:"我刚才那一秒钟想哭,想不到居然有一天会为女人的一句话差点哭出来。"他靠上来再次拥抱了我:"这次是真的吧?让我陪你去吧?我好害怕你又跑了。"

"我不会跑的,楚杰,我下定了决心就不会跑!"

我此刻的坚定目光,让楚杰松了一口气,他看着我点了点头:"那你们去哪儿说啊?能带我一个吗?"

"楚杰!"

"我就远远地看着,我不打搅你们。"

"楚杰!"比刚才的声音又提高了一百分贝。

"我不是怕你跑了,我是担心他一生气,会对你做出什么事来!

你不让我去,我怎么救你啊?"

"祁函他不会的!"

"好,好,好,我小人之心了!"楚杰满脸的不情愿,"那你跟他说完了给我打电话?"

"嗯。"我看着他点了点头。

"那我先开车送你回家。"说完他就跑进屋里去拿车钥匙了。

他送我回家的路上一直面带笑容,笑容在脸上停留片刻,他就会控制不住地笑出声来,让我觉得十分的瘆人。

"楚先生,咱能正常点吗?"

"啊,挺正常的啊? 一想起昨天晚上我就觉得开心,忍不住想笑。"

"你再说这个,我可跳车了啊!"觉得自己的脸又开始红了,只是现在没有墙让我抠了。

楚杰伸手赶忙拉了拉我:"别,别,别,我错了还不行吗? 我不说了,我就自己想!"说完又哈哈地笑出来。

到家的时候我一下车,他就按下玻璃看着我:"今天会说吗?"

"我想想。"我说完这句话之后,楚杰着急地从车上走了下来:"别想了,就今天说吧,夜长梦多。"

我忍不住笑出声来:"什么夜长梦多啊!"

"你们到底去哪儿说啊?"

"行,我知道了,今天说,你等消息吧!"这句肯定的话再次让他松了一口气,他低下头来深吻了我,吻过之后一直在笑,"好像终于能这么光明正大地吻你了。"

答应楚杰的事情要去做,回到家里一直在屋子里来回踱着步,不知道要去哪,或者怎么跟祁函开口提这件事情。如果我告诉老妈我不去美国了,她会不会当场把房顶吼得掀起来啊?

楚杰可能也是我见过的有史以来最不淡定的销售总监,分开没一会儿就打电话来询问我到底怎么样了,说他还是想陪我去。

"你去,多伤人啊!"忍不住说出了这个想法。

"嗯,知道了,那我等你电话。"说完他就又把电话挂了。

想了很久还是鼓起了勇气给祁函拨打了电话。

"喂,祁函,你在哪呢?"

"我在公寓呢,头疼!昨天晚上一直疼,有点难受,在休息。"

祁函的回答让我像是挨到了第一下针扎,他说昨天晚上就开始头疼,使我忍不住想到了昨晚的我。

"那我过去看你好了。"

告诉老妈祁函生病了,我要去看他,老妈则赶忙准备了水果,熬了一锅粥,让我给他带过去。

站在祁函的公寓门口,我一直在做着深呼吸,想了好久伸手敲了门。祁函满脸倦意地开了门,看见我的时候从嘴角挤出一丝笑意来。

"你来了?一看见你我这病就好一半了。"第二下又扎在了我心上。

祁函的脸色的确有些不好,我摸了摸他的额头,在发低烧。

"你发烧了,要不咱们去医院吧?"

"不想去,可能累了,休息下就好了,你不就是我的医生吗?"他看着我开心地笑出来。

"祁函,老妈煮粥了,你喝点粥吧。"

祁函靠在床上眨着眼睛看着我:"老婆,你喂我吧?"祁函的脸此刻就像个调皮的孩子,像是在跟我撒娇,让我必须喂他。

我看着他,轻皱了下眉头,点了点头。

我在喂祁函喝粥,他仍然满脸笑意地看着我:"有时候想想生病也挺好,你能这么温柔的在身边喂我喝粥。"说完他就凑上来,在我的嘴上轻吻了下,"哎呀,不会把你也传染了吧?"然后满眼都是他的微笑。

祁函现在的样子真是让我怎么都张不开嘴,我看着他一直在做着深呼吸。

"你怎么了,好像很累的样子? 是不是也病了。"祁函伸出手来摸了摸我的额头,我侧头躲开了:"我没事!"

"到底怎么了? 好像不高兴啊?"祁函的脸上挂着疑惑的表情。

忽然手机响了,拿出来一看,是楚杰短信,只问我怎么样了。十分艰难的把手机又收回到兜里。

"谁的短信啊? 你看你那脸,怎么那么痛苦啊? 好像比我病得还重似的。"

"祁函。我……可能……不能跟你去美国了。"这几个字几乎是从我的牙缝里挤出来的,说出来的时候,我一直低着头不敢看他,感觉自己马上就要窒息了。

祁函坐在床上,沉默了,沉默了很久很久。我抬起头来看着他,他却一脸平静地看着我,忽然又靠上来轻吻了我一下:"别想这些奇怪的事了,我都生病了。"然后脸上又挂上了温暖的笑容。

"祁函!"想要继续开口,却被他的话立刻打断了。

"你是不是非要留下来等你的处理结果啊? 有什么必要啊? 一起走多好啊,干吗非得前后脚去啊?"

"祁函,我不打算去美国了,我想留下来,中国的生活更适合我。"

祁函靠过来轻拍了我的脸:"我才不信你这么狠心呢! 干吗,你不要我了?"

"祁函,我跟楚杰他……我们两个……"

当我提到楚杰名字的时候,祁函脸上的笑容完全消失了,他的眼神瞬间掉入到冰点,冷冷地看着我。

"这个男人他又做什么了?"

"我跟他,我们两个……昨天……那个……"

"我知道了。"祁函打断我继续要说下去的话。

他的眉头紧紧地皱在了一起,一直用手搓着额头。屋里充满了他沉沉的呼吸声。

"开心吗?"他忽然抬起头来看着我。

"什么?什么开心吗?"

"单身派对啊!国外都这样的,结婚前都会凑在一起再疯玩一次的。"他又再次伸出手来轻拍了我的脸,"这次玩得有点过啊!别有下次了,我会生气的。"说完他就站了起来:"我去找教授,看看让他联系下大使馆,能不能把咱们面签日期提前一下。"

"祁函,我不是在过单身派对。"我追随他的这句话,让他的眼睛紧紧地闭在了一起。

"怎么样,对他的感觉好受点了吗?"他突然转过脸来,看着我,脸上又再次挂上笑容了。

我真的不知道祁函的这句话是什么意思,我满脸疑惑地看着他的笑容。

"对人有感激的时候,都是这样的,我也这样过。没关系,露露,我不在乎,反正我们都要走了嘛。如果你觉得用这种方式偿还欠他的情谊最合适的话,我也能理解。我不跟你说这个了,我要去找教授了。"说完祁函就朝门口走去。

"我爱他!"几乎是用尽了全身的力气,我咬着牙朝着他的背影说出了这句话。

祁函猛地转身把旁边架子上的东西全都推到了地上,他突然朝我大喊着:"你说什么都行!我就是不许你说这三个字!"

{138}
禁　锢

祁函的暴怒真的把我吓了一跳,可能他突然的情绪激动让他自己一时也无法适应,他伸出手来扶住了墙,一直在深喘着气,胸口起伏得厉害。

"为什么要这么对我?"祁函的声音里充满了委屈还带着颤抖,也许他在强忍着不让自己哭出来吧。可能他还可以忍住,可是我发现自己想忍住眼泪并不是那么容易的事情,我很怕看到他被伤害的表情,而且现在似乎比我想象得还要更伤。

"我们过了多久才又在一起的? 露露,你别随便说你爱他,你爱的是我。你别被这种突来的感情冲昏头脑,我们在一起的时候有多高兴,你都不记得了吗?"他走过来拥抱了我,"我们都冷静点,我刚才不该推东西,可是你真的不该跟我说那些话。咱们别闹了,再一个月就要走了,我一会去找教授,可能连一个月都用不了,把你刚才说的话忘了吧?"

"祁函,我变了。"忍不住伸出手来擦了下眼泪,轻轻地推开了他,"还记得咱们再见的那次吗? 你跟我说,你还跟原来一样,一点都没变啊。其实你才是跟原来一样的那一个。不管你在美国还是在中国,你始终都是你的样子,各个方面都能做到出类拔萃,不管是不是出于你的自愿。而且你的想法也从来没变过,在你心里你认为我也没变过,但其实我真的跟原来不一样了。"

终于忍住了泪水,我带着笑容抬头看着他:"在学校的时候,能跟你相爱,那时候我觉得自己像得到全世界一样。我真的什么都不想,每天就想着能跟你好好的在一起就是我最快乐的事情。因为有那么多人羡慕我,你还对我那么好,觉得自己每天都像个公主。可是后来你走了,你走了我就不再是公主了,其实本来我就不是公主,原本我就是个普通的女孩。我到医院工作,发现我是所有普通人里最最普通的一个,没人会因为你谈过个让人羡慕的恋爱而对你另眼相看,想让别人知道还有你这么个人存在就得靠自己。我也不是想成为多伟大的人,我就是想让别人知道,那里有我这么一个人,而这个原因不是因为你,是因为我自己。说实话,你走了以后我并没有觉得我的世界就此塌陷了,我除了没有个像样的男朋友之外,很多事情也可以让我变得很高兴或者悲伤或者感动,虽然我也会时常想起你。"

深深地吸了口气,很坚定的目光看着祁函:"我爱你,曾经!很爱!可是那时候我的世界好小,小到只有你一个人就够了。可是现在我不一样了。我也努力地尝试想回去,想变回到大学时候的我,只要拥有你就能彻头彻尾的快乐,我发现我做不到了。因为我发现我的世界里不是只有爱情就够了。我说我爱楚杰,不是因为他取代了你,占据了我的世界。是因为他一直想以一个爱人的身份走进来陪伴我,我现在需要这个能陪伴我的人,我的世界不全是他但是必须得有他。对不起,祁函,因为爱情对于我来说真的不是我的全部,我想跟他在一起是因为他是个愿意接受我全部世界陪伴我一起生活的那个人。"

"是不是我做错什么了？露露。"祁函看着我依然在摇头。

"你没做错什么？如果非要说谁做错什么了，那也是我做错了。我不该这么一直逃避，把事情越弄越复杂，我总是在逃避一个问题，就是自己究竟需要的是什么？因为我也沉迷在大学那段快乐时光里，想要找回以前的感觉，我也尽力地去找了，可是我真的找不回来了。"

祁函依然在固执地摇他的头，然后就是他长长的叹气声："我不想跟你分开，你是不是因为我没为你留在国内？我想留在国内，可是他会纠缠你的，所以我们不能留下来。你跟我去美国，我会对你好的，我只对你好，用不了多久你就会把他忘了，我保证。"

"祁函。"他现在的态度让我有些担心，好像无论我说什么他都在固执地摇头，越说到后头他越听不进去，而且他也根本不想听。

忽然手机铃声响了，拿出来一看，又是那位焦躁不安、不淡定的全国销售总监，一直犹豫地想要不要接这个电话。

祁函突然靠过来，从我手里把手机拿走了："别再接他的电话了。"说完他就开窗户把手机扔了出去。

"你干什么？祁函！这是二十楼，你砸到人怎么办？会死人的。"紧张地趴到窗口向外看着，很担心手机掉下去不小心砸到谁的头上。

"到美国了，我再给你买个新的。"他一直在大口地呼吸着，"你在这睡会儿吧，我去找教授，说我们面签的事情。"说完他就头也不回地走出了公寓，还把大门反锁上了。

我冲过去一直拍着大门："你干什么啊？干吗把我关起来啊？"拼命的在屋子里大喊着，可是始终也没有人来开门。突然陷入到有点恐慌的状态里，现在怎么办啊？想到要去用祁函的电脑上网，发现他用的是无线网卡，网卡也被他拔走了。

有点懊恼地坐在床上,实在没想到祁函会这样,楚杰担心他会对我做出什么事来,他的确没对我做什么事,但是他把我关起来了。坐在床上开始担心,我没接到楚杰的电话,会不会让他马上疯掉啊,而且我还就此和他失去联系了。想到这忍不住去敲墙壁,可是半天也没人回应。开着窗户看了半天,这楼实在太高了,就算我把内裤穿外边,飞出去估计也不会有什么好下场。唉声叹气地靠着墙坐了下来,等待祁函回来似乎是我唯一的希望了。

晚上六点多的时候,祁函终于回来了,他的表情显得很平静,手里还打包了很多吃的。他看见我轻轻地笑了下:"饿了吧,我买吃的了,有你爱吃的排骨,咱们吃饭吧。"

"祁函?"他现在的样子真的让我有点害怕了,因为从他的脸上一点都看不出伤心来。

祁函看了看我,把筷子递到了我手里:"吃饭吧,多吃点。我已经跟教授说了,他说应该没问题,没准下周就会通知我们面签呢。"说完他就往我碗里夹了块排骨,然后看着我笑了笑。

"祁函……你别……别……别这样行吗?"

他不说话只是低着头吃饭,也不抬眼看我。

"你把电话借我用用,我给我老妈打个电话,我只说下午出来,这都快七点了。"

"我给你妈打过电话了。"他抬起头来看了我一眼,"我告诉她,你今天晚上不回去了,要有什么奇怪的人问你的行踪,也别告诉他,因为你被跟踪狂跟踪了。"

"你跟我妈胡说什么啊!"

"我没胡说!你妈也挺担心你的,我告诉她,让她放心,我会好好照顾你。你妈也说让我好好照顾你了。"

"你……你……你什么意思啊?"

"没什么意思,反正我的试验结束了,我也没什么事,这些天我好好陪陪你。"

"陪我干吗? 陪我在这个屋子里待着?"

"嗯。"祁函轻轻地嗯了一声,没有抬头看我。

"祁函,你冷静点好吗? 你……你……这不等于把我给关起来了吗?"

"我没有不冷静,是你在不冷静! 是你在草率地踢掉我,行了,咱们再坚持坚持。"说完这些话之后他就再也不说话了,无论我再说什么,他只是低头吃饭。

这饭我一口都没吃下去,可是他还是不停地往我碗里夹菜,也不管我吃不吃。吃完饭,他沉默不语地把碗筷都收拾了,然后他就去洗漱,之后就躺在床上开始看书,一眼都不看我,好像我已经不在这房间里一样。

我坐在角落里一直盯着他,现在完全不知道要跟他说些什么了。而且我也知道我说什么都是没用的。

在屋里四下看了看,连个表都没找到,忍不住看着他:"祁函,几点了?"祁函在床上翻了个身,继续看他的书,没有回答我。

"我能用你的手机打个电话吗?"小心翼翼地询问着,传来的是他很清晰的翻书声。

我叹了口气站起来,一直看着窗外,路面上的车好像越来越少了,以他公寓的位置,能这么少的车,我想大概也得十二点了吧。不知道楚杰在干吗? 也没法告诉他我在干嘛,真是伤脑筋啊。

趴在窗口一直向外看好像是现在唯一能和外界交流的事情了。

祁函忽然在我身后抱住了我:"你亲戚不在了吧?"只是简短地询

问了一句话,并没有等我回答,他开始低头吻我的脖子。

"祁函,你别这样。"歪着头想要躲开,可是他把我抱得更紧了。

"你别这样,行不行。"我开始使劲去掰他的手,可是他一点没有要停的意思,吻也越来越强烈,手越掰越紧。

祁函现在像是固执到了极限,无论我怎么想掰开他的手,他就是不肯放开。他开始伸手解我的衣服,此时的我承受不住他带动人的力量和他身体的重量,和他一起倒在了床上。和祁函倒到床上的那一刻,我彻底崩溃了,眼泪像泉水一样地流了出来,哭着跟他说:"我不想!"

现在的我真的觉得很伤心,不仅仅是因为担心自己的境遇,还因为我把祁函变成了这样。

这突然的哭喊声,终于让祁函停了下来。他一脸绝望地看着被压在身下的我,一直在叹气。他缓缓地站起来,眼泪顺着他的眼角滑落了:"你走吧,你已经不爱我了。"

{139}
日记的终章

　　我曾经很惧怕的艰难时刻就在这样的状态下度过了,祁函准许我离开的话让我终于松了一口气。看着手上的戒指,慢慢地把它摘下来,我曾经下了很大的决心把它戴上,如今想要摘下来也一样不轻松。轻轻地将戒指放在了桌子上,祁函没有说话,他只是静静地站在那里,不看我,面无表情呆呆地望着前方,脸上没有痛苦没有悲伤,可是眼泪却从他的眼睛里一直往下流。

　　"你什么时候走?我想去送你。"我站在门口小声地询问着。

　　祁函轻皱了下眉头,缓缓的把眼睛闭上了,他一直沉默,没有回答我。也许我现在问这个问题有些不合时宜,可是我真的想去送他。

　　深夜的北京,像是整个城市都悄然睡去了,即使是在夏日的夜晚,也让我感觉到了一丝凉意。我站在祁函的公寓楼外一直做着深呼吸,这份安静和清冷的感觉让我的整个人都放松下来。沿着人行道慢慢的向一个方向前进着,不知道这个方向是不是正确,但是就那么随心地沿着路走,暂时还不想去想事情。

　　也许我现在该去打个电话,可是手机已经摔坏了,身上又没有电话卡,好像所有的商店也都关门了。如果我现在打车回家,不知道老妈会作何反应。可是在这个时间,想办法回家是唯一选择了。

慢慢地靠在马路边,看着稀少的出租车,想寻找一辆亮着红灯的载我回家。突然一辆黑色的陆虎车从眼前驶过,紧接着就是能划破夜空的刹车声,好像立刻能把人的耳膜刺穿,我还在茫然地看那辆车的时候,楚杰从车上冲了下来,跑过来一把抱住了我。

"你电话怎么关机了?你想吓死我啊?"楚杰像是如释重负的在我耳边长松了口气。可我还是被他的突然出现吓了一跳。

"你怎么找来了?"

"从你电话突然关机后,我就出来找你了,我给你们家打电话,你妈死活不告诉我你在哪!你老妈是不是特别讨厌我啊?"楚杰一脸担心面容地看着我。

我看着他笑着摇了摇头。

"我只能让薛凯去问你妈,你妈一开始还说你去了他的公寓,在西三环这边。后来也不知道为什么连跟薛凯都不说了,估计猜到是我让薛凯去问的。你说,她以后不会也这么讨厌我吧?"楚杰一直在说着他为什么会在这出现,可是结尾还要加上对老妈态度的担心。

"我妈没有讨厌你,她只是担心我而已。"

"我也担心你啊,我真的想不出别的办法,根本睡不了觉,只能挨着这些能外租的公寓楼一个一个问。我都想好了,要是早上六点还没你的消息,我就去报警。"

"报什么警啊?我这不是好好的吗?"

楚杰上下打量了我半天:"你没事吧?他没对你怎么样吧?"

"没有,祁函他不会对我怎么样的。"

"那你怎么半夜在马路上走啊?你可别骗我啊!"楚杰一直看着我的脸颊,似乎觉得我被祁函扇一顿才是我应有的待遇。

"哎呀！你干什么啊？"十分不耐烦地推开了他的手,"我饿了,我晚上没吃饭,找地儿带我吃饭去。"

楚杰看着我犹豫了几秒钟："哎！好嘞！其实我也饿了,我晚上也没吃饭。"

我们俩手拉着手的,晃呀晃的一路晃上了车,觉得此刻的我们就像两个幼稚的男孩女孩,互相表白了内心之后,就陷入到两个人的恋爱世界里去了。

吃饭的时候,他总是蹦出一些话来询问老妈的喜好,看着他紧张的样子真是让我觉得好笑。

"哎,不都说丈母娘看女婿越看越欢喜吗？我想你妈以后会喜欢我的。"

"谁是她女婿啊？"忍不住的小声嘀咕了一句。

"我啊,还能有谁啊,你这是什么问题啊？"

"八字还没一撇呢,什么女婿啊？"依然皱着眉头小声嘀咕着。

"什么没一撇呢？咱俩一捺都写完了。"

"哎呀！"忍不住在桌子下面踢了他一脚。

"嘀,又使无影脚呢？你这毛病得改改啊？回头咱孩子都学得跟你一样,动不动就踢人,那谁受得了啊。"

再想踢楚杰第二脚的时候,他早把腿转走了,一脸得意地看着我："还能老被你踢吗？"此刻的话里似乎别有含义。

怎么跟老妈讲述我不去美国的事情,在我心里演练了很多遍,我也做好了充分的思想准备,还准备了耳塞子用以保护我的耳膜。但是老妈的反应真的让我吃惊,她居然很平静地看着我,没有吼叫没有咆哮,所以我们家房顶保住了。她看了我好一阵儿,然后她哭了,老妈的表现让我有点不能理解。

"你真的想好了?"表情里充满了不甘心。

我看着她肯定地点了点头。

"是不是初恋都不会有结果?"老妈居然说出了如此的一句话。突然意识到我跟祁函可能是老妈心里的那个愿望,留在她记忆里的那段初恋想在我的身上得到个圆满的印证。

等老妈心平气和的时候,我跟她提到了楚杰,一提到薛凯的领导,老妈的额头微蹙起来:"妈不是觉得小楚不好,他人长得是挺精神的,好像学历也不低,可是妈就是觉得他话有点多,还有他那个工作那么多应酬,这外头多乱啊,像他那工作得每天经受多少考验啊?"

"妈,他已经是久经考验了,他都被考验一圈了,最后非死皮赖脸的跟你姑娘泡一起,您就知道您姑娘的魅力有多大了吧?关于话多这方面,您姑娘也不是省油的灯!"

老妈对于我的自我评价给予了高度的肯定,她一直在频频点头:"你看你这贫的,你们话都这么多,那能过到一块去吗?"

"行不行,试试呗!"

"试什么啊?"呵,您要咆的时候倒是说一声啊,我这一点心理准备都没有,伸出手来拍了拍被老妈吼得刚刚提速的心脏。"这找老公过日子有试的吗?"

"妈!什么东西都得试,至少我现在有勇气想跟他试。他真对我挺好的,再说了我不找他,我可能真嫁不出去啦。我这眼看都要三十了。"

到这个年龄的现实,好像为老妈敲响了警钟,她的脸上挂满了愁云:"你真的觉得他可靠吗?"

"就比您姑娘可靠一点。"

"哎!不知道现在的孩子都在想什么,干什么事怎么都跟冒险似的。"说完老妈摇着头走出了卧室,"有空叫他来家里吃饭。"出门的时候丢下了这句话。

2010年9月20日,这是个星期一,北京的交通又处于暴堵的状态了。现在我正行驶在通往首都机场的路上,今天我要送祁函离开,那个我欠了他很多年的告别,要在今天还给他了。心情真的很复杂,虽然他在通知我离开日期的时候,声音里全是平静,可还是让我的思绪混乱了好久。我在想要跟他说些什么话,还用不用说那些祝福他希望他得到幸福的语言,也许这样说出来会让人觉得十分虚伪,可是我的心里真的是这么想的。

坐在我的"肇事者"上陪我一路前往的,是一上车就一脸严肃表情的全国销售总监,他坐在我车内狭小的空间里一脸怒容地看着窗外。因为我不让他来,他偏要跟来,导致我给他提了三大要求:第一、见到祁函之后不许跟我说话;第二、不许在他面前做任何有身体接触的动作;第三、不许跟祁函说任何挑衅性的言语。

楚杰的不高兴似乎是因为我把他认成了会斗气的那个人,"哎,你也把我想得太奇怪了,我忍辱负重多久了,我连最后他要走了都忍不了吗?放心吧,我不说话,我就远远地看着你们。"

祁函站在海关口等待着我的出现,只有他一个人,脸上带着浅浅的微笑,整个人清瘦了许多,他看到我的时候笑容在脸上犹豫了一下还是继续保持住了。楚杰表现得很好,一走进机场,他就远远地跟着我,与我保持着十米距离。我想他跟祁函都互相看见了,也许这个距离真的很安全,足够他们装作互相没看见。

"教授他们都进去了,我在这等你呢。"

"嗯,对不起,路上有点堵。"

祁函忽然牵起了我的手,转身朝海关慢慢地走着:"一直想着今天我们会这样牵着手,一起走进去的。"

祁函的话我没法接下文,只能任由他牵着朝前走着:"想不到两次离开中国,你不出现和出现都叫我这么难受!"

"祁函,我祝你……"

"你别祝我了,你祝我什么都是叫我难受。"

"那我祝你一路顺风吧?"

祁函转过身来看着我,忽然伸出手来轻拍了我的脸,然后紧紧地拥抱了我,他抱了我好久,久到我都有点担心楚杰要冲过来把我们分开了。

"露露,我爱你!所以我永远不会再回来了!"祁函靠在我耳边说完这句话,终于放开了我。他头也不回地转身走进了海关。我愣愣地看着他的背影,想着这个欠了他许久的告别,如此的简单,却又如此的深刻。这个告别宣告了我和祁函的正式结束,也许五年前我不来机场送他,是因为内心实在不想面对和他的就此结束,可是现在我坦然地站在这里,正视了此刻心里的决定,终于觉得对自己这段曾经的感情释然了。

"他跟你说什么了?"楚杰的脸色自然不会是好看,他靠上来拉起了我的手。

我仔细想了想,转头看着他:"他说他永远不会回来了。"

"啊?"楚杰直直地盯了我很久,忽然脸上挂上了笑容,笑容越来越大,他带着满眼的笑意牵着我的手走出了机场。

楚杰坐在车上也一直在笑,笑了一会他就转头看看我,突然抬手轻轻地推了我一下:"哎,咱们结婚吧。"

他突然冒出的话,吓得我把肇事者开得又差点肇事了。

"你干什么啊?我这开车呢,你想吓死我啊?"

"我才差点被你吓死好不好。"楚杰的声音比我的还要大,看来着实被吓得不轻。

"好端端的,结什么婚啊?"我依然在大声地喊叫着。

"好端端的才结婚呢,难道非要等坏了才结婚啊?我告诉你啊,你别耽误了,我这眼看都要 34 了,你岁数也不小了,回头连咱儿子都耽误了。"

"什么儿子啊?你想得还挺多。"

"是,你再拖两天,连孙子都耽误了!"

"又关孙子的事了?"实在没想到楚杰是这么着急想结婚的人,"你这是在向我求婚呢?"

"啊,你没看出来吗?"楚杰的脸上再次挂上了笑容。

"戒指呢?"

"戒指?"楚杰突然一愣,"走,咱现在买去。"

"不去,一点都不浪漫!想结婚还得让我提醒买戒指。"

"我错了,我错了!咱去买去,我跪地下求你,行吧?"

被楚杰强令必须要去商场买戒指,我说一百个不去他都说不行。一走进商场我就激动地冲到黄金柜台,看着那些耀眼的金色,让人觉得心里暖洋洋的,趴在柜台上痴痴地笑着。

"不是来买戒指的吗?"楚杰靠在我耳边小声地提醒着我。

"让我再看会儿!"

"要不我给你来俩金条,你抱回去,当戒指用了。"

"行。"我开心地转头看着他大笑着。

楚杰的表情被我说的"行"字弄得呆掉了:"你疯了!现在不是你想买戒指,是我想买了!"说完就死拉活拽的把我拉离黄金柜台。我挑了最简单的两个素戒,因为想着如果恢复工作了,手上还是不适合带复杂的饰品。

"你确定不要个带白石头的?"

我看着他摇了摇头:"我回去上班了,带着不方便啊。再说了,花你钱不就是花我钱吗。"自己忍不住笑出声来。

我的笑声也很快把他感染了:"你的意思是你同意啦?"

"我不同意不连孙子都耽误了吗?"

一个多月前,我曾经从手上摘下过一枚戒指,现在又要戴上另一个了,都是朴实无华的戒指,却来自不同的男人。楚杰给我戴上戒指的时候,笑容渐渐收起来了,他很认真地看着我:"永远都别摘下来。"然后就是坚定的探询目光,等着我给他肯定的回答。

这目光让我无法躲闪,无法犹豫,更容不得我迟疑片刻,所能做的唯一选择就是看着他点了点头。我们手牵着手走出了商场,各自的手上都多了个相互的承诺,而且我们都承诺了永远。谁知道呢,永远也许太久了,不知道永远究竟有多远,能承诺住此生我们可能就是极其幸运的男女了吧。

关于我的工作,我去申请恢复了公职,我的处理结果也下来了,最终医院和张鸾凤达成了庭外和解,赔偿她十五万,医院负担了百分之九十,我承担百分之十,从我每月的奖金里扣除。我接受了这个结果,其实这是个令我满意的结局。

关于我医疗事故的处理结果,医院的同事们并不关心,他们最关心的是我为什么在最后紧要关头没抱住祁博士的腿,而被他踢了。这个事情我总是一而再、再而三的跟不同的人解释着,解释到后来我真想去找印刷厂给我印几千张小广告,谁来问我我给他一张,省得我再磨嘴皮子了。

题目:关于我最终没能抱住祁博士的大腿而奔赴世界唯一超级

大国的解释！

　　第一、由于我对祖国的无限热爱。

　　第二、由于我对社会的无限责任。

　　第三、由于我对父母的无限思念。

　　第四、由于我对工作岗位的无限热情。

　　第五、由于我对同事情谊的无限留恋。

　　当然我最终没去印这个宣传页，我怕给他们看过之后，他们会攒成小球扔我脸上。关于楚杰，在我的同事里他还是个秘密，我想还是别让大家知道我是为了他才跟祁博士分开的，不然我肯定又被传成水性杨花的女人了。不过这个事情罗惠是知道的，因为我想瞒也瞒不住她。

　　关于李貌和小月，他们目前还在纠缠之中。李貌辞了职，去了他父亲的公司帮忙，也搬回了家里去住，说是为了修身养性，向小月表示他要洗心革面了。小月一直拒绝着李貌，可是我曾经试探地跟她说要再给她介绍男朋友的时候，她也同样拒绝了我，我猜测她心里在犹豫。她对于我最终没跟她的祁姐夫在一起很是吃惊，我很真诚地告诉她：这是我自己做的决定，所以你的事也要由你自己做决定，谁都代替不了你。

2010年10月9日　星期六　天气晴

　　这篇日记写在我领证的前一天，要跟我领证的那个人实在是有些着急，他告诉我明天是个百年难得一遇的好日子，民政局都特意为这天加班了，所以我们必须得去凑这个热闹。

　　从我毕业到即将结婚的这些年里，我似乎一直在为找个能和我领证的男人四处奔波忙碌着。心里一直隐藏着的那个男人的存在，让我在相亲的路上一直不知道自己想要什么,却每每在相亲过后很清楚地知道自己不想要什么。

不管冥冥中是不是真的有罩我的那位大神,我想我还是应该感谢你,因为你又把我曾经心里的那个男人送回到我身边,对于这点我可能比老妈幸运,因为她可能无法如现在我这般坦然地面对初恋。

提到祁函这个人,我谢谢你!谢谢你给了我一段记忆深刻的爱,那段时光我也如你一样快乐,可能甚至比你还要快乐。而且这段记忆也会永远地留下来,存在心中,可是始终你需要的只是露露。

在相当长的一段时期里,自己如一架天平,每天都在摇摆不定,因为两边的托盘重量相当,让我在中线来回震荡着,哪怕是一个托盘轻落一片羽毛都会让我这个指针摇晃很久。从来没那么迷茫过,在承受不住对初恋的留恋和内疚的砝码时我倾斜了。但是在天平另一端的人始终压住托盘不肯离去。他的诱惑很大,因为在他那里,我是米露露。

也许我是个太自私的女人,既想要爱情又想要自己。因为我发现,既有爱情又能是自己的时候真的很快乐,所以我离开了中线,跟那个人站到了一个托盘里。这种自私的想法可能让我在提到另一个人时,始终会有些内疚。在这个即将告别单身的日子里,也只能把这种内疚永远埋藏心里了。

2010年10月10日

我跟楚杰站在朝阳区民政局的门口运气:"大哥!这就是你挑的好日子啊?这好几万人领证呢,不知道还以为发钱呢。"

"少安毋躁,少安毋躁!"楚杰看着我笑着摆了摆手。

"咱明天来吧,干吗非凑这热闹啊?"我拉着他的袖子央求着。

"胡说,百年难得一遇,能明天吗?结个婚你怎么都嫌麻烦啊?行了,你别管了,我看看能不能找熟人吧。"

"啊?这也找熟人?"

"那怎么办啊?你这随时要撤的意思,不急死我啊。"

"行,行,不撤了,你别找了。咱今天跟他们生磕!"

"哎,你以后当我老婆了,能不能把你那女流氓的气息改改啊?"

"我改了怎么配你啊?"

"我素质比你高多了!"楚杰大声地抱怨着。

"没瞧出来。"我站在旁边摇了摇头。

"得,得,得,我不跟你吵,等领了证的。"

"领了证,你想怎么着啊?咱先说好了,你要干吗,我还得仔细考虑考虑呢。"

"不干吗啊!好好疼你啊!"楚杰带着满脸的温柔笑容,让我浑身不自在。

几乎是一路吵着到的窗口,稀里糊涂地交了照片、相关证件,就跑到一旁填表去了,等我们把表格交回窗口的时候,人家直接递给我们两个红本。

"好了,下一个!"

我们俩愣愣地互相看了两秒钟:"这就完了?"我看着楚杰有点不能相信。

"我也想问呢。"

我们两个人像是始终不相信已经是夫妻了,从屋子里出来就一直翻看着那结婚证,我用胳膊拐了拐楚杰:"哎,你说这是真的吗?"

"怎么不是啊?还盖着钢印呢。"

"怎么觉得稀里糊涂的就结了。"

"好话到你嘴里都得变味了。哎,把你那本也给我。"说完他就从我手里把我的红本拿走了,一起放进了他的兜里。

"你干吗?"

"保存啊!省得你哪天发脾气,拿着本要怎么着,或者给丢了,放我这踏实。"

"我脾气好着呢。"说完我又继续拿胳膊拐了拐他,"哎,你刚说你得疼我的,那以后我开你陆虎,你开我的肇事者去。"

"嗯。"楚杰白了我一眼。

"哎,有什么存折户头的,都改我名字啊。"

楚杰又抬眼看了看我:"哦。"

"房产有没有?划我名下。"继续看着他笑。

"行。"

"以后孩子跟我姓啊!"说完这句话自己就跑远了。

"米露露,我真得揍你了我!"楚杰在身后朝我大喊着。

番外

我的婚礼可以用俗气来形容,俗气的场地、俗气的形式、俗气的各种桥段,不过这些都不重要,我本来就是一个俗人,我也没有脱俗的迫切愿望,只是看着我列出的宾客清单,心里颇有些得意,大有一种"你们也有今天"的感觉。

楚先生看着我列出的人员名单,表情里像是在斟酌:"太多了吧?"

"不多,这些人我都记在脑子里了,我都随过份子。"

"米露露,在这个事情上我们是不是应该大气些?"

我忍不住撅起了嘴:"为什么一到我结婚,就劝我要大气些了,他们怎么不大气些啊?"

楚杰听完我的话,将名单拍在桌子上:"行,那都叫来吧,此仇不报也没第二次机会了。"

婚礼主持人的那些台词,在我脑海里似乎已经听过许多遍了,我从来没想过当我站在前面受万众瞩目的时候,我会真的为那些话感动了。主持人的每一句话都敲进了我的心里,我和楚杰相握的双手越来越紧,也许是因为那些说我们经历了波折的言语,也许是因为说我们在万众之中找到了彼此,还也许是因为我们相互承诺一生一世的誓言,总之我在那一刻站在主席台上,紧握着楚杰的手哭了,真的是不能自已。

当主持人说"你可以吻新娘"的时候,楚杰情不自已地低下头来深吻了我,这个吻很持久很真切,似乎台下起哄和呼喊的声音都已经和我们不属于同一个世界了,此时此刻只有我们两个人,只是我们两个人的世界。楚杰的吻让我止住了眼泪,脸上有些害羞的泛红。他拥抱了我,靠在我耳边轻声说:"别哭了,妆都让你哭花了。"

我想有时候我考虑问题是不够全面,我大刀阔斧地请了这许多人来,可是在敬酒的时候我才发现人实在是太多了。楚先生的酒被伴郎换成了白开水,我着着实实地喝了两桌之后意识到后面的任务极其的艰巨,楚杰一直在拿眼睛斜我:"你别逞能啊!"牙缝里挤出半句话来。

我想我是一个有前车之鉴的人,楚先生的话还是应该好好考虑的,不然必将在我今后的婚姻生活里留下一个难以抹掉的把柄,于是乎我也把白酒换了白水。

总之,这个婚礼是我参加过的最有意义的一次婚礼了,我觉得这个婚礼超越了我参加的所有婚礼,而且收获颇丰,把我那些想报的仇全都报了,我晚上坐在家里一直得意地笑着。

我从来不否认这是个信息化的时代,信息传送之快永远都超乎人的想象。只有半天时间,开心网上已经放了我和楚杰的结婚照片了,有我哭得稀里哗啦的,还有我咧嘴傻笑的,还有我们两个在婚礼上被人整的照片。

我想过会收到祁函的 EMAIL,但是没想过会这么快,我点开邮箱看见了他发来的邮件,只有短短的几句话,我却坐在那里盯着看了好久,他说:"恭喜你,看到你的照片了,看着你的笑容,我都感到了幸福!希望你能一直这么快乐。"我看着电脑屏幕发愣,想着我要如何回复他的邮件,却始终想不到合适的言语,能收到祁函的祝福我想我的心里是高兴的,我也想祝他一些什么。可是他走的时候不让我祝福的话还在我耳边萦绕,我想这个时候说什么话都是不合时宜的吧,想了许久我回了他:"谢谢,我会珍惜我所得到的一切,无论是过去还是现在。"

EMAIL 发完了,楚杰在我身后轻扶了我的肩膀,我不知道他在那里站了多久,我想他可能都看见了。

"睡觉吧。"楚杰轻声地说了句话,拉着我去了卧室。我们俩躺在宽大的双人床上,一直手拉着手,仰望着天花板,屋内很是安静。

"觉得像做梦一样。"楚杰的声音轻轻地传了过来,"咱俩真的结婚了?"

"嗯,好像是真的。"我也轻声地回答着。

"嗯。"楚杰的话让我有点感动,还有他的吻很温柔,一时间弄得人有些迷醉,刚刚还在作着灵魂交流,一下子让他把氛围搞到另一个领域去了,半推半就的还有些不好意思:"哎呀,你这是要干吗啊?"

"我抓紧时间啊。"

"急什么啊?"

"我怕把孙子耽误了。"

楚杰的抚摸很是撩人,这氛围被他营造得很好,他的手从我的脸开始抚摸着向下行走,我被他带动得有些陶醉起来,他的手抚上了我的肚子,忽然抓着我肚子上的一圈肉说:"米露露,怎么摸你都像块好地,你一定给我争气点啊。"

那一刻我特别想使无影脚把他从床上踹下去。

一年半以后

晚上,我托着腮坐在床边,看着床上呼呼大睡的小人正在发愁,楚杰晃着奶瓶从外面走了进来:"快醒了吧?"

"还没醒。"

"你看着咱儿子撅着嘴发什么傻呢?"

"你说他刚满月就长到12斤了,我说他是不是遗传了我的易胖体质?"

"哼!"楚杰的哼里带了许多情绪。

"你这是什么态度?"

"那能怎么办啊?回头长大了我带着他锻炼去呗。"楚杰的声音大了些,这让床上正在酣睡的小人突然哇哇大哭起来,他将儿子抱起来,换了尿布开始喂奶。

"胖瘦倒是好说,你说咱儿子怎么就不能长得像我点呢?"

"像我不好吗?"我瞪着眼睛看他。

"也挺好,但是……算了,都已经长成这样了。"

"楚老虎!"我突然提高了嗓门。

"挺好的,看着挺憨厚的,越看我越喜欢,就跟看你似的,你们俩都是我心头肉。"楚杰说了句安慰的话,我终于把我的内功收了起来。

楚杰低头看着怀里的小人一直在笑:"那天,对门的张阿姨说,咱儿子鼻子长得像我。"说完他在儿子鼻子上亲了一下:"也行,男人就得有个高鼻梁,其他的都不重要。"

我忍不住狠狠地踢了他一脚,楚杰皱了皱眉头没敢出声,因为他儿子吃饱了又睡着了,他将儿子轻轻地放在小床里,转头看着我说:"一会儿我再办你。"

图书在版编目（CIP）数据

米露露求爱记/莫菲勒著.-上海：上海文艺出版社.2018.3
ISBN 978-7-5321-5843-0
Ⅰ.①米… Ⅱ.①莫… Ⅲ.①长篇小说－中国－当代
Ⅳ.①I247.5
中国版本图书馆CIP数据核字(2018)第019604号

书　　名：米露露求爱记
作　　者：莫菲勒
出　　版：上海世纪出版集团　上海文艺出版社
地　　址：上海绍兴路7号　200020
发　　行：上海文艺出版社发行中心发行
　　　　　上海市绍兴路50号　200020　www.ewen.co
印　　刷：常熟市华顺印刷有限公司
开　　本：890×1240　1/32
印　　张：27.5
插　　页：4
字　　数：636,000
印　　次：2018年3月第1版　2018年3月第1次印刷
ＩＳＢＮ：978-7-5321-5843-0/I·4667
定　　价：68.00元
告读者：如发现本书有质量问题请与印刷厂质量科联系　T:0512-52545406